# अनमोल सूक्तियाँ

# अनमोल सूक्तियाँ

संपादक

राजेंद्र प्रसाद

ग्रंथ अकादमी, नई दिल्ली

प्रकाशक : **ग्रंथ अकादमी**
भवन संख्या–19, पहली मंजिल, 2, अंसारी रोड, दरियागंज, नई दिल्ली–110002
 / पेपरबैक संस्करण : 2025 / मूल्य : छह सौ रुपए
मुद्रक : आर–टेक ऑफसेट प्रिंटर्स, दिल्ली ISBN 978-93-92013-40-9

**ANMOL SOOKTIYAN** *Ed.* Shri Rajendra Prasad ₹ 600.00 (PB)
Published by **GRANTH AKADEMI**
Building No. 19, First Floor, 2, Ansari Road, Daryaganj, New Delhi-110002

भारतीय राजनीति के पुरोधा
कवि-लेखक व देश के पूर्व प्रधानमंत्री भारतरत्न
श्रद्धेय **स्व. श्री अटल बिहारी वाजपेयीजी,**

हिंदी के मूर्धन्य कवि-लेखक व पूर्व सांसद
**स्व. श्री बालकवि बैरागीजी**
तथा
प्रेरणास्रोत प्रसिद्ध चिंतक-विचारक
**स्व. डॉ. वेदप्रताप वैदिकजी**
की पावन स्मृति को सादर समर्पित

# भूमिका*

यदि आपको यह जानना हो कि विचारों को मोतियों और हीरों से भी ज्यादा मूल्यवान् क्यों कहा जाता है तो आप इस ग्रंथ को पढ़िए। तीन सौ से भी अधिक पृष्ठों के इस ग्रंथ में लगभग पाँच हजार से अधिक अनमोल विचारों को संगृहीत किया गया है। मनुष्य के दैनंदिन जीवन में आनेवाले हर्ष-विषाद, उतार-चढ़ाव और आकर्षण-विकर्षण में वह कैसे टिका रहे, इसके समाधान-सूत्र इस ग्रंथ में संकलित हैं। हर विचार को एक या दो पंक्तियों में व्यक्त कर दिया गया है। व्यक्त करने की शैली प्रभावशाली एवं मनन-चिंतन को खँगालनेवाली है। यह शैली सरल, सहज और सीधी है। संपादक का यह दावा नहीं है कि ये विचार उसके ही हैं। इन विचारों का घराना-ठिकाना खोजना बहुत मुश्किल है। उसकी जरूरत भी नहीं है।

यदि इस ग्रंथ के पहले या किसी भी पन्ने पर आपकी नजर पड़ गई तो आप इसे आखिर तक पढ़े बिना छोड़ेंगे नहीं, क्योंकि इसके एक-एक वाक्य में अलौकिक अनुभव, विलक्षण प्रेरणा, दुर्लभ सुझाव और गहन चिंतन-चेतना भरी पड़ी है। यह अन्य ग्रंथों से इस अर्थ में अलग है कि इसे आप बार-बार पढ़ना चाहेंगे और जब-जब पढ़ेंगे, तब-तब नई प्रेरणा से आप सराबोर हो जाएँगे।

मैं चाहता हूँ कि यह ग्रंथ लाखों लोगों तक पहुँचे और इसका अनेक देशी-विदेशी भाषाओं में अनुवाद भी हो। ग्रंथ के संपादक श्री राजेन्द्र प्रसाद बधाई के पात्र हैं कि उन्होंने वर्षों के परिश्रम से इतना सुंदर और इतना प्रेरक ग्रंथ तैयार करके हिंदी भाषा का मान बढ़ाया है।

**—डॉ. वेदप्रताप वैदिक**
गुरुग्राम (हरियाणा)

---

* (पुनश्च : इस पुस्तक की भूमिका डॉ. वेदप्रताप वैदिकजी ने दिनांक 14 मार्च, 2023 को हुए उनके दुःखद असामयिक निधन से कुछ समय पूर्व लिखी थी। उनका स्नेहपूर्ण आशीर्वाद आज भी जीवंत एवं प्रेरणापुंज बिखेरता प्रतीत होता है।)

# प्रेरणा के पुष्प

बहुत से लोगों के पास बहुत सी बातों के लिए पर्याप्त समय है, लेकिन अपने व्यक्तित्व को निखारने, सँवारने, सुधारने और विचारने के लिए उनके पास कोई वक्त नहीं या कम वक्त होता है। कई बार बेबसी होती है, कई बार सांसारिक चक्र में उलझन से सुलझने का भाव पैदा ही नहीं होता। हालाँकि, साररहित संसार में मजबूत व्यक्तित्व के विकास की बहुत आवश्यकता है, लेकिन संकीर्ण सोच या तंगदिली या दुनियादारी के खेल में अत्यधिक रमने से हम इस बात पर विशेष या उतना ध्यान नहीं दे पाते, जितना जिंदगी को सुनहरा बनाने के लिए जरूरी होता है। तेजी से बदलते सामजिक-आर्थिक परिवेश में विद्यालय और महाविद्यालयों में ऐसे पाठ आमतौर पर कम ही पढ़ाए जाते हैं, जहाँ वर्तमान एवं भविष्य के जीवन को अच्छे विचारों के आधार पर खड़ा किया जाए या विद्यार्थी में ऐसे बीज बोए जाएँ, जिनसे उसके भीतर श्रेष्ठ से श्रेष्ठतर और श्रेष्ठतम बनने के भाव पनपें। वैसे भी आज के युग में इस सच्चाई को नकारा नहीं जा सकता कि सिद्धांत गायब या गौण-से हो गए हैं और जीवन का सही रास्ता सीखना, बताना और अपनाना दूभर हो रहा है। निस्संदेह धन की आपा-धापी, स्वार्थ के राग, दाँव-पेंच की लालसा, अहंकार की चेतना, दिल-दिमाग-क्रिया में भिन्नता, अविश्वसनीय वातावरण, सामाजिकता की कमी, ईर्ष्या रोग, प्रशंसा की भूख, जीभ के स्वाद, जुबान की कड़वाहट, संस्कार की गिरावट, चिंतन-मनन का अभाव, संतोष को तिलांजलि जैसे चाहे-अनचाहे विकारों ने चौतरफा ऐसा जकड़ लिया है कि हमने अब सही को सही पहचानना, सही के लिए सही सोचना लगभग बंद कर दिया है और सही को सही समझना, समझाना व अपनाना तो दूर की बात साबित हो रही है।

मेरा प्रयास है कि जीवन से जुड़े कुछ ऐसे वचन, अनुभव, व्यवहार आदि

से उत्पन्न अमृत, सत्य और प्रेरक सामग्री 'गागर में सागर' की तरह सौंपी जाए, जिनसे सबक लेकर जीवन की राह को सरल, असल एवं जीवनोपयोगी बनाया जा सके। इस संग्रह में बहुत सी बातें ऐसी मिलेंगी, जो हमारे आसपास दिखेंगी, लेकिन हम उन पर जाने-अनजाने कभी विचार भी नहीं करते, जबकि हकीकत में वे हमारे इर्द-गिर्द घूमती रहती हैं।

भगवान् ने सौभाग्य से हमें इनसान बनाया है, लेकिन हम आसपास के परिवेश के कारण ऐसा बहुत-कुछ अच्छा सीख नहीं पाते, जिसके अभाव में हमारे व्यक्तित्व के विकास में आशाजनक वृद्धि नहीं हो पाती। मेरा मानना है कि यदि इस पुस्तक में 'कंकड़-कंकड़ मोती' की तरह समाहित कुछ नसीहतों को बारंबार हृदयंगम करने पर विचार किया जाए तो निश्चित रूप से एक अच्छा और नेक इनसान बनने में जरूर मदद मिलेगी। इसमें केंद्रित सामग्री केवल आदर्शवाद का प्रकाश नहीं हैं, बल्कि उनमें व्यावहारिकता, सच्चाई, अनुभव का खजाना, भविष्य का ऐसा महत्त्वपूर्ण दर्शन व योग है, जिनसे हम अपने परिवार, भाईचारा, आस-पड़ोस, मानवता, कर्मशीलता, साहस, अंदर की संवेदनशीलता आदि को निरंतर जिंदा व रोशन करने का वैचारिक एवं व्यावहारिक अभ्यास कर सकते हैं, जिससे हमारे अंतर्मन में कुछ करने व बनने की भट्ठी सदा सुलगती रहे। यह व्यक्ति की विचारधारा पर निर्भर है कि वह कितना, क्या और कैसे अपनाता है तथा कितने अपनेपन से पढ़ता है, जिनमें जीवन के रहस्य इस तरह छुपे हुए हैं, जिनको थोड़ा-थोड़ा पढ़ने और फिर उन्हें अंगीकार करने से खुद को गौरवान्वित व खुशनसीब महसूसते हुए जीवन में भ्रम और अज्ञानतावश होनेवाली गलतियों से भी बच सकते हैं।

हर जिंदगी की मजेदार धारणा है कि उसकी भावना का ध्यान रखा जाए, उसे न्याय मिले, दूसरों से सच जानने को मिले, अच्छा करूँ, मैं सुखी रहूँ, मुझे कोई धोखा न दे, लोग मुझे पहले नमस्कार करें, मेरी पूछ हो, मेरा सम्मान हो, मुझे दिमागवाला समझें, लोग मेरी आदतें सही मानें, मेरी सब तारीफ करें आदि। दूसरी तरफ उससे पूछा जाए कि वह ये सब पाने के लिए कितनी जिम्मेदार भूमिका जीवन में निभाता है, तो सोचने पर मजबूर होना स्वाभाविक है। यह उस दृष्टांत की तरह है, जैसे जीवन में सत्य की भूख सबको है, लेकिन जब सत्य परोसा जाता है तो बहुत कम लोगों को ही उसका स्वाद अच्छा लगता है।

ये महत्त्वपूर्ण बातें कितनी वजनदार और ग्राह्य हैं—कोई अच्छा इंजीनियर मिले तो बताना, मुझे इनसान को इनसान से जोड़नेवाला पुल बनाना है, बहते आँसुओं को रोकनेवाला बाँध बनाना है और सच्चे संबंधों में पड़ती दरारों को भरवाना है! समस्या आने पर न्याय नहीं, समाधान होना चाहिए, क्योंकि न्याय में एक के घर दीप जलते हैं व दूसरे के घर अँधेरा होता है, मगर समाधान से दोनों के घर दीप जलते हैं। इनसान एक तरह से बेबस है—दुःख बेच नहीं सकता और सुख को खरीद नहीं सकता। ये हमारे कर्मों के अनुसार हमें प्राप्त होते हैं। हम न बोलें, फिर भी वह सुन लेता है, इसलिए उसका नाम परमात्मा है। वह न बोले, फिर भी हमें सुनाई दे, उसी का नाम श्रद्धा है।

जीवन को सही और सार्थक बनाने के लिए अगर हम सीखना चाहें तो संसार में सीखने-करने की बहुत सारी चीजें हैं। उनमें महत्त्वपूर्ण हैं—नसीहतें। नसीहतें, जो हमारे ऋषि-मुनियों, तपस्वियों, साधकों, चिंतकों-विचारकों व महान् लोगों की अनुभूति व अनुभवों के खजाने से निकली हैं। वे एक तरह का अमृत हैं, परिस्थितियों को सहज बनाने के लिए। सरल शब्दों में कहें तो ये हमारे जीवन के अंधकार को हटाकर रोशनी करती हैं, सबक लेने का मौका देती हैं और जीवन व जिंदगी के रूप-स्वरूप को सँवारने-सुधारने में विशेष मदद करती हैं तथा हमारे व्यक्तित्व को निखारने में महती भूमिका अदा करती हैं। पुस्तक में ज्यादातर संगृहीत सामग्री महान् आत्माओं, विद्वानों, गुरुओं, अनुभवी सुधिजनों द्वारा व्यक्त उद्गारों के अलावा कुछ खुद के अनुभव द्वारा संचित भी है। मेरे विचार से ऐसी विभूतियों की विचार-गंगा को आगे बढ़ाने की लालसा के केंद्र में आत्मजनित प्रेरणा इस छोटे से प्रयास में छुपी हुई है। आशा है, इस वैचारिक अभियान में कुछ मदद मिलेगी।

पुस्तक में संकलित सामग्री से खुद संपादक को भी प्रेरणा धार में बहने का मौका मिला है, तभी यह धधकती राय बनी कि आज की दौड़ती-भागती जिंदगी में किसी के पास गहराई से इन रत्नों को खोजने का वक्त नहीं है और उन्हें अगर सार-संक्षेप में कहीं से कुछ मतलबी बात मिल जाए तो धन्य होना स्वाभाविक है। निस्संदेह इस युग में पुस्तकों की कोई कमी नहीं है, लेकिन उन पुस्तकों की जरूर कमी है, जिनसे बहुत कम पढ़ने से ज्यादा-से-ज्यादा लाभ मिलने की संभावना हो। वर्षों से ऐसी ललक से ये संग्रह-सामग्री पुस्तकाकार में सौंपने का हौसला जिंदा रखते हुए अबाध कदम आगे बढ़े हैं। यह सुधी पाठकों का विवेक है कि इसकी

अंतर्वस्तु का उपयोग किस तरह से किया जाए?

प्रेरणास्रोत प्रसिद्ध विचारक-चिंतक-विश्लेषक डॉ. स्व. वेदप्रताप वैदिकजी का धन्यवाद व्यक्त करता हूँ व गौरवान्वित हूँ कि उन्होंने पुस्तक की प्रकाशमान भूमिका प्रसादस्वरूप भेंट कर उत्साह का संचार किया, लेकिन दुर्भाग्य से इस पुस्तक के प्रकाशन से पूर्व ही उनका निधन हो गया। प्रेरणा-पुरुष के रूप में देश के पूर्व प्रधानमंत्री श्रद्धेय स्व. श्री अटल बिहारी वाजपेयीजी का नाम भी याद आता है, जिनके साथ काम करके उनके बहुमुखी व्यक्तित्व से सीख लेते हुए गर्वानुभूति होती है और साहित्य शिरोमणि पूर्व सांसद स्व. बालकवि बैरागीजी का वर्षों तक प्राप्त स्नेह-सान्निध्य भी अविस्मरणीय है। इसके अलावा, देश के कई प्रभावशाली और जनता के दिलों पर राज करनेवाले केंद्रीय मंत्रियों और वरिष्ठ अधिकारियों के साथ कार्य करने व साहित्यकारों का अनवरत संसर्ग मिलने से अनुभव का खजाना काफी मात्रा में संचित और सिंचित हुआ है, जो इस पुस्तक में निहित सामग्री का उजियारा है। संस्कार, सत्य व ईमानदारी की जोत जगाते मेरे दादा स्व. पं. मुंशी रामजी एवं पिता स्व. पं. रामेश्वर दासजी के संयुक्त अमृत वाक्य आज भी मेरे कानों में प्रेरणा के ढोल की तरह गूँजते हैं, जिन्होंने सत्य, समर्पण व स्पष्टवादिता के लिए अंतर्मन में निरंतर बीज बोए। परिवार के अन्य सदस्यों के साथ-साथ मेरी सहधर्मिणी, बेटे विपिन कुमार, पुत्री प्रतिभा व बेटे अविरल ने इस काम में मेरी बहुत सहायता की है, वे सभी साधुवाद के पात्र हैं।

पुस्तक की कीमत रखना मजबूरी है। अगर साधन-संपन्न होता तो हार्दिक प्रयास रहता कि यह मुफ्त में ही दी जाए और इसको पढ़ना-पढ़ाना व चिंतन-मनन-मंथन करना ही इसकी सबसे बड़ी कीमत है। हालाँकि, काफी सावधानी बरती गई है कि जीवनोपयोगी सामग्री सटीक ही रहे, पर कोई त्रुटि रहने की संभावना से इनकार नहीं किया जा सकता। कोई सुझाव, मार्गदर्शन व प्रतिक्रिया मिलेगी तो उसकी सदा प्रतीक्षा रहेगी।

**—राजेन्द्र प्रसाद**

नई दिल्ली

मो. : 9868141361

इ-मेल : rpvats2@gmail.com

# अनुक्रम



## अनमोल सूक्तियाँ

# अनमोल सूक्तियाँ

## अक्ल/अक्लमंद/विवेक/विवेकशील

- धोखा बादाम की तरह है, जितना खाओगे, उतनी अक्ल आती है।
- इनसान की जुबान उसकी अक्ल का पता बता देती है।
- इनसान आँखों से अंधा हो तो उसकी बाकी ज्ञानेंद्रियाँ ज्यादा काम करने लगती हैं, लेकिन अक्ल के अंधों की कोई भी ज्ञानेंद्री काम नहीं करती।
- कपड़े से छाना हुआ पानी स्वास्थ्य को ठीक रखता है और विवेक से छानी हुई वाणी संबंध को ठीक रखती है।
- विवेक जीवन का नमक और कल्पना उसकी मिठास है। एक उसको सुरक्षित रखता है और दूसरा उसे मधुर बनाता है।
- विवेकशील व्यक्ति कीचड़ में पड़े रत्न को भी ग्रहण कर लेते हैं।
- विवेकशील इनसान वे नहीं, जो बीते हुए कल की अपनी उपलब्धियों पर अभिमान करते हैं, अपितु वे हैं, जो आनेवाले कल की अपनी जिम्मेदारियों के प्रति प्रतिबद्ध हैं।
- गुणों के सहारे ही व्यक्ति सफल हो पाता है, मगर विनय और विवेक साथ हो तो शिखर छू जाता है।
- आँख के अंधे को दुनिया नहीं दिखती; काम के अंधे को विवेक नहीं दिखता; मद के अंधे को अपने से श्रेष्ठ नहीं दिखता और स्वार्थी को कहीं भी दोष नहीं दिखता।
- आत्मा के लिए विवेक उतना ही महत्त्वपूर्ण है, जितना शरीर के लिए स्वास्थ्य।
- सराहना दिल से, हस्तक्षेप दिमाग से और समीक्षा विवेक से करने में ही समझदारी है, अन्यथा मौन ही उत्तम है।

## अच्छा/बढ़िया

- सच बोलने से हमेशा दिल साफ रहता है; अच्छा करने से हमेशा मन साफ रहता है और मेहनत करने से हमेशा दिमाग साफ रहता है।
- जीवन एक प्रतिध्वनि है। यहाँ सबकुछ वापस लौटकर आ जाता है जैसे अच्छा, बुरा, झूठ, सच और धोखा। अत: दुनिया को आप सबसे अच्छा आपके पास लोटकर आएगा।
- जब लोग किसी को पसंद करते हैं तो उसकी बुराइयाँ भूल जाते हैं और जब किसी से नफरत करते हैं तो उसकी अच्छाइयाँ भूल जाते हैं।
- इनसान बहुत खुदगर्ज है—पसंद करे तो बुराई नहीं देखता, नफरत करे तो अच्छाई नहीं देखता।
- शुभचिंतक सड़कों पर लगे सुंदर 'लैंप' की तरह होते हैं। वे हमारी यात्रा की दूरी को तो कम नहीं कर सकते, लेकिन हमारे पथ को 'रोशन' और यात्रा को 'आसान' करते हैं।
- बहुत से लोग तभी तक अच्छे रहते हैं, जब तक वे सोचते हैं कि दूसरे भी अच्छे हैं।
- अच्छे लोगों पर लोग उतनी ही जल्दी उँगली उठाते हैं, जितनी जल्दी सफेद वस्त्र पर दाग लग जाते हैं।
- कभी-कभी बुरा वक्त आपको कुछ अच्छे लोगों से मिलवाने के लिए आता है।
- कभी-कभी जरूरत से ज्यादा अच्छा होना भी जरूरत से ज्यादा अपमानित करवा देता है।
- कोई किसी के बारे में सच्चे मन से अच्छा सोचता है तो उसका कभी भी बुरा नहीं हो सकता। इसलिए सदा अच्छा सोचो, अच्छा करो और अच्छे रहो।
- केवल पैसों से आदमी धनवान नहीं होता। असली धनवान वो है, जिसके पास अच्छी सोच, अच्छे दोस्त और अच्छे विचार का योग है।
- जिंदगी में अच्छे लोगों की तलाश करते-करते खुद भी और अच्छे बन जाओ, जिससे आपसे मिलकर शायद किसी की तलाश पूरी हो जाए।
- हम जब किसी का अच्छा कर रहे होते हैं, तब हमारे लिए भी कहीं कुछ अच्छा हो रहा होता है।

- हमारे जीवन में अच्छे लोगों का महत्त्व उतना है, जितना दिल की धड़कन का। यद्यपि यह दिखाई नहीं देती, लेकिन हमारे जीवन को चुपचाप चलाती रहती है।
- भीड़ में सब लोग अच्छे नहीं होते और अच्छे लोगों की भीड़ नहीं होती।
- भीड़ में गलत काम के लिए चलने की बजाय अच्छा है कि अकेले में चलें।
- संसार में अच्छे आदमी की बहुत जरूरत है। इस क्षेत्र में विकास की अच्छी संभावनाएँ हैं और प्रतियोगिता भी ज्यादा नहीं है।
- सोचोगे अच्छा तो करोगे अच्छा। अच्छा करोगे तो होगा अच्छा। बस यही तो करने आए हैं।
- दुनिया बुरी है, मतलबी है तो होने दो, बस आप अपनों के लिए अच्छे और सच्चे बनो, ईश्वर आपका कभी बुरा नहीं करेगा।
- दुनिया में जितनी भी अच्छी बातें हैं, सब कही जा चुकी हैं। अब सिर्फ अमल करना बाकी है।
- चलो, जिंदगी को जिंदादिली से जीने के लिए एक छोटा सा उसूल बनाते हैं— रोज कुछ अच्छा याद रखते हैं और कुछ बुरा भूल जाते हैं।
- आकर्षण का नियम (लॉ ऑफ अट्रैक्शन) कहता है कि आप जैसे सोचते हो, वैसे ही लोग, मौके, हालात और जिंदगी आपको मिलने लगती है। इसलिए अच्छा सोचिए, अच्छा मिलेगा।
- आप किसी का अच्छा करते रहो, पर ज्यादातर ऐसे आदमी को बेवकूफ समझते हैं। लेकिन अच्छा करना अपना ध्येय है तो ऐसी सोच से घबराने की जरूरत नहीं, पर ऐसे व्यक्तियों से सावधान रहने की जरूरत जरूर है।
- अच्छी बातें पढ़ने की आदत हो तो अच्छी बात करने की आदत लग ही जाती है।
- अच्छी किताबें और अच्छे लोग तुरंत समझ में नहीं आते, उन्हें पढ़ना पड़ता है।
- अच्छे के साथ अच्छे बनें, पर बुरे के साथ बुरे नहीं, क्योंकि हीरे से हीरा तो तराशा जा सकता है, लेकिन कीचड़ से कीचड़ साफ नहीं की जा सकती।
- अच्छे मित्र, अच्छे रिश्तेदार और अच्छे विचार जिसके पास होते हैं, उसे दुनिया की कोई भी ताकत हरा नहीं सकती।

- अच्छे दिन बैठे रहने से नहीं आते हैं, उन्हें पाने के लिए बुरे दिनों से लड़ना पड़ता है।
- अच्छे समय से ज्यादा अच्छे इनसान के साथ रिश्ता रखो, क्योंकि 'अच्छा इनसान' 'अच्छा समय' ला सकता है, लेकिन 'अच्छा समय' 'अच्छा इनसान' नहीं ला सकता।
- अच्छे व्यक्ति के साथ संबंध उस गन्ने के समान है, जिसे आप कितना भी तोड़ें, मरोड़ें और काटें, पर आपको उससे मीठा रस मिलता ही रहेगा।
- अच्छे लोगों की इज्जत कभी कम नहीं होती, सोने के सौ टुकड़े करो, फिर भी कीमत कम नहीं होती।
- अच्छे लोग बहुत ही सस्ते होते हैं। बस मीठा बोलो और खरीद लो।
- अच्छे व्यक्ति को समझने के लिए अच्छा हृदय चाहिए, न कि अच्छा दिमाग, क्योंकि दिमाग हमेशा तर्क करेगा और हृदय हमेशा प्रेमभाव देखेगा।
- महान् होना अच्छी बात है, परंतु अच्छा होना और भी अधिक महान् बात है।
- अगर गिलास दूध से भरा हुआ है तो आप उसमें और दूध नहीं डाल सकते, लेकिन आप उसमें शक्कर डालें तो शक्कर अपनी जगह खुद बना लेती है, उसी प्रकार अच्छे लोग हर किसी के दिल में जगह बना लेते हैं।
- अगर वास्तव में अच्छे हो तो वक्त के अनुसार कुछ आदत बदल लो। बुरे अगर कल भी नहीं थे तो बुरे आज भी नहीं हैं और बुरे कल भी नहीं होंगे।
- अगर आपको कोई अच्छा लगता है तो अच्छा वो नहीं, बल्कि अच्छे आप हो, क्योंकि उसमें अच्छाई देखनेवाली 'नजर' आपके पास है।
- लोगों के प्रति अच्छे बनिए, क्योंकि जिंदगी के रास्ते में कहीं-न-कहीं उनसे मुलाकात होती रहेगी।
- साधु-संतों के सत्संग से बुरे भी अच्छे हो जाते हैं।
- अच्छा आदमी आमतौर पर क्रोध नहीं करता। यदि क्रोध करता भी है तो बुरा नहीं सोचता। यदि बुरा सोचता है तो भी कहता नहीं। और यदि कह भी देता है तो लज्जा करता है।
- बड़ी-बड़ी अच्छी बातें करने से कहीं अधिक अच्छा है कि लगातार अच्छे कदम बढ़ाने में जुटे रहें।

## अच्छाई

- इनसान की अच्छाई पर सब खामोश रहते हैं, चर्चा अगर उसकी बुराई की हो तो गूँगे भी बोल पड़ते हैं।
- अच्छाई मुश्किल से मिलती है, बुराई तो कभी भी मिल सकती है।
- किसी मनुष्य की बुराई को बताना आम लोगों की पहचान है, पर बुरे में अच्छाई ढूँढ़ना, खास लोगों की पहचान है।
- सच्चाई और अच्छाई की तलाश में चाहे पूरी दुनिया घूम लो, अगर वह खुद में नहीं तो कहीं भी नहीं मिलती।
- दूसरों की बुराइयाँ तब बताओ, जब आपमें अच्छाइयाँ ज्यादा हों। दूसरों की प्रशंसा तब करो, जब उनमें अच्छाई ज्यादा हो।
- जो अच्छा लगता है, उसे गौर से मत देखो, ऐसा न हो कि गौर से देखने में कोई बुराई निकल आए, जो बुरा लगता है, उसे गौर से देखो, मुमकिन है कि गौर से देखने में कोई अच्छाई नजर आ जाए।
- अच्छाई एक-न-एक दिन अपना असर जरूर दिखाती है, भले ही थोड़ा वक्त ले-ले, बस सब्र का दामन पकड़कर रखें, वक्त आपका ही होगा।
- अगर लोग आपकी अच्छाई को आपकी कमजोरी समझने लगते हैं तो यह उनकी समस्या है, आपकी नहीं।

## अतिथि/मेहमान

- 'अतिथि देवो भवः', अर्थात् अतिथि देवता के समान होता है।
- हे भगवान्! मुझे इतना धन दीजिए, जिससे मेरे परिवार का भरण-पोषण होता रहे, मुझे भूखा न रहना पड़े और अतिथि भी भूखा न जाए।
- अतिथि का आतिथ्य करना श्रेष्ठ धर्म है।
- दरवाजा कहता है, अतिथि का स्वागत करो। घड़ी कहती है, काल के चक्र को पहचान। खिड़की कहती है, दूरदृष्टि रखते हुए दुनिया का मान रख। मंदिर कहता है, पवित्रता रखकर नाम स्मरण कर। छत कहती है, उच्च विचार रखकर ऊँची आकांक्षा रख, परंतु जमीन कहती है, पैर सिर्फ मुझ पर ही रहने दे।

- अतिथि समाज का एक प्रतिनिधि है। अतिथि के रूप में समाज हमसे सेवा माँग रहा है, हमारी यही भावना होनी चाहिए।
- अतिथि–सत्कार से इनकार करना ही सबसे बड़ी दरिद्रता है।

## अध्ययन/पढ़ना/पढ़ाई

- ऐसी पुस्तक का प्रतिदिन अवश्य अध्ययन करें, जो आपकी आत्मिक, शारीरिक, सामाजिक अथवा आर्थिक उन्नति में सहायक हो।
- भविष्य का अनुमान लगाने के लिए अतीत का अध्ययन करो।
- मस्तिष्क के लिए अध्ययन की उतनी ही आवश्यकता है, जितनी शरीर को व्यायाम की।
- मनुष्य का सच्चा साथी विद्या अध्ययन ही है, जिसके कारण वह विद्वान् कहलाता है।
- हम जैसे साहित्य का अध्ययन करेंगे, वैसा ही हमारा चिंतन होगा और उसी के अनुसार जीवन चलने के आसार होंगे।
- हम जितना अध्ययन करते जाते हैं, हमें उतनी ही अज्ञानता का पता चलता है।
- जिस तरह अध्ययन करना अपने आपमें कला है, उसी प्रकार चिंतन करना भी एक कला है।
- पढ़ने से सस्ता मनोरंजन नहीं है और न ही कोई खुशी उतनी स्थायी है।
- जो पुस्तकें सबसे अधिक सोचने के लिए विवश करती हैं, वे सबसे बड़ी सहायक हैं।
- जैसा पढ़ोगे, जीवन में वैसे ही बढ़ोगे।
- स्वाध्याय बुद्धि का यज्ञ है। इसके द्वारा मानव सत् को प्राप्त होता है।
- अध्ययन हमें आनंद प्रदान करता है और जीवन को सजाते हुए योग्यता पैदा करता है।
- आज पढ़ना सब जानते हैं, पर क्या पढ़ना चाहिए, यह बहुत से लोग नहीं जानते।

## अधिकार/हकदार

- अधिकार जताने से अधिकार सिद्ध नहीं हो जाता।
- अधिकार पाना और अधिकार होना, एक ही बात नहीं।
- अधिकार लेने का वही हकदार है, जो कर्तव्य पर खरा उतरता है।
- हम लोगों की मनोवृत्ति ऐसी है कि जो मिला, उस पर अधिकार और जो नहीं मिला, उससे परेशान।
- संसार में सबसे बड़े अधिकार सेवा और त्याग से मिलते हैं।
- अपनापन छलके जिसकी बातों और व्यवहार में, वही अपना होने का हकदार है।
- सिर्फ प्राण निकल जाने पर ही मौत नहीं होती, मरा हुआ वो भी है, जो खामोशी से अपने हक मरते हुए देखता है।
- सम्मान के लिए संघर्ष अवश्य करें, पर अधर्म का साथ न दें, अधिकार के लिए अवश्य लड़ें, किंतु जिस पर अधिकार नहीं, उसका मोह न करें।
- जब भी आप किसी पर हद से ज्यादा अधिकार जताते हैं, वह व्यक्ति धीरे-धीरे आपकी कद्र करना कम कर देता है।
- अपने अधिकार के लिए लड़ना कोई पाप नहीं, बल्कि आपका कर्तव्य है।
- लोगों का भरपूर सम्मान इसलिए न कीजिए कि यह उनका अधिकार है, बल्कि इसलिए कि ये आपके संस्कार हैं।
- जो दूसरे का हक और खुशी छीन लेता है, उसका हिसाब वक्त जरूर करता है।

## अन्न/भोजन

- जैसा खाओगे अन्न, वैसा होगा मन।
- एक बात पर ध्यान देना। आनंद का क्षण और अन्न का कण कभी मत छोड़िए, जहाँ मिले, जब मिले, जैसा मिले, जितना मिले, लेते रहिए।
- यदि आपके चंद मीठे बोलों से किसी का रक्त बढ़ता है तो यह भी रक्तदान है। यदि आपके द्वारा किसी की पीठ थपथपाने से उसकी थकावट दूर होती है तो यह भी श्रमदान है। यदि आप कुछ भी खाते समय उतना ही प्लेट में लें कि कुछ भी व्यर्थ न जाए तो यह भी अन्न दान है।

- सृष्टि का एक नियम है—जो बाँटेंगे, वह आपके पास बेहिसाब होगा। फिर वह चाहे धन हो, अन्न हो, सम्मान हो, अपमान हो, नफरत हो या मोहब्बत।
- स्वादिष्ट भोजन अकेले में नहीं करना चाहिए। स्वादिष्ट भोजन का आनंद समूह में ही है।
- अधर्मी राजा का अन्न खानेवाले विद्वानों की भी बुद्धि मारी जाती है।
- दो चीजों को कभी व्यर्थ नहीं जाने देना चाहिए, अन्न के कण को और आनंद के क्षण को।

## अनमोल/अमूल्य/अनूठा/लाजवाब/गजब/अजीब

- मानव जीवन बहुत अमूल्य है, उसका एक-एक दिन बड़ा महत्त्वपूर्ण है।
- मोतियों की तरह ही अनमोल होते हैं रिश्ते, अगर कोई गिर भी जाए तो झुककर उठा लेना चाहिए।
- कितना अजीब है ये फलसफा जिंदगी का, दूरियाँ सिखाती हैं कि नजदीकियाँ क्या होती हैं?
- कितना अजीब है न, सृष्टि के सभी जीवों में एक मानव ही धन कमाता है और अन्य कोई जीव कभी भूखा नहीं मरा, पर मानव का पेट कभी नहीं भरा।
- जिंदा इनसान को गिराने में और मरे हुए इनसान को उठाने में; गजब की रुचि दिखाते हैं लोग।
- जो खोया, उसका गम नहीं, पर जो पाया, वह किसी से कम नहीं; जो नहीं है, वह एक ख्वाब है, पर जो मिला है, वह लाजवाब है।
- नफरत भी एक अजीब सा रिश्ता है, जिससे हो जाती है, वह शख्स हमेशा दिल और दिमाग में रहता है।

## अनुभव/महसूस/तजुरबा

- साहस व्यक्ति से वो करवाता है, जो वह कर सकता है, किंतु 'अनुभव' व्यक्ति से वही करवाता है, जो वास्तव में उसे करना चाहिए।
- खुदा जाने कौन सा गुनाह कर बैठे हैं हम, कि तमन्नाओं वाली उम्र में तजुरबे मिल रहे हैं।

- बुद्धिमान मनुष्य अपने अनुभवों से सीखता है, जबकि अधिक बुद्धिमान दूसरों के अनुभवों से सीखता है।
- अनुभव कहता है कि यदि मेहनत आदत बन जाए तो कामयाबी मुकद्दर बन जाती है।
- आध्यात्मिक अनुभव विचार से भी अधिक गहरे होते हैं।
- कष्ट सहने से ही अनुभव मिलता है।
- हमारा अनुभव भी एक तरह का अच्छा शिक्षक है, जो कठिन परिस्थितियों से गुजरने के बाद प्राप्त होता है।
- कोशिश आखिरी साँस तक करनी चाहिए। या तो लक्ष्य हासिल होगा या अनुभव।
- मनुष्य का अनुभव उसके रास्ते का प्रकाश होता है।
- बिना अनुभव के शाब्दिक ज्ञान अंधा है।
- किसी भी चीज का पछतावा न करें। यदि वह अच्छा है तो बेहतरीन है और अगर वह बुरा है तो अनुभव है।
- जिंदगी की हर सुबह कुछ शर्तें लेकर आती है और जिंदगी की हर शाम कुछ तजुरबे देकर जाती है।
- जिंदगी में अगर कोई सबसे सही रास्ते दिखानेवाला दोस्त है, तो वह है अनुभव।
- जीवन का अगला कदम एक सवाल है, लेकिन उठाए गए पिछले कदम के अनुभव उसके जवाब की ताकत हैं।
- पूरा जीवन एक अनुभव है। आप जितने अधिक प्रयोग करते हैं, उतना ही बेहतर बनते जाते हैं।
- समस्याएँ सदा नहीं रहतीं, लेकिन वे हमारे अनुभव की किताब पर हस्ताक्षर करके चली जाती हैं।
- सुख-दुःख तो अतिथि हैं, बारी-बारी आएँगे, चले जाएँगे। यदि वे नहीं आएँगे तो हम अनुभव कहाँ से लाएँगे?
- सलाह के सौ शब्दों से ज्यादा अनुभव की एक ठोकर इनसान को बहुत मजबूत बनाती है।

- तजुरबा इनसान को गलत फैसलों से बचाता है, मगर तजुरबा भी गलत फैसलों से ही आता है।
- अनुभव कहता है, खामोशियाँ ही बेहतर हैं, शब्दों से लोग रूठते बहुत हैं। जिंदगी गुजर गई सबको खुश करने में जो खुश हुए, वो अपने नहीं थे, जो अपने थे, वो कभी खुश नहीं हुए।
- तजुरबा अच्छा है, यदि उसका अधिक मूल्य न चुकाना पड़े।
- अच्छे फैसले अनुभव से आते हैं, लेकिन बुरे फैसलों से अनुभव आता है, इसलिए पछताएँ नहीं, बल्कि अपनी गलतियों से सबक लेकर आगे बढ़ें।
- अनुभव प्राप्ति के लिए काफी मूल्य चुकाना पड़ सकता है, पर उससे जो शिक्षा मिलती है, वह और कहीं नहीं मिलती।
- अनुभव सच में एक बेहतरीन स्कूल है, बस कमबख्त फीस बहुत लेता है।
- अनुभव बताता है कि मुसीबत के समय में दृढ़ निश्चय पूरी सहायता करता है।
- अनुभव तर्क से परे होता है। श्रद्धा अनुभव के आधार पर होती है, उससे भी परे की वस्तु है।
- आज के जमाने में किसी को यह महसूस मत होने देना कि आप अंदर से टूटे हुए हो, क्योंकि लोग टूटे हुए मकान की ईंटें तक उठा ले जाते हैं।
- खुशी के लिए बहुत-कुछ इकट्ठा करना पड़ता है, ऐसा हम समझते हैं, किंतु हकीकत में खुशी के लिए बहुत-कुछ छोड़ना पड़ता है, ऐसा अनुभव कहता है।
- अनुभव की पाठशाला में जो पाठ सीखे जाते हैं, वे पुस्तकों, विद्यालयों और विश्वविद्यालयों में नहीं मिलते।
- इतिहास के तजुरबों से हम सबक नहीं लेते, इसलिए इतिहास अपने आपको दोहराता है।
- दूसरों के अनुभव से जान लेना भी मनुष्य के लिए एक अनुभव है।
- अच्छा निर्णय अनुभव से प्राप्त होता है, लेकिन दुर्भाग्यवश, अनुभव का जन्म अकसर खराब निर्णयों से होता है।
- जीवन के अनुभव उन अनजान सड़क के मोड़ों की तरह होते हैं, जो बिना सफर किए मालूम नहीं होते।

## अनुमान/अंदाज/अंदाजा

- मुझे अगर कोई समझ पाया है तो वह मैं खुद हूँ, बाकी तो सब अंदाजे लगा रहे हैं।
- हमेशा अपनी बात कहने का अंदाज खूबसूरत रखो, ताकि जवाब भी खूबसूरत सुन सको।
- कुछ कहते वक्त हमें अपने शब्दों का चयन होशियारी और समझदारी से करना चाहिए। साथ ही, इस बात का अनुमान भी हमें होना चाहिए कि उसका परिणाम क्या निकलेगा? अगर हम यह अनुमान लगाने में सक्षम होंगे तो हम आसानी से विचार कर सकते हैं कि हमें क्या बोलना चाहिए और क्या नहीं बोलना चाहिए?
- उस लम्हे को बुरा मत कहो, जो आपको ठोकर पहुँचाता है, बल्कि उस लम्हे की कद्र करो, जो आपको जीने का अंदाज सिखाता है।
- अनुमान गलत हो सकता है, पर अनुभव कभी गलत नहीं होता, क्योंकि अनुमान हमारे मन की कल्पना है और अनुभव हमारे जीवन की सीख है।

## अनुशासन/अनुशासनहीनता

- जिंदगी में अनुशासन को महत्त्व देना बहुत जरूरी है। बिना अनुशासन के जिंदगी अस्त-व्यस्त हो जाती है और हम पटरी से उतर जाते हैं।
- सफल और सुखी जीवन के लिए अनुशासन बहुत आवश्यक है।
- अमीरी केवल धन से नहीं आँकी जा सकती। आप अपनी आदतों, मूल्यों, दृष्टिकोण व अनुशासन से भी अमीर हो सकते हैं।
- अच्छी व्यवस्था के लिए अनुशासन अनिवार्य है।
- अनुशासन विपत्ति की पाठशाला से सीखा जाता है।
- अनुशासन ही देश को महान् बनाता है।
- जो अपने पर अनुशासन नहीं रख सकता, वह दूसरों पर अनुशासन कैसे रख सकता है?
- अनुशासन के बिना न तो परिवार चल सकता है, न कोई संस्था या देश। वास्तव में अनुशासन ही संगठन की चाबी और विकास की सीढ़ी है।
- अनुशासनहीनता जीवन में बहुत भ्रम पैदा करती है और एक व्यक्ति को गैर-जिम्मेदार और आलसी बनाती है।

## अपना/अपनापन/खुद/स्वयं/आप/पराया

- एक पल में किसी को भुला मत देना, जिंदगी लग जाती है, किसी को अपना बनाने में।
- दूसरों के लिए कितना ही मरो, तो भी वे अपने नहीं होते। पानी तेल में कितना ही मिले, फिर भी अलग रहेगा।
- उन अपनों को न खोएँ, जो आपके लिए चिंता करते हैं।
- खुशी के फूल उन्हीं के दिलों में खिलते हैं, जो अपनों से अपनों की तरह मिलते हैं।
- इनसान सबकुछ भूल सकता है, सिवाय उन पलों के, जब उसे अपनों की जरूरत थी और वे साथ नहीं थे!
- अपना, अपना ही है। दूसरा अपना हो जाए तो अपने के लिए कोई क्यों रोएँ?
- अपनी मुश्किलों को अपनों के बीच रख दीजिए, कुछ मुश्किलें कम हो जाएँगी और कुछ अपने भी।
- जो अपने हैं, वे न भी पूछें, तो भी अपने ही रहते हैं।
- जो मनुष्य अपनों का पालन न कर सका, वह दूसरों की किस मुँह से मदद करेगा?
- जिसे अपना समझो, वह अपना है, जिसे गैर समझो, वह गैर है।
- ठंडी रोटी अकसर उनके ही नसीब में होती है, जो अपनों के लिए कमाई करके देर से घर लौटते हैं।
- पेड़ की अपनी डाल टूटकर पराई हो जाए तो पेड़ उसे किसी तरह से अपनी नहीं बना सकता, लेकिन बाहर से जो लता उसकी ओर बढ़ आती है, उसे आश्रय दे देता है।
- कभी पीठ पीछे आपकी बात चले तो घबराना मत, बात तो उन्हीं की होती है, जिनमें कोई बात होती है।
- कभी-कभी आपको दुश्मन की जरूरत नहीं पड़ती, जिसकी कमी अपने पूरी कर देते हैं।
- हम खुद को बरगद बनाकर जमाने भर को छाँव बाँटते रहे, मेरे अपने ही हर दिन मुझको थोड़ा-थोड़ा काटते रहे।

- केवल रक्त संबंध से ही कोई अपना नहीं होता। प्रेम, सहयोग, विश्वास, निष्ठा, आभार, सुरक्षा, सहानुभूति और सम्मान—ये सारे ऐसे गुण हैं, जो परायों को भी अपना बनाते हैं।
- किसी ने पूछा, उम्र और जिंदगी में क्या फर्क है ? बहुत सुंदर जवाब, जो अपनों के बिना बीती, वो उम्र और जो अपनों के साथ बीती, वो जिंदगी।
- हस्ती मिट जाती है आशियाँ बनाने में, बहुत मुश्किल होती है, अपनों को समझाने में।
- रिश्ता क्या है, यह जानने से अच्छा है, अपनापन कितना है, यह महसूस कीजिए।
- थमती नहीं जिंदगी कभी किसी के बिना, लेकिन ये गुजरती भी नहीं अपनों के बिना।
- जिंदगी का यह हुनर भी आजमाना चाहिए; कि जंग जब अपनों से हो, तो हार जाना चाहिए।
- जिसने अपने या अपनों को वश में कर लिया, संसार की कोई शक्ति उसकी जीत को हार में नहीं बदल सकती।
- गिरते हुए पत्ते सबसे बड़ा उदाहरण हैं कि बोझ बन जाओगे तो अपने भी गिरा देंगे।
- वक्त और अपने जब दोनों एक साथ चोट पहुँचाएँ तो इनसान बाहर से ही नहीं, अंदर से भी पत्थर बन जाता है।
- हारना तब जरूरी होता है, जब लड़ाई अपनों से हो और जीतना तब जरूरी होता है, जब लड़ाई खुद से हो।
- होश का पानी छिड़को मदहोशी की आँखों पर, अपनों से कभी ना उलझो, गैरों की बातों पर।
- हाल पूछ लेने से कौन सा हाल ठीक हो जाता है, बस एक तसल्ली सी हो जाती है कि इस भीड़ भरी दुनिया में कोई अपना भी है।
- भीड़ में खो जाने से अच्छा है, एकांत में अपनेपन में खो जाएँ।
- पराए लोग ही एक-दूसरे से प्यार करते हैं इस दुनिया में, अपने तो सिर्फ एक-दूसरे की हैसियत नापते हैं।

- परायों को अपना बनाना उतना मुश्किल नहीं, जितना अपनों को अपना बनाए रखना।
- राहत व चाहत के साथ आफत भी अपनों से मिलती है, इसलिए अपनों से कभी रूठना नहीं, क्योंकि मुसकराहट भी सिर्फ अपनों से मिलती है।
- रेगिस्तान भी हरे हो जाते हैं, जब 'अपनों' के साथ 'अपने' खड़े हो जाते हैं।
- संपर्क नियमित रूप से बनाए रखिए, क्योंकि अजनबियों के शोर से ज्यादा अपनों की चुप्पी परेशान करती है।
- सारी जिंदगी रखा रिश्तों का भ्रम मैंने, लेकिन सच तो यह है कि खुद के सिवा कोई अपना नहीं होता।
- उन्हें अपना समझने से क्या फायदा, जिनके अंदर आपके लिए कोई अपनापन न हो।
- दौलत से सुविधाएँ मिलती हैं, सुख नहीं। सुख मिलता है तो आपस के प्यार से और अपनों के साथ से। अगर सुविधाओं से सुख मिलते तो कोई पैसावाला कभी दुःखी नहीं होता।
- दुनिया का सबसे मुश्किल काम अपनों में से अपनों को ढूँढ़ना।
- वक्त निकालकर अपनों से मिल लिया करो, अगर अपने ही न होंगे तो क्या करोगे वक्त का?
- तकलीफें तो हजारों हैं इस जमाने में, बस कोई अपना नजरअंदाज करे, तो बरदाश्त नहीं होता।
- जब तक आप अपने आपसे खुश नहीं होंगे, तब तक आपको कोई भी खुश नहीं कर सकता।
- जीवन में सदा अपनों को समझने का प्रयत्न करो, परखने का नहीं।
- जो अपना है, वो जाएगा नहीं और जो अपना नहीं, वो रहेगा नहीं।
- अपना काम अपने आप करना श्रेष्ठ मनुष्यों का गुण है।
- अपनापन छलके जिसकी बातों में, सिर्फ कुछ ही लोग होते हैं लाखों में।
- अपनापन तो हर कोई दिखाता है, पर अपना कौन है, यह वक्त दिखाता है।
- अपनापन, सम्मान, परवाह और थोड़ा समय—ये ही वो दौलत है, जो अकसर हमसे अपने चाहते हैं।

- अपनों की यादें खुशबू की तरह होती हैं; चाहे कितने भी खिड़की-दरवाजे बंद कर लो; हवा के झोंके के साथ अंदर आ ही जाती हैं।
- अपनों की देखभाल करना भी प्रेम का बहुत बड़ा रूप है।
- अपनों में रहें, अपने में नहीं।
- अपनों का हाथ पकड़कर चलिए, गैरों के पैर पकड़ने की नौबत नहीं आएगी।
- आसमान छूने की चाहत नहीं है, हम अपनों के दिल में रहें, यही काफी है।
- औरों के लिए जीते हैं तो कोई शिकायत नहीं, लेकिन जब थोड़ा सा अपने लिए जियो, तो दुनिया भर के दुश्मन बन जाएँगे।
- ये दबदबा, ये हुकूमत, ये नशा और ये दौलत—सब किराएदार हैं, घर बदलते रहते हैं। मुसकराहट, अपनापन और स्वभाव—ये सब स्वयं की संपत्ति हैं, इनका जी भर के उपयोग कीजिए।
- किसी ने पूछा कि इस दुनिया में आपका अपना कौन है ? ज्ञानी व्यक्ति ने हँसकर कहा—समय अगर सही है तो सभी अपने हैं, वरना कोई भी नहीं।
- अपना और पराया की पहचान यही है कि जो भावनाओं को समझे, वो अपना और जो भावना से परे हो, वो पराया; जो दूर रहकर भी पास हो, वो अपना और जो पास रहकर भी दूर हो, वो पराया।
- हित चाहनेवाला पराया भी अपना है और अहित करनेवाला अपना भी पराया है।
- अपने वो होते हैं, जो समझते हैं और समझाते भी हैं।

## अपमान/बेइज्जत/असम्मान

- एक बात ध्यान रखिए कि किसी का समय और स्थिति कभी भी बदल सकती है, इसलिए कभी किसी का अपमान मत करो व किसी को कम मत समझो। आप शक्तिशाली हो सकते हैं, पर समय आपसे भी शक्तिशाली है।
- बुद्धिमान आदमी धोखा और अपमान की बात किसी अन्य पर प्रकट नहीं करता।
- जिस समय हम किसी का अपमान कर रहे होते हैं, उस वक्त हम अपना सम्मान भी खो रहे होते हैं।
- अपमानपूर्वक अमृत पीने से अच्छा है, सम्मानपूर्वक विषपान।
- तलवार का घाव भर जाता है, पर अपमान का घाव नहीं भरता।

- जहाँ न पूजने योग्य लोगों को पूजा जाता है और पूजने योग्य लोगों का जहाँ तिरस्कार किया जाता है, वहाँ अकाल, मृत्यु और भय—ये तीनों होते हैं।
- जो धूल पैर से आहत होने पर उठकर सिर पर चढ़ जाती है, वह उस मनुष्य से अच्छी है, जो अपमान होने पर भी शांत बैठा रहता है।
- जो माता-पिता, ब्राह्मण और गुरु का अपमान करता है, वह जीवन भर सुखी नहीं रह सकता।
- जैसे कड़वी गोलियाँ चबाई नहीं, निगली जाती हैं, उसी प्रकार जीवन में अपमान, विफलता, धोखे जैसी कड़वी बातें गटक जाएँ, उन्हें चबाते रहेंगे तो जीवन कड़वा हो जाएगा।

## अर्जित/प्राप्त/प्राप्ति/हासिल/उपलब्धि/पाना/मिलना

- कभी कुछ नया पाने के लिए, वो मत खो देना, जो पहले से आपका है।
- मितव्ययिता से बचाया हुआ धन, अर्जित धन की तरह ही है।
- मिलता तो बहुत-कुछ है इस जिंदगी में, बस हम गिनती उसी की करते हैं, जो हासिल न हो सका।
- कृत्रिम सुख की बजाय ठोस उपलब्धियों के पीछे रहिए।
- जीवन-निर्वाह के लिए धन अत्यंत आवश्यक है, परंतु उसकी प्राप्ति होनी चाहिए सन्मार्ग से।
- जो वस्तु हमें पसंद होती है, जरूरी नहीं कि वह हमें मिल ही जाए। इसलिए जो मिलता है, उसे ही पसंद कर लिया जाना चाहिए।
- यदि तुम प्राप्त करना चाहते हो तो अर्पित करना सीखो।
- तीन चीजें कभी भी अपमानित करवा सकती हैं—चोरी, चुगली और झूठ।

## अर्पित/समर्पित/समर्पण

- यदि हम गलती करते हैं और मानते हैं तो हम ईमानदार हैं। अगर हमें संदेह है और समर्पित हो जाते हैं तो उसका मतलब है, हम बुद्धिमान हैं, लेकिन सही होने पर भी समर्पित हैं तो उसका अर्थ है, हम रिश्तों का आदर करते हैं।
- किसी के लिए समर्पण करना मुश्किल नहीं है। मुश्किल है, उस व्यक्ति को

ढूँढ़ना, जो आपके समर्पण की कद्र करे।

- समर्पण बिना सेवा नहीं।
- हमेशा ऐसे व्यक्ति को सँभालकर रखिए, जिसने आपको ये तीन भेंट दीं—साथ, समय और समर्पण।

## अफसोस/खेद

- बीते हुए कल का अफसोस और आनेवाले कल की चिंता—ये दो ऐसे चोर हैं, जो हमारा आज का चैन चुरा लेते हैं।
- हमें जो मिला है, हमारे भाग्य से ज्यादा मिला है। यदि आपके पाँव में जूते नहीं हैं तो अफसोस मत कीजिए, क्योंकि दुनिया में कई लोगों के पास तो पाँव भी नहीं हैं।
- जो पाप में फँस जाता है, मानव है; जो उस पर खेद प्रकट करता है, देवता है और जो उस पर घमंड करता है, दानव है।
- लोग अफसोस से कहते हैं कि कोई किसी का नहीं, लेकिन कोई यह नहीं सोचता कि हम किसके हुए? परखो तो कोई अपना नहीं, समझो तो कोई पराया नहीं।

## असंतोष/अशांत/अशांति/असंतुष्ट/बेचैन

- धन-संपन्न होने पर भी जो असंतुष्ट रहता है, वह सबसे बड़ा निर्धन है।
- खुशदिल व्यक्ति अपने अंतर्मन का अच्छा निर्माण करता है, जबकि असंतुष्ट व्यक्ति संसार को दोष देता है।
- शारीरिक व्याधि न हो तो थकान कभी भी काम के कारण नहीं होती, बल्कि चिंता, भय, निराशा और असंतोष के कारण होती है।
- सभी वेदनाओं का मूल कारण मोह है, जिससे अशांति रहती है। यदि मोह छूट जाए तो शांति मिलना संभव है।
- सुख चाहनेवाले संतोषी बनें और अपने आपको संयम से रखें। संतोष ही सुख की जड़ है, असंतोष में तो दुःख-ही-दुःख हैं।
- अशांत मन में कभी सकारात्मक विचार नहीं आते हैं, शांत मन ही हमें सही मार्ग दिखाता है।

- असंतोष अपने ऊपर अविश्वास का फल है, जो कमजोर इच्छा का रूप है।
- एक सुकून की तलाश में न जाने कितनी बेचैनियाँ पाल लीं और लोग कहते हैं, हम बड़े हो गए, हमने जिंदगी सँभाल ली!

## असफल/असफलता/विफल/विफलता

- याद रखिए, असफलता अनाथ होती है और सफलता के रिश्तेदार बहुत होते हैं।
- विफलता के डर की बजाय सफलता की इच्छा बड़ी होनी चाहिए।
- सफलता कभी पक्की नहीं होती और असफलता कभी अंतिम नहीं होती, इसलिए सदा प्रयास करते रहिए।
- ज्यादातर असफलता तभी आती है, जब हम अपने आदर्श, उद्‌देश्य और सिद्धांत भूल जाते हैं।
- असफलता की अवस्था तभी अनुभव होती है, जब व्यक्ति के अतीत में गर्व करने योग्य कुछ न हो और भविष्य के लिए कोई आशा न बची हो।
- असफल होने पर निराशा का सामना करना पड़ता है, किंतु कोशिश छोड़ देने पर असफलता मिलना तय है।
- जीवन में दो व्यक्ति असफल होते हैं, पहले वे, जो सोचते हैं, पर करते नहीं और दूसरे वे, जो करते हैं, पर सोचते नहीं।
- असफलता के विचार से सफलता का उत्पन्न होना उतना ही असंभव है, जितना बबूल के पेड़ से गुलाब के फूल का निकलना।
- लगातार हो रही असफलताओं से निराश नहीं होना चाहिए, कभी-कभी गुच्छे की आखिरी चाबी भी ताला खोल सकती है।
- असफलता का मौसम सफलता के बीज बोने के लिए सर्वश्रेष्ठ समय होता है।
- असफलता फिर से अधिक सूझ-बूझ के साथ कार्य आरंभ करने का एक अवसर है।
- विचारवान अपनी विफलता के लिए दूसरों को जिम्मेदार नहीं ठहराते, बल्कि गंभीरता से यह खोजते हैं कि किन कमियों के कारण असफलता हाथ लगी?
- कल की विफलता वह बीज है, जिसे आज बोने पर भावी कल में सफलता का परिणाम मिलता है।

## असहमत/असहमति/सहमत

- यदि आप नहीं जानते तो पूछिए, यदि आप किसी बात से सहमत नहीं तो चर्चा कीजिए, यदि आपको कुछ पसंद नहीं तो बताइए, लेकिन चुप रहकर किसी निर्णय तक मत पहुँचिए।
- यह जरूरी नहीं कि हम एक-दूसरे से सहमत हों, लेकिन इसका मतलब यह भी नहीं कि हम परस्पर एक-दूसरे का आदर न करें।
- सभी बातों से हर कोई सहमत नहीं होता और कोई भी बात पूर्णत: सच नहीं होती।
- आजकल रिश्ते निभाए कहाँ जाते हैं, केवल आपसी सहमति से बनाए जाते हैं।
- असहमति होते हुए भी सहमति के बिंदु खोजना सुखी रहने का एक श्रेष्ठ तरीका है।

## अहमियत/प्राथमिकता/वरीयता

- खुद की समझदारी ही अहमियत रखती है, वरना अर्जुन और दुर्योधन के गुरु एक ही थे।
- किसी को इतनी अहमियत न दो कि वह आपकी अहमियत भूल जाए।
- हर किसी के अंदर अपनी ताकत और अपनी कमजोरी होती है। मछली जंगल में नहीं दौड़ सकती और शेर पानी में राजा नहीं बन सकता। इसलिए अहमियत सभी को देनी चाहिए।
- पाश्चात्य संस्कृति जहाँ भौतिकता को सर्वोच्च प्राथमिकता देती है, वहाँ भारतीय संस्कृति में भौतिकता को महत्त्वपूर्ण मानते हुए भी आध्यात्मिकता को प्राथमिकता दी गई है।
- जब हम प्राथमिकता तय कर लेते हैं, तब हमारी कोशिशें, हमारा बरताव और हमारी जीवनचर्या भी उसी के अनुसार निर्धारित होने लगती है।
- अपनी जिंदगी में हर किसी को अहमियत दीजिए, क्योंकि जो अच्छे होंगे, वो साथ देंगे और जो बुरे होंगे, वो सबक देंगे।

## अहसान/अहसान फरामोश

- यादें भी कितनी अहसान फरामोश होती हैं, जिस दिल में रहती हैं, उसी दिल को दुखाती हैं।
- कुछ लोग अहसान-फरामोश होते हैं, कि पैरों के नीचे घिस चुकी चप्पल में नुक्स निकालते हैं, पाँव रखते हैं खुद कीचड़ में और छींटों का दोष चप्पल पर लगाते हैं।
- अहसान फरामोश और मतलबी लोगों की दिल में कोई जगह नहीं होनी चाहिए।
- किसी का किया हुआ अहसान कभी मत भूलना और खुद का किया हुआ अहसान कभी याद मत रखना।
- जिंदगी जब देती है तो अहसान नहीं करती और जब लेती है तो लिहाज नहीं करती।

## अहसास/अनुभूति

- कभी-कभी कुछ तसवीरों के लिए शब्द नहीं होते, सिर्फ अहसास होते हैं।
- रिश्ते अकसर वही लाजवाब होते हैं, जो अहसानों से नहीं, अहसासों से बने होते हैं।
- अहसासों के पाँव नहीं होते, फिर भी दिल तक पहुँच ही जाते हैं।
- वास्तव में जीवन प्यार और पोषण चाहता है। इसे हरेक को दें, लेकिन बदले में कुछ लेने की उम्मीद न करें, क्योंकि यह एक अनुभूति है, लेन-देन नहीं।
- अहसास सच्चे हों, यही काफी है। यकीन तो लोग सच पर भी नहीं करते।
- अच्छा लगता है मुझे उन लोगों को सुबह का अभिवादन करना, जो मेरे समक्ष न होते हुए भी मेरे हृदय के बहुत पास होने का अहसास दिलाते हैं।
- जो कह दिया, वे शब्द थे, जो नहीं कह सके, वह अनुभूति थी और जो कहना है, फिर भी नहीं कह सकते, वह मर्यादा है।

## अहिंसा/हिंसा

- अहिंसा में इतनी शक्ति है कि सूझ-बूझ से भीषण हिंसा उसके मुकाबले टिक नहीं सकती।
- सत्य और अहिंसा से संसार को झुकाया जा सकता है।

- जब कोई व्यक्ति अहिंसा की कसौटी पर खरा उतर जाता है तो दूसरे व्यक्ति स्वयं ही उसके पास वैर-भाव भूल जाते हैं।
- जैसे साधु की पहचान उसकी सज्जनता से होती है, न कि भेष से, उसी प्रकार अहिंसा की पहचान आचरण से होगी, न कि कहने से।
- अहिंसा का मतलब इतना ही नहीं कि हम किसी का बुरा नहीं चाहेंगे और न ही बुरा करेंगे, बल्कि हर किसी का भला सोचेंगे और भला करने के लिए आगे बढ़ेंगे।
- अहिंसा का सर्वव्यापी सिद्धांत है कि सभी प्राणी सुखपूर्वक जीवनयापन करें और मन से, वाणी से अथवा कर्म से किसी का भी अहित न करें।
- अहिंसा में इतनी ताकत है कि वह विरोधियों को मित्र बना लेती है और उनका प्रेम प्राप्त कर लेती है।
- अहिंसा जितनी ताकतवर होगी, उतनी ही अधिक शांति महसूस होगी।
- अहिंसा परम धर्म है, अहिंसा परम तप है, अहिंसा परम ज्ञान है और अहिंसा परमपद है।

## आईना/दर्पण/शीशा

- शीशा और पत्थर संग-संग रहें तो कोई बात नहीं, मगर शर्त इतनी है कि बस दोनों जिद न करें टकराने की।
- कभी फुरसत में अपनी कमियों पर गौर करना, दूसरों का आईना बनने की ख्वाहिश मिट जाएगी।
- किसने कहा कि तू अकेला है, आईने में जाकर देखो, दुनिया का सबसे ताकतवर इनसान तेरे सामने खड़ा है।
- जिंदगी एक आईने की तरह है, यह तभी मुसकराएगी, जब हम मुसकराएँगे।
- जिसके पास एक अच्छा दोस्त है, उसे किसी भी दर्पण की जरूरत नहीं है।
- हे ईश्वर! आईना साफ किया तो 'मैं' नजर आया और 'मैं' को साफ किया तो 'तू' नजर आया।
- दर्पण में मुख और संसार में सुख होता नहीं, बस दिखता है।
- व्यवहार वह दर्पण है, जिसमें प्रत्येक व्यक्ति का प्रतिबिंब देखा जा सकता है।

- आईना कब-किसको सच बता पाया है, जब देखा दायाँ तो, बायाँ ही नजर आया है।
- आईना और परछाईं के जैसे मित्र रखो, क्योंकि आईना कभी झूठ नहीं बोलता और परछाईं कभी साथ नहीं छोड़ती।
- अज्ञानी के लिए किताबें और अंधे के लिए दर्पण एक समान अनुपयोगी हैं।
- आईने का सिद्धांत भी लाजवाब है, जिसमें स्वागत सभी का है, लेकिन संग्रह किसी का नहीं।
- जब किसी में गुण दिखाई दे तो मन को कैमरा बना लीजिए और जब किसी में अवगुण दिखाई दे तो मन को आईना बना लीजिए।
- यदि हम काँच के टुकड़े बनकर रहेंगे तो कोई छुएगा भी नहीं और जिस दिन हम दर्पण बन जाएँगे तो बिना देखे कोई रहेगा भी नहीं।
- जिसकी बुद्धि नहीं है, उसको शास्त्र से क्या लाभ, जैसे नेत्रहीन मनुष्य के लिए दर्पण बेकार है।

## आँख/नेत्र/नयन/नेत्रहीन

- किसी के घर जाओ तो अपनी आँखों को इतना काबू में रखो कि उसके सत्कार के अलावा उसकी कमियाँ न दिखें और जब उसके घर से निकलो तो अपनी जुबान काबू में रखो, ताकि उसके घर की इज्जत और राज सलामत रहें।
- जिंदगी का सबसे अच्छा पल वह है, जब आप कहें कि मैं ठीक हूँ और आपका अपना चाहनेवाला आपकी आँखों में देखे और कहे, 'चल बता, बात क्या है?'
- हम अपनी भावनाओं को चुप रहकर छुपा सकते हैं, लेकिन हम भूल जाते हैं कि हमारी आँखें बहुत-कुछ बोल देती हैं।
- जब कभी चोट लगे तो खून निकलता है और मनुष्य का हृदय खून से बना होने पर भी जब उसको चोट लगती है तो आँख से पानी निकलता है।
- नेत्र हमें केवल दृष्टि प्रदान करते हैं, परंतु हम कब, किसमें, क्या देखते हैं, यह हमारी भावनाओं पर निर्भर करता है।
- आँखें होते हुए अंधा बननेवाले को कोई रास्ते पर नहीं लगा सकता।
- आलपिन सारे कागजों को जोड़कर रखना चाहती है, लेकिन वह हर कागज को

चुभती है। इसी प्रकार जो व्यक्ति सभी को जोड़कर रखना चाहता है, वह भी कभी-कभी किसी की आँखों में चुभता है।

- अगर आप किसी की आँखों में दर्द देखते हो तो उसके दर्द को अपना दर्द समझो।
- बहुत से लोग नेत्र से नहीं, सोच से नेत्रहीन हैं।
- बिना ठोकर खाए आदमी की आँखें नहीं खुलतीं।

## आँसू/अश्रु

- खून की नदियाँ बहाने की बजाय एक आँसू पोंछने में अधिक सच्ची प्रसिद्धि है।
- ईश्वर कभी-कभी अपने बच्चों के नेत्रों को आँसुओं से धोता है, ताकि वे उसकी प्रकृति और उसके आदेशों को सही-सही पढ़ सकें।
- कभी-कभी स्त्रियों के आँसू पुरुषों की क्रोधाग्नि भड़काने में तेल का काम कर देते हैं।
- कभी-कभी विकट परिस्थितियों में रोना दिल का बोझ कम करने में औषधि का काम करता है।
- कौन कहता है, आँसुओं में वजन नहीं होता, एक आँसू भी छलक जाता है तो मन हलका हो जाता है।
- कदम-कदम पर बहाए जानेवाले आँसू कमजोरी या हिम्मत टूटने की निशानी हैं।
- दु:खियों को हमदर्दी के आँसू भी कम प्यारे नहीं होते।
- मर्द की मर्दानगी का सबसे बड़ा उदाहरण यह है कि उसकी वजह से किसी औरत की आँख में आँसू और इज्जत पर आँच न आए।
- किसी को दु:ख देने से पहले यह सोच लेना कि उसके आँसू कहीं आपके लिए सजा न बन जाएँ!
- स्त्रियों के आँसू कभी-कभी उसकी कमियों को छिपाने, दिखावट, ध्यान आकर्षित करने और पश्चात्ताप का माध्यम भी बनते हैं।
- जिनकी किस्मत में लिखा हो रोना, वो मुसकरा भी दें तो आँसू निकल आते हैं।
- दु:खियारों को हमदर्दी के आँसू भी कम प्यारे नहीं होते।
- दुआ में गिरा एक आँसू पूरी तकदीर बदल सकता है।

- जहाँ स्त्री रोकर अपना मन हलका कर लेती है, वहीं पुरुष आँसू रोककर अपनी मजबूती का प्रदर्शन करते हैं।
- आँसू एक मोती है, जो दिल टूटने के साथ बिखरता है।
- आँसू हृदय की भावना आँखों के जरिए व्यक्त करने का साधन भी हैं।
- आँसू दर्द की मौन भाषा है।
- औरत के आँसू जहाँ उसकी भावना को प्रकट करते हैं, वहीं करुणा के लिए तरसते हैं और सहानुभूति के लिए बरसते हैं।
- रिश्ते प्याज की तरह होते हैं, जिनमें विश्वास और परवाह की कई परतें हैं। हम इन्हें काटेंगे तो आँखें आँसुओं से ही भरेंगी।
- जिंदगी में किसी भी संबंध पर रोना नहीं चाहिए, क्योंकि जिसके लिए आपको रोना पड़े, वो आपके आँसू के लायक नहीं और जो लायक होगा, वो आपको रोने नहीं देगा।
- मछलियों के दुःख के आँसू किसी को दिखाई नहीं देते, क्योंकि वे पानी में घुल जाते हैं।
- जज्बात वहीं जाहिर करो, जहाँ उसकी कद्र हो, बाकी तो आँखों से बहता हुआ आँसू भी लोगों को पानी लगता है।
- प्रेम और आँसू की पहचान भले ही अलग-अलग हो, किंतु दोनों का गोत्र एक ही है, हृदय।

## आज/कल

- ये काश-वाश का वहम न पालो, जो काम खुशी दे, वो आज ही कर डालो।
- बीते हुए कल का अफसोस और आनेवाले कल की चिंता—ये दो ऐसे चोर हैं, जो हमारे आज का चैन चुरा लेते हैं।
- कर्मों से डरिए, ईश्वर से नहीं। ईश्वर माफ कर देता है, कर्म नहीं। अटल सत्य है कि जैसे बछड़ा सौ गायों में अपनी माँ को ढूँढ़ लेता है, उसी प्रकार कर्म अपने कर्ता को ढूँढ़ ही लेता है, आज नहीं तो कल।
- कभी उम्मीद मत छोड़िए, क्योंकि कल हमेशा आज से बेहतर होता है और घनी रात के बाद नया सवेरा जरूर आता है।

- कल क्या होगा, कभी मत सोचो, क्या पता कल वक्त खुद अपनी तसवीर बदल दे।
- कल क्या होगा, यह कोई नहीं जानता है। इसलिए कल के करने योग्य कार्य को आज ही कर लेनेवाला ही बुद्धिमान है। कल भी यही सत्य था, आज भी यही सत्य है।
- कल की फिक्र मत करो। जिस रब ने आज तक सँभाला है, वह आगे भी सँभालेगा।
- जिंदगी हमेशा एक नया मौका देती है, सरल शब्दों में उसे आज कहते हैं, दूसरा मौका सिर्फ कहानियाँ देती हैं, जिंदगी नहीं।
- जिंदगी वही है, जो हम आज जी लें, कल हम जो जिएँगे, वो उम्मीद होगी।
- उस संकल्प के साथ जागिए, जिसे आपको आज पूरा करना है।
- वक्त ही तो है, गुजर जाएगा, आज तेरा है, कल मेरा भी आएगा।
- जीवन एक ऐसी रस्सी है, जो उम्मीदों में झुलाती है। ऐसा मानिए कि आज कल से बेहतर है और कल आज से बेहतर होगा।
- जो तुम आज कर सकते हो, उसे कल के भरोसे कभी मत छोड़ो।
- मुसकराइए, क्योंकि आज वही कल है, जिसकी आपको कल बहुत फिक्र थी।
- आज का जो पुरुषार्थ है, वही कल का भाग्य है।
- आज से बेहतर कुछ नहीं, क्योंकि कल कभी आता नहीं और आज कभी जाता नहीं।

## आत्मा/अंतरात्मा/अंतःकरण

- आत्मा में परमात्मा का साक्षात्कार प्राप्त करना ही जीवन का परम लक्ष्य होना चाहिए।
- इनसान अपना वह चेहरा तो खूब सजाता है, जिस पर लोगों की नजर होती है। आत्मा को सजाने की कोशिश कोई नहीं करता, जिस पर परमात्मा की नजर होती है।
- जिस तरह मैला वस्त्र साबुन, जल आदि से साफ होता है, उसी तरह आत्मा आध्यात्मिक जप-तप से मैल से मुक्त होती है।

- मानव का अंत:करण ही ईश्वर की वाण्पा है।
- वेशभूषा की परवाह भले ही न करो, पर अपनी आत्म की पवित्र जरूरत रखो।
- हमारी आत्मा ब्रह्म की ज्योति स्वरूप है।
- मानव देह ही वह एकमात्र रथ है, जिस पर सवार होकर आत्मा परमात्मा तक पहुँच सकती है।
- जिस प्रकार एक इंजीनियर किसी भी वस्तु को रूपरेखा देता है, ठीक उसी प्रकार हम अपनी आत्मा को रूपरेखा देते हैं। यदि आपमें सहनशक्ति, प्रेम, आदर, संयम, दया, संतोष आदि का वास है तो आप दुनिया के अनमोल हीरे हो।
- निर्मल अंत:करण को जिस समय जो प्रतीत हो, वही सत्य है। उस पर दृढ़ रहने से शुद्ध सत्य की प्राप्ति होती है।
- आत्मा जानती है कि उसे कैसे मजबूत बनाना है, पर चुनौती यह है कि दिमाग कैसे शांत रहे?
- पहले लोग मरते थे, आत्मा भटकती थी। अब आत्मा मर चुकी है, लोग भटक रहे हैं।
- पुस्तकों का मूल्य रत्नों से भी अधिक है, क्योंकि रत्न बाहरी चमक-दमक दिखाते हैं, जबकि पुस्तकें अंत:करण को उज्ज्वल करती हैं।
- संबंध उसी आत्मा से जुड़ता है, जिनसे हमारा पिछले जन्मों का कोई नाता है, वरना दुनिया की इस भीड़ में कौन, किसको जानता है?
- संसार स्वप्न की तरह है। जिस प्रकार जागने पर स्वप्न झूठा प्रतीत होता है, उसी प्रकार आत्मा का ज्ञान होने पर यह संसार मिथ्या मालूम होता है।
- सजना-सँवरना हो तो अपनी आत्मा को सँवारो। इस काया का क्या, इसे मिट्टी से आकर मिट्टी में समाना है।
- तुझे इस बात का खयाल बराबर क्यों आता है कि फलाँ मुझसे खुश हैं या नहीं? तू सदा यही देख कि तेरी अंतरात्मा तुझसे खुश है या नहीं?
- जिस प्रकार सूर्य का प्रकाश अलग-अलग घरों में जाकर भिन्न नहीं हो पाता, उसी प्रकार ईश्वर की महान् आत्मा पृथक्-पृथक् जीवों में प्रविष्ट होकर भी विभिन्न नहीं होती।

- जो बाहर की सुनता है, वो बिखर जाता है, जो भीतर की सुनता है, वो सँवर जाता है।
- आपकी आत्मा से परे कोई भी शत्रु नहीं है। असली शत्रु क्रोध, घमंड, लालच, आसक्ति और नफरत के रूप में आपके भीतर रहते हैं।
- आत्मा को आत्मा की आवाज ही जगा सकती है।
- आत्मा कुछ-न-कुछ कहती अवश्य है। उसकी सलाह मानना तुम्हारा धर्म है।
- आत्मा जिस कार्य से सहमत न हो, उस कार्य के करने में शीघ्रता मत करो।
- आत्मा भी अंदर है, परमात्मा भी अंदर है और परमात्मा से मिलने का साधन भी अंदर है।
- आत्मा तो हमेशा से जानती है कि सही क्या है, चुनौती तो मन को समझाने की होती है।
- जैसे फूल में गंध, तिल में तेल, काष्ठ में अग्नि, दूध में घी और ईख में गुड़, निराकार रूप में वर्तमान रहता है, उसी प्रकार सगुण शरीर में आत्मा विद्यमान रहती है।
- आत्मा अमर-अमोघ है।
- आत्मा को न शस्त्र काट सकता है, न आग जला सकती है, न जल भिगो सकता है और न हवा सुखा सकती है।
- भोग-विलास, सैर-तमाशे से आत्मा उसी की भाँति संतुष्ट नहीं होती, जैसे कोई चटनी और अचार खाकर अपनी भूख को शांत नहीं कर सकता।
- गीता के अनुसार, आत्मा अमर है, न उसका जन्म होता है, न मृत्यु। वह नित्य है और अनादि काल से चली आ रही है। किसी शरीर की मृत्यु होने पर भी उसकी मृत्यु नहीं होती।

## आत्मविश्वास/आत्मबल

- लगन से आत्मविश्वास बढ़ता है और आत्मविश्वास बुलंदियों पर ले जाता है।
- कठिनाइयों से घबराकर कभी अपना आत्मविश्वास नहीं खोना चाहिए।
- एक सही निर्णय से दोहरा आत्मविश्वास पैदा हो सकता है। एक गलत निर्णय से दोहरा अनुभव मिलता है।

- धैर्य रखनेवाला इनसान, आत्मविश्वास की नाव पर सवार होकर मुसीबत की हर नदी को सफलता से पार कर सकता है।
- विपरीत परिस्थितियों में धैर्य और विनम्रता का होना ही आपका आत्मबल होता है।
- जिसमें आत्मविश्वास की कमी होती है, उसे तो घोड़ा भी अपनी पीठ पर बैठने नहीं देता।
- महान् कार्य करने के लिए पहली जरूरी चीज है, आत्मविश्वास।
- जिंदगी में पीछे देखोगे तो अनुभव मिलेगा, जिंदगी में आगे देखोगे तो आशा मिलेगी, दाएँ-बाएँ देखोगे तो सत्य मिलेगा, लेकिन अगर भीतर देखोगे तो आत्मविश्वास मिलेगा।
- आत्मविश्वास के साथ आप गगन चूम सकते हैं और आत्मविश्वास के बिना मामूली सी उपलब्धियाँ भी पकड़ से परे हैं।
- संभव को करने के लिए हमारे पास शक्ति होनी चाहिए और असंभव को करने के लिए आत्मविश्वास।
- आत्मविश्वास से संपन्न व्यक्ति अपने कार्य को पूरा करके ही छोड़ता है।
- दु:ख और तकलीफ भगवान् की बनाई हुई वह प्रयोगशाला है, जहाँ आपकी काबिलीयत और आत्मविश्वास को परखा जाता है।
- जिस तरह छाता बारिश को रोक नहीं सकता, किंतु बारिश में खड़े होने का हौसला अवश्य देता है, ठीक उसी तरह आत्मविश्वास सफलता की गारंटी तो नहीं, किंतु संघर्ष करने की प्रेरणा अवश्य देता है।
- जहाँ भी जाएँ, अपने आत्मविश्वास को लेकर जाएँ।
- जैसे कुश्ती लड़ने से शरीर-बल बढ़ता है, कठिन प्रश्नों को हल करने से बुद्धि बढ़ती है, उसी तरह आई हुई परिस्थितियों का शांतिपूर्वक मुकाबला करने से आत्मबल बढ़ता है।
- आत्मविश्वास हमारा सबसे बेहतरीन साथी है। इसको अंदर से न निकालें। जरूरी नहीं है कि इससे सफलता मिलेगी, लेकिन चुनौतियों का सामना करने की शक्ति जरूर मिलेगी।

- आत्मविश्वास वीरता की निशानी है।
- आत्मविश्वास वो नहीं है कि तुम्हें सब जवाब आते थे, बल्कि वो है कि आप किसी भी तरह के सवालों का जवाब देने के लिए तैयार हो।
- आत्मविश्वासी व्यक्ति ही समुद्र के बीचोबीच जहाज के नष्ट हो जाने पर भी तैरकर उसे पार कर लेता है।
- कठिनाई और विरोध ऐसी देशी मिट्टी है, जिसमें पराक्रम और आत्मविश्वास बढ़ने की संभावना ढूँढ़ी जा सकती है।
- किसी कठिन कार्य में सफल हो जाना आत्मविश्वास के लिए संजीवनी के समान है।
- आशा और आत्मविश्वास ही वे वस्तुएँ हैं, जो हमारी शक्तियों को जगाती हैं।
- अनुशासन और अभ्यास से ही आत्मविश्वास पैदा होता है।
- कठिन परिस्थितियों में संघर्ष करने पर एक बहुमूल्य संपत्ति विकसित होती है, जिसका नाम है आत्मबल।

## आदत/स्वभाव/लत

- अच्छी आदतों से शक्ति जनमती है और बुरी आदतों से बरबादी।
- बहुत ही छोटी, मगर सच्ची बात—हमारा स्वभाव ही हमारा भविष्य है।
- बुरी आदतों को यदि रोका न जाए तो वे शीघ्र ही लत बन जाती हैं।
- चंदन वृक्ष से जो आग पैदा होती है, वह भी जलाती है। परिस्थिति से कोई अपना स्वभाव नहीं छोड़ देता।
- आदत एक रस्से के समान है, जिस पर हर रोज बट चढ़ता है और अंत में हम खुद ही उसे तोड़ नहीं पाते हैं।
- मोतियों की आदत है बिखर जाने की और धागे की जिद उन सबको पिरोए रखती है। माला की तारीफ सभी करते हैं, क्योंकि उसके मोती सबको दिखाई देते हैं। काबिल-ए-तारीफ तो धागा है जनाब, जिसने सबको जोड़ रखा है।
- मनुष्य का स्वभाव है कि वे दूसरों को अपने से अधिक सुखी समझते हैं और स्वयं भी ऐसा ही होना चाहते हैं।

- किसी का सरल स्वभाव उसकी कमजोरी नहीं होती है। संसार में पानी से सरल कुछ भी नहीं है, किंतु उसका बहाव बड़ी-से-बड़ी चट्टान के भी टुकड़े कर देता है।
- जिस व्यक्ति ने अपनी आदतें बदल लीं, वो कल बदल जाएगा और जिसने नहीं बदलीं, उसके साथ कल भी वही होगा, जो आज तक होता आया है।
- हर साल एक बुरी आदत को जड़ से खोदकर फेंका जाए तो कुछ ही साल में बुरे-से-बुरा आदमी भी भला हो सकता है।
- परिस्थितियाँ जब विपरीत होती हैं, तब व्यक्ति का 'प्रभाव और पैसा' नहीं, बल्कि 'स्वभाव और संबंध' काम आते हैं।
- स्वभाव मनुष्य को जन्म से मिलता है, लेकिन शिक्षा व संगति से उसे सुधारा जा सकता है।
- स्वभाव मिलने पर ही दिल मिलता है, जैसे दूध दही से जमता है, फिटकरी से फट जाता है।
- सुंदरता की पूर्ति अच्छा स्वभाव कर सकता है, लेकिन स्वभाव की पूर्ति सुंदरता नहीं कर सकती।
- सफलता न तो कोई जादू है और न ही कोई रहस्य। यह अच्छी आदतों का प्राकृतिक नतीजा है।
- जीवन में ऐसी आदतें अपनाएँ, जो आपको सुबह बिस्तर से उठने पर मजबूर कर दें।
- जीवन में अच्छा दिल और अच्छा स्वभाव दोनों जरूरी हैं, क्योंकि अच्छे दिल से रिश्ते बनेंगे और अच्छे स्वभाव से रिश्ते जीवन भर बने रहेंगे।
- जीतने की आदत अच्छी होती है, लेकिन रिश्तों में हार जाना बेहतर है।
- न किसी के अभाव में जियो, न किसी के प्रभाव में जियो। यह जिंदगी है आपकी, अपने अच्छे और श्रेष्ठ स्वभाव में जियो।
- अगर बुरी आदत समय पर नहीं बदली तो बुरी आदत समय बदल देती है।
- अगर तेरी मजबूरी है भूल जाने की, तो मेरी भी आदत है तुम्हें याद करने की।
- इनसान का स्वभाव इस तरह है, जो लेकर जाना है, उसे छोड़ रहा है और जो

यहीं रह जाना है, उसे जोड़ रहा है।

- सुंदरता की कमी को अच्छा स्वभाव पूरा कर सकता है, लेकिन स्वभाव की कमी सुंदरता पूरी नहीं कर सकती।
- अच्छा स्वभाव वह खूबी है, जो सदा के लिए सभी का प्रिय बना देता है। कितना भी किसी से दूर हों, पर अच्छे स्वभाव के कारण हम किसी-न-किसी पल यादों में आ ही जाते हैं। इसलिए स्वभाव ही इनसान की अपनी कमाई हुई सबसे बड़ी दौलत है।
- स्वभाव रखना है तो उस दीपक की तरह रखिए, जो बादशाह के महल में भी उतनी ही रोशनी देता है, जितनी कि किसी गरीब की झोंपड़ी में।
- आदत रस्सी की तरह है, जिसमें हम रोज एक बट देते हैं, लेकिन अंत में इसे तोड़ नहीं सकते।
- आपका अपना गलत स्वभाव भी आपको दुःख दे सकता है।

## आदर्श/आदर्शवान

- कर्तव्य ही ऐसा आदर्श है, जो कभी धोखा नहीं दे सकता और धैर्य ही एक ऐसा कड़वा पौधा है, जिस पर फल हमेशा मीठे आते हैं।
- आदर्श पुरुष सत्कार्य का सदा समर्थन करता है और दुष्कार्य में कभी शरीर नहीं होता। कठिनाइयों में घिर जाने पर उसे बाहर निकलने का रास्ता मालूम रहता है, वह किसी को कभी अप्रसन्न नहीं करता और सबको प्रसन्न करने की कोशिश करता है।
- बुद्धि की स्थिरता के बिना कोई भी आदर्श पूरा नहीं होता।
- आदर्श हमेशा वास्तविकता से उगता है।
- आदर्श-विहीन मनुष्य मल्लाह रहित जहाज जैसा है।
- महान् आदर्श महान् मस्तिष्क का निर्माण करते हैं।
- हमने मन, वचन और काया एक करके जिस आदर्श की सृष्टि की है, वह अवश्य ही हमारे सामने सत्य के रूप में प्रकट होगा।
- हम यदि पढ़े हुए आदर्शों को जीवन में उतार सकें तो हमारी गणना भी महान् पुरुषों में हो सकती है।

- अपने आदर्श तक पहुँचने के लिए आस्था और श्रद्धा बड़ी सहायता करती हैं।
- हमारे जीवन आदर्श ऊँचे होने चाहिए विशेषकर उन लोगों के, जो सभ्य कहलाते हैं।
- छोटे लोग बड़े लोगों के आदर्शों से ऊर्जा और प्रेरणा लेते हैं।
- परले दर्जे का कुचरित्र मनुष्य भी साधु वेशवालों से ऊँचे आदर्श पर चलने की आशा रखता है और उन्हें आदर्श से गिरते देखकर, उनका तिरस्कार करने में संकोच नहीं करता।
- आदर्श हमारे लिए उसी तरह प्रेरणा का काम करते हैं, जैसे तारों तक भले ही पहुँच न पाएँ, लेकिन उनकी तरफ सुकून से देखते तो हैं।
- किसी उच्चादर्श में कुछ आस्था होना—अपने जीवन को सार्थक करने और हमें बाँधे रखने के लिए आवश्यक है।
- आदर्श, आदर्श ही रहता है, यथार्थ नहीं हो सकता।
- आदर्श की धुन से व्यावहारिक का विचार न करना ठीक नहीं है, कोरा आदर्शवाद केवल ख्याली पुलाव है।

## आनंद/मौज

- एक व्यक्ति ने एक फकीर से पूछा कि उत्सव मनाने का बेहतरीन दिन कौन सा है? फकीर ने प्यार से कहा, 'मौत से एक दिन पहले।' व्यक्ति, 'मौत का तो कोई वक्त नहीं।' फकीर ने मुसकराते हुए कहा कि 'जिंदगी का हर दिन आखिरी समझो और जीने का आनंद लो।'
- कभी उत्तम पल का इंतजार न करें। हरेक पल का आनंद लें और उसे उत्तम बनाएँ।
- कुदरत ने तो आनंद-ही-आनंद दिया था, दुःख तो हमारी खोज है।
- दूसरों को आनंदित देखने में आत्मा का फैलाव है।
- किसी ने कहा—जब हर कण-कण में भगवान् है तो तुम मंदिर क्यों जाते हो? बहुत सुंदर जवाब—जैसे हवा तो धूप में भी चलती है, पर आनंद छाँव में बैठकर मिलता है, वैसे ही भगवान् सब जगह है, पर आनंद उसकी छत्रच्छाया में ही आता है।

- जिंदगी छोटी है, वक्त तेजी से भाग रहा है, जो दोबारा लौटकर नहीं आएगा, इसलिए हर पल का आनंद लो।
- जो वस्तु आनंद प्रदान नहीं कर सकती, वह सुंदर नहीं हो सकती और वह सत्य भी नहीं हो सकती। इसलिए जहाँ जो आनंद है, वहीं सत्य है।
- परनिंदा आरंभ में मजा और अंत में सजा देती है। हरि चर्चा और हरिनाम आरंभ से लेकर अंत ही नहीं, अंत के बाद भी आनंद देते हैं।
- कृतज्ञ हृदय और शांतचित्त व्यक्ति से आनंद कभी दूर नहीं रहता।
- जीवन एक यात्रा है, रोकर जीने से बहुत लंबी लगेगी, और हँसकर जीने पर कब पूरी हो जाएगी, पता भी नहीं चलेगा।
- जीवन एक बाँसुरी की तरह है, जिसमें छेद और खाली जगह हो सकती है, लेकिन अगर आप सावधानी से उसका हुनरमंद होकर इस्तेमाल करेंगे तो उसका आनंद ले सकते हैं।
- जो आनंद अपनी छोटी पहचान बनाने में है, वह किसी बड़े की परछाईं बनने में नहीं है।
- आप अकेले बोल तो सकते हैं, परंतु बातचीत नहीं कर सकते। आप अकेले आनंदित हो सकते हैं, परंतु उत्सव नहीं मना सकते।
- आनंदित व्यक्ति सूर्य की रोशनी के समान होता है, जो दूसरों को भी प्रकाशित करता है।
- हमारे पास जो कुछ है, उसका आनंद तभी ले पाएँगे, जब हमारे पास जो नहीं है, उसकी चिंता छोड़ेंगे।
- आनंद ही ब्रह्म है। आनंद से ही सब प्राणी उत्पन्न होते हैं, उत्पन्न होने पर आनंद से ही जीवित रहते हैं और मृत्यु से आनंद में समा जाते हैं।
- संयम और त्याग से ही आनंद और शांति तक पहुँचा जा सकता है।
- सुख और आनंद ऐसे इत्र हैं, जिन्हें जितना छिड़केंगे, उतनी ही अधिक खुशबू आपके अंदर समाएगी।

## आलस/आलस्य/दीर्घसूत्री

- कुशल बनें, दीर्घसूत्री नहीं।
- पानी में यदि सिवार (एक जलीय पौधा/शैवाल) हो तो मनुष्य उसमें प्रतिबिंब नहीं देख सकता। इसी प्रकार, जिसका चित्त आलस्य से पूर्ण होता है, वह अपना हित नहीं समझ सकता तो दूसरों का हित क्या समझेगा?
- आज नहीं, कल—यही आलसी व्यक्तियों का कहना है।
- सब काम आसान हैं, जब आप हौसला रखते हैं, लेकिन जब आलसी हो जाते हैं तो सब काम मुश्किल हैं।
- आलस्य को अपना शत्रु समझनेवाला कर्तव्यपरायण व्यक्ति ही वर्तमान परिस्थिति का सदुपयोग करते हुए उसे अपने अनुकूल बना लेता है।
- आलस्य में दरिद्रता का वास है। जो आलसी नहीं, उसके परिश्रम में लक्ष्मी बसती है।
- आलस्य से बढ़कर शरीर का समीपी शत्रु कोई नहीं है। कार्य के समान कोई मित्र नहीं है। कार्य करनेवाला कर्मठ व्यक्ति कभी दुःख नहीं पाता।
- आलस्य से बढ़कर शरीर का समीपी शत्रु कोई नहीं है। कार्य के समान कोई मित्र नहीं है। कार्य करनेवाला कर्मठ व्यक्ति कभी दुःख नहीं पाता।
- आलसी आदमी का वर्तमान और भविष्य ज्यादा अच्छा नहीं होता।
- आलस्य मनुष्यों के शरीर में रहनेवाला घोर शत्रु है।
- जो कुछ नहीं करता, केवल वही आलसी नहीं है, बल्कि वह भी है, जो अपने काम से भी अच्छा काम कर सकता है, लेकिन आलास के कारण करता नहीं है।
- आलस्य के कारण आपकी बहुत सी हासिल हो सकनेवाले उपलब्धियाँ रुक जाती हैं, जिसका आपको पता ही नहीं चलता।
- आलसी आदत प्रगति में बहुत बाधक है।

## आवश्यकता/जरूरत/जरूरतमंद

- ख्वाहिशों का मोहल्ला बहुत बड़ा होता है, बेहतर है, हम जरूरतों की गली में मुड़ जाएँ।
- ईश्वर कितनी सुंदरता से हमारे जीवन में एक-एक दिन की वृद्धि करते रहते हैं।

केवल इसलिए नहीं कि आपको इसकी जरूरत है, बल्कि किसी अन्य को भी प्रतिदिन आपकी जरूरत है।

- हमारी आवश्यकताएँ जितनी कम होंगी, हम उतने ही सुखी हो सकते हैं।
- संकट के समय जरूरतमंद को दिल से सहारे की जरूरत होती है, न कि चेहरे की सुंदरता।
- कद्र होती है इनसान की जरूरत पड़ने पर, क्योंकि बिना जरूरत के तो हीरे भी तिजोरी में रहते हैं, रिश्तों को जेबों में नहीं, हुजूर, दिलों में रखिए, क्योंकि वक्त से शातिर कोई जेबकतरा नहीं होता।
- कम जरूरतें और अधिकतम तालमेल जीवन को सफल एवं खुश रखने के दो सबसे बड़े औजार हैं।
- कटु सत्य है कि इज्जत किसी इनसान की नहीं होती, जरूरत की होती है। जरूरत खत्म तो इज्जत खत्म—यही दुनिया का रिवाज है।
- सिर्फ सुकून और संतोष ढूँढ़िए, जरूरतें तो कभी खत्म नहीं होंगी।
- जिंदगी में हमेशा सबकी कमी बनो, पर कभी किसी की जरूरत नहीं, क्योंकि जरूरतें तो हर कोई पूरी कर सकता है, पर किसी की कमी कोई पूरी नहीं कर सकता।
- संसार जरूरत के नियम पर चलता है। सर्दियों में जिस सूरज का इंतजार होता है, उसी का गरमियों में तिरस्कार होता है। आपकी कीमत तब होगी, जब आपकी जरूरत होगी।
- सच्चा रिश्ता वो है, जिसकी शुरुआत दिल से हो, जरूरत से नहीं।
- जब इनसान की जरूरत बदलती है, तब इनसान का बात करने का तरीका भी बदलता है।
- जो भी चीज नजर आए, उस पर प्रतिक्रिया देने की जरूरत नहीं।
- आवश्यकता दुर्बल को भी साहसी बना देती है।
- आवश्यकता आविष्कार की जननी है।
- अच्छे समय में हाथ मिलाने से रिश्ते दिखते हैं, लेकिन जरूरत के समय हाथ थामने से रिश्ते फलते-फूलते हैं।

- आजकल जरूरत तय करती है कि किसके साथ, कब तक और कितना मीठा बोलना है।

## आलोचना/निंदा

- शब्द यात्रा करते हैं, इसलिए किसी की निंदा न करें।
- ईर्ष्या की बड़ी बहन का नाम निंदा है।
- करोड़ों की भीड़ में इतिहास मुट्ठी भर लोग ही बनाते हैं। वही रचते हैं इतिहास, जो आलोचना से नहीं घबराते हैं।
- किसी की आलोचना न करें, ताकि कोई तुम्हारी भी आलोचना न करे।
- निंदा से घबराकर अपने लक्ष्य को न छोड़ें, क्योंकि लक्ष्य मिलते ही निंदा करनेवालों की राय बदल जाएगी।
- हम अपनी पीठ स्वयं नहीं देख सकते, किंतु अगर दूसरे इसे देखकर गंदगी की बातें हमें बताएँ तो हम उसे भी नहीं सुनना चाहते।
- सच्चा दोस्त वही है, जो आलोचना बंद कमरे में करे और प्रशंसा सबके सामने ताल ठोककर करे।
- दूसरों की गलतियों की आलोचना जरूर की जाए, लेकिन हमें अपनी तरफ भी जरूर देखना चाहिए।
- दूसरे तुम्हारे विषय में क्या सोचते हैं, इसकी अपेक्षा तुम्हारे विषय में तुम्हारे अपने विचार अधिक महत्त्वपूर्ण हैं।
- व्यक्ति के पतन के तीन मुख्य कारण हैं—1. दूसरे की संपत्ति की चाह रखना, 2. परस्त्री की चाह रखना और 3. दूसरों की निंदा करना।
- जब तुम्हारे अपने दरवाजे की सीढ़ियाँ मैली हों तो अपने पड़ोसी की छत पर पड़ी हुई गंदगी का उलाहना मत दो।
- जो लोग आलोचना या निंदा से डरते हैं, वे जीवन में कुछ नहीं कर पाते हैं।
- नींद और निंदा पर जो विजय पा लेते हैं, उन्हें आगे बढ़ने से कोई नहीं रोक सकता।
- अगर आप वास्तव में सही हैं तो किसी आलोचना से न घबराएँ, क्योंकि हाथी चलता जाता है, कुत्ते भौंकते जाते हैं।

- निंदा से मत घबराओ। निंदा उसी की होती है, जो जिंदा है। मरने के बाद तो सिर्फ तारीफ होती है।
- लोग आपकी प्रशंसा करें या निंदा, इसकी चिंता छोड़ो। सिर्फ एक बात सोचो कि आपने अपनी जिम्मेदारी ईमानदारी से निभाई कि नहीं।
- निंदक की जुबान कभी बंद नहीं हो सकती।
- दूसरों को नसीहत देना तथा आलोचना करना सबसे आसान काम है। सबसे मुश्किल काम है, चुप रहना और आलोचना सुनना।
- कौआ कोयल की आवाज को दबा सकता है, मगर खुद की आवाज मधुर नहीं बना सकता। उसी तरह निंदा करनेवाला व्यक्ति सज्जन को बदनाम कर सकता है, मगर खुद सज्जन नहीं बन सकता।
- जो प्राय: आपके सामने औरों की निंदा करता है, वह औरों के सामने आपकी भी निंदा करेगा।
- जो महापुरुषों की निंदा करता है, केवल वही नहीं, बल्कि जो निंदा सुनता है, वह भी पाप का भागी होता है।

## आशा/उम्मीद/अपेक्षा

- एक-दूसरे की अपेक्षाओं को पूरा करना जब जीवन जीने का तरीका बन जाए तो खुश रहना मुश्किल हो जाता है। दूसरे अपने अनुसार होंगे और हम अपने। एक-दूसरे की भिन्नता को स्वीकार कर लें तो खुश रहना सहज और स्वाभाविक हो जाएगा।
- खुश रहने का एक मूलमंत्र है—उम्मीद खुद से रखें, किसी और से नहीं।
- इनसान ख्वाहिशों से बँधा एक ऐसा परिंदा है, जो उम्मीदों से घायल है और उम्मीदों पर ही जिंदा है।
- यदि जीवन की यात्रा आराम से करनी हो तो उम्मीदों का बोझ कम कर दीजिए।
- मुश्किल वक्त का सबसे बड़ा सहारा है उम्मीद, जो एक प्यारी सी मुसकान देकर कानों में धीरे से कहती है कि सब अच्छा होगा।
- मनुष्य को धोखा मनुष्य नहीं देता है, बल्कि वे उम्मीदें धोखा दे जाती हैं, जो वह दूसरों से रखता है।

- मनुष्य की आशा और तृष्णा कभी समाप्त नहीं होती।
- किरण चाहे सूर्य की हो या फिर आशा की, जीवन के सभी अंधकार मिटा देती है।
- जिंदगी एक चीज जरूर सिखाती है कि अपने आपमें खुश रहना और किसी से उम्मीद मत रखना।
- जिंदगी में कभी आशा मत छोड़िए, क्योंकि चमत्कार आखिरी पलों में ही होते हैं।
- जिसके पास आशा है, वह लाख बार हारकर भी नहीं हारता।
- हर परिस्थिति में उम्मीद का दामन थामे रहें। युग–युगांतर से जीवन का यही विधान है, जिंदगी ही समस्या है और जिंदगी ही निदान है।
- हर टूटी हुई उम्मीद रब से जोड़ती है और रब से जुड़ी हुई चीज कभी नहीं टूटती।
- पेट जितना भी भरा रहे, आशा कभी नहीं मरती।
- उम्मीद एक ऐसी ऊर्जा है, जिससे जिंदगी का कोई भी अँधेरा हिस्सा रोशन किया जा सकता है।
- उम्मीद कभी हमें छोड़कर नहीं जाती, जल्दबाजी में हम लोग ही उसे छोड़ देते हैं।
- उम्मीद और स्वीकार्यता जीवन के दो ऐसे पहलू हैं, जहाँ उम्मीद खत्म होने पर अश्रु बहते हैं, वहीं स्वीकार्यता होने पर खुशी मिलती है। इसलिए जीवन में जो है, उसे स्वीकार करें।
- छोटी सी उम्मीद निराशा को भंग कर देती है।
- दूसरों के बजाय अपने से ज्यादा उम्मीद करें, क्योंकि दूसरों से की गई उम्मीद आपके लिए घातक सिद्ध हो सकती है, जबकि अपने से की गई उम्मीद प्रेरणा का कारण बन सकती है।
- जब दुनिया कहती है कि हार मान लो तो आशा धीरे से कान में कहती है कि एक बार फिर प्रयास करो और यह ठीक भी है। जिंदगी कुल्फी की तरह है, चखो तो भी पिघलती है और बेकार करो तो भी पिघलती है; इसलिए श्रेष्ठ तो यही है कि जिंदगी को चखना सीखो।
- आशा प्रयत्नशील व्यक्ति का साथ कभी नहीं छोड़ती।

- जीवन एक झूला है, जो आशाओं के सहारे इधर–उधर हिलता–डुलता है, लेकिन उसकी गति सुरक्षित और नियंत्रित होनी चाहिए।
- आशा बड़ी बलवान है। आशा न होती तो मानव जाति कब की खत्म हो गई होती!
- आशा मरती नहीं, केवल सो जाती है।
- आशा ही एक ऐसी चीज है, जो सबके पास मिल सकती है। जिसके पास और कुछ नहीं होता, उसके पास आशा तो रहती ही है।
- आशा उत्साह की जननी है। आशा में तेज है, बल है, जीवन है। आशा ही संसार की संचालन शक्ति है।
- आशा वह शक्ति है, जो उन परिस्थितियों में भी हमें प्रसन्न बनाए रखती है, जिनके बारे में हम जानते हैं कि वे खराब हैं।
- आशा और विश्वास कभी गलत नहीं होते, बस यह हम पर निर्भर करता है कि हमने आशा किससे की और विश्वास किस पर किया। बस हममें परखने की शक्ति होनी चाहिए।
- आशा जीवन का लंगर है, उसका सहारा छोड़ने से आदमी भवसागर में बह जाता है। लेकिन हाथ–पैर हिलाए बिना केवल आशा करने से ही काम नहीं चलता।
- आशा अंतिम साँस तक साथ नहीं छोड़ती।
- अपनी उम्मीद की टोकरी खाली कर दीजिए, परेशानियाँ नाराज होकर खुद चली जाएँगी।
- अपेक्षाएँ जहाँ खत्म होती हैं, सुकून वहीं से शुरू होता है।
- औरों से अपेक्षा रखने से पहले खुद से खुद की अपेक्षा खोजें, तभी आप सही अपेक्षा खोज पाएँगे।
- मीठे से शुरू होता है सफर इस जिंदगी का, बस कड़वाहट तो किसी से ज्यादा उम्मीदें रखने से होती है।
- किसी से अपने जैसे होने की उम्मीद मत रखिए, क्योंकि आप अपने सीधे हाथ में किसी का सीधा हाथ पकड़कर कभी नहीं चल सकते। किसी के साथ चलने

के लिए अपने सीधे हाथ में उसका उलटा हाथ ही पकड़ना पड़ता है, तभी साथ चला जा सकता है।

- जिंदगी में एक चीज बड़ी खास है—अपने आपमें खुश रहना और किसी से कोई उम्मीद न करना।
- निराशावादी व्यक्ति को हर अवसर में कठिनाई नजर आती है, जबकि एक आशावादी व्यक्ति हर कठिनाई में भी अवसर तलाश लेता है।
- जितनी अधिक आशा रखोगे, उतनी अधिक निराशा होगी।
- उम्मीद कम रखो, दर्द भी कम मिलेगा।

## आश्रित/निर्भर/आत्मनिर्भर

- जिंदगी एक खेल है और यह आप पर निर्भर है कि आप खिलाड़ी बनना चाहते हैं या खिलौना!
- परमात्मा के पास मनुष्य को देने के लिए बहुत-कुछ है। यह मनुष्य के सामर्थ्य पर निर्भर करता है कि वह अपनी झोली कितनी बड़ी करता है।
- दुनिया में किसी पर हद से ज्यादा निर्भर न रहें, क्योंकि जब आप किसी की छाया में होते हैं तो आपको अपनी परछाईं नजर नहीं आती।
- व्यर्थ मत जीना। तुम्हारे जीवन में आनंद के बड़े फूल खिल सकते हैं और वह सब तुम्हारी शक्ति पर निर्भर है।
- जीव, जीव को खाता ही नहीं, अपितु दूसरे के जीवन पर निर्भर भी रहता है। उस निर्भरता के कारण रोटी देनेवाले का स्वार्थ जीवित रखना रोटी पानेवाले का धर्म हो जाता है।
- जीत और हार आपकी सोच पर ही निर्भर करती है, मान लो तो हार होगी, ठान लो तो जीत होगी।
- जो स्वयं अपने पैर से चलना चाहते हैं, उन लोगों की भलाई संसार में कौन कर सकता है ? समस्त उन्नति का मूल आत्मनिर्भरता है।
- आत्मसम्मान, आत्मनिर्भरता से आता है।
- क्या सफलता पाएँगे, जो रहते निर्भर औरों पर, सफलता वो पाते हैं, जो रहते अपने पैरों पर।

## आस्था/श्रद्धा

- ईश्वर में आस्था है तो उलझनों में भी रास्ता है।
- बुद्धि का क्षेत्र जहाँ खत्म होता है, वहीं श्रद्धा का क्षेत्र शुरू होता है। श्रद्धा से जिन निर्णयों पर हम पहुँचते हैं, वे अटल होते हैं, जबकि बुद्धि पर निर्भर निर्णय अस्थायी होते हैं।
- बेहतर सेवा अच्छी श्रद्धा से ही हो सकती है।
- कुछ ऐसे विषय हैं, जिनमें बुद्धि हमें बहुत दूर नहीं ले जा सकती। हमें उन्हें श्रद्धापूर्वक मानना पड़ता है। ऐसी जगह श्रद्धा बुद्धि की विरोधी नहीं होती।
- बिना श्रद्धा के मनन नहीं होता।
- हम न बोलें, फिर भी वह सुन लेता है, इसलिए उसका नाम परमात्मा है। वह न बोले, फिर भी हमें सुनाई दे, उसी का नाम श्रद्धा है।
- हे प्रभु, सुख देना तो बस इतना कि 'अहंकार' न आ जाए और दु:ख देना तो बस इतना कि 'आस्था' न चली जाए।
- 'भगवद्गीता' में कहा गया है—जैसा व्यक्ति होता है, वैसी ही उसकी श्रद्धा होती है। पुरुष वस्तुत: श्रद्धामय है। जो जैसी श्रद्धा करता है, वह वैसा ही हो जाता है।
- श्रद्धा का अर्थ है—आत्मविश्वास और आत्मविश्वास का अर्थ है—ईश्वर पर विश्वास।
- श्रद्धा ज्ञान देती है, नम्रता मान देती है व योग्यता स्थान देती है और जब ये तीनों मिल जाएँ तो व्यक्ति को हर जगह सम्मान देती हैं।
- किसी पूर्वज के श्राद्ध में भी श्रद्धा का वास है।
- श्रद्धा वही है, जिसमें अपने ऊपर से सीमाएँ हटती और कटती हैं।
- 'श्रद्धा लभते महाज्ञानं', अर्थात् श्रद्धा से ही महाज्ञान प्राप्त होता है।
- श्रद्धा का अर्थ है—आत्मविश्वास और आत्मविश्वास का अर्थ है ईश्वर पर विश्वास।
- जहाँ बड़े-बड़े बुद्धिमानों की बुद्धि काम नहीं करती, वहाँ श्रद्धा काम कर जाती है।
- जहाँ श्रद्धा है, वहाँ पराजय नहीं है। श्रद्धालु का अकर्म भी कर्म हो जाता है।

- जो काम श्रद्धा से न किया जाए, वह न इस लोक में काम आता है, न परलोक में।
- आप किसी की सेवा खरीद सकते हैं, लेकिन श्रद्धा नहीं। श्रद्धा अंतःकरण से पैदा होती है।
- आस्था तर्क से परे की चीज है। जब चारों ओर अँधेरा ही दिखाई पड़ता है और मनुष्य की बुद्धि काम करना बंद कर देती है तो उस समय आस्था की ज्योति प्रखर रूप से चमकती है और हमारी मदद के लिए आती है।
- स्वयं में आस्था है तो बंद द्वार में भी रास्ता है।
- श्रद्धा से जो माँगोगे, वो मिलेगा।
- श्रद्धा अनुभव के आधार पर होती है।
- प्रेम में कुछ मान भी होता है, कुछ ममत्व भी। श्रद्धा तो अपने को मिटा डालती है और अपने मिट जाने को ही अपना इष्ट बना लेती है। श्रद्धा का चरमानंद अपना समर्पण है।
- तीन चीजें जीवन को सँवारती हैं—कड़ी मेहनत, निष्ठा और त्याग।
- गुरु से ज्ञान तभी मिल सकता है, जब शिष्य में गुरु के प्रति श्रद्धा हो।

## आसक्त/मोह-माया/विरक्ति

- इस संसार में कोई किसी के साथ सदा नहीं रह सकता। जिनसे आज जुड़े हुए हैं, उनसे एक दिन बिछुड़ना ही पड़ेगा।
- माया और छाया दोनों एक समान हैं, क्योंकि ये भागते हुओं के तो पीछे फिरती हैं और जो इनके पीछे पड़ता है, उनके आगे-आगे भागती है।
- मोह इतना न करें कि बुराई छिप जाएँ व घृणा भी इतनी न करें कि अच्छाई देख न पाएँ।
- मोह में हम बुराइयाँ नहीं देख पाते और घृणा में हम अच्छाइयाँ नहीं देख पाते और इसी कारण हम न्याय नहीं कर पाते।
- किसी से हम घृणा तभी करते हैं, जब किसी अन्य वस्तु पर हमारी आसक्ति होती है।
- किसी चीज में मोह हो जाए तो उसे आसक्ति कहते हैं और किसी भी चीज से दूर हो जाएँ, उसे विरक्ति कहते हैं।

- विषयों के प्रति आसक्ति मोह पैदा करती है।
- जिन बातों को हमने हजार अनुभवों से दुःखदायी जान लिया है, फिर भी मोहवश उन्हीं में लगे रहते हैं।
- संसार में रहो, किंतु संसार के माया-मोह से निर्लिप्त रहो। जिस प्रकार कमल कीचड़ में विकसित होता है, तथापि उसकी पंखुड़ियां कीचड़ के स्पर्श से परे निर्मल ही रहती हैं।
- सुंदर दिखनेवाले स्त्री-पुरुष भी मरने के बाद देखने में अच्छे नहीं लगते और हम उन्हें जल्दी-से-जल्दी जला डालते हैं। इसलिए शरीर पर मोह नहीं रखना चाहिए।
- दुःख का मूल कारण आसक्ति है।
- व्यक्ति मोहजाल में ऐसा तड़फता है, जैसे पानी से निकलने के बाद मछली बाहर तड़फती है।
- जब तक लोक और लौकिक पदार्थों में आसक्ति रहेगी, तब तक ईश्वर में सच्ची आसक्ति न हो सकेगी।
- अपनी जाति का मोह त्यागना कठिन होता है।
- अपने भीतर उठनेवाले काम, क्रोध, मद, मोह, लोभ और अहंकार के तूफान को रोकना ही सबसे बड़ा तप है।

## इच्छा/इच्छाशक्ति/चाह/कामना/ख्वाहिश/हसरत/तमन्ना चाहत

- ये जिंदगी तमन्नाओं का गुलदस्ता ही तो है। कुछ महकती हैं, कुछ मुरझाती हैं और कुछ चुभ जाती हैं।
- सफल वह है, जो अपने दुश्मनों पर नहीं, बल्कि अपनी इच्छाओं पर विजय प्राप्त करता है।
- लोगों की इच्छाएँ अजीब हैं, पढ़ना निजी विद्यालय में चाहते हैं, लेकिन पढ़ाना सरकारी विद्यालय में चाहते हैं।
- ख्वाहिशों ने सिखाया कि मचलना कैसे है और हकीकत ने चुप रहकर जीना सीखा दिया।
- ख्वाहिश ये न रखें कि तारीफ हर कोई करे, कोशिश यही करें कि बस कोई बुरा न कहे।

- ख्वाहिशें कम हों तो पत्थरों पर भी नींद आ जाती है, वरना मखमल के बिस्तर भी चुभने लगते हैं।
- शांति की इच्छा हो तो पहले इच्छा को शांत करो।
- इच्छित परिणाम के लिए कार्य करना आवश्यक है, क्योंकि जिस प्रकार पेट पर रोटी बाँधने से भूख नहीं मिटती, ठीक उसी प्रकार लाख बार सोचना व्यर्थ है, यदि एक बार भी कार्य न किया जाए। इसी प्रकार केवल मौन रहना व्यर्थ है, यदि मन को भटकने से न रोका जाए।
- इच्छाएँ बड़ी बेवफा होती हैं, कमबख्त पूरी होते ही बदल जाती हैं।
- इच्छाओं के अनुरूप जीने के लिए जुनून चाहिए, वरना परिस्थितियाँ तो सदा विपरीत रहती हैं।
- इच्छाएँ मनुष्य को जीने नहीं देतीं और मनुष्य इच्छाओं को मरने नहीं देता।
- इच्छाशक्ति कल्पवृक्ष के समान है, जो आपको वह हर चीज दे सकती है, जिसकी आप कल्पना करते हैं।
- बेहिसाब हसरतें न पालिए, जो मिला है, उसे सँभालिए।
- जिंदगी में कुछ अरमान बारिश की बूँदों की तरह होते हैं, जिन्हें छूने की चाहत में हथेलियाँ तो भीग जाती हैं, मगर हाथ हमेशा खाली रह जाते हैं।
- हमारी इच्छाएँ अनंत हैं, लेकिन साधन सीमित हैं। कामनाएँ पूरी होती हैं तो लोभ बढ़ता है और नहीं पूरी होतीं तो क्रोध बढ़ता है। इसलिए असीमित चाहतों और इच्छापूर्ति के लिए उपलब्ध सीमित साधनों में संतुलन बिठाते हुए जीवन-यात्रा पूरी करना ही जीवन जीने की उत्तम कला है।
- मनुष्य यदि अपनी इच्छाओं को थोड़ा घटाकर देखे तो खुशियों का संसार बस जाएगा।
- हलकी-फुलकी सी है जिंदगी, बोझ तो ख्वाहिशों का है।
- ताकत शारीरिक क्षमता से नहीं आती, बल्कि यह तो एक अदम्य इच्छाशक्ति से आती है।
- जीवन में इच्छाएँ कम कर लो, आनंद-ही-आनंद आने लगेगा।
- हमारी इच्छाएँ जैसी होती हैं, वैसे हमारे भाव होंगे और उसी अनुसार भाव-

भंगिमाएँ हमारे मुखमंडल पर दिखाई देने लगती हैं।

- एक चाहत होती है अपनों के साथ जीने की, वरना मरना तो अकेले ही है।
- चाहत भी अपनों से मिलती है, आफत भी अपनों से मिलती है और मुसकराहट भी।
- अधिक दूर देखने की चाहत में बहुत कुछ पास से गुजर जाता है।
- अगर खोने का डर और पाने की चाहत न होती, तो न भगवान् होता और न प्रार्थना होती।

## इनसान/मनुष्य/मानव/लोग

- रुकावटें तो जिंदा इनसान के लिए हैं, वरना मैयत (अर्थी ले जाते समय) में तो सब रास्ता खुद छोड़ देते हैं।
- एक बेहतरीन इनसान अपनी जुबान और कर्मों से ही पहचाना जाता है, वरना अच्छी बातें तो दीवारों पर भी लिखी होती हैं।
- यह कुछ हद तक सही है कि इनसान के परिचय की पहली शुरुआत चेहरे से होती है, लेकिन उसकी संपूर्ण पहचान तो उसकी वाणी, विचार एवं कार्यों से ही होती है।
- घर बड़ा हो या छोटा, अगर मिठास न हो तो इनसान तो क्या, चींटियाँ भी नहीं आतीं।
- खूबसूरत चेहरा भी बूढ़ा हो जाता है, ताकतवर जिस्म भी एक दिन ढल जाता है, ओहदा और पद भी एक दिन खत्म होता है, लेकिन एक अच्छा इनसान हमेशा अच्छा इनसान ही रहता है।
- जब मनुष्य पशु हो जाता है तो वह पशु से भी बुरा होता है।
- 84 लाख योनियों में एक मानव ही धन कमाता है। अन्य जीव कभी भूखे नहीं मरे और मानव का कभी पेट नहीं भरा।
- इनसान-ही-इनसान का रास्ता काटता है, बिल्लियाँ तो बेचारी यूँ ही बदनाम हैं।
- रोटी से विचित्र कुछ भी नहीं है। इनसान कमाने के लिए भी दौड़ता है और पचाने के लिए भी दौड़ता है।

- इनसान की समझ इतनी ही है कि उसे जानवर कहो तो नाराज हो जाता है और शेर कहो तो खुश हो जाता है, जबकि शेर भी तो एक जानवर ही है।
- इनसान होता है प्यार के लिए, पैसा होता है उपयोग करने के लिए, किंतु लोग प्यार पैसे से करते हैं और उपयोग इनसान का करते हैं।
- लॉटरी सिर्फ पैसों की ही नहीं होती, जिंदगी में सही इनसान का मिलना भी लॉटरी से कम नहीं होता।
- इनसान और पतंग ज्यादा हवा में उड़े तो समझ लेना वो कटनेवाला है।
- कमाल है न, किस्मत सखी नहीं, फिर भी रूठ जाती है; बुद्धि लोहा नहीं, फिर भी जंग लग जाता है; आत्मसम्मान शरीर नहीं, फिर भी घायल हो जाता है और इनसान मौसम नहीं, फिर भी बदल जाता है!
- मानव का दानव होना, उसकी हार है, मानव का महामानव होना, उसका चमत्कार है और मनुष्य का मानव होना, उसकी जीत है।
- किसी अच्छे इनसान से कोई गलती हो तो सहन कर लो, क्योंकि मोती अगर कचरे में भी गिर जाए तो भी कीमती रहता है।
- मनुष्य में समुद्र का मौन, पृथ्वी का कोलाहल और आकाश का संगीत है।
- जरूरी नहीं कि इनसान प्यार की मूरत हो, सुंदर और बेहद खूबसूरत हो। अच्छा तो वही इनसान होता है, जो तब भी आपके साथ हो, जब आपको उसकी जरूरत हो।
- जो ईश्वर रात को पेड़ों पर बैठे परिंदों को नींद में भी कभी गिरने नहीं देता, वह ईश्वर इनसान को कैसे बेसहारा छोड़ सकता है?
- अपने को मनुष्य बनाने का प्रयत्न करो। यदि इसमें सफल हो गए तो हर काम में सफलता मिलेगी।
- अच्छा इनसान बनना हो तो सदा सोचें—मेरे मन-कर्म-वचन से किसी का बुरा न हो।
- अच्छा इनसान मतलबी नहीं होता और मतलबी इनसान कभी अच्छा नहीं होता।
- अच्छे इनसान सिर्फ और सिर्फ अपने कर्म से पहचाने जाते हैं। अच्छी बातें तो अकसर बुरे लोग भी कर लेते हैं।
- गांधीजी ने कहा है—मनुष्य मात्र का एक ही शत्रु और एक ही मित्र है, वह है, खुद। जब मनुष्य अपने आपको धोखा देता है, तब वह स्वयं अपना शत्रु बन

जाता है और जब वह अपने अंदर में रहनेवाले परमेश्वर की गोद में अपने को छोड़ देता है, तब वह खुद अपना मित्र बन जाता है।

- लोग आजमाते हैं कि 'परमात्मा' है कि नहीं, पर उसने एक बार भी सबूत नहीं माँगा कि हम 'इनसान' हैं कि नहीं।
- भगवान् का डर और दुनिया की शर्म, ये दो वो चीजें हैं, जो इनसान को इनसान बनाए रखती हैं।

## इनसानियत/आदमियत/मानवता/मनुष्यता

- बच्चे जनना कठिन काम अवश्य है, परंतु मनुष्य को मनुष्यता सिखाना उससे भी कठिन है।
- काश! बनानेवाले ने थोड़ी सी होशियारी और दिखाई होती, इनसान थोड़े कम और इनसानियत ज्यादा बनाई होती।
- भूख सारी मर्यादाएँ तोड़ देती है और गुरूर सारी इनसानियत।
- धन आते ही सुख मिलेगा, कोई गारंटी नहीं, किंतु इनसानियत आते ही जीवन सुखमय बनेगा, इसमें कोई संदेह नहीं।
- कोई मनुष्य मानवता से बड़ा नहीं है।
- मनुष्य का जन्म तो सहज होता है, पर मनुष्यता उसे कठिन प्रयत्न से प्राप्त होती है।
- जहाँ आकर हमारे स्वार्थ का अंत हो जाया करता है, वहीं से हमारी इनसानियत और मानवता शुरू होती है।
- मनुष्यता का एक पक्ष वह भी है, जहाँ वर्ण, धर्म और देश को भुलाकर मनुष्य, मनुष्य के लिए प्यार करता है।
- किसी भी आत्मा को हमारी वजह से दुःख न पहुँचे, यही मानवता है।
- अपनी जरूरतों को भुलाकर दूसरों की छोटी-से-छोटी जरूरतों का ध्यान रखें, उससे बड़ी कोई इनसानियत नहीं।
- मनुष्यता का नाश करके कोई धर्म जीवित नहीं रह सकता।
- जिस मनुष्य को अपने मनुष्यत्व का भान है, वह ईश्वर के सिवाय किसी से नहीं डरता।

- हमें मानवता में विश्वास नहीं खोना चाहिए। मानवता सागर के समान है। यदि सागर की कुछ बूँदें गंदी हैं तो पूरा सागर गंदा नहीं हो जाता।
- वो बुलंदी किस काम की, कि इनसान चढ़े और इनसानियत चली जाए!
- जहाँ हमारा स्वार्थ समाप्त होता है, वहीं से इनसानियत आरंभ होती है, कुछ लोग कहते हैं कि आदमी को अमीर होना चाहिए, पर सही यही है कि अमीर हो या न हो, पर जमीर जरूर होना चाहिए।
- अकाल अन्न का हो तो मानव मरता है और अकाल अगर संस्कारों का हो तो मानवता मरती है।
- असली मानवता की खातिर दिल में सदा यह शाश्वत भाव रहना चाहिए कि मुझे किसी धर्म से आपत्ति नहीं है। मैं केवल शांति के बीज बोकर मानवता का पुष्प खिलाना चाहता हूँ।
- हरेक रिश्ते को नाम की जरूरत नहीं होती। जब कोई अजनबी अपना लगे, बस वही इनसानियत है।
- हर रोज चिताएँ जलती श्मशानों में, फिर भी इनसानियत नहीं आती इनसानों में।
- प्यार से बात कर लेने से जायदाद कम नहीं होती है, इनसान तो हर घर में पैदा होते हैं, बस इनसानियत कहीं-कहीं जन्म लेती है।

## ईमान/ईमानदार/बेईमान

- ईमानदार आदमी यह सोच के अपनी आस्तीन नहीं खोलता कि पता नहीं कितने साँप बेघर हो जाएँगे।
- ईमानदारी से कर्म करनेवालों के शौक भले ही पूरे न हों, पर नींद जरूर पूरी होती है।
- ईमानदारी किसी कायदे-कानून की मोहताज नहीं होती।
- ईमानदारी में वो शक्ति है, जिसका सामना व सम्मान कुछ लोग ही कर सकते हैं।
- ईमानदारी से हिसाब-किताब सिर्फ ऊपरवाले ने ही सही लगाया, सबको खाली हाथ भेजा और खाली हाथ बुलाया।
- ईमानदारी वैभव का मुँह नहीं देखती। वह तो मेहनत के पालने पर किलकारियाँ मारती है और संतोष पिता की तरह उसे देखकर तृप्त हुआ करता है।

- सादगी पसंद और ईमानदार व्यक्ति को अपने भी लोग जीने नहीं देते।
- मनुष्य की प्रतिष्ठा ईमानदारी पर ही निर्भर है।
- किसी भी व्यक्ति को बहुत ईमानदार (सीधा-साधा) नहीं होना चाहिए, क्योंकि सीधे वृक्ष और व्यक्ति पहले काटे जाते हैं।
- रिश्ते हमेशा ईमानदारी से निभाएँ, चाहे भाई-बहन का हो या दोस्त का। रिश्ते में हमेशा साफ नीयत रखिए, विश्वास बहुत बड़ी चीज है।
- दिल की गहराइयों से जुड़े व्यक्ति से दूरियाँ कोई मायने नहीं रखतीं। नजदीकियाँ बनाए रखती हैं तो आपकी ईमानदारी और आपसी भरोसा।
- रातभर गहरी नींद आना इतना आसान नहीं, उसके लिए दिनभर ईमानदारी से जीना पड़ता है।
- संबंधों में ईमानदारी पानी की तरह है, जिसका कोई रूप, रंग, स्थान और स्वाद नहीं, लेकिन है जिंदगी के लिए बहुत महत्त्वपूर्ण।
- संस्कारों से बड़ी कोई वसीयत नहीं होती, ईमानदारी से बड़ी कोई विरासत नहीं होती।
- ईमान की ताकत के आगे फौलाद का औजार भी कम पड़ जाता है।
- स्नान से तन, दान से धन, सहनशीलता से मन और ईमानदारी से जीवन शुद्ध बनता है।
- आपत्तियाँ ही मनुष्य की कसौटी हैं। इनके अभाव में उसको यह पता नहीं चलता कि वह कितना ईमानदार है ?
- आदमी को चाहिए कि वह पहले ईमानदार और सज्जन बने, बाद में शिष्टाचार और संतोष की पॉलिश चढ़ाए।
- कोई ईमानदार आदमी हड्डी के लिए अपने को कुत्ता नहीं बना सकता और अगर वह ऐसा करता है तो वह ईमानदार नहीं है।
- गैर समझकर जिनसे बेईमानी करते हो, यदि वे तुम्हारे अपने नहीं तो अपना समझकर जिनके लिए बेईमानी करते हो, वो भी तुम्हारे अपने नहीं।
- ईमानदारी बरतना सरल है, जबकि बेईमानी के लिए प्रपंच और छल करने पड़ते हैं।

## ईश्वर/ईश्वरीय/भगवान्/परमात्मा/खुदा/प्रभु

- इस कद्र बँट गए हैं, जमाने में सभी, अगर खुदा भी आकर कहे, मैं भगवान् हूँ, तो लोग पूछ लेंगे किसके?
- याद रखना, ईश्वर मेरे बिना भी ईश्वर है, मगर मैं ईश्वर के बिना कुछ भी नहीं।
- ईश्वर के मार्ग पर जब कोई एक कदम बढ़ाता है तो ईश्वर उसे थामने के लिए सौ कदम आगे बढ़ाते हैं।
- ईश्वर अपनी सृष्टि से किसी अवस्था में जंजीर से बांधकर नहीं रखते, उसे नए-नए परिवर्तनों के बीच नवीन करते हुए सजग रहते हैं।
- ईश्वर को देखा नहीं जा सकता, इसलिए तो वह हर जगह मौजूद है।
- ईश्वर तो तुम्हारे अंदर छिपा बैठा है, इसे ढूँढ़ना तुम्हारा काम है।
- ईश्वर सब लोगों में है, पर सब लोग ईश्वर में नहीं हैं, इसलिए वे दुःखी हैं।
- चाहे गुरु हो या ईश्वर, उस पर श्रद्धा अवश्य रखनी चाहिए; क्योंकि बिना श्रद्धा के उसके प्रति आस्था नहीं उपजती।
- ईश्वर कैसा है—यह विचार तो तब करें, जब हम उसे छोड़ सकें। जब हम उसे छोड़ ही नहीं सकते तो फिर वह कैसा ही हो, उससे हमें क्या मतलब?
- निर्मल हृदय में ईश्वर वास करता है।
- ईश्वर ने एक निवाला पेट तक पहुँचाने का क्या खूब इंतजाम किया है। अगर गरम है तो हाथ बता देते हैं; सख्त है तो दाँत बता देते हैं; कड़वा या तीखा है तो जुबान बता देती है; बासी है तो नाक बता देती है; बस पैसा मेहनत का है या बेईमानी का, इसका फैसला आपको करना है।
- ईश्वर में अटल विश्वास रखनेवाले को अपने को असहाय या लाचार समझने की आवश्यकता नहीं है।
- ईश्वर कितनी सुंदरता से हमारे जीवन में एक और दिन की वृद्धि करते रहते हैं। केवल इसलिए नहीं कि आपको इसकी जरूरत है, बल्कि किसी अन्य को भी प्रतिदिन आपकी जरूरत है।
- ईश्वर हमारा आश्रय है, वही हमारा बल है और वही आपत्ति के समय में हमारी रक्षा करता है।

- जिस प्रकार औषधि शरीर के रोगों को दूर करती है, उसी प्रकार ईश्वर-चिंतन से मन के क्लेश दूर होते हैं।
- ईश्वर ने दूसरों को क्या दिया है—यह देखने में लोग इतने व्यस्त होते हैं कि ईश्वर ने उन्हें क्या दिया है, वो देखने का वक्त ही नहीं होता।
- प्रभु का रास्ता बड़ा सीधा है और बड़ा उलझा भी। बुद्धि से चलो तो बहुत उलझा और भक्ति से चलो तो बड़ा सीधा। विचार से चलो तो बहुत दूर और भाव से चलो तो बहुत पास। नजरों से देखो तो कण-कण में और अंतर्मन से देखो तो जन-जन में।
- प्रभु उन्हें सब देते हैं, जो अपना बाँटते हैं। फिर चाहे भोजन हो, प्यार हो या सम्मान।
- प्रतिमा परमात्मा को झाँकने का मानवीय दर्पण है।
- कौन कहता है, भगवान् दिखाई नहीं देता, एक वही तो दिखता है, जब कोई दिखाई नहीं देता।
- लाखों देता है नजराने, खुदा मेहरबान की तरह और देकर भी सुनाता नहीं, इनसान की तरह।
- कौन हिसाब रखे, किसको कितना दिया और कौन कितना बचाएगा? इसलिए ईश्वर ने आसान गणित लगाया, सबको खाली हाथ भेज दिया, खाली हाथ ही बुलाएगा।
- कुछ चीजें समीप आने पर बगैर माँगे मिल जाती हैं, जैसे—बर्फ के पास शीतलता, अग्नि के पास गरमाहट और गुलाब के पास सुगंध, ठीक इसी तरह परमात्मा से माँगने की बजाय उनसे निकटता बनाइए, जो मिलेगा, अद्‌भुत होगा।
- मनुष्य लाख सिर मारे, जो ईश्वर चाहता है, वही होता है।
- किसी ने पूछा जब कण-कण में भगवान् है तो लोग सत्संग में क्यों जाते हैं? उत्तर देनेवाले ने बहुत सुंदर बोला, 'हवा तो धूप में भी चलती है, पर आनंद और चैन छाँव में बैठकर ही मिलता है।'
- दिमाग, ज्ञानेंद्री, साँस व भावना की लगातार चल रही अनायास गतिविधियों का मात्र यंत्र बनाकर भगवान् आपको अपनी शक्ति सदा आपके साथ दिखाता है।

- जिस पल तुम सिवाय ईश्वर के और किसी पर भरोसा नहीं रखते, उसी समय तुम शक्तिमान बन जाते हो और तमाम निराशा गायब हो जाती है।
- जिस तरह थोड़ी सी औषधि भयंकर रोगों को शांत कर देती है, उसी तरह ईश्वर की थोड़ी सी स्तुति बहुत से कष्ट और दुःखों का नाश कर देती है।
- जिसने दी है जिंदगी, उसका साया भी नजर नहीं आता, यूँ तो भर जाती हैं झोलियाँ, मगर देनेवाला नजर नहीं आता।
- जिसको भगवान् की कृपा पर भरोसा है और उसके न्याय पर विश्वास है, उसको संसार की कोई भी परिस्थिति विचलित नहीं कर सकती।
- हे प्रभु, न मैंने तुझे देखा, न कभी हम मिले, फिर ऐसा क्या रिश्ता है, दर्द कोई भी हो, याद तेरी ही आती है?
- हे भगवान्, देर मैंने ही लगाई पहचानने में, वरना तूने जो दिया, उसका तो कोई हिसाब ही नहीं, जैसे-जैसे मैं सर को झुकाता चला गया, वैसे-वैसे तू मुझे उठाता चला गया।
- भगवान् की अदालत में वकालत नहीं होती और यदि सजा हो जाए तो जमानत नहीं होती।
- भगवान् शिव ही सत्य हैं। वही जन्मदाता, वही अंतिम विश्रामस्थान हैं।
- उस हालत में भी भगवान् पर विश्वास रखें, जब जीवन में उत्तर की प्रतीक्षा हो।
- भगवान् के सामने जो इनसान झुकता है, वो सबको अच्छा लगता है, लेकिन जो सबके सामने झुकता है, वो इनसान भगवान् को अच्छा लगता है।
- भगवान् हमारा मालिक है और हम उसके नौकर। जीवन चलना हमारा वेतन है और जो हमें अंदरूनी खुशी मिलती है, वह हमारा इनाम है।
- भगवान् पर विश्वास बिल्कुल उस बच्चे की तरह करो, जिसको आप हवा में उछालो तो वो हँसता है, डरता नहीं, क्योंकि वो जानता है कि आप उसे गिरने नहीं दोगे।
- भगवान् पर भरोसा करने का हुनर सीख लो। सहारे कितने भी भरोसेमंद हों, एक दिन सब साथ छोड़ जाते हैं।
- भाव बिना बाजार में, वस्तु मिले ना मोल, तो भाव बिना हरि कैसे मिलें, जो हैं अनमोल।

- जरूरी नहीं कि हर समय जुबान पर भगवान् का नाम आए, वो लम्हा भी भक्ति का होता है, जो इनसान-इनसान के काम आए।
- परमात्मा शब्द नहीं, जो तुम्हें किताब में मिलेगा। परमात्मा मूर्ति नहीं, जो तुम्हें मंदिर में मिलेगा। परमात्मा इनसान नहीं, जो तुम्हें समाज में मिलेगा। परमात्मा जीवन है, जो तुम्हें अपने भीतर मिलेगा।
- संसार में जो कुछ भी हो रहा है, वह सब ईश्वरीय विधान है। हम और आप तो केवल निमित्त मात्र हैं। इसलिए कभी भी यह भ्रम न पालें कि मैं न होता तो क्या होता?
- जब कर्म में हरि-कृपा जुड़ जाती है तो वह कार्य स्वत: ही पूर्ण हो जाता है।
- साँस-साँस में भगवान् को याद करो। साँस व्यर्थ जाएँ, न जाने साँस-साँस में कब अंतिम घड़ी आ जाए!
- उस दिन हमारी सारी परेशानियाँ खत्म हो जाएँगी, जिस दिन हमें यह विश्वास हो जाएगा कि सारा काम ईश्वर की मर्जी से होता है।
- दु:ख में भगवान् को याद करने का हक उसी को होता है, जिसने सुख में उसका शुक्रिया अदा किया होता है।
- दूसरों के गमों को जो अपनाता है, वही इनसान होता है, न जाने कब कोई अँधेरे में चिराग बनकर राह दिखा दे, क्योंकि मुसीबत में जो साथ होता है, वही भगवान् होता है, तभी हम मुसीबत में उसे ज्यादा याद भी करते हैं।
- तुम्हारा हृदय ईश्वर प्रेम से भरा होगा तो उसमें दु:ख के लिए कोई स्थान नहीं होगा। वहाँ केवल प्रेम और खुशियाँ ही होंगी।
- जब भगवान् आपको किनारे पर पहुँचाता है तो उसके दो अर्थ हैं—या तो वो आपको गिरने से पहले सँभाल लेगा या फिर आपको आगे बढ़ने की सीख देगा।
- जब परमात्मा अपनी मर्जी से कुछ देता है तो वो हमारी सोच से परे होता है। हमें हमेशा उसकी मर्जी में रहना चाहिए। क्या पता वो हमें पूरा समुद्र देना चाहता हो और हम हाथ में चम्मच लेकर खड़े हों!
- जब आप मंदिर नहीं जा पाएँ तो यह मत कहो कि वक्त नहीं मिला, बल्कि यह सोचो कि ऐसा कौन सा काम किया, जिसकी वजह से भगवान् ने तुम्हें आज अपने सामने खड़ा करना भी पसंद नहीं किया?

- जीवन में हम कई बार बड़ी परेशानियों से यूँ निकल जाते हैं, मानो कोई है, जो हमारा साथ दे रहा है; उस अदृश्य शक्ति को ईश्वर कहा जाता है।
- जो ईश्वर के सामने झुकता है, ईश्वर उसे किसी के सामने झुकने नहीं देता है।
- जो दूर बैठे तेरी फरियाद सुनने की ताकत रखता है, वही ईश्वर यह जानने की भी ताकत रखता है कि तुम्हें कब, क्या चाहिए।
- जाने विधाता कैसे मुकद्दर की किताब लिख देता है, साँसें गिनती की और ख्वाहिशें बेहिसाब लिख देता है।
- नाउम्मीदी में भगवान् ही मेरी आशा है, अँधेरे में भगवान् मेरा प्रकाश है, अशक्त में भगवान् मेरी शक्ति है, दुःखों में भगवान् मेरा सुख है।
- अपनी सीमित इच्छाओं को भगवान् की असीमित शक्तियों से न मापें।
- अगर भगवान् से आपके रिश्ते मजबूत हैं तो जमीनवाले आपका कुछ नहीं बिगाड़ सकते।
- अजीब खेल है उस परमात्मा का। लिखता भी वही है, मिटाता भी वही है! भटकाता है राह तो दिखाता भी वही है। उलझाता भी वही है, सुलझाता भी वही है। जिंदगी की मुश्किल घड़ी में दिखता भी नहीं, मगर साथ देता भी वही है।
- लोग कहते हैं कि ईश्वर नजर नहीं आता, पर सच तो यह है कि दुःख के समय जब कोई दोस्त-संबंधी नजर नहीं आता, उस समय ईश्वर ही नजर आता है।
- लोग आजमाते हैं कि 'परमात्मा' है कि नहीं, पर उसने एक बार भी सबूत नहीं माँगा कि हम 'इनसान' हैं कि नहीं!
- घड़ी ठीक करनेवाले तो बहुत हैं, मगर समय सिर्फ परमात्मा ही ठीक कर सकता है।
- दिल खोलकर साँस लो, अंदर-ही-अंदर घुटने की कोशिश न करो। कुछ बातें ईश्वर पर छोड़ दो, सबकुछ खुद सुलझाने की कोशिश न करो।

## ईर्ष्या/द्वेष/ईर्ष्यालु/जलन/जलना

- ईर्ष्यालु मनुष्य स्वयं ही ईर्ष्या से जला करता है। उसे और जलाना व्यर्थ है।
- कभी-कभी मनुष्य बराबरवालों की हँसी नहीं सह सकता, क्योंकि उनकी हँसी में ईर्ष्या, व्यंग्य और जलन होती है।

- ईर्ष्या करनेवालों का सबसे बड़ा शत्रु उसकी अपनी ईर्ष्या ही है।
- आपके पास जो कुछ भी है, उसे बढ़ा-चढ़ाकर मत बताइए और न ही दूसरों से ईर्ष्या कीजिए। जो दूसरों से ईर्ष्या करता है, उसे मन की शांति नहीं मिलती।
- ईर्ष्या कानों की पुतली के समान है। प्रतियोगी के बारे में वह सबकुछ सुनने को तैयार रहती है।
- ईर्ष्या अग्नि है, परंतु अग्नि का गुण उसमें नहीं। वह हृदय को उदार बनाने के बजाय और भी संकीर्ण कर देती है।
- माचिस की तीली किसी दूसरी चीज को जलाने से पहले खुद को जलाती है। इसी तरह गुस्सा पहले आपको जलाता है, फिर दूसरे को।
- किसी से ईर्ष्या करके मनुष्य उसका कुछ नहीं बिगाड़ सकता है, पर अपनी नींद और सुख-चैन जरूर खो देता है।
- दीपक इसलिए वंदनीय है, क्योंकि वह दूसरों के लिए जलता है, दूसरों से नहीं जलता।
- नाराज न होना कभी यह सोचकर कि काम मेरा और नाम किसी का हो रहा है! घी और रुई सदियों से जलते चले आ रहे हैं और लोग कहते हैं कि दीया जल रहा है!
- टूटी कलम और औरों से जलन खुद का भाग्य लिखने नहीं देती।
- चलनेवाले पैरों में कितना फर्क होता है, एक आगे तो एक पीछे, लेकिन न तो आगेवाले को अभिमान होता है और न पीछेवाले को ईर्ष्या।
- फूँक मारकर हम दीये को बुझा सकते हैं, पर अगरबत्ती को नहीं, क्योंकि जो महकता है, उसे कौन बुझा सकता है; और जो जलता है, वह खुद बुझ जाता है।
- कुछ लोग ठोस कारण से ईर्ष्या करते हैं और ऐसे भी लोग होते हैं, जो बिना ठोस कारण के ईर्ष्या की आग में तपते रहते हैं।
- ना किसी से ईर्ष्या, ना किसी से कोई होड़, मेरी अपनी है मंजिल, मेरी अपनी दौड़।
- द्वेष की आग में जलनेवाला ढंग से नहीं सो सकता।

## उजाला/प्रकाश/उजियारा/रोशनी

- 'तमसो मा ज्योतिर्गमय', अर्थात् हे प्रभो, हमें अंधकार से प्रकाश की ओर ले चलो।
- प्रकाश सच का प्रतीक है।
- यदि आप किसी के लिए दीया जलाते हैं तो वह आपके रास्ते को भी उजाला कर देगा।
- झूठ रूपी अँधेरा कितना भी गहरा क्यों न हो, सत्य की रोशनी से हमेशा के लिए नहीं छिप सकता। एक-न-एक दिन सत्य उजागर हो ही जाएगा।
- बुरे वक्त में लोग असली रंग दिखाते हैं, दिन के उजाले में तो पानी भी चाँदी लगता है।
- प्रकाश हो जाने पर अंधकार इस तरह लुप्त हो जाता है, जैसे ज्ञान के उदय होने पर कोई संशय नहीं रह जाता है।
- उजालों में तो मिल ही जाएगा कोई-न-कोई, तलाश करो उसकी, जो अँधेरे में भी आपका साथ दे।
- हमारे अंदर अंधकार और रोशनी दोनों हैं। यह हमें चुनना है कि हम इनमें से किसको महत्त्व देते हैं!
- जरूरी नहीं, रोशनी चिरागों से हो, घर शिक्षा से भी रोशन होते हैं।
- हर समय अंधेरे की ही गलती नहीं होती, कभी-कभी अधिक उजाला भी अंधा कर देता है।

## उत्थान/उद्धार/प्रगति/तरक्की/उन्नति/पतन/उदय

- त्रुटियों के संशोधन का नाम ही उन्नति है।
- जिंदगी दोस्तों से नापी जाती है और तरक्की दुश्मनों से पता चलती है।
- इनसान का पतन उसी समय शुरू हो जाता है, जब वह अपनों को गिराने की सलाह गैरों से लेना शुरू कर देता है। कल भी यही सत्य था, आज भी यही सत्य है।
- जिसका उदय होना निश्चित है, उसके लिए प्रकृति भी रास्ता बना देती है।
- प्रत्येक को अपनी उन्नति में संतुष्ट नहीं रहना चाहिए, किंतु सबकी उन्नति में ही अपनी उन्नति समझनी चाहिए।

- यदि एक मनुष्य की उन्नति होती है तो सारे संसार की उन्नति होती है और अगर एक व्यक्ति का पतन होता है तो सारे संसार का पतन होता है।
- स्वार्थ, अहंकार और लापरवाही की मात्रा बढ़ जाना, यही किसी व्यक्ति के पतन का कारण है।
- उदय किसी का भी अचानक नहीं होता, सूर्य भी धीरे-धीरे निकलता है और ऊपर उठता है।
- व्यक्ति के पतन के तीन मुख्य कारण हैं—1. दूसरे की संपत्ति की चाह रखना, 2. परस्त्री की चाह रखना, और 3. दूसरों की निंदा करना।
- जो स्वार्थी हैं, उनका पतन एक-न-एक दिन जरूर होगा। जो सेवापरायण हैं, उन्हें पतन के लिए अवसर और अवकाश ही कहाँ मिलेगा ? पतित व्यक्ति पहले सत्य-विमुख होता है और फिर अंधकार में प्रवेश करता है, क्योंकि पाप अँधेरे में ही हो सकता है। असत्य और अंधकार, यही तो दो पतन के अवलंबन हैं।
- गति के लिए चरण और प्रगति के लिए आचरण बहुत जरूरी है।
- गाड़ी में अगर ब्रेक न हो तो दुर्घटना निश्चित है और जीवन में अगर संस्कार व मर्यादा न हो तो पतन निश्चित है।
- समय पर कार्य न करने से आदमी लाभ और उन्नति के अवसर खो देता है।
- उन्नति चाहनेवाले को निद्रा, तंद्रा, भय, क्रोध, आलस्य और दीर्घसूत्रता—ये अवगुण त्याग देने चाहिए।

## उदार/उदारता

- दिल सागर जैसा रखना चाहिए, नदियाँ खुद ही मिलने आएँगी।
- उदार मनवाले विभिन्न धर्मों में सत्य देखते हैं।
- उदार व्यक्ति देकर अमीर बनता है और लोभी जोड़-जोड़कर गरीब होता है।
- उदार व्यक्ति की संपत्ति गाँव के चौक में उगे व फलों से लदे पेड़ के समान होती है।
- वाणी की मधुरता, स्वभाव की उदारता और प्रेम भरे हृदय से सभी अपने हो जाते हैं।
- जब मनुष्य उदार बन जाता है, उस समय बड़ी तेजी से उसका विकास होता है।

- किसी का आदर केवल उसकी संपत्ति से नहीं, बल्कि उदारता के कारण करना चाहिए।
- मनुष्य का कर्तव्य है कि वह उदार बनने से पूर्व न्यायी बने।
- ये तेरा है, ये मेरा है, ऐसा संकीर्ण हृदयवाले मानते हैं। उदार चित्तवाले तो सारे संसार को एक कुटुंब समझते हैं।
- मनुष्य उदार हो तो फरिश्ता है और नीच हो तो शैतान। ये मानवीय वृत्तियाँ हैं।

## उदासीन/उपेक्षा/अवहेलना

- रोग, सर्प, अंग और शत्रु को तुच्छ समझकर कभी उसकी उपेक्षा नहीं करनी चाहिए।
- जहाँ हलकी सी संवेदनशीलता रिश्ते को बरकरार रख सकती है, वहीं हलकी सी उदासीनता रिश्ते को बिखेर सकती है। इसलिए रिश्तों के प्रति संवेदनशील रहें।
- जो वर्तमान की उपेक्षा करता है, वह अपना सबकुछ खो देता है।
- प्रसन्नता का सरल नियम—न उपेक्षा, न अपेक्षा।
- प्रेम सबकुछ सह लेता है, लेकिन उपेक्षा नहीं सह सकता।
- स्वधर्म के प्रति प्रेम, परधर्म के लिए आदर और अधर्म के प्रति उपेक्षा भी धर्म का ही एक रूप है।
- गलत व्यक्ति का चयन हमारे जीवन को प्रभावित करे या न करे, लेकिन एक सही व्यक्ति की उपेक्षा हमें जीवन भर पछताने पर मजबूर कर सकती है।
- न अपनी अवहेलना करो और न दूसरों की।

## उदाहरण/मिसाल

- बहुत आसान होता है कोई उदाहरण पेश करना, लेकिन बहुत कठिन होता है, खुद कोई उदाहरण बनना।
- भाई-भाई का रिश्ता खास होता है, अकसर यह दिल के पास होता है। रामायण और महाभारत का उदाहरण देख लो, जब-जब भाई लड़ते हैं तो कुल का नाश होता है।
- उपदेश देने की बजाय स्वयं उदाहरण बनना अधिक अच्छा है।
- दुनिया आपके उदाहरण से बदलेगी, आपकी राय से नहीं। आज से हम दूसरों को

बदलने के लिए स्वयं बदलाव का एक उदाहरण बनें।

- नारी जगत् की पालनी है, परिवार की आधारशिला है, स्नेह और त्याग की जीती-जागती मिसाल है। अगर स्वार्थ और लोभ से कोई वस्तु दूर रह सकती है तो वह है सिर्फ नारी। नारी के बिना संसार की कल्पना एक धोखा है।
- अगर किसी रिश्ते को नैतिकता के दायरे में रहकर और ईमानदारी से निभाया जाए तो वो एक मिसाल बन जाता है, अन्यथा उसे मजाक बनने से कोई नहीं रोक सकता।
- जिंदगी जीने का मजा तभी आता है, जब मशाल भी बनो और मिसाल भी।

## उपयोग/उपयोगिता/इस्तेमाल/अनुपयोगिता

- बड़ी मतलबी है ये दुनिया, इनसान हो या वस्तु का उपयोग कर उसे जिंदगी से निकालना अच्छे से आता है।
- रिश्तों का गलत इस्तेमाल कभी मत करना, रिश्ते तो बहुत मिल जाएँगे, पर अच्छे लोग जिंदगी में बार-बार नहीं आएँगे।
- हम सूरज की कद्र उसकी ऊँचाई के कारण नहीं करते, बल्कि उसकी उपयोगिता के कारण करते हैं। अत: व्यक्ति नहीं, व्यक्तित्व आदरणीय है।
- परवाह करनेवाले ढूँढ़िए, इस्तेमाल करनेवाले तो खुद ही आपको ढूँढ़ लेंगे।
- समय वह है, जिसे हम सबसे ज्यादा चाहते हैं और उसका ही हम सबसे गलत तरीके से उपयोग करते हैं।
- जिस वृक्ष का फल जितना स्वादु व मीठा होगा, उसकी उपयोगिता उतनी ही अधिक होती है। ठीक ऐसे ही हमारा आचरण भी जितना मधुर व श्रेष्ठ होगा, समाज में हमारी उपयोगिता भी उतनी ही अधिक होगी।
- अपनी टाँगों का इस्तेमाल बढ़ने के लिए करो, दूसरों के मामले में अड़ाने के लिए नहीं।
- अनुपयोगिता से लोहा जंग खा जाता है, स्थिरता से पानी अपनी शुद्धता खो देता है, इसी तरह निष्क्रियता मस्तिष्क की ताकत को सोख लेती है।
- शब्दों में अद्‍भुत शक्ति होती है, किसी की सहायता करने की, जख्म भरने की और दिल पर चोट करने की। जरूरत है, इस शक्ति का उपयोग करो।

## उपवास/व्रत

- यदि शारीरिक उपवास के साथ मन का उपवास न हुआ तो सही परिणाम नहीं मिल पाएँगे।
- उपवास शुद्धि का जबरदस्त साधन है और मानव समाज में उपवास के लिए विशिष्ट स्थान अवश्य होना चाहिए।
- उपवास करने से मन को शांति मिलती है, विचार शुद्ध और स्वास्थ्य अच्छा रहता है।
- उपवास हमेशा अन्न का ही क्यों? कभी लोभ, लालच, चुगली, झूठ, काम, क्रोध, गंदी नीयत और बुरे व गंदे विचार का भी उपवास होना चाहिए।
- अग्नि भोजन को पचाती है और उपवास दोषों को पचाता है, अर्थात् नष्ट करता है।

## ऋण/कर्ज/ऋणी/कर्जदार/वफादार/उधार

- एक छोटा सा कर्ज किसी आदमी को आपका देनदार बनाता है, एक बड़ा कर्ज उसको आपका शत्रु बना देता है।
- कौन कहता है, 'जैसा संग, वैसा रंग'? इनसान लोमड़ी के साथ नहीं रहता, फिर भी शातिर है। इनसान शेर के साथ नहीं रहता, फिर भी क्रूर है और तो और, इनसान वो जीव है, जो कुत्ते के साथ रहता है, फिर भी वफादार नहीं है।
- कर्ज सोच-समझकर लें और यह ऐसा दानव है, जो हमें धीरे-धीरे खून चूसकर मारता है और जिसे लेने के बाद आप आशाहीन, निराशावादी और अवसाद का शिकार हो सकते हैं।
- लिखत-पढ़त करके लिया कर्ज अमर होता है और वचनबद्ध ऋण निर्जीव और नश्वर।
- जहाँ तक संभव हो, दूसरों के आगे हाथ नहीं पसारना चाहिए।
- औकात से बड़े दिखावे इनसान को कर्ज में डुबो देते हैं।
- उधार वह मेहमान है, जो एक बार आने के बाद जाने का नाम नहीं लेता।
- जिम्मेदारी न निभाने की वजह से अकसर उधार और मित्र दोनों खो जाते हैं।
- कर्ज आजाद आदमी को गुलाम बना देता है।

## एकता

- एकता में बल है।
- यदि चिड़िया एकता कर लें तो शेर की खाल खींच सकती हैं।
- मानव जाति को एकता का पाठ चींटियों से सीखना चाहिए।
- बहुत से छोटे और कमजोर लोगों की एकता भी अजेय बन जाती है। कमजोर तिनकों से बनाई गई रस्सी बड़े-बड़े हाथियों को बाँध लेती है।
- 'संघे शक्ति कलयुगे', अर्थात् कलयुग में एकता ही शक्ति है।
- सबको हाथ की पाँच उँगलियों की तरह रहना चाहिए। ये हैं तो पाँच, लेकिन काम सहस्रों का कर लेती हैं, क्योंकि इनमें एकता है।
- स्थायी एकता वहीं उत्पन्न होती है, जहाँ अंत:करण एक होते हैं।
- अंदरूनी एकता बनाए रखो, क्योंकि किसी भी पेड़ के कटने का किस्सा न होता, अगर कुल्हाड़ी के पीछे लकड़ी का हत्था न होता।
- अकेले हम बूँद हैं, मिल जाएँ तो सागर हैं। अकेले हम धागा हैं, मिल जाएँ तो चादर हैं। अकेले हम कागज हैं, मिल जाएँ तो किताब हैं। जीवन का आनंद मिल-जुलकर रहने में ही है।
- किसी भी देश की वास्तविक ताकत उसके नागरिकों की एकता से बनती है।

## औकात/जगह/स्थान

- एक बूँद डालो समुद्र में तो उसकी कोई औकात नहीं होती, लेकिन एक पत्ती उसमें मोती की तरह चमकती है। अपना स्थान पहचान चुके हो तो चमकना स्वाभाविक है।
- ये इनसान भी कितने अजीब काम करता है, मिट्टी की औकात लेकर धन पर घमंड करता है।
- इनसान को अपनी औकात का तब पता चलता है, जब उसे वहाँ से ठोकर मिले, जहाँ उसने सबसे ज्यादा भरोसा किया।
- कड़वा सच—गरीब आदमी जमीन पर बैठ जाए तो वह जगह उसकी औकात कहलाती है और अगर कोई धनवान आदमी जमीन पर बैठ जाए तो वह उसका बड़प्पन कहलाता है।

- माँगना है तो अपने भगवान् से माँगो, क्योंकि न वह जात देखता है और न औकात।
- मन खुश है तो एक बूँद भी बरसात है, दुःखी मन के आगे समुंदर की भी क्या औकात है?
- बिगड़े वक्त में सच्चा दोस्त ही हालात पूछता है, वरना हर कोई सबसे पहले औकात पूछता है।
- औकात देखकर जरूरतें भी सिमटने लगती हैं और जेब में पैसे न हों तो भूख भी मिटने लगती है।
- औकत कब, क्या रंग दिखाए हम नहीं जानते, वरना श्रीराम को रात में जो राज्य मिलनेवाला था, उसकी बजाय उन्हें सुबह वनवास न मिलता।
- अगर परछाईं कद से और बातें औकात से बड़ी होने लगें तो समझ लो, सूरज डूबनेवाला है।

## औलाद/बेटा/बेटी/पुत्री/पुत्र/संतान/बच्चा

- इनसान की जिंदगी की हार-जीत का फैसला उसकी औलाद करती है अगर संस्कारी और कमाऊ हो तो जीत है, अगर औलाद बेकार और आवारा हो तो करोड़ों की कमाई हुई पूँजी होते हुए भी हार है।
- इनसान भी बहुत अजीब है, अपने बच्चों को सबकुछ देना चाहता है और अपने माँ-बाप का सबकुछ लेना चाहता है!
- बच्चे माँ-बाप से चाहे कुछ भी कह लेते हैं, पर माँ-बाप बच्चों को हमेशा दुआएँ ही देते हैं।
- बच्चे जबरदस्ती की बजाय प्रेम से ज्यादा बदलते हैं। बच्चों को अच्छे के लिए शिक्षित किया जाए, बुरा अपने आप चला जाएगा।
- बेटी अपने ही पिता से मिलने की इजाजत माँगती है अपने पति से। ये वो दुनिया है जनाब, जहाँ बेटी विदा होती है तो उसके हकदार बदल जाते हैं।
- कड़वा है, मगर सच है—मोबाइल के कारण बच्चे माता-पिता के कवरेज एरिया से बाहर होते जा रहे हैं।

- माँ-बाप को बुढ़ापा उतना कमजोर नहीं करता, जितना औलाद का गलत रवैया कमजोर करता है।
- माँ-बाप के साथ आपका व्यवहार, यह वो कहानी है, जिसे आप लिखते हैं और आपकी संतान उसको पढ़कर सुनाती है।
- किसी की बेटी हमारे घर की बहू है और हमारी बेटी किसी के घर की बहू। हमारी बेटी के पास वही लौटकर जानेवाला है, जो व्यवहार हम अपनी बहू के साथ करेंगे।
- रिश्तों और दोस्ती की बागवानी को सींचते रहिए, यह जिंदगी आपकी है। बच्चों की बजाय पहले खुद के लिए जिंदा रहिए। अपेक्षा किसी से भी मत कीजिए, क्योंकि अपेक्षाएँ ही दुःख का कारण हैं।
- हर घर में बेटी होना जरूरी है, ताकि इनसान को पता चले, जब खुद की बेटी रोती है तो कैसा लगता है दूसरों की बेटी को दुःख देने में!
- पंछी कभी अपने बच्चों के भविष्य के लिए घोंसले बनाकर नहीं देते, वे तो बस उन्हें 'उड़ने' की कला सिखाते हैं।
- समय की माँग है, अपने बच्चों से दोस्ती कर लो, इससे पहले कि बुरे लोग उनसे दोस्ती कर लें।
- दम तोड़ देती है माँ-बाप की ममता, जब बच्चे कहते हैं कि तुमने किया ही क्या है हमारे लिए?
- जो अपने बच्चों को मेहनत की आदत डाल देते हैं, वे उनसे कहीं अधिक अच्छे हैं, जो संतान के लिए अपार संपत्ति छोड़ देते हैं।
- जो निडर होकर पिता के वचन का निरादर करता है और बुरे लोगों के साथ रहता है, वह पुत्र मूर्ख और अधम है। उसके जन्म लेने से किसी को सुख नहीं मिलता।
- अच्छी बात बच्चे की भी मानो। अपनी प्रकृति को सुधारने की चेष्टा करो, तभी आपका उपदेश दूसरों पर असर कर सकता है।
- बड़े घर की बेटियाँ ऐसी होती हैं, जो बिगड़ता हुआ काम बना लेती हैं।
- 'तू बुद्धू है, मूर्ख है, निकम्मा है, तू कुछ नहीं कर सकेगा।' हर समय ऐसा कहने से बच्चे दब्बू एवं माता-पिता के विरोधी बन जाते हैं।

- अच्छी आदतों के बाद बच्चों को आप जो सबसे अच्छी चीजें दे सकते हैं, वे हैं मधुर–स्मृतियाँ।

## अँधेरा/अंधकार/अँधियारा/अंधा

- एक अंधा अगर अंधों का नेतृत्व करे तो सभी का खाई में गिरना तय है।
- खूबसूरत तसवीरें नेगेटिव से तैयार होती हैं और वो भी अँधेरे कमरे में। इसलिए जब भी आपके जीवन में अंधकार नजर आए तो समझ लीजिएगा कि ईश्वर आपके भविष्य की सुंदर सी तसवीर का निर्माण कर रहा है।
- अँधेरा ही एक ऐसी चीज है, जो हर आदमी की शक्ल को एक बना देता है।
- अँधेरे में शायद इनसान दबे पैरों अपने अंदर उतरता जाता है, जैसे वह किसी गैर के घर में चोरी के लिए दाखिल हुआ हो और अपने अंदर से सबकुछ बाहर निकाल लाता है।
- अगर बहुत सारी मुसीबतों से गुजर रहे हों तो एक बात हमेशा याद रखें कि सितारे कभी अँधेरे के बिना नहीं चमकते।
- दीया बुझाकर भागनेवाला यही समझता है कि दूसरे उसे देख नहीं सकते। लेकिन उसे यह समझना चाहिए कि उस अंधकार में ठोकर खाकर भी पहले वही गिरेगा।

## कंजूस/कृपण/दान

- प्रार्थना हमें ईश्वर तक ले जाती है, लेकिन दान के माध्यम से हम उसके महल में प्रवेश करते हैं।
- दान देने से पहले अपने कमजोर भाई को सहारा दो, क्योंकि तुम्हारे दान की भगवान् की बजाय भाई को ज्यादा जरूरत है।
- हरेक काम के लिए एक अवसर होता है। दान के अवसर पर दान और नाच के अवसर पर नाच।
- जिस तरह दानशीलता मनुष्य के दुर्गुणों को छिपा लेती है, उसी तरह कंजूसी उसके सद्गुणों पर परदा डाल देती है।
- जो दान अपनी कीर्ति–गाथा गाने को उतावला हो उठता है, वह अहंकार एवं आडंबर मात्र रह जाता है।

- छोटे दानी पुरुष का भी सम्मान करना चाहिए, परंतु महान् संपत्ति के स्वामी होने पर भी कंजूस का नहीं।
- जिसे देकर पश्चात्ताप किया जाए, जो अपात्र को दिया जाए और जो बिना श्रद्धा के दिया जाए, वो दान नष्ट हो जाता है।
- श्रेष्ठ पात्र देखकर श्रद्धापूर्वक अर्पण करने का नाम दान है।
- अन्न दान, औषध दान, भूमि दान, कन्या दान, विद्या दान, गौ दान, अभय दान, अंग दान—ये सभी दान के श्रेष्ठ रूप हैं।
- दान देने से जहाँ मोह, माया आदि से मुक्ति मिलती है, वहीं जीवन के दोष भी दूर होते हैं।
- सभी धर्मों में दान का महत्त्व है। दान से पुण्य उपजते हैं और पाप का नाश होता है।
- जो दान कर्तव्य समझकर, बिना किसी अहं भाव के, निस्स्वार्थ भाव से किया जाता है, वही उत्तम श्रेणी में आता है।
- दान देते वक्त किसी को अपमानित करना या उस पर अहसान नहीं जताना चाहिए।
- दान एक ऐसा कार्य है, जिसके माध्यम से न केवल हम धर्म का ठीक-ठाक पालन कर पाते हैं, बल्कि जीवन की समस्याओं से भी बाहर निकल सकते हैं।
- दान के लिए किया जानेवाला कर्म सभी कर्मों से श्रेष्ठ है।
- सच्चा दानी प्रसिद्धि का अभिलाषी नहीं होता।
- कंजूस आदमी के दुश्मन सब होते हैं, दोस्त कोई नहीं होता। हर व्यक्ति को उससे नफरत होती है।
- हँसना और हँसाना जब कुदरत ने हमें दिया है तो हम उसमें कंजूसी क्यों करते हैं?
- कंजूस लोग न तो अपने धन को खाते हैं, न किसी अन्य कार्य में खर्च करते हैं और न किसी को दान करते हैं। उनके धन की गति ज्यादा अच्छी नहीं होती।
- कंजूस एक-एक पाई के लिए उतना ही उत्तेजित हो जाता है, जितना कि एक महत्त्वाकांक्षी पुरुष एक राज्य की जीत के लिए।

- कंजूस के पास जितना धन होता है, उतना ही वह उसके लिए तरसता है, जो उसके पास नहीं होता।
- किसी को कंजूस मानकर उसका मजाक नहीं उड़ाना। क्या पता किसी की कंजूसी, उसकी मजबूरी हो!
- कंजूस हर जगह पैसे बचाकर खुश होता है और कुछ लोग पैसे उड़ाकर खुश होते हैं।
- कंजूस आदमी अंधा होता है, क्योंकि वह धन के सिवाय किसी और को नहीं देखता तथा फिजूलखर्ची करनेवाला भी अंधा होता है, क्योंकि वह आज को ही देखता है, कल को नहीं।

## कठिन/कठिनाई/मुश्किल

- बहुत मुश्किल नहीं है जिंदगी की सच्चाई समझना, जिस तराजू पर दूसरों को तौलते हो, उस पर कभी खुद भी बैठकर देखो।
- बहुत से लोगों के लिए जीवन में कठिन होना सरल है, पर सरल होना कठिन है।
- कठिन परिस्थितियाँ एक वॉशिंग मशीन की तरह होती हैं, जो हमें झकझोरती हैं, घुमाती हैं और निचोड़ती भी हैं, परंतु जब भी हम इनसे गुजरकर बाहर आते हैं तो हमारा व्यक्तित्व पहले की अपेक्षा अधिक साफ, चमकीला और बेहतर होता है।
- कठिनाइयाँ हमें आत्मज्ञान कराती हैं और बताती हैं कि हम किस मिट्टी के बने हैं।
- कठिनाइयों में कभी हड़बड़ाना नहीं चाहिए।
- मुश्किलें केवल बेहतरीन लोगों के हिस्से में ही आती हैं, क्योंकि वे लोग ही उसे बेहतरीन तरीके से अंजाम देने की ताकत रखते हैं।
- जिस चीज की हमें जरूरत होती है, वह कठिन होती है, लेकिन जब पूरा प्रयास करके हासिल करते हैं तो वह आसान हो जाती है।
- सबसे कठिन तीन वस्तुएँ हैं—एक रहस्य को छुपाए रखना, कष्ट को भूल जाना और अवसर का सदुपयोग करना।
- जब मुश्किलें पीछा न छोड़ें तो निराश मत होना और समझ लेना कि जिनके सपने बड़े होते हैं, उनके रास्ते में रुकावटें भी ज्यादा आती हैं।

- जूतों में कंकड़, कान में कीड़े की झनकार, आँख में रेत, पैरों में काँटे की चुभन और घर में लड़ाई-झगड़े, इनको सहना बहुत मुश्किल है।
- जीवन में कठिनाइयाँ हमें बरबाद करने नहीं आती हैं, बल्कि यह हमारी छुपी हुई सामर्थ्य और शक्तियों को बाहर निकलने में हमारी मदद करती हैं। कठिनाइयों को यह जान लेने दो कि आप उससे भी ज्यादा कठिन हो।
- न रगड़ के बिना रत्न पर पॉलिश होती है, न कठिनाइयों के बिना आदमी में पूर्णता आती है।
- बहुत सी वस्तुएँ आरंभ में जितनी कठिन लगती हैं, करने में उतनी ही सरल निकलती हैं।
- हमेशा आगे बढ़ते रहने और विश्वास करने से कठिनाइयाँ दूर हो जाती हैं।

## कठोर/सख्त

- कठोर वचन बुरा है, क्योंकि तन-मन को जला देता है व मृदु वचन अमृत वर्षा के समान है।
- जितने कठोर बनोगे, उतनी ही जल्दी लोग आपको हृदय से निकाल देंगे, चाहे आप उनके लिए कितने भी जरूरी हों। जैसे जीभ जन्म से होती है और मृत्यु तक रहती है, क्योंकि वो कोमल होती है, दाँत जन्म के बाद आते हैं और आमतौर पर वृद्धावस्था में मृत्यु से पहले चले जाते हैं, क्योंकि वो कठोर होते हैं।
- संसार की कटुताओं के संपर्क में आकर हृदय या तो सदा के लिए टूट जाता है या फिर सदा के लिए सख्त हो जाता है।
- क्रोध में बोला हुआ एक कठोर शब्द इतना जहरीला हो सकता है कि आपकी हर अच्छी बातों को एक मिनट में नष्ट कर सकता है।
- जो सम्मान से कभी गर्वित नहीं होते, अपमान से क्रोधित नहीं होते और क्रोधित होकर भी जो कभी कठोर नहीं होते हैं, वास्तव में ऐसे व्यक्ति ही सबसे श्रेष्ठ होते हैं।
- जो व्यक्ति स्पष्ट और सीधी बात करता है, उसकी वाणी कठोर हो सकती है, लेकिन वह धोखा नहीं देगा।
- मनुष्य में दूसरों के प्रहार से बचने के लिए कठोर और कुटिल होने का गुण भी होना चाहिए।

## कड़वा/कडुवा/कड़वी/मीठा/मिठास/कटु/कटुता

- बात इतनी मीठी रखो कि कभी वापस लेनी पड़ जाए तो खुद को भी कड़वी न लगे।
- मिठास मुँह में घुले तो स्वाद, दिलों में घुले तो प्यार, मौसम में घुले तो बहार और रिश्तों में घुले तो जिंदगी स्वर्ग बन जाती है।
- रिश्ते और दोस्ती में मिठास रखने के लिए सिर्फ एक ही शर्त है, दिल का इस्तेमाल करें, दिमाग का नहीं।
- हम कड़वी गोली को जल्दी से गटक जाते हैं, परंतु मीठी चॉकलेट को खूब चबाकर खाते हैं। इसी तरह जीवन में बुरे समय को जल्दी भूलें और अच्छे समय का खूब आनंद उठाएँ।
- जब कड़वी बोली और दर्द सहन करने लग जाओ तो समझो, जीना सीख गए।
- जलेबी सिर्फ मीठी ही नहीं, वह एक महत्त्वपूर्ण संदेश भी देती है कि खुद कितने भी उलझे रहो, पर दूसरों को हमेशा मिठास दो।
- मधुर वचनों के होते हुए उन्हें छोड़कर कटु वचनों का प्रयोग करना, पके फलों के होते हुए कच्चे फलों का प्रयोग करना है।
- न तो इतने कड़वे बनें कि कोई थूक दे और न ही इतने मीठे बनें कि कोई निगल जाए।
- गलती नीम की नहीं कि वो कड़वा है, बल्कि खुदगर्जी जीभ की है, जिसे मीठा पसंद है।
- उचित समय पर पिए कड़वे घूँट सदैव जीवन मीठा कर दिया करते हैं।

## कद्र

- खुश रहने के मूलमंत्र—मन मिले जिससे, रिश्ता रखो उसी से। जहाँ कद्र नहीं, वहाँ जाना नहीं; जो सुनता नहीं, उसे समझाना नहीं; जो पचता नहीं, वो खाना नहीं; जो सत्य पर भी रूठे, उसे मनाना नहीं; जो नजरों से गिर जाए, उसे उठाना नहीं; जीवन में तकलीफें आएँ, घबराना नहीं।
- कद्र किरदार की होती है, वरना कद में तो साया भी इनसान से बड़ा हो सकता है।

- कद्र खो देता है रोज का आना-जाना।
- कद्र तभी होती, जब मतलब के रिश्ते और रिश्तों का मतलब समझ में आता है।
- जिस व्यक्ति को आपके रिश्ते की कद्र नहीं है, उसके साथ खड़े होने से अकेले खड़ा रहना अच्छा है। यह अभिमान नहीं, स्वाभिमान है।
- जीवन ऐसा हो, जो संबंधों की कद्र करे व संबंध ऐसे हों, जो याद करने पर मजबूर कर दें।
- कलियुगी दुनिया है साहेब, उसकी कद्र नहीं होती, जो सच में रिश्तों की कद्र करता है; कद्र उसकी होती है, जो सबसे ज्यादा दिखावा करता है।

## कम/कमी/कमियाँ/अभाव

- खूबसूरती हमेशा देखनेवाले के मन में और नजरों में होती है, वरना गलती निकालनेवालों को तो चाँद में भी कमी नजर आती है।
- कमियाँ सबमें होती हैं, लेकिन नजर सिर्फ दूसरों में आती हैं।
- संसार में कोई भी सर्वगुणसंपन्न नहीं होता है, इसलिए कुछ कमियों को नजरअंदाज करके रिश्ते बनाए रखिए।
- केवल कुछ कमियों के कारण संबंध न छोड़ें। अंत तक हर कोई सही नहीं होता। प्यार श्रेष्ठता से कहीं अधिक अच्छा है।
- सबसे बेहतरीन नजरें वो हैं, जो अपनी कमियाँ देख सकें।
- जब आप अपनी खामियों को स्वीकार कर लेते हैं तो कोई भी आपके खिलाफ खड़ा नहीं हो सकता।
- हमारे अंदर सबसे ज्यादा कमी इस बात की है कि हम फालतू चीजों के बारे में ज्यादा बात करते हैं और काम कम करते हैं।
- संबंधों में कभी मेल-जोल या बातचीत की कमी न आने दें, क्योंकि जब ये चीजें बंद हो जाती हैं तो आपका कीमती रिश्ता बिखरता चला जाता है।
- दूसरों के अंदर कमियाँ निकालने से पहले अपने अंदर से कमियाँ दूर करके दिखाओ।
- जो आपको दूसरों की कमियाँ बताता है, वो आदमी दूसरों के सामने आपकी बुराई भी करता होगा।

- अगर शौक है कमियाँ निकालने का, तो जरूर पूरा कीजिए, मगर शुरुआत खुद से कीजिए।
- जब शासक अपनी सफलता की बात न कर दूसरों में दोष ढूँढ़ने लगे, तब तो समझ जाओ, वो अपनी विफलताओं को छुपाने की जगह खोज रहा है।
- अभावों में अभाव है—बुद्धि का अभाव। दूसरे अभावों को संसार अभाव नहीं मानता।

## कमजोर/दुर्बल

- इतना कमजोर मत बनो कि कोई आपको तोड़ सके, बल्कि इतना मजबूत बनो कि आपको तोड़नेवाले खुद ही टूट जाएँ।
- सबल की शिकायतें सब सुनते हैं, निर्बल की फरियाद भी कोई नहीं सुनता।
- दुर्बल व्यक्ति तब तक दुर्बल है, जब तक वो अपने ऊपर होनेवाले अन्याय और अत्याचार का विरोध नहीं करता।
- कमजोरी का इलाज कमजोरी की चिंता करना नहीं, बल्कि शक्ति का विचार करना है।
- कमजोर के आँसू पोंछना ही सबसे बड़ी ताकत है।
- दृढ़-संकल्प एक गढ़ के समान है, जो भयंकर प्रलोभनों से हमको बचाता है और दुर्बल एवं डाँवाँडोल होने से हमारी रक्षा करता है।
- दो बातें मानसिक दुर्बलता प्रकट करती हैं—एक तो बोलने के अवसर पर चुप रहना और दूसरे चुप रहने के अवसर पर बोलना।
- जो कमजोर होता है, उसके मन में रोष होता है। हाथी चींटी से द्वेष नहीं करता, लेकिन चींटी तो चींटी से भी द्वेष करती है।
- कुछ चीजें कमजोर की हिफाजत में भी महफूज रहती हैं, जैसे मिट्टी के गुल्लक में धातु के सिक्के।
- किस्मत करवाती है कठपुतली के खेल, वरना जिंदगी के रंगमच पर कोई भी कलाकार कमजोर नहीं होता।
- कमजोरी में ही लोग लकड़ी का सहारा लेते हैं।
- हमारी कुछ कमजोरियाँ पैदाइशी हैं और कुछ ज्ञान के अभाव में हैं। सवाल यह

है कि इनमें से कौन सी अधिक दु:खदायी है।

- अपने खिलाफ होनेवाली बातों को खामोशी से सुन लीजिए। यकीन मानिए, वक्त उसे बेहतरीन जवाब देता है, क्योंकि सब्र कोई कमजोरी नहीं होती है, बल्कि यह वह ताकत है, जो सभी में नहीं होती।
- हम बाहर की चुनौतियों से नहीं, हम अपनी अंदर की कमजोरियों से हारते हैं।
- शारीरिक, बौद्धिक और आध्यात्मिक रूप से जो भी कमजोर बनाता है, उसे जहर की तरह त्याग दो।

## कर्तव्य/फर्ज

- कुछ-न-कुछ कर बैठने को ही कर्तव्य नहीं कहा जा सकता। कोई ऐसा समय भी होता है, जब कुछ न करना ही सबसे बड़ा कर्तव्य माना जाता है।
- कर्तव्यपालन से ही हक पैदा होता है।
- मैं शून्य हूँ, मुझे पीछे ही रखना, मेरा फर्ज सिर्फ आपकी कीमत बढ़ाना है।
- जो मनुष्य अपने कर्तव्य को अच्छी तरह करने की शिक्षा पा चुका है, वह सभी कामों को भलीभाँति करेगा।
- जिस प्रकार दूसरों के अधिकारों को सम्मान देना मानव का कर्तव्य है, उसी प्रकार अपना सम्मान रखना भी उसका कर्तव्य है।
- प्रकृति को बुरा-भला मत कहो। उसने अपना कर्तव्य पूरा किया और आप अपना कर्तव्य पूरा करें।
- प्रत्येक अपने क्षेत्र में महान् है, परंतु एक का कर्तव्य दूसरे का कर्तव्य नहीं हो सकता।
- जो व्यक्ति कर्तव्य करने से चूकता है, वह भविष्य के लिए अपने साथ धोखा करता है।
- कर्तव्यपालन ही जीवन का सच्चा मूल्य है।

## कृपा/दया/मेहरबान/दयालु

- यदि आपके अंदर संतोष है तो आप सबसे अमीर हैं, शांति है तो आप सबसे सुखी हैं और दया है तो आप बहुत अच्छे इनसान हैं।
- खुदा मेहरबान तो गधा भी पहलवान।

- जिंदगी में समस्या देनेवाले की हस्ती कितनी भी बड़ी क्यों न हो, पर भगवान् की कृपादृष्टि से बड़ी नहीं हो सकती।
- जिसको भगवान् की कृपा पर भरोसा है और उसके न्याय पर विश्वास है, उसको कोई भी परिस्थिति विचलित नहीं कर सकती।
- जिसमें दया नहीं, उसमें कोई सद्गुण नहीं।
- हम सभी ईश्वर से दया की प्रार्थना करते हैं और वही प्रार्थना हमें दया करना भी सिखाती है।
- भगवान् की कृपा के बिना संत नहीं मिलते।
- कृपा के शब्द छोटे और बोलने के लिए आसान होते हैं, किंतु उनकी गूँज वास्तव में अंतहीन होती है।
- दया दोतरफा कृपा है। इसकी कृपा दाता पर भी होती है और पात्र पर भी।
- दयालुता ऐसी भाषा है, जिसको भावों से अंधा देख सकता है, बहरा सुन सकता है और गूँगा बोल सकता है।
- चार दुर्लभ गुण—धन के साथ पवित्रता, दान के साथ विनय, वीरता के साथ दया और अधिकार के साथ सेवाभाव।
- जीवन में किसी का 'भला' करोगे तो 'लाभ' होगा, क्योंकि भला का उलटा लाभ होता है। जीवन में किसी पर 'दया' करोगे तो वो 'याद' करेगा, क्योंकि दया का उलटा याद होता है।
- जो सचमुच दयालु है, वही सचमुच बुद्धिमान है और जो दूसरों से प्रेम नहीं करता, उस पर ईश्वर की कृपा नहीं होती।
- अगर आपकी समस्या एक जहाज जितनी बड़ी है तो यह नहीं भूलना चाहिए कि भगवान् की कृपा सागर जितनी विशाल है।
- शांति के समान कोई तप नहीं, संतोष से बढ़कर कोई सुख नहीं, तृष्णा से बढ़कर कोई व्याधि नहीं और दया के समान कोई धर्म नहीं।
- मानवता, मुक्त होने की इच्छा और महान् पुरुषों का संग—ये तीनों भगवान् की कृपा से प्राप्त होनेवाली बड़ी ही दुर्लभ वस्तुएँ हैं।

## कवि/लेखक

- कविता, काव्य, पद्य आदि का रचनाकार कवि होता है।
- जहाँ न पहुँचे रवि, वहाँ पहुँचे कवि।
- कवि होने के पश्चात् दूसरी महानता है, काव्य को समझना।
- कवि केवल देखते ही नहीं, बल्कि प्रकाश भी करते हैं।
- कवि केवल सृष्टि ही नहीं करता, सृष्टि की रक्षा भी करता है।
- कवि का सबसे बड़ा गुण नई-नई बातों का सूझा है। कवि का काम है कि वह प्रकृति-विकास को खूब ध्यान से देखे।
- कवि वह है, जो भावों को अभिव्यक्ति देता है। वह सामान्य से परे गहन यथार्थ का वर्णन करता है।
- किसी विषय पर लिखकर विचार प्रकट करनेवाला लेखक होता है।
- लेखक लेखन के माध्यम से संस्कृति, इतिहास, विचारधारा, जन-जागरण और परंपरा को कहानी, कथा, उपन्यास, नाटक, आलेख आदि के माध्यम से आगे बढ़ाता है।

## काँटा

- सच्ची लगन को काँटों की परवाह नहीं होती।
- कहीं-कहीं संगत का असर नहीं होता, जैसे आज तक न काँटों को महकने का सलीका आया, और न फूलों को चुभना आया।
- काँटा भले ही कितने प्यार और कोमलता से चुभाया जाए, अपनी टीस और चुभन छोड़ेगा ही। जूते चाहे रेशम में लपेटकर मारो, मार जूते की ही कहलाएगी। बाण कितनी नजाकत से छूटे, लक्ष्य पा गया तो भेदन तो होगा ही।
- यह व्यक्तित्व की गरिमा है कि फूल कुछ नहीं कहते, वरना कभी काँटों को मसलकर दिखाइए।
- तुम्हारे मार्ग में चाहे गुलाब के फूल आएँ, चाहे काँटे, किंतु निरंतर चलते रहो।
- जीवन वो फूल है, जिसमें काँटे तो बहुत हैं, मगर सौंदर्य की भी कोई कमी नहीं।

## कानून/विधान/नियम

- जिस प्रकार ईश्वर ने अपनी सृष्टि के लिए नियम बनाए हैं और उसी प्रकार मानव समाज को सही दिशा देने के लिए बनाए गए नियम कानून कहलाते हैं।
- नियमों का विधान मनुष्य के लिए हुआ है, मनुष्य का निर्माण नियमों के लिए नहीं।
- कानून निर्धनों पर राज करता है और धनी कानून पर राज करता है।
- मनुष्य जब एक नियम तोड़ता है तो दूसरे नियम अपने आप टूटने लगते हैं।
- तर्क ही कानून का जीवन है। सामान्य कानून तर्क के अतिरिक्त और कुछ नहीं।
- कानून एक ऐसे गड्ढे के समान है, जिसकी कोई थाह नहीं है।
- कभी अपने आपको बहुत ऊँचा मत समझो, कानून तुमसे भी ऊपर है।
- कानून तो जैसे मकड़ी के जाले हैं। छोटे-छोटे जीवन उनमें फँसकर प्राण खो बैठते हैं, जबकि बड़े जीव तो उन्हें भी फाड़कर फेंक देते हैं।
- अत्यंत शिष्ट कानूनों का पालन प्रायः कम ही होता है, जबकि अत्यंत कठोर नियमों का उल्लंघन बहुत कम होता है।
- कानून तो सिर्फ बुरे लोगों के लिए होता है, अच्छे लोग तो शर्म से ही मर जाते हैं। आवश्यकता कोई कानून नहीं समझती है।

## काम/कर्म/कार्य

- धन कहता है मुझे जमा कर, कैलेंडर कहता है मुझे देखकर योजना बना, भविष्य कहता है मेरे लिए सोच, सुंदरता कहती है मुझे प्यार कर, लेकिन भगवान् कहता है 'कर्म कर और मुझ पर विश्वास कर'।
- जो मनुष्य निश्चय करके कार्य प्रारंभ करता है, वह कार्य के बीच में रुकता नहीं, समय को नष्ट नहीं करता और स्वयं को वश में रखता है, उसी को पंडित कहा जाता है।
- भाग्य और कर्म, नसीब और कोशिश, ये दोनों एक ही चीज हैं, जैसे कल का दूध आज दही बन जाता है, वैसे ही पिछले कर्म नसीब बनकर प्रकट होते हैं।
- कल्पना के बाद उस पर अमल जरूर करना चाहिए। सीढ़ियों को देखते रहना ही पर्याप्त नहीं, बल्कि उस पर चढ़ना भी जरूरी है।

- जब हम कोई काम करने की इच्छा करते हैं तो शक्ति अपने आप ही आ जाती है।
- यदि कोई कर्म करने योग्य है तो उसे दृढ़ता के साथ कर लेना चाहिए।
- आदमी को चाहिए कि जैसा समय देखे, वैसा काम करे।
- यह जरूरी तो नहीं कि इनसान हर रोज मंदिर जाए, बल्कि कर्म ऐसे होने चाहिए कि इनसान जहाँ भी जाए, मंदिर वहीं बन जाए।
- कृष्णजी ने कहा है—तेरा-मेरा करते एक दिन चले जाना है, जो भी कमाया, यहीं रह जाना है। कर ले कुछ अच्छे कर्म, साथ यही तेरे जाना है। रोने से तो आँसू भी पराए हो जाते हैं, लेकिन मुसकराने से पराए भी अपने हो जाते हैं। मुझे वो रिश्ते पसंद हैं, जिनमें 'मैं' नहीं 'हम' हो।
- इनसानियत दिल में होती है, हैसियत में नहीं। ऊपरवाला कर्म देखता है, वसीयत नहीं।
- इनसान को उसके काम से आँका जाता है।
- कर्मों की आवाज शब्दों से ऊँची होती है।
- सही स्थान पर बोया गया सुकर्म का बीज ही महान् फल देता है।
- भाग्य बारिश का पानी है और परिश्रम कुएँ का जल। बारिश के पानी में नहाना तो आसान है, लेकिन रोज नहाने के लिए हम बारिश के सहारे नहीं रह सकते। इसी प्रकार से कभी-कभी चीजें आसानी से मिल जाती हैं, किंतु हमेशा इनके भरोसे नहीं जी सकते। आज का कर्म ही आनेवाले कल का फल है।
- बुरे कर्म करने नहीं पड़ते, बल्कि हो जाते हैं और अच्छे कर्म होते नहीं, करने पड़ते हैं।
- कर्मों से डरिए, ईश्वर से नहीं। ईश्वर माफ कर देता है, कर्म नहीं। सत्य है कि जैसे बछड़ा सौ गायों में अपनी माँ को ढूँढ़ लेता है, उसी प्रकार कर्म अपने कर्ता को ढूँढ़ ही लेता है।
- कर्म एक ऐसा भोजनालय है, जहाँ हमें कुछ आदेश देने की जरूरत नहीं। यहाँ वही मिलता है, जो हमने पकाया होता है।
- कर्म बढ़िया होने चाहिए, क्योंकि वक्त किसी का नहीं होता। जरा सी बात से मतलब बदल जाते हैं। उँगली उठे तो बेइज्जती और अँगूठा उठे तो तारीफ।

- कर्म का थप्पड़ इतना भारी और भयंकर होता है कि हमारा जमा किया हुआ पुण्य कब खत्म हो जाए, पता भी नहीं चलता। पुण्य खत्म होने पर समर्थ राजा को भी भीख माँगनी पड़ती है। इसलिए कभी किसी के साथ छल-कपट न करें, किसी की आत्मा को दुःखी न करें।
- कर्म के पास न कागज है और न ही किताब है, पर उसके पास सारे जग का हिसाब है।
- कर्म बिना पूछे और बिना बताए ही दस्तक देता है, क्योंकि वो चेहरा और पता दोनों याद रखता है।
- कर्म भावी जीवन रूपी फल के बीज हैं, इन्हें परिणाम के लिए सोच-समझकर बोइए।
- कर्म वह फसल है, जिसे हर इनसान को हर हाल में काटना ही पड़ता है। इसलिए हमेशा अच्छे बीज बोएँ, ताकि फसल अच्छी हो।
- कर्म बहुत ध्यान से कीजिए, क्योंकि न किसी की दुआ खाली जाती है और न ही किसी की बद्दुआ।
- कर्मभूमि की दुनिया में श्रम सभी को करना पड़ता है, भगवान् सिर्फ लकीरें देता है, रंग तो हमें ही भरना पड़ता है।
- किसी भी पेड़ या पौधे पर फल-फूल से ज्यादा पत्ते होते हैं, फिर भी पेड़-पौधा फल या फूल के नाम से जाना जाता है। ठीक उसी तरह हमारे पास कितनी भी अच्छी बातें क्यों न हों, लेकिन पहचान तो हमारे कर्मों से ही होती है।
- मिटाने से मिटते नहीं, ये भाग्य के लेख, कर्म अच्छे तू करता चल, फिर ईश्वर की महिमा देख।
- थकान कभी भी काम के कारण नहीं होती, बल्कि चिंता, निराशा, भय और असंतोष के कारण होती है।
- अपने कर्म पर विश्वास रखिए, राशियों पर नहीं, राशि तो राम और रावण की भी एक ही थी, लेकिन नियति ने उन्हें फल उनके कर्म अनुसार दिया।
- जिंदगी की पुस्तक में जन्म और मृत्यु के पृष्ठ भगवान् ने लिखे हैं और बाकी के पृष्ठ हमें अपने कर्मों से भरने हैं।

- जिंदगी हँसाए, तब समझना कि अच्छे कर्मों का फल मिल रहा है और जिंदगी रुलाए, तब अच्छे कर्म करने का समय आ गया है।
- जिंदगी भले छोटी देना मेरे भगवान्, मगर देना ऐसी कि सदियों तक लोगों के दिलों में जिंदा रहूँ और हमेशा अच्छे कर्म कर सकूँ।
- बड़े काम, छोटे कामों से आरंभ करने चाहिए।
- जो काम आ पड़े, साधना समझकर पूरा करो।
- हमारे शब्द, कार्य, भावनाएँ, गतिविधियाँ व विचार ही हमारे कर्म हैं।
- भाग्य के दरवाजे पर सिर पीटने से बेहतर है, कर्म का तूफान पैदा करें, सारे दरवाजे खुल जाएँगे।
- भाग्य से जितनी ज्यादा उम्मीद करोगे, वह उतना ही ज्यादा निराश करेगा और कर्म पर जितना ज्यादा जोर दोगे, वह हमेशा उम्मीद से ज्यादा देगा।
- सुगंध के बिना पुष्प, तृप्ति के बिना प्राप्ति, ध्येय के बिना कर्म एवं प्रसन्नता के बिना जीवन व्यर्थ है।
- जो कारीगर काम नहीं जानता, वही अपने औजारों को कोसता है।
- दुनिया में लाखों पेड़ गिलहरियों की देन हैं। वे खुराक के लिए बीज जमीन में छुपा देती हैं और फिर जगह भूल जाती हैं। अच्छा कर्म करें और भूल जाएँ, समय आने पर फलेंगे जरूर।
- जिस काम के लिए परदे की जरूरत है, चाहे उसका उद्देश्य कितना ही पवित्र क्यों न हो, वह अपमानजनक है।
- जो मेरे भाग्य में नहीं है, वो दुनिया की कोई भी शक्ति मुझे दे नहीं सकती और जो मेरे भाग्य में है, उसे दुनिया की कोई शक्ति छीन नहीं सकती। ईश्वरीय शक्ति ही असंभव को संभव बना सकती है। अत: कर्म ही कामधेनु हैं एवं प्रार्थना ही पारसमणि है।
- जो प्राणी कर्म त्यागते हैं तो भी कर्मफल की चिंता उनको भी सताती है।
- आपके कर्म ही आपकी पहचान हैं, वरना एक नाम के तो हजारों इनसान हैं।
- आपके अच्छे काम अदृश्य प्रतीत हो सकते हैं, लेकिन वे अपनी छाप छोड़ते हैं, जो लोगों के हृदय पर अंकित होते हैं।

- अच्छे कर्मों की हरियाली बड़ा सुकून देती है, कभी एक पौधा अच्छे कर्म का लगाकर देखो।
- अच्छे काम करते रहिए, चाहे लोग तारीफ करें या न करें, आधी से ज्यादा दुनिया सोती रहती है, सूरज फिर भी उगता है।
- लोग कहते हैं—ईश्वर सबका भाग्य लिखता है। यदि ऐसा होता तो परमात्मा सबका भाग्य बहुत अच्छा लिखता और दुनिया में किसी को कोई दुःख नहीं होता। पर ऐसा नहीं है, ईश्वर ने हर किसी को कर्म रूपी एक ऐसी कलम दी है, जिसके द्वारा वह अपना भाग्य स्वयं लिख सकता है।
- नदी जब निकलती है, कोई नक्शा पास नहीं होता कि सागर कहाँ है। बिना नक्शे के सागर तक पहुँच जाती है। इसलिए कर्म करते रहिए, नक्शा तो भगवान् पहले ही बनाकर बैठे हैं, हमको तो सिर्फ बहना ही है।
- फूल नाम से पहचाना जाता है, ठीक उसी तरह हमारे पास अच्छी बातें कितनी ही क्यों न हों, पर पहचान तो हमारे कर्मों से ही होती है।
- जब हम कोई काम करने की इच्छा करते हैं तो शक्ति अपने आप आ जाती है।
- काम उतना ही करना चाहिए, जितना आराम से हो सके। यह नहीं कि रुपए-पैसे के लिए जान ही दे दें!
- किसी को चाम प्यारा नहीं होता, बल्कि काम प्यारा होता है।
- काम करके कुछ उपार्जन करना शर्म की बात नहीं, बल्कि दूसरों के मुँह ताकना शर्म की बात है।
- जीवन में ऐसा कार्य करो कि परिवार, गुरु और परमात्मा तीनों आपसे खुश रहें।
- अच्छे कामों की सिद्धि में बड़ी देर लगती है, लेकिन बुरे कामों की सिद्धि कभी भी हो जाती है।
- कोई भी कार्य करने से पहले सोचो, समझो, फिर करो।
- वही कार्य करना ठीक है, जिसे करके पछताना न पड़े और जिसके फल को खुशी से भोग सकें।
- कार्य को हाथोहाथ कर ही डालना चाहिए, वरना जो कार्य पीछे रह जाता है, वह हो नहीं पाता।

- कार्य की अधिकता नहीं, अनियमितता आदमी को मार डालती है।
- कर्म के बीज अच्छे हों या बुरे, अपने समय पर पेड़ बनकर फल जरूर देते हैं।

## काम-वासना/विषय/कामदेव/इश्क

- वासना शारीरिक इच्छाओं के द्वारा मन में उत्पन्न होनेवाली एक भावना है।
- कामदेव बड़ा छली है। जो उसका विश्वास करता है, वह धोखा खा जाता है।
- प्रेम प्रकृति है, वासना विकृति।
- काम, क्रोध और लोभ, ये तीनों शक्तिशाली दुष्ट हैं। ये मुनियों के मन में भी पल भर में क्षोभ पैदा कर देते हैं।
- बड़प्पन, पांडित्य, कुलीनता और विवेक मनुष्य में उसी समय तक प्रभावी होते हैं, जब तक शरीर में काम-वासना प्रज्वलित नहीं होती।
- इश्क के समुद्र में छलाँग लगाने से पहले यह जान लेना कि इसकी गहराई तुम्हारी सोच से भी अधिक है।
- वासना के आगे विवेक भी झुक जाता है।
- वासना खींचती है, प्रेम प्रतीक्षा करता है।
- सुंदरता से जिसको प्रेम हुआ, वो वासना है।
- वासना की दीवानगी थोड़ी देर रहती है, लेकिन पछतावा बहुत देर तक रहता है।
- जो अपने विचार नियंत्रित कर सकता है, वासना उसे नहीं घेर सकती। ये विचार ही हैं, जो व्यक्ति को कामुक बनाते हैं। आपके विचार शुद्ध होंगे, तब हर चीज शुद्ध होगी।
- मन में जमी हुई वासना ही दुष्कर्म करवाती है।
- विषयों को हमने नहीं भोगा, बल्कि विषयों ने ही हमें भोग लिया। हमने तप को नहीं तपा, बल्कि विषयों ने हमें तपा डाला।
- विषय-वासना, नीति, ज्ञान और संकोच किसी से रोके नहीं रुकते हैं। उसके नशे में आमतौर पर सब बेसुध हो जाते हैं।
- जैसे वासना का वार कमजोर, आशाहीन, आधारहीन प्राणियों पर उसी प्रकार होता है, जैसे चोर दाँव अँधेरे में ही ज्यादा चलता है, उजाले में नहीं।

- विषय के समान कोई दूसरा मद नहीं है। यह पल भर में भी ऋषि-मुनियों के मन में भी काम-मोह पैदा कर सकता है।

## किस्मत/नसीब/भाग्य/तकदीर

- ऐसा कोई भी व्यक्ति संसार में नहीं है, जिसके पास एक बार भाग्योदय का अवसर न आता हो, परंतु जब भाग्य देखता है कि वह व्यक्ति उसका स्वागत करने के लिए तैयार नहीं है तो वह उलटे पैर लौट जाता है।
- भाग्य उन लोगों का साथ देता है, जो कठिन समय में अपने लक्ष्य पर अडिग रहते हैं।
- जीवन के हर कदम पर हमारी सोच, हमारे बोल व हमारे कर्म ही हमारा भाग्य लिखते हैं।
- इनसान का नसीब उतनी बार बदलता है, जितनी बार वह ईश्वर को याद करता है।
- इनसान की सोच भी अजीब है, कामयाबी मिले तो अपनी अक्ल पर खुश होता है और जब परेशानी आए तो अपने नसीब को दोष देता है।
- जो तेरे नसीब में है, वो तुझे जरूर मिलेगा, चाहे वो दो पहाड़ों के बीच क्यों न हो और जो तेरे नसीब में नहीं, वह हरगिज नहीं मिलेगा, चाहे तो तेरे दोनों हाथों के बीच ही क्यों न हो।
- ईश्वर से कभी भी खूबसूरती मत माँगना। माँगो तो किस्मत माँगना। लोगों ने खूबसूरत लोगों को खूबसूरत किस्मतवालों के सामने रोते देखा है।
- बड़े नसीबवाले होते हैं वो, जो किसी के चेहरे पर मुसकराहट देते हैं।
- ब्रह्मा ने भाग्य में जो लिख दिया है, उसे मिटाकर उससे अधिक कार्य कौन कर सकता है?
- कौन कहता है कि इनसान खाली हाथ आता है और खाली हाथ जाता है? हकीकत यह है कि भाग्य लेकर आता है और कर्म करके चला जाता है।
- किसी ने ठीक ही कहा, कोई हाथ से छीनकर ले जा सकता है, पर नसीब से नहीं।
- मनुष्य को जिस वस्तु की प्राप्ति होनी है, वह अवश्य होगी, उसमें भाग्य भी बाधा नहीं डाल सकता। जो हमारा है, वह किसी अन्य का नहीं हो सकता।

- किस्मत की एक आदत है कि वह पलटती जरूर है और जब पलटती है तो सबकुछ पलटकर रख देती है, इसलिए अच्छे दिनों में अहंकार न करें और खराब समय में थोड़ा सब्र रखें।
- जिंदगी तसवीर भी है और तकदीर भी। फर्क तो रंगों का है। मनचाहे रंगों से बने तो तसवीर और अनजाने रंगों से बने तो तकदीर।
- अजीब तरह से गुजर गई मेरी भी जिंदगी, सोचा कुछ, किया कुछ, हुआ कुछ और मिला कुछ।
- घमंड न करना जिंदगी में, तकदीर बदलती रहती है, शीशा वही रहता है, बस तसवीर बदलती रहती है।
- जिन्होंने आपका संघर्ष देखा, वही आपके संघर्ष की कीमत जानते हैं, औरों के लिए तो आप किस्मतवाले हैं।
- हम भाग्य को अपलोड नहीं कर सकते, समय को डाउनलोड नहीं कर सकते और गूगल जीवन में सभी सवालों का जवाब नहीं दे सकता। इसलिए असलियत को लॉग-इन कीजिए और जीवन के आनंद को लाइक कीजिए।
- हमारा भाग्य जूते पहनने से नहीं चमकता, बल्कि उन कदमों से चमकता है, जो हम उठाते हैं।
- भाग्य कोई लिखा हुआ दस्तावेज नहीं है। इसे तो रोज-रोज खुद ही लिखना पड़ता है।
- भाग्य के भरोसे बैठे रहने पर भाग्य सोया रहता है और साहसपूर्वक खड़े होने पर भाग्य भी उठ खड़ा होता है।
- भाग्य पर वह भरोसा करता है, जिसमें पौरुष नहीं होता।
- भाग्य उन्हीं पर मेहरबान होता है, जो बाँहें चढ़ाकर अपने कंधों को कष्ट देने को तैयार रहते हैं। निस्संदेह परिश्रम भी सौभाग्य का जनक है।
- भाग्यशाली वे नहीं होते, जिन्हें सबकुछ अच्छा मिलता है, बल्कि वे होते हैं, जिन्हें जो मिलता है, उसे वे अच्छा बना लेते हैं।
- जीवन के हर कदम पर हमारी सोच, हमारा व्यवहार व हमारे कर्म ही हमारा भाग्य लिखते हैं।

- स्त्री के चरित्र और पुरुष के भाग्य को देवता भी नहीं जानते, तो मनुष्य की क्या औकात है ?
- सबकुछ कॉपी हो सकता है, लेकिन किस्मत और नसीब नहीं। श्रेय मिले न मिले, फिर भी अपना सर्वश्रेष्ठ देना कभी बंद न करें।
- दाता के द्वार पर सभी भिक्षुक जाते हैं, अपना-अपना भाग्य है, किसी को एक चुटकी मिलती है, किसी को पूरा थाल।
- वक्त से लड़कर जो नसीब बदल दे, इनसान वही जो अपनी तकदीर बदल दे।
- चलते देखा है लोगों को अकसर अपनी चाल से तेज, पर वक्त और तकदीर से आगे कभी कोई निकल नहीं पाया।
- तुम्हारा भाग्य तुम्हारे हाथ में है। जो शक्ति और सहायता तुम चाहते हो, वह सब तुम्हारे भीतर मौजूद है।
- जब आदमी का बस नहीं चलता, तो अपने को तकदीर पर छोड़ देता है।
- जीवन बहती नदी है, अत: हर परिस्थिति में आगे बढ़ें, क्योंकि जहाँ कोशिशों का कद बड़ा होता है, वहाँ नसीबों को भी झुकना पड़ता है।
- हम तकदीर के खिलौने हैं, विधाता नहीं। वह हमें इच्छानुसार नचाया करती है।
- जहाँ जिसका दाना-पानी रहता है, समय उसे वहाँ बुलाता है। कोई किसी का दिया नहीं खाता, हर व्यक्ति अपने नसीब का खाता है।
- जो नसीब में है, वो चलकर आएगा। जो नहीं है, वो आकर भी चला जाएगा। जिंदगी को इतना गंभीरता से लेने की जरूरत नहीं। यहाँ से जिंदा बचकर कोई नहीं जाएगा। एक सच यह भी है कि जिंदगी इतनी अच्छी होती तो हम इस दुनिया में रोते-रोते न आते; लेकिन एक मीठा सच यह भी है कि अगर यह जिंदगी बुरी होती तो हम जाते-जाते लोगों को रुलाकर न जाते। आज जैसा भी है, उसे जियो, कल किसने देखा है ?
- अपनी किस्मत को कभी दोष मत दीजिए। इनसान के रूप में जन्म मिला है, यह किस्मत नहीं तो और क्या है ?
- जिंदगी में चुनौतियाँ हर किसी के हिस्से में नहीं आतीं, क्योंकि किस्मत भी किस्मतवालों को ही आजमाती है।

- अगर हाथों की लकीरें अधूरी हों तो किस्मत अच्छी नहीं होती, लेकिन हम कहते हैं कि अगर सिर पर हाथ हो माँ-बाप का, तो लकीरों की जरूरत ही नहीं होती।

## कीमत/कीमती/मूल्य/मूल्यवान्/मूल्यांकन

- शब्द मुफ्त में मिलते हैं, लेकिन उनके चयन पर निर्भर करता है कि उनकी कीमत मिलेगी या चुकानी पड़ेगी।
- किसी पल की कीमत हम तभी जानते हैं, जब तक वो यादगार न बन जाए।
- जिन चीजों की कीमत होती है, उनका कोई मूल्य नहीं होता और जिन चीजों का मूल्य होता है, उनकी कोई कीमत नहीं होती।
- संयम हमारे चरित्र की कीमत बढ़ाता है, मित्र व परिवार हमारे जीवन की कीमत बढ़ाते हैं।
- समय, मित्र, स्वास्थ्य और संबंध को पैसे से न तौलें, क्योंकि उनके खोने पर ही कीमत का पता चलेगा।
- दुनिया में कोई भी चीज कितनी भी कीमती क्यों न हो, परंतु नींद, शांति और आनंद से बढ़कर कुछ भी नहीं।
- वृक्ष के नीचे पानी देने से सबसे ऊँचे पत्ते पर भी पानी पहुँच जाता है, उसी प्रकार प्रेमपूर्वक किए गए कर्म परमात्मा तक पहुँच जाते हैं। सेवा सभी की करिए, मगर आशा किसी से भी न रखिए, क्योंकि सेवा का सही मूल्य भगवान् ही दे सकते हैं, इनसान नहीं।
- चीजों की कीमत मिलने से पहले होती है और इनसानों की कीमत खोने के बाद।
- जीवन, परिवार और मित्र संसार के धन से अधिक मूल्यवान् हैं।
- जो नि:शुल्क है, वही सबसे ज्यादा कीमती है, जैसे—नींद, शांति, आनंद, हवा, पानी, प्रकाश और सबसे ज्यादा हमारी साँसें।
- अच्छे स्वास्थ्य को हम खरीद नहीं सकते, पर यह एक अत्यंत मूल्यवान् बचत खाता हो सकता है।
- इस दुनिया में सबकुछ कीमती है। एक पाने से पहले, दूसरा खोने के बाद।
- बुरे वक्त में कंधे पर रखा गया हाथ कामयाबी पर तालियों से ज्यादा मूल्यवान् होता है।

## कोशिश/प्रयत्न/यत्न/प्रयास

- कोशिश तो हर रोज करते हैं कि वक्त से समझौता कर लें, लेकिन कमबख्त दिल के कोने में छुपी उम्मीद मानती ही नहीं।
- एक दिन आपका पूरा जीवन एक पल के लिए आपकी निगाहों के सामने झलकेगा। कोशिश करें कि यह देखने लायक हो।
- रू-बरू मिलने का मौका हमेशा नहीं मिलता, इसलिए सदा शब्दों से सबको छूने की कोशिश करते रहना चाहिए।
- इनसान कोशिश यही करे कि दूसरों की गलतियों से सीख ले, क्योंकि किसी के पास इतना जीवन नहीं है कि वह गलतियाँ करके ही सीखे।
- बारिश की बूँदें भले ही छोटी हों, लेकिन उनका लगातार बरसना बड़ी नदियों का बहाव बन जाता है। उसी तरह हमारे छोटे-छोटे प्रयास भी जिंदगी में बड़ा परिवर्तन ला सकते हैं।
- हर प्रयत्न में सफलता शायद मिल पाए, लेकिन हर सफलता का कारण प्रयत्न ही होता है।
- जिस प्रकार आज लगाया गया छोटा सा पौधा भविष्य में विशाल वृक्ष बनता है, उसी प्रकार वर्तमान में किए गए हर छोटे प्रयास भविष्य में बड़े परिवर्तन की ओर ले जाते हैं।
- कोशिश आखिरी साँस तक करनी चाहिए। उससे या तो लक्ष्य हासिल होगा या अनुभव।
- कोहरे से एक अच्छी बात सीखने को मिलती है कि जब जीवन में रास्ता न दिखाई दे रहा हो तो बहुत दूर तक देखने की कोशिश व्यर्थ है, एक-एक कदम चलते चलो, रास्ता खुलता जाएगा।
- हमें पता है कि रंगोली दूसरे ही दिन मिटनेवाली है, फिर भी वो ज्यादा-से-ज्यादा आकर्षक व मनमोहक हो, यह कोशिश रहती है। जीवन रंगोली जैसा ही है। हमें पता है, जिंदगी एक दिन खत्म हो जाएगी, फिर भी उसकी खूबसूरती के लिए पल-पल कोशिश करते रहें।
- मेरे अकेले के प्रयास से समाज नहीं बदल सकता, लेकिन मैं कोशिश इसलिए करता हूँ, क्योंकि पानी में हलचल मचाने के लिए एक पत्थर ही काफी है।

- बिना प्रयास के सिर्फ आप नीचे गिर सकते हैं, ऊपर नहीं उठ सकते। यही गुरुत्वाकर्षण का भी नियम हैं और जीवन का भी।
- हजारों उलझनें राहों में और कोशिशें बेहिसाब, इसी का नाम है जिंदगी, चलते रहिए जनाब!
- भाग्य को और दूसरों को दोष क्या देना? जब सपने हमारे हैं तो कोशिश भी हमारी ही होनी चाहिए।
- प्रयास करनेवाले एक-दो बार गिरते हैं, लेकिन प्रयास न करनेवाले हरदम गिरते हैं।
- जिस व्यक्ति ने कभी गलती नहीं कि उसने कभी कुछ नया करने की कोशिश नहीं की।
- सच्चे प्रयास कभी निष्फल नहीं जाते। लंबी छलाँगों से कहीं बेहतर है निरंतर बढ़ते कदम, जो एक दिन आपको मंजिल तक ले जाएँगे।
- जो ताला चाभी को एक ओर घुमाने से बंद होता है, वही दूसरी ओर घुमाने से खुल भी जाता है।

## खास/खासियत/विशेष/विशेषता/खूबी

- खास हैं वो लोग इस दुनिया में, जो वक्त आने पर वक्त दिया करते हैं।
- खूबी और खामी दोनों ही होती हैं लोगों में। आप क्या तलाशते हैं, ये महत्त्वपूर्ण है। जो तराशता है, उसे खूबी नजर आती है और जो तलाशता है, उसे खामी नजर आती है।
- किसी की चंद गलती पर न कीजिए कोई फैसला, बेशक कमियाँ होंगी, पर खूबियाँ भी तो होंगी।
- अच्छे लोगों की खूबी यह भी है, उन्हें याद नहीं रखना पड़ता और वे सदा याद ही रहते हैं।
- अगर आपको दूसरों में कुछ देखना ही है तो उनकी विशेषताएँ देखिए, अगर आपको कुछ छोड़ना ही है तो अपनी कमजोरियों को छोड़िए।
- यह कोई खास बात नहीं कि आप कितने शिक्षित, धनी, प्रतिभाशाली और प्रभावशाली हैं, बल्कि यह महत्त्वपूर्ण है कि लोग आपके व्यवहार के बारे में औरों को कैसे बताते हैं?

- जिस किसी में जो भी विशेषता है, वह परमात्मा की है, जिससे हमें लाभ हुआ है अथवा हो रहा है। परंतु उनको व्यक्तिगत विशेषता मानकर वहाँ फँस न जाएँ—यह सावधानी रखें।
- नम्रता से बात करना, हरेक का आदर करना, शुक्रिया अदा करना और माफी माँगना—ये गुण जिसके पास हैं, वो सदा सबके करीब और सबके लिए खास है।
- अपनी छुपी-अनछुपी विशेषताओं का प्रयोग करो, जीवन के हर कदम पर प्रगति का अनुभव होगा।
- रोटी से विचित्र कुछ भी नहीं है। इनसान रोटी कमाने के लिए भी दौड़ता है और पचाने के लिए भी दौड़ता है।

## खुद/स्वयं/आत्म-विश्लेषण/आत्मबोध/आत्म-निरीक्षण/आत्म-ज्ञान

- खुद को समय जरूर दें। आपकी पहली जरूरत आप खुद हैं। समय के पास इतना समय नहीं कि आपको दोबारा समय दे सके।
- शंकराचार्य ने कहा, 'न यहाँ कुछ, न वहाँ कुछ है। जहाँ जाना होता है, न वहाँ कुछ है। विचार करके देखिए, न जगत् ही कुछ है। अपनी आत्मा के ज्ञान से परे भी कुछ नहीं है।'
- जिसने खुद को पहचान लिया, उसने खुदा को पहचान लिया।
- हम जो स्वयं के लिए करते हैं, वह हमारे साथ ही खत्म हो जाता है, लेकिन दूसरों के लिए हम जो करते हैं, वह रहता है और अमर हो जाता है।
- दुनिया में बस एक ही आदमी है, जो आपकी तकदीर बदल सकता है, वो हैं आप।
- जैसे स्वप्न में काटे गए सिर का दुःख बिना जागे दूर नहीं होता, इसी प्रकार इस संसार का दुःख बिना आत्म-ज्ञान हुए दूर नहीं होता।
- आत्म-निरीक्षण करते रहना चाहिए। इससे अपने दुर्गुणों और दोषों का ज्ञान होता है।

## खुश/खुशी/प्रसन्न/प्रसन्नता

- सबको प्रसन्न रखने की शक्ति सबमें नहीं होती।
- छोटी सी जिंदगी है, हर बात में खुश रहो। जो चेहरा पास न हो, उसकी आवाज

में खुश रहो। कोई रूठा हो आपसे, उसके अंदाज में खुश रहो। जो लौट के नहीं आनेवाले, उनकी याद में खुश रहो। कल किसने देखा, अपने आज में खुश रहें।

- जिंदगी को भरपूर जीने के लिए सबसे जरूरी खुशी है, यही सबसे ज्यादा मायने रखती है।
- एक तितली की उम्र केवल 14 दिनों की ही होती है, पर वो आपना हरेक दिन पूरे मौज-मजे में बिताती है। जीवन बहुमूल्य है, इसके हरेक पल को खुशी के साथ गुजारें।
- यदि आप सबसे खुश हैं तो यह निश्चित है कि आपने लोगों की बहुत सी गलतियों को नजरअंदाज किया है।
- प्रसन्नचित्त बनो, प्रश्नचित्त नहीं; प्रश्नों को विराम दो, तब आराम मिलेगा।
- खुश रहना हो तो स्वयं को एक शांत सरोवर की तरह बनाएँ, जिसमें कोई अंगारा भी फेंके तो खुद-ब-खुद ठंडा हो जाए।
- खुश रहना तो कोई प्रेशर कुकर से सीखे। ऊपर प्रेशर, नीचे आग और फिर भी मस्ती में सीटी बजाता है।
- खुश रहना है तो जिंदगी के फैसले अपनी परिस्थिति देखकर लें, दुनिया देखकर जो फैसले लेते हैं, वो दुःखी ही रहते हैं।
- खुश रहना है तो अधिक ध्यान उस चीज पर दें, जो आपके पास है, उस पर नहीं, जो दूसरों के पास है।
- खुश रहने के लिए हमें किसी वजह की तलाश नहीं करनी चाहिए। अगर आप किसी वजह से खुश हैं तो आप खतरे में हैं, क्योंकि वो वजह आपसे कभी भी छिन सकती है।
- खुशी बड़ी उपलब्धियों में नहीं है, बल्कि छोटे-छोटे पलों को जीने में है।
- खुशी का पहला उपाय, पुरानी बातों को ज्यादा न सोचा जाए।
- खुशी के लिए काम करोगे तो खुशी नहीं मिलेगी, लेकिन खुश होकर काम करोगे तो खुशी और सफलता दोनों ही मिलेंगी।
- खुशी उनको नहीं मिलती, जो अपनी शर्तों पर जिंदगी जिया करते हैं। खुशी उनको मिलती है, जो दूसरों की खुशी के लिए अपनी शर्तें बदल लिया करते हैं।

- खुशियाँ हमेशा चंदन की तरह होती हैं। दूसरों के माथे पर लगाओ तो अपनी भी उँगलियाँ महक उठती हैं।
- प्रसन्नता परमात्मा की दी हुई औषधि है, इसे व्यर्थ न जाने दें।
- कौन क्या कर रहा है, कैसे कर रहा है, क्यों कर रहा है?—इन सबसे आप जितना दूर रहेंगे, उतना ही खुश रहेंगे।
- शब्द चाहे कितने ही हों हमारे पास, मगर किसी को खुश न कर सकें तो सब व्यर्थ है।
- यदि आप अकेले खुश नहीं हैं तो आप किसी दूसरे के साथ भी खुश नहीं रह सकते।
- किसी को जरा सी खुशियाँ देकर देखिए, मन कितना हलका होता है!
- किसी को खुश करने का मौका मिले तो खुदगर्ज न बन जाना।
- किसी का दिल दुखाकर अपने लिए कभी खुशियों की उम्मीद मत करना।
- किसी ने क्या खूब कहा है—खुशियाँ आएँ तो जिंदगी में चख लेना मिठाई समझकर और जब गम आएँ तो वह भी खा लेना दवाई समझकर।
- जिंदगी की सुंदरता इस बात में नहीं है कि हम कितने खुश रहते हैं, बल्कि इस बात में है कि कितने लोग हमसे खुश रहते हैं।
- जिस तरह बहती नदी लौटकर वापस नहीं आती, उसी प्रकार दिन और रात मनुष्य की आयु लेकर चले जाते हैं, जो कभी वापस नहीं आते। अत: अतीत की अच्छी यादों को जीवन में सँजोए रखकर वर्तमान में जो भी पल खुशी के मिलें, खुश होकर जिएँ।
- जिसने दूसरों की खुशी में खुद की खुशी देखने का हुनर सीखा है, वह इनसान कभी भी दु:खी नहीं हो सकता।
- जिसे जीना आता है, वह बिना किसी सुविधा के भी खुश मिलेगा और जिसे जीना नहीं आता, वह सभी सुविधाओं के होते हुए भी दु:खी मिलेगा।
- जीवन हमारा अपना है, हमें खुद यह तय करना होगा कि हम खुद को खुश रखना चाहते हैं या दु:खी? एक बार तय होने के बाद हम अपने मन में सुखदायी विचार को ही प्रवेश देंगे।

- हम खुशी के विषय में सोचेंगे तो हम खुश रहेंगे। हम दु:ख के विषय में सोचेंगे तो हम दु:खी रहेंगे।
- यदि आप खुश नहीं हैं तो संपत्ति, पैसा, उपलब्धि, प्रतिष्ठा, सम्मान और पद कुछ भी मायने नहीं रखते। इस जिंदगी की सबसे पहली जरूरत है, आपका खुश रहना।
- स्वयं को सदा खुश रखें, क्योंकि यही आपकी सबसे बड़ी जिम्मेदारी है। अगर आप स्वयं को खुश नहीं रखेंगे तो दूसरों को कैसे खुश कर सकेंगे? जो चीज आपके पास है ही नहीं, उसे चीज को आप दूसरों को कैसे बाँट सकते हैं?
- सच्ची खुशी केवल उन्हीं लोगों को प्राप्त होती है, जो दूसरों को खुशी प्रदान करने में प्रयत्नशील रहते हैं।
- छोटी-छोटी खुशियाँ ही तो जीने का सहारा बनती हैं। इच्छाओं का क्या, वो तो पल-पल बदलती हैं।
- वक्त की आदत बहुत अच्छी है, जैसा भी हो, गुजर जाता है। कामयाब इनसान खुश रहे या न रहे, खुश रहनेवाला इनसान कामयाब जरूर हो जाता है।
- वे लोग जिंदगी में हमेशा खुश रहते हैं, जो सदा मर्यादा का पालन करते हैं। मर्यादाओं को तोड़ने का मतलब मुसीबतों का निमंत्रण होता है।
- तीन रास्ते हैं खुश रहने के—शुकराना, मुसकराना और किसी का दिल न दुखाना।
- जब आप किसी बात के बारे में जरूरत से ज्यादा सोचना शुरू करते हैं तो आपकी खुशी नष्ट हो जाती है।
- जो लोग दूसरों की प्रसन्नता का कारण बनते हैं, उनसे प्रसन्नता दूर नहीं रह सकती।
- जब आप अपने आपको खुश करने के लिए दूसरे का अपमान कर रहे हों तो उस समय आप अपना सम्मान खो रहे होते हैं।
- जीवन में प्रसन्न व्यक्ति वह है, जो निरंतर स्वयं का मूल्यांकन एवं सुधार का सिद्धांत अपनाता है।
- जीवनभर खुश रहना है तो खुद को ऐसा बना लो कि कोई आपके साथ हो या न हो, आपको किसी चीज का गम नहीं होना चाहिए।
- जो खुद खुश रहते हैं, उनसे दुनिया खुश रहती है।

- जो लोग दूसरों को अपनी खुशियों में शामिल करते हैं, खुशियाँ सबसे पहले उनके दरवाजे पर दस्तक देती हैं।
- जेब में क्यों रखते हो खुशी के लम्हे? बाँट दो इनको, न गिरने का डर और न चोरी का डर।
- अपने को खुश रखोगे तो दूसरे तुमसे खुश रहेंगे। खिन्न रहनेवाले किसी की खुशी हासिल नहीं कर सकते।
- अपने अंदर खुशी ढूँढ़ना आसान नहीं है और कहीं और इसे ढूँढ़ना संभव नहीं है।
- आपके पास खुशी है तो वह हमेशा छोटी लगती है, लेकिन जब आप उसे बाँटते हैं तो महसूस होती है कि वह बड़ी और बेशकीमती है।
- असली खुशी तो हमारे मन में छुपी है, जिसे हम धन और संपत्ति में ढूँढ़ते रहते हैं।
- लोग हमसे जब कुछ कहते हैं, उनकी बात सुनकर हम खुद से क्या कहते हैं? उनकी बात प्यारी हो या कड़वी हो, अगर हम खुद से प्यारी बात कर लें तो हम हमेशा खुश रहेंगे।
- सदैव प्रसन्न रहो। इससे मस्तिष्क में अच्छे विचार आते हैं और चित्त शुभ कार्यों की ओर लगा रहता है।
- प्रसन्नता अनमोल खजाना है, उसे छोटी-छोटी बातों में नहीं गँवाना चाहिए।

## खुशनसीब/खुशकिस्मत/सौभाग्य/भाग्यशाली

- 'क्षमा' कितनी खुशनसीब है, जिसे पाकर लोग अपनों को याद करते हैं और 'अहंकार' कितना बदनसीब है, जिसे पाकर लोग अकसर अपनों को ही भूल जाते हैं।
- खुशनसीब वो नहीं, जिसका नसीब अच्छा है। खुशनसीब वो है, जो अपने नसीब से खुश है।
- बहुत भाग्यशाली हैं वो लोग, जिनके पास 'सादगी, धैर्य और दया' तीनों गुण होते हैं।
- जिसे तुम्हारी जरूरत नहीं, फिर भी रिश्ता निभाए, ऐसा रिश्ता खुशनसीब को ही मिलता है।

- भाग्यशाली वो नहीं होते, जिन्हें सबकुछ अच्छा मिलता है, बल्कि वो होते हैं, जिन्हें जो मिलता है, उसे वो अच्छा बना लेते हैं।
- जरूरत से ज्यादा मिले तो उसे नसीब कहते हैं, सबकुछ हो और रोता रहे, उसे बदनसीब कहते हैं और जिंदगी में थोड़ा कम पाकर भी, हमेशा खुश रहे तो उसे खुशनसीब कहते हैं।
- जीवन में सुख-साधन संपन्न व्यक्ति भाग्यशाली होते हैं, लेकिन परम सौभाग्यशाली वो हैं, जिनके पास भोजन है और भूख भी है; बिस्तर है और नींद भी है; धन है और साथ में धर्म भी है तथा विशिष्टता के साथ शिष्टता भी है।

## खुशबू/सुगंध

- सुगंध का प्रसार हवा के रुख का मोहताज होता है, पर अच्छाई सभी दिशाओं में फैलती है।
- क्षमा उन फूलों के समान है, जो कुचले जाने पर भी खुशबू देना नहीं भूलते।
- जिस प्रकार एक धूप जलाने से पूरे घर में खुशबू फैलती है, उसी प्रकार यदि परिवार का एक व्यक्ति भी भगवान् की भक्ति से जुड़ जाए तो इसका असर पूरे परिवार पर होता है।
- दो पल की जिंदगी के दो उसूल—निखरो फूलों की तरह और बिखरो खुशबू की तरह।
- फूल कितना भी सुंदर हो, तारीफ खुशबू से होती है। व्यक्ति कितना भी बड़ा हो, कद्र उसके गुणों से होती है।
- फूलों की सुगंध केवल वायु की दिशा में फैलती है, लेकिन एक व्यक्ति की अच्छाई हर दिशा में फैलती है।
- नेक लोगों की संगत से हमेशा भलाई ही मिलती है, क्योंकि हवा जब फूलों से गुजरती है तो वह भी खुशबूदार हो जाती है।

## खुशहाल/खुशहाली

- जितना बेहतर आपकी पसंद होगी, उतनी अधिक खुशहाली के अवसर मिलेंगे।
- हम जहाँ भी हैं, जैसे भी हैं, उसमें खुश रहना चाहिए। छोटी-छोटी खुशियों से भी हम अपनी जिंदगी खुशहाल बना सकते हैं।

- संबंध कभी भी सबसे जीतकर नहीं निभाए जा सकते, संबंधों की खुशहाली के लिए झुकना होता है, सहना होता है, दूसरों को जिताना होता है और स्वयं हारना होता है।
- सही अर्थों में अहं और अहंकार खत्म करके ही खुशहाल जीवन जिया जा सकता है।
- दूसरों की जिंदगी को सकारात्मक रूप से प्रभावित करेंगे तो खुद के जीवन में खुशहाली पाएँगे।
- जहाँ छोटी-छोटी बातें दिल में रखने से बड़े-बड़े रिश्ते कमजोर हो जाते हैं, वहीं बड़ी सोच और बड़ा दिल जिंदगी को खुशहाल बनाते हैं।

## खूबसूरत/सुंदरता/सुंदर/हसीन/गोरा

- शरीर सुंदर हो या न हो, पर शब्दों को जरूर सुंदर रखिए, क्योंकि लोग चेहरे को भूल जाते हैं, पर शब्दों को कभी नहीं भूलते।
- संबंध कभी भी मीठी आवाज या सुंदर चेहरे से नहीं टिकते, वो टिकते हैं सुंदर हृदय और कभी न टूटनेवाले विश्वास से।
- शरीर की सुंदरता बाहरी और कुदरती आवरण है। सुंदर होते हैं व्यक्ति के कर्म, उसके विचार, उसकी वाणी, उसका व्यवहार, उसके संस्कार और उसका चरित्र। जिसके जीवन में ये सब है, वही इनसान दुनिया का सबसे सुंदर शख्स है।
- बिना कोमल हृदय के सुंदर होना बेकार है।
- जिस बात पर कोई मुरझाया चेहरा मुसकरा दे, बात बस वही खूबसूरत है।
- सर्वोत्तम धन बुद्धिमानी है; सर्वोत्तम हथियार धीरज है; सर्वोत्तम सुरक्षा विश्वास है; सर्वोत्तम स्वास्थ्यवर्धक मुसकराहट है और इन सबकी खूबसूरती यह है कि ये सब मुफ्त हैं।
- सुंदर वो लोग नहीं हैं, जो चेहरे या चमड़ी से आकर्षक हों, बल्कि वो हैं, जो दूसरों की सुंदरता की कद्र करना जानते हैं।
- खूबसूरती चेहरे पर नहीं होती, यह तो दिल की रोशनी है, बहुत ध्यान से देखनी पड़ती है।
- सुंदरता कभी मरती नहीं। जवानी में चेहरे पर और बुढ़ापे में दिल की तरफ मुड़ जाती है।

- सुंदरता से बढ़कर चरित्र है, प्रेम से बढ़कर त्याग है। दौलत से बढ़कर मानवता है, परंतु सुंदर रिश्ते से बढ़कर दुनिया में कुछ भी नहीं है।
- जो सुंदरता आँखों द्वारा देखी जाती है, वह कुछ पल की होती है और यह आवश्यक भी नहीं है कि हमारे भीतर से भी वही खूबसूरती प्रदर्शित हो।
- डाली से टूटा फूल फिर से नहीं लग सकता है, मगर डाली मजबूत हो तो उस पर नया फूल खिल सकता है। इसी तरह जिंदगी में खोए पल को ला नहीं सकते, मगर हौसले और विश्वास से आनेवाले हर पल को खूबसूरत बना सकते हैं।
- चेहरे तो बहुत मिल जाते हैं, मगर जिनके दिल खूबसूरत हों, ऐसे लोग सिर्फ किस्मत से ही मिला करते हैं।
- अगर आप सुंदर दिखते हैं तो माता-पिता की तरफ से उपहार और यदि आप सुंदर तरीके से जीते हैं तो वो आपकी तरफ से उन्हें उपहार।
- मनुष्य कितना भी गोरा क्यों ना हो, परंतु उसकी परछाईं सदैव काली होती है।
- जरूरी नहीं कि खूबसूरती जो आँखों से देखी हो, हो सकता है कि उस खूबसूरती के अंदर कालिमा बसती हो।
- बहुतों में खूबसूरती घमंड का कारण भी बन जाती है और बहुत संभव है, इस कारण जितना गुणों का विकास हो सकता था, वह न होने पाए।
- खूबसूरती पर घमंड करना आपका गुण नहीं अवगुण है। यह जरूर है कि उसकी देखभाल, संरक्षण, आवरण आदि आपके प्रयास हो सकते हैं।
- असली रूप गुणों में झलकता है। अपनी छाप गुणवान होकर डालनी चाहिए, रूपवान होकर नहीं, क्योंकि वह आप द्वारा अर्जित नहीं, बल्कि ईश्वर की देन है।
- उजले कपड़े और चिकने मुखड़े से कोई सुंदर नहीं हो सकता।
- रूप-सौंदर्य की संसार में कमी नहीं, मगर उससे गुण का मेल बहुत कम देखने में आता है।

## खैरियत/सलामती/दुरुस्त

- जिस प्रकार सही नींव के बगैर मकान मजबूत नहीं होता, उसी प्रकार सही संस्कारों के बिना जीवन सलामत नहीं होता।
- दुनिया आमतौर पर उन्हीं की खैरियत पूछती है, जो पहले से ही खुश हों, जो

तकलीफ में होते हैं, उनसे तो पहले ही मुँह मोड़ लेती है।

- आजकल लोग खैरियत कम, हैसियत ज्यादा पूछते हैं।
- हजार गुणों का संग्रह कर लेना आसान है, मगर एक दोष को दुरुस्त कर लेना मुश्किल है।

## गरीब/दरिद्र/दरिद्रता/निर्धन

- निर्धन मनुष्यों की सबसे बड़ी पूँजी और मित्र उनका आत्मविश्वास ही है।
- निर्धन भी सुखी देखे जा सकते हैं तथा धनवान भी अधिक दुःखी मिल सकते हैं। मनुष्य के सुख और दुःख का उदय भाग्य के अधीन होता है, धन से उसका कोई मतलब नहीं।
- पुरुषार्थ करने पर दरिद्रता नहीं रहती, जप करनेवालों को पाप नहीं लगता, मौन रहने से कलह की उत्पत्ति नहीं होती और सजगता के रहते भय नहीं होता।
- प्रशंसा और सुंदरता की चाहत धनी हो या निर्धन सभी को होती है।
- जो दरिद्र होकर भी संतुष्ट है, वह धनी है।
- यह जरूरी नहीं कि गरीब ही गरीब की मदद करता है, बल्कि बहुत बार गरीब भी गरीब को ही काटता है।
- स्वाभिमानी और पवित्र हृदयवाला व्यक्ति निर्धन होने पर भी श्रेष्ठ माना जाता है।
- वह व्यक्ति भी गरीब है, जिसका खर्च आमदनी से ज्यादा है।
- जो गरीब पर दया करता है, वह अपने कार्य से ईश्वर को प्रसन्न करता है।
- जो ऐसी वाणी बोलता है कि सबके हृदय को आह्लादित कर दे, उसके पास दुःखों को बढ़ानेवाली दरिद्रता कभी न आएगी।
- जो आदमी गरीबों को लूटता है, उसकी आत्मा भी उसका सम्मान नहीं करती।
- अमूमन गरीब–मजदूर, जो शहर में ऊँची–ऊँची इमारतें बनाता है, वह शाम को हार–थककर टूटे झोंपड़े में सो जाता है।
- अगर आप गरीब पैदा हुए हैं तो आपकी गलती नहीं है और यदि गरीब रहकर ही मर जाते हैं तो यह आपकी गलती है।
- गरीब रोटी खोजता है और अमीर भूख।

- गरीब के सब दुश्मन होते हैं।
- गरीब वह नहीं, जिसके पास धन कम है, बल्कि धनवान होते हुए भी जिसकी इच्छा कम नहीं हुई, वह सबसे गरीब है।
- गरीब वही इनसान है, जो अपने को गरीब मानता है।
- गरीबी में मित्र, स्त्री, नौकर, स्नेहीजन आदि उसका आदर नहीं करते।
- गरीबी ही होती है, जिसके आँचल में सब एक साथ सो जाते थे, अमीरी आने पर तो सबको अलग–अलग मकान चाहिए।
- गरीबों के सिवाय कुछ ही इनसान ऐसे हैं, जो गरीबों के बारे में सोचते हैं।
- गरीबी दैवी अभिशाप नहीं, मानवीय सृष्टि है।
- इस कड़े इम्तिहान के दौर में इतना कर्म करना, किसी गरीब का चूल्हा ना बुझने पाए, इसका खयाल रखना।
- देश में गरीब ज्यादा नहीं हैं, लेकिन गरीबों का हक खाने वाले ज्यादा हैं।

## गलत/गलती/त्रुटि/दोष/नुक्श

- दोष निकालना आसान है, उसे ठीक करना मुश्किल।
- साँसों का रुक जाना ही मृत्यु नहीं है, वह व्यक्ति भी मरा हुआ ही है जिसने गलत को गलत कहने की हिम्मत खो दी है।
- यदि तुम जगत् का उपकार करना चाहते हो तो जगत् पर दोषारोपण करना छोड़ दो।
- किसी भी वस्तु की अति दोष उत्पन्न करती है।
- बुद्धिमान दूसरों की त्रुटियों से शिक्षा लेते हैं और मूर्ख अपनी त्रुटियों से भी नहीं सीखते।
- जिससे हम प्रेम करते हैं, वह कितने ही अपराध करे तो भी प्रिय ही बना रहता है। अनेकों दोषों से दूषित होने पर भी अपना शरीर प्रिय लगता है।
- यदि शांति चाहते हो तो दूसरों के दोष मत देखो, बल्कि अपने ही दोष देखो।
- जब हम अपनी भूल पर लज्जित होते हैं तो असलियत अपने आप ही निकल पड़ती है।
- दोष स्वीकार करने से ही नहीं मिटता, बल्कि उसको मिटाने के लिए जो भी

संभव हो, वह प्रयास करना चाहिए।

- दोष से हम सभी भरे हैं, मगर दोष-मुक्त होने का प्रयास करना हम सबका कर्तव्य है।
- दूसरों के दोषों पर ध्यान देते समय हम बहुत भले बन जाते हैं, परंतु अपने दोषों पर पर्दा डालने में बहुत कुशल होते हैं।
- दूसरों में दोष न निकालना, दूसरों को उन दोषों से उतना नहीं बचाता, जितना आदमी अपने को बचाता है।
- जब शासक अपनी सफलता की बात न कर दूसरों में दोष ढूँढ़ने लगे, तब तो समझ जाओ वो अपनी विफलताओं को छुपाने की जगह खोज रहा है।
- जब तक दूसरों में दोष देखने की आदत ठीक नहीं करते, तब तक अपने में सुधार लाने का काम पिछड़ता जाएगा।
- अपने दोष हम देखना नहीं चाहते हैं, लेकिन दूसरों का दोष देखने में हमें मजा आता है। हमारी बहुत सी परेशानियाँ इसी से पैदा होती हैं।
- जीवन में कभी किसी को दोष न दें। अच्छे लोग आपको खुशी देते हैं, बुरे लोग आपको सबक देते हैं और सर्वश्रेष्ठ लोग आपको यादें देते हैं।
- जो अग्नि हमें गरमी देती है, हमें नष्ट भी कर सकती है—यह अग्नि का दोष ही नहीं, गुण भी है और उसकी पहचान भी।
- अंधा वह नहीं है, जो देख नहीं सकता, बल्कि वह है, जो देखकर भी अपने दोषों पर परदा डालने का प्रयास करता है।
- अपनी आँख में मोटा दोष देखने की बजाय दूसरे की आँख में तिनका देखना अति सरल है।
- राजा लोग जिसे निकालते हैं, उस पर कोई न कोई दाग भी लगा देते हैं।
- चिड़चिड़ेपन से, चिंता से, असंतोष से और दूसरों के दोष देखने से बहुमूल्य शक्ति नष्ट होती है।
- जीवन में की गई गलतियाँ हमेशा एक संदेश छोड़ जाती हैं, क्योंकि गलतियाँ ही सही मार्गदर्शन करती हैं। यदि आपने गलतियों से सबक लिया तो वे वरदान हैं और अगर नजरअंदाज किया तो अभिशाप भी बन जाती हैं।

- एक कलम ज्यादा गलती कर सकती है, लेकिन पेंसिल नहीं, क्योंकि चाहें तो उसकी गलती उस तरह रबड़ से मिटा सकते हैं, जैसे एक अच्छा दोस्त अपने मित्र की गलतियों को दूर करता है।
- सच्चा मनुष्य अपनी गलती मानता है और फिर उसमें सुधार भी करता है।
- पलटकर जवाब देना बेशक गलत है, लेकिन सुनते रहो तो लोग बोलने की तमीज भूल जाते हैं।
- किसी को गलत समझने से पहले एक बार उसके हालात समझने की कोशिश जरूर करें। हम सही हो सकते हैं, लेकिन मात्र हमारे सही होने से सामनेवाला गलत नहीं हो सकता।
- यदि हर कोई आपसे खुश है तो यह निश्चित है कि आपने जीवन में बहुत से समझौते किए हैं और यदि आप सबसे खुश हैं तो यह निश्चित है कि आपने लोगों की बहुत सी गलतियों को नजरअंदाज किया है।
- यदि कोई आपकी गलती आपके मुँह पर कहने की ताकत रखता है तो उससे अच्छा दोस्त कोई और नहीं हो सकता।
- यहाँ लोग अपनी गलती नहीं मानते, किसी को अपना कैसे मानेंगे।
- खुद को अगर जिंदा समझते हो तो 'गलत' का विरोध करना सीखो, क्योंकि 'लहर' के साथ, लाशें बहा करती हैं, 'तैराक' नहीं।
- त्रुटियाँ/दोष निकालना सरल है, अच्छा कार्य करना कठिन है।
- अगर आपको अपने पड़ोसी की त्रुटियों को सहना है तो अपनी दृष्टि अपनी त्रुटियों पर डालिए।
- इनसान खुद की गलती पर अच्छा वकील बनता है और दूसरों की गलती पर सीधा जज बन जाता है।
- इनसान जब भी कुछ गलती करता है तो दाएँ-बाएँ, आगे-पीछे देख लेता है, बस ऊपर देखना भूल जाता है।
- कोई एक बार गलती करे, कोई बात नहीं; दूसरी बार गलती करे तो होता है, इनसान है; जो बार-बार गलती करे, इनसे दूर रहें, क्योंकि वह गलती नहीं, उसकी आदत है।

- कोई हमारी गलतियाँ निकालता है तो हमें खुश होना चाहिए, क्योंकि कोई तो है, जो हमें पूर्ण दोषरहित बनाने के लिए अपना दिमाग और समय दे रहा है।
- मैं तुम्हें इसलिए सलाह नहीं दे रहा, क्योंकि मैं तुमसे ज्यादा समझदार हूँ, बल्कि इसलिए दे रहा हूँ कि मैंने तुमसे ज्यादा गलतियाँ की हैं।
- मेरी गलतियाँ मुझसे कहो, दूसरों से नहीं, क्योंकि सुधरना मुझे है, दूसरों को नहीं।
- हमेशा छोटी-छोटी गलतियों से बचिए। इनसान पहाड़ों से नहीं, पत्थरों से ठोकर खाता है।
- भरी हुई जेब आपको कई गलत रास्तों पर ले जा सकती है,
- लेकिन खाली जेब आपको जिंदगी के कई मतलब समझा सकती है।
- भूल जाएँ—अपनी नेकियों को, दूसरों की गलतियों को और अतीत के कड़वे संस्मरणों को।
- पुरुष की त्रुटियों के मूल में उसका स्वार्थ रहता है और नारियों की त्रुटियों के मूल में उनकी दुर्बलता।
- सारी जिंदगी अच्छा करके भी चंद पलों की गलती हमें बुरा बना देती है।
- दुनिया में इनसान को हर चीज मिल जाती है, लेकिन नहीं मिलती है तो सिर्फ अपनी गलती।
- वो गलतियाँ बहुत दर्द देती हैं, जिनका माफी माँगने का वक्त निकल गया हो।
- क्रोध के समय थोड़ा रुक जाएँ और गलती के समय थोड़ा झुक जाएँगे तो दुनिया की काफी समस्याएँ हल हो जाएँगी।
- अकसर गलत न होते हुए भी ऐसी गलती कर बैठते हैं, जोकि गलत होती है।
- अहंकार की बस एक खराबी है कि यह आपको कभी महसूस ही नहीं होने देता कि आप गलत हैं।
- अपनी त्रुटियों के विषय में हम खुद को धोखा देते रहते हैं और अंत में उन्हें ही अपना गुण समझने लगते हैं।
- विवेकशील दूसरों की गलतियों से अपनी गलती सुधारते हैं।
- अच्छे लोगों की खूबी है कि वे ये नहीं बताएँगे कि वे आपसे आहत हैं। वे उस

पल का इंतजार करेंगे कि आप अपनी गलती मानें।

- गलत व्यक्ति जितना भी मीठा बोले, एक दिन आपके लिए बीमारी बन जाएगा और सच्चा व्यक्ति जितना भी कड़वा लगे, एक दिन औषधि बनकर आपके काम आएगा।
- गलत वो नहीं थे, जिन्होंने धोखा दिया। गलत मैं ही था, जिसने मौका दिया।
- गलती निकालने के लिए भेजा चाहिए और गलती कबूल करने के लिए कलेजा चाहिए।
- गलती पर साथ छोड़नेवाले तो बहुत मिलते हैं, पर गलती समझाकर साथ निभानेवाले बहुत कम मिलते हैं।
- गलती उसी से होती है, जो काम करता है। निकम्मों की जिंदगी तो दूसरों की बुराई खोजने में ही खत्म हो जाती है।
- गलती मान लेना झाड़ू लगाने के समान है, जो गंदगी को बुहारकर सतह को चमकदार और साफ कर देता है।
- गलतियाँ कीजिए, क्योंकि वो तो सबसे होती हैं, पर कभी किसी के साथ गलत न कीजिए।
- गलती तो हर मनुष्य से हो सकती है, लेकिन उस पर केवल मूर्ख ही अड़े रहते हैं।
- सिर्फ एक गलती की देर है, लोग भूल जाएँगे कि तुम पहले कितने अच्छे थे।
- अपनी गलती स्वीकार करने में लज्जा कैसी ?
- जो लोग अपनी गलती नहीं मानते, उनसे वक्त मनवा लेता है।
- उस इनसान से दूर रहो, जिसको अपनी गलती नजर नहीं आती।

## गलतफहमी

- एक उम्मीद सारे रिश्ते जोड़ सकती है और एक गलतफहमी बंधन का हर धागा तोड़ सकती है।
- शीशा और रिश्ते दोनों ही बड़े नाजुक होते हैं। दोनों में सिर्फ एक फर्क है, शीशा गलती से टूट जाता है और रिश्ते गलतफहमी से।

- रिश्ते कभी भी कुदरती मौत नहीं मरते, इनको हमेशा इनसान ही कत्ल करता है, नफरत से, नजरअंदाज से, तो कभी गलतफहमी से।
- लोग कीचड़ से बचकर इसलिए चलते हैं कि अपने कपड़े खराब न हो जाएँ, पर भ्रमवश कीचड़ को यह गलतफहमी हो जाती है कि लोग उससे डरते हैं।
- मानव संबंधों में सबसे बड़ी गलती, हम आधा सुनते हैं, चौथाई समझते हैं, शून्य सोचते हैं, लेकिन प्रतिक्रिया दुगुनी करते हैं।
- इनसान बुरा तब बनता है, जब वो किसी गलतफहमी से खुद को दूसरों से ज्यादा अच्छा समझने लगता है।
- बचपन की सबसे बड़ी गलतफहमी यह थी कि बड़े होते ही जिंदगी मजेदार हो जाएगी।
- किसी को पाने के लिए हमारी सारी खूबियाँ कम पड़ जाती हैं और खोने के लिए गलतफहमी ही काफी है।
- रिश्तों को गलतियाँ उतना कमजोर नहीं करतीं, जितना कि गलतफहमियाँ कमजोर करती हैं।
- रिश्तों में गलतफहमी का आना स्वाभाविक है, लेकिन हमें हमेशा गलतफहमियों को खत्म करने के लिए सोचना चाहिए, रिश्तों को नहीं।
- रिश्ते तब कमजोर पड़ते हैं, जब इनसान गलतफहमी में पैदा होनेवाले सवालों का जवाब खुद ही बना लेता है।
- रिश्ते अंकुरित होते हैं प्रेम से, जिंदा रहते हैं संवाद से, महसूस होते हैं संवेदनाओं से, जिए जाते हैं दिल से, मुरझा जाते हैं गलतफहमियों से और बिखर जाते हैं अहंकार से।
- हमें रिश्तों में गलतफहमियाँ नहीं आने देनी चाहिए, क्योंकि विज्ञान कहता है कि जीभ पर लगी चोट जल्दी ठीक होती है और ज्ञान कहता है कि जीभ से लगी चोट कभी ठीक नहीं होती।
- हर गलतफहमी का कारण क्या है ? विवेकानंद—इसका कारण है कि जैसे हम होते हैं, वैसा लोगों को समझते हैं, लेकिन वे वैसे होते नहीं, जैसा हम सोचते हैं।
- उड़ने में बुराई नहीं, खूब उड़ें, लेकिन उतना उड़ें, जहाँ से जमीन भी दिखाई देती रहे।

- जब विश्वास हो तो चुप्पी भी अर्थ देती है, लेकिन जब विश्वास न हो तो बोले हुए शब्द भी गलतफहमी पैदा करते हैं। इसलिए तो विश्वास सभी संबंधों की आत्मा है।
- गलतफहमी का एक पल भी ऐसे जहर के समान होता है, जो हजारों प्यार के पलों के आनंद को पल भर में खत्म कर देता है!
- गलतफहमियों के सिलसिले इतने दिलचस्प हैं कि हर ईंट सोचती है कि दीवार मुझ पर टिकी है।
- गलतफहमी भी एक धीमा जहर है, जिससे इनसान मन-ही-मन घुटता रहता है और तनाव में आ जाता है। यह तनाव इनसान को भीतर-ही-भीतर खोखला करता रहता है। हमें चाहिए कि हम समय रहते दूसरों के साथ अपनी गलतफहमी दूर कर लें।
- मन और मकान को समय-समय पर साफ करना बहुत जरूरी है, क्योंकि मकान में बेमतलब सामान और मन में बेमतलब गलतफहमियाँ भर जाती हैं।
- जब रिश्तों में दूरियाँ बढ़ती हैं तो गलतफहमी भी बढ़ जाती हैं। फिर दूसरों को वह भी सुनाई देता है, जो हमने नहीं कहा।

## गिले-शिकवे/शिकायत

- शिकायत कम करने और शुक्रिया करने में ज्यादा ध्यान रहना चाहिए, क्योंकि ऐसा करने से जिंदगी आसान हो जाती है।
- शिकायत करके समस्याओं से बचा नहीं जा सकता, किंतु जिम्मेदारी उठाकर समस्याओं को कम जरूर किया जा सकता है।
- शिकायतें वहीं शोर करती हैं, जहाँ रिश्ता रखने की चाह हो। रिश्ता खत्म होने के बाद तो शिकायतें अपने आप शांत हो जाती हैं।
- गिले-शिकवों का भी कोई अंत नहीं, पत्थरों को शिकायत ये कि वे पानी की मार से टूट रहे हैं और पानी को ये गिला कि पत्थर हमें खुलकर बहने नहीं देते।
- गिले-शिकवे सिर्फ साँस लेने तक ही चलते हैं, बाद में तो सिर्फ पछतावे रह जाते हैं।
- हर वक्त जिंदगी से गिले-शिकवे ठीक नहीं, कभी तो छोड़ दीजिए कश्तियों को लहरों के सहारे!

- सबको गिला है, बहुत कम मिला है, जरा सोचिए, आप जितना कितनों को मिला है?
- जमाने से शिकायत न करो, बल्कि खुद को बदलो, क्योंकि पाँव को गंदगी से बचाने का तरीका जूता पहनना है, न कि सारे शहर में कालीन बिछाना।
- जीवन के प्रति जिस व्यक्ति के पास सबसे कम शिकायतें हैं, वही सबसे अधिक सुखी है।
- शिकायत कम और शुक्रिया ज्यादा करने से जिंदगी आसान हो जाती है।
- जीवन में बहुत सी मुश्किलें आएँगी, लेकिन कभी शिकायत मत करना, क्योंकि भगवान् ऐसा नियंत्रक है, जो सबसे कठिन किरदार, श्रेष्ठ नायक को ही देता है।
- जीवन में सभी तरह की शिकायतें बंद करें। अपनी तरफ देखें और जहाँ-जहाँ तुम्हें दुःख पैदा होता है, खोजो गौर से। आमतौर पर तुम्हारे भीतर ही उसके कारण मिलेंगे। उन कारणों को छोड़ दो, क्येंकि जिनसे दुःख पैदा होता है, उन कारणों को किए जाने का प्रयोजन क्या है? जिसमें सिर्फ जहर के फल लगते हों, उन बीजों को तुम क्यों बोए चले जाते हो?
- केवल कर्महीन ही ऐसे होते हैं, जो भाग्य को कोसते हैं और जिनके पास शिकायतों का बाहुल्य होता है।
- यदि आपको एक या दो लोगों से शिकायत है तो उनसे बात कीजिए। लेकिन यदि आपको अधिकतर लोगों से शिकायत है तो खुद से बात कीजिए।

## गीता

- 'गीता' महर्षि वेदव्यास द्वारा रचित महाभारत के 'भीष्मपर्व' का अंग है और उसमें 18 अध्याय एवं 700 श्लोक हैं।
- गीता, ज्ञान गंगा है और महाभारत, युद्ध के मैदान कुरुक्षेत्र में भगवान् श्रीकृष्ण द्वारा किंकर्तव्यविमूढ़ अवस्था में अर्जुन को दिए गए उपदेश का अलौकिक ग्रंथ है।
- उपनिषदों को गाय और गीता को उसके दूध की संज्ञा दी गई है। उपनिषदों में अध्यात्म विद्या है और गीता सर्वांश को स्वीकारती है।
- गीता केवल एक धार्मिक पुस्तक ही नहीं, अपितु मन, शरीर और बुद्धि के नियंत्रण की कला भी सिखाती है।

- गीता मौखिक जमा-खर्च का शास्त्र नहीं, बल्कि आचरण का शास्त्र है।
- गीता हिंदू धर्मग्रंथों में एक अत्यंत तेजस्वी और निर्मल हीरा है।
- गीता विश्व-धर्म की एक पुस्तक है। वह हमारे लिए अनूठा गुरु है और मातास्वरूप है।

## गुण/गुणवत्ता/गुणवान/हुनर

- ईश्वर ने हमें धरती पर एक खाली चेक की भाँति भेजा है। गुणों तथा योग्यता के आधार पर हमें स्वयं अपनी कीमत उसमें भरनी है।
- जब तक गुणवान मनुष्य चुपचाप बैठा रहता है, तब तक उसके गुण को कोई नहीं जानता। ठीक उसी तरह, जैसे ही कली पुष्प में परिवर्तित होती है, वैसे ही उसकी सुगंधि फैल जाती है।
- जिंदगी में कभी भी अपने हुनर पर घमंड मत करना, क्योंकि पत्थर जब पानी में गिरता है तो अपने ही वजन से डूब जाता है, जबकि लकड़ी तैरती रहती है।
- कस्तूरी को अपनी मौजूदगी कसम खाकर सिद्ध नहीं करनी पड़ती, उसके गुण उसकी पहचान करवा देते हैं।
- किसी को अपना बनाना हुनर ही सही, किसी का बनकर रहना कमाल होता है।
- सच्चा मित्र वह है, जो हमारे गुण दूसरों को बताता है और अवगुण हमें अकेले को।
- उच्च या निम्न कुल में जन्म होने से कुछ नहीं होता। केवल गुणों से ही गौरव बढ़ता है। कमल का जन्म ही कीचड़ में होता है और अपने गुणों के कारण वह भगवान् के मस्तक पर चढ़ाया जाता है।
- फलदार पेड़ व गुणवान व्यक्ति ही झुकते हैं। सूखा पेड़ और मूर्ख व्यक्ति कभी नहीं झुकते।
- जहाँ हम नहीं होते हैं, वहाँ हमारे गुणावगुण हमारा प्रतिनिधित्व करते हैं।
- अगर किसी व्यक्ति में गुण होंगे तो वे अपने आप सामने आ जाएँगे। कस्तूरी को अपनी उपस्थिति कसम खाकर साबित नहीं करनी चाहिए।
- गुणवान मनुष्य के संपर्क में रहकर सामान्य मनुष्य भी गौरव प्राप्त करता है, जैसेकि फूलों के हार में रहकर धागा भी मस्तक के ऊपर स्थान प्राप्त करता है।

- गुणियों की जात-पात नहीं देखी जाती।
- गुणी के समीप रहनेवाला गुणहीन भी संसार के द्वारा पूजनीय होता है।
- पत्थर भी उसी पेड़ पर फेंके जाते हैं, जो फलों से लदा होता है, क्योंकि किसी सूखे पेड़ पर कोई पत्थर नहीं फेंकता।
- जरूरी नहीं कि सभी लोग आपको समझ पाएँ, क्योंकि तराजू सिर्फ वजन बता सकती है, उसकी गुणवत्ता नहीं।
- अपने जीवन की गुणवत्ता के लिए केवल एक जिम्मेदार है और वो हैं आप खुद।
- धान की बालियाँ बड़ी होने के लिए बोनेवाले के गुणों की उम्मीद नहीं करती।
- रूप की तो संसार में कमी नहीं, मगर रूप और गुण का मेल बहुत कम देखने में आता है।
- एक खास गुण भी समस्त दोषों को ढक देता है।

## गुनाह/अपराध/कसूर/दंड

- न जाने कौन सी शिकायतों का हम शिकार हो गए, जितना दिल साफ रखा, उतना ही गुनहगार हो गए।
- अपराध स्वीकार कर लेने से वह आधा हो जाता है।
- कभी-कभी अपराध की भावना मनुष्य में तभी उत्पन्न होती है, जब वह स्वयं को समाज द्वारा उपेक्षित महसूस करता है।
- हर गुनाह कबूल है मुझे, बस सजा देनेवाला बेगुनाह हो।
- जिह्वा के बिना भी अपराध बोलता है।
- दुनिया के सारे खेल, खेल लेना, पर भूलकर भी किसी की भावनाओं के साथ मत खेलना, क्योंकि यह वो गुनाह है, जिसको ईश्वर कभी माफ नहीं करता।
- कसूर तो हमेशा खरबूजे का ही होता है, चाकू तो मासूम है, यूँ ही फिसल जाता है।
- जितना हो सके, खामोश रहना अच्छा है, क्योंकि सबसे ज्यादा गुनाह इनसान की जुबान से ही होते हैं।
- दंड और उसके भय से समाज में मर्यादा और न्याय कायम होना संभव है। जिस दिन दंड न रहेगा, अराजकता फैलने का भय कायम हो जाएगा। मर्यादा की रक्षा

के लिए दंड विधान आवश्यक है।

- समाज में हर रोज अपराधों और दुष्कर्मों के बढ़ते रहने का कारण संवेदनाएँ कम होना है।
- एकांत में भी गुनाह करने से बचें, क्योंकि इसका गवाह स्वयं परमात्मा होता है।

## गुरु/शिक्षक/अध्यापक

- ज्ञान देनेवाले गुरु का वंदन, उनके चरणों की धूल भी चंदन।
- एक महान् शिक्षक एक महान् कलाकार होता है, जो हम सभी के जीवन में रंगमंच का निर्माण करता है और छुपी प्रतिभा को उभारकर प्रेरणा देता है कि हम क्या कर सकते हैं!
- अच्छा शिक्षक मोमबत्ती कर तरह है, जो स्वयं प्रज्वलित होकर दूसरों को प्रकाश देता है।
- इनसान के लिए दो ही चीजें अहम हैं—गुरु का डर और गुरु का दर। गुरु का डर रहेगा तो इनसान गुनाहों से बचता रहेगा और गुरु का दर रहेगा तो उसकी रहमतें बरसती रहेंगी।
- जीवन में गुरु न हो तो जीवन बेकार है, इसलिए जीवन में 'गुरु' जरूरी है, 'गुरूर' नहीं।
- शिक्षक कुम्हार की भाँति है, जो अपने विद्यार्थी को घड़े की भाँति सँवारता है और उसके खोट अंदर सहारा देकर निकालता है।
- शिक्षक समाज के महत्त्वपूर्ण स्तंभ हैं, जिनसे अच्छे समाज का निर्माण संभव है।
- वह शिक्षा और शिक्षक सबसे अधिक उत्तम है, जो अपने विद्यार्थियों में सीखे हुए विषय से भी आगे जाकर कुछ नया जानने की जिज्ञासा और सीखने की इच्छा जगा सके।
- सबसे बड़ा गुरु ठोकर है, जब भी खाते जाओगे, सीखते जाओगे।
- सच्चे गुरु के मुख से निकला हर शब्द वरदान होता है, जो सुनकर चल पड़े उस पर, वही विद्धान् होता है।
- अच्छा शिक्षक आशा जगाता है व कल्पना प्रज्वलित करके सीखने की ललक बढ़ाता है।

- अच्छे गुरु से बढ़कर भगवान् नहीं। इसलिए गुरु के स्थान से किसी का ऊँचा स्थान नहीं।
- गुरु का हाथ पकड़ लोगे तो लोगों के पैर पकड़ने की नौबत नहीं आएगी।
- गुरु का ज्ञान और समुद्र दोनों ही गहरे हैं, पर दोनों की गहराई में एक फर्क है। समुद्र की गहराई में इनसान डूब जाता है और गुरु के ज्ञान की गहराई में मनुष्य तर जाता है।
- गुरु के समान कोई दानी नहीं और शिष्य के समान कोई याचक नहीं। गुरु ऐसे दानी हैं, जो तीन लोक की संपदा भी दान कर सकते हैं।
- गुरु वही श्रेष्ठ होता है, जिसकी प्रेरणा से किसी का चरित्र बदल जाए और मित्र वही श्रेष्ठ होता है, जिसकी संगत से रंगत बदल जाए।
- गुरु और सड़क दोनों एक समान होते हैं। खुद वहीं रहते हैं, पर दूसरों को मंजिल तक पहुँचा देते हैं।
- सच्चा गुरु, गुरूर को भी बाहर निकाल देता है, क्योंकि गुरूर, गुरु की सही बात भी ठीक से सुनने नहीं देता।
- जिसे गुरु या ईश्वर मानो, उस पर श्रद्धा अवश्य रहनी चाहिए, क्योंकि श्रद्धा के बिना विश्वास जमना कठिन हो जाएगा।
- जिस प्रकार पृथ्वी के नीचे से पानी जमीन खोदकर ही प्राप्त किया जाता है, उसी प्रकार गुरु से विद्या भी सेवा एवं परिश्रम से प्राप्त की जाती है।
- अध्यापक के सामने बड़े-से-बड़े व्यक्ति ने सिर झुकाया है।
- प्रत्येक शिक्षक गुरु नहीं हो सकता। गुरु-शिष्य का संबंध सही व गलत का ज्ञान, प्रेरणा, संस्कार विकास, जीवन का उद्देश्य, आध्यात्मिक शक्ति आदि का संचार करने से भी होता है।

## गुरूर/गुमान

- बटुए को कहाँ मालूम पैसे उधार के हैं, वो तो बस फूला ही रहता है अपने गुमान में। ठीक यही हाल हमारा है, साँसें उस प्रभु की उधार दी हुई हैं, पर न जाने गुमान किस बात पर है?
- क्यों करते हो गुरूर अपने ठाठ पर, मुट्ठी भी खाली जाएगी, जब पहुँचोगे घाट पर।

- तुम्हें गुरूर किस बात का है? मरने के बाद ये अपने भी छूकर हाथ धोने जाएँगे?
- गुरूर में इनसान को कभी इनसान नहीं दिखता, जैसे छत पर चढ़ जाओ तो अपना ही मकान नहीं दिखता।
- अपनी फतेह पर अगर गुरूर आने लगे, तो मिट्टी से पूछ लेना—आजकल सिकंदर कहाँ है?
- अगर आप किसी को छोटा देख रहो हो तो आप या तो उसे दूर से देख रहे हो या अपने गुरूर से देख रहे हो।
- जिस प्रकार सावन के अंधे को हर चीज हरी नजर आती है, ठीक उसी प्रकार गुरूर या अहं में डूबे व्यक्ति को उसके सभी कृत्य सही लगते हैं और अंधा बना देते हैं। चाहे वे दूसरे व्यक्ति या समाज के नजरिए से गलत हों।
- ऊँचा होने का गुमान और छोटा होने का मलाल मिथ्या है, खेल खत्म होने के बाद शतरंज के सब मोहरे एक ही डिब्बे में रखे जाते हैं।

## गुस्सा/क्रोध

- यदि आप सही हैं तो आपको गुस्सा होने की जरूरत नहीं और यदि आप गलत हैं तो आपको गुस्सा होने का कोई हक नहीं।
- जब कोई आपके सामने गुस्से में बात करे तो उसे खामोशी के साथ गौर से सुनिए, क्योंकि गुस्से में इनसान अकसर सच बोलता है।
- क्रोधित रहना जलते हुए कोयले को किसी दूसरे व्यक्ति पर फेंकने की इच्छा से पकड़े रहने के समान है। यह सबसे पहले आपको ही जलाता है।
- चुप रहना उस वक्त जब गुस्सा आए, क्योंकि गुस्से में बोले गए शब्द अकसर रिश्तों को खत्म कर देते हैं।
- बीता हुआ एक दिन, एक घंटा और एक मिनट आपके पूरे जीवन में फिर कभी लौटकर नहीं आएगा। इसलिए झगड़े और गुस्से से बचें और हर व्यक्ति से अच्छे से बोलें। जिंदगी खूबसूरत है, इसे प्यार कीजिए।
- कभी-कभी गुस्सा मुसकराहट से ज्यादा खास होता है, क्योंकि मुसकराहट तो सबके लिए होती है, मगर गुस्सा सिर्फ उसके लिए होता है, जिन्हें हम कभी खोना नहीं चाहते।

- कड़वा सच—जब आप अपने गुस्से को काबू नहीं कर सकते, तो आप अपनी जिंदगी की मुसीबतों को कैसे काबू करेंगे ?
- जिस प्रकार हम उबलते पानी में अपना प्रतिबिंब नहीं देख सकते, उसी प्रकार हम क्रोधी बनकर नहीं समझ सकते कि हमारी भलाई किसमें है।
- पाँच मिनट का क्रोध जन्म भर की मित्रता या रिश्ते को नष्ट कर देता है।
- सज्जन व्यक्ति का क्रोध जल की रेखा के समान है, जो शीघ्र ही समाप्त हो जाती है।
- क्रोध एक ऐसा तेजाब है, जो जिस चीज पर डाला जाता है, उससे ज्यादा उस पात्र को नुकसान पहुँचा सकता है, जिसमें वो रखा है।
- क्रोध की ज्वाला ही हत्या जैसे जघन्य अपराधों की जिम्मेदार है।
- क्रोध के सिंहासन पर बैठते ही बुद्धि वहाँ से खिसक जाती है।
- क्रोध में किए हुए काम को अहंकार गलती नहीं मानने देता। जिनमें वास्तव में अहंकार नहीं होगा, अगर वे क्रोध के समय नियंत्रण नहीं कर पाए तो शांत होने पर जरूर गलती मानेंगे।
- क्रोध में आदमी अपने मन की बात नहीं करता, वह केवल दूसरों का दिल दुखाना चाहता है।
- जब गुस्सा आता है तो हँस दो, क्योंकि क्रोध के समय थोड़ा मुसकराने से उसकी गति हलकी हो जाती है।
- क्रोध से शुरू होनेवाली हर बात लज्जा पर समाप्त होती है।
- क्रोध से क्रोध का नाश नहीं होता, इसके लिए क्षमा की आवश्यकता है। क्रोधी व्यक्ति के अकारण शत्रु हो जाते हैं।
- क्रोध आने पर चिल्लाने के लिए ताकत नहीं चाहिए, मगर क्रोध आने पर चुप रहने के लिए बहुत ताकत चाहिए।
- क्रोध ऐसा दावानल है, जो उस व्यक्ति को ज्यादा जलाता है, जिससे वह उत्पन्न हुआ है।
- क्रोध समझदारी को घर से बाहर निकालकर दरवाजे की चटखनी लगा देता है।
- वे महान् पुरुष धन्य हैं, जो अपने उठे हुए क्रोध को अपनी बुद्धि के द्वारा उसी

प्रकार रोक देते हैं, जैसे जलती अग्नि को जल से रोक दिया जाता है।

- चाबी से खुला ताला बार-बार काम में आता है, पर हथौड़े से तोड़कर खोलने पर दुबारा काम नहीं आता। इसी तरह संबंधों के तालों को क्रोध के हथौड़े से नहीं, बल्कि प्रेम की चाबी से खोलें।
- जीवन बहुत छोटा है, उसे जियो। प्रेम दुर्लभ है, उसे पकड़कर रखो। क्रोध बहुत खराब है, उसे दबाकर रखो। भय बहुत भयानक है, उसका सामना करो। स्मृतियाँ बहुत सुखद हैं, उन्हें सँजोकर रखो।
- जीवन के तीन मंत्र—आनंद में वचन मत दीजिए; दु:ख में उत्तर मत दीजिए; और क्रोध में निर्णय मत लीजिए।
- जो मनुष्य क्रोधी पर क्रोध नहीं करता, क्षमा करता है, वह अपनी और क्रोध करनेवाले की महासंकट से रक्षा करता है।
- जो मनुष्य अपने क्रोध को अपने ऊपर झेल लेता है, वही दूसरों के क्रोध से बच सकता है।
- जो मनुष्य क्रोध में भी बुरी बात मुँह से नहीं निकालता, वह सचमुच बुद्धिमान है।
- जो मन की पीड़ा को स्पष्ट रूप से नहीं कह सकता, उसी को क्रोध अधिक आता है।
- गुस्सा रुके हुए पानी की तरह है, जिसके निकलने की कोई जगह नहीं थी, इसलिए जहाँ वह रुका हुआ था, वह उस जगह या दीवार को ही खा रहा था।
- गुस्सा उतना बुरा नहीं, जितना गुस्से के बाद आदमी बैर पाल लेता है। खास बात देखिए, गुस्सा तो बच्चे भी करते हैं, लेकिन वे बैर नहीं पालते। वे इधर-उधर लड़ते-झगड़ते हैं और अगले ही क्षण फिर एक हो जाते हैं!
- गुस्सा और तूफान दोनों एक जैसे हैं। ठंडा होने के बाद ही पता चलता है कि कितना नुकसान हुआ है ?
- गुस्से के वक्त थोड़ा रुक जाने से और गलती के वक्त थोड़ा झुक जाने से जिंदगी आसान हो जाती है।
- गुस्से में आदमी बेकार की बातें तो करता है, लेकिन कई बार दिल की बात भी कह देता है।

- लोहा भले ही गरम हो जाए, परंतु हथौड़े को तो ठंडा ही रहना चाहिए। अगर हथौड़ा भी गरम हो जाए तो अपना ही हत्था जला देगा।
- वजह छोटी और नुकसान बड़ा, उसका नाम है क्रोध।
- गुस्सा बहुत होशियार होता है, यह हमेशा कमजोर पर ही निकलता है।

## घमंड/अहंकार/अहं/अभिमान

- अहंकार नशे का ही एक रूप है।
- मान लो, एक ताला लगातार 15 चोट पर नहीं टूटा, पर एक 16वीं चोट पर टूट गया। 16वीं चोट को भ्रमवश घमंड हो गया कि उसके कारण टूटा है, जबकि 15 चोट ताले को पहले ही बहुत कमजोर कर चुकी थीं।
- लोग कीचड़ से बचकर इसलिए चलते हैं कि अपने कपड़े खराब न हो जाएँ और कीचड़ को यह घमंड हो जाता है कि लोग उससे डरते हैं।
- घमंड कभी भी सच्चाई को स्वीकार नहीं करता।
- घमंड किसी का नहीं रहा। टूटने से पहले गुल्लक को भी लगता है, सारे पैसे उसी के हैं।
- घमंडी के लिए कोई ईश्वर नहीं, ईर्ष्यालु का कोई पड़ोसी नहीं व क्रोधी का कोई मित्र नहीं।
- जो बहुत घमंड करते थे, वही अपने घमंड के कारण गिरे। इसलिए किसी को बहुत घमंड नहीं करना चाहिए। घमंड ही हार का द्वार है।
- जिंदगी में ठंड और घमंड से बचकर ही रहना चाहिए, दोनों ही सूरतों में जिस्म अकसर अकड़ जाता है।
- इनसान का अपना क्या है ? जन्म दूसरे ने दिया, नाम दूसरे ने रखा, शिक्षा दूसरे ने दी, रोजगार दूसरे ने दिया, इज्जत दूसरे ने दी, पहला व आखिरी स्नान दूसरे कराएँगे, श्मशान दूसरे ले जाएँगे तथा मरने के बाद संपत्ति दूसरे बाँटेंगे, तो फिर घमंड किस बात का ?
- इनसान को कभी भी अपने वक्त पर घमंड नहीं करना चाहिए, क्योंकि वक्त तो उन नोटों का भी नहीं हुआ, जो कभी पूरा बाजार खरीदने की ताकत रखते थे।
- प्रतिभा ईश्वर से मिलती है, नतमस्तक रहें, ख्याति समाज से मिलती है, आभारी

रहें, लेकिन मनोवृत्ति और घमंड स्वयं से मिलते हैं, सावधान रहें।

- केवल अहंकार ही ऐसी दौड़ है, जहाँ हारनेवाला सही जगह हार जाता है।
- मनुष्य अपने अहंकार का त्याग करने से सब लोगों का प्रिय होता है। मनुष्य को क्रोध का त्याग करने से शोक नहीं करना पड़ता है। मनुष्य अपनी अभिलाषाओं का त्याग कर अर्थवान हो जाता है और लालच का त्याग कर मनुष्य सुखी हो जाता है।
- किन रिश्तों (साँसों) का मैं यहाँ आज अभिमान करूँ, जो रिश्ते (साँस) श्मशान में पहुँचकर सारे टूट जाएँगे? किस धन का मैं अहंकार करूँ, जो अंत में मेरे प्राणों को बचा ही नहीं पाएगा? किस तन पर अहंकार करूँ, जो अंत में मेरी आत्मा का बोझ भी नहीं उठा पाएगा?
- जिस प्रकार मनुष्य का अहंकार भी अच्छे-से-अच्छे संबंधों को बरबाद कर देता है, उसी प्रकार घमंड और पेट जब ये दोनों बढ़ते हैं, तब इनसान चाहकर भी किसी को उसी प्रकार गले नहीं लगा सकता।
- जिसकी आँखों पर अहंकार का परदा पड़ा हो, उसे न तो दूसरों के गुण दिखाई देते हैं और न ही अपने अवगुणों का पता चलता है।
- 'हम' से 'मैं' पर आते ही अभिमान शुरू और 'मैं' से 'हम' पर आते ही प्रगति और परिणाम शुरू।
- अकड़ और अभिमान एक मानसिक बीमारी है, जिसका इलाज कुदरत और समय जरूर करता है।
- परेड में 'पीछे मुड़' बोलते ही पहला आदमी आखिरी और आखिरी आदमी पहले नंबर पर आ जाता है। जीवन में कभी आगे होने का घमंड और आखिरी होने का गम ना करें। पता नहीं कब जिंदगी बोले दे, 'पीछे मुड़!'
- तन, धन, यौवन और भाग्य पर कभी अभिमान नहीं करना चाहिए।
- सफलता की ऊँचाइयों को छूकर कभी अहंकार मत कीजिए, क्योंकि ढलान हमेशा शिखर से ही शुरू होती है।
- ज्यादा बोझ लेकर चलनेवाले अकसर डूब जाते हैं, फिर चाहे वह बोझ अभिमान का हो या सामान का।

- जब भी संभव हो, अपना अहं त्यागें। शक्तिशाली होने पर भी सरल रहें। धनी न होने पर भी परिपूर्ण रहें।
- जो यह कहते हैं कि 'उन्होंने सबकुछ सीख लिया, बहुत अक्लमंद हो गए', वे वास्तव में घमंड से आहत हैं।
- अहंकार और अकड़ दोनों ही सबसे बड़े दुश्मन हैं जीवन के, क्योंकि ये न आपको किसी का होने देते हैं और न कोई इस कारण से आपका होना चाहता है।
- अधिकतर बड़ी गलतियों की तह में अहंकार होता है।
- चलनेवाले पैरों में कितना फर्क होता है एक आगे तो एक पीछे, लेकिन न तो आगे वाले को अभिमान होता है और न पीछे वाले को ईर्ष्या।
- कोयल दिव्य आमरस पीकर भी घमंड नहीं करती, लेकिन मेढक कीचड़ का पानी पीकर भी टर्राने लगता है।
- अभिमान करना कहीं-न-कहीं छुपी हुई अज्ञानता का लक्षण है।
- हम दूसरों का अहंकार इसलिए नहीं सह पाते, क्योंकि उससे हमारे अपने अहंकार को चोट पहुँचती है।
- जिसे होश होता है, वह कभी घमंड नहीं करता।
- जन, धन, यौवन का गर्व मत करो। पल भर में काल सबकुछ नष्ट कर सकता है।
- अहंकार कभी न करें, क्योंकि एक छोटा सा कंकड़ भी मुँह में गया निवाला बाहर निकाल सकता है।
- अहंकार मत पालिए। वक्त के समुद्र में कई सिकंदर डूब गए।

## घृणा/नफरत

- एक नफरत है, जिसको पल भर में महसूस कर लिया जाता है और एक प्रेम है, जिसका यकीन दिलाने के लिए सारी जिंदगी भी कम पड़ जाती है।
- घृणा के द्वारा कभी भी घृणा पर विजय नहीं पाई जा सकती। प्रेम के द्वारा घृणा पर विजय पाई जा सकती है—यही सनातन नियम है।
- घृणा से घृणा बढ़ती है।

- बैर का आधार व्यक्तिगत होता है, घृणा का सार्वजनिक।
- कोई भी दु:खी आदमी घृणा के योग्य नहीं हो सकता।
- कौन चाहता है खुद को बदलना, किसी को प्यार तो किसी को नफ़रत बदल देती है।
- मत रख इतनी नफरतें अपने दिल में ए इनसान, जिस दिल में नफरत होती है, उस दिल में रब नहीं बसता।
- किसी भी व्यक्ति से घृणा मत करो। घृणा करना है तो अवगुणों से करो, व्यक्तियों से नहीं।
- दिल से ज्यादा उपजाऊ जगह और कोई नहीं हो सकती। निर्भर आप पर करता है कि आप प्यार बोते हैं या नफरत!
- पाप से घृणा करो, पापी से नहीं।
- स्वयं में बहुत सी कमियों के बावजूद भी यदि आप स्वयं से प्रेम कर सकते हैं तो फिर दूसरों में थोड़ी-बहुत कमियों की वजह से आप उनसे घृणा कैसे कर सकते हैं?
- तुम परवाह करना छोड़ दो, लोग नफरत करना छोड़ देंगे।
- जब आप अपनी हजारों गलतियों के बाद भी अपने आपसे इतना प्रेम करते हैं तो दूसरों की एक गलती पर इतनी नफरत क्यों?
- जो सच्चाई पर निर्भर है, वह किसी से घृणा नहीं करता।
- नफरत का भी एक अजीब सा रिश्ता है, जिससे हो जाती है, वो शख्स हमेशा दिल और दिमाग में रहता है।
- गन्ने में जहाँ गाँठ होती है, वहाँ रस नहीं होता। जहाँ रस होता है, वहाँ गाँठ नहीं होती। बस जीवन भी ऐसा ही है; और यदि मन में किसी के लिए नफरत की गाँठ होगी तो हमारा जीवन भी बिना रस का बन जाएगा और जीवन में रस बनाए रखना हो तो नफरत की गाँठ को निकालना ही होगा।
- सब हाथ ही धोते जा रहे हैं, जरा दिल भी धो लिया करें, क्योंकि नफरत भी तो बीमारी की तरह ही फैल रही है।

## चापलूस/चापलूसी/चमचागीरी

- शत्रु से उतना नहीं डरें, जितना चापलूस से।
- चापलूसी खोटे आदमी की पहचान है।
- जिन्हें चापलूसी पसंद होती है, उन्हें सच्ची बात मीठी भाषा में भी कड़वी लगती है।
- चमचा जिस बरतन में रहता है, उसी को खाली कर देता है। इसलिए चमचों से सावधान।
- चापलूस एक नकली सिक्का है, जो अंत में आपको कष्ट में डाल देगा, यदि आप उसे चलाने का प्रयास करेंगे।
- चापलूस इसलिए आपकी चापलूसी करता है कि वह आपको अयोग्य समझता है, लेकिन आप उसके मुँह से अपनी प्रशंसा सुनकर फूले नहीं समाते।
- चापलूस आपको हानि पहुँचाकर अपना स्वार्थ सिद्ध करना चाहता है।
- चापलूस और आलोचक में केवल इतना अंतर है कि चापलूस अच्छा बनकर भी बुरा करता है, जबकि आलोचक बुरा बनकर भी अच्छा करता है।
- चापलूसी का जहरीला प्याला आपको तब तक नुकसान नहीं पहुँचा सकता, जब तक कि आपके कान उसे अमृत समझकर पी न जाएँ।
- चापलूसी करना बहुतों को आता है, लेकिन प्रशंसा करना किसी-किसी को आता है।
- जिंदगी में सहूलियत के लिए चम्मच का उपयोग करें, लेकिन चमचों से सावधान रहें।

## चाल/चरित्र

- इत्र, मित्र, चित्र और चरित्र, ये किसी की पहचान के मोहताज नहीं। ये चारों अपना परिचय स्वयं देते हैं।
- ईश्वर चित्र में नहीं, चरित्र में बसता है, इसलिए अपनी आत्मा को मंदिर बनाओ।
- मनुष्य की चाल धन से भी बदलती है और धर्म से भी बदलती है। जब धन-संपन्न होता है, तब अकड़कर चलता है और जब धर्म-संपन्न होता है, तो विनम्र होकर चलता है।

- मनुष्य के चरित्र की पहचान न केवल उसकी संगति से, बल्कि बातचीत से भी हो जाती है।
- जिसका जैसा चरित्र होता है, उसका वैसा ही मित्र होता है।
- हमारा व्यक्तित्व जैसा होगा, वैसा ही दुनिया का नक्शा बनाएँगे। इसे ही चरित्र कहते हैं।
- पत्नी से अधिक पुरुष के चरित्र का ज्ञान और किसी को नहीं होता।
- प्रत्येक मनुष्य के चरित्र के तीन रूप होते हैं—एक तो जैसा वह स्वयं को समझता है, दूसरा अन्य व्यक्ति उसको जैसा समझते हैं और तीसरा जैसा वह वास्तव में होता है।
- स्त्री तब तक चरित्रहीन नहीं हो सकती, जब तक पुरुष चरित्रहीन न हो।
- उत्तम विचार और महान् चरित्र-बल ही परम धन है।
- वह व्यक्ति अच्छा होता है, जिसका चित्र ही नहीं, चरित्र भी सुंदर हो; भवन ही नहीं, भावना भी सुंदर हो; साधन ही नहीं, साधना भी सुंदर हो; दृष्टि ही नहीं, दृष्टिकोण भी सुंदर हो।
- चरित्र एक वृक्ष है और प्रतिष्ठा, यश, सम्मान उसकी छाया, लेकिन विडंबना यह है कि वृक्ष का ध्यान बहुत कम लोग रखते हैं और छाया सबको चाहिए।
- चरित्र की संपत्ति दुनिया की तमाम दौलतों से बढ़कर है।
- चरित्र मनुष्य की इमारत का भीतरी द्वार है तो व्यक्तित्व बाहरी।
- चरित्र जब तक उज्ज्वल रहता है, तब तक उसे सहेजकर चलने की इच्छा रहती है। दुर्भाग्यवश, जब उसमें एक भी छींटा लग जाता है तो हम गंदे वस्त्र की भाँति उसकी चिंता नहीं करते।
- चरित्र-निर्माण उससे होता है, जिसके लिए आप दृढ़ता से खड़े होते हैं,
- सम्मान उससे होता है, जिसके लिए आप गिर पड़ते हैं।
- चरित्रवान होने से हमें सबकुछ उपलब्ध हो सकता है तथा बिना चरित्र के हम काफी चीजें खो देते हैं।
- चरित्र-निर्माण का काम कम महत्त्वपूर्ण नहीं है। इसके बिना स्वतंत्रता पाकर भी भारतीय मनुष्य का मूल्य नहीं बढ़ सकता।

- फूल खिलने दो, मधुमक्खियाँ अपने आप उसके पास आ जाएँगी। चरित्रवान बनो, जगत् अपने आप मुग्ध हो जाएगा।
- जब धन गया तो समझो कुछ नहीं गया, जब स्वास्थ्य गया तो समझो कुछ गया, जब चरित्र गया तो समझो सबकुछ गया।
- जो कुछ आँखों से नहीं दिखता, उसे चरित्र द्वारा देखा जा सकता है।
- जैसे घर के निर्माण में एक-एक ईंट का महत्त्व होता है, वैसे ही चरित्र-निर्माण में भी एक-एक विचार का महत्त्व है। इसलिए अपने विचारों को शुद्ध बनाइए।
- चरित्र वृक्ष है तो प्रतिष्ठा उसकी छाया।
- तीन चीजें चरित्र को गिरा देती हैं—चोरी, निंदा और झूठ।
- कुचरित्र मनुष्य भी साधु के वेश रखनेवालों से ऊँचे आदर्श पर चलने की आशा रखता है और उनके आदर्श गिरते देखकर उनका तिरस्कार करने में संकोच नहीं करता।
- दुर्बल चरित्र का व्यक्ति उस सरकंडे के समकक्ष है, जो वायु के हर झोंके के साथ झुक जाता है।

## चालाक/धूर्त/धूर्तता/चालबाज/मक्कारी

- बड़ी चालाक होती है जिंदगी, हमें रोज नया कल देकर उम्र छीनती रहती है।
- किसी को धोखा देकर यह मत समझो कि मैं चालाक हूँ, बल्कि यह देखो कि उसको आप पर विश्वास कितना था और फिर आपने उस विश्वास के साथ किया क्या?
- विचार और व्यवहार में सामंजस्य न होना ही धूर्तता है, मक्कारी है।
- चालबाज और धूर्त को सबसे ज्यादा व्याकुलता उस समय होती है, जब उसका पाला किसी सीधे और सच्चे आदमी से पड़ता है।
- चालाकियों से किसी को कुछ देर तक मोहित किया जा सकता है, पर जहाँ दिल जीतने की बात आती है तो सरल और सहज होना जरूरी है।
- जब धूर्त मनुष्य साधू बनने का प्रयास करता है, तब और भी बुरा होता है।
- धूर्त को धोखा देना धूर्तता नहीं है।

- चालाक और धोखेबाज आदमी को सबसे ज्यादा परेशानी सीधे और सरल व्यवहार से होती है।

## चिंता/फिक्र

- यदि मुँह पर कोई दाग है तो चिंता की बात नहीं, लेकिन तुम्हारे दिल में दाग है तो उसे जितनी जल्दी मिटा सको, वही अच्छा है।
- बिस्तर पर चिंताओं को ले जाना अपनी पीठ पर गट्‌ठर बाँधकर सोना है।
- चिंता एक काली दीवार की भाँति चारों ओर से घेर लेती है, उसमें से निकलने का और कोई रास्ता नहीं सूझता।
- चिंता करने का मतलब ईश्वर की व्यवस्था पर शक करना है।
- चिंता शहद की मक्खी के समान है। इसे जितना हटाओ, उतना ही और चिपटती है।
- चिंता करोगे तो भटक जाओगे। चिंतन करोगे तो भटके हुए को राह दिखाओगे।
- चिंता मनुष्य की शक्तियों को शून्य कर लेती है। इसलिए उससे छुटकारा पा लेना पहला कर्तव्य है।
- चिंता, चिता से बढ़कर है, क्योंकि चिता मरे हुए आदमी को एक ही बार जलाती है, लेकिन चिंता जीवित आदमी को रह-रहकर जलाती है।
- चिंता समय बरबाद करती है, जिससे कुछ नहीं बदलता। यह चिंता करनेवाले की खुशी चुराती है और बिना काम व्यस्त रहना दिखाती है।
- चिंता और चिंतन में काफी समानता है, लेकिन चिंतन को महत्त्वपूर्ण इसलिए कहा जाता है, क्योंकि जहाँ चिंता केवल बीते हुए समय के बारे में होती है, वहीं चिंतन बीते हुए समय की गलतियों को जानकर आनेवाले कल को सुधारने के लिए होता है। शायद इसलिए कहा जाता है कि चिंतन करो, चिंता नहीं।
- खुल के जीने से हम कुछ यूँ डर रहे हैं, कि कल की चिंता में आज मर रहे हैं।
- चिंताएँ, परेशानियाँ, दुःख और तकलीफें परिस्थितियों से लड़ने से नहीं दूर हो सकतीं। वे दूर होंगी अपनी अंदरूनी कमजोरी दूर करने से, जिसके कारण ही वे सचमुच पैदा हुई हैं।

- जिंदगी से इतना सबक तो मिल गया, फिक्र में रहोगे तो खुद जलोगे, बेफिक्र रहोगे तो दुनिया जलेगी।
- चाह गई चिंता मिटी, मनुआ बेपरवाह, जिनको कछु नहि चाहिए, वे साहन के साह।
- खुद की फिक्र अकसर तनाव देती है और दूसरों की फिक्र करके देखिए, वो लगाव देती है।
- दूसरे की चिंता करना आपके लिए आसान है, लेकिन दूसरे आपके लिए चिंता करें, यह मुश्किल है। इसलिए उनको न खोएँ, जो आपके लिए चिंता करते हैं।
- तारीफ करनेवाले बेशक आपको पहचानते होंगे, मगर फिक्र करनेवाले आपको जरूर पहचानने होंगे।
- जीवन में परेशानियाँ चाहे जितनी हों, चिंता करने से और ज्यादा होती हैं, खामोश होने से बिल्कुल कम, सब्र करने से खत्म हो जाती हैं तथा परमात्मा का शुक्र करने से खुशियों में बदल जाती हैं।
- जो लोग अपनी जिंदगी में खुद से ज्यादा दूसरों की फिक्र करते हैं, अकसर उन्हीं की फिक्र करनेवाला कोई नहीं होता।

## चुप/चुप्पी/मौन/चुपचाप/खामोशी

- मौन और एकांत आत्मा के मित्र हैं।
- धैर्य और मौन शक्तिशाली हथियार हैं जिंदगी के। धैर्य आपको मानसिक रूप से ताकत देता है, जबकि मौन आपको भावनात्मक रूप से ताकतवर बनाता है।
- मौन से मतलब वाणी विहीन बनना नहीं, बल्कि उचित समय पर उचित बात कहना भी है।
- खामोशी से बनाते रहो पहचान अपनी, हवाएँ खुद तुम्हारा नाम गुनगुनाएँगी।
- इतना मत बोलिए कि लोग चुप होने का इंतजार करें, बस इतना बोल के चुप हो जाएँ कि लोग दुबारा सुनने का इंतजार करें।
- मौन का परिणाम भयंकर होता है, जो रख ले विष कंठ में, वही तो शंकर होता है।
- मौन क्रोध की सर्वोत्तम चिकित्सा है। अपने खिलाफ बातें खामोशी से सुन लो। यकीन मानिए, वक्त बेहतरीन जवाब देगा।

- अपना मुँह तभी खोलें, जब आप जो कहने जा रहे हैं, वह मौन से अधिक सुंदर हो।
- मौन मुख से नहीं, मन से होना जरूरी है।
- मौन और मुसकान दो शक्तिशाली हथियार होते हैं, मुसकान से कई समस्याओं का हल किया जा सकता है, और मौन रहकर कई समस्याओं को दूर रखा जा सकता है।
- किसी को बहस से जीतने की बजाय मौन से पराजित करो, क्योंकि जो आपके साथ सदा बहस करने के लिए तत्पर रहता है, वो आपके मौन को कभी भी सहन नहीं कर सकेगा।
- विधाता की अदालत में वकालत बड़ी न्यारी है, खामोश रहिए, कर्म कीजिए, सबका मुकदमा जारी है।
- जब कोई दिल दुखाए तो चुप रहना सीख लो, क्योंकि जिन्हें हम जवाब नहीं देते, उन्हें खुदा जवाब देगा।
- आवाज से आवाज नहीं मिटती, बल्कि चुप्पी से मिटती है। तकलीफ सिर्फ आपको होगी, भूख भी आपको ही होगी, मन शांत रखोगे तो सुख भी आपको ही मिलेगा।
- खामोश रहने का अपना ही मजा है, नींव के पत्थर कभी बोला नहीं करते।
- खामोशी की तह में छुपा लीजिए सारी उलझनें, शोर कभी मुश्किलों को आसान नहीं करता।
- प्रत्येक स्थान और समय बोलने के योग्य नहीं होते, कभी-कभी मौन रह जाना बुरी बात नहीं।
- कभी-कभी मौन रह जाना सबसे तीखी आलोचना होती है।

## चौकस/चौकसी/सावधान/सावधानी/चौकन्ना

- कोई सराहना करे या निंदा, लाभ तुम्हारा ही है, क्योंकि प्रशंसा प्रेरणा देती है और निंदा सुधरने और सावधान होने का अवसर।
- सावधानी हटी, दुर्घटना घटी।

- सावधान रहो कि कहीं प्रतिबिंब पकड़ने की कोशिश में, वस्तु हाथ से न निकल जाए!
- अच्छा और बुरा वक्त, दोनों याद रखने चाहिए। बुरे वक्त में अच्छे वक्त की यादें सुकून देती हैं और अच्छे वक्त में बुरी यादें आपको चौकन्ना रखती हैं।
- सुखी रहना है तो दिखावे के अपनेपन से जरूर सावधान रहें।
- आप किसी का अच्छा करते रहो, पर ज्यादातर ऐसे आदमी को बेवकूफ समझते हैं, लेकिन अच्छा करना अपना ध्येय है तो ऐसी सोच से घबराने की जरूरत नहीं, पर ऐसे व्यक्ति से सावधान रहने की जरूरत जरूर है।

## चर्चा/विचार-विमर्श/बहस/बातचीत/संवाद/वाद-विवाद

- विचार-विमर्श बहस से ज्यादा अच्छा होता है, क्योंकि बहस में सही से पता नहीं चलता कि कौन गलत है, पर कौन सही है, यह विचार-विमर्श से पता चल जाता है।
- विचार-विमर्श के बगैर कोई बात एक बार बिगड़ती है तो बिगड़ती ही चली जाती है।
- खुद से बहस करोगे तो सारे सवालों के जवाब मिल जाएँगे और दूसरों से करोगे तो कई सवाल और खड़े हो जाएँगे।
- स्वाद और संवाद दोनों ही ठीक होने चाहिए; स्वाद खराब हो तो शरीर को नुकसान और संवाद खराब हो तो संबंधों को नुकसान।
- बोली बता देती है कि इनसान कैसा है? बहस बता देती है कि ज्ञान कैसा है? घमंड बता देता है कि कितना पैसा है? संस्कार बता देते हैं कि परिवार कैसा है?
- प्रेम की धारा बहती है जिस दिल में, चर्चा उसकी होती है हर महफिल में।
- कमाल करते हैं हमसे जलन रखनेवाले, महफिलें खुद की सजाते हैं और चर्चा हमारी करते हैं।
- माता, पिता, भगिनी, बंधु, स्त्री, पुत्र, पुत्री और सेवक-सेविका—इनके साथ वाद-विवाद मत करो।
- किसी भी बात पर वाद-विवाद बढ़ा कि मन का संतुलन नष्ट हुआ।

- किसी की भलाई–बुराई उस समय तक मालूम नहीं होती, जब तक वह बातचीत न करे।
- सुनना सीखो। तुम्हें उन लोगों से भी लाभ होगा, जिन्हें ठीक तरह बातचीत करना नहीं आता।
- वाद–विवाद में हठ और गरमी मूर्खता के पक्के प्रमाण हैं।
- चर्चा और आरोप—ये दो चीजें सिर्फ सफल या विफल व्यक्ति के स्वागत में होती हैं।
- बातचीत का पहला भाग है, सत्य; दूसरा, सुंदर समझ–बूझ; तीसरा, सुंदर विनोद और चौथा, वाक् चातुर्य।
- जो इनसान तौलकर बात नहीं करता, उसे विपरीत बातें सुनने को मिल सकती हैं।
- बहस में हम बहुधा अत्यंत नीतिपरायण बन जाते हैं, पर वास्तव में इसमें हमारा छुपा उद्देश्य यही होता है कि विपक्षी की बोलती बंद कर दें।
- कोई संवाद जब विवाद का रूप धारण कर लेता है तो वह अपने लक्ष्य से दूर हो जाता है।

## जड़/जुड़ा/जुड़ी/जुड़ना/जुड़ाव/जोड़/बिखराव

- यदि प्रेम को समझना है तो तन की नहीं, मन की आँखें खोलो, क्योंकि सच्चा प्रेम रूप से नहीं, भाव से जुड़ा होता है।
- नींव के पत्थर भवन नहीं देख पाते। परंतु भवन खड़ा होता है उन्हीं के भरोसे, जो नींव में गड़े हुए हैं।
- कमल ऐसी शुद्धता का प्रतीक है, जिसकी जड़ों में कीचड़ है, पर फूल गंदगी से ऊपर हैं। संसार में कमल की तरह खिले रहें और नकारात्मक चीजों का अपने पर असर न पड़ने दें।
- माला की तारीफ तो सब करते हैं, क्योंकि मोती सबको दिखाई देते हैं, लेकिन तारीफ के काबिल तो धागा है, जिसने सबको जोड़ रखा है। इसलिए केवल माला ही न बनें, बल्कि वो धागा भी बनें, जो सबको जोड़े।
- बिखरने के लाख बहाने मिल जाएँगे, आओ हम जुड़ने के बहाने भी ढूँढ़ें!

- पुल और दीवार एक ही सामान से बने होते हैं, लेकिन पुल लोगों को जोड़ता है और दीवार लोगों को अलग करती है।
- पतंग से सीखें कि ऊँचाई पर जरूर उड़ें, लेकिन वह तब तक ही सुरक्षित उड़ती है, जब तक जमीन से जुड़ी रहती है, अन्यथा टूटकर गिर जाती है।
- फूल चाहे कितनी भी ऊँची टहनी पर भी लग जाए, लेकिन मिट्‌टी से जुड़ा रहता है, तभी खिलता है।
- ताकत और पैसा जिंदगी के फल हैं, परिवार और मित्र जिंदगी की जड़ हैं। हम फल के बिना अपने आपको चला सकते हैं, पर जड़ के बिना खड़े नहीं हो सकते।
- जुड़ना बड़ी बात नहीं, जुड़े रहना बहुत बड़ी बात है।
- अपने सपनों को पूरा करने के लिए अपना रास्ता बदलें, लेकिन सिद्धांत नहीं, जैसेकि वृक्ष अपने पत्ते छोड़ता है, पर जड़ नहीं।
- वास्तव में जोड़ना जान जाओगे तो तोड़ोगे ही नहीं, क्योंकि खुद टूट जाते हैं अकसर जोड़नेवाले, लेकिन किसी को तोड़ेंगे नहीं।
- मिट्‌टी का गीलापन जिस तरह से पेड़ की जड़ को पकड़कर रखता है, ठीक वैसे ही मनुष्य का मधुर व्यवहार ही रिश्तों को पकड़कर रख पाता है।

## जल्दी/जल्दबाजी/शीघ्र/शीघ्रता

- जीवन के तीन मंत्र—आनंद में वचन मत दीजिए, क्रोध में उत्तर मत दीजिए और दुःख में निर्णय जल्दी मत लीजिए।
- जल्दी मिलनेवाली चीजें ज्यादा दिनों तक नहीं चलतीं और जो ज्यादा दिनों तक चलती हैं, वो जल्दी नहीं मिलतीं।
- नहीं और हाँ—ये दो छोटे शब्द हैं, लेकिन उनके लिए बहुत सोचना पड़ता है। हम जिंदगी में बहुत सी चीजों को खो देते हैं, 'नहीं' जल्दबाजी में बोलने पर और 'हाँ' देर से बोलने पर।
- अपनी कितनी भी बड़ी गलती के लिए हम जितना जल्दी खुद को माफ कर देते हैं, उतना ही जल्दी हमें दूसरों को भी माफ कर देना चाहिए।
- आत्मा जिस कार्य से सहमत न हो, उस कार्य के करने में शीघ्रता न करो।

## जहर/विष

- घमंड और गलतफहमी—ये दोनों इनसान के जीवन में जहर घोल देते हैं।
- बहुत डर लगता है मुझे उन लोगों से, जो बातों में मिठास और दिल में जहर रखते हैं।
- सिर्फ जहर से ही मौत नहीं होती, कुछ लोगों की बातें भी जहर से कम नहीं होतीं।
- संसार में मनुष्य एकमात्र ऐसा प्राणी है, जिसका जहर दाँतों में नहीं, बल्कि बातों में होता है।
- सीधे-सीधे जहर दे दो, लेकिन किसी को झूठी कसम, झूठा प्यार, झूठी तसल्ली और झूठा भरोसा मत देना।
- साँप के दाँत में, बिच्छू के डंक में और आदमी के मन में कितना जहर भरा है, यह बता पाना बहुत मुश्किल है।
- क्रोध, गुस्सा और नफरत, ये सब धीमे जहर हैं। इन्हें पीते हम खुद हैं और सोचते हैं, मरेगा कोई दूसरा!
- जहर में भी इतना जहर नहीं होता, जितना कुछ लोग दूसरों के लिए अपने अंदर रखते हैं।
- जहर से भी खतरनाक वो लोग हैं, जो अपना बताकर डँस लेते हैं।
- जहर और प्यार में ज्यादा फर्क नहीं होता। जहर पीकर लोग जी नहीं पाते और प्यार करके लोग जी नहीं पाते।
- अर्जुन ने कृष्ण से पूछा, 'जहर क्या है ?' कृष्ण ने जवाब दिया—हर वो चीज, जो जिंदगी में आवश्यकता से अधिक होती है, वही जहर है। फिर चाहे वो ताकत हो, धन हो, भूख हो, लालच हो, अभिमान हो, आलस हो, महत्त्वाकांक्षा हो, प्रेम हो या घृणा।

## जिद/अड़ियल

- कई बार सिद्धांत परेशानी का कारण बनते हैं। इसलिए हरेक चीज या जिद को सिद्धांत से नहीं बाँधना चाहिए।
- जिंदगी में जिद व्यक्ति को सहारा नहीं देती, बल्कि ऐसे गहरे गड्ढे में डाल देती है, जहाँ से निकलना मुश्किल हो जाता है।

- जिद से हुई गलतियों का अहसास केवल पछतावा नहीं है, बल्कि सोच और काम करने का तरीका जिम्मेदार है। उसका सबक तब मूल्यवान् है, जब आगे जिद के कारण गलतियाँ न करें।
- जिद ज्यादातर अहंकार, मनमर्जी और मूर्खता में बढ़ोतरी के कारण होती हैं।
- जिद, गुस्सा, गलती, लालच और अपमान खर्राटों की तरह होते हैं, जो दूसरा करे तो चुभते हैं, परंतु स्वयं करो तो अहसास तक नहीं होता।
- हमारी जिंदगी में हम ही सबसे बड़ी रुकावट बनते हैं, वो चाहे धीरज की कमी हो, मनमर्जी की आदत हो, जिद की तमन्ना हो, समझ का अभाव हो या ज्ञान की कमी हो।
- मूर्ख, अड़ियल और जिद्दी लोग अपने बारे में हमेशा पक्के होते हैं कि वे सही हैं, किंतु बुद्धिमान हमेशा सोचते रहते हैं कि मैं गलत तो नहीं हूँ!

## जिम्मेदार/जिम्मेदारी/उत्तरदायित्व

- लोग आपकी प्रशंसा करें या निंदा, इसकी चिंता छोड़ो। सिर्फ एक बात सोचो कि आपने अपनी जिम्मेदारी ईमानदारी से निभाई कि नहीं, क्योंकि आपको लोगों की नजर में नहीं, परमात्मा की नजर में महान् बनना है।
- विरासत में हर बार जागीर और सोना-चाँदी नहीं मिलता, कई बार जिम्मेदारियाँ भी मिलती हैं।
- जिम्मेदारियाँ भी तो इम्तिहान लेती हैं, जो जितना निभाता है, उसकी पहचान करती हैं।
- जिस कॉपी पर सब विषयों को सँभालने की जिम्मेदारी होती है, वो अकसर रफ बन जाती है। परिवार में जिम्मेदार व्यक्ति का भी यही हाल होता है।
- जिस पल आप अपने कामों की जिम्मेदारी लेते हैं, उसी पल आपके जीवन में परिवर्तन करने की शक्ति बढ़ना शुरू हो जाती है।
- जिस शरीर के साथ हम पैदा हुए, उसके जिम्मेदार हम नहीं, लेकिन जिस चरित्र, व्यक्तित्व व किरदार के साथ हम विदा होंगे, उसके जिम्मेदार हम स्वयं होंगे।
- जिनके ऊपर जिम्मेदारियों का बोझ होता है, उनको रूठने और टूटने का हक नहीं होता।

- दुनिया की सबसे बेहतर दवाई है जिम्मेदारी, एक बार पी लीजिए, जिंदगी भर थकने ही नहीं देती।
- मजबूरी देर रात जगाती है, जिम्मेदारी सुबह जल्दी उठा देती है।
- जिन्हें अपनी जिम्मेदारी समझ आ जाती है, उन्हें परेशानियाँ दूर-दूर तक नजर नहीं आती हैं।

## जीत/विजय

- खुद से नहीं हारेंगे तो अवश्य जीतेंगे।
- बस, दिल जीतने का मकसद रखो, दुनिया को जीतकर तो सिकंदर भी खाली हाथ ही गया।
- कई बार जिंदगी में बड़ी जीत हासिल करने के लिए छोटी-मोटी हार जरूरी होती हैं।
- काम, क्रोध, लोभ, मोह, अहंकार, ईर्ष्या, द्वेष, आलस्य, छल और हठ—इन दसों को जीतना तो दूर, नियंत्रण में भी कर लिया तो जीवन आबाद हो गया समझो।
- मनुष्य हजारों मनुष्यों को युद्ध में हजारों बार जीत ले, पर उससे बढ़कर युद्ध विजेता वह है, जिसने एक बार अपने पर विजय प्राप्त कर ली है।
- मनुष्य ने प्रकृति पर विजय प्राप्त करने में बड़ी योग्यता दरशाई है, परंतु उसके ऊपर शासन करने में वह बहुत ही पिछड़ा हुआ है।
- जीवन की लड़ाई में हमेशा शक्तिशाली या तेज व्यक्ति नहीं जीतता। जीतता तो वो है, जो यह सोचता है कि वो जीत सकता है।
- अगर मन में ठान लिया तो आधी जीत हो गई।
- दुनिया के रैनबसेरे में पता नहीं कितने दिन रहना है, जीत लो सबके दिलों को, बस यही जीवन का गहना है।
- जीवन में जीतने का सबसे बड़ा मूलमंत्र यही है कि अगर आप खुद से नहीं हारे तो जरूर जीत जाएँगे।
- हर जगह हम जीत चाहते हैं, लेकिन फूलवाले की दुकान ऐसी है, जहाँ हम कहते हैं कि 'हार' चाहिए, क्योंकि हम ईश्वर से 'जीत' नहीं सकते।

- जीत निश्चित हो तो अर्जुन कोई भी बन सकता है, परंतु जब मृत्यु निश्चित हो, तब अभिमन्यु बनने के लिए साहस चाहिए।
- उन लोगों पर खास ध्यान देना चाहिए, जो आपकी जीत से खुश नहीं होते।
- जीत हटने से नहीं, डटने से होती है।
- जीतने का मजा तब आता है, जब सभी लोग आपके हारने का इंतजार कर रहे हों।
- जीतने से पहले जीत और हारने से पहले हार कभी नहीं माननी चाहिए।
- अजीब सी दौड़ है ये जिंदगी। जीत जाओ तो कई अपने पीछे छूट जाते हैं और हार जाओ तो अपने ही पीछे छोड़ जाते हैं।
- तुम कभी नहीं जीतोगे, अगर तुम शुरुआत नहीं करोगे। जीतना या हारना परिणाम पर निर्भर है। आप शुरुआत तो कीजिए, ये आपकी जीत की ओर पहला कदम होगा।
- दौड़ में जीतनेवाले घोड़े को पता भी नहीं होता कि जीत वास्तव में क्या है? वो तो अपने मालिक के इशारे पर ही दौड़ता है, इसलिए यदि आपके जीवन में कभी कोई तकलीफ आए तो समझ लेना आपका मालिक आपको जिताना चाहता है।

## जीवन/जिंदगी/जिंदा

- चलनेवाले पैरों में कितना फर्क है? एक आगे तो एक पीछे, पर न तो आगेवाले को 'अभिमान' है और न पीछेवाले को 'अपमान', क्योंकि उन्हें पता होता है कि पलभर में ये बदलनेवाला होता है, इसी को जिंदगी कहते हैं।
- एक बुजुर्ग ने जिंदगी की नसीहत देते हुए किसी से पूछा कि कभी बर्तन धोए हैं? वह हैरान हुआ और सर झुकाकर कहा कि 'जी, धोए हैं।' पूछने लगे, 'क्या सीखा?' उसने कोई जवाब नहीं दिया। वो मुसकराए और कहने लगे, 'बर्तन को बाहर से कम और अंदर से ज्यादा धोना पड़ता है।' बस यही जिंदगी है।
- एक बेहतरीन जिंदगी जीने के लिए यह स्वीकार करना भी जरूरी है कि सबको 'सबकुछ' नहीं मिल सकता।
- मरते तो सभी हैं, लेकिन महत्त्वपूर्ण यह है कि आपने अपनी जिंदगी किस प्रकार गुजारी?

- जिंदगी में एक बात तो तय है कि तय कुछ भी नहीं है।
- एक ही समानता है पतंग और जिंदगी की ऊँचाई में। जब तक ऊँचाई बनी रहती है, तब तक ही वाह-वाह होती है।
- धरती पर क्रिया-कलाप देखने के लिए जिंदगी एक टिकट है।
- कुछ लोग जिंदगी होते हैं, कुछ लोग जिंदगी में होते हैं, पर कुछ लोग होते हैं तो जिंदगी होती है।
- मत सोच रे बंदे इतना जिंदगी के बारे में, जिसने जिंदगी दी है, उसने भी तो कुछ सोच रखा होगा तेरे बारे में?
- जिंदगी जबरदस्त है, इसे जबरदस्ती न जिएँ, बल्कि जबरदस्त तरीके से जिएँ।
- जिंदगी का आनंद अपने तरीके से ही लेना चाहिए। लोगों की खुशी के चक्कर में तो शेर को भी सर्कस में नाचना पड़ता है।
- जिंदगी एक बार ही सही, लेकिन ऐसे शख्स से जरूर मिलवाती है, जिसके साथ हम अपना सुख-दुःख बाँटना चाहते हैं।
- जिंदगी ऐसे जियो कि खुद को पसंद आ जाए, दुनियावालों की पसंद तो पल भर में बदलती है।
- जिंदगी और पतंग में एक ही समानता है, ऊँचाई पर हो, तब तक ही वाह-वाह होती है और गिरे तो शायद ही कोई पूछता है।
- जिंदगी खूबसूरत उनके लिए है, जो इसे सोचते नहीं सिर्फ जीते हैं।
- जिंदगी बेहतर तब होती है, जब आप खुश होते हैं, लेकिन जिंदगी बेहतरीन तब होती है, जब आपकी वजह से लोग खुश होते हैं।
- जिंदगी की हकीकत को बस इतना ही जाना है, दर्द में अकेले हैं और खुशी में जमाना है।
- जिंदगी सँवारने को तो जिंदगी पड़ी है, चलो वो लम्हा सँवार लेते हैं, जहाँ ज़िंदगी खड़ी है।
- जिंदगी की हर तपिश को मुसकराकर झेलिए, क्योंकि धूप कितनी भी तेज हो, वो समुद्र को सुखा नहीं सकती।
- जिंदगी का गणित बहुत बार हल करने का प्रयास करते हैं, लेकिन सुख-दुःख

का खाता कभी समझ ही नहीं आता। जब योग करेंगे तो समझ आएगा कि कर्मों के सिवाय कुछ भी बकाया नहीं बचता।

- जिंदगी कुछ साल के लिए पट्टे पर मिली है और रजिस्ट्री के चक्कर में न पड़ें। मस्त रहें, स्वस्थ रहें। चिंतामुक्त रहना है तो व्यस्त रहें।
- जिंदगी के इस रण में खुद ही कृष्ण और खुद ही अर्जुन बनना पड़ता है। रोज अपना ही सारथी बनकर जीवन का महाभारत लड़ना पड़ता है।
- जिंदगी के पाँच कड़वे सच—माँ के सिवाय कोई वफादार नहीं हो सकता; गरीब का कोई जल्दी दोस्त नहीं हो सकता; आज भी लोग अच्छी सोच को नहीं, अच्छी सूरत को तरजीह देते हैं; काफी लोगों की नजरों में इज्जत सिर्फ पैसे की है, इनसान की नहीं और जिस इनसान को अपना खास समझो, वही सबसे ज्यादा दु:ख देता है।
- जिंदगी के उतार-चढ़ाव के बाद भी अगर कोई इनसान आपका साथ नहीं छोड़ता तो उस इनसान की कद्र हमेशा करो।
- जिंदगी में एक-दूसरे जैसा होना आवश्यक नहीं, बल्कि एक-दूसरे के लिए होना आवश्यक है।
- जिंदगी में ऐसा कुछ करो कि काम दोनों का चलता रहे, आँधियाँ भी चलती रहें और दीया भी जलता रहे।
- जिंदगी में कुछ खोना पड़े तो ये याद रख लेना—जो खोया है, उसका गम नहीं, पर जो पाया है, वह किसी से कम नहीं; जो नहीं है, वह एक ख्वाब है, पर जो है, वह लाजवाब है।
- जिंदगी में उस इनसान को मत खोना, जो गुस्सा करके फिर खुद तुम्हारे पास आए।
- जिंदगी छोटी नहीं होती है, लोग जीना ही देरी से शुरू करते हैं। जब तक रास्ते समझ में आते हैं, तब तक लौटने का वक्त हो जाता है। बस यही जिंदगी है।
- जिंदगी तो सस्ती है, पर उसके गुजारने के तरीके महंगे हैं।
- जिंदगी तो जीने के लिए मिली थी, पर लोगों ने सोचने में गुजार दी।
- जिंदगी जब कठिन समय में नाच नचाती है तो ढोलक बजानेवाले अपनी जान-पहचानवाले ही होते हैं।

- भाग्य पहननेवाले जूतों से नहीं बनता, लेकिन वे कदम हमारी जिंदगी में आवश्यक हैं, जो जीवन में स्मरणीय और अर्थसूचक हों।
- जीवन में यह देखना महत्त्वपूर्ण नहीं कि कौन हमसे आगे है या कौन हमसे पीछे? इसके बजाय यह देखना चाहिए कि कौन हमारे साथ है और हम किसके साथ?
- ना तुम अपने आपको गले लगा सकते हो, ना ही तुम अपने कंधे पर सर रखकर रो सकते हो, एक-दूसरे के लिए जीने का नाम ही जिंदगी है।
- अच्छी जिंदगी एकदम नहीं आती। इसके लिए हर दिन प्रार्थना, विनम्रता, समर्पण और प्यार की जरूरत होती है।
- यही जिंदगी है; देते रहोगे तो सबको मीठे लगोगे, लेते रहोगे तो खारे लगोगे और अगर रुक गए तो सबको बेकार लगोगे।
- जीवन चाय बनाने जैसा है। सबसे पहले अपने अहं को उबालिए। अपनी चिंताओं को भाप बनाकर उड़ा दीजिए। अपने दुःखों को घुल जाने दीजिए। अपनी गलतियों को छान लीजिए। अब बस, खुशियों का स्वाद लीजिए।
- जीवन किसी चारदीवारी में कैद नहीं हो सकता।
- जीवन के प्रथम 40 साल तो मूल पाठ हैं और उसके बाद उसकी व्याख्या।
- जीवन में एक समय ऐसा भी आता है जब हमें तय करना होता है कि पन्ना पलटना है या किताब बंद करना है?
- यही है जीवन चक्र, देख दोनों रहे हैं, एक बीते हुए कल को और एक आनेवाले कल को।
- जैसे नदी बह जाती है और वापस नहीं आती, उसी तरह रात-दिन मनुष्य की आयु लेकर चले जाते हैं, फिर नहीं आते।
- जीवन एक ऐसा रंगमंच है, जहाँ किरदार को खुद नहीं पता कि अगला दृश्य क्या होगा?
- जीवन एक उपहार है और हम हर हालत में इसे बरबाद करने से बचें।
- जीवन का कोई रिमोट नहीं होता। उठो और इसे बदलने के लिए जुट जाओ।
- जीवन पथ में एक बार उलटी राह चलकर फिर सीधे मार्ग पर आना कठिन है।

- जीवन को केवल जीना नहीं, बल्कि उत्सव की तरह बिताना चाहिए।
- जीवन के दो मुख्य सिद्धांत हैं—चीजों का प्रयोग करें, लोगों का नहीं व लोगों से प्यार करें, चीजों से नहीं।
- जीवन के तीन मंत्र—आनंद में वचन मत दीजिए; दुःख में उत्तर मत दीजिए और क्रोध में निर्णय मत लीजिए।
- जीवन केवल पीछे देखकर ही समझा जा सकता है, लेकिन इसे आगे देखते हुए जीना चाहिए।
- जीवन में तीन चीजें हैं—जीतना, छोड़ना और बाँटना। दूसरों के दिलों को जीतना, बुरी चीजों को छोड़ना और खुशियों को बाँटना।
- जो कुछ भी हमने खो दिया है, वह जीवन नहीं है। हम अब क्या प्राप्त कर सकते हैं, यही जीवन है।
- असल में वही जीवन की चाल समझता है, जो सफर में धूल को गुलाल समझता है।
- खाने और सोने का नाम जीवन नहीं है। जीवन नाम है, सदैव आगे बढ़ते रहने की लगन।

## झगड़ा/विवाद/कलह

- चार से विवाद मत करो—मूर्ख से, पागल से, गुरु से और मात-पिता से।
- ऐसी वाणी बोलिए कि किसी से झगड़ा न होए, लेकिन उससे झगड़ा न करिए, जो तगड़ा होए।
- झगड़ो खूब, परंतु इतना नहीं कि जब कभी फिर दोस्ती करनी पड़े तो शर्मिंदगी महसूस हो।
- जो मनुष्य बिना विचारे हर किसी से लड़ाई-झगड़ा करता रहता है, ऐसा मनुष्य जल्दी नष्ट हो जाता है।
- लड़ाई-झगड़ा करने की बजाय समझौता कर लेना अच्छा है।
- कलह में सदा हानि दोनों पक्षों की होती है।
- जिंदगी में सारा झगड़ा ही ख्वाहिशों का है, ना तो किसी को गम चाहिए और ना ही किसी को कम चाहिए।

- हमारी जिंदगी में कुछ लोग ऐसे भी होते हैं, जिनसे कितना भी झगड़ा हो जाए, लेकिन उन्हें छोड़ना मुश्किल होता है।
- स्वाद और विवाद दोनों छोड़ देने चाहिए। स्वाद छोड़ो तो शरीर को फायदा और विवाद छोड़ो तो संबंधों को फायदा।
- जो दिल का सच्चा होगा, वह झगड़ा चाहे रोज कर ले, लेकिन छोड़कर कभी नहीं जाएगा।

## झूठ/असत्य/मिथ्या

- झूठी कसम से इनसान तो नहीं मरता, लेकिन भरोसा जरूर मरता है।
- झूठ बोलते हैं वो, जो कहते हैं, हम सब मिट्टी के बने हैं, मैं कई अपनों से वाकिफ हूँ, जो पत्थर के बने हैं।
- झूठ का कद कितना भी ऊँचा हो, पर सत्य के मुकाबले हमेशा छोटा ही होता है।
- झूठ है, छल है, कपट है, जंग है, तकरार है और सोचने पर लगता है कि अकसर क्या यही संसार है ?
- एक झूठ को छिपाने के लिए दस और झूठ बोलने पड़ते हैं।
- झूठी बात पर जो 'वाह' करेंगे, वही लोग आपको 'तबाह' करेंगे। जब चलना नहीं आता था, तब कोई गिरने नहीं देता था और जब चलना सीख लिया तो हर कोई गिराने में लगा है। यही जीवन की सच्चाई है।
- झूठे धोखे में रखनेवाले वादे करने की बजाय, इनकार करना ज्यादा अच्छा है।
- हो सके तो जीवन में दो काम कभी मत करना, एक झूठे इनसान से प्रेम और सच्चे इनसान से छल-कपट।
- सच बिकता नहीं, झूठ टिकता नहीं, सच रुकता नहीं और झूठ चलता नहीं।
- सच सर्जरी की तरह है, जो दर्द देकर हृदय को ठीक करती है और झूठ दर्दनिवारक (पेन किलर) की तरह है, जो कुछ राहत तो देता है, पर दुष्प्रभाव (साइड इफेक्ट) छोड़ देता है।
- दान करने से रुपया जाता है, लक्ष्मी नहीं। घड़ी बंद होने से घड़ी बंद होती है, समय नहीं। झूठ छुपाने से झूठ छुपता है, सच नहीं।

- आईना और परछाईं जैसे मित्र रखो, क्योंकि आईना कभी झूठ नहीं बोलता और परछाईं कभी साथ नहीं छोड़ती।
- असत्य को असत्य रूप में जान लेना भी सत्य का ही एक रूप है।
- लोग झूठे-सच्चे वचन कहकर कर्ज लेते हैं, कर्जा लेते समय बहुत सुख मिलता है, परंतु वह वापस नहीं किया जाता।
- मजबूत-से-मजबूत लोहा भी टूट जाता है, जिस प्रकार कई झूठे इकट्ठे हो जाएँ तो सच भी टूट जाता है।
- कठोर सत्य भले ही शिष्ट और विनम्र ढंग से कहा जाए, लेकिन उसे कहने के लिए प्रयुक्त शब्द संबंधित व्यक्ति को कड़वे ही लगेंगे। अगर हम सत्यवादी बनना चाहते हैं तो झूठे को झूठा ही कहना पड़ेगा।
- थोड़ा सा झूठ भी जीवन का नाश कर देता है, जैसे दूध को जहर की एक बूँद नष्ट कर देती है।
- द्विअर्थी शब्द बोलकर, किसी शब्द को विशेष जोर देकर या आँख के संकेत से भी असत्य बोला जा सकता है।
- कुछ सच तो हम पहले से जानते थे, बस देखना चाहते थे कि लोग कहाँ तक झूठ बोलते हैं।

## ठीक/सुधर/सुधार/सही/उचित

- सब कहते हैं, गलती सफलता की पहली सीढ़ी है, जबकि हकीकत में सफलता के लिए गलती में सुधार पहली सीढ़ी है।
- ठोकर इसलिए भी लगती है कि इनसान गिरकर कुछ सँभल-सुधार और सीख जाए।
- प्रत्येक विचार-विमर्श उस व्यक्ति को सीखने का अवसर देता है, जो 'सिद्ध' करने की बजाय 'सुधार' करने में आस्था रखता हो।
- कोई हमारी गलतियाँ निकाले तो हमें खुश होना चाहिए, क्योंकि कोई तो है, जो हमें सुधारने के लिए अपना 'समय' और 'दिमाग' दोनों लगा रहा है।
- किसी का सुधार उसके उपहास से नहीं, उसे नए सिरे से सोचने और बदलने का अवसर देने से होता है।

- किसी को गलत समझने से पहले आप संतुष्ट हो जाओ कि आप किस तरह से सही हैं!
- मित्र, पुस्तक, रास्ता और विचार गलत हों तो गुमराह कर देते हैं और यदि सही हों तो जीवन बना देते हैं।
- जिंदगी में हम कितने सही और कितने गलत हैं, ये सिर्फ दो ही शख्स जानते हैं—एक परमात्मा और दूसरी अंतरात्मा।
- हम कितने भी सही हों, फिर भी बेहतरी के लिए सुधार की गुंजाइश हमेशा बनी रहेगी।
- भूल होना प्रकृति है, मान लेना संस्कृति है और सुधार लेना प्रगति है।
- परवाह न करो, चाहे सारा जमाना खिलाफ हो, चलो उस रास्ते पर, जो सच्चा व सही हो।
- जो व्यक्ति सुधार नहीं कर सकता, उसे शिकायत करने का कोई अधिकार नहीं, क्योंकि जो व्यक्ति सुधार कर सकता है, वह कभी शिकायत नहीं करता।
- आप कब सही थे, इसे कोई याद नहीं रखता, लेकिन उनकी नजरों में आप कब गलत थे, इसे सब याद रखते हैं, भले ही वे वास्तव में सही न हों।
- अगर आप सही हैं तो कुछ भी साबित करने की कोशिश मत करो, बस सही बने रहो, गवाही वक्त खुद दे देगा।
- दुनिया में सबसे मुश्किल काम अपने आपको सुधारना है और सबसे आसान काम दूसरों की नुक्ताचीनी करना है।
- भीड़ हमेशा उस रास्ते पर चलती है, जो रास्ता आसान लगता है, लेकिन इसका मतलब यह नहीं कि भीड़ सही रास्ते पर चलती है।
- गलती करने के लिये कोइ भी एक समय सही नहीं और गलती सुधारने के लिए कोई भी समय बुरा नहीं है।

## डर/भय/डरपोक/कायर

- ईश्वर का भय ही ज्ञान का उदय है।
- मूर्ख भय से पहले ही डर जाता है, कायर भय के समय ही डरता है और साहसी भय के बाद डरता है।

- जिसे पराजित होने का भय है, उसकी हार निश्चित है।
- भय को नजदीक न आने दो। अगर वह नजदीक आए तो उस पर हमला कर दो, यानी भय से भागो मत, बल्कि इसका सामना करो।
- भय ही पतन और पाप का निश्चित कारण है।
- भय से तब तक ही डरना चाहिए, जब तक भय पास न आया हो। आए हुए भय को देखकर बिना शंका के उस पर प्रहार करना चाहिए।
- डर शरीर को नहीं, आत्मा को मारता है।
- डर को भगाने का सिर्फ एक ही तरीका है, जिस काम को करने से आपको डर लगता है, उसे बार-बार करो।
- डरपोक प्राणियों में सत्य भी गूँगा हो जाता है। वही सीमेंट जो ईंट पर चढ़कर पत्थर हो जाता है, मिट्टी पर चढ़ा दिया जाए तो मिट्टी हो जाता है।
- तब तक भय से डरना चाहिए, जब तक वह पास नहीं आता, परंतु भय को अपने निकट आता हुआ देखकर प्रहार करके उसे नष्ट करना ही उचित है।
- अपयश का भय सबसे बड़ा भय है।
- अगर बनाना चाहते हो खुद को बेहतर, तो डर के जीने से ज्यादा निडर होकर जीना सीखें।
- विजय के पास पहुँचकर कायर भी वीर हो जाते हैं, जैसे घर के समीप पहुँचकर थके हुए पथिक के पैरों में भी पर लग जाते हैं।
- यह संसार कायर पुरुषों के लिए नहीं है, इसलिए पलायन करने का प्रयास मत करो।
- कायर तभी धमकी देता है, जब वह सुरक्षित होता है।
- कठिन समय में समझदार व्यक्ति रास्ता खोजता है और कायर बहाना।

## ढोंग/पाखंड/बनावट/दिखावट/आडंबर

- ढोंग की जिंदगी से ढंग की जिंदगी ज्यादा अच्छी होती है।
- जो ढोंगी-पाखंडी धर्म-कर्म करते हैं, वे धर्म को ढाल बनाकर कुकर्म करते हैं।
- जो पाखंडी होता है, वह समाज और खुद को धोखा देता है।

- ढोंग की जिंदगी जीना एक कला है, लेकिन ढंग की जिंदगी जीने में ही भला है।
- बनावट, सजावट और दिखावट के कारण आई है लोगों में गिरावट।
- बनावट की बात ऐसी चुभती है कि सच्ची बात उसके सामने बिल्कुल फीकी लगती है।
- जो व्यक्ति सोने का बहाना कर रहा है, उसे आप उठा नहीं सकते।
- तुम्हारे खुद के दरवाजे की सीढ़ियाँ गंदी हैं तो पड़ोसी की छत पर पड़ी गंदगी का उलाहना मत दीजिए।
- दिखावे पर बहुत अधिक भरोसा मत करो।
- दुष्ट की बातें आडंबर से भरी रहती हैं और सज्जन की बातें शालीनता से भरी होती हैं।
- मुँह तक भरे घड़े की आवाज नहीं निकलती। आधा भरा घड़ा ही आवाज करता है।
- कलियुग की दुनिया है साहेब, कद्र उसकी नहीं होती, जो सच में रिश्ते निभाता है। कद्र उसकी होती है, जो दिखावा करता है।

## तकलीफ/कष्ट/दर्द/जख्म/वेदना/पीड़ा/घाव

- बहुत दर्द होता है दिल को, जब हमारा हमारे सामने कोई अपना नहीं रहता। इसलिए हरदम अपने को अपना बनाए रखें।
- कुछ तकलीफें हमारा इम्तिहान लेने नहीं, बल्कि हमारे साथ जुड़े लोगों की पहचान कराने आती हैं।
- इनसान को जीवन का असली रंग सिर्फ दर्द में ही महसूस होता है।
- किसी को दुःखी देखकर अगर आपको तकलीफ होती है तो यकीन मानिए, ईश्वर ने आपको इनसान बनाकर कोई गलती नहीं की।
- जिंदगी में यदि खुश रहना है तो अपने दर्द छुपाना सीख लो।
- जिस शख्स को अपना खास समझो, अकसर वही शख्स दुःख-दर्द देता है।
- साझेदारी करो तो किसी के दर्द की करो, क्योंकि खुशियों के तो दावेदार बहुत हैं।
- दोस्त हमदर्द होने चाहिए, दर्द देने के लिए तो सारी दुनिया बैठी है।

- दर्द उनकी बात से नहीं, उनकी बात सुनकर खुद से की हुई बात से होता है।
- दर्द कितना खुशनसीब है, जिसे अनुभव करते ही लोग अपनों को याद करते हैं! दौलत कितनी बदनसीब है, जिसे पाकर लोग अकसर अपनों को भूल जाते हैं!
- दर्द भी उन्हीं को मिलते हैं, जो हर रिश्ता दिल से निभाते हैं।
- दुःख-तकलीफ भगवान् की बनाई हुई वह प्रयोगशाला है, जहाँ आपकी काबिलीयत और आत्मविश्वास को परखा जाता है।
- जरूरी नहीं कि हमेशा बुरे कर्मों की वजह से ही दर्द सहने को मिलें, कई बार अच्छे होने की भी कीमत चुकानी पड़ती है।
- जीवन में चार चीजें मत तोड़िए—विश्वास, रिश्ता, हृदय और वचन, क्योंकि ये सब टूटते हैं तो आवाज नहीं आती, पर दर्द बहुत होता है।
- मरहम लगा सको तो किसी गरीब के जख्मों पर लगा देना, हकीम बहुत हैं बाजार में अमीरों के इलाज के लिए।
- जीवन में कितना कुछ खो गया, इस पीड़ा को भूलकर क्या नया कर सकते हैं, इसी में जीवन की सार्थकता है।
- दूसरों का भला करनेवाले मनुष्य को ज्यादा कष्ट और तकलीफें झेलनी पड़ती हैं, क्योंकि यह सच है कि फल देनेवाले पेड़ों को ही सबसे ज्यादा पत्थरों की मार झेलनी पड़ती है।
- 'वेद' पढ़ना आसान हो सकता है, लेकिन जिस दिन आपने किसी की 'वेदना' को पढ़ लिया तो समझो आपने ईश्वर को पा लिया।
- व्यथा और वेदना की पाठशाला में जो पाठ सीखे जाते हैं, वे पुस्तकों, विद्यालयों और विश्वविद्यालयों में नहीं मिलते।
- अपने दर्द की गाथा गाना बहुत आसान है, मगर खुद सब सहकर दर्द बाँटना जरा मुश्किल काम है।
- लाख जमाने भर की डिग्रियाँ हों हमारे पास, अगर अपनों की तकलीफ न पढ़ पाए तो अनपढ़ हैं हम।
- दर्द चाहे कितना भी बुरा हो, कुछ सिखाकर ही जाता है।

- रेस में जीतनेवाले घोड़े को तो पता भी नहीं होता कि जीत वास्तव में क्या है, वो तो अपने मालिक द्वारा दी गई तकलीफ की वजह से ही दौड़ता है। इसलिए यदि आपके जीवन में कभी कोई तकलीफ आए तो समझ लेना कि आपका मालिक आपको जिताना चाहता है।
- अपनी पीड़ा तो पशु–पक्षी भी महसूस करते हैं, लेकिन मनुष्य वही है, जो दूसरों की पीड़ा का अनुभव करे।
- लोग भी बहुत कमाल के हैं, फिल्मों और नाटकों में किसी के दर्द को देखकर रो पड़ते हैं, लेकिन असली जिंदगी में किसी के दुःख–दर्द को नाटक समझते हैं।
- वंचित से तो संचितवाला ज्यादा अच्छा होता है, और ज्यादा सुख तलाशने की कोशिश नहीं करनी चाहिए। वंचित रहते तो शायद ज्यादा पीड़ा होती और अगर कहीं कम पीड़ा है, तो वो भी आनंद है।
- अपनी पीड़ा के लिए संसार को दोष मत दीजिए, अपने मन को समझाओ, तुम्हारे मन का परिवर्तन ही तुम्हारे दुःखों का अंत है।
- रोगी को देख आना एक बात है, दवा लाकर उसे देना दूसरी बात है। पहली बात शिष्टाचार से होती है, दूसरी सच्ची संवेदना।
- जो जाहिर करना पड़े, वो दर्द कैसा और जो दर्द न समझ सके, वो हमदर्द कैसा?

## तन/शरीर/देह

- शरीर को रोगी और दुर्बल रखने के समान दूसरा कोई पाप नहीं है।
- नख से शिखा पर्यंत यह सारा शरीर दुर्गंध से भरा हुआ है, फिर भी मनुष्य बाहर से इस पर तरह–तरह के सौंदर्य प्रसाधन, चंदन, कपूर आदि का लेप करता है।
- शरीर तेरा नहीं, तुझे सौंपी गई ईश्वर की वस्तु है। अतः उसकी रक्षा के लिए तुझे अवश्य समय देना चाहिए।
- सोच का प्रभाव मन पर होता है, मन का प्रभाव तन पर होता है, तन और मन दोनों का प्रभाव सारे जीवन पर होता है, इसलिए सदा अच्छा सोचें और हँसते-मुसकराते रहें।
- तन की खूबसूरती भ्रम है। सबसे खूबसूरत आपकी वाणी है। चाहे तो दिल जीत ले, चाहे तो दिल चीर दे।

- तन जितना घूमता रहे, उतना स्वस्थ रहता है और मन जितना स्थिर रहे, उतना ही स्वस्थ रहता है।
- जल से शरीर शुद्ध होता है, सत्य से मन, विद्या और तप से आत्मा तथा ज्ञान से बुद्धि शुद्ध होती है।
- अपने शरीर का ध्यान रखें। यह वही स्थान है, जहाँ आपको रहना है।
- देह एक रथ है, इंद्रियाँ उसके घोड़े, बुद्धि सारथी और मन लगाम।

## तनाव

- एक स्वस्थ व्यक्ति के दिमाग में बेवजह का तनाव एक असाध्य रोग के समान होता है।
- मानसिक तनाव व अवसाद की स्थिति काफी चुनौतिपूर्ण होती है। अगर इससे जल्दी-से-जल्दी बाहर नहीं निकले तो एक-न-एक दिन यह भयानक रूप दिखा देते हैं। इसलिए इनसे बचाव बहुत जरूरी है।
- चिंता और तनाव में इनसान तभी होता है, जब वो खुद के लिए कम और दूसरों के लिए ज्यादा जीता है।
- फुरसत के लम्हों में स्वयं से पूछें कि जिस बात के लिए इतना तनाव लिया है, क्या वह वास्तव में आवश्यक है?
- तनाव का अर्थ है कि आप और कुछ होना चाहते हैं, जोकि आप नहीं हैं।
- तनाव में न रहें। अपनी तरफ से बेहतर करें और बाकी को भूल जाएँ।
- जीवन के ज्यादातर तनाव उसके साथ बरताव पर निर्भर है। अगर अपने दृष्टिकोण को जीवन के अनुकूल बनाएँगे तो तनाव खुद-ब-खुद विदा होना आरंभ हो जाएगा।
- जीवन जितना सादा रहेगा, तनाव उतना ही आधा रहेगा।
- आवेशों के क्षण में होनेवाला व्यवहार ही हमारे लिए तनाव का मूल कारण बनता है।
- अत्यधिक तनाव हर चीज को तोड़ देता है, चाहे वो इनसान हो या सामान।
- तनाव से केवल समस्याएँ जन्म ले सकती हैं। समाधान खोजना है तो मुसकराना पड़ेगा।

- जीवन में कुछ भी स्थायी नहीं है, इसलिए स्वयं को अधिक तनावग्रस्त न करें, क्योंकि परिस्थितियाँ चाहे कितनी भी खराब हों, बदलेंगी जरूर।

## त्याग/बलिदान

- जिस त्याग से अभिमान उत्पन्न होता है, वह त्याग नहीं है। जिस त्याग से शांति उत्पन्न होती है, वह त्याग है। अत: अभिमान का त्याग ही सच्चा त्याग है।
- बड़े लक्ष्य के लिए आपका त्याग भी बड़ा होना चाहिए।
- महात्मा बुद्ध ने महल का त्याग किया शांति की तलाश में, कहीं हम शांति का त्याग तो नहीं कर रहे हैं महल की तलाश में।
- महान् लक्ष्य के लिए किया गया कोई भी बलिदान व्यर्थ नहीं जाता।
- जिसमें त्याग का भाव नहीं, वह सेवा का काम सही से नहीं कर सकता।
- जिसमें त्याग है, वही सही अर्थों में प्रसन्न है, बाकी सब गम का घर है।
- जिसने इच्छा का त्याग किया है, उसे घर छोड़ने की क्या आवश्यकता है और जो इच्छाओं का बंधुआ है, उसको वन में रहने से क्या लाभ हो सकता है ? सच्चा त्यागी जहाँ रहे, वहीं वन और वहीं वन-कंदरा हैं।
- जिन्होंने सबकुछ त्याग कर दिया है, वे मुक्ति के मार्ग पर हैं, बाकी सब मोहजाल में फँसे हुए हैं।
- निद्रा, तंद्रा, भय, क्रोध, आलस्य और दीर्घसूत्रता इन अवगुणों को उन्नति के इच्छुक लोगों को अवश्य त्याग देना चाहिए।
- परस्त्री, परधन, परनिंदा, परिहास और बड़ों के सामने चंचलता—इनका त्याग करना चाहिए।
- त्याग का अभिमान धन के अभिमान से भी ज्यादा खतरनाक है।
- त्याग अपने कुटुंब और परिजन के लिए सभी करते हैं, पर जो सबके लिए त्याग करे, वही प्रशंसनीय है।
- जो मित्र सामने मीठा बोलते हैं और पीठ पीछे काम बिगाड़ते हैं, ऐसे मित्रों को त्याग देने में ही भलाई है।
- त्याग से भी इज्जत और बड़प्पन मिलता है।

- त्याग का प्रेम के साथ गहरा रिश्ता है। प्रेम के बिना त्याग नहीं और त्याग के बिना प्रेम असंभव है।
- यश त्याग से मिलता है, धोखाधड़ी से नहीं।

## तर्क/कुतर्क

- तर्क केवल बुद्धि का विषय है, हृदय की सिद्धि तक बुद्धि नहीं पहुँच सकती। जिसे बुद्धि माने, मगर हृदय न माने, वह तजने लायक है।
- तर्क के द्वारा विश्व के कष्टों से मुक्ति नहीं मिलती।
- तर्क के कटु और कड़े शब्द दुर्बल कारण को दरशाते हैं।
- मूर्खों के पाँच लक्षण होते हैं—गर्व (अहंकार), दुर्वचन (कटु वाणी बोलना), क्रोध, कुतर्क और दूसरों के कथन का अनादर।
- गलती हर इनसान से होती है, लेकिन जब हम गलती छुपाते हैं या उस पर मुलम्मा चढ़ाने के लिए कुतर्क करते हैं या झूठ बोलते हैं, तो वह खतरनाक धोखा है।
- सादगी परम सौंदर्य है, क्षमा उत्कृष्ट बल है, विनम्रता सबसे अच्छा तर्क है और दोस्ती सर्वश्रेष्ठ रिश्ता है।

## तलाश/खोज

- हर इनसान में 'खूबी और खामी' दोनों ही होती हैं। जो तराशता है, उसे खूबी नजर आती है और जो तलाशता है, उसे खामी नजर आती है।
- सच्चाई और अच्छाई की तलाश में पूरी दुनिया घूम लें, अगर वह हमारे अंदर नहीं तो कहीं भी नहीं है।
- उजालों में मिल जाएगा कोई-न-कोई, तलाश उसकी रखो, जो अँधेरों में भी साथ दे।
- दुनिया की चीजों में सुख की तलाश फिजूल है। आनंद का खजाना तो हमारे अंदर है।
- जब आप खुद को तराशते हैं, तब दुनिया आपको तलाशती है।
- आशावादी हर कठिनाई में अवसर देखता है, पर निराशावादी प्रत्येक अवसर में कठिनाइयाँ ही खोजता है।

- अगर आपको सफल होना है तो सफलता को मत खोजिए। अपनी क्षमता, धैर्य और एकाग्रता पर ध्यान दीजिए, सफलता आपको स्वयं खोज लेगी।

## ताकत/सामर्थ्य/शक्ति/हैसियत/ताकतवर/शक्तिशाली/बलवान/क्षमता

- धैर्य, ज्ञान और सज्जनता भी एक तरह की शक्ति है।
- इतना ऊँचा उड़ने का प्रयास मत करो कि अंत में थककर पाताल में गिरना पड़े। उतना ही उड़ो, जितनी तुम्हारे भीतर शक्ति है।
- जो मनुष्य अपनी शक्ति के अनुसार बोझ लेकर चलता है, वह जल्दी से गिरता नहीं और दुर्गम रास्तों में उसके साथ अनिष्ट की संभावना भी काफी कम होती है।
- ईश्वर से हम जितना संबंध जोड़ेंगे, उतनी ही शक्ति हमें प्राप्त होगी, क्योंकि शक्ति वहीं से आती है।
- बहुमत या तलवार के जोर से मिली हुई ताकत सच्ची ताकत नहीं है। वास्तव में सच्चाई ही सच्ची ताकत है।
- मनुष्य का आनंद इस रहस्य में है कि वह अपनी शक्ति सड़ने न दे।
- मनुष्य को चामत्कारिक शक्तियाँ कठिन कार्य करने से प्राप्त नहीं होतीं, बल्कि इस कारण प्राप्त होती हैं कि वह कार्य शुद्ध हृदय से करता है।
- हैसियत का कभी अभिमान मत करना, उड़ान जमीन से शुरू होकर जमीन पर ही समाप्त होती है।
- सबसे बड़ी कठिनाई में से सबसे बड़ी शक्ति निकलती है।
- उन्हें धन्यवाद जरूर करें, जिन्होंने आपके साथ बुरा किया, क्योंकि अनजाने में ही सही, उन्होंने आपको सशक्त बना दिया।
- उनसे ज्यादा कमजोर कोई नहीं, जिन्हें स्वयं अपने सामर्थ्य पर भरोसा नहीं।
- जो दूसरों पर विजय पाता है, वह शक्तिशाली है। जो स्वयं पर विजय प्राप्त करता है, वह उससे भी ज्यादा शक्तिशाली है।
- जो व्यक्ति शक्ति न होते हुए भी मन से हार नहीं मानता, उसको दुनिया की कोई भी ताकत नहीं हरा सकती।
- अपनी शक्ति में विश्वास रखना ही शक्तिमान होना है।

- अपनी शक्ति पर विश्वास रखना भी एक तरह से शक्तिवान होना है। उनसे ज्यादा कमजोर कोई नहीं, जिन्हें स्वयं पर या अपने सामर्थ्य पर भरोसा नहीं।
- आपको शक्तिशाली बनना है, इसलिए नहीं कि आप किसी को दबा सको। आपको शक्तिशाली इसलिए बनना है, ताकि कोई आपको दबा न सके।
- आत्मसम्मान, आत्मज्ञान, आत्मसंयम—ये तीनों ही जीवन को परम शक्ति की ओर ले जाते हैं।
- जो व्यक्ति अपनी शक्ति के अनुसार बोझ लेकर चलता है, वह किसी भी जगह गिरता नहीं है और न ही दुर्गम रास्तों पर उसके साथ अनिष्ट होता है।

## तारीफ/प्रशंसा/प्रशंसक/कीर्ति

- ध्यान रखें कि प्रशंसा से अहंकार का जन्म न हो। अहंकार से ज्यादा नुकसान होने की संभावना है।
- इज्जत और तारीफ माँगी नहीं जाती है, कमाई जाती है।
- किसी की प्रशंसा में अपना समय खराब करने की बजाय उसके गुण अपने अंदर लाने की कोशिश करें।
- किसी की प्रशंसा बिना सोचे-समझे करना, पर अपमान सोच-समझकर करना।
- किसी की तारीफ करने के लिए जिगर चाहिए, बुराई तो बिना हुनर के किसी की भी की जा सकती है।
- प्रशंसा इनसान में उत्साह जगाती है, पर उससे घमंड भी पैदा होता है। यह हम पर निर्भर करता है कि उसे उत्साह के रूप में लेते हैं या अपने अहं को बढ़ाते हैं?
- प्रशंसा की भूख योग्यता की परिचायक है। काबिलीयत की तारीफ तो विरोधियों के भी दिल से निकलती है।
- प्रशंसा से पिघलना मत, आलोचना से उबलना मत। निस्स्वार्थ भाव से कर्म करिए, क्योंकि इस धरा पर सब धरा-का-धरा रह जाएगा।
- प्रशंसा की भूख, जिसे लग जाती है, वह कभी तृप्त नहीं होता।
- प्रशंसा के लिए नहीं, बल्कि प्रसन्नता के लिए काम करो, क्योंकि प्रसन्नता ही सबसे बड़ी प्रशंसा है।
- प्रशंसा के वचन साहस बढ़ाने की अचूक औषधि हैं।

- प्रशंसा भाग्य से मिलती है और ईमानदार आप खुद बन सकते हैं।
- प्रशंसा से प्रेरणा और निंदा से हमें सँभलने का अवसर मिलता है।
- प्रशंसा वह हथियार है, जिससे शत्रु भी मित्र बनाया जा सकता है।
- प्रशंसा वो शराब है, जिसे लोग कान से पीते हैं। इसकी छोटी मात्रा मदमस्त करती है और ज्यादा मात्रा आसमान की सैर करवाकर धरातल पर पटकती है।
- सही प्रशंसा आदमी का हौसला बढ़ाती है और अधिक प्रशंसा आदमी को लापरवाह बनाती है।
- दूसरों के द्वारा प्रशंसा पाने की अपेक्षा अपने कामों से यश पाना अधिक अच्छा है।
- जो वीरता से भरा है, जिसका नाम लोग बड़े गौरव से लेते हैं, शत्रु भी जिसके गुणों की प्रशंसा करते हैं, वही पुरुष वास्तव में पुरुष है।
- जैसे चाँदी की परख कुठाली पर और सोने की परख भट्ठी में होती है, वैसे ही मनुष्य की परख लोगों के द्वारा की गई प्रशंसा से होती है।
- नसीहत वह सच्चाई है, जिसे हम कभी गौर से नहीं सुनते और तारीफ वह धोखा है, जिसे हम पूरे ध्यान से सुनते हैं।
- आप कामयाब तभी हैं, जब लोग आपके सामने नहीं, आपकी पीठ पीछे प्रशंसा करें।
- अगर तुम चाहते हो कि लोग तुम्हारी बड़ाई करें तो अपने मुँह से अपनी प्रशंसा मत करो।
- लोग बुराई करें और आप दुःखी हो जाओ। लोग तारीफ करें और आप सुखी हो जाओ। मतलब आपके सुख-दुःख का बटन लोगों के हाथ में है। कोशिश करें कि यह बटन आपके हाथ में ही हो।
- उन व्यक्तियों के जीवन में आनंद और शांति कई गुणा बढ़ जाती है, जिन्होंने प्रशंसा और निंदा में एक जैसा रहना सीख लिया हो।
- प्रशंसा ऐसा विष है, जिसे अल्प मात्रा में ही ग्रहण किया जाना चाहिए।
- आलोचना में छिपा हुआ सत्य और प्रशंसा में छिपा हुआ झूठ यदि मनुष्य समझ जाए तो आधी समस्याओं का समाधान अपने-आप हो जाए।

## तुलना/संतुलन/संतुलित/तालमेल

- यदि हम गुलाब की तरह खिलना चाहते हैं तो काँटों के साथ तालमेल की कला सीखनी होगी।
- कभी-कभी हमें जिंदगी के साथ भी प्रयोग करना चाहिए, इसलिए जिंदगी और काम के बीच संतुलन होना चाहिए।
- मनुष्य का जोश और होश तराजू के दो पलड़ों के समान होते हैं। जब एक बढ़ता है तो दूसरा उसी अनुपात में घटता है। सफलता का मूल इनके संतुलन से ही बनता है।
- किसी के जीवन से अपनी तुलना मत कीजिए। सूर्य और चंद्रमा के बीच कोई तुलना नहीं हो सकती और दोनों अपनी बारी आने पर चमकते हैं।
- जिंदगी का एक नाम संतुलन भी है और यह विचारों में भी होना चाहिए।
- प्रकृति हो या जीवन, तूफान तभी आते हैं, जब संतुलन बिगड़ता है।
- संतुलन साधने की कला जीवन में बहुत काम आती है।
- सबके साथ हमारे संबंधों के संतुलन की कला का नाम ही जीवन है।
- समय का सदुपयोग ही जीवन में सफलता और संतुलन लाता है।
- सुख में न ज्यादा इतराना और दुःख में न ज्यादा घबराना—जिंदगी में इन दोनों पहलुओं में संतुलन बनाना जरूरी है।
- तुलना के खेल में मत उलझो, क्योंकि इस खेल का कहीं कोई अंत नहीं। जहाँ तुलना की शुरुआत होती है, वहीं से आनंद और अपनापन खत्म होता है।
- जीवन में कभी किसी से अपनी तुलना मत करो। आप जैसे हैं, सर्वश्रेष्ठ हैं। ईश्वर की यह रचना अपने आपमें सर्वोत्तम हैं, अद्भुत हैं।
- जीवन में संतुलन होना महत्त्वपूर्ण है। अगर संतुलन नहीं होगा तो आपका अपना शरीर और मन आपके खिलाफ काम करने लग जाएँगे।
- चील की ऊँची उड़ान देखकर चिड़िया कभी चिंता नहीं करती और वो अपने आस्तित्व में मस्त रहती है, मगर इनसान, इनसान की ऊँची उड़ान देखकर बहुत जल्दी चिंता में आ जाता है। इसलिए तुलना से बचें और खुश रहें।
- अर्थ ही सबकुछ नहीं, पर अर्थ से सार्थकता आती है। अर्थ के बिना सब अनर्थ

और व्यर्थ हो जाता है और अधिक अर्थ भी अनर्थ कराता है। अतः संतुलन ही जगत् और जीवन का शाश्वत सिद्धांत है।

- अपनी जिंदगी की तुलना किसी से न करना, क्योंकि दो कहानी किसी की एक जैसी नहीं हो सकतीं।
- आप अपनी तुलना किसी से मत कीजिए। अगर ऐसा करते हैं तो आप खुद की बेइज्जती कर रहे हैं।

## दिल/हृदय/चित्त/कलेजा

- हृदय बहुत ही मूल्यवान् स्थान है। प्रयत्न करें कि इसमें वही रहे, जो इसमें रहने के योग्य हो।
- शब्दों में अद्‌भुत शक्ति होती है। किसी की सहायता करने की, जख्म भरने की और दिल पर चोट करने की। जरूरत है, इस शक्ति का उपयोग करो।
- बादशाह वो नहीं होता, जो सिंहासन पर बैठकर राज करता है, असली बादशाह तो वो होता है, जो धड़कनों पर राज करता है।
- मन ऐसा रखो कि किसी को बुरा न लगे, दिल ऐसा रखो कि किसी को दुःखी न करे और रिश्ता ऐसा रखो कि उसका अंत न हो।
- किसी को अपना बनाओ तो दिल से बनाओ, जुबान से नहीं। किसी पर गुस्सा करो तो जुबान से करो, दिल से नहीं, क्योंकि सुई में वही धागा प्रवेश कर सकता है, जिस धागे में गाँठ नहीं हो।
- किसी भी मौसम में खरीद लीजिए, दिल के जख्म सदा ताजा मिलेंगे।
- दिन में एक बार अपने दिल की अदालत में जरूर जाया करो। सुना है, वहाँ कभी गलत फैसले नहीं होते।
- दिल बड़ा होना चाहिए, बाकी बातें तो सब बड़ी-बड़ी करते हैं।
- दिल की शुद्धता संसार का सबसे बड़ा मंदिर है। इसलिए चेहरे से ही नहीं, बल्कि दिल से मुसकराइए।
- दिल सागर जैसा रखोगे तो भाव रूपी नदियाँ खुद ही मिलने आएँगी।
- चित्त की शुद्धि और सद्‌गुणों की वृद्धि—इन दोनों खास बातों पर हमें जोर देना चाहिए।

- जिंदगी की परीक्षा में कोई अंक नहीं मिलते। लोग आपको दिल में जगह दे दें तो समझ लेना आप सफल हो गए।
- हर बात दिल से लगाओगे तो रोते रह जाओगे। इसलिए सुखी रहने के लिए ज्यादा भावुक और हर बात को दिल से न लगाएँ।
- संबंधों को मधुर वाणी और आकर्षक चेहरे की जरूरत नहीं, बल्कि सुंदर हृदय और अटूट विश्वास की जरूरत होती है।
- सबकी जिंदगी में एक ऐसा शख्स जरूर होता है, जो किस्मत में नहीं, लेकिन दिल और दिमाग में हर वक्त रहता है।
- उम्र में चाहे कोई बड़ा हो या छोटा हो, लेकिन वास्तव में बड़ा तो वही है, जिसके दिल में सबके लिए प्रेम, स्नेह और सम्मान की भावना हो।
- उन इनसानों से सँभलकर रहें, जिनके दिल में भी दिमाग होता है।
- दो बोल प्यार के, क्या कमाल दिखाते हैं, लगते हैं दिल पर और चेहरे खिल जाते हैं!
- दुनिया का खूबसूरत पौधा विश्वास का होता है, जो जमीन पर नहीं, दिलों में उगता है।
- दुनिया में सिर्फ दिल ही है, जो बिना आराम किए काम करता है। उसे खुश रखो, चाहे वो अपना हो या अपनों का।
- चेहरे की बजाय दिल से मुसकराएँगे तो आनंद कई गुना बढ़ जाएगा।
- जमीन पर मकान बनाना आसान है, पर दिल में जगह बनाने में जिंदगी गुजर जाती है।
- जीवन में मेहनत करने से दिमाग साफ रहता है और सत्य बोलने से दिल साफ रहता है।
- न हथियार से मिलती है, न अधिकार से मिलती है, दिलों में जगह आपके व्यवहार से मिलती है।
- झुकना जरूर, लेकिन सिर्फ उनके सामने, जिनके दिल में आपको झुकता देखने की जिद न हो।
- जिस तरह काँच का टुकड़ा चटकने पर तेज धार के छुरे की तरह हो जाता है, उसी तरह की अवस्था इनसान के टूटे हुए दिल की है।

## दीपक/दीया

- क्रोध हवा का वह झोंका है, जो बुद्धि के दीपक को बुझा देता है।
- यह महत्त्वपूर्ण नहीं है कि दीपक मिट्टी का है या सोने का, बल्कि वो अँधेरे में प्रकाश कितना देता है, यह महत्त्वपूर्ण है। उसी तरह यह महत्त्वपूर्ण नहीं है कि मित्र गरीब है या अमीर, बल्कि वो आपकी मुसीबत में कितना साथ देता है, यह महत्त्वपूर्ण है।
- वजूद सबका है अपना-अपना। सूर्य के सामने दीपक का न सही, पर अँधेरे के आगे भी बहुत-कुछ है, जो प्रकाश के बावजूद भी है।
- दीपक बोलता नहीं, उसका प्रकाश परिचय देता है। ठीक उसी प्रकार आप अपने बारे में कुछ न बोलें, अच्छा कर्म करते रहें, वही आपकी परिचय देंगे।

## दुआ/शुभकामना/आशीर्वाद

- किसी के बुरे वक्त में उसका हाथ पकड़ो, सहारा दो और उसे हिम्मत दो, क्योंकि बुरा वक्त तो थोड़े समय में चला जाएगा, लेकिन वो आपको जिंदगी भर दुआ देता रहेगा।
- हवाएँ अगर मौसम का रुख बदल सकती हैं तो दुआएँ भी मुसीबत के पल बदल सकती हैं।
- चित्त की सारी कामनाएँ आशीर्वाद में समा जाती हैं।
- जिनका व्यवहार अच्छा और दिल छू लेनेवाला होता है, उनके लिए दुआएँ अपने आप निकल आती हैं।
- हे ईश्वर, मुझे आशीर्वाद देना हो तो यह दे दीजिए कि मुझसे नाराज रहनेवालों की संख्या हमेशा शून्य रहे।
- सिर झुकाने की खूबसूरती भी क्या कमाल की होती है, धरती पर सिर रखो और दुआ आसमान से कबूल हो जाती है।
- सारी उम्र सबक याद रखना—दोस्ती और दुआ में नीयत साफ रखना।
- दो ही चीजें ऐसी हैं, जिन्हें देने में किसी का कुछ नहीं जाता। एक मुसकराहट और दूसरी दुआ, जिन्हें हमेशा जितना बाँटते रहेंगे, वो उतनी ही बढ़ती रहेंगी।

- दुनिया में रहने की सबसे अच्छी दो जगह—या तो किसी के दिल में या किसी की दुआओं में।
- दुनिया में सबसे तेज रफ्तार दुआओं की होती है, जो जुबान तक पहुँचने से पहले ही ईश्वर तक पहुँच जाती हैं।
- दुआएँ जमा करने में लग जाओ। खबर पक्की है, दौलत, घमंड और शोहरत साथ नहीं जाएँगे।
- दुआएँ लगातार मिलती रहें जीवन में, दवा तो मोल भी मिल जाती है बाजार में।
- जब बगैर किसी वजह के खुशी महसूस करो तो कोई-न-कोई, कहीं-न-कहीं, तुम्हारे लिए दुआ कर रहा है।
- जब आप धन कमाते हैं तो घर में चीजें आती हैं, लेकिन जब आप दुआएँ कमाते हैं तो धन के साथ-साथ खुशी, सेहत और प्यार भी लेकर आती हैं।
- जो दूसरों को अपनी दुआओं में जगह देते हैं, खुशियाँ सबसे पहले उनके दरवाजे पर ही दस्तक देती हैं।
- जो बात दवा से न हो सके, वो बात दुआ से होती है।
- अच्छे किरदार और अच्छी सोचवाले लोग हमेशा याद रहते हैं, दिलों में भी, लफ्जों में भी और दुआओं में भी।
- झुकने का अर्थ यह कदापि नहीं होता कि आपने अपना सम्मान खो दिया। हर कीमती वस्तु को उठाने के लिए झुकना ही पड़ता है। बड़ों-बुजुर्गों का आशीर्वाद भी इनमें से एक है।
- भरोसा और आशीर्वाद कभी दिखाई नहीं देते, लेकिन असंभव को संभव बना देते हैं।

## दुःख/दुःखी/खिन्न/उद्विग्न/व्यथा/क्लेश/शोक/वेदना

- एक बार अर्जुन ने श्रीकृष्ण से कहा, 'इस दीवार पर कुछ ऐसा लिखो कि खुशी में पढ़ूँ तो दुःख हो और दुःख में पढ़ूँ तो खुशी हो।' प्रभु ने लिखा, 'ये वक्त गुजर जाएगा।'
- दुःख को दूर करने के लिए सबसे अच्छी दवा यही है कि उसका चिंतन छोड़

दिया जाए, क्योंकि चिंतन से वह सामने आता है और अधिकाधिक बढ़ता रहता है।

- शोक धैर्य का नाश करता है, शोक स्मृति का नाश करता है, शोक सबका नाश करता है, शोक के समान दूसरा शत्रु नहीं है।
- संसार में सबसे अधिक दु:खी बेचारी मछलियाँ हैं, क्योंकि दु:ख के कारण उनकी आँखों के आँसू पानी में घुल जाते हैं और किसी को नहीं दिखते। इसलिए वे तो सहानुभूति और स्नेह से भी वंचित हो जाती हैं।
- साझा की गई खुशी दुगुनी और साझा किया हुआ दु:ख आधा होता है।
- जब कोई बात हमारी आशा के विरुद्ध होती है, तभी दु:ख होता है।
- दु:खी हृदय दुखती हुई आँख है, जिसमें हवा में भी पीड़ा होती है।
- जब तक आप स्वयं दु:खी न होना चाहें, तब तक आपको कोई दु:खी नहीं कर सकता।
- शोक की सर्वोत्तम औषधि कार्य में जुटे रहना है।
- किसी को चाहकर भी दु:ख नहीं देना। कई बार दी गई चीज कई गुना होकर लौटती है।
- इच्छाएँ, सपने, उम्मीदें और नाखून—इन्हें समय-समय पर काटते रहें, अन्यथा ये दु:ख का कारण बनते हैं।
- इनसान दो अवस्थाओं में बेबस है—दु:ख बेच नहीं सकता और सुख खरीद नहीं सकता। ये दोनों हमारे कर्मों के अनुसार ही हमें प्राप्त होते हैं।
- प्रसन्न व्यक्ति वह है, जो निरंतर स्वयं का मूल्यांकन एवं सुधार करता है, जबकि दु:खी व्यक्ति वह है, जो दूसरों का मूल्यांकन करता रहता है।
- कहते हैं कि दु:ख बाँटने से कम होता है, पर इनसान अपनों को दु:ख इसलिए नहीं बताता कि कोई दु:खी न हो जाए और दूसरों को इसलिए नहीं बताता, क्योंकि वह उन्हें बताने लायक नहीं समझता।
- कच्चे कान, शक्की नजर और कमजोर मन इनसान को सारे सुख के बीच भी दु:ख का अनुभव कराता है।

- किसी को कभी दुःख मत देना, क्योंकि दी गई चीख एक दिन हजार गुणा होकर लौटती है।
- क्या खूब कहा है किसी ने, कि किसी के सुख का कारण बनो, भागीदार नहीं और दुःख में भागीदार बनो, कारण नहीं।
- किसी के बहुत सताने पर भी उसे सताने का प्रयास नहीं करना चाहिए, क्योंकि दुःखी प्राणी का शोक ही सतानेवाले का नाश कर देता है।
- जिस दिन हम ये समझ जाएँगे कि सामनेवाला गलत नहीं है और सिर्फ उसकी सोच हमसे अलग है, उस दिन जीवन से दुःख समाप्त हो जाएँगे।
- जिस तरह से थोड़ी सी औषधि भयंकर रोगों को शांत कर देती है, उसी तरह ईश्वर की थोड़ी सी स्तुति बहुत से कष्ट और दुःखों का नाश कर देती है।
- जिसके साथ बात करने से ही खुशी दुगुनी और दुःख आधा हो जाए, वो ही अपना है, बाकी तो बस दुनिया ही है।
- सुख और दुःख अपने नसीब से मिलता है और अमीरी-गरीबी से इसका कोई लेना-देना नहीं है, रोनेवाले महलों में भी रोते हैं और किस्मत में खुशियाँ हों तो झोंपड़ी में भी हँसी गूँजती है।
- सभी को सुख देने की क्षमता भले ही आपके हाथ में न हो, किंतु किसी को हमारी वजह से दुःख न पहुँचे, यह तो आपके हाथ में ही है।
- दुःख को सुख में बदलते रहिए, धीरे-धीरे ही सही, चलते रहिए।
- दुःख में स्वयं की एक उँगली आँसू पोंछती है और सुख में दसों उँगलियाँ बजती हैं। जब स्वयं का शरीर ही ऐसा करता है तो दुनिया से क्या गिला-शिकवा करना! अतः हँसते रहिए, हँसाते रहिए और सबका भला करते रहिए।
- दुःख किसी के व्यवहार से उतना नहीं, जितना अपनी सोच से है। अपनी सोच बदलिए, दुःख अगर किसी कारणवश खत्म नहीं तो कम जरूर हो जाएगा।
- दुःख भोगनेवाला तो आगे सुखी हो सकता है, लेकिन दुःख देनेवाला कभी सुखी नहीं हो सकता।
- दुःख उधार का है, आनंद स्वयं का है। आनंदित तो अकेले भी हो सकते हैं; दुःखी होना चाहें तो दूसरे की जरूरत है। कोई धोखा दे गया, किसी ने गाली दे दी, कोई तुम्हारे मन के अनुकूल न चला—सब दुःख दूसरे से जुड़े हैं और आनंद

का दूसरे से कोई संबंध नहीं है। आनंद स्वतःस्फूर्त है। दुःख बाहर से आता है और आनंद भीतर से आता है।

- दुःख जीवन में इसलिए आते हैं, ताकि हम सुख का महत्त्व समझ सकें।
- दुःख रहता है तो दुःखियों के प्रति सहानुभूति रहती है और भगवान् का निरंतर स्मरण होता है।
- दुःखों में जिसका मन उदास नहीं होता, सुखों में जिसकी आसक्ति नहीं होती तथा जो राग, भय व क्रोध से रहित होता है, वही स्थितप्रज्ञ है।
- दुःखी रहना हो तो दूसरों में कमी खोजो और सुखी रहना हो तो गुण खोजो। जीवन में जब हम खराब दौर से गुजरते हैं, तब मन में यह विचार जरूर आता है कि परमात्मा मेरी परेशानी देखता क्यों नहीं, मेरे दुःख कम क्यों नहीं करता? पर याद रखना, जब परीक्षा चल रही होती है, तब शिक्षक मौन रहते हैं।
- दुःखी सब हैं संसार में, कौन है जो सुखी है? किसी को अपना दुःख दर्द देता है तो किसी को दूसरों का सुख दर्द देता है।
- दुःख और तकलीफ भगवान् की बनाई हुई प्रयोगशाला है, जहाँ आपकी काबिलीयत और आत्मविश्वास को परखा जाता है।
- जीवन में दो चीजों का कभी अंत नहीं होता, भगवान् की कथा और मनुष्य की व्यथा।
- आप दुःख को आने से नहीं रोक सकते, लेकिन कभी उसे बैठने के लिए आसन न दें।
- आपकी उपस्थिति से कोई व्यक्ति स्वयं के दुःख भूल जाए, यही आपकी उपस्थिति की सार्थकता है।
- अगर आप पेंसिल बनकर किसी का सुख नहीं लिख सकते तो अच्छी रबड़ बनकर किसी का दुःख कम तो कर सकते हैं।
- जो व्यक्ति हर वक्त दुःख का रोना रोता है, उसके द्वार पर खड़ा सुख बाहर से ही लौट जाता है।
- जो व्यक्ति क्लेश और कठिनाइयों को जीत लेता है, उसी का पुरुषार्थ सिद्ध होता है।

## दुष्ट/दुर्जन

- मूर्ख शिष्य को पढ़ाने पर, दुष्ट स्त्री के साथ जीवन बिताने पर तथा दुःखियों-रोगियों के बीच रहने पर विद्वान् भी दुःखी हो जाता है।
- किसी का मुख कमल के समान सुंदर हो और वाणी चंदन के समान शीतल लगती हो, पर उसका हृदय कैंची के समान तेज हो तो उसे दुष्ट ही समझना चाहिए।
- कितनी भी सेंक-मालिश करने से जैसे कुत्ते की पूँछ टेढ़ी ही रहती है, वैसे ही कितनी भी सेवा-शुश्रूषा की जाए, दुष्ट सीधे नहीं होते।
- जिस तरह साँप के फन में, बिच्छू की पूँछ में जहर होता है, उसी प्रकार दुष्ट के रोम-रोम में जहर भरा होता है।
- जिस तरह वायु वृक्षों को उखाड़ना ही जानती है, उसी तरह दुष्ट व्यक्ति दूसरे के कार्य को नष्ट करना ही जानता है, उसे सिद्ध करना नहीं।
- दुष्ट इनसान की मीठी बातों पर कभी भरोसा मत करो। वो अपना मूल स्वभाव कभी नहीं छोड़ सकता, जैसे शेर कभी हिंसा नहीं छोड़ सकता।
- दुष्ट बुद्धि के लोग दूसरों के उत्तम गुणों को जानने की इच्छा नहीं रखते।
- दुष्ट को यदि विद्या, धन और शक्ति मिल जाए तो वह अनर्थ ही करेगा।
- दुष्ट के साथ दुष्टता का ही व्यवहार करना चाहिए। इसमें कोई बुराई नहीं है।
- दुष्ट व्यक्ति और काँटों को सही रास्ते पर लाने के लिए केवल दो ही उपाय हैं—या तो जूते से उसका मुँह तोड़ दिया जाए अथवा उसकी अवहेलना कर दी जाए।
- दुष्ट व्यक्तियों को अच्छे लोगों के कार्य अच्छे नहीं लगते, क्योंकि वे उनसे द्वेष करते हैं।
- दुष्ट व्यक्ति अपने विरोधी को आपत्ति में देखकर खुश होता है और सज्जन दूसरे को सुखी देखकर।
- दुष्ट और मूर्ख को समझा पाना बहुत कठिन है।
- दुष्ट लोग अपने दोषों के संबंध में अंधे होते हैं और दूसरे का दोष देखने में दिव्य नेत्रवाले होते हैं।

- वन की अग्नि चंदन को भी जला देती है, उसी प्रकार दुष्ट किसी का भी अहित कर सकते हैं।
- जैसे कौआ सब रसभोग करने के बाद भी गंदगी के बिना तृप्त नहीं होता, उसी प्रकार लोगों की निंदा किए बगैर दुष्ट को आनंद नहीं आता।
- जैसे उल्लू को सूर्य नहीं दिखाई पड़ता, उसी प्रकार दुष्ट को भगवान् नहीं दिखाई पड़ते।
- जैसे चूहा पेट भरने के लिए वस्त्र नहीं काटता, वैसे ही दुष्ट का स्वभाव दूसरे का कार्य बिगाड़ने का होता है।
- नीम के पेड़ को कितना भी दूध और घी से सींचा जाए, वह मीठा नहीं हो सकता। उसी तरह दुष्ट व्यक्ति को कितना भी ज्ञान दो, वह अपनी दुष्टता नहीं त्यागेगा।
- लोहा जब भी अग्नि के साथ रहता है, तब-तब उसे घन से पीटा जाता है। उसी प्रकार दुष्ट के संग रहने पर कदम-कदम पर अपमान होता है। 'रामचरितमानस' में कहा भी गया है कि ईश्वर भले ही नरक में निवास दे दें, परंतु दुष्ट का संग कभी न दें।
- आग सिर पर लगाने पर भी जलाती है, उसी प्रकार दुष्ट को कितना भी सम्मान दो, वह सदा दुःख ही देता है।
- दुर्जन मीठा भी बोले तो उस पर कभी विश्वास मत करो, क्योंकि उसकी जुबान पर शहद होता है, लेकिन दिल में जहर भरा होता है।
- जिस प्रकार तूफान वृक्षों को उखाड़ना जानता है, उन्हें खड़ा करना नहीं, उस तरह दुष्ट व्यक्ति दूसरे के कार्य को नष्ट करना जानता है, उसे सिद्ध करना नहीं।

## दुश्मन/विरोध/शत्रु/विपक्ष/वैर

- एक सत्य कभी दूसरे सत्य का विरोध नहीं करता।
- शत्रु का प्रसन्न होना या रुष्ट होना बराबर है, क्योंकि वह सब प्रकार से हानि पहुँचाता है। पानी चाहे ठंडा हो या गरम, वह अग्नि को बुझाने में लगा रहता है।
- शत्रु और रोग को कभी कमजोर नहीं समझना चाहिए।
- शत्रु का लोहा भले ही गरम हो जाए पर हथौड़ा तो ठंडा रहकर ही काम दे सकता है।

- ईर्ष्या करनेवाले का सबसे बड़ा शत्रु उसकी ईर्ष्या ही है। दूसरे शत्रु उसका अहित करने से रह भी जाएँ, परंतु ईर्ष्या उसे हानि पहुँचाती रहती है।
- कोई भी सरकार विरोधी दल के बगैर ज्यादा अच्छी तरह नहीं चल सकती।
- किसी से शत्रुता या वैर करना अपने विकास को रोकना है।
- मित्र और शत्रु को कभी विश्वास दिलाने की जरूरत नहीं होती, क्योंकि शत्रु कभी यकीन नहीं करेगा और मित्र कभी शक नहीं करेगा।
- विरोध उत्साही व्यक्तियों को सदा उत्तेजित करता है, बदलता नहीं।
- दुश्मन बनाने के लिए जरूरी नहीं है लड़ना। थोड़े से कामयाब हो जाओ, अपने आप खैरात में मिल जाएँगे।
- अपने शत्रुओं की बातों पर सदा ध्यान दीजिए, क्योंकि वे तुम्हारी कमजोरियों को सबसे ज्यादा जानते हैं।
- अपनी इंद्रियाँ ही हमारी शत्रु हैं और यदि वे जीत ली जाएँ तो मित्र बन जाती हैं।
- अपना कल्याण चाहनेवाले पुरुष को बढ़ते हुए शत्रु की उपेक्षा नहीं करनी चाहिए, क्योंकि पंडितों ने बढ़नेवाले रोग और शत्रु को समान बताया है।
- अपने शत्रु को कभी छोटा मत समझो, क्योंकि घास के ढेर को आग की छोटी सी चिनगारी भस्म कर देती है।
- अपने शत्रु के लिए अपनी भट्ठी इतनी गरम न करें कि कहीं वह हमें ही न भून डाले।
- व्याधि शत्रु से भी अधिक हानिकारक होती है।
- जीवन से जो भी मिले, उसे पचाना सीखो, क्योंकि भोजन न पचने पर चर्बी बढ़ती है, पैसा न पचने पर दिखावा बढ़ता है, बात न पचने पर चुगली बढ़ती है, प्रशंसा न पचने पर घमंड बढ़ता है, चुगली न पचने पर दुश्मनी बढ़ती है, राज न पचने पर खतरा बढ़ता है, दुःख न पचने पर निराशा बढ़ती है और सुख न पचने पर पाप बढ़ता है।
- कोई भी सरकार विरोधी दल के बगैर ज्यादा अच्छी नहीं चल सकती।
- वैर करने वाले व्यक्ति क्रोध मे क्या-क्या नहीं कर डालते।

## देश/देशभक्ति

- हर देश खुद को और देशों से श्रेष्ठ समझता है, इसी से देशभक्ति आती है और युद्ध का आवरण भी।
- देशप्रेमी हमेशा अपने देश के लिए मर-मिटने की बात करते हैं, पर कभी अपने देश के लिए मार-काट मचाने की बात नहीं करते।
- मेरी मातृभूमि मेरे लिए अच्छी है और इसलिए मुझे अपने देश के लिए श्रेष्ठ रहना चाहिए।
- आडंबर वाली देशभक्ति खतरनाक है।
- देशभक्ति मात्र झंडा फहराने में नहीं है, बल्कि इस प्रयास में है कि आपके प्रयास से देश सही भी हो और मजबूत भी।
- देशभक्ति दिल से कर्तव्य के रूप में पैदा होती है।
- खून का वह आखिरी कतरा, जो वतन की हिफाजत में गिरे, वह दुनिया की सबसे अनमोल चीज है।
- देश का उद्धार विलासियों के हाथ से नहीं हो सकता, उसके लिए सच्चा त्याग होना चाहिए।
- यदि देशभक्ति का मतलब व्यापक मानवमात्र का हितचिंतन नहीं है तो उसका कोई अर्थ ही नहीं है।
- देशभक्ति शर्मिंदा होने की उतनी ही काबिलीयत माँगती है, जितना कि गर्व महसूस करने की।
- राष्ट्र-सेवा देशभक्ति का ही एक रूप है।
- मरकर भी खुशनसीब वो हैं, जो देश पर मर-मिट जाते हैं, सीने पर गोली खाकर वो, तिरंगे में लिपट सो जाते हैं।
- खून न बहाओ, अमन की गंगा बहने दो, प्यार को खूब लुटाओ, यहाँ न दंगा होने दो, लाल-हरे रंग में मत बाँटो हमें, सिरमौर पर एक ही तिरंगा रहने दो।
- शहीदों के चिताओं पर लगेंगे हर बरस मेले, वतन पे मर-मिटनेवालों का यही बाकी निशाँ होगा।

## दोस्त/मित्र

- मौसम की तरह जो दोस्त बदले, उसे अपना बनाना नहीं। ये तकलीफें तो हिस्सा हैं जिंदगी का डटे रहना, घबराना नहीं।
- एक सच्चा मित्र हजारों रिश्तेदारों से अच्छा है।
- पुस्तकें व्यक्ति के लिए सबसे बड़ा मित्र हैं।
- यदि अच्छी मित्रता चाहते हो तो मित्र से बहस न करो, लेन-देन साफ रखो और उसकी स्त्री से प्रेम न करो।
- मित्रों में जहाँ लेन-देन शुरू हुआ, वहाँ मनमुटाव होते देर नहीं लगती।
- पहले गेंद के लिए दोस्त पैसे इकट्ठे करते थे और आज गेंद तो अकेले ला सकते हैं, लेकिन खेलने के लिए दोस्त इकट्ठे नहीं होते।
- असली दोस्त चाहे कितना भी नाराज हो जाए, पर कभी भी दुश्मनों की पंक्ति में खड़ा नहीं होता।
- दुष्ट मित्र से डरना चाहिए, क्योंकि वह आपकी बुद्धि और आत्मा को भारी नुकसान पहुँचा सकता है।
- काबिल दोस्तों का होना भी शायद तकदीर होती है, बहुत कम लोगों के हाथों में ये लकीर होती है।
- कुदरत का नियम है, मित्र और चित्र दिल से बनाओगे तो उसके रंग जरूर निखर आएँगे।
- किसी गणितज्ञ ने कितना सुंदर कहा है कि मेरे मित्रों के लिए मेरा प्यार एक वृत्त के आकार का है, जिसकी कोई भी भुजा खंडित नहीं हो सकती और न ही उसके किसी कोण को मापने की जरूरत है।
- कितने कमाल की होती है न दोस्ती, वजन होता है, लेकिन बोझ नहीं होती!
- मित्र गरीब है या अमीर, यह मायने नहीं रखता, बल्कि वो आपके बुरे समय में आपका साथ कितना देता है, यह मायने रखता है।
- मित्रता एक ऐसे आईने के समान है, जो समय की धूल में धुँधला तो हो सकता है, लेकिन साफ करने पर पहले से अधिक चमकता है।
- मित्रता का कोई स्वार्थ नहीं, बल्कि एक विश्वास है। जहाँ सुख में हँसी-मजाक

से लेकर, संकट में साथ देने की जिम्मेदारी होती है। यहाँ झूठे वादे नहीं, बल्कि सच्ची कोशिशें की जाती हैं।

- मिलने पर मित्र का आदर करो, पीठ पीछे उसकी प्रशंसा करो तथा आवश्यकता के समय उसकी मदद करो।
- प्रिय मित्र वही है, जो बिना स्वार्थ कार्य कर दे। जिस प्रकार हाथ शरीर के लिए और पलक आँखों के लिए कार्य करते हैं।
- रिश्ता, दोस्ती और प्रेम का भरोसा उस पर करो, जो आपके अंदर तीन बातें जान सके—मुसकराहट के पीछे का दर्द, गुस्से के पीछे का प्यार और चुप रहने के पीछे की वजह।
- जिंदगी हमें बहुत खूबसूरत दोस्त देती है, लेकिन अच्छे दोस्त हमें खूबसूरत जिंदगी देते हैं।
- हमारी दोस्ती हमेशा याद आएगी, कभी चेहरे पे हँसी तो कभी आँखों में आँसू लाएगी।
- रफ्तार कुछ जिंदगी की यूँ बनाए रख गालिब, कि दुश्मन भले आगे निकल जाए, पर दोस्त कोई पीछे न छूटे।
- दिल टूट जाए, दोस्ती पर मत इतना ऐतबार करो, जीना मुश्किल हो जाए, किसी से इतना प्यार मत करो।
- सच्ची मित्रता अवसरवाद नहीं है, बल्कि जरूरत पड़ने पर काम आना है।
- सच्ची मित्रता अच्छे स्वास्थ्य के समान है, जिसका महत्त्व हम खोने के बाद पहचानते हैं।
- सच्चे दोस्त हमें कभी गिरने नहीं देते, न किसी की नजरों में और न किसी के कदमों में।
- दो विरोधियों के बीच में इस प्रकार की बात मत करो कि यदि वे कभी मित्र हो जाएँ तो तुम्हें लज्जित होना पड़े।
- जीवन में दो तरह के दोस्त जरूर बनाएँ—एक, कृष्ण जैसे, जो आपके लिए लड़ेंगे नहीं, पर यह सुनिश्चित करेंगे कि जीत आपकी ही हो और दूसरा, कर्ण की तरह, जो आपके लिए तब भी लड़ेंगे, जब आपकी हार सामने दिख रही हो।

- दोस्त, किताब, रास्ता और सोच—ये चारों जीवन में सही मिलें तो जिंदगी निखर जाती है, अन्यथा बिखर जाती है।
- दोस्ती और शत्रुता बराबर वालों से करें, क्योंकि जहाँ बराबरी नहीं है, वहाँ ये दोनों ज्यादा घातक हो सकती हैं।
- असली दोस्त वही, जो दोषों को अस्त कर दे।
- जब मित्र प्रगति करे तो गर्व से कहो कि वह हमारा मित्र है और जब मित्र मुसीबत में हो तो गर्व से कहो कि हम उसके मित्र हैं।
- जब आप जिंदगी में बुलंदियाँ पाते हैं तो मित्र आपको पहचानते हैं, लेकिन जब उतार पर होते हैं तो आप अपने मित्रों को पहचानते हैं।
- बिना कुंडली मिलाए जीवन चलनेवाला एक अद्‌भुत संबंध केवल मित्रता है।
- जो शत्रु रह चुका हो, वह मित्र नहीं हो सकता।
- जो आसानी से मिले, वो है धोखा, जो मुश्किल से मिले, वो है इज्जत, जो दिल से मिले, वो है प्यार, जो नसीब से मिले, वो है दोस्त।
- आपका सबसे अच्छा मित्र वह है, जो आपकी कमजोरियाँ किसी से नहीं कहता, लेकिन आपसे साफ-साफ कह डालता है।
- असली मित्र कभी आपके रास्ते में नहीं आता, बशर्ते आप नीचे की ओर न चले जा रहे हों।
- अच्छी मित्रता आनंद को दुगुना और दुःख को आधा कर देती है। अगर मित्रता अच्छी नहीं है तो आनंद पर ग्रहण और दुःख को कई गुना बढ़ा देती है।
- अच्छा मित्र प्राप्त करने के लिए आवश्यक है कि पहले स्वयं अच्छा मित्र बना जाए।
- अच्छे दोस्त उन सितारों की तरह होते हैं, जो भले ही रोशनी में दिखाई न देते हों, पर हमेशा साथ रहते हैं।
- अच्छे दोस्तों को ढूँढ़ना मुश्किल होता है, छोड़ना और भी मुश्किल और भूलना नामुमकिन।
- सच्चा प्रेम दुर्लभ है, सच्ची मित्रता और भी दुर्लभ है।
- वह मित्र किस काम का, जिसे तुम सिर्फ वक्त काटने के लिए तलाश करो?

उसे हमेशा अपने पूरे वक्त को जीने के लिए तलाश करो, क्योंकि मित्रता तुम्हारी आवश्यकता को पूरी करने के लिए है, न कि तुम्हारे खालीपन को भरने के लिए।

- ऐसे मित्र को त्याग देना चाहिए, जो पीठ पीछे उसके कार्य को हानि पहुँचाता हो, बुरा-भला कहता हो और सामने मीठी-मीठी बातें करता हो।
- जब अच्छा वक्त था तो दुश्मन भी दोस्त बन गए, जब बुरा वक्त आया तो दोस्त भी दुश्मन बन गए।
- ऐ खुदा, कोई तो मिले ऐतबार के काबिल, अब तो दोस्त भी धोखा देते हैं प्यार की खातिर।
- सारे साथी काम के, सबका अपना मोल, जो संकट में साथ दे, वह सबसे अनमोल।

## दृष्टि/दृष्टिकोण/नजर/नजरिया/दूरदर्शी/दूरदृष्टि

- एक सकारात्मक दृष्टिकोण से किसी भी चीज से ज्यादा चमत्कार होते हैं, क्योंकि जीवन का 10 प्रतिशत का संबंध करने से रहता है और 90 प्रतिशत का इसमें रहता है कि आप उसे किस रूप में लेते हैं?
- समय की सबसे बड़ी खोज यह है कि एक व्यक्ति अपना दृष्टिकोण बदलकर अपना भविष्य बदल सकता है।
- प्रभुता पाते ही काफी लोगों की निगाहें बदल जाती हैं, किसी को पहचानते तक नहीं।
- यह मत सोचो कि बड़े-बड़े आदमी मेरे दोस्त बनें, बल्कि यह सोचें कि मेरे सारे दोस्त बड़े-बड़े आदमी बनें। बस नजरिया ही बदलना है, बाकी सब अपने आप बदलेगा।
- इनसान का नुकसान जान और माल का चले जाना नहीं, इनसान का सबसे बड़ा नुकसान किसी की नजरों में गिर जाना है।
- किसी की दृष्टि खराब हो गई है, उसका उपचार तो संभव है, किंतु अगर दृष्टिकोण खराब हो गया तो उसकी कोई दवा नहीं है।
- सिर्फ नजरिया बदलने की जरूरत है, जिंदगी अपने आप बदल जाएगी।
- जिस इनसान को किसी में बुराई ढूँढ़ने की आदत होती है, उसको बुराई मिल ही

जाती है और जिस इनसान को किसी में अच्छाई ढूँढ़ने की आदत होती है, उसको अच्छाई ही नजर आती है। यह नजर नहीं, नजरिए का फर्क है।

- जिनकी नजरों में हम अच्छे नहीं हैं, वे अपने नेत्रदान कर सकते हैं।
- हर विवाद की सत्यता जानने के लिए आप केवल उसे अपने दृष्टिकोण से न देखें, वरन् दूसरे के दृष्टिकोण से भी देखें।
- पहाड़ से गिरा हुआ इनसान फिर उठ सकता है, लेकिन नजरों से गिरा हुआ इनसान कभी नहीं उठ सकता।
- पतझड़ से सिर्फ पत्ते गिरते हैं, पर नजरों से गिरने का कोई मौसम नहीं होता।
- सृष्टि कितनी भी परिवर्तित हो जाए, फिर भी हम पूर्ण सुखी नहीं हो सकते, परंतु दृष्टि थोड़ी सी परिवर्तित हो जाए तो हम सुखी हो सकते हैं। जैसी दृष्टि, वैसी सृष्टि।
- जिंदगी की पाठशाला में त्रिकोण, चतुष्कोण, लघुकोण, समकोण, षट्कोण आदि पर जीवन में 'दृष्टिकोण' जो उपयोगी है, वो कभी नहीं पढ़ाया गया।
- उम्र में चाहे कोई बड़ा हो या छोटा, लेकिन ईश्वर की नजर में वही बड़ा होता है, जिसके दिल में सभी के लिए प्रेम, स्नेह और सम्मान होता है।
- जब हमारे अंदर एक-दूसरे के नजरिए से हालात को समझने की योग्यता आ जाती है, हमारे संबंध उतने ही बेहतर होते चले जाते हैं।
- जब दूसरे की बरबादी में अपनी जीत नजर आए, तो समझ लो कि अपनी बरबादी शुरू हो गई है।
- नजरिया और नीयत बदलते देर नहीं लगती।
- नेता वही सही होता है जो दूरदर्शी हो।
- दूरदर्शी तो वो भी निकले, जो छोड़ गए हमें अकेला, पता तो था उन्हें दुनिया में जी लूँगा उनके बगैर अकेला।
- दूरदृष्टि से कुछ फैसले दिल पर पत्थर रखकर लिए जाते हैं।
- दूरदर्शिता, जो दूसरे नहीं देख पाएँ, उसे देखने की कला है।
- दूसरों की नजरों का ध्यान रखें, क्योंकि आप गलती करें या न करें, उनकी नजरें आप पर हैं।

## धन्यवाद/शुक्रिया

- हम पर कोई छोटा सा उपकार करे तो हम शुक्रिया करते हैं, लेकिन हम उस सर्वशक्तिमान का शुक्रिया नहीं करते, जिसने सबकुछ दिया।
- सबसे अच्छी सेवा उस आदमी की मदद करना है, जो बदले में धन्यवाद कहने में भी असमर्थ हो।
- जब किसी जरूरतमंद की आवाज तुम तक पहुँचे तो भगवान् का सहृदय धन्यवाद करना कि उसने अपने बंदे की मदद के लिए आपको पसंद किया, वरना वह तो सबके लिए अकेला ही काफी है।
- नम्रता से बात करना, हरेक का आदर करना, धन्यवाद देना और यदि आवश्यक हो तो माफी भी माँग लेना—ये गुण जिसके पास हैं, वो सदा सबके करीब और सबके लिए खास है।

## धन/धनवान/पैसा/संपत्ति/अमीर/दौलत/आमदनी/आय/कमाई/लक्ष्मी

- धन की कमाई में बल होता है।
- जो समय बचाते हैं, वे धन बचाते हैं और बचाया हुआ धन, कमाए हुए धन के समान है।
- जीवन में केवल दो ही वास्तविक धन हैं—समय और साँसें, दोनों ही निश्चित और सीमित हैं, इसलिए समझदारी से खर्च करें।
- धन की तीन गतियाँ होती हैं—दान, भोग और नाश। जो मनुष्य न तो दान देता है और न भोगता है, उसके धन का नाश हो जाता है।
- धन से मनुष्य की तृप्ति नहीं हो सकती।
- धन के बिना संसार व्यर्थ है, परंतु अत्यधिक धन का खर्च भी व्यर्थ है। जैसे अन्न के बिना तन नहीं रहता, लेकिन अत्यधिक भोजन से भी प्राण खतरे में पड़ सकते हैं।
- आमदनी पर सबकी निगाह रहती है, खर्च कोई नहीं देखता।
- ऊपरी आय बहता हुआ स्रोत है, जिससे सदैव लालची की प्यास बुझती है।
- धनहीन मनुष्य को उसके मित्र, उसकी स्त्री, नौकर-चाकर और बंधु-बाँधव सभी छोड़ देते हैं। वही जब धनवान हो जाता है, तब सभी फिर से उसके पास आ जाते हैं। इसलिए धन ही संसार में मनुष्य का बंधु या सच्चा साथी है।

- धनाढ्य होने पर यदि लालच और पैसे का मोह है तो उससे बड़ा गरीब और कोई नहीं हो सकता। प्रत्येक व्यक्ति 'लाभ' की कामना करता है, लेकिन उसके विपरीत शब्द 'भला' से दूर भागता है।
- धनवान वो नहीं है, जिसकी तिजोरी नोटों से भरी हो, धनवान वो है, जिसकी तिजोरी रिश्तों से भरी हो।
- धनवान बनने के लिए एक-एक कण का संग्रह करना पड़ता है और गुणवान बनने के लिए एक-एक क्षण का सदुपयोग करना पड़ता है। इस जीवन का पैसा अगले जन्म में काम नहीं आता, मगर इस जीवन का पुण्य जन्मोजन्म तक काम आता है।
- धन तो सभी अर्जित कर लेते हैं, पर नाम अर्जित केवल वही व्यक्ति करते हैं, जो दूसरों के हृदय में विराजते हैं।
- धन अपना-पराया नहीं देखता।
- जो विद्या केवल पुस्तकों में रहती है और जो धन दूसरों के हाथों में रहता है, समय पड़ने पर न वह विद्या है और न वह धन।
- धन दुर्गुणों पर परदा डाल देता है, किंतु सद्गुण निर्धनता में ही आश्रय पाता है।
- बचाया हुआ धन, कमाए हुए धन से भी ज्यादा महत्त्वपूर्ण है।
- पैसा और शाबासी लेना तो सभी चाहते हैं, देना कोई नहीं चाहता।
- यदि आप कम धन में सुख का अनुभव करना नहीं जानते तो अपार धन भी आपको सुखी नहीं बना पाएगा।
- ये पैसा भी अजीब चीज है, जिसके पास नहीं है, उसकी कोई इज्जत नहीं और जिसके पास है, उसे किसी की इज्जत नहीं।
- घोड़े के पीछे और पैसेवाले के आगे कभी मत चलो, क्योंकि वे कभी भी लात मार सकते हैं।
- बीमारी खरगोश की तरह आती है और कछुए की तरह जाती है, जबकि पैसा कछुए की तरह आता है और खरगोश की तरह जाता है।
- धन में यह बुराई है कि इससे विलासिता बढ़ती है, लेकिन इसमें परोपकार करने की सामर्थ्य भी है।

- पैसेवाले पैसे की कद्र क्या जानें? पैसे की कद्र तब होती है, जब हाथ खाली हो जाता है। उस समय आदमी एक-एक कौड़ी दाँत से पकड़ता है।
- धन की प्रधानता ने समस्त समाज को उलट-पलट कर दिया है।
- हम धन-संपत्ति के पीछे इतने पड़े हैं कि धर्म और विवेक को पैरों तले कुचलने से भी नहीं डरते।
- एक गलत सोच कि जिसके पास पैसे हैं, वही बड़ा आदमी है, वही भला आदमी है। पैसे न हों तो उस पर सभी रोब जमाते हैं।
- दौलत से आदमी को जो सम्मान मिलता है, वह उसका सम्मान नहीं, बल्कि उसकी दौलत का सम्मान है।
- संसार में ज्यादा अत्याचार धनबल और बाहुबल के कारण होता है।
- कमाई की कोई परिभाषा सिर्फ धन से तय नहीं होती, इसमें तजुरबा, रिश्ते, सम्मान और सबक आदि सब कमाई रूप में ही सम्मिलित हैं।
- कमाई ऐसी कर चलो, जो साथ जा सके, मुश्किल पड़े राह में, किसी के काम आ सके।
- कमाई की कोई निश्चित परिभाषा नहीं होती। परवाह करनेवाला दोस्त, दर्द समझनेवाला पड़ोसी और इज्जत करनेवाले रिश्तेदार, ये सब कमाई के फल हैं।
- कभी एक आमदनी पर निर्भर न रहें, आमदनी का दूसरा विकल्प बनाने के लिए निवेश जरूर करें।
- लक्ष्मी पास रहने से उतना आनंद नहीं होता, जितने कि उसे खोने या छिन जाने का दुःख।
- लक्ष्मी शुभ कार्य से उत्पन्न होती है, चतुरता से बढ़ती है, निपुणता से जड़ बाँधती है और संयम से स्थिर रहती है।
- जीवन में बुद्धि का नहीं, लक्ष्मी का साम्राज्य है।
- मनुष्य रुपया कमाना जानता है, लेकिन सभी को यह मालूम नहीं होता कि कमाई का सुदपयोग कैसे किया जाए?
- जिस दिन हमारी मौत होती है, उस दिन हमारा पैसा बैंक में ही रह जाता है। जब हम जिंदा होते हैं तो हमें लगता है कि हमारे पास खर्च करने को पर्याप्त धन नहीं

है। जब हम चले जाते हैं, तब भी बहुत सा धन बिना खर्च हुए बच जाता है।

- जिंदगी में सबसे बड़ा धनवान वो इनसान होता है, जो दूसरों को अपनी मुसकराहट देकर उनका दिल जीत लेता है।
- हमेशा के लिए अमीर वो होता है, जिसके पास वह चीज हो, जो पैसे से न खरीदी जा सके।
- पैसा इनसान को ऊपर ले जा सकता है, लेकिन इनसान पैसा ऊपर नहीं ले जा सकता।
- पैसा कमाने के लिए इतना वक्त खर्च न करो कि पैसा खर्च करने के लिए जिंदगी में वक्त ही न मिले।
- पैसे की खनक सत्य को चुप करा देती है।
- संस्कृत में धन को 'द्रव्य' कहा गया है। द्रव्य मतलब बहनेवाला। अगर वह स्थिर रहा तो रुके हुए पानी की तरह उसमें बदबू आने लगेगी।
- दौलत बुद्धिमान की सेवा करती है और मूर्ख पर शासन।
- दौलत सिर्फ रहन-सहन का स्तर बदल सकती है, लेकिन बुद्धि, नीयत और तकदीर नहीं।
- दौलत से सिर्फ सुविधाएँ मिलती हैं, सुख नहीं। सुख मिलता है आपस में प्यार से व अपनों के साथ से। अगर सिर्फ सुविधाओं से सुख मिलता तो धनवान लोगों को कभी दुःख न होता।
- दौलत उसकी नहीं है, जिसके पास है, बल्कि उसकी है, जो उसका उपयोग करता है।
- कुछ लोग कहते हैं कि आदमी को अमीर होना चाहिए, पर सही यही है कि अमीर हो या न हो, पर जमीर जरूर होना चाहिए।
- जेब से अमीर हों या न हों, कोई बात नहीं, पर मन से जरूर अमीर रहना चाहिए; क्योंकि मंदिरों में कलश भले ही सोने के लगे हों, पर हम नतमस्तक तो पत्थर की मूर्ति के सामने ही होते हैं।
- जल्दी इकट्ठी की हुई दौलत कभी भी घट सकती है, लेकिन थोड़ी-थोड़ी इकट्ठी की गई बढ़ती है।

- नए अमीरों के घर भूल के भी मत जाना, हरेक चीज की कीमत बताने लगते हैं।
- अमीर वो होता है, जिसके पास वो चीजें होती हैं, जो पैसे से नहीं खरीदी जा सकतीं।
- जब कोई इनसान इस दुनिया से विदा हो जाता है तो उसके कपड़े, बिस्तरे, उसके द्वारा इस्तेमाल किया हुआ सभी सामान आदि उसी के साथ घर से विदा करने की कोशिश की जाती है, पर कभी कोई उसके द्वारा कमाया गया धन-दौलत, संपत्ति, उसका घर, उसका पैसा आदि इन सबको नहीं छोड़ता।

## धारणा/मान्यता

- आप चाहकर भी अपने प्रति लोगों की धारणा नहीं बदल सकते, इसलिए सुकून के साथ अपनी जिंदगी जियो और खुश रहो।
- हमें खुद की धारणाएँ ही सुखी या दुःखी करती हैं, अर्थात् लोग तो जैसे हैं, वैसे ही रहते हैं, लेकिन जो हमारी धारणाओं के हिसाब से होते हैं, वे अच्छे और जो नहीं होते, वे बुरे बन जाते हैं।
- धारणा की दृढ़ता और उद्देश्य की पवित्रता, ये दोनों मिलकर अवश्य बाजी मार ले जाएँगे।
- सफलता का सबसे बड़ा कारण आत्म-मान्यता है, यह आपका विश्वास है। आप कर सकते हैं, आप इस लायक हैं और आप इसे हासिल करके रहेंगे, यह आपकी धारणा है।
- इनसान की धारणा ही उसको दूसरे इनसान से अलग करती है।
- हम दूसरों की मान्यता नहीं बदल सकते, लेकिन जरूरत के अनुसार अपनी मान्यता तो बदल सकते हैं।
- बुद्धि, करुणा और साहस—मनुष्य के लिए ये तीन स्वाभाविक मान्यता प्राप्त नैतिक गुण हैं।

## धोखा/चकमा/छल/कपट/प्रपंच/विश्वासघात

- जिंदगी खूबसूरत हो जाती है, जब साथ देनेवाला धोखेबाज न हो।
- विश्वास किसी पर इतना करो कि वो तुम्हारे साथ छल करते समय खुद को दोषी समझे और प्रेम किसी से इतना करो कि उसके मन में सदैव तुम्हें खोने का डर बना रहे।

- एक अच्छे इनसान के साथ धोखा करना हीरे को फेंककर पत्थर उठाने जैसा होता है।
- सत्य और स्पष्ट बोलनेवाला कड़वा जरूर लगता है, पर वह धोखेबाज नहीं होता। हमेशा अच्छे रास्तों पर गतिरोधक और अच्छे व्यक्तियों के विरोधक रहते ही हैं।
- कबीर ने कहा है, 'तुम धोखा खा लेना, पर किसी को धोखा मत देना। धोखा खानेवाला एक दिन सँभल जाता है, पर धोखा देनेवाला एक दिन सबकुछ खो देता है।'
- यदि मन में प्रपंच हो तो वहाँ भगवान् नहीं हो सकते और यदि मन में भगवान् हों तो प्रपंच नहीं हो सकता।
- युवा आसानी से धोखा खा जाता है, क्योंकि वह उम्मीद करने में बहुत तेज होता है।
- सत्य से कमाया धन हर प्रकार से सुख देता है और छल-कपट से कमाया धन देर-सवेर दुःख-ही-दुःख देता है।
- धोखे की कमी से शक्लें तो सँवार सकते हैं, लेकिन नस्लें नहीं।
- कोई आपको धोखा दे, यह उसकी गलती है और वही इनसान फिर धोखा दे, यह आपकी गलती है।
- जो दिखाई देता है, वो हमेशा सच नहीं होता, कहीं धोखे में आँखें हैं तो कहीं आँखों में धोखा है।
- जो सोचता है कि वह दुनिया के बगैर अपना काम चला लेगा, अपने आपको धोखा देता है, पर जो यह मानता है कि दुनिया का उसके बगैर काम नहीं चल सकता, यह उससे भी बड़े धोखे का शिकार है।
- कपट, कपट से पैदा होता है।
- हृदय से अच्छे लोग बुद्धिमान होने के बाद भी धोखा खा जाते हैं, क्योंकि वे दूसरों को भी हृदय से अच्छे होने का विश्वास कर बैठते हैं।
- आपके साथ कोई कितना भी झूठा या कपटी हो, आप तब भी सच्चे बने रहिए, क्योंकि किसी बीमार को देखकर स्वयं को बीमार कर लेना, यह समझदारी नहीं, मूर्खता है।

- विश्वासघात विष से कम घातक नहीं होता।
- लेन-देन के मामले में वादा पूरा न करना विश्वासघात है।
- विष किसी भी नीयत से लिया जाए, विष का ही काम करेगा और वह कभी अमृत नहीं हो सकता।
- जो आप पर आँख मूँदकर विश्वास करता है, उसे कभी धोखा मत दो।
- ज्यादा मधुर बानी, धोखेबाजी की निशानी।
- मुँह में राम, बगल में छुरी।
- सिर्फ धोखा ही शुद्ध मिलता है, बाकी तो हर चीज में मिलावट है।
- किया गया कर्म और दिया गया धोखा बिना भुगतान के पीछा नहीं छोड़ता।

## धीरज/धैर्य/संयम/धीर

- धैर्य एक कड़वा पौधा है, पर इसके फल हमेशा मीठे ही आते हैं।
- धैर्य जीवन के लक्ष्य का द्वार खोल देता है, क्योंकि धैर्य के अतिरिक्त उस द्वार की कोई और कुंजी नहीं है।
- दो पत्थरों के आपस में रगड़ने से उनका खुरदरापन मिट जाता है। इसी तरह धीरज के साथ मिलकर काम करते रहने से जीवन के कार्य भी सहज हो जाते हैं।
- धीरज और परिश्रम से हम वह प्राप्त कर सकते हैं, जो शक्ति और शीघ्रता से कभी नहीं कर सकते।
- धैर्य और तपस्या जिसमें है, वही संसार को प्रकाशित कर सकता है।
- धीर-गंभीर कभी उबाल नहीं खाते।
- बलवान बनने के लिए जरूरी है संयम।
- सुख की इच्छा रखनेवाले को संयम का जीवन जीना चाहिए।
- बोलना और प्रतिक्रिया करना जरूरी हो तो संयम और सभ्यता का दामन नहीं छूटना चाहिए।
- वास्तव में, वे ही मनुष्य धीर हैं, जिनका मन विकार उत्पन्न करने वाली परिस्थितियों में भी विचलित नहीं होता।
- शोक में, आर्थिक संकट में या प्राणांतक भय उपस्थित होने पर जो अपनी बुद्धि से

दु:ख-निवारण के उपाय करते हुए धीरज धारण करता है, उसे कष्ट नहीं उठाना पड़ता।

- कठिन परिस्थितियों से डरने की बजाय धैर्य से उसका सामना करें। घबराने से स्थिति बिगड़ सकती है, जबकि शांत बने रहने से समस्या का हल निकलता है। हमेशा अपने दिमाग का इस्तेमाल करते हुए समाधान करें, क्योंकि बुद्धि बहुत बलवान होती है।
- कोई भी कार्य करो, धैर्य से करो, व्यथित होने की आवश्यकता नहीं। यदि धैर्य-गुण आपके पास है, तब सभी गुणों का भंडार आपके हाथ में है।
- माली प्रतिदिन पौधों में पानी देता है, मगर फल सिर्फ मौसम में ही आता है। इसलिए जीवन में धैर्य रखें, प्रत्येक बीज अपने समय पर फलेगा। प्रतिदिन बेहतर काम करें, समय पर फल जरूर मिलेगा।
- जिंदगी की किताब में धैर्य के कवर का होना बहुत जरूरी है, क्योंकि वही हर पन्ने को बाँधकर रखता है।
- जिंदगी सड़क की तरह है, जो कभी सीधी नहीं होती। कुछ देर बाद मोड़ अवश्य आता है, इसलिए धैर्य के साथ चलते रहिए। आपकी जिंदगी का सुखद मोड़ आपका इंतजार कर रहा है।
- जिंदगी आपकी पसंद के गीतों की रिकॉर्डिंग नहीं है। जिंदगी एक रेडियो है, उसमें जो भी आए, उसी का आनंद लें।
- परिवार के साथ धैर्य प्यार कहलाता है, औरों के साथ धैर्य सम्मान कहलाता है, स्वयं के साथ धैर्य आत्मविश्वास कहलाता है और भगवान् के साथ धैर्य आस्था कहलाती है।
- पहाड़ों पर बैठकर तप करना सरल है, लेकिन परिवार में सबके बीच रहकर धीरज बनाए रखना कठिन है और यही तप है।
- सफलता की ऊँचाई पर हो तो धीरज रखना। पक्षी भी जानते हैं कि आकाश में बैठने की जगह नहीं होती।
- दुनिया पर किया गया भरोसा टूट सकता है, लेकिन भगवान् पर किया गया भरोसा कभी नहीं टूट सकता है और धैर्य रखने पर ही वह संभव है।

- वे कितने निर्धन हैं, जिनके पास धैर्य नहीं है। क्या आज तक कोई जख्म बिना धैर्य के ठीक हुआ है ?
- जीवन में जरूरत के अनुसार धीरज रखना भी एक कार्रवाई है।
- जैसे बिना चाबी का कोई ताला नहीं बनता, उसी प्रकार भगवान् बिना समाधान के समस्या नहीं देता। बस हमें धीरज रखकर उसका समाधान करने की जरूरत होती है।
- अगर भगवान् आपकी प्रार्थना का उत्तर देता है तो वह आपकी आस्था को मजबूत बना रहा है। अगर उसमें कुछ देरी है तो वह आपका धीरज चाहता है। अगर कोई उत्तर नहीं मिल रहा है तो आपके लिए कुछ-न-कुछ विशेष है।
- धीर पुरुष का यह स्वभाव होता है कि वे आपदा के समय और भी अधिक दृढ़ हो जाते हैं।

## धर्म/अधर्म

- धर्मों की आत्मा एक है और वह अनेक रूपों में प्रकट हुई है।
- धर्म का केवल उपदेश सुनने से कोई धर्मात्मा नहीं हो जाता, किंतु उपदेशानुसार व्यवहार करने से मनुष्य धर्मात्मा हो सकता है।
- धर्म यह है कि प्राणी को प्राणी के साथ सहानुभूति हो, एक-दूसरे को अच्छी अवस्था में देखकर प्रसन्न हों, गिरी हुई अवस्था में सहायता दें।
- धर्म की क्षति जिस अनुपात में होती है, उसी अनुपात से आडंबर की वृद्धि होती है।
- धर्म का दान सब दानों से बढ़कर है, धर्म का रस सब रसों से बढ़कर है।
- धार्मिक व्यक्ति दुःख को सुख में बदलना जानता है।
- धर्म का प्रवाह कर्म, ज्ञान और भक्ति, इन तीनों धाराओं में चलता है। इन तीनों के सामंजस्य से धर्म अपनी पूर्ण सजीव दशा में रहता है। किसी एक के भी अभाव से वही विकलांग रहता है।
- धर्म कोई बाजार में मोल नहीं बिकता है या खेत में नहीं पैदा होता। उसकी प्राप्ति तो जीवन में प्रतिपल और प्रत्येक प्रवृत्ति में ध्यान रखने और आचरण करने से ही होती है।

- धर्म जितने अधिक विस्तृत जनसमूह के सुख-दुःख से संबंध रखनेवाला होगा, उतना ही उच्च श्रेणी का माना जाएगा।
- धर्म संबंधी सभी झगड़े-फसादों से केवल यह प्रकट होता है कि यह आध्यात्मिकता नहीं है। धार्मिक झगड़े सदा खोखली बातों के लिए होते हैं।
- धर्म संपूर्ण जीवन की पद्धति है। धर्म जीवन का स्वभाव है। ऐसा नहीं हो सकता कि हम कुछ कार्य तो धर्म की मौजूदगी में करें और बाकी कामों के समय उसे भूल जाएँ।
- धर्म समानता, दया, न्याय और सत्य का प्रतीक है।
- धर्म व्यक्ति को नियंत्रित करता है तथा समाज के प्रति उसके कर्तव्यों को निष्ठापूर्वक पालन करने के लिए प्रोत्साहित करता है।
- धर्म जब व्यापार हो गया और उसका कारोबार चलने लगा तो उसमें हानि और लाभ दोनों होगा।
- धर्म होने पर जब मनुष्य इतने नीचे हैं तो धर्म न होने पर वे कितने नीचे होंगे?
- धार्मिक और आध्यात्मिक जीवन की सुगंध गुलाब के फूल से अधिक मधुर और सूक्ष्म होती है।
- उदार मनवाले विभिन्न धर्मों में सत्य देखते हैं, संकीर्ण मनवाले केवल अंतर देखते हैं।
- सभी प्राणियों के प्रति प्रेम-करुणा के साथ एकत्व, सह-अस्तित्व एवं समत्व की भावना ही धर्म है।
- घृणा करना शैतान का कार्य है, क्षमा करना मनुष्य का धर्म है और प्रेम करना देवताओं का गुण है।
- 'यतो धर्मस्ततो जयः' अर्थात् 'जहाँ धर्म, वहाँ जय', यह बिल्कुल सत्य है, किंतु धर्म के पीछे शक्ति होनी चाहिए, अन्यथा अधर्म का ही अभ्युत्थान होगा।
- कोई मेरा बुरा करे, वो बुरा कर्म उसका। मैं किसी का बुरा न करूँ, यह धर्म है मेरा।
- किसी भी प्राणी को हमारे मन, कर्म, वचन से दुःख न पहुँचे, यह भी एक धर्म का रूप है।
- जिस प्रकार पुष्पों का सारा शहद, दूध का सार घृत है, उसी प्रकार समस्त वेदों का सार गायत्री है।

- जिसमें सत्य नहीं, वह धर्म नहीं और जो कपटपूर्ण हो, वह सत्य नहीं है।
- जितने भी धर्म या मजहब हैं, सब-के-सब ऊँचे हैं। धर्म में कोई कसर नहीं है, कसर है तो उसके अनुयायियों में।
- वास्तव में देखें तो सब धर्मों का अधर्म से ही झगड़ा है।
- दूसरे धर्मों की निंदा करना गलत है। सच्चा व्यक्ति वह है, जो दूसरे धर्मों की उन सब बातों का सम्मान करता है, जो सम्मान के लायक हैं।
- पत्थर में भगवान् है, यह समझाने में धर्म सफल रहा, पर इनसान में इनसान है, यह समझाने में समाज आज भी असफल है।
- 'श्रीमद्भागवत' में उल्लेख—पृथ्वी ने कहा है कि सत्य से बढ़कर कोई धर्म नहीं है। मैं सबकुछ सहने में समर्थ हूँ, परंतु असत्यभाषी का भार मुझसे सहा नहीं जाता।
- संसार के सभी धर्म एक ही सत्य पर आधारित हैं। यह सत्य मानवता में निहित है।
- व्यवहार में जो काम न दे, वह धर्म कैसे हो सकता है?
- वास्तविक धर्म यह है कि जिन बातों को मनुष्य अपने लिए अच्छा नहीं समझते, दूसरे के साथ भी ऐसी बातें हरगिज न करें।
- जीवन का मूलमंत्र—'सत्यं वद, धर्मं चर', अर्थात् 'सत्य बोलो और धर्म का आचरण करो'।
- जो समाज के जीवन में सद्विचार और सदाचार की मशाल जलाता है, वही धर्म है।
- नेक बात चाहे किसी धर्म की हो, किसी आदमी की हो, उसे अवश्य ग्रहण करो।
- अपना मजहब ऊँचा और गैरों का ओछा, यह सोच हमें इनसान बनने नहीं देती।
- आदमी धर्म के लिए झगड़ेगा, उसके लिए लिखेगा, उसके लिए मरेगा, सबकुछ करेगा, पर उसके लिए जिएगा नहीं।
- अगर अधर्मी सिर्फ समझाने से समझते तो बाँसुरी बजानेवाला कभी महाभारत होने नहीं देता।
- धर्म का स्वरूप न्याय का आचरण है। न्यायाचरण उसे कहते हैं, जो पक्षपात

छोड़कर सब प्रकार से सत्य का ग्रहण और असत्य का परित्याग करे।

- जहाँ धर्म है, वहाँ जय है। किंतु धर्म के साथ ही शक्ति होना भी जरूरी है, नहीं तो अधर्म का अभ्युत्थान ही होगा।
- प्राणिमात्र के प्रति मैत्री भाव जगानेवाला धर्म ही सच्चा है।
- धर्म मनुष्यों को एक-दूसरे से अलग करने के लिए नहीं, बल्कि उनको बाँधने के लिए होता है। जो धर्म भेदभाव सिखाता है, वह असली नहीं हो सकता।
- धर्म की पहचान तो प्रेम से, दया से और सत्य से होती है।
- हर वर्ष और हर अवस्था में जो अपना कर्तव्य दिखाई दे, उसी को धर्म समझकर पूरा करना चाहिए।
- धर्म का मूल उद्देश्य मानव को पथभ्रष्ट होने से बचाना है।
- व्यक्ति और समाज के डर से धर्म नहीं खड़ा है, धर्म का डर व्यक्ति और समाज में होना चाहिए। जिसे समाज चाहता है, उसी को धर्म कहकर मानना पड़े तो समाज ही संकट में आ जाएगा।
- समाज-धर्म पालने से समाज आदर करता है, मगर मनुष्य-धर्म पालने से तो ईश्वर प्रसन्न होता है।
- समाज का हित और चित्त की शुद्धि, ये दोनों धर्म के काम हैं। धर्म अनुभव की वस्तु है, कल्पना की नहीं। धर्म का आधार शुद्ध बुद्धि है, अंधविश्वास नहीं।
- ईर्ष्या, लोभ, क्रोध एवं कठोर वचन—इन चारों से सदा बचते रहना वस्तुतः धर्म है।
- सब धर्म मनुष्य के साथ सद्व्यवहार सिखाते हैं। ईश्वर किसी एक विशेष धर्म या जाति का नहीं है।
- धर्मरहित विज्ञान लँगड़ा है और विज्ञानरहित धर्म अंधा।
- जो पाप धर्म के नाम पर किए जाते हैं, वे ऐसे हैं कि बड़े-से-बड़े पाप भी उनके सामने शरमाते हैं।
- राम के नाम पर अधर्म मत करो। राम नाम स्मरण के साथ शुद्ध कर्म करना भी आवश्यक है।
- मन को निर्मल रखना ही धर्म है, धर्म से जो कुछ मिले, वही वास्तव में सुख है। संसार में धर्म के अनुरूप जीवन चलानेवाला मनुष्य देवता है।

- अपना स्वार्थ सिद्ध करने के लिए शैतान भी धर्मशास्त्र की दुहाई दे सकता है।
- धर्म चाहे जो भी हो, पर अच्छे इननसान बनो। हिसाब कर्म का होगा, धर्म का नहीं।

## नजदीक/समीप/दूर

- ये दुनिया अजीब है, यहाँ कुछ लोग दूरी बढ़ाने के लिए नजदीक आते हैं।
- बहुत दूर तक जाना पड़ता है, सिर्फ यह जानने के लिए कि हमारे दिल के नजदीक कौन है?
- कभी-कभी हमें जो सबसे दूर लगता है, वही हमारे सबसे नजदीक होता है।
- कुछ फासले ऐसे होते हैं, जो तय नहीं होते, लेकिन नजदीकियाँ कमाल की रखते हैं।
- दूरियों को नजदीक से देखो, वो पास लाने का ही तो जरिया हैं।
- दूरियाँ सिखाती हैं कि नजदीकियाँ क्या होती हैं?
- दूरवाले तो अपना फर्ज निभाते रहे, लेकिन नजदीकवाले दूर जाते रहे।
- अपनों से दूरियाँ धुएँ की तरह हैं, जितना बढ़ाएँगे, उतनी घुटन होगी और नजदीकियाँ धुंध की तरह हैं, जितना पास जाएँगे, उतनी साफ होंगी।

## न्याय/अन्याय/इनसाफ

- दुर्बल व्यक्ति तब तक दुर्बल है, जब तक वह अपने ऊपर होनेवाले अन्याय और अत्याचार का विरोध नहीं करता।
- न्याय वह है, जो दूध का दूध, पानी का पानी कर दे। यह नहीं कि खुद ही कागजों के धोखे में आ जाए, खुद ही पाखंडियों के जाल में फँस जाए!
- ईश्वर के न्याय का डर प्रत्येक मनुष्य के मन में स्वभाव से रहता है।
- कोई अन्याय केवल इसलिए मान्य नहीं हो सकता कि लोग उसे परंपरा से सहते आए हैं।
- सहनशील होना अच्छी बात है, परंतु अन्याय का विरोध करना उससे भी उत्तम है।
- न्याय करना उतना कठिन नहीं है, जितना अन्याय का शमन करना।
- स्वेच्छा से जो न्याय नहीं देता है, उसको एक दिन आखिर सबकुछ देना पड़ता है।

- न्याय की बात कहने के लिए हर समय ठीक है।
- न्याय के समान कोई गुण वास्तव में ईश्वर तुल्य नहीं है।
- न्याय में इतना विलंब नहीं होना चाहिए कि वह अन्याय लगने लगे।
- अन्याय सह लेना अन्याय करने से अच्छा है।
- अन्याय, अन्याय ही है, चाहे कोई एक आदमी करे या स्त्री जाति करे।
- दूसरों के भय से किसी पर अन्याय नहीं करना चाहिए।
- अन्याय को मिटाइए, लेकिन अपने को मिटाकर नहीं।
- ईश्वरीय न्याय की चक्की यद्यपि धीमी चलती है, तथापि चलती अवश्य है।
- न्याय तो होता है वास्तव में मनुष्य के हृदय में और विचारक का काम करती है उसकी आत्मा।
- अच्छा समाज तभी बनेगा, जब लोग अन्याय के खिलाफ उठ खड़े होंगे।
- अन्याय सहनेवाला भी उतना ही अपराधी होता है जितना करनेवाला, क्योंकि अगर अन्याय न सहा जाए तो कोई भी अन्याय करने का साहस नहीं करेगा।
- जब किसी को व्यक्ति, समाज, व्यवस्था और न्यायालय न्याय नहीं दे पाते, तो उसको न्याय ईश्वर की विशेष अदालत जरूर देती है, जिसमें आमतौर पर देर भी लग सकती है।
- बुराई तो बाहर से की जा सकती है, लेकिन न्याय करने के लिए भीतर खँगालना पड़ता है।

## नशा

- नशा करना है तो किताबों का करो, जिससे शिक्षा भी मिलेगी और कामयाबी भी।
- जो परमात्मा से जुड़े होते हैं, उन्हें न तो जमीन–जायदाद का और न रिश्तों के छूटने का डर होता है, उन्हें तो बस एक परमात्मा से जुड़े रहने का नशा होता है।
- मनुष्य का असली चरित्र तब सामने आता है, जब वह नशे में होता है। फिर चाहे नशा धन का हो या पद का, रूप का हो या शराब का।
- उम्र का मोड़ कोई भी हो, बस धड़कनों में, जिंदगी जीने का नशा होना चाहिए।
- गरीब होना बुरी बात नहीं, लेकिन अमीर होकर नशे का शिकार होना गलत है।

गरीब होकर नशा करना तो उससे भी बुरी बात है।

- नशे में क्रोध की भाँति ग्लानि का वेग भी सहज ही में उठ जाता है।
- नशा करनेवाले मित्र से चाहे कोई कितना ही प्रेम क्यों न करता हो, पर जब किसी पर निर्भर होने का अवसर आता है तो केवल उसी पर भरोसा किया जाता है, जो नशा न करता हो।
- जो आदमी नशे में मदहोश हो, उसकी सूरत उसकी माँ को भी बुरी लगती है।

## नाराज/नाराजगी/नाखुशी

- नाराजगी एक खूबसूरत रिश्ता है, जिससे होती है, वह व्यक्ति दिल और दिमाग दोनों में रहती है।
- अकसर दिल से छुपी हुई नाराजगी से रिश्तों की डोर कमजोर होती है।
- परिवार के लिए धन कमाना, खाना बनाना, उनका हर तरह से हम ध्यान रखते हैं। लेकिन सबकुछ करते हुए, अगर हम थके हुए हैं, किसी बात से परेशान हैं, किसी से नाराज हैं या उदास हैं तो हम परिवार में कौन सी ऊर्जा फैलाएँ? सबसे पहले अपना ध्यान रखें और सबकुछ करते हुए शांति, शक्ति, आनंद व सहनशीलता की ऊर्जा फैलाएँ।
- सच्चा स्नेह करनेवाला आपको बुरा बोल सकता है, लेकिन कभी आपका बुरा नहीं कर सकता, क्योंकि उसकी नाराजगी में आपकी फिक्र और दिल में आपके प्रति सच्चा स्नेह होता है।

## नारी/महिला/स्त्री/औरत

- लज्जा और शर्म स्त्रियों का सबसे खूबसूरत और मूल्यवान् गहना है। इसके आगे सारे श्रृंगार फीके हैं।
- एक बुद्धिमान पुरुष की प्रशंसा उसकी अनुपस्थिति में कीजिए, परंतु स्त्री की प्रशंसा उसके मुख पर।
- एक औरत का दिल रहस्यों का गहरा समुद्र है।
- औरतों को रूप-निंदा बहुत अप्रिय लगती है।
- युवती का हृदय बालक के समान होता है, उसे जिस बात के लिए मना करो, उसी तरफ लपकेगी।

- सभ्यता, स्वेच्छाचारिता का भूत स्त्रियों के कोमल हृदय पर बड़ी सुगमता से कब्जा कर सकता है।
- नारी हृदय धरती के समान है, जिससे मिठास भी मिल सकता है, कड़वापन भी। उसके अंदर पड़नेवाले बीज में जैसी शक्ति हो।
- जिस स्त्री को लोक निंदा की लाज नहीं, उसे कोई शक्ति सुधार नहीं सकती।
- जो लोग स्त्री की बेइज्जती कर सकते हैं, वे दया के योग्य नहीं।
- विलासिनी मनोरंजन कर सकती है, पर चिरसंगिनी नहीं बन सकती। पुरुष के गले से लिपटी हुई भी वह कोसों दूर रहती है।
- स्त्री का ध्यान जानने में कम, पर समझने में ज्यादा होता है।
- स्त्रियाँ स्वभावतः लज्जावती होती हैं। उनमें आत्माभिमान की मात्रा अधिक होती है। निंदा/अपमान उनसे सहन नहीं हो सकता है।
- स्त्रियों का हृदय अधिकारप्रिय होता है।
- स्त्रियों को अगर ईश्वर सुंदरता दे तो धन से वंचित न रखे, धनहीन सुंदर, चतुर स्त्री पर दुर्व्यसन का मंत्र शीघ्र ही चल जाता है।
- स्त्रियों के स्वभाव के ज्ञान में आदमी बूढ़ा होने पर भी कोरा रह जाता है।
- अच्छी घरनी घर में आ जाए तो समझ लो लक्ष्मी आ गई। वही जानती है, छोटे-बड़े का आदर-सत्कार कैसे करना चाहिए।
- कुलवंती स्त्रियाँ पति की निंदा नहीं करतीं।
- पुरुष शस्त्र या ताकत से काम लेता है, स्त्री कौशल से।
- ईश्वर ने पुष्पों का सौंदर्य, पक्षियों का संगीत, मेघ का हठीलापन, ऊषा की लालिमा और संध्या का वर्ण, इन सबके समन्वय से नारी का निर्माण हुआ है।
- यदि स्त्री और पुरुष के विचार और आदर्श एक से हों तो स्त्री पुरुष के कामों में बाधक होने के बदले सहायक हो सकती है।
- पुरुष में नारी के गुण आ जाते हैं तो वह महात्मा बन जाता है। नारी में पुरुष के गुण आ जाते हैं तो वह कुल्टा हो जाती है।
- 'यत्र नार्यस्तु पूज्यन्ते रमन्ते तत्र देवताः', अर्थात् 'जहाँ नारी का मान-सम्मान होता है, वहाँ देवता निवास करते हैं।'

- नारी एक ऐसा प्राणी है, जिसकी गोद में हमारे सब बड़े-बड़े व्यापारी, राजा, चक्रवर्ती सम्राट् और यहाँ तक कि बड़े-बड़े संत-महात्मा व भगवान् भी खेले हैं।
- नारी बादाम का मासूम फूल है, खजूर का कच्चा फल है, चेरी की रंगत है, गुलाब का नशा है, जिसने उसे नहीं समझा, वही ठगा गया है।
- नारी में दैवीय गुण हैं और वह त्याग की मूर्ति है। कष्ट में भी वह मौन रहती है और चुपचाप अपने कर्तव्य का पालन करती है।
- नारी मनुष्य की सबसे बड़ी शक्ति है। वह उसके अधूरे जीवन की पूरक होती है। उसे पाकर सभी अभाव स्वयमेव भर जाते हैं। वह अंधकारमय जीवन को आलोकित कर देती है। यदि वह न हो तो मनुष्य का जीवन शुष्क हो जाए।
- नारी न तो देवी है, न दासी। वह तो बस एक इनसान है। उसे इनसान न मानना ही उसकी पूजा और उसके दमन के मार्ग को खोलता है।
- नारी नर की सहचरी, उसके धर्म की रक्षक, उसकी गृहलक्ष्मी तथा उसे देवत्व तक पहुँचाने वाली साधिका है।
- नारी सबकुछ सह सकती है, लेकिन अपने यौवन काल की उमंगों को कुचला जाना बरदाश्त नहीं कर सकती।
- औरत यदि स्वयं आत्मत्याग और पवित्रता की मूर्ति नहीं तो वह कुछ भी नहीं है।
- औरत या तो प्यार करती है या घृणा। उसे इसके अलावा बीच का रास्ता नहीं आता।
- औरत खिलौना नहीं होती, क्योंकि वह मौत के नजदीक जाकर जिंदगी को जन्म देती है।
- औरत अपने को निर्बल समझती है, इसलिए उसे झूठे मान-सम्मान तक का भी दुःख ज्यादा सताता है।
- बदला लेने और प्रेम करने में नारी पुरुष से आगे होती है।
- मात्र उजले कपड़े और चिकने मुखड़े से कोई पुरुष या स्त्री आचार-विचार से सुंदर नहीं हो सकते।
- सेवाभाव रखनेवाली रूप-विहीन स्त्री का पति किसी स्त्री के प्रेम-जाल में फँस जाए तो बहुत जल्द निकल भागता है, क्योंकि सेवा का चस्का पाए हुए का मन केवल नखरों और चोचलों पर लट्टू नहीं होता।

- ईर्ष्या से प्रेरित स्त्री जो कुछ भी कर सकती है, उसकी कल्पना नहीं की जा सकती।

## निभा/निभाना

- किसी को यह सोचकर मत छोड़ना कि उसके पास तुम्हें देने के लिए कुछ नहीं है, बल्कि उसके पास नहीं है कुछ तुम्हारे सिवा खोने के लिए।
- रिश्ते उन्हीं से निभाओ, जो निभाने की औकात रखते हैं।
- रिश्ता होने से रिश्ता नहीं रहता, रिश्ता निभाने से रिश्ता रहता है।
- रिश्ता वो नहीं होता, जो दुनिया को दिखाया जाता है। रिश्ता वो होता है, जिसे दिल से निभाया जाता है।
- रिश्ते बेशक कम बनाइए, लेकिन उन्हें दिल से निभाइए, अकसर लोग बेहतर की तलाश में, बेहतरीन को खो देते हैं।
- खिलाफ कितने हैं, इससे फर्क नहीं पड़ता, बस साथ निभानेवाला दमदार होना चाहिए।
- जिंदगी में ऐसे लोग भी मिलते हैं, जो वादे तो नहीं करते, लेकिन निभा बहुत-कुछ जाते हैं।
- निभाते नहीं हैं लोग आजकल, वरना इनसानियत से बड़ा कोई रिश्ता नहीं है।
- दोस्ती कभी बड़ी नहीं होती, निभानेवाले हमेशा बड़े होते हैं।
- जब हम खुश होते हैं तो हम उस व्यक्ति के पास जाना चाहते हैं, जिसे हम बहुत प्यार करते हैं, लेकिन जब हम दुःखी होते हैं तो हम उस व्यक्ति की ओर देखते हैं, जो हमें बहुत प्यार करता है।
- साथ छोड़नेवालों को सिर्फ बहाना चाहिए, वरना जो निभाना चाहते हैं, वो तो मौत की दहलीज तक साथ नहीं छोड़ते।

## निर्णय/फैसला

- कुछ गलत फैसले जिंदगी का सही मतलब समझा जाते हैं।
- एक इच्छा कुछ नहीं बदलती, एक निर्णय कुछ बदलता है, लेकिन निश्चय सबकुछ बदल सकता है।

- एक मिनट में जिंदगी नहीं बदलती है, पर एक मिनट सोचकर लिया हुआ फैसला पूरी जिंदगी बदल सकता है।
- कभी-कभी एक गलत निर्णय पूरी जिंदगी को बरबाद कर देता है।
- कोई भी कारण हो, कोई भी बात हो, चिढ़ो मत, गुस्सा मत करो, जोर से मत बोलो, शांत रहो, विचार करो और फिर निर्णय लो।
- किस्मत बुरी या मैं बुरा, यह फैसला न हो सका, मैं हर किसी का हो गया, मेरा कोई हो न सका।
- किस्मत आपके हाथ में नहीं होती है, पर निर्णय आपके हाथ में होता है। किस्मत आपका निर्णय नहीं बदल सकती, पर आपका निर्णय आपकी किस्मत बदल सकता है।
- जीवन के सभी निर्णय हमारे नहीं होते, कुछ प्रकृति के और कुछ समय के अधीन भी होते हैं।
- कभी भी किसी की जिंदगी आसान नहीं होती। इसे आसान बनाना पड़ता है, कुछ नजरअंदाज करके, कुछ बरदाश्त करके, कुछ मेहनत करके और कुछ सही समय पर सही फैसले करके।
- सही निर्णय से हौसला दुगुना हो जाता है। गलत निर्णय से अनुभव दुगुना बढ़ता है। इसलिए बिना किसी की चिंता किए निरंतर प्रयास करते रहिए।
- वो फैसले अच्छे नहीं होते, जो फासला बढ़ा जाते हैं।
- निर्णय करने के लिए तीन तत्त्वों की जरूरत होती है—अनुभव, ज्ञान और व्यक्त करने की शक्ति।

## निर्माण/विध्वंस/विनाश

- लकड़हारा केवल पेड़ काटना जानता है, लेकिन माली पेड़ को रखना जानता है। इसलिए लकड़हारा केवल लकड़ी पाता है और माली फल-फूल।
- जो निर्माण करता है, वही विध्वंस की पीड़ा समझ सकता है।
- निर्माण करना बहुत मुश्किल है, लेकिन विध्वंस करना आसान है।
- देश में राजा, समाज में गुरु, परिवार में पिता और घर में स्त्री—ये कभी 'साधारण' नहीं होते, क्योंकि निर्माण और प्रलय इन्हीं के 'हाथ' में होता है।

- पेड़ कभी भी फूलों के गिरने से परेशान नहीं होता है, वह सदैव नए फूलों के खिलने के निर्माण में व्यस्त रहता है।
- बीज जब बड़ा होता है तो कोई आवाज नहीं करता, परंतु पेड़ जब गिरता है तो बहुत आवाज करता है। विनाश आवाज करता है, जबकि रचना चुपचाप होती है, इसलिए चुपचाप में ज्यादा ताकत है।
- 'संशयात्मा विनश्यति', अर्थात् संशय करनेवाला विनाश को प्राप्त होता है।
- एक बीज बिना आवाज के उगता है, लेकिन एक पेड़ भारी शोर के साथ गिरता है। विनाश में शोर है, लेकिन सृजन शांत है। यह है मौन की शक्ति।

## नियंत्रण/आत्मनियंत्रण/वश/काबू

- यदि आपने अपने उद्वेगों को नियंत्रण में रखना सीख लिया तो स्वास्थ्य के रहस्य को भी आप अपने काबू में कर लेंगे।
- हर किसी को खुश रखना हमारे वश में न हो, लेकिन किसी को हमारी वजह से दुःख ना हो, यह तो हमारे वश में हैं।
- उसी की बुद्धि स्थिर रह सकती है, जिसकी इंद्रियाँ वश में हों।
- जानी हुई इच्छाओं को वश में करना कुछ सरल है, लेकिन नहीं जानी हुई इच्छाओं को वश में करना ही पुरुषार्थ है।
- आप किसी चीज को नियंत्रित करते हैं तो उससे आपका अपने पर नियंत्रण बढ़ता है।
- आमदनी पर्याप्त न हो तो खर्चों पर नियंत्रण रखना चाहिए, जानकारी पर्याप्त न हो तो शब्दों पर नियंत्रण रखना चाहिए।
- आसक्ति में आदमी अपने वश में नहीं रहता।
- आत्मनियंत्रण शक्ति है, अच्छा विचार रहस्य है और शांतचित्त ऊर्जा है।
- जो घटित हो रहा है, अगर उसको नहीं रोक सकते तो घटना पर प्रतिक्रिया देने के तरीके पर नियंत्रण करें। इसी में आपकी ताकत समाई है।
- तीन चीजों को हमेशा वश में रखो—मन, काम और लोभ।
- तीन चीजों पर कब्जा करो—जुबान, आदत और गुस्सा।

## निराश/ निराशा/हताश/हताशा/उदास/उदासी/अप्रसन्न/मायूस

- कभी किसी को आशा से वंचित नहीं कीजिए, हो सकता है उसके पास यही हो।
- जिस व्यक्ति ने कभी आशा नहीं की, वह निराश नहीं होगा।
- जीवन में यदि कोई आपका साथ न दे तो मायूस मत होना, क्योंकि खुद से बड़ा हमसफर कोई नहीं होता।
- निराशा का मूल है, चाह अधूरी रह जाना और सुख की छाँव न मिलना।
- निराशा में प्रतीक्षा अंधे की लाठी है।
- निराशा हम पर हावी हो, उससे पहले हम उसे जीत लें तो मुश्किलें जल्दी आसान हो जाती हैं।
- निराशा से जीवन के बहुमूल्य तत्त्व नष्ट हो जाते हैं। इससे विजय के बहुत से अवसर खो जाते हैं।
- निराशा से जीवन में ऐसे अवसर भी आते हैं, जब निराशा में भी आशा होती है।
- निराशा आशा के पीछे-पीछे चलती है।
- हर चीज के विषय में निराशा होने की अपेक्षा आशावान होना बेहतर है।
- सुबह का मतलब केवल सूर्योदय नहीं, बल्कि अँधेरे को समाप्त कर नई ऊर्जा का मिलना है।
- परिस्थितियाँ कितनी भी खराब क्यों न हों, कभी मायूस न हों। जिंदगी अचानक कहीं से भी अच्छा मोड़ ले सकती है। प्रभु अपने चाहनेवालों को कभी निराश नहीं होने देंगे।
- जब भी आप निराशा से घिर जाओ, उस वक्त उन पलों को याद करो, जब आप बहुत खुश थे, इससे आपके चेहरे पर मुसकान भी आएगी, और मन में खुशी भी होगी।
- जब परिस्थितियाँ अनुकूल नहीं हों तो उदास न हों, सिर्फ प्रार्थना करें कि हम उनका मुकाबला कर सकें। याद रखें, ईश्वर हमसे बहुत प्यार करते हैं।
- जीवन को इतना शानदार बनाओ कि आपको याद करके किसी निराश व्यक्ति की आँखों में भी चमक आ जाए।

- आशावादी हर आपदा में एक अवसर देखता है और निराशावादी हर अवसर में एक आपदा देखता है।
- आशा चाहे कितनी भी कम हो, पर निराशा से बेहतर होती है।
- निराश मत होना, कमजोर तेरा वक्त है, तू नहीं। यह संसार जरूरत के नियम पर चलता है। सर्दियों से जिस सूरज का इंतजार होता है, उसी सूरज का गरमियों में तिरस्कार भी होता है। आपकी कीमत तब तक होगी, जब तक आपकी जरूरत है।
- गरीबों की बस्ती में जाकर देखो, वहाँ बच्चे भूखे मिलेंगे, लेकिन उदास नहीं।

## नीच/नीचे/नीचा/जलील

- नीच मनुष्य के साथ मैत्री और प्रेम कुछ भी नहीं करना चाहिए। अगर जल रहा है तो छूने से जला देता है और अगर ठंडा है तो हाथ काले कर देता है।
- नीच मनुष्य संकट में फँसने पर भाग्य की निंदा किया करते हैं, अपने किए हुए कुकर्मों की नहीं।
- मतलब की इस दुनिया में एक से बढ़कर एक स्वार्थी मिल जाते हैं, किसी को नीचा दिखाने की कोशिश में खुद न जाने कितने गिर जाते हैं।
- हर जगह ऐसे ओछे लोग रहते हैं, जिन्हें दूसरों को नीचा दिखाने में आनंद आता है।
- किसी ने गौतम बुद्ध से पूछा, 'आप बड़े हैं, फिर भी नीचे बैठते हैं?' बहुत ही खूबसूरत जवाब दिया, 'नीचे बैठनेवाला इनसान कभी गिरता नहीं।'
- जिस प्रकार महान् प्रयत्न से शिला को पहाड़ पर चढ़ाया जाता है, पर एक ही पल में वह नीचे गिराया जाता है, उसी प्रकार स्वयं के गुण और दोष के विषय में होता है।
- जिनका पद तो ऊँचा है, किंतु करनी नीची है, वे दूसरे का धन-वैभव नहीं देख सकते।
- हर वह कामयाबी हार है, जिसका मकसद किसी को नीचा दिखाना है।
- पूरे समुद्र का पानी भी एक जहाज को तब तक नहीं डुबा सकता, जब तक पानी को जहाज अंदर न आने दे। इसी तरह दुनिया का कोई भी नकारात्मक विचार आपको नीचे नहीं गिरा सकता, जब तक आप उसे अपने अंदर आने की अनुमति न दें।

- छोड़ दें—दूसरों को नीचा दिखाना, दूसरों की सफलता से जलना, दूसरों के धन की चाह रखना, दूसरों की चुगली करना और दूसरों की सफलता पर दुःखी होना।
- वृद्धाश्रम की दीवार पर एक सुंदर वाक्य लिखा हुआ था—नीचे गिरे हुए सूखे पत्तों पर जरा आहिस्ते से पैर रखते हुए गुजरें, क्योंकि कड़क धूप में आप भी कभी उनकी छाँव के नीचे खड़े हुए थे।
- तुम नीचे गिर के देखो, कोई नहीं आएगा उठाने, तुम जरा उड़कर देखो, सब आएँगे गिराने।
- रेत में गिरी हुई चीनी चींटी तो उठा सकती है, पर हाथ नहीं, इसलिए छोटे आदमी को छोटा न समझें, कभी-कभी छोटा आदमी भी बड़ा काम कर जाता है।
- जो उपकार करनेवाले को नीच मानता है, उससे अधिक नीच दूसरा कोई नहीं है।
- जो नीच लोग होते हैं, वे दूसरों की कीर्ति से जलते हैं। वे दूसरों के बारे में अपशब्द कहते हैं, क्योंकि उनकी यही औकात होती है।
- नीच को देखने और उसकी बातें सुनने से ही हमारी नीचता का आरंभ हो जाता है।
- नीच लोग जिनके कारण बड़ाई पाते हैं, सबसे पहले उन्हीं का नाश करते हैं।
- अगर कोई आपको नीचा दिखाना चाहता है तो इसका मतलब आप उससे ऊपर हो।
- हर जगह ऐसे ओछे लोग रहते हैं, जिन्हें दूसरों को नीचा दिखाने में ही आनंद आता है।
- भूमि पर चलनेवाला मनुष्य गिरकर उठ सकता है, लेकिन आकाश में विचरनेवाला मनुष्य गिरे तो उसे कौन रोकेगा ?
- संसार में ऐसे भी नीच होते हैं, जो अपने आमोद-प्रमोद के आगे किसी की जान की भी परवाह नहीं करते हैं।
- इनसान एकमात्र ऐसा प्राणी है, जो गिरना चाहे तो जानवर से भी नीचे गिर सकता है और उठना चाहे तो देवता से भी ऊँचा उठ सकता है।
- अकसर गिरे हुए लोग हमारी जिंदगी में आकर महंगा सबक दे जाते हैं।

## नीति/नीयत

- जिसकी नीति अच्छी होगी, उसकी हमेशा उन्नति होगी। मैं श्रेष्ठ हूँ, यह आत्मविश्वास है, लेकिन सिर्फ मैं ही श्रेष्ठ हूँ, यह अहंकार है।
- जब बहुत से आदमियों से काम लेना हो तो अविश्वास रखकर चलना गलत नीति है।
- नीति के विरुद्ध कोई काम करने का फल अपने तक नहीं रहता, दूसरों पर उसका और भी बुरा असर पड़ता है।
- नीतिवान को जहाँ दबना चाहिए, वहाँ दबे और जहाँ गरम होना चाहिए, वहाँ गरम होना चाहिए।
- नीति सही, नीयत साफ और मकसद सही हो तो यकीनन किसी-न-किसी रूप में ईश्वर भी आपकी मदद करते हैं।
- नीति के विरुद्ध कोई काम करने का फल अपने तक नहीं रहता, बल्कि दूसरों पर उसका और भी बुरा असर पड़ता है।
- कीचड़ से सोना उठाना, यह तो सज्जन की रीति-नीति है।
- नीति के बिना धर्म टिक नहीं सकता। सच्ची नीति में धर्म का बहुत-कुछ समावेश हो जाता है।
- इनसान का मिजाज भी अजीब है। जो उसकी बात को समझे, वो अच्छा लगता है और जो उसकी नीयत को समझे, वो बुरा लगता है।
- बख्श देता है भगवान् उनको, जिनकी किस्मत खराब होती है, वो कभी नहीं बख्शे जाते, जिनकी नीयत खराब होती है।
- कर्म तेरे अच्छे हैं, तो किस्मत तेरी दासी है, नीयत तेरी अच्छी है, तो घर मथुरा-काशी है।
- स्वीकार करने की हिम्मत और सुधार करने की नीयत हो तो इनसान बहुत-कुछ सीख सकता है।
- उनके साथ जरूर रहो, जिनका वक्त खराब है, पर उनका साथ छोड़ दो, जिनकी नीयत खराब है।
- नीयत और सोच अच्छी होनी चाहिए, क्योंकि बातें तो बहुत से लोग अच्छी कर लेते हैं।

- आपकी नीयत से ईश्वर प्रसन्न होते हैं और दिखावे से इनसान। अब यह आप पर निर्भर करता है कि आप किसे प्रसन्न करना चाहते हैं, इनसान को या भगवान् को?
- ठीक समय पर शुरू की गई नीतियाँ सही फल देती हैं।
- नीति के विरुद्ध कोई काम करने का परिणाम अपने तक नहीं रहता, बल्कि दूसरों पर उसका और भी बुरा असर पड़ता है।

## नैतिक/नैतिकता/अनैतिक/अनैतिकता

- एक स्वस्थ समाज बनाने के लिए सबसे पहले हमें बच्चों में नैतिक मूल्य जगाने होंगे।
- जितनी आधुनिकता बढ़ी, उतना ही नैतिकता घटी है।
- साँसों का रुक जाना मृत्यु नहीं है, अपितु वह व्यक्ति भी मरा हुआ है, जिसने गलत को गलत कहने की नैतिकता खो दी है।
- सच्चाई और नैतिकता एक-दूसरे के पूरक भी हैं और एक-दूसरे के बगैर अधूरे भी।
- वास्तव में, सही शिक्षा वही है, जो विषय ज्ञान के साथ-साथ विद्यार्थी में नैतिक और आध्यात्मिक मूल्यों को भी विकसित कर सके।
- नैतिक मूल्य आत्महत्या कर लेते हैं, उचित मूल्यों के अभाव में।
- नैतिक मूल्यों का बीज अगर बचपन में नहीं बोया तो जीवन में नैतिकता की कल्पना करना बेमानी है।
- नैतिक, आध्यात्मिक और मानवीय मूल्यों को स्थापित किए बिना सच्ची स्वतंत्रता असंभव है।
- नैतिकता मनुष्य का वह शृंगार है, जो उसके अंत:करण में सुंदरता और निखार लाती है।
- नैतिकता वो गुण है, जिससे मनुष्य को संतुष्टि मिलती है।
- अच्छे दिनों में साथ छोड़नेवाले अकसर अपने बुरे दिनों में नैतिकता एवं निष्ठा की बात करते हैं।

- अनैतिक कार्यों की सहायता से किया हुआ धार्मिक कार्य भी अधर्म है। धर्म की आड़ में किया गया अनैतिक कार्य अंततः गर्त में ही ले जाएगा।
- लगता है, नैतिकता अब किताबों में सिमटकर रह गई है और असल जिंदगी में लोगों का इससे कोई लेना-देना नहीं है।

## पति/पत्नी

- बहुत कड़वा सच—पुत्र की परख विवाह के बाद, पुत्री की परख जवानी में, पति की परख पत्नी की बीमारी में, पत्नी की परख पति की गरीबी में, मित्र की परख मुसीबत में, भाई की परख लड़ाई में, बहन की परख जायदाद में और औलाद की परख बुढ़ापे में होती है।
- पति-पत्नी पक्के और सच्चे साथी हैं। दोनों धर्म, अर्थ, काम और मोक्ष की प्राप्ति के लिए सामूहिक प्रयास करते हैं।
- पत्नी को चाहिए कि वह पति पर अपना हक संपत्ति की तरह न करे। उसका पति परिवार के सदस्यों का भी कुछ लगता है और उसको उनके साथ भी रिश्ते निभाने होते हैं, जिनके प्रति उसकी जिम्मेदारी है तथा हर संभव उस जिम्मेदारी को निभाने में मदद करे।
- सबसे सुखी पत्नी वह नहीं है, जो सबसे अच्छे पुरुष से विवाह करती है, बल्कि वह सबसे सुखी है, जो अपने पति को सबसे अच्छा बना लेती है।
- कोई भी पति जब अपनी पत्नी की गलतियों पर उसे नहीं डाँटता, इसका मतलब यह नहीं है कि वो डरपोक है। इसका सीधा सा अर्थ है कि उसने बवाल से बचना सीखा लिया है और शायद उस व्यक्ति ने शांति से जीवन जीने का मार्ग खोज लिया है।
- मृत्यु के बाद यही है जीवन का सच—पत्नी मकान तक, समाज श्मशान तक, पुत्र अग्निदान तक और केवल आपके कर्म भगवान् तक पहुँचाते हैं।
- रिश्ते के बिखराव में गलती चाहे पति से हुई हो या पत्नी से, अपराधी पति और पत्नी दोनों ही रहते हैं। इसलिए अपनी चूक की जिम्मेदारी लेने से न बचें और दूसरे से हुई चूक को माफ करने या भूलने की आदत डालें।
- पति की प्रसन्नता में ही पत्नी का सौभाग्य है।
- पति को कभी-कभी अंधा और कभी-कभी बहरा होना चाहिए।

- जो आदर्श नारी हो सकती है, वही आदर्श पत्नी भी हो सकती है। औरत के हाथ में बड़ी बरक्कत होती है।
- पति को भी चाहिए कि वह पत्नी की भावना का ध्यान रखे, लेकिन उसके इशारों पर नाचना, परिवार के रिश्ते तय करना और समाज में निभाना एक कमजोर और अकुशल पति का काम होता है।
- पति समझदार हो तो मकान जल्दी ही बन जाता है, पत्नी समझदार हो तो घर जल्दी बन जाता है। दोनों ही समझदार हों तो घर मंदिर बन जाता है। बच्चे भी समझदार हों तो स्वर्ग बन जाता है। अगर माँ-बाप साथ हों तो घर स्वर्ग से भी सुंदर बन जाता है।
- पति अपनी पत्नी और अन्य परिवार के सदस्यों का सेतु (पुल) है। उसको अपनी यह जिम्मेदारी परिपक्वता, संतुलन और सलीके से निभानी चाहिए, अन्यथा गृहस्थी में संकट आने में देर नहीं लगेगी। जो पति ऐसा नहीं कर पाते, वे गृहस्थी को खराब कर लेते हैं।
- पति-पत्नी अपने कर्तव्य जिम्मेदारी, परिपक्वता और जवाबदेही से निभाएँगे तो गृहस्थी में खुशहाली स्वयं आ जाएगी।
- पत्नी को अपने परिवार के बड़ों से बातचीत सोच-समझकर, धैर्य तथा परिपक्वता के साथ करनी चाहिए और पति को चाहिए कि वो बड़ों से व्यवहार करने के लिए पत्नी पर जरूरत से ज्यादा आश्रित न रहे।
- पत्नी के लिए इस और परलोक में एकमात्र सच्चा पति ही सदा आश्रय देनेवाला है।
- पत्नी के चुनाव में किसी सच्चरित्र माता की पुत्री पसंद करो।
- पत्नी-पति गृहस्थी के दो पहिए हैं। इनका आपसी संतुलन विश्वास, आस्था और समर्पण पर टिका है।
- पत्नियाँ युवकों के लिए प्रेमिकाएँ, प्रौढ़ों के लिए मित्र और वृद्धों के लिए परिचारिकाएँ होती हैं।
- जो व्यक्ति किसी विषय में अपनी पत्नी की उचित राय को भी अपनाने में अपमान समझे, उसकी बुद्धि बिगड़ी हुई है।

- पत्नी पुरुष की अर्धांगिनी और परम मित्र है। संसार में जिसका सहायक कोई न हो, उसकी पत्नी जीवन-यात्रा में उसका साथ देती है।
- दाता की परीक्षा अकाल में, शूरवीर की युद्ध में, मित्र की आपातकाल में, पत्नी की निर्धनता में, अच्छे कुल की विपत्ति में, व्यवहार में साधु की, आर्थिक कठिनाई में धीर की और सत्य की परीक्षा संकट में होती है।
- अपनी गृहस्थी की सफलता के लिए पत्नी को अपने मायके की तुलना ससुराल में नहीं करनी चाहिए और छोटी-मोटी और सुनी-सुनाई बातों को मायके में नहीं पहुँचाना चाहिए, जिससे बात का बतंगड़ बनने की संभावना से अप्रिय परिस्थिति पैदा हो सकती है।
- आँखें बंद करके जो प्रेम करे, वो प्रेमिका है; आँखें खोल के जो प्रेम करे, वो दोस्त है; आँखें दिखा के जो प्रेम करे, वो पत्नी है; अपनी आँखें बंद होने तक जो प्रेम करे, वो माँ है; परंतु आँखों में प्रेम न जताते हुए भी जो प्रेम करे, वो पिता है।
- अगर वास्तव में पत्नी ससुराल में सुख और इज्जत चाहती है तो पति को अपने पक्ष में करने के लिए झूठ, चालाकी, स्वार्थ, संकीर्ण और मनगढ़ंत बातों का सहारा नहीं लेना चाहिए, अन्यथा परिवार में गलत तालमेल का खामियाजा भी भुगतना पड़ सकता है।
- जिस तरह पति के देहांत पर पत्नी अनाथ-सी हो जाती है, उसी तरह पत्नी के देहांत पर पति के हाथ-पाँव-से कट जाते हैं।
- अच्छी नारी से विवाह तूफान में भी बंदरगाह है और बुरी नारी से विवाह बंदरगाह पर भी तूफान है।
- विवाह स्त्री-पुरुष के अस्तित्व को संयुक्त कर देता है।
- केवल घर में रहने से कोई गृहस्थ नहीं होता, बल्कि पत्नी के साथ रहने से गृहस्थ होता है। जहाँ भार्या है, वहीं घर है।

## प्रकृति/नियति

- ये दुनिया तभी तक खूबसूरत है, जब तक प्रकृति सुरक्षित है।
- खुद को खुश रखें, प्रकृति भी खुश रहेगी, पर खुद को खुश रखने के लिए प्रकृति को नाखुश न रखें।

- चिकित्सक उपचार करते हैं और प्रकृति अच्छा करती है।
- प्रकृति ईश्वर की शक्ति का क्षेत्र है और जीवात्मा उसके प्रेम का क्षेत्र।
- प्रकृति ईश्वर की सर्वोत्तम भेंट है।
- प्रकृति के चरण-चिह्नों पर चलो, उसका रहस्य है धैर्य।
- प्रकृति का आमतौर पर कालचक्र देखिए—1. बचपन : समय है, शक्ति है, लेकिन पैसा नहीं है; 2. युवावस्था : शक्ति है, पैसा है, लेकिन समय नहीं है और 3. बुढ़ापा : पैसा है, समय है, लेकिन शक्ति नहीं है। प्रकृति का कोई जवाब नहीं; इसलिए प्रतिदिन हर्ष, उल्लास और खुशी में जीवन बिताएँ।
- नियति या भाग्य एक ऐसी चीज है, जो जन्म से पहले ही तय हो जाती है।
- प्रकृति माँ से भी बड़ी होती है, क्योंकि माँ जन्म देती है और प्रकृति जीवन देती है।
- प्रकृति से सीखें—वक्त से चलना, समयानुसार बदलना, मौसम में ढलना।
- प्रकृति से सीखिए, बिना लालच के सबकुछ देना।
- प्रकृति अपरिमित ज्ञान का भंडार है, पत्ते-पत्ते में शिक्षापूर्ण पाठ है, परंतु उनसे लाभ उठाने के लिए अनुभव आवश्यक है।
- प्रकृति अपना संतुलन खुद बनाती है।
- जो कार्य प्रकृति के करने का है, उसे मनुष्य हरगिज नहीं कर सकता।
- मनुष्य की जरूरतें पूरा करने के लिए प्रकृति के पास सब उपलब्ध है, पर उसके लालच के लिए कुछ नहीं।

## प्रतिशोध/बदला/प्रतिकार

- ऊँचाई पर वे ही पहुँचते हैं, जो प्रतिशोध की बजाय परिवर्तन की सोच रखते हैं।
- कमजोर लोग बदला लेते हैं, शक्तिशाली लोग माफ कर देते हैं और बुद्धिमान लोग नजरअंदाज कर देते हैं।
- जो बदला लेने की सोचता है, वह अपने ही जख्मों को हरा रखता है। अगर भूल गया होता तो शायद वे भरकर अच्छे गए होते।
- ऊँचाई पर वही लोग पहुँचते हैं, जो बदला लेने की नहीं, बदलाव लाने की सोच रखते हैं।

- क्रोध और प्रतिशोध दोनों पर नियंत्रण होना जरूरी है।
- क्षमा करना भी अपने आपमें एक प्रतिशोध है।
- बदला या प्रतिशोध की खुशी एक दिन की है, किंतु माफ करने का गौरव सदा रहता है।

## प्रबंध/व्यवस्था

- ईश्वर ने दो ही रास्ते दिए हैं—या तो देकर जाएँ या फिर छोड़कर जाएँ। साथ ले जाने की कोई व्यवस्था नहीं है।
- चिंता करना मतलब ईश्वर की व्यवस्था पर शक करना।
- पुण्य व्यवस्था बनाता है और पाप व्यवस्था बिगाड़ता है।
- व्यवस्था यदि व्यवस्थित हो जाए तो व्यवधान स्वत: क्षीण हो जाते हैं।
- व्यवस्था के लिए अनुशासन अनिवार्य है।
- जब हमारी व्यवस्था खराब होती है तो हमें अपनी इज्जत की फिक्र होने लगती है। इसलिए हमें अपनी व्यवस्था पहले से चाक-चौबंद कर लेनी चाहिए।
- जिसकी नीयत और नीति दोनों खराब होती हैं, उनकी किसी भी तरह की व्यवस्था देर-सवेर चरमरा जाती है।

## प्रभाव/असर

- झूठ किसी भी तरह, किसी भी बहाने से, किसी भी कारण से क्यों न बोला जाए, आखिर वह झूठ ही है। ऐसे झूठे व्यक्ति, परिवार और समाज पर बुरा असर डाले बिना नहीं रहते।
- प्रभाव अच्छा होने की बजाय स्वभाव अच्छा होना ज्यादा जरूरी है।
- मनुष्य को अपनी गलती निस्संकोच स्वीकार कर लेनी चाहिए। हठ पकड़कर और छल करके उसे छिपाना नहीं चाहिए। छिपाने से गलती विष के समान अपना प्रभाव बढ़ाती ही जाएगी।
- जिन शब्दों में भाव होता है, उनका कुछ तो प्रभाव होता है।
- कमल ऐसी शुद्धता का प्रतीक है, जिसकी जड़ों में कीचड़ है, पर फूल गंदगी से ऊपर है। संसार में कमल की तरह खिले रहें और नकारात्मक चीजों का अपने पर असर न पड़ने दें।

- दवा जेब में नहीं, शरीर में जाए तो असर होता है। वैसे ही अच्छे विचार मोबाइल में नहीं, हृदय में उतरें तो जीवन सफल होता है।

## प्रतीक्षा/इंतजार

- समय किसी की प्रतीक्षा नहीं करता।
- परख अगर हीरे की करनी हो तो अँधेरे का इंतजार करो, वरना धूप में तो काँच के टुकड़े भी चमकते हैं।
- संसार में जितनी चीजें हैं, उनको पाने की चेष्टा में आदमी कभी नहीं ऊबता, पर उन्हें पाकर ऊब जाता है। इंतजार में कभी नहीं ऊबता, मिलन में ऊब जाता है। इंतजार जिंदगी भर चल सकता है, मिलन घड़ी भर चलाना मुश्किल पड़ जाता है।
- दूसरों को सुनाने के लिए अपनी आवाज ऊँची मत करो, बल्कि अपना व्यक्तित्व इतना ऊँचा बनाओ, आपको सुनने के लिए लोग इंतजार करें।
- इंतजार करनेवालों को केवल उतना ही मिलता है, जितना कोशिश करनेवाले छोड़ देते हैं।
- जिंदगी में खत्म होने जैसा कुछ नहीं होता। हमेशा एक नई शुरुआत आपका इंतजार करती है।
- वक्त और लहरें किसी का इंतजार नहीं करतीं।
- जो सब्र के साथ इंतजार करना जानते हैं, उनके पास हर चीज किसी-न-किसी तरीके से पहुँच जाती है।

## प्रमाण/साबित/सबूत

- सिद्ध उन्हीं बातों को किया जाता है, जो वास्तव में सच नहीं होतीं, क्योंकि जो सच हैं, वे तो स्वयंसिद्ध हैं।
- प्रसिद्ध होना आसान है, पर सिद्ध होना बेहद कठिन।
- परिश्रम करने से ही कार्य सिद्ध होते हैं, केवल इच्छा करने से नहीं। पशु सोते हुए सिंह के मुख में अपने आप प्रवेश नहीं करता।
- जीवन की आरंभिक विपत्तियाँ अनेक बार वरदान सिद्ध होती हैं।
- बड़ी-से-बड़ी बात को सरल-से-सरल विधि से कहना उच्च संस्कृति का प्रमाण है।

- पढ़ने में सेकेंड लगता है, सोचने में मिनट लगता है, समझने में दिन लगता है और साबित करने में पूरी जिंदगी लग जाती हो और वह चीज है, विश्वास।
- विश्वास बहुत छोटा शब्द है, उसको पढ़ने में तो एक सेकेंड लगता है, सोचो तो मिनट लगता है, समझो तो दिन लगता है, पर साबित करने में तो पूरी जिंदगी लग जाती है।
- जहाँ विश्वास है, वहाँ सबूत की जरूरत नहीं होती। आखिर गीता पर भी कहाँ श्रीकृष्णजी के हस्ताक्षर हैं।
- उसी का कार्य सिद्ध होता है, जो समय को विचारकर कार्य करता है।

## प्रेम/लगाव/प्यार/मोहब्बत/स्नेह

- अपनों के लिए चिंता हृदय में होती है, शब्दों में नहीं, और अपनों के लिए गुस्सा शब्दों में होता है, हृदय में नहीं, बस यही अटूट प्रेम की परिभाषा है।
- भक्ति और प्रेम से मनुष्य निस्स्वार्थी बन सकता है। मनुष्य के मन में जब श्रद्धा बढ़ती है तो स्वार्थ का नाश हो जाता है।
- स्वजन शत्रु हो जाते हैं और पराए मित्र हो जाते हैं, ऐसा देखा जाता है। कार्यवश लोग स्नेह भी करते हैं और तोड़ते भी हैं।
- कुछ लोग सहज रूप से प्रेम करते हैं और कुछ लोग बिना ठोस कारण के प्रेम नहीं करते।
- यदि प्रेम और सम्मान को पाना है तो अपने क्रोध पर नियंत्रण रखना चाहिए। जलती शाखा पर तो पक्षी भी बैठना पसंद नहीं करते।
- प्रेम किसी से इतना करो कि उसके मन में सदैव तुम्हें खोने का डर बना रहे।
- यदि छोड़ने के सैकड़ों कारण भी होंगे तो भी जो आपसे प्यार करते हैं, वे कभी आपको नहीं छोड़ेंगे।
- मोहब्बत त्याग की माँ है, जहाँ जाती है, बेटे को साथ ले जाती है।
- सच्चा प्रेम भूत की तरह है—चर्चा उसकी सब करते हैं, देखा किसी ने नहीं।
- प्रसन्नता कोई अंतिम पड़ाव नहीं है, बल्कि जीने का ढंग है।
- प्रेम एक ऐसा अनुभव है, जो मनुष्य को कभी हारने नहीं देता और घृणा एक ऐसा अनुभव है, जो इनसान को कभी जीतने नहीं देता।

- प्रेम बलिदान सिखाता है, हिसाब नहीं सिखाता। प्रेम मस्तिष्क को नहीं, हृदय को छूता है।
- लोग कहते हैं मोहब्बत इतनी करो कि दिल सवार हो जाए, हम कहते हैं कि मोहब्बत इतनी करो कि बेवफा को भी प्यार हो जाए।
- प्रेम की डोर बहुत नाजुक होती है, लेकिन मजबूत भी इतनी कि वह ईश्वर को भी बाँध सकती है।
- प्रेम कभी दावा नहीं करता, वह तो हमेशा देता है। प्रेम हमेशा कष्ट सहता है। न कभी झुँझलाता है, न बदला लेता है।
- प्रेम का दावा बहुत लोग करते हैं, लेकिन प्रेम की शक्ति उन्हें प्राप्त होती है, जो बिना किसी भय के प्रेम निभाने का साहस रखते हैं।
- प्रेम में कोई छोटा या बड़ा नहीं होता, न ही इसमें कोई मान-अपमान होता है। इसमें जो जितना झुकता है, उतना ही ऊँचा स्थान पाता है।
- प्रेम हाथ में रखे पारे की तरह होता है, मुट्ठी खोलने पर रहता है और भींचने पर निकल जाता है।
- प्रेम सदा माफी माँगना पसंद करता है और अहंकार सदा माफी सुनना पसंद करता है।
- प्रेम से मृत्यु अधिक बलवान, मृत्यु जीवन से अधिक बलवान है। यह जानते हुए भी मनुष्य-मनुष्य के बीच कितनी संकुचित सीमा खिंची है।
- प्रेम से भरी हुई आँखें, श्रद्धा से झुका हुआ सिर, सहयोग करते हुए हाथ, सन्मार्ग पर चलते हुए पाँव और सत्य से जुड़ी हुई जीभ ईश्वर को सर्वाधिक पसंद है।
- प्रेम वो चीज है, जो इनसान को कभी मुरझाने नहीं देता और नफरत वो चीज है, जो इनसान को कभी खिलने नहीं देती।
- प्रेम और पसंद दोनों में क्या अंतर है ? इसका सबसे सुंदर जवाब गौतम बुद्ध ने दिया है—'अगर तुम एक फूल को पसंद करते हो तो तुम उसे तोड़कर रखना चाहोगे, लेकिन अगर उसके पौधे से प्रेम करते हो तो तोड़ने के बजाय तुम रोज उसमें पानी डालोगे, ताकि फूल मुरझाने न पाए।' जिसने भी इस रहस्य को समझ लिया, समझो उसने पूरी जिंदगी को ही समझ लिया।

- कौन किसी को क्या देता है, कौन किसी से क्या पाता है, प्रेम के दो शब्द बोलो सबसे, आपकी जेब से क्या जाता है?
- कुछ चीजें लुटाने पर और ज्यादा वापस मिलती हैं, जैसे प्रेम और विश्वास, आजमाकर देख लो।
- मनुष्य को अपनी ओर खींचनेवाले जगत् में यदि कोई असली चुंबक है तो वह केवल प्रेम है।
- हमें ऐसा प्रेम करना चाहिए, जिससे हम स्वार्थ से अंधे न हो जाएँ। हमारे गले से गले, कंधे से कंधे और पैरों से पैर मिलें, लेकिन सिर से सिर न टकराएँ।
- भारी-से-भारी चीज पंख जैसी हलकी हो जाती है, जब प्रेम उसे उठानेवाला होता है।
- मंजर धुँधला हो सकता है, मंजिल नहीं, दौर बुरा हो सकता है, जिंदगी नहीं, छल में बेशक बल है, लेकिन प्रेम में आज भी हल है।
- प्यार सुंदर है, क्योंकि यह दिल से नियंत्रित है, लेकिन संबंध बहुत सुंदर है, क्योंकि इसमें दूसरे के दिल की फिक्र है।
- प्रेम महान् वस्तु है। यह कठोर शुष्क और क्रूर हृदय को भी मोम की तरह मुलायम कर देता है।
- प्रेम सबसे करो, विश्वास कुछ का करो, लेकिन नुकसान किसी को भी मत पहुँचाओ।
- प्रेम क्रय नहीं किया जाता, वह अपने आपको अर्पित करता है।
- प्रेम वह सागर है, जिसमें डूबकर भी व्यक्ति सुख का अनुभव करता है।
- प्रेम एक ऐसा फल है, जो हर मौसम में मिलता है और जिसे सभी पा सकते हैं।
- संत कहते हैं, स्नेह का धागा और संवाद की सुई उधड़ते रिश्तों की तुरपाई कर देती है।
- सुनना, बोलना, प्रार्थना, देना, बाँटना, विश्वास, माफी, वादा, आनंद और जवाब—ये प्रेम के दस माध्यम हैं।
- स्नेह में ही ताकत है समर्थ को झुकाने की, वरना सुदामा में कहाँ ताकत थी श्रीकृष्ण से पैर धुलवाने की।

- दो पल की जिंदगी के दो नियम—किसी को प्रेम देना सबसे बड़ा उपहार है और किसी का प्रेम पाना सबसे बड़ा सम्मान है।
- तपस्या अगर पार्वती की थी तो प्रतीक्षा शिव को भी रही होगी। आँखों में आँसू माता सीता के थे तो मिलने की तड़प भगवान् राम में भी रही होगी। राधा और मीरा अगर श्रीकृष्ण को पा न सकीं तो उनके बिना अधूरे तो भगवान् श्रीकृष्ण भी रहे होंगे। प्रेम तो ईश्वर के लिए भी सरल नहीं था तो हम इनसानों के लिए कैसे होगा ?
- ताकत की जरूरत तब होती है, जब बुरा करना हो, वरना दुनिया में सबकुछ पाने के लिए प्यार ही काफी है।
- जो काम प्रेम से निकलता है, डर या मार से नहीं निकल सकता।
- अपने पड़ोसियों के साथ ज्यादा-से-ज्यादा कोशिश करके भाईचारे, इज्जत और हमदर्दी का सलूक करना चाहिए।
- झुक जाते हैं जो लोग आपके लिए किसी भी हद तक, वे सिर्फ आपकी इज्जत ही नहीं करते, बल्कि आपसे प्रेम भी करते हैं।
- छोटी उँगली पर पूरा गोवर्धन पर्वत उठानेवाले श्रीकृष्ण, छोटी सी बाँसुरी को दोनों हाथों से पकड़ते हैं। बस इतना ही अंतर है पराक्रम और प्रेम में, इसलिए रिश्तों में पराक्रम नहीं, प्रेम होना चाहिए।
- जीवन के चार स्तंभ—परिवार, दया, ईमानदारी और विनम्रता हैं। इन सभी का आधार प्रेम है।
- वास्तव में जीवन शुरू ही उस दिन से होता है, जिस दिन यह समझ आता है कि यहाँ देने के लिए प्रेम है और पाने के लिए भी प्रेम ही है।
- कोई भी उस व्यक्ति से प्रेम नहीं करता, जिससे वह डरता है।
- जिससे प्रेम होता है, उस पर विश्वास भी होता है।
- मनुष्य प्रेम जल्दबाजी में करता है और नफरत फुरसत में।
- हम सब व्यापारी बन गए हैं। हम प्राणों का व्यापार करते हैं, गुणों का व्यापार करते हैं, धर्म का व्यापार करते हैं। आश्चर्य की बात है कि प्रेम का भी व्यापार करते हैं!

## पराक्रम/बहादुर/बहादुरी/वीर/वीरता/शौर्य

- अग्नि से सोना परखा जाता है और विपत्ति से वीर पुरुष।
- सच्ची वीरता को मृत्यु से जितना कष्ट नहीं होता, उससे कहीं अधिक कष्ट बुजदिली को भय से होता है।
- वीर या महान् बनने के लिए मनुष्य को अपने कर्तव्य अधिक मात्रा में करने पड़ते हैं।
- संघर्ष के मार्ग पर जो वीर चलता है, वो ही संसार को बदलता है, जिसने अंधकार, मुसीबत और खुद से जीवन की जंग जीती, सूर्य बनकर वही चमकता है।
- जीत निश्चित हो तो कायर भी जंग लड़ लेते हैं, बहादुर तो वो लोग हैं, जो हार निश्चित हो तो भी मैदान नहीं छोड़ते।
- वीरता के जज्बे से जख्मी सिपाही अपनी जीत का समाचार पाकर अपना दर्द और पीड़ा भूल जाता है और पल भर के लिए मौत को भी हेय समझ लेता है।
- वीरों की मृत्यु पर आँसू नहीं बहाए जाते, गर्व और गौरव के गीत गाए जाते हैं।
- वीर वही है, जो अपनी वीरता पर काम करे।
- वीर निर्द्वंद्व जीते हैं और निर्द्वंद्व मरते हैं।
- बुद्धिमानों की परीक्षा संकटकाल में होती है और वीर की संग्राम में।
- वीर सत्कार्य में विरोध की परवाह नहीं करते और अंत में उस पर विजय पाते हैं।

## प्रसिद्ध/प्रसिद्धि/प्रतिष्ठा/मशहूर

- मनुष्य की प्रतिष्ठा उसकी छाया की तरह है। जब वह मानव के आगे चलती है तो बड़ी हो जाती है और जब उसके पीछे चलती है तो उसकी तुलना में बहुत छोटी हो जाती है।
- जिसने अपनी प्रतिष्ठा खो दी, उसने सबकुछ खो दिया।
- प्रतिष्ठा बनाने में कई वर्ष लग जाते हैं, कलंक एक पल में लग जाता है।
- संसार में वही मनुष्य बड़े बन सके, जिन्होंने लोक-प्रतिष्ठा की इच्छा न कर जनहित के बड़े-से-बड़े कार्यों को अपना कर्तव्य समझ लिया।

- सच्चा संत लोक-प्रतिष्ठा नहीं चाहता और भगवान् के दिए में संतोष मानता है।
- सज्जन व्यक्ति गरीब होकर भी प्रतिष्ठा का अधिकारी होता है।
- क्रोध से मनुष्य उसकी ही बेइज्जती नहीं करता, जिस पर क्रोध करता है, बल्कि स्वयं अपनी प्रतिष्ठा भी गँवाता है।
- अपनी प्रतिष्ठा चाहनेवालों को दूसरों की प्रतिष्ठा कभी नहीं गिरानी चाहिए।
- अच्छी प्रतिष्ठा प्राप्ति का अर्थ स्वयं को उतना योग्य बनाने का प्रयास करना है, जितना कि तुम दूसरों की नजरों में दिखना चाहते हो।
- शिक्षा से पद तो बड़े-से-बड़ा पा सकते हैं, लेकिन प्रतिष्ठा तो आचरण से ही मिलती है।

## परिवार/कुटुंब/घर

- अपने परिवार में बीमार, लाचार व वृद्ध लोगों को प्यार और इज्जत दें। हो सकता है, आज हमें रोजी-रोटी उन्हीं की किस्मत व दुआओं से मिल रही हो!
- पारिवारिक बंधन का मूल्य स्त्रियों में ज्यादा होता है।
- घर को आबाद और बरबाद करने के लिए घर का एक सदस्य ही काफी होता है।
- घर तब तक नहीं टूटता, जब तक फैसला बड़ों के हाथ में होता है, जब घर का हर कोई बड़ा बनने लगे तो फिर घर टूटने में देर नहीं लगती।
- घर एक ऐसा स्थान है, जहाँ जब कभी आप पहुँचते हैं, वह आपको अंदर बुला लेता है।
- घर का मुखिया बनना आसान नहीं। उसकी हालत टीन के उस छप्पर जैसी होती है, जो बारिश, तूफान, ओलावृष्टि सब झेलता है, पर उसके नीचे रहनेवाले अकसर कहते हैं कि यह आवाज बहुत करता है और गरम भी जल्दी होता है।
- घर टपकता है तो उसकी मरम्मत की जाती है, गिर जाए तो उसे छोड़ दिया जाता है।
- बिन भाई के साथ के रावण हार सकता है, और भाई के साथ से राम जीत सकते हैं, तो हम किस घमंड में हैं? सदा साथ रहिए और कोशिश करिए कि परिवार न टूटे।

- मिट्टी का मटका और परिवार की कीमत सिर्फ बनानेवाले को पता होती है, तोड़नेवाले को नहीं।
- जिस परिवार या समाज में लोग बातचीत से नहीं भागते, वहाँ कम-से-कम विवाद होंगे। अगर विवाद होंगे, तो भी जल्दी सुलझ जाएँगे।
- जिस व्यक्ति के जीवन में काम बहुत हैं, बस इतना समझ लीजिए कि अपने परिवार के लिए उसके अरमान बहुत हैं।
- हमारा जीवन तब अच्छा है, जब परिवार आपको मित्र माने और मित्र ऐसे सहारा दे, जैसे वो आपका परिवार है।
- परिवार में शादी भी एक गीत की तरह ही होती है। आपको हमेशा एक साथ पूरी तरह से सही गाना नहीं होता है, बस आपको एक-दूसरे की छोटी-मोटी गलतियों को नजरअंदाज करना होता है और साथ में यात्रा का आनंद लेना होता है।
- परिवार ही वो एकमात्र जगह है, जहाँ हमें खुद की सारी कमियों के साथ स्वीकार किया जाता है।
- परिवार और मित्र जिंदगी की जड़ हैं, इसमें रोज याद रूपी पानी देना जरूरी है।
- परिवार और समाज दोनों ही उस समय बरबाद होने लगते हैं, जब समझदार मौन और नासमझ बोलने लगते हैं।
- रोटी कमाना बड़ी बात नहीं है, लेकिन परिवार के साथ रोटी खाना बड़ी बात है।
- समय, मित्र, संबंध और परिवार, ये वो रिश्ते हैं, जो मिलते तो मुफ्त में हैं, मगर इनकी कीमत तब पता चलती है, जब ये कहीं खो जाते हैं।
- रोज लड़ो और चाहे खूब झगड़ा करो, पर परिवार से अलग होने की कभी मत सोचो, क्योंकि उन पत्तों की कोई कद्र नहीं होती, जो पेड़ से अलग होकर गिर जाते हैं।
- दुनिया के लिए आप एक व्यक्ति हैं, लेकिन परिवार के लिए आप पूरी दुनिया हैं।
- चेहरे की चमक और घर की ऊँचाइयों पर मत जाना। घर के बुजुर्ग अगर वहाँ मुसकराते मिलें तो तभी समझना कि आशियाना अमीरों का है।
- ना हार चाहिए, ना जीत चाहिए, जीवन में अच्छी सफलता के लिए परिवार और अच्छे मित्र का साथ चाहिए।

- अगर शहद जैसा मीठा परिणाम चाहिए तो मधुमक्खियों की तरह एक रहना जरूरी है, चाहे वो दोस्ती हो, परिवार हो या अपना मुल्क।
- गाँव में रहनेवालों की नजर शहर पर होती है, शहर में रहनेवालों की नजर विदेश पर होती है, विदेशवालों की नजर चाँद-तारों पर होती है, फिर भी कोई सुखी नहीं है, सुखी वही है, जिनकी नजर अपने परिवार पर होती है।
- परिवार में सबसे मेल-मिलाप रखेंगे तो घर अपने आप स्वर्ग बन जाएगा।
- हमारे देश में विवाह आमतौर पर व्यक्तिगत संबंध नहीं, बल्कि पारिवारिक संबंध है।
- परिवार में अगर छोटी-छोटी बातों को बड़ी बनाओगे तो आपका बड़ा परिवार छोटा होता चला जाएगा।

## परिश्रम/मेहनत/श्रम/पुरुषार्थ

- योजना बनाने में बरती गई सजगता और कार्यान्वित करने में की गई मेहनत ही सफलता का मार्ग प्रशस्त करती है।
- कोई भी कार्य कठिन नहीं होता, उसे साधने के लिए सिर्फ कठोर परिश्रम की आवश्यकता होती है।
- कुछ नहीं मिलता दुनिया में मेहनत के बगैर, अपना साया भी धूप में आने के बाद मिलता है।
- मानव जिस लक्ष्य पर मन लगा लेता है, उसे वह परिश्रम से प्राप्त कर लेता है।
- मेहनत इतनी खामोशी से करो कि आनेवाली सफलता शोर मचा दे।
- मेहनत का फल और समस्या का हल देर से ही सही, पर मिलता जरूर है।
- मेहनत सीढ़ियों की तरह होती है और लिफ्ट भाग्य की तरह, किसी समय लिफ्ट तो बंद हो सकती है, लेकिन सीढ़ियाँ हमेशा ऊँचाइयों की तरफ ले जाती हैं।
- मेहनत लगती है सपनों को सच बनाने में, हौसला लगता है बुलंदियाँ पाने में, बरसों लगते हैं जिंदगी बनाने में, और जिंदगी फिर भी कम पड़ती है रिश्ते निभाने में।
- किसी की सलाह से रास्ते तो मिल सकते हैं, लेकिन मंजिल खुद की मेहनत से ही मिलेगी।

- हमें परिश्रम से अपनी तकदीर के अंकुर को तब तक निरंतर सींचना है, जब तक सफलता से भरे विशाल वृक्ष बनकर फलदार और मीठे रसदार न बनें।
- हमें नहीं पता कि किस कदम से जीवन में बहार आएगी? इसलिए लगातार जुटे रहें और पता नहीं जीवन में कब खुशियाँ आ जाएँ?
- परिश्रम सफलता की कुंजी है।
- परिश्रम वह सुनहरी चाबी है, जो खुद किस्मत के फाटक खोल देती है।
- परिश्रम तो मनुष्य को करना ही चाहिए, वह उसका कर्तव्य है। गौ न पालकर भी बिल्ली अपने परिश्रम से दूध पीती है।
- जिस प्रकार परिश्रम करने से शरीर मजबूत होता है, उसी तरह कठिनाइयों से मस्तिष्क मजबूत होता है।
- सफलता शक्ल देखकर कदम नहीं चूमती। सफलता मेहनत की दीवानी होती है।
- उसी को अपनी असली संपत्ति समझो, जिसको तुमने अपने परिश्रम से कमाया है।
- जब भाग्य साथ नहीं दे रहा हो तो समझ लेना, मेहनत साथ देगी।
- आपकी किस्मत आपको मौका देगी, मगर आपकी मेहनत सबको चौंका देगी।
- अगर तुम सूरज की तरह चमकना चाहते हो तो उसकी तरह मेहनत और धैर्य से तपना सीखो।
- गुरुनानक देवजी कहते हैं कि कर्मभूमि पर कुछ अच्छा पाने के लिए मेहनत सबको करनी पड़ती है। ईश्वर सिर्फ लकीरें देते हैं, उसमें रंग हमें ही भरना पड़ता है।
- दुःख और परिश्रम मानव जीवन के लिए अत्यंत आवश्यक हैं, क्योंकि दुःख के बिना हृदय निर्मल नहीं होता और परिश्रम के बिना मनुष्य का विकास नहीं होता।
- हिंदू धर्म के अनुसार चार प्रकार के पुरुषार्थ हैं—धर्म, अर्थ, काम और मोक्ष।
- पुरुषार्थ को अपनाकर आलस्य और अकर्मण्यता की जिंदगी छोड़ दो।
- पुरुषार्थ खेत है और दैव को बीज बताया जाता है। खेत और बीज के संयोग से ही अनाज पैदा होता है।

- पूर्वजन्म में किया हुआ कर्म ही भाग्य कहलाता है, इसलिए पुरुषार्थ किए बिना भाग्य का निर्माण नहीं हो सकता।
- पल-पल का थोड़ा-थोड़ा पुरुषार्थ भी समय आने पर बड़ा फल दे जाता है, जिसको पाकर खुद इनसान चकित हुए बिना नहीं रहता।
- समय आने पर ही फल लगते हैं, इसलिए निरंतर पुरुषार्थ करो।
- देवता पुरुषार्थी से प्रेम करते हैं, आलसी से नहीं।
- जैसी तुम्हारी चाहत है, वैसा पुरुषार्थ, नहीं तो फिर केवल कल्पना में ही कल्पना का फल खाइए।
- अपने पुरुषार्थ से अर्जित ऐश्वर्य का दूसरा नाम ही सौभाग्य है।
- हकीकत को तलाश करना पड़ता है। अफवाहें तो घर बैठे आप तक पहुँच जाती हैं।

## परिस्थिति/हालात

- खुद को हर हालात में खुश रखिए, वह भी एक बहुत बड़ी जिम्मेदारी है।
- वक्त ने फँसाया है, लेकिन मैं परेशान नहीं हूँ, हालातों से हार जाऊँ, मैं वो इनसान नहीं हूँ।
- बदल जाते हैं वो लोग वक्त की तरह, जिन्हें हद से ज्यादा वक्त दे दिया जाए।
- बुरी परिस्थितियों को पार किए बिना कोई जिंदगी की ऊँचाइयाँ नहीं पा सकता। सफलता चाहते हो तो जीवन में हरेक परिस्थिति का सामना करो, क्योंकि विजेता कभी पथ नहीं छोड़ते और पथ छोड़नेवाले कभी विजेता नहीं बनते।
- मनुष्य या तो परिस्थितियों से बिगड़ता है या पूर्व संस्कारों से।
- मनुष्य कितना भी गोरा क्यों न हो, उसकी परछाईं काली ही होती है।
- किस उम्र तक पढ़ा जाए, किस उम्र तक कमाया जाए, ये शौक नहीं, हालात तय करते हैं।
- हँसते हुए चेहरों का अर्थ यह नहीं कि इनके जीवन में दु:खों की गैर-हाजिरी है, बल्कि इनके अंदर परिस्थितियाँ सँभालने की क्षमता है।

- हर परिस्थिति में हमेशा शांत रहें, जीवन में खुद को बहुत मजबूत पाएँगे, क्योंकि लोहा ठंडा रहने पर ही मजबूत होता है, गरम होने पर तो उसे किसी भी आकार में ढाल दिया जाता है।
- हालात सिखाते हैं बातें सुनना और सहना, वरना हर शख्स फितरत से बादशाह ही होता है।
- भगवान् कृष्ण ने कहा है कि कोई किसी के साथ तीन परिस्थितियों में जाता है—भाव में, अभाव में और प्रभाव में। इसलिए आपके पास जब भी कोई आए तो उसे पूरा सम्मान दें, पता नहीं वह किस स्थिति में आपके पास आया है! भाव में आया है तो बस प्रेम चाहिए, अभाव में आया है तो मदद चाहिए एवं आपको सक्षम समझकर आया है और प्रभाव में आया है तो आपको गर्व होना चाहिए कि आप इस हेतु सक्षम हैं, तो उसका तिरस्कार न करें।
- परिस्थिति बदलना मुश्किल न हो तो मन की स्थिति बदल दीजिए। सबकुछ अपने आप बदल जाएगा।
- परिस्थिति हमें उतना नहीं सतातीं, जितना ये विचार सताते हैं कि परिस्थिति के कारण हमें कितना कष्ट उठाना पड़ रहा है!
- पहले तो इच्छाएँ पूरी नहीं होती हैं और अगर इच्छाएँ पूरी होती हैं तो लोभ बढ़ता है। इसलिए जीवन की हर परिस्थिति में धैर्य बनाए रखना ही श्रेष्ठता है।
- पानी से हमें सीखना चाहिए। हरेक परिस्थिति में अनुकूल हो जाएँ सदा अपने को गतिमान रखने के लिए।
- पुरुषार्थ परिस्थितियों को अपने अनुकूल बनाने में है।
- जब दिमाग कमजोर होता है, परिस्थितियाँ समस्या बन जाती हैं; जब दिमाग स्थिर होता है, तब परिस्थितियाँ चुनौती बन जाती हैं; लेकिन जब दिमाग मजबूत होता है, तब परिस्थितियाँ अवसर बन जाती हैं।
- जीवन का अधिकांश भाग परिस्थितियों द्वारा निर्मित होता है।
- अगर आप उन बातों और परिस्थितियों की वजह से चिंतित हो जाते हैं, जो आपके नियंत्रण में नहीं, तो उसका परिणाम समय की बरबादी और पछतावा है।
- इच्छाओं के अनुरूप जीने के लिए जुनून चाहिए, वरना परिस्थितियाँ तो सदा विपरीत रहती हैं।

- यदि परिस्थिति अनुकूल हों तो सीधे अपने ध्येय की ओर चलो, लेकिन परिस्थितियाँ अनुकूल न हों तो उस राह पर चलो, जिसमें सबसे कम रुकावट की संभावना हो।

## परीक्षा/परख/जाँच/इम्तिहान

- 'वक्त' और 'अध्यापक' दोनों हमें सिखाते हैं, पर दोनों में फर्क सिर्फ इतना है कि अध्यापक सिखाकर 'परीक्षा' लेते हैं और वक्त परीक्षा लेकर 'सिखाता' है।
- कहते हैं कि जब गुण को परखनेवाला ग्राहक मिल जाता है तो गुण की कीमत होती है, पर जब ऐसा ग्राहक नहीं मिलता, तब गुण कौड़ी के भाव चला जाता है।
- मुसीबतों को हौसले से झेलो। इनसे घबराना, अपने काम को बिगाड़ना है। संकट में ही मनुष्य की परीक्षा होती है।
- जिंदगी की परीक्षा में कोई नंबर नहीं मिलते। लोग आपको दिल में जगह दे दें तो समझ लेना कि आप पास हो गए।
- जिंदगी की परीक्षा कितनी वफादार है, उसका पेपर कभी लीक नहीं होता।
- जिस तरह कंचन को काटकर, घिसकर और पीटकर उसकी पहचान की जाती है, उसी तरह त्याग, शील, गुण और कर्म इन चार प्रकार से मानव की भी परीक्षा की जाती है।
- परखता तो वक्त है, कभी हालात के रूप में, कभी मजबूरियों के रूप में, भाग्य तो बस आपकी काबिलीयत देखता है।
- सुख व्यक्ति के अहंकार की परीक्षा लेता है, जबकि दुःख व्यक्ति के धैर्य की परीक्षा लेता है। दोनों परीक्षा में उत्तीर्ण व्यक्ति का जीवन ही सफल जीवन है।
- जीवन की परीक्षा में कोई अंक नहीं मिलते हैं, पर लोग आपको हृदय से स्मरण करें तो समझ लेना आप उत्तीर्ण हो गए।
- जब परीक्षा चल रही हो, तब शिक्षक मौन रहते हैं।
- जरूर कुछ-न-कुछ बनाएगी ये जिंदगी, इतने इम्तिहान जो ले रही है।
- जीवन एक परीक्षा है, जिसमें अधिकांश लोग विफल हो जाते हैं, क्योंकि वे एक-दूसरे की नकल करते हैं। लेकिन एक-दूसरे की नकल करते समय वे यह भूल जाते हैं कि हम सभी को अलग-अलग प्रश्न-पत्र दिया जाता है।

- नसीब जिनके ऊँचे और मस्त होते हैं, इम्तिहान भी उनके कभी–कभी जबरदस्त होते हैं।
- अच्छे लोगों की भगवान् परीक्षा लेता है, मगर साथ कभी नहीं छोड़ता। बुरे लोगों को भगवान् बहुत–कुछ देता है, मगर साथ नहीं देता।
- अच्छे लोगों की परीक्षा कभी मत लीजिए, क्योंकि वे पारे की तरह होते हैं। जब आप उन पर चोट करते हैं तो वे टूटते नहीं, पर फिसलकर चुपचाप आपकी जिंदगी से निकल जाते हैं।
- परीक्षा संसार की करो, प्रतीक्षा परमात्मा की और समीक्षा अपनी करो, पर हम परीक्षा परमात्मा की करते हैं, प्रतीक्षा सुख की और समीक्षा दूसरों की करते हैं।
- मनुष्य की सच्ची परीक्षा विपत्ति में होती है और रोने–धोने से घाव कभी नहीं भरा करते।
- अग्नि से सोना परखा जाता है और विपत्ति में वीर पुरुष।

## परेशान

- जीवन में जब हम खराब दौर से गुजरते हैं, तब मन में यह विचार जरूर आता है कि परमात्मा मेरी परेशानी देखता क्यों नहीं, मेरे दुःख कम क्यों नहीं करता?
- कागज की कश्ती में सवार हैं हम, फिर भी कल के लिए परेशान हैं हम।
- किसी को परेशान देखकर अगर हमें परेशानी होती है तो यकीन मानिए, ईश्वर ने हमें इनसान बनाकर कोई गलती नहीं की।
- आजकल हम ज्यादा परेशान क्यों रहते हैं? क्योंकि हम दूसरों की नकल ज्यादा और अपनी अक्ल कम उपयोग करते हैं।
- जिसने बुरे दिन नहीं देखे, वो अच्छे दिनों में भी परेशान रहता है।
- परेशानी में ऐसा लगता है, जैसे हर इम्तिहान के लिए किसी ने जिंदगी को हमारा पता ही दे दिया है।
- दूसरों की परेशानी का कभी आनंद मत लीजिए, क्योंकि कहीं ईश्वर आपको वही परेशानी तोहफे में न दे दे! ईश्वर अकसर वही देता है, जिससे आपको आनंद मिलता है।

- आप कितने भी परेशान क्यों न हों, परंतु किसी अपने को परेशान देखकर यह जरूर कहें, चिंता मत कीजिए, 'हम हैं न'—ये तीन शब्द उसके जीवन में ऊर्जा भर देंगे।
- आज परेशानी है तो कल सुकून भी आएगा, भगवान् तो मेरा भी है, आखिर कब तक रुलाएगा?

## पवित्र/शुद्ध/असली/पावन/वास्तव/वास्तविक/असली/असलियत

- जीवन को उच्च बनाने के लिए उच्च शिक्षा की आवश्यकता नहीं है, केवल शुद्ध विचारों और पवित्र भावों की आवश्यकता है।
- सोने की शुद्धि या मिलावट अग्नि में ही देखी जाती है।
- शरीर जल से पवित्र होता है, मन सत्य से, आत्मा धर्म से और बुद्धि ज्ञान से पवित्र होती है।
- बहता पानी और रमता जोगी ही पवित्र होते हैं।
- पवित्र मन दुनिया का सबसे उत्तम तीर्थ है।
- कोई अगर आपके अच्छे कार्य पर संदेह करता है तो करने देना, क्योंकि शक सदा सोने की शुद्धता पर किया जाता है, कोयले की कालिख पर नहीं।
- जितना मन से पवित्र रहोगे, उतना ही भगवान् के करीब रहोगे, क्योंकि सदैव पवित्रता में ही भगवान् का वास होता है।
- जितना हो सके, सबसे अच्छा व्यवहार करना चाहिए। एक दिन सबको इस दुनिया से जाना ही है। पर जियो ऐसे कि मरने के बाद भी लोग नाम लें। जीवन की असली कीमत मरने के बाद ही समझ में आती है।
- जिनका मन पवित्र नहीं, उनका कोई कर्म पवित्र नहीं होता।
- संगत से शुद्ध विचार और पंगत से शुद्ध आहार न हो तो छोड़ देने में ही बुद्धिमानी है।
- जैसे हो, वैसे ही रहो, क्योंकि असली की कीमत नकली से ज्यादा होती है।
- जल शरीर को शुद्ध करता है, सत्य मन को शुद्ध करता है, ज्ञान विचारशक्ति (बुद्धि) को शुद्ध करता है और मनुष्य की शुद्धि पश्चात्ताप और आचरण पर निर्भर है।

- निर्मल चरित्र और आत्मिक पवित्रतावाला व्यक्ति सहजता से लोगों का विश्वास अर्जित करता है और स्वतः अपने आसपास के वातावरण को शुद्ध कर देता है।
- कल्पना सुंदर होती है, पर उसे जिया नहीं जा सकता और वास्तविकता कड़वी होती है, पर उसे छोड़ा नहीं जा सकता।

## पश्चात्ताप/पछतावा

- गलती करना मनुष्य का स्वभाव है। की हुई गलती को मान लेना और ऐसा आचरण करना कि दोबारा वह गलती न हो, वही वास्तव में पछतावा है।
- बीते हुए लम्हों को सोचकर पछतावा न करो, उम्मीद और जुनून को जगाकर कुछ अच्छा और नया करो।
- कुछ भी ऐसा न करो, जिससे बाद में पछतावा हो, क्योंकि जो हासिल होना था, वह हाथ से निकल जाएगा।
- जिंदगी में पछतावा करना छोड़ो और कुछ ऐसा करो कि लोग तुम्हें छोड़ देने पर पछताएँ।
- जिंदगी से ज्यादा ख्वाहिशें न रखें। बस इतना प्रयास करें कि अगला कदम पिछले से बेहतरीन हो और पिछले पर पछतावा न हो।
- समझदार व्यक्ति असफल होने के बाद पश्चात्ताप नहीं करता, बल्कि यह मालूम करता है कि असफलता का कारण क्या है और कमी दूर करके पुनः प्रयास करता है।
- सुधार के बिना पछतावा उसी तरह कारगर नहीं, जैसे सुराख बंद किए बिना जहाज में से पानी निकालना।
- जीवन में पछतावा करना छोड़ो। कुछ ऐसा करो कि लोग तुम्हें छोड़ देने पर पछताएँ।
- अकसर हम जिंदगी में कई बार ऐसी गलती कर बैठते हैं, जिसका अहसास सिर्फ पछतावा होता है।
- पछतावा अतीत नहीं बदल सकता और चिंता भविष्य नहीं सँवार सकती। इसलिए वर्तमान का आनंद लेना ही जीवन का सच्चा सुख है।
- आखिरी फैसला मानकर उसने गुस्से में लिया था फैसला, लौट जाता है वह

चौखट से अपने पछतावे का फैसला मानकर।

- अगर समय पर सँभलकर कर्तव्य नहीं निभाया तो पछतावे के अलावा कुछ नहीं, क्योंकि अब पछताय होत क्या, जब चिड़िया चुग गई खेत।
- वही काम करना ठीक है, जिसके लिए बाद में पश्चात्ताप न करना पड़े और जिसके फल को प्रसन्न मन से भोग सकें।
- सार्थक जीवन में समस्याएँ आ सकती हैं, परंतु उसमें कोई पछतावा नहीं होता।
- पश्चात्ताप के कड़वे फल कभी-न-कभी सभी को चखने पड़ते हैं।

## पाप/पुण्य

- श्री कृष्ण कहते हैं—स्वर्ग का सपना छोड़ दो, नरक का डर छोड़ दो, कौन जाने क्या पाप, क्या पुण्य, बस किसी का दिल न दुखे अपने स्वार्थ के लिए, बाकी सबकुछ कुदरत पर छोड़ दो।
- जैसे सूखी लकड़ियों के साथ गीली लकड़ी भी जल जाती है, उसी प्रकार पापियों की संगति में रहने से धर्मात्माओं को भी उनके समान दंड भोगना पड़ता है।
- शरीर पाप नहीं करता। पाप करने का भागी तो विचार है। विचार से ही जीवन बुरा अथवा भला होता है।
- बड़ी विडंबना है कि बिना पुण्य किए सबको पुण्य का फल चाहिए, लेकिन पाप करके भी पाप का फल नहीं चाहिए।
- एक छिद्र भी जहाज को डुबो देता है और एक पाप भी पापी को नष्ट कर देता है।
- पुण्य खत्म होने पर समर्थ राजा को भी भीख माँगनी पड़ती है। इसलिए कभी किसी के साथ छल-कपट न करें, किसी की आत्मा को दुःखी न करें।
- मन की दुर्बलता से अधिक भयंकर पाप और कोई नहीं है।
- मनुष्य पुण्य का फल सुख के रूप में चाहता है, लेकिन पुण्य करना नहीं चाहता और किए पाप का फल दुःख के रूप में नहीं चाहता, लेकिन पाप छोड़ना भी नहीं चाहता।
- जिस प्रकार कोई छिपकर जहर पी लेता है तो क्या वह उस जहर से नहीं मरेगा, अर्थात् अवश्य मरेगा, उसी तरह, जो छिपकर पाप करता है तो क्या वह उससे दूषित नहीं होगा, अर्थात् अवश्य होगा।

- जिस तरह लोग मुर्दे इनसान को कंधा देना पुण्य समझते हैं। काश, इसी तरह जिंदा इनसान को सहारा देना पुण्य समझने लगें तो जिंदगी आसान हो जाएगी।
- हमारा शरीर एक खेत है और हम किसान हैं, पाप-पुण्य बीज हैं। इसलिए जैसे बीज की फसल लगाओगे, वैसी फसल काटोगे।
- हमेशा दूसरों का साथ दें। पता नहीं, पुण्य जिंदगी में कब आपका साथ दे जाएँ!
- परपीड़ा के समान कोई पाप नहीं, नेकी के समान कोई पुण्य नहीं।
- पाप एक प्रकार का अँधेरा है, जो ज्ञान का प्रकाश होते ही मिट जाता है।
- पाप शरीर नहीं करता, विचार करते हैं और गंगा विचारों को नहीं, शरीर को धोती है।
- पाप से घृणा करो, पापी से नहीं।
- पाप करना बहुत आसान है, लेकिन उसका बोझ उठाना बहुत मुश्किल।
- पाप करना नहीं पड़ता, हो जाता है और पुण्य होता नहीं, करना पड़ता है।
- पाप न करना अच्छा है, पाप करने के पीछे संताप होता है। पुण्य करना श्रेयस्कर है, क्योंकि उसके करने के पश्चात् मनुष्य को संताप नहीं होता।
- पापों का बोझ लादकर कोई मनुष्य ईश्वर को नहीं पा सकता।
- पुण्य का मार्ग पाप से भी होकर गुजरता है।
- पुण्य छप्पर फाड़ के देता है और पाप थप्पड़ मारकर लेता है।
- पता नहीं पाप और पुण्य क्या हैं? बस इतना पता होना चाहिए कि जिस कार्य से किसी का दिल दुखे, वो पाप और जिस कार्य से किसी को मुसकराहट आए, वो पुण्य है।
- स्वयं के हित का चिंतन करने से दुर्विचारों की उत्पत्ति होती है। इन विचारों से पाप कर्म होते हैं और पाप कर्म का फल दुःख की प्राप्ति होता है।
- संयम के विचार पाप का नाश करते हैं।
- संसार में पाप के लिए प्रत्येक प्राणी जिम्मेदार है।
- डरना हो तो पाप से डरो और करना है तो धर्म करो।
- वन में, रण में, शत्रु, जल और अग्नि के बीच में, समुद्र में तथा चोटी पर, सोए

हुए, असावधान और संकट में पड़े हुए मनुष्य की रक्षा पूर्वजन्म के पुण्य ही करते हैं।

- चार से चार भाग जाते हैं—देव/गुरु दर्शन से दरिद्रता, भगवान् की वाणी से पाप, जागते रहने से चोर और मौन रहने से क्रोध।
- जब तब मन में खोट और पाप है, तब तक बेकार है सारे मंत्र और जाप।
- जब तक पाप पकता नहीं, तब तक मीठा लगता है, लेकिन जब पकने लगता है, तब बड़ा दुःख होता है।
- जैसे धन का नाश होने पर सगे-संबंधी साथ छोड़ देते हैं, वैसे ही पुण्य क्षीण हो जाने पर देवता भी मनुष्य को स्वर्ग से गिरा देते हैं।
- जैसे पुण्य का हृदय से ही संबंध है, उसी प्रकार पाप का भी हृदय से संबंध है। पाप और पुण्य दोनों मानसिक अवस्था से संबंधित हैं।
- जैसे सूखी लकड़ियों के साथ गीली लकड़ी भी जल जाती है, उसी प्रकार पापियों के संपर्क में रहने से धर्मात्माओं को भी उनके समान दंड भोगने पड़ते हैं।
- मंदिर के बाहर लिखा था, बेझिझक भीतर चले आइए। पाप करके आप थक गए होंगे, मगर ईश्वर माफ करके नहीं थका।
- पाप से पाप ही उत्पन्न होगा। अगर पाप से पुण्य होता तो आज संसार में कोई पापी न रह जाता।
- पाप पहले मजेदार लगता है, फिर वह आसान हो जाता है, फिर उससे हर्ष होने लगता है। फिर बार-बार पाप करना स्वभाव बन जाता है।
- जिस तरह आग को आग समाप्त नहीं कर सकती, उसी तरह पाप को पाप समाप्त नहीं कर सकता।
- प्राणघात, चोरी और व्यभिचार—ये तीनों शारीरिक पाप हैं। झूठ, निंदा, कटु वचन और व्यर्थ भाषण—ये वाणी के पाप हैं। पर धन की इच्छा, परनिंदा, असत्य, हिंसा, दया-दान में अश्रद्धा—ये मानसिक पाप हैं।

## प्रार्थना/अनुरोध/विनती

- यद्यपि प्रार्थना भगवान् के दिमाग को बदलने का साधन नहीं है, लेकिन भगवान् द्वारा हमारे दिमाग को बदलने का भाव और आग्रह जरूर है।

- बहुत अच्छा लगता है, जब आपकी जानकारी के बगैर कोई आपके लिए प्रार्थना करता है। यह सम्मान और सुरक्षा के लिए सबसे ऊँची स्थिति है।
- प्रार्थना शब्दों मे नहीं, दिल से होनी चाहिए, क्योंकि ईश्वर उनकी भी सुनते हैं, जो बोल नहीं पाते।
- प्रार्थना प्रेम का वह स्वरूप है, जो बंद आँखों से हृदय के द्वार खोल देती है।
- कहते हैं, जब आप हँसते हो तो आप ईश्वर की प्रार्थना करते हैं और जब आप किसी को हँसाते हो तो ईश्वर आपके लिए प्रार्थना करता है।
- कोई भी महत्त्वपूर्ण काम बिना प्रार्थना के नहीं करना चाहिए। प्रार्थना आत्मा के लिए उतनी ही अनिवार्य है, जितना शरीर के लिए भोजन।
- मेहनत के बाद भी शायद किस्मत में जो नहीं लिखी हुई हों, प्रार्थना उन हसरतों को पाने का जरिया है।
- मनुष्य भी बड़ा अजीब है। प्रार्थना करते वक्त समझता है कि वह भगवान् के नजदीक है, लेकिन गुनाह करते वक्त समझता है कि भगवान् बहुत दूर है।
- हरेक सकारात्मक विचार एक शांत प्रार्थना है, जो हमारे जीवन को बदल देता है।
- भगवान् सिर्फ वहीं नहीं हैं, जहाँ हम प्रार्थना करते हैं। भगवान् वहाँ भी हैं, जहाँ हम पाप करते हैं।
- भगवान् सर्वोत्तम श्रोता हैं। उनको सुनाने के लिए न तो ऊँची आवाज में और न ही चिल्लाकर बोलने की जरूरत पड़ती है। वे शांत हृदय की अनकही प्रार्थना तक को भी सुनते हैं।
- प्रार्थना ऐसी करो, जैसे सबकुछ भगवान् पर निर्भर करता है और कोशिश ऐसी करो कि जैसे सबकुछ खुद पर निर्भर है।
- प्रार्थना धर्म का निचोड़ है। प्रार्थना याचना नहीं है, वह आत्मा की पुकार है। प्रार्थना दैनिक दुर्बलताओं की स्वीकृति है, वह हृदय के भीतर चलनेवाले अनुसंधानों का नाम है।
- प्रार्थना का उद्‌देश्य मनुष्य को पूर्ण बनाना है। मैले हृदय से प्रार्थना करना व्यर्थ है। कम-से-कम प्रार्थना के समय तो हमें हृदय साफ रखना चाहिए।
- प्रार्थना का अर्थ है—ईश्वर के पास पहुँचने की इच्छा। हम भगवान् की शरण में आए हैं, यह भावना प्रार्थना में होनी चाहिए।

- प्रार्थना के संयोग से हमें बल मिलता है। अपने पास का संपूर्ण बल काम में लाकर और बल की ईश्वर से माँग करना, यही प्रार्थना का मतलब है।
- प्रार्थना हमारे भीतर की शक्तियों को जाग्रत् करती है।
- प्रार्थना तभी प्रार्थना है, जब वह अपने आप हृदय से निकलती है।
- प्रार्थना ही आत्मा की खुराक है।
- प्रार्थना धर्म का प्राण और सार है।
- एक प्रार्थना—हे भगवान्, जिंदगी बख्शी है तो जीने का सलीका भी बख्श। जुबान बख्शी है तो मेरे मालिक, सच्चे अल्फाज भी बख्श। सभी के अंदर तेरी ज्योति दिखे, ऐसी तू मुझे नजर भी बख्श। किसी का दिल न दुखे मेरी वजह से, ऐसा अहसास भी तू मुझे बख्श।
- प्रार्थना और ध्यान इनसान के लिए बहुत जरूरी हैं। प्रार्थना में भगवान् आपकी सुनते हैं और ध्यान में आप भगवान् की बात सुनते हैं।
- तेज स्वर में की गई प्रार्थना ईश्वर तक पहुँचे, यह जरूरी नहीं, लेकिन सच्चे मन से की गई प्रार्थना, जो भले ही मौन रहकर की गई हो, ईश्वर तक जरूर पहुँचती है।
- जब मन और वाणी एक होकर कोई चीज माँगते हैं तो उस प्रार्थना का फल भगवान् अवश्य देते हैं।
- जीवन का आरंभ अपने रोने से होता है और जीवन का अंत दूसरों के रोने से। इस आरंभ और अंत के बीच का समय भरपूर हास्य और प्रेम भरा हो, यही ईश्वर से प्रार्थना करनी चाहिए।
- ईश्वर को पत्र लिखने में न कागज चाहिए, न कलम, न शब्द। उसी पत्र का नाम है प्रार्थना या पूजा।
- असहाय अवस्था में प्रार्थना के अतिरिक्त और कोई उपाय नहीं है।
- अगर खोने का डर और पाने की चाहत ना होती, तो ना भगवान् होता और ना प्रार्थना होती।
- अपने पास मौजूद तीन शक्तिशाली साधनों को कभी न भूलें—प्रेम, प्रार्थना और क्षमा।
- मैले हृदय से की गई प्रार्थना भी मैली ही होगी।

## प्रेरणा

- एक औसत शिक्षक बताता है। एक अच्छा शिक्षक समझाता है। एक बेहतर शिक्षक करके दिखाता है और एक सर्वश्रेष्ठ शिक्षक जीवन के लिए प्रेरणा भरता है।
- प्रेरणा वो नहीं है, जिसने अपनी प्रेमिका के महल के लिए बीस हजार मजबूरों (मजदूरों) के हाथ कटवा दिए। प्रेरणा उनसे लो, जिन्होंने माता-पिता के एक वचन के लिए चौदह वर्ष का वनवास काटा।
- प्रेरणा ईश्वर की ज्योति है, जो सात्त्विक प्रकृति के महापुरुषों को अपना जीवन-कार्य करने का आदेश एवं उत्साह देती है।
- सेवा के लिए पैसे की जरूरत नहीं होती, उसके लिए भाव सबसे बड़ी प्रेरणा है।
- सूर्योदय केवल एक घटना नहीं, बल्कि कुदरत का एक प्रेरणादायक चमत्कार है कि अँधेरे को हराकर उजाला फैलाओ।
- जीवन की मूल प्रेरणा है, परमार्थ और लोक-कल्याण के लिए भाव भरा आत्मसमर्पण है।
- आप बाहर से प्रेरणा की आशा क्यों करते हैं? स्मरण रखिए, किसी दूसरे को आपमें दिलचस्पी नहीं है। स्वयं आपको अपने अंदर से प्रेरणा लेनी होगी।
- प्रेरणा को सफल बनाने के लिए संयम, पुरुषार्थ और पराक्रम की आवश्यकता है।

## पुरुष/आदमी

- जिम्मेदार पुरुष का ध्यान परिवार, समाज और राष्ट्र में ज्यादा होता है।
- पुरुष का नारी के समान कोई मित्र नहीं होता। फिर चाहे वो किसी भी रूप में हो, माँ हो, बहन हो, बेटी हो, पत्नी हो या फिर दोस्त।
- पुरुष को मजबूत और स्त्री को कोमल माना गया है, लेकिन स्त्री पुरुष के मजबूत पक्ष और पुरुष स्त्री के कोमल पक्ष से आकर्षित होते हैं।
- पुरुष कितना भी कुरूप हो, पर उसकी निगाह अप्सराओं पर ही जा पड़ती है।
- पुरुष परिवार से उपेक्षित होने पर महात्मा और नारी से अनादृत होने पर देवता बन जाता है।

- स्वाभिमानी और पवित्र हृदय पुरुष निर्धन होने पर भी श्रेष्ठ गिना जाता है।
- नारी का आकर्षण पुरुष को पुरुष बनाता है तो खुद का आकर्षण उसे गौतम बुद्ध बना देता है।
- आत्मा रूपी पुरुष को श्रेष्ठ बनानेवाले ही सच्चे पुरुषार्थी हैं।

## पुस्तक/किताब

- मानव जाति ने जो कुछ सोचा, किया और पाया, वह पुस्तकों में सुरक्षित है।
- पुस्तक जेब में रखा हुआ बगीचा है।
- पुस्तकें हमें अतीत का सप्रमाण अहसास कराती हैं, वर्तमान को प्रकाशित करती हैं तथा भविष्य के लिए धरोहर बन जाती हैं।
- अच्छी पुस्तकें अपने पास होने से मित्रों के साथ न रहने की कमी नहीं खलती। जितना अधिक उनका अध्ययन करेंगे, उतनी ही अधिक विशेषताओं की जानकारी मिलती है।
- सच्चे मित्रों के चुनाव के साथ उत्कृष्ट पुस्तकों का चुनाव भी प्रधान आवश्यकता है।
- जो पुस्तकें अधिक विचारने को बाध्य करती हैं, वे हमारी सबसे बड़ी सहायता करती हैं।
- एकांत कोने में बैठकर पुस्तक पढ़ने से ज्यादा कोई विश्राम नहीं है।
- पुस्तक-प्रेमी सबसे अधिक धनी व सुखी है।
- पुस्तकें हमारा विश्वस्त दर्पण हैं, जो जीवन की अनेक विधाओं का ज्ञान हमें कराती हैं।
- किताबें शांत तथा सदाबहार दोस्त हैं।
- एक अच्छी पुस्तक मनुष्य का पूरा जीवन बदलने में सक्षम होती है।
- जब भी आप कोई अच्छी किताब पढ़ते हैं तो उससे दुनिया में कहीं-न-कहीं नई रोशनी का नया दरवाजा खुलता है।
- किताबें मन का वह भोजन हैं, जिसे जितना खाया जाए, उतनी ही भूख बढ़ती जाती है।

- जीवन में आसानी से सफलता पाने के लिए किताबों से दोस्ती होना बहुत जरूरी है।
- किताबें मनुष्य को भावनात्मक और मानसिक रूप से बढ़ने में मदद करती हैं।
- किताबों में इतना खजाना भरा हुआ कि लुटेरा भी उसे नहीं लूट सकता।
- किताब जैसा वफादार कोई दोस्त नहीं।
- किताबें ऐसी शिक्षक हैं, जो बिना कष्ट दिए, बिना आलोचना किए और बिना परीक्षा लिये हमें शिक्षा देती हैं।
- सबसे अधिक लाभदायक वे पुस्तकें होती हैं, जो सोचने को मजबूर करती हैं।
- विचारों के युद्ध में किताबें ही सबसे अच्छा अस्त्र-शस्त्र होती हैं।
- पुस्तकों में होती नई खोज, पुस्तकों से मिलती नई सोच।
- आप बिना सीखे किताब नहीं खोल सकते।
- पुस्तकें उपहार हैं, जिसे आप कई बार खोल सकते हैं।
- जब सकारात्मक सोच का उदय होने लगता है, तब व्यक्ति पुस्तकें पढ़ना शुरू करता है।
- किताबें वे मधुमक्खी हैं, जो पराग को एक-दूसरे के मन तक ले जाती हैं।
- जीवन की किताबों पर बेशक नया कवर चढ़ाइए, परंतु बिखरे पन्नों को पहले प्यार से तो चिपकाइए।
- किसी की झोली में नींद है आई, किसी की झोली में ख्वाब, मेरी झोली में तीन ही चीजें—कागज, कलम और किताब।
- बिना किताबों के जो पढ़ाई सीखी जाती है, उसे जिंदगी कहते हैं।

## फल/परिणाम

- यदि शारीरिक उपवास के साथ-साथ मन का उपवास न हुआ तो सही परिणाम नहीं मिल पाएँगे। यदि आप दुःखी हो गए तो समझ लीजिए, आपके परिणाम बिगड़ गए।
- कर्म करने में हम सबकी मनमानी चल सकती है, लेकिन फल भोगने में नहीं।
- कभी-कभी एक परिवर्तन कई परिणाम बदल देता है।

- कोई भी कार्य करने से पहले उसके परिणाम पर जरूर विचार कर लीजिए।
- माली प्रतिदिन पौधों को पानी देते हैं, मगर फल सिर्फ मौसम में ही आते हैं। इसलिए जीवन में धैर्य रखें और कर्म करें, प्रत्येक चीज अपने समय पर होगी। परिणाम समय पर जरूर मिलेगा।
- हमारी कमाई हुई संपत्ति का बँटवारा कोई भी कर सकता है, लेकिन हमारे कर्मों का बँटवारा कोई नहीं कर सकता। हमारे द्वारा किए हुए कर्मों का फल हमें ही मिलेगा।
- परिणाम में पलटने का धर्म है, वे आपकी चिंता के बगैर ही अपने आप पलट जाएँगे।
- स्वार्थ और शरारत हमेशा दुःखदायी परिणाम लानेवाले होते हैं, इसलिए स्वार्थी और शरारती लोगों से बचकर रहना चाहिए।
- सुलझा हुआ मनुष्य वह है, जो अपने निर्णय स्वयं करता है और उन निर्णयों के परिणाम के लिए किसी दूसरे को दोष नहीं देता।
- जब हम बहाने बनाना बंद कर देते हैं तो हमें परिणाम भी मिलने लग जाते हैं।
- गीता में कहा गया है—कर्म करो, फल की चिंता मत करो।
- जो व्यक्ति सत्य बोलने का साहस करता है, उसको परिणाम भोगने की शक्ति भी परमात्मा अवश्य देता है।
- जैसा परिणाम चाहिए, वैसा परिश्रम करो।
- न नरक में मिलेगा, न स्वर्ग में मिलेगा, धरती पर है जो बोया, धरती पर ही मिलेगा।
- आपकी परिस्थिति कैसी है, आप उसमें कैसे कार्य करते हैं, यह मायने नहीं रखता। आपके परिणाम कैसे हैं, यह मायने रखता है।
- बिना फलवाले सूखे पेड़ पर कभी कोई पत्थर नहीं फेंकता। पत्थर तो लोग उसी पेड़ पर मारते हैं, जो फलों से लदा होता है।

## फायदा/मुनाफा/लाभ/हानि/नुकसान

- जिस प्रकार दीवार पर फेंकी गई गेंद वापस अपनी तरफ आ गिरती है, उसी प्रकार दूसरों के लिए चाही गई हानि अपने ऊपर आ पड़ती है।

- मीठा शहद बनानेवाली मधुमक्खी भी डंक मार सकती है, इसलिए होशियार रहें, बहुत मीठा बोलनेवाले सिर्फ शहद ही नहीं, हानि भी दे सकते हैं।
- मेरे अपनों ने धक्का मारा मुझे डुबोने के लिए, लेकिन फायदा ये हुआ कि मैं तैरना सीख गया।
- सिर्फ दरवाजों पर 'शुभ-लाभ' लिखने से कुछ नहीं होगा। शुभ विचार रखिए, अपने लिए भी और दूसरों के लिए भी, लाभ-ही-लाभ होगा।
- दिल का साफ होना भी गुनाह है जमाने में, क्योंकि हरेक फायदा उठाने की सोचता रहता है।
- जिस इनसान को हम ज्यादा प्यार करते हैं, वही जिंदगी में हमारा सबसे ज्यादा फायदा उठाता है, क्योंकि वह इनसान जानता है कि हमारी कमजोरी क्या है।
- पुराने लोग भावुक थे, तब वे संबंध को सँभालते थे, बाद में लोग जरूरती हो गए, तब वे संबंध का फायदा उठाने लग गए, अब तो लोग बाजारी हो गए, फायदा अगर है तो ही संबंध बनाते हैं।
- सुनना सीखो। तुम्हें उन लोगों से भी लाभ होगा, जिन्हें ठीक तरह बातचीत करनी नहीं आती।
- दूसरों के भरोसे का फायदा न उठाएँ, क्योंकि ऐसा वक्त ऐसा आ सकता है, जब तुम पर कोई भरोसा नहीं करेगा।
- फायदा कितना है गिरी हुई चीज का कि मौका मिलते ही लोग उसे उठाने लगते हैं।
- जो हानि हो चुकी है, उसके लिए शोक करना और अधिक हानि को आमंत्रित करना है।
- जिसमें नुकसान सहने की ताकत हो, वही मुनाफा कमा सकता है, फिर वो चाहे कारोबार हो या रिश्ता।
- काँच के लिए मोती की हानि करना उचित नहीं।

## बड़ा/बड़ाई

- बड़ी वस्तु को देखकर छोटी वस्तु फेंक नहीं देनी चाहिए। जहाँ छोटी सी सुई काम करती है, वहाँ तलवार काम नहीं आती।

- बड़ी-बड़ी बातें कहनेवाले बातों में ही रह जाते हैं और हलका सा मुसकरानेवाले बहुत-कुछ कह जाते हैं।
- घर का बड़ा बनना बहुत मुश्किल काम है। नेकी-बदी सब बड़ों के सिर पर पड़ती हैं।
- बड़ा बनो, लेकिन उसके सामने नहीं, जिसने आपको बड़ा बनाया हो।
- बड़ा आदमी वही है, जो अपने पास बैठे व्यक्ति को छोटा महसूस न होने दे।
- बड़े लोगों के पास कोई रास्ता बंद नहीं होता, क्योंकि ऐसा विश्वास है कि वे या तो रास्ता बताएँगे या फिर रास्ता निकालेंगे।
- बुरा हो वक्त तब सब आजमाने लगते हैं, बड़ों को छोटे भी आँखें दिखाने लगते हैं।
- कच्चा घर देखकर किसी से रिश्ता मत तोड़ना दोस्तो, बड़ों का तजुरबा है कि मिट्टी की पकड़ मजबूत होती है, संगमरमर पर तो पैर अकसर फिसलते ही देखे हैं।
- मधुर संबंध ज्ञान एवं पैसे से भी बड़ा होता है, क्योंकि जब ज्ञान और पैसा विफल हो जाता है, तब मधुर संबंध से स्थिति सँभाली जा सकती है।
- उम्र में चाहे कोई बड़ा हो या छोटा हो, लेकिन ईश्वर की नजर में वही बड़ा होता है, जिसके दिल में सभी के लिए प्रेम, स्नेह और सम्मान होता है।
- उम्र में, ओहदे में, कौन कितना बड़ा है, फर्क नहीं पड़ता, सजदे में, लहजे में, कौन कितना झुकता है, बहुत फर्क पड़ता है।
- वज्र पर्वत से बहुत छोटा है, लेकिन वज्र के प्रभाव से बड़े-से-बड़े पर्वत भी चकनाचूर हो जाते हैं।

## बड़प्पन

- इनसान का बड़प्पन उसकी हैसियत नहीं, उसकी इनसानियत तय करती है।
- बड़प्पन सिर्फ उम्र में नहीं, उम्र के कारण मिले हुए ज्ञान और चतुराई में भी है।
- बड़प्पन सूट-बूट और ठाठ में नहीं है, जिसकी आत्मा पवित्र है, वही बड़ा है।
- बड़प्पन वह गुण है, जो पद से नहीं, संस्कारों से प्राप्त होता है।

- बड़ा आदमी छोटे आदमियों के साथ जिस ढंग से व्यवहार करता है, उसी से उसका बड़प्पन प्रकट होता है।
- बलवान होने में बड़प्पन नहीं है, बल्कि बल का सदुपयोग करने में बड़प्पन है।
- कड़वा सच—गरीब आदमी जमीन पर बैठ जाए तो वो जगह उसकी औकात कहलाती है और अगर कोई धनवान आदमी जमीन पर बैठ जाए तो वो उसका बड़प्पन कहलाता है।
- छोटी बातों में बड़ा होना ही सच्चा बड़प्पन है।
- मनुष्य को उसकी उम्र से बड़ाई नहीं मिलती, बल्कि उत्तम शील, त्याग, दूरदृष्टि, गुण एवं सुकर्म ही बड़प्पन दिलाता है।
- छोटों के साथ सद्व्यवहार करके ही बड़ा मनुष्य अपने बड़प्पन को प्रकट करता है।

## बद/बदनाम

- नाम और बदनाम में इतना फर्क है कि नाम खुद कमाना पड़ता है और बदनामी लोग आपको अपनी तरफ से कमाकर देंगे।
- कभी-कभी व्यक्ति प्रसिद्धि के चक्कर में वह कर बैठता है, जो उसकी बदनामी का उतना ही बड़ा कारण बन जाता है।
- बद अच्छा, बदनाम बुरा।
- मौत तो बदनाम है, अन्यथा तकलीफ तो जिंदगी भी देती है।
- अच्छाई नौ कोस, बुराई सौ कोस।
- कौआ कोयल की आवाज को दबा सकता है, मगर खुद की आवाज मधुर नहीं बना सकता,
- उसी तरह निंदा करनेवाला व्यक्ति सज्जन को बदनाम कर सकता है, मगर खुद सज्जन नहीं बन सकता।

## बदलाव/परिवर्तन/बदल/बदलना

- घर से छोटा दरवाजा, दरवाजे से छोटा ताला, ताले से छोटी चाबी, पर छोटी सी चाबी से पूरा घर खुल जाता है। इस तरह छोटे-छोटे, पर अच्छे विचार जीवन में बड़े-बड़े बदलाव ला सकते हैं।

- यदि आप परिवर्तन का विरोध करते हैं तो अपने जीवन का विरोध कर रहे होते हैं।
- बदलना तय है हर चीज का इस संसार में, बस कर्म अच्छे करें। किसी का जीवन बदलेगा, किसी का दिल बदलेगा तो किसी के दिन बदलेंगे। लेकिन बदलेगा जरूर, बस हौसला रखिए, प्रभु पर भरोसा रखिए।
- कभी-कभी बड़ा परिवर्तन लाने के लिए सिर्फ स्वयं ही प्रतिभाशाली होना काफी नहीं होता है। आवश्यकता होती है समान स्तर की सोच और प्रतिभाशाली व्यक्तियों को अपने साथ जोड़ने की, तभी परिवर्तन संभव होता है।
- कोई दुनिया को नहीं बदल सकता। सिर्फ इतना हो सकता है कि इनसान अपने आपको बदले तो दुनिया अपने आप बदल जाएगी।
- केवल विचारों को पढ़ने से बदलाव नहीं आता है, बल्कि विचारों पर चलकर बदलाव आता है।
- जिसने संसार को बदलने की कोशिश की, वो हार गया और जिसने खुद को बदल लिया, वो जीत गया।
- परिवर्तन से डरना और संघर्ष से कतराना मनुष्य की सबसे बड़ी कायरता है। जीवन का सबसे बड़ा गुरु वक्त होता है। जो वक्त सिखाता है, वो कोई नहीं सिखा सकता।
- संसार को बदलने के लिए मुसकराइए और संसार को मुसकराहट बदलने का मौका मत दीजिए।
- समय के साथ परिवर्तन ही सुखमय संसार का आधार है।
- स्वयं को बदलना कितना कठिन है, फिर दूसरे को बदलना कैसे सरल हो सकता है ?
- दुनिया को अकसर वो लोग बदल देते हैं, जिन्हें दुनिया कुछ करने लायक नहीं समझती।
- कुछ पा लेना जीत नहीं, कुछ खो देना हार नहीं, समय का प्रभाव है और परिवर्तन तो समय का स्वभाव है।

- चलते रहने का नाम जिंदगी है। बदलाव को स्वीकार कीजिए और आगे की तरफ कदम ऐसे बढ़ाते रहिए, जिससे आप मजबूत हों और संपूर्णता को प्राप्त करें।
- तुम आए थे यहाँ अपने को बदलने को और यहाँ तुम फिक्र में पड़ जाते हो किसी दूसरे को बदलने को।
- जरूरी नहीं कि जिसमें साँसें नहीं, वो मुर्दा ही है। देश कुछ इस तरह भी बदलने लगा है कि लोग गाय चराने में शर्म और कुत्ता घुमाने में गर्व करने लगे हैं।
- जीवन में उम्मीदों की बजाय बदलाव से हासिल करने की सोचें।
- जो बदलता है, वही आगे बढ़ता है।
- जो पानी में भीगेगा, वो सिर्फ लिबास बदल सकता है, लेकिन जो पसीने से भीगता है, वो इतिहास बदल सकता है।
- अगर जिंदगी में कुछ पाना हो तो तरीके बदलो, इरादे नहीं।
- गाड़ी की रेस में वही व्यक्ति जीतता है, जो सही वक्त पर गियर बदलता है। उसी तरह जिंदगी की रेस में भी वही जीतता है, जो अपनी परिस्थितियों को समझकर अपने जीवन में बदलाव करता है। किसी बात को लेकर एक जगह रुके मत रहिए, हर परिस्थिति में आगे बढ़िए।

## ब्रह्म/ब्राह्मण

- ब्रह्म ही सत्य है।
- ब्राह्मण को चाहिए कि सम्मान से विष के समान बचे और असम्मान की अमृत के समान इच्छा करे।
- निश्चयपूर्वक आकाश ही नाम और रूप का निर्वाह करनेवाला अर्थात् उनका आधार है, वे दोनों जिसके भीतर हैं, वह ब्रह्म है।
- हवन सामग्री भी ब्रह्म है, घी भी ब्रह्म है, अग्नि भी ब्रह्म है और हवन करनेवाला भी ब्रह्म है। इस प्रकार जो कर्म के साथ ब्रह्म का मेल साध लेता है, वह ब्रह्म को ही पाता है।
- जो भोगों में लिप्त नहीं है, जिसकी आत्मा द्वेषरहित है, जो सब उपाधियों से मुक्त है, ऐसा विरक्त ब्राह्मण सदा सुखपूर्वक सोता है।

- जो जाति विश्व के मस्तिष्क का शासन करने का अधिकार लिये उत्पन्न हुई है, वह कभी चरणों के नीचे न बैठेगी।
- गौतम बुद्ध ने कहा है—जल में लिप्त न होनेवाले कमल के समान तथा आरे की नोक पर न टिकनेवाले सरसों के दाने के समान जो विषयों में लिप्त नहीं होता, उसे ब्राह्मण कहा जाता है।
- संसार में ब्राह्मण के लिए नियम-संयम है, धर्म-साधना में ब्राह्मण के लिए ज्ञान है।

## बाधा/रुकावट/अवरोध/अड़ंगा

- आगे बढ़नेवाला व्यक्ति कभी किसी को बाधा नहीं पहुँचाता और दूसरों को बाधा पहुँचानेवाला व्यक्ति कभी आगे नहीं बढ़ता।
- अकसर जब आप अपनी जिम्मेदारी खुद लेने के लिए तैयार रहते हैं तो तब उम्मीदें अड़ंगा नहीं बनतीं।
- इनसान मंजिल बदल देता है रुकावट देखकर, और मंजिलें इनसान बदल देती हैं उसके इरादे देखकर।
- चलते रहने में ही सफलता है, रुका हुआ तो पानी भी बेकार हो जाता है। अच्छी सोच, अच्छी भावना और अच्छा विचार मन को हलका करता है।

## बुजुर्ग/वृद्ध

- बात यह नहीं है कि आप बुजुर्गों की कितनी सेवा करते हैं। महत्त्वपूर्ण ये है कि आप सेवा किस भाव से करते हैं?
- बुजुर्गों की उँगलियों में कोई ताकत न थी, मगर जब सिर झुकाते हैं तो सिर पर रखे काँपते हाथों से जमाने भर की दौलत मिलने का अहसास होता है।
- बुजुर्गों की सबसे बड़ी सेवा है, उनके पास बैठना और उनके पुराने अनुभवों को सुनना एवं उनसे सीख लेना।
- यौवन में दिन छोटे प्रतीत होते हैं, किंतु वर्ष बड़े, जबकि वृद्धावस्था में वर्ष छोटे, किंतु दिन बड़े।
- दुनिया का सबसे फायदेमंद सौदा बड़े-बुजुर्गों के पास बैठना है, क्योंकि चंद लम्हों के बदले वे आपको बरसों का तज़ुरबा दे सकते हैं।

- जो बुजुर्गों की किसी बात को सुनता नहीं, जिंदगी में वो कभी भी आगे बढ़ सकता नहीं।
- शिक्षा अगर बुजुर्गों का सम्मान करना नहीं सिखाती है तो ऐसी शिक्षा से अनपढ़ रहना ही बेहतर है।
- बहुत दिल दुखता होगा उस बुजुर्ग का, जिसने पूरी दुनिया देख ली, लेकिन जब उसका पोता कहता है कि उसे कुछ नहीं पता!
- बुजुर्ग परिवार में नमक की तरह होते हैं। जैसे नमक से भोजन का स्वाद बढ़ता है, वैसे ही बुजुर्ग से परिवार के संस्कार बढ़ते हैं। इसलिए भोजन में नमक और परिवार में बुजुर्ग का होना आवश्यक है।
- उस घर की नींव कभी कमजोर नहीं होती, जिसकी छत को बुजुर्ग का सहारा होता है।
- अगर बुजुर्गों की सेवा आपके हिस्से में आई है तो आप बहुत नसीब वाले हैं, क्योंकि बड़े-बुजुर्गों के साथ रहने और उनकी सेवा का मौका हर किसी को नसीब नहीं होता।
- इनसान की आयु बढ़ने पर उसके सांसारिक अनुभव की वृद्धि होती है, इसलिए बुजुर्ग इनसान अशिक्षित भी हो तो उसकी सलाह लेना लाभदायक होता है।
- अपने घर के बुजुर्गों की आँखें नम मत होने देना, क्योंकि जिस घर की छत टपकती है, उस घर की दीवारें कमजोर होती हैं।

## बुद्धि/बुद्धिमान/बुद्धिमत्ता

- काम करने से पहले सोचना बुद्धिमत्ता है। काम करते समय सोचना सतर्कता है। काम कर चुकने पर सोचना दिक्कत है।
- इस संसार में सबसे बड़ी संपत्ति बुद्धि, सबसे अच्छा हथियार धैर्य, सबसे अच्छी सुरक्षा विश्वास, सबसे बढ़िया दवा हँसी, और आश्चर्य की बात, ये सब निःशुल्क हैं!
- बुद्धिमान एक पाँव को उठाता है तो दूसरे पाँव को स्थिर रखता है।
- बुद्धिमान को सदैव आशावान रहना चाहिए, उदास नहीं।
- बुद्धिमान वे हैं, जिनकी दृष्टि में काँच काँच है और मणि मणि है।

- क्या बोलना चाहिए, यह ज्ञान है और कब बोलना चाहिए, यह बुद्धिमत्ता है।
- पुराण सुनने के बाद, श्मशान से लौटने के पश्चात् तथा मैथुन करने के उपरांत जो बुद्धि जाग्रत् होती है, यदि वह सदा बनी रहे तो कौन मुक्त नहीं हो सकता?
- आपकी बुद्धि भी आपका गुरु है।
- अज्ञानता का आभास करना ही बुद्धिमत्ता है।
- कमाल है न, किस्मत सखी नहीं, फिर भी रूठ जाती है, बुद्धि लोहा नहीं, फिर भी जंग लग जाता है, आत्मसम्मान शरीर नहीं, फिर भी घायल हो जाता है, और इनसान मौसम नहीं, फिर भी बदल जाता है।
- वह मनुष्य सचमुच बुद्धिमान है, जो क्रोध की हालत में भी बुरी बात मुँह से नहीं निकालता।
- जो दूसरों को जानता है, वह शिक्षित है, किंतु जो स्वयं को पहचानता है, वह बुद्धिमान है।
- जिनकी बुद्धि विपरीत अर्थों को ग्रहण करनेवाली है, उन्हें विपत्तियाँ सुलभ रहती हैं।
- जल से शरीर, सत्य से मन, विद्या और तप से आत्मा तथा ज्ञान से बुद्धि शुद्ध होती है।
- बुद्धि की शुद्धि के लिए भगवान् की भक्ति से बढ़कर कोई भी साधन आज तक अनुभव में नहीं आया।
- बुद्धिमान की बुद्धि के सम्मुख संसार में कुछ भी असाध्य नहीं। बुद्धि से ही शस्त्रहीन चाणक्य ने सशस्त्र नंदवंश का नाश कर दिया।
- बुद्धिमान मनुष्य मूर्खों से जितनी शिक्षा प्राप्त करते हैं, उतनी मूर्ख बुद्धिमान से नहीं।
- बुद्धिमान विवेक से, साधारण मनुष्य अनुभव से, अज्ञानी आवश्यकता से और पशु स्वभाव से सीखते हैं।
- बुद्धिमान वह नहीं है, जो बहुत सी बातें जानता है, बल्कि वह है, जो काम की बातें अधिक जानता है।
- बुद्धिमान आदमी को जितने अवसर मिलते हैं, उससे अधिक वह बनाता है।

- केवल बुद्धि के द्वारा ही मनुष्य का मनुष्यत्व प्रकट होता है।
- मनुष्य के पास बुद्धि और बल से बढ़कर उत्तम कोई वस्तु नहीं है।
- थोड़ा पढ़ना, ज्यादा सोचना; कम बोलना, ज्यादा सुनना—यही बुद्धिमान बनने के उपाय हैं।
- सलाह तो अनेक प्राप्त करते हैं, किंतु उससे लाभ उठाना बुद्धिमानों को ही आता है।
- अधिक बलवान तो वे ही होते हैं, जिनके पास बुद्धि बल होता है। जिनमें केवल शारीरिक बल होता है, वे वास्तविक बलवान नहीं होते।
- बुद्धिमान व्यक्ति इसलिए बोलते हैं, क्योंकि उनके पास बोलने के लिए कुछ होता है, मूर्ख व्यक्ति इसलिए बोलते हैं, क्योंकि उन्हें कुछ कहना होता है।
- कोई काम तुच्छ नहीं है। यदि मनपसंद काम मिल जाए तो मूर्ख भी उसे पूरा कर सकता है, किंतु बुद्धिमान वही है, जो हर काम को अपने लिए रुचिकर बना ले।

## बुरा/बुराई

- एक बुराई दूसरी बुराई को जन्म देती है।
- याद रखना—अगर बुरे लोग सिर्फ समझाने से समझ जाते तो बाँसुरी बजानेवाले कभी महाभारत नहीं होने देते।
- बुराई छोटी हो या बड़ी, हमेशा विनाश का कारण बनती हैं, क्योंकि नाव में छेद छोटा हो या बड़ा, पर नाव को डुबो ही देता है।
- ऐसा जीवन जियो कि अगर कोई आपकी बुराई भी करे तो कोई उस पर विश्वास न करे। इसलिए इस मामले में अपने पर विश्वास रखें, दूसरों पर नहीं।
- बुराई का इलाज मनुष्य का सद्ज्ञान है। इसके बिना और कोई उपाय सफल नहीं हो सकता।
- बुराई का संपर्क हमारी अच्छी आदतों को भी खराब कर देता है।
- बुराई के बदले भलाई करो तो बुराई दब जाएगी, बुराई के बदले बुराई करोगे तो बुराई फिर उभर जाएगी।
- बुरी बातों को भूल जाना चाहिए। अगर बुरी बातों को ही देखते रहेंगे तो इनसान हैवान बन जाएगा।

- बुराई तो छोटी सोचवाला इनसान ही करता है, बड़ी सोचवाले तो माफ करते हैं।
- बुराई नौका में छिद्र के समान है। वह छोटी हो या बड़ी, एक दिन नौका को डुबो देती है।
- बुरे वक्त में लोग असली रंग दिखाते हैं, दिन के उजाले में तो पानी भी चाँदी लगता है।
- बुरे आदमी के साथ भी भलाई उस तर्ज पर करनी चाहिए, जैसे कुत्ते को रोटी के टुकड़े डालकर उसका मुँह बंद करना।
- बुराइयाँ गुप्त रहकर जीवित रहती हैं और अच्छी तरह पनपती हैं।
- कोई मेरा बुरा करे, वो बुरा कर्म उसका, मैं किसी का बुरा न करूँ, यह धर्म है मेरा।
- कोई व्यक्ति हमारा बुरा करना चाहता है तो यह उसके कर्मों में लिखा जाएगा। हम क्यों किसी का बुरा सोचकर अपना कर्म और वक्त दोनों खराब करें?
- कभी कीचड़ मत उछालो, हो सकता है, आप अपने लक्ष्य से चूक जाओ, किंतु हाथ तो गंदे हो ही जाएँगे।
- कुछ लोग चप्पल जैसे होते हैं, साथ तो देते हैं, पर पीछे से कीचड़ उछालते रहते हैं।
- किसी मनुष्य की बुराई को बताना आम लोगों की पहचान है, पर बुरे में अच्छाई ढूँढ़ना खास लोगों की पहचान है।
- जिंदगी में अगर सबसे अच्छा सोचना है तो सर्वप्रथम किसी का बुरा सोचना बंद करना होगा।
- जिस धागे की गाँठें खुल सकती हैं, उस धागे पर कैंची नहीं चलनी चाहिए। किसी की कोई बात बुरी लगे तो दो तरह से सोचें, यदि व्यक्ति महत्त्वपूर्ण है तो बात भूल जाएँ, और बात महत्त्वपूर्ण हो तो व्यक्ति को भूल जाएँ।
- स्वामी रामतीर्थ के अनुसार—बुराई के बीज चाहे गुप्त स्थान पर बोओ, वह स्थान किले की तरह चाहे सुरक्षित ही क्यों न हो, पर प्रकृति के अत्यंत कठोर, निर्दय, अमोघ व अपरिहार्य कानून के अनुसार तुम्हें ब्याज सहित कर्मों का मूल्य चुकाना होगा।

- जो व्यक्ति बुरे हालातों से गुजरकर सफल होता है, वह कभी किसी का बुरा नहीं कर सकता।
- अपनी जुबान से किसी की बुराई मत करो, क्योंकि बुराइयाँ आपमें भी हैं और जुबान दूसरों के पास भी है।
- शाखाएँ अगर रहीं तो पत्ते भी आएँगे, ये दिन बुरे हैं तो अच्छे भी आएँगे।
- देर लगेगी, मगर सही होगा। हमें जो चाहिए, वही होगा। याद रखो, दिन बुरे हैं, जिंदगी नहीं।
- दुनिया की सबसे बड़ी हकीकत है कि किसी के बारे में लोग अच्छा सुनने पर शक करते हैं, लेकिन बुरा सुनने पर तुरंत यकीन कर लेते हैं।
- बुरे लोगों को निंदा में ही आनंद आता है। समस्त रसों को चखकर भी कौआ गंदगी से ही संतुष्ट होता है।
- बुरा वक्त ऐसी तिजोरी है, जहाँ सफलता के हथियार मिलते हैं।

## बेकार/व्यर्थ/अनर्थ

- जीवन में कभी किसी के साथ की हुई भलाई व्यर्थ नहीं जाती। वह कब, किस रूप में लौट कर आएगी, ईश्वर ही जानता है।
- शब्द चाहे कैसे भी हों, मन खुश करें तो अर्थ है, वरना सब व्यर्थ है।
- बातों के व्यर्थ के अनर्थ निकालने से ही सारे अनर्थ होते हैं।
- व्यर्थ की बातों से खुद को बचाना भी एक महत्त्वपूर्ण कला है।
- दौड़ना व्यर्थ है, मुख्य बात तो समय पर चल पड़ना है।

## भक्त/भक्ति

- कितना सत्य है—भक्ति जब भोजन में प्रवेश करती है तो भोजन 'प्रसाद' बन जाता है। भक्ति जब भूख में प्रवेश करती है तो भूख 'व्रत' बन जाती है। भक्ति जब पानी में प्रवेश करती है तो पानी 'चरणामृत' बन जाता है। भक्ति जब सफर में प्रवेश करती है तो सफर 'तीर्थयात्रा' बन जाता है। भक्ति जब संगीत में प्रवेश करती है तो संगीत 'कीर्तन' बन जाता है। भक्ति जब मूर्ति में प्रवेश करती है तो 'भगवान्' बन जाता है। भक्ति जब कार्य में प्रवेश करती है तो कार्य 'कर्म' बन जाता है। भक्ति जब क्रिया में प्रवेश करती है तो क्रिया 'सेवा' बन जाती है। भक्ति

जब व्यक्ति में प्रवेश करती है तो व्यक्ति 'मानव' बन जाता है।

- भक्ति बुद्धि से होती है तो जुबान सुधरती है, लेकिन जब भक्ति दिल से होती है तो कर्म सुधरते हैं।
- जरूरी नहीं कि हर समय जुबान पर भगवान् का नाम आए। वो लम्हा भी भक्ति का होता है, जब इनसान इनसान के काम आए।
- पानी में डूबे तो मृत्यु निश्चित है और भक्ति में डूबे तो मुक्ति निश्चित है।
- मानव मात्र को एक करने के लिए भगवान् की भक्ति से बढ़कर कोई साधन नहीं है।
- पत्थर की मूर्ति को परमात्मा बना देनेवाली शक्ति भक्त की भक्ति में ही होती है।
- भक्त वही है, जो किसी के दिल को नहीं दुखाता, बल्कि जहाँ तक बने, सबकी सेवा करता है।

## भ्रम/वहम

- एक ताला 15 चोट पर नहीं टूटा तो 16वीं चोट पर टूट गया। 16वीं चोट को भ्रमवश घमंड हो गया कि उसके कारण टूटा है, जबकि 15 चोट ताले को पहले ही बहुत कमजोर कर चुकी थी।
- यह हमारा भ्रम है कि सब दुःख दूर होने के बाद मन प्रसन्न होगा, जबकि हकीकत तो यह है कि मन प्रसन्न रखो, सब दुःख स्वयं दूर हो जाएँगे।
- खुद में झाँकने के लिए जिगर चाहिए, दूसरों की शिनाख्त में तो हर शख्स भ्रम में भी अपने को माहिर मानता है।
- मन में जब भ्रम का प्रवेश होता है तो उसका निकलना कठिन हो जाता है।
- भ्रम में न रहें कि सब रिश्ते खास होते हैं, आधे से ज्यादा रिश्ते आस्तीन के साँप होते हैं।
- संसार में जो कुछ भी हो रहा है, वह सब ईश्वरीय विधान है। हम और आप तो केवल निमित्त मात्र हैं, इसलिए कभी भी ये भ्रम न पालें कि मैं न होता तो क्या होता?
- समझदार एक मैं हूँ, बाकी सब नादान, बस इसी भ्रम में घूम रहा, आजकल हर इनसान।

- वहम की कोई दवाई नहीं होती। वहम का इलाज तो हकीम लुकमान के पास भी नहीं था।
- जल्दी जागना हमेशा ही फायदेमंद होता है, फिर चाहे वो 'नींद' से हो या 'अहं' से या फिर 'वहम' से हो।
- अँधेरे में जब हम दीया हाथ में लेकर चलते हैं तो हमें यह भ्रम रहता है कि हम दीये को लेकर चल रहे हैं, जबकि सच्चाई एकदम उलटी है कि दीया हमें लेकर चल रहा होता है।
- आपको मजाक लगेगा, परंतु यह हकीकत है कि सर्वश्रेष्ठ जोड़ियाँ सिर्फ जूतों की होती हैं, जब भी साथ छोड़ेंगे, एक साथ ही छोड़ेंगे, बाकी सब मन का वहम है।
- अभिमान नहीं होना चाहिए कि मुझे किसी की जरूरत नहीं पड़ेगी और यह वहम भी नहीं होना चाहिए कि सबको मेरी जरूरत पड़ेगी।

## भला/भलाई/नेकी/हित/परोपकार/उपकार

- यदि हम भले हैं तो सारा संसार हमारे लिए भला है।
- यदि आपका दिल ज्वालामुखी से भरा हुआ है तो आप फूलों के खिलने की अपेक्षा कैसे कर सकते हैं।
- कठोर शब्दों में कही गई हितकर बात को सुनकर भी मनुष्य रुष्ट हो जाता है।
- जिसने पहले तुम्हारा उपकार किया हो, यदि वह जाने-अनजाने अपराध कर भी दे तो भी उसके उपकार को याद करके उसका अपराध क्षमा कर दो।
- खुद के पीछे हटने से अगर सभी का भला हो तो हट जाने में कोई बुराई नहीं है।
- कुछ नेकियाँ और अच्छाइयाँ अपने जीवन में ऐसी भी करनी चाहिए, जिनका ईश्वर के सिवाय कोई और गवाह न हो।
- माँ-बाप और ईश्वर पर हमेशा विश्वास बनाए रखिए, वे हमेशा हमारा भला ही सोचते हैं।
- मानव की भलाई करने के सिवा और किसी अन्य कर्म के द्वारा ईश्वर के इतने निकट नहीं पहुँच सकता।
- मनुष्य जब इस संसार से जाता है तो केवल बुराई या भलाई ही साथ ले जाता है।

- हम जितना ज्यादा बाहर जाएँ और दूसरों का भला करें, हमारा हृदय उतना ही शुद्ध होगा और परमात्मा उसमें वास करेंगे।
- हमारा उद्देश्य संसार में भलाई करना होना चाहिए, अपने गुणों की प्रशंसा करना नहीं।
- भलाई करते रहिए बहते पानी की तरह, बुराई खुद ही किनारे लग जाएगी कचरे की तरह।
- बुराई करने के अवसर तो दिन में सौ बार आते हैं, पर भलाई का अवसर कभी-कभी आता है।
- भलाई करना कर्तव्य ही नहीं, बल्कि आनंद है, जो स्वास्थ्य और सुख में वृद्धि करता है।
- जिस प्रकार किसी-किसी समय चुप रहने में भलाई है, उसी प्रकार किसी-किसी समय बोलने में भी बुराई है।
- अपनी नेकी-बदी अपने साथ है।
- भलाई जितनी अधिक की जाती है, उतनी ही अधिक फैलती है।
- भलाई कर, न कर घमंड, रेत का है तन, एक दिन बिखर जाएगा, तेरे हाथ कुछ न आएगा।
- भले लोगों को सदा शांति का मार्ग अपनाना चाहिए।
- परोपकार बहुत विश्वसनीय कार्य है, जिसका ईश्वर के अतिरिक्त कोई साक्षी नहीं है।
- इस संसार में अपने लिए कौन नहीं जीता है, किंतु परोपकार के लिए जो जीता है, वही सही अर्थों में जीता है।
- सुख में सौ मिले, दु:ख में मिले न एक, साथ कष्ट में जो रहे, साथ वही है नेक।
- दूध का सार मलाई में है और जिंदगी का सार भलाई में है।
- नेकी कर दरिया में डाल।
- मधुमक्खियाँ केवल अँधेरे में काम करती हैं, विचार केवल मौन में काम आते हैं। नेक कार्य भी गुप्त रहकर ही कारगर होते हैं।

- नेकी का इरादा बदी की ख्वाहिश को दबा देता है।
- जो व्यक्ति दूसरों की भलाई चाहता है, वह खुद अपनी भलाई सुनिश्चित कर लेता है।
- जैसे एक छोटे दीप का प्रकाश बहुत दूर तक फैलता है, उसी प्रकार इस बुरे संसार में भलाई बहुत दूर तक चमकती है।
- नेक लोगों की संगत से हमेशा भलाई ही मिलती है, क्योंकि हवा जब फूलों से गुजरती है तो वो भी खुशबूदार हो जाती है।
- अपने साथ-साथ दूसरों का भला चाहनेवाले लोग ही श्रेष्ठ होते हैं।
- दूसरों का भला करनेवाले मनुष्य को हमेशा कष्टों का सामना करना पड़ता है, क्योंकि हमेशा फल देनेवाले वृक्ष को ही पत्थरों की मार सहनी पड़ती है।
- जीवन में किसी के प्रति की गई भलाई कभी व्यर्थ नहीं जाती, वह कब किस रूप में आपके पास लौटकर आएगी, यह सिर्फ ईश्वर जानते हैं।
- यदि आप कोशिश करके भला नहीं कर सकते तो कोशिश करके बुरा भी मत कीजिए।

## भविष्य/भावी/अतीत

- बहुत ही छोटी, मगर सच्ची बात। हमारा स्वभाव ही हमारा भविष्य है।
- जो भी भविष्य को अच्छा देखने की इच्छा रखता है, उसे भूतकाल यानी इतिहास से जरूर सबक लेना चाहिए।
- जो गुजर चुका है, उसे पीछे मुड़कर कभी मत देखो, वरना जो आगे मिलनेवाला है, उसे भी खो दोगे।
- कुछ लोग अतीत और भविष्य के ताने-बाने में इतने खोए रहते हैं कि वर्तमान में क्या खो रहे हैं, उसका न अहसास करते हैं और न उसे सँभाल पाते हैं।
- कर्तव्य और वर्तमान हमारा है, फल और भविष्य ईश्वर का है।
- भविष्य के लिए सबसे अच्छा प्रबंध वर्तमान का यथासंभव सदुपयोग है।
- भविष्य के हमारे अविश्वास ने अतीत को छोड़ना मुश्किल बना दिया है।
- भविष्य चिंता से नहीं, निश्चिंतता से सुधरता है।

- भूतकाल के ज्ञान और कष्ट के आधार पर भविष्य जाना जा सकता है।
- सबकुछ नष्ट होने पर भी भविष्य बाकी रहता है।
- जब इनसान हथेली की रेखाओं में भविष्य ढूँढ़ने लगे, तब समझ लेना उसकी बाजुओं में ताकत और मन में विश्वास खत्म हो गया है।
- जीवन न तो भविष्य में है, न ही अतीत में। जीवन तो इसी पल को जीने में है। इसलिए जियो हर पल दिल से।
- आप भविष्य को तब तक सुनहरा नहीं बना सकते, जब तक कि बीते कल का कूड़ा आपकी मुट्ठी में है।
- अच्छे भविष्य की चिंता करते हो तो वर्तमान का सबसे अच्छा उपयोग कीजिए, तभी अच्छा भविष्य बनने के रास्ते बने रहेंगे।
- अतीत को वर्तमान पर प्रभावी न होने दें, क्योंकि ये वर्तमान को बोझिल कर भविष्य पर हावी हो जाता है।
- अगर ऐसा अतीत लिख रहे हो, जो भविष्य में किसी काम का नहीं तो नए सिरे से सोचना चाहिए।
- आप अतीत को तो नहीं बदल सकते, लेकिन आप वर्तमान को भविष्य की चिंता में नष्ट जरूर कर सकते हैं।
- वृद्ध अतीत में जीता है, इसलिए निराश रहता है। युवा भविष्य में जीता है, इसलिए परेशान रहता है। बच्चा वर्तमान में जीता है, इसलिए प्रसन्न रहता है। इसलिए सदैव वर्तमान में जिएँ और प्रसन्न रहें।
- आज आप क्या हैं? इसका महत्त्व नहीं है। महत्त्व तो इस बात का है कि आप भविष्य में क्या बनना चाहते हैं?
- बीती बातों को भूलने का सर्वोत्तम तरीका है, हमेशा नई और रचनात्मक बातें सोचना, सुनना और उन पर काम करना।

## भाई/भाईचारा

- जिस घर में भाइयों में प्रेम और बड़ों का आदर-सम्मान होता है, वहीं ईश्वर का निवास होता है। प्यार बाँटा तो रामायण लिखी गई और संपत्ति बाँटी गई तो महाभारत।

- झगड़ना इतनी बुरी बात नहीं है, लेकिन झगड़ने से आगे बढ़ना बुरी बात है। अगर दो भाई झगड़ा करते हैं, लेकिन उनका झगड़ा उतना बड़ा नहीं, जब तक वो वहाँ नहीं जाते, जहाँ से लौटना मुश्किल हो।
- आदमी को अपने सगों के मुँह से अपनी भलाई-बुराई सुनने की जितनी इच्छा होती है, उतनी बाहरवालों से नहीं। फिर अपने भाई लाख बुरे हों, हैं तो अपने भाई। अपने हिस्से बाँटने के लिए सभी लड़ते हैं, पर इससे खून थोड़े ही बँट सकता है!
- बुरे वक्त को भी मात दे देते हैं, जब भाई-भाई साथ होते हैं।
- दिल के जज्बात तब बड़े हो जाते हैं, जब मुसीबत में भाई साथ होते हैं।
- रावण जब मृत्यु-शैया पर था तो उसने राम से एक बात बहुत अच्छी बात कही कि मैं तुमसे हर मामले में बड़ा हूँ—उम्र, बुद्धि, बल और कुटुंब में। मेरी लंका सोने की है और धन-दौलत में भी मेरा राज्य भी तुमसे बड़ा है। इन सबके बाद भी मैं हार गया, जानते हो क्यों? क्योंकि तुम्हारा भाई तुम्हारे साथ था और मेरा भाई मेरे खिलाफ था।
- वक्त के साथ भाई के रिश्ते बदल जाते हैं, अगर प्यार से सँभालो तो सँभल जाते हैं।
- जीवन में पुत्र के लिए संपत्ति बनाने की चक्कर में भाई की संपत्ति कभी मत हड़पना। हो सकता है, बुढ़ापे में भाई ही हाथ पकड़कर जीवन की नैया पार कराए! इसके अलावा गलत-सही का परिणाम तो आखिरकार खुद को ही भुगतना पड़ता है, उसमें औलाद कोई साथ नहीं देनेवाली।
- जैसे दोनों आँख साथ होती हैं, वैसे ही भाई-बहन के रिश्ते खास होते हैं।
- समझदार वो है, जो भाई से ज्यादा न उलझता हो और भाई को ज्यादा समझता हो।
- तीन चीजें भाई भाई को दुश्मन बना सकती हैं—जर, जोरू और जमीन।

## भारत/हिंदुस्तान/भारतीयता

- भारत ने विश्व को गिनना सिखाया, जिसके बिना इस क्षेत्र की खोज संभव नहीं थी।
- सबसे पहले हम भारतीय हैं।

- यूनान, मिस्र, रोमां, सब मिट गए जहाँ से, अब तक मगर है बाकी, नाम-ओ-निशाँ हमारा, कुछ बात है कि हस्ती मिटती नहीं हमारी, सदियों रहा है दुश्मन, दौर-ए-जहान हमारा।
- हमारा भारत जड़ भारत नहीं है, अपितु वह ज्ञान का आलोक है, जिसका आविर्भाव ऋषियों, मुनियों और तपस्वियों की आत्मा से जुड़ा हुआ है।
- आज भारतीय ज्ञान केवल भारत राष्ट्र के पुनरुत्थान के लिए ही जरूरी नहीं, बल्कि मानवता को फिर से शिक्षित करने के लिए भी उसकी जरूरत है।
- मैक्समूलर ने कहा था कि अगर कोई देश है, जो मानवता के लिए पूर्ण और आदर्श है तो एशिया की ओर उँगली उठाऊँगा, जहाँ भारत है।
- भारतवर्ष ने जिस साधना को ग्रहण किया है, वह है—विश्व ब्रह्मांड के साथ चित्त का योग, आत्मा का योग अर्थात् संपूर्ण योग, केवल ज्ञान का नहीं, बोध का योग।
- पश्चिम यांत्रिक शक्ति उत्पन्न कर रहा है, जो उसके लिए आत्मिकता से ऊपर है, जबकि भारत ने सनातन काल से ऐसी पद्धति रची है, जो उसकी जीवन-शक्ति से बढ़कर है।
- न पूछो जमाने से हमारी कहानी, हमारी पहचान तो बस इतनी है, कि हम तो हैं बस हिंदुस्तानी।
- रंग-भेद-धर्म-जाति के अंतर को तोड़ो, हाथ से हाथ मिलाकर भारत जोड़ो।
- राष्ट्रीय एकता का है हम सभी को भान, देशहित में चलाओ सशक्त अभियान।
- क्यों करते हो आपस में लड़ाई, रहो भारत धरा पर बनकर भाई-भाई।
- एकता का शौर्य पहचानो, कुछ नया कर भारत को जानो।
- भिन्न-भिन्न भाषा, भिन्न-भिन्न वेश, कन्याकुमारी से कश्मीर तक भारत एक।
- राष्ट्रीय एकता का बहुत बड़ा भाव, बनता इससे भारत का दुनिया में प्रभाव।
- दुश्मन कोई तब कुछ न बिगाड़ पाएँगे, जब भारतवासी एकसूत्र में गुँथ जाएँगे।
- तोड़ने जो चले, वे खुद एक दिन मिट जाएँगे, हमारी एकता में सेंध लगानेवाले हार जाएँगे।
- भारत के सभी धर्मों की यही पुकार, देश की एकता को करो सदा साकार।

- हमारे देश की एकता में बसे जन के प्राण, इसे अपनाकर करें युग का अबाध निर्माण।
- विविधता में एकता सदा है भारत की पहचान, हिंदू, मुसलिम, सिख और ईसाई बनाते हैं शान।
- जब आँख खुले तो धरती हिंदुस्तान की हो, अब आँख बंद हो तो यादें हिंदुस्तान की हों, हम मर भी जाएँ तो कोई गम नहीं, लेकिन मरते वक्त मिट्टी हिंदुस्तान की हो।

## भाव/भावना/भावुक/जज्बात

- एक भावना ही है, जो हमारे रिश्तों को सँभालती है, अन्यथा हम स्वार्थ की कश्तियों को सँभालने में ही लगे रहते हैं।
- जो आदमी दूसरों के भावों का आदर करना नहीं जानता, उसे दूसरे से भी सद्भावना की आशा नहीं करनी चाहिए।
- भाव बिना बाजार में, वस्तु मिले न मोल, तो भाव बिना हरि कैसे मिलें, जो हैं अनमोल।
- यदि प्रेम को समझाना है तो तन की नहीं, मन की आँखें खोलो, क्योंकि सच्चा प्रेम रूप से नहीं, भाव से जुड़ा होता है।
- यदि आपको सभी चीजों की सकारात्मक भावना से समझ है तो आप जीवन के हर पल का आनंद लेंगे, चाहे वो दबाव हो या खुशी।
- काम से ज्यादा काम के पीछे की भावना का महत्त्व होता है।
- कोई हालात नहीं समझता, कोई जज्बात नहीं समझता, ये तो अपनी-अपनी समझ की बात है जनाब, कोई कोरा कागज समझ लेता है, तो कोई पूरी किताब नहीं समझता।
- कोई भी व्यक्ति आपके पास तीन कारणों से आता है—भाव से, अभाव से और प्रभाव से। यदि भाव से आया हो तो उसे प्रेम दो, अभाव से आया हो तो मदद करो और यदि प्रभाव से आया हो तो प्रसन्न हो जाओ कि परमात्मा ने आपको इतनी क्षमता दी है।
- मंत्र, तीर्थ, ब्राह्मण, देवता, औषधि और गुरु में जैसी भावना होती है, वैसी ही सिद्धि मिलती है।

- रिश्ते बरकरार रखने की सिर्फ एक ही शर्त है, भावना देखें, संभावना नहीं।
- दौर कागजी था, पर देर तक खतों में जज्बात होते थे, अब मशीनी दौर है, जिसमें उम्र भर की यादें उँगली से ही समाप्त हो जाती हैं।
- जिसकी जैसी भावना होती है, उसको वैसी ही सिद्धि मिलती है।
- जिसको आपकी जरूरत न हो, उसको जबरन अपना प्रेम प्रदर्शित न करें, क्योंकि वहाँ आपके साथ आपकी भावनाएँ भी कुचल दी जाएँगी।
- जिसके मन का भाव सच्चा होता है, उसका हर काम अच्छा होता है।
- जिस वस्तु का जिस भाव से चिंतन किया जाता है, वह वस्तु उसी प्रकार अनुभव में आने लग जाती है।
- जहाँ रिश्तों में भावनाएँ होंगी, वहीं संभावनाएँ भी होंगी।
- हम जितनी जल्दी लोगों की भावनाओं का अनुमान लगा सकें, उतना ही दुनिया की भलाई के लिए एक अच्छा काम होगा।
- हमारे शब्द, हमारे कार्य, हमारी भावनाएँ, हमारी गतिविधियाँ और हमारे विचार ही हमारे कर्म हैं।
- हरेक लिखी हुई बात को हरेक पढ़नेवाला नहीं समझ सकता, क्योंकि लिखनेवाला भावनाएँ लिखता है और लोग केवल शब्द पढ़ते हैं।
- भाषाओं का अनुवाद हो सकता है, भावनाओं का नहीं, उन्हें तो बस समझना पड़ता है।
- भावनाओं का कहाँ द्वार होता है, जहाँ मन मिल जाए, वहीं हरिद्वार होता है।
- दोनों परिस्थिति में शांत रहें। एक तो जब कोई शब्दों में आपकी भावना को समझ न सके और दूसरा, कोई बिना शब्दों के कुछ न समझे।
- जहाँ जैसी हमारी मानसिक भावना रहती है, वहाँ परमेश्वर हमारे लिए उसी रूप में प्रकट हो जाते हैं।
- अच्छी सोच, अच्छे विचार और अच्छी भावना मन को हलका करती है।

## भूल/भूलना/भुला

- यदि मनुष्य सीखना चाहे तो उसकी प्रत्येक भूल उसे कुछ-न-कुछ अवश्य सिखाती है।
- कड़वा सच—छोटे थे, हर बात भूल जाया करते थे। तब दुनिया कहती थी कि याद करना सीखो और जब बड़े हुए तो हर बात याद रहती है तो दुनिया कहती है कि भूलना सीखो!
- कैसे खिलेंगे जिंदगी के फूल, अगर ढूँढ़ते रहेंगे एक-दूसरे की भूल?
- हमें अकसर महसूस होता है कि दूसरों का जीवन अच्छा है, लेकिन हम अकसर भूल जाते हैं कि उनके लिए हम भी दूसरे ही हैं।
- सड़क कितनी भी साफ हो, धूल रह ही जाती है, इनसान कितना भी अच्छा हो, भूल हो ही जाती है।
- दुनिया में लाखों पेड़ गिलहरियों की देन हैं। वे खुराक के लिए बीज जमीन में छुपा देती हैं और फिर जगह भूल जाती हैं। उसी तरह अच्छा कर्म करें और भूल जाएँ, समय आने पर फलेंगे जरूर।
- वृक्ष कभी इस बात पर व्यथित नहीं होता कि उसने कितने पुष्प खो दिए। वह सदैव नए पुष्पों के सृजन में व्यस्त होता है। जीवन में कितना कुछ खो गया, इस पीड़ा को भूलकर क्या नया कर सकते हैं, इसी में जीवन की सार्थकता है।
- चंद फासला जरूर रखिए हर रिश्ते के दरम्यान, क्योंकि नहीं भूलती दो चीजें चाहे जितना भुलाओ, एक 'घाव' और दूसरा 'लगाव'।
- जीवन में तीन लोगों को कभी नहीं भूलना चाहिए—मुसीबत में साथ देनेवाले को, मुसीबत में साथ छोड़नेवाले को और मुसीबत में डालनेवाले को।
- जीवन में जब कुछ बड़ा मिल जाए तो छोटे को मत भूलना, क्योंकि जहाँ काम सुई का है, वहाँ तलवार काम नहीं करती।
- जानबूझकर की गई भूल हमारी इच्छा पर निर्भर करती है, पर अनजाने में की गई भूल की भी कोई सीमा है।
- अपनी भूल अपने ही हाथों सुधर जाए तो यह उससे कहीं अच्छा है कि कोई दूसरा उसे सुधारे।

- अपनी भूलों से शिक्षा न लेनेवाला मनुष्य मूर्ख है। फिर से भूल न करना ही एक तरह से अपराध से बचना है।
- अपना वजूद ऐसा बनाओ कि कोई आपको छोड़ तो सके, पर भुला न सके।
- अगर भूलना इतना आसान होता तो याद नाम का कोई शब्द ही न होता।
- आदमी तारों को पकड़ने के लिए हाथ फैलाता है और अपने ही कदमों में उगे हुए फूलों को भूल जाता है।
- इस संसार में भूलों को माफ करने की क्षमता सिर्फ तीन में है—माँ, महात्मा और परमात्मा।

## मजाक/उपहास

- शुक्र है मौत सबको आती है, वरना अमीर तो इस बात का भी मजाक उड़ाते कि वो गरीब था, इसलिए मर गया।
- मजाक मत उड़ाना किसी को परेशान देखकर, क्या पता कोई अपने अंदर कैसे दर्द लेकर जी रहा हो?
- मजाक और पैसा सोच-समझकर उड़ाना चाहिए।
- किसी भी मनुष्य की वर्तमान स्थिति देखकर उसके भविष्य का मजाक मत उड़ाओ; क्योंकि काल में इतनी शक्ति है कि वो एक साधारण से कोयले को भी धीरे-धीरे हीरे में बदल देता है।
- समय अच्छा हो तो आपकी गलती भी मजाक लगती है और समय खराब हो तो मजाक भी गलती लग जाती है।
- जमाना क्या कहेगा, ये मत सोचो? क्योंकि जमाना बहुत अजीब है, नाकामयाब लोगों का मजाक उड़ाता है और कामयाब लोगों से जलता है।
- अच्छी और सही वस्तु का मजाक उड़ाना जितना सरल होता है, मजाक की वस्तु का मजाक उड़ाना उतना सरल नहीं होता।

## मजबूर/बाध्य/मोहताज/लाचार

- यहाँ बदलना कौन चाहता है? कुछ लोग यहाँ मजबूर भी कर देते हैं अच्छे लोगों को बदलने के लिए।

- किसी की अच्छाई का इतना फायदा मत उठाओ कि वह बुरा बनने के लिए मजबूर हो जाए।
- रिश्ता मजबूत होना चाहिए, मजबूर नहीं।
- जीवन में एक ऐसी आदत बनाएँ, जो आपको सुबह बिस्तर से उठने पर मजबूर कर दे।
- जीवन में कुछ संबंध ऐसे होते हैं, जो किसी पद-प्रतिष्ठा के मोहताज नहीं होते, वे स्नेह और विश्वास की बुनियाद पर टिके होते हैं।
- ईश्वर में अटल विश्वास रखनेवाले को अपने को असहाय या लाचार समझने की आवश्यकता नहीं है।

## मंजिल/लक्ष्य/ध्येय

- न किसी से ईर्ष्या, न किसी से कोई होड़, मेरी अपनी मंजिल, मेरी अपनी दौड़।
- एक ऐसा लक्ष्य निर्धारित करें, जो सुबह आपको बिस्तर से उठने पर मजबूर कर दे।
- मंजिल तो मिल ही जाएगी, भटककर ही सही, गुमराह तो वे हैं, जो घर से निकला ही नहीं करते।
- धूल में बस इतनी ही ताकत है कि वह रास्ते को धुँधला कर सके, लेकिन इतनी ताकत नहीं कि वह मंजिल को पाने से रोक सके।
- इनसान मंजिल बदल देता है रुकावट देखकर और मंजिलें इनसान बदल देती हैं उनके इरादे देखकर।
- बड़ी मंजिलों के मुसाफिर छोटा दिल नहीं रखते।
- कठिन समय में भी अपना लक्ष्य मत छोड़िए और विपत्ति को अवसर में बदलिए।
- कोई लक्ष्य मनुष्य के साहस से बड़ा नहीं, हारा वही, जो लड़ा नहीं।
- मंजिल चाहे कितनी भी ऊँची क्यों न हो, रास्ते हमेशा पैरों के नीचे ही रहते हैं।
- विष पीकर भी शंकर महादेव हो गए और अमृत पीकर के भी राहु-केतु असुर ही रहे। यदि कर्म और लक्ष्य उचित न हो तो शाप भी वरदान बन जाता है।
- विकल्प बहुत मिलेंगे मार्ग भटकाने के लिए, लेकिन संकल्प एक ही काफी है मंजिल तक जाने के लिए।

- जिंदगी में जो चाहो हासिल कर लो, बस इतना खयाल रखना कि आपकी मंजिल का रास्ता लोगों के दिलों को तोड़ता हुआ न गुजरे।
- जिद चाहिए लक्ष्य को पाने के लिए, हारने के लिए तो एक डर ही काफी है।
- निंदा से घबराकर अपने अच्छे लक्ष्य को न छोड़ें, क्योंकि लक्ष्य मिलते ही निंदा करनेवालों की राय बदल जाती है।
- भाग्य सिर्फ उन लोगों का साथ देता है, जो कठिन समय में भी अपने लक्ष्य पर अडिग रहते हैं।
- सच्चे प्रयास कभी निष्फल नहीं जाते। लंबी छलाँगों से कहीं बेहतर है निरंतर बढ़ते कदम, जो एक दिन मंजिल तक जरूर ले जाएँगे।
- सफर जितना कठिन होता है, मंजिलें उतनी ही शानदार होती हैं।
- छोटा बनकर रहोगे तो हर मंजिल मिलेगी। बड़ा होने पर तो माँ भी गोद से उतार देती है।
- अपने जीवन का एक लक्ष्य बनाइए और उसके बाद अपने पूरे शारीरिक और मानसिक बल को अपने काम में लगा दीजिए, फिर देखिए परिणाम कितना सहज मिलेगा!
- जैसा लक्ष्य रखेंगे, वैसे लक्षण स्वत: आएँगे।
- अपने लक्ष्य को साधो, बाकी चीजें तो अपने आप घटित हो जाएँगी।
- आप अपना लक्ष्य तब तक नहीं पा सकते, जब तक आप अपने आराम का स्तर नहीं छोड़ सकते।
- आत्म-निर्णय लक्ष्य-सिद्धि की पहली सफलता है।
- अगर आप मंजिलों को पाने की हसरत रखते हैं तो अपने उद्देश्य को स्पष्ट रखें और रास्तों की परवाह किए बिना आगे बढ़ते चलें, तभी सफलता मिलेगी।
- अगर आपका लक्ष्य बड़ा हो और उस पर हँसनेवाला कोई न हो तो समझ लेना आपका लक्ष्य बहुत छोटा है।
- लक्ष्य जितना महान् होता है, उसका पथ उतना ही लंबा ओर बीहड़ होता है।
- लक्ष्य पर आधे रास्ते तक जाकर कभी वापस न लौटें, क्योंकि वापस लौटने पर भी आधा रास्ता तो पार करना पड़ेगा।

- लक्ष्य पूरा करने के लिए अपनी समस्त शक्तियों द्वारा परिश्रम करना ही पुरुषार्थ है।
- लक्ष्य और प्यार एक-दूसरे के पूरक हैं। हमें अपने लक्ष्य से प्यार होना चाहिए और जिससे प्यार होता है, वह स्वयं ही लक्ष्य बन जाता है।
- लक्ष्य सही होना चाहिए, काम तो दीमक भी दिन-रात करती है, पर वो निर्माण नहीं, विनाश करती है।
- लोग डूबते हैं तो समुद्र को दोष देते हैं, मंजिल न मिले तो किस्मत को दोष देते हैं, खुद सँभलकर चलते नहीं और जब लगती है ठोकर, तब पत्थर को दोष देते हैं।
- डाक टिकट की तरह बनिए, मंजिल पर जब तक पहुँच न जाएँ, उसी चीज पर जमे रहिए।

## मन/मानसिक

- खुश रहने का एक सीधा सा मंत्र है—कौन क्या कर रहा है, कैसे कर रहा है, क्यों कर रहा है, इससे आप जितना दूर रहेंगे, अपने मन की शांति के उतने ही करीब रहेंगे।
- मन में जो है साफ-साफ कह देना चाहिए, क्योंकि सच बोलने से फैसले होते हैं और झूठ बोलने से फासले होते हैं।
- सबसे लंबा सफर एक मन से दूसरे मन तक पहुँचना है और इसी में सबसे ज्यादा समय लगता है।
- संतुष्ट मन दुनिया का सबसे बड़ा धन है।
- अच्छी मानसिकता से ही अच्छा जीवन जीया जाता है, इसलिए अपनी मानसिकता को सदैव अच्छा बनाकर रखें।
- मानसिक बीमारियों से बचने का एक ही उपाय है कि हृदय को घृणा से और मन को भय व चिंता से मुक्त रखा जाए।
- मानसिक उन्नति प्राप्त करने के उपरांत शरीर अधिक ताकतवर और स्वस्थ हो जाता है।
- केवल निर्मल मनवाला व्यक्ति ही आध्यात्मिक अर्थ को समझ सकता है।

- अस्वस्थ मन से उत्पन्न कार्य भी अस्वस्थ होंगे।
- इनसान जितना अपने मन को मना सके, उतना खुश रह सकता है।
- खटखटाते रहिए दरवाजा एक-दूसरे के मन का, मुलाकातें न सही, आहटें आती रहनी चाहिए।
- इनसान की आर्थिक स्थिति कितनी भी अच्छी हो, लेकिन जीवन का सही आनंद लेने के लिए उसकी मानसिक स्थिति अच्छी होनी चाहिए।
- कभी भी खाली न बैठें, कोई-न-कोई रचनात्मक काम अवश्य करते रहें। उससे आपका मन बुरे विचारों में नहीं उलझेगा।
- कहने को बहुत अपने होते हैं, लेकिन जब मन उदास हो तो कोई पूछनेवाला नहीं होता।
- मैदान में हारा हुआ आदमी फिर से जीत सकता है, लेकिन मन से हारा हुआ आदमी कभी नहीं जीत सकता।
- देह एक रथ है, इंद्रियाँ उसमें घोड़े, बुद्धि सारथी और मन लगाम है।
- मन की भावना को सँभालनेवाला इनसान हमेशा जिंदगी की ऊँचाइयों में सबसे ऊपर होता है।
- समाज से बहुत दिनों तक दूर और अकेले रहना आदमी के मन को दुर्बल बना देता है।
- मन की संतुष्टि के लिए अच्छे काम करते रहना चाहिए, लोग चाहे तारीफ करें या न करें, कमियाँ तो लोग भगवान् में भी तलाशते रहते हैं।
- मन की सोच सुंदर हो तो सारा संसार सुंदर लगता है।
- मन को कर्तव्य की डोरी से बाँधना पड़ता है, नहीं तो उसकी चंचलता आदमी को न जाने कहाँ लिये-लिये फिरे!
- मन के अनुकूल हो तो हरि-कृपा और मन के विपरीत हो तो हरि-इच्छा। इस तथ्य को धारण कर लें तो आनंद-ही-आनंद है।
- मन में विश्वास रखकर कोई हार नहीं सकता और मन में शंका रखकर कोई जीत नहीं सकता।
- मन में दुःख होने पर देह भी ठीक वैसे ही संतप्त होने लगती है, जैसे घड़े में

तपाए हुए लोहे के गोले को डाल देने में उसमें रखा हुआ ठंडा पानी भी गरम हो जाता है।

- मन ही संसार है। प्रयास करके उसी को शुद्ध करना चाहिए। जैसा मन होता है, वैसा ही मनुष्य बन जाता है। यह सनातन रहस्य है।
- मन भरकर जियो, मन में भरकर मत जियो।
- मन दुःखी है तो अपने मन से पूछना कि कितना और कब तक दुःखी होना है? मन कहेगा, दूसरों ने गलत किया, उन्हें माफी माँगनी होगी, उन्हें बदलना होगा। ऐसा शायद कभी ना हो, क्योंकि दूसरों को नहीं लगता कि उन्होंने कुछ गलत किया है!
- मन तृप्त हो तो बूँद भी बरसात है। अतृप्त मन के आगे तो समंदर की भी क्या औकात है?
- मन की प्रसन्नता से बहुत से मानसिक और शारीरिक रोग दूर रहते हैं।
- विचार में विषाद नहीं रखना चाहिए, क्योंकि विषाद बहुत बड़ा दोष है।
- वैराग तो मन से होता है। संसार में रहे, पर संसार का होकर न रहे, इसी को वैराग्य कहते हैं।
- मनचाहा बोलने के लिए अनचाहा सुनने की ताकत होनी चाहिए और अनचाहा न सुनना पड़े, इसलिए मनचाहा कभी मत बोलिए।
- मनुष्य का मन इस तरह बना हुआ है कि वह शक्ति का प्रतिरोध करता है और कोमलता के सामने झुक जाता है।
- किसी की मदद के लिए धन से ज्यादा मन से की हुई कोई भी मदद ज्यादा काम करती है।
- जिंदगी का सबसे लंबा सफर एक मन से दूसरे मन तक पहुँचना है और इसी में सबसे ज्यादा समय लगता है।
- जिंदगी में राह तो बड़ी सीधी है, मोड़ तो सारे मन के हैं।
- जिसका मन मस्त है, उसे पास समस्त है।
- जिसका मन सच्चा होता है, उसका हर काम अच्छा होता है। कबूल करने की

हिम्मत और सुधार करने की नीयत हो तो भूल से भी इनसान बहुत-कुछ सीख सकता है।

- हमारा मन उसी के सामने खुलता है, जो वैचारिक रूप से हमारे करीब होता है।
- पैर को लगनेवाली चोट सँभलकर चलना सिखाती है और मन को लगनेवाली चोट समझदारी से जीना सिखाती है।
- संसार में ऐसी कोई समस्या नहीं, जो आपके मन की शक्ति से अधिक शक्तिशाली हो।
- सब इच्छाएँ मन में ही उत्पन्न होती हैं। यही कारण है कि सब लोग इच्छित पदार्थों का सबसे पहले मन से ही ध्यान करते हैं।
- साँप के दाँत में, बिच्छू के डंक में और इनसान के मन में कितना जहर भरा है, यह बता पाना बहुत मुश्किल है।
- छोटे मन से कोई बड़ा नहीं होता और टूटे मन से कोई खड़ा नहीं होता।
- दुःखी मन पानी से भरे गिलास की तरह होता है, जो मामूली ठेस लगने पर भी छलक पड़ता है।
- दुनिया पर जीत हासिल करने से पहले अपने मन पर जीत हासिल करना जरूरी है।
- जब तक आप सामनेवाले के मन की करते हैं, तब तक अच्छे हैं। एक बार अपने मन की कर ली तो सभी अच्छाइयाँ बुराई में तब्दील हो जाती हैं।
- जो लोग मन में उतरते हैं, उन्हें सँभाले रखिए और जो मन से उतरते हैं, उनसे सँभलकर रहिए।
- जुगनू तभी तक चमकता है, जब तक उड़ता है। यही हाल मन का है, जब हम रुक जाते हैं तो अंधकार में पड़ जाते हैं।
- जेब से अमीर हों या न हों, कोई बात नहीं, पर मन से जरूर अमीर रहना चाहिए; क्योंकि मंदिरों में कलश भले ही सोने के लगे हों, पर हम नतमस्तक तो पत्थर की मूर्ति के सामने ही होते हैं।
- आर्थिक स्थिति कितनी भी अच्छी हो, जीवन का सही आनंद लेने के लिए मानसिक स्थिति का अच्छा होना जरूरी है।

- अगर आपके पास मन की शांति है तो समझ लेना आपसे अधिक शक्तिशाली कोई नहीं है।
- ईर्ष्या, द्वेष, छल और कपट से रहित मन ही शुद्ध है।
- मन के बिना माया नहीं और माया के बिना मन नहीं। यह संसार मन और माया का मेल-जोल है।
- यदि कभी मन खराब हो तो शब्द खराब न बोलें, क्योंकि बाद में मन तो अच्छा हो जाएगा, मगर शब्द नहीं।
- जो बात आपके मन को भटकाने वाली है, उसे सुनते हुए भी न सुनें, जहाँ भी सुनें, वहीं छोड़ दें।

## मनन/चिंतन

- मन बड़ा चमत्कारी शब्द है। इसके आगे न लगाने पर यह नमन हो जाता है और पीछे न लगाने पर मनन हो जाता है। जीवन में नमन और मनन करते चलिए, उससे जीवन सफल ही नहीं, सार्थक भी हो जाता है।
- चिंता करोगे तो भटक जाओगे। चिंतन करोगे तो भटके हुए को राह दिखाओगे।
- चिंता से चिंतन भला है।
- चिंता नहीं चिंतन, व्यथा नहीं व्यवस्था, समस्या नहीं समाधान पर हमेशा ध्यान देना चाहिए।
- चिंतन का चिराग बुझने से आचरण अंधा हो जाता है।
- चिंतन भी जरूरी है चिंतामुक्त होने के लिए।
- चिंतन जीना सिखाता है।
- रोजना चिंतन करो और आगे बढ़ो—पहला, मरना अवश्य है; दूसरा, साथ कुछ नहीं जाना है; तीसरा, जो करेगा, सो भरेगा; चौथा, जहाँ उलझो, वहीं सुलझो और पाँचवाँ, जो है, उसमें संतोष करो।
- सोचिए, खूब सोचिए, लेकिन सोच में चिंतन हो, चिंता नहीं।
- व्यर्थ का चिंतन स्वास्थ्य का दुश्मन है।
- जब लोगों की कमजोरी का चिंतन करते हैं तो उनकी कमजोरी हमारे चित्त पर

बैठ जाती है। अगर उस पर सही नियंत्रण नहीं किया तो तब वह कमजोरी सिर्फ उनकी नहीं, हमारी सोच का भी हिस्सा बन बैठती है।

- हर वक्त चिंतनरत मत रहो। चिंतन के समय चिंतन करो, दत्तचित होकर करो। इससे अन्य कार्य भी बाधित नहीं होंगे और चिंतन भी अच्छा होगा।

## मस्तिष्क/दिमाग

- घर से बाहर दिमाग लेकर जाओ, क्योंकि दुनिया एक बाजार है, लेकिन घर के अंदर सिर्फ दिल लेकर जाओ, वहाँ एक परिवार है।
- शब्द दिल से निकलते हैं, दिमाग से तो मतलब निकलते हैं।
- दिमाग पैराशूट के समान है, वह तभी कार्य करता है, जब खुला हो।
- शून्य मस्तिष्क शैतान की कर्मशाला है।
- ठंडा पानी और गरम प्रेस मिलकर कपड़ों की सारी सिकुड़न-सलवटें निकाल देते हैं। ऐसे ही ठंडा दिमाग और ऊर्जा से भरा हुआ दिल जीवन की सारी उलझन मिटा देते हैं।
- कभी भी कामयाबी को दिमाग में और नाकामयाबी को दिल में जगह नहीं देना चाहिए, क्योंकि कामयाबी दिमाग में घमंड और नाकामयाबी दिल में मायूसी पैदा करती है।
- माचिस की तीली का सिर तो होता है, मगर दिमाग नहीं। इसलिए थोड़े से घर्षण से ही वह जल उठती है, किंतु हमारे पास तो सिर भी है और दिमाग भी, फिर हम छोटी सी बात पर इतना उत्तेजित क्यों हो जाते हैं? अत: शांत रहिए, स्वस्थ रहिए।
- मनोवैज्ञानिक सच—यदि आप किसी व्यक्ति को अपने दिमाग से नहीं निकाल पा रहे हैं तो समझ जाइए कि सामनेवाला व्यक्ति भी आपको अपने दिमाग से नहीं निकाल पा रहा है।
- मनुष्य का मस्तिष्क बंजर खेत की तरह है, जब तक इसमें बाहर से मसाला नहीं जाएगा, इसमें कुछ भी पैदा नहीं हो सकता।
- खिचड़ी यदि बरतन में पके तो बीमार को ठीक कर देती है और यदि दिमाग में पके तो इनसान को बीमार कर देती है।

- दिमाग से बनाए हुए रिश्ते बाजार तक और दिल से बनाए रिश्ते आखिरी साँस तक चलते हैं।
- जितना दिल बड़ा रखेंगे, दिमाग ठंडा रखेंगे और वाणी मीठी रखेंगे तो आप उतना ही जिंदगी में कामयाब होंगे।
- पैसा हमेशा जेब में रखना, दिमाग में नहीं।
- स्वामी विवेकानंद कहते हैं कि तुम मुझे पसंद करो या मुझसे नफरत, दोनों ही मेरे पक्ष में हैं। क्योंकि अगर तुम मुझको पसंद करते हो तो मैं आपके दिल में हूँ और अगर तुम मुझसे नफरत करते हो तो मैं आपके दिमाग में हूँ। पर रहूँगा आपके पास ही।
- संतुलित दिमाग जैसी कोई सादगी नहीं, संतोष जैसा कोई सुख नहीं, लोभ जैसी कोई बीमारी नहीं और दया जैसा कोई पुण्य नहीं।
- छाता और दिमाग तभी सही काम करते हैं, जब वे खुले हों, बंद होने पर दोनों बोझिल बन जाते हैं।
- जब दिमाग अंधा हो तो आँखों का कोई फायदा नहीं।
- जो लोग दिल के अच्छे होते हैं, दिमागवाले उनका फायदा उठाते हैं।
- जुबान से माफ करने में वक्त नहीं लगता, लेकिन दिल से माफ करने में उम्र बीत जाती है।
- अपने जीवन के लेखक बनें और दिमाग के पाठक बनें। जितना अधिक आप अपने बारे में जानेंगे, उतना अपने बारे में दूसरों से जानने की जरूरत नहीं पड़ेगी।
- आपका दिमाग एक ऐसा खेत है, जिसमें विचार रूपी जैसे बीज बोएँगे, वैसे ही फूल या जंगली घास पैदा होगी।
- लोग हमेशा पहले दिल की सुनते हैं और जब वो धोखा दे जाए तो दिमाग की सुनते हैं।

## महान्/महानता

- एक कृतज्ञ हृदय महानता की शुरुआत है और विनम्रता की अभिव्यक्ति है। यह प्रार्थना, विश्वास, साहस, संतोष, खुशी, प्रेम और कल्याण जैसे सद्गुणों की नींव है।

- काम का आलस और पैसों का लालच हमें महान् बनने नहीं देता।
- कुछ लोग जन्म से ही महान् होते हैं, कुछ महानता अर्जित करते हैं और कुछ लोगों पर महानता लाद दी जाती है।
- महानता श्रेष्ठ गुण सदाचार, शील और चरित्र द्वारा ही प्राप्त होती है।
- मनुष्य उतना ही महान् होगा, जितना वह अपनी आत्मा में सत्य, त्याग, दया, प्रेम और शक्ति का विकास करेगा।
- वही व्यक्ति महान् है, जो शांतचित्त होकर और धैर्यपूर्वक कार्य करता है।
- जो महान् होते हैं, वे अपनी शरण में आए हुए नीच लोगों से भी वैसा ही अपनापन बनाए रहते हैं, जैसा सज्जनों के साथ।
- आपकी महानता इस बात में नहीं है कि आप क्या हैं, बल्कि उसमें है कि आप क्या दे रहे हैं?
- अच्छे कर्म करके हम महान् हो सकते हैं और बिना कर्म किए बेकार।
- गुणों से ही मनुष्य महान् होता है, ऊँचे आसन या पद पर बैठने से नहीं। राजमहल के ऊँचे शिखर पर बैठने से कौआ गरुड़ नहीं हो सकता।
- लक्ष्य जितना महान् होता है, उसका पथ उतना ही लंबा और बीहड़ होता है।

## महत्त्व/महत्त्वपूर्ण

- महत्त्व इस बात का नहीं कि हम कितना अधिक जीवित कैसे रहते हैं, बल्कि इसका है कि हम जीवित कैसे रहते हैं?
- एक व्यक्ति बनकर जीना महत्त्वपूर्ण नहीं, अपितु एक व्यक्तित्व बनकर जीना अधिक महत्त्वपूर्ण है, क्योंकि व्यक्ति तो समाप्त हो जाता है, लेकिन व्यक्तित्व सदा जिंदा रहता है।
- यदि कुछ महत्त्वपूर्ण है तो आयु में यदि छोटा भी हो तो उसकी बात पर ध्यान देना चाहिए।
- इस बात का कोई मतलब नहीं कि मनुष्य मरता किस प्रकार है, अपितु महत्त्व की बात यह है कि वह जीवित किस प्रकार रहता है?
- कामयाबी के सफर में धूप का बड़ा महत्त्व होता है, क्योंकि छाँव मिलते ही कदम रुकने लगते हैं।

- दु:ख तब होता है, जब आपको अहसास हो कि आप जिसे महत्त्व दे रहे हैं, उसकी नजरों में आपका कोई महत्त्व ही न हो।
- हम कहाँ से चले, इसका महत्त्व नहीं, बल्कि हम कहाँ पहुँचते हैं, यह महत्त्वपूर्ण है।
- कोई आपके लिए रुपए खर्च करेगा तो कोई समय खर्च करेगा। समय खर्च करनेवाले व्यक्ति को हमेशा अधिक महत्त्व और सम्मान देना, क्योंकि वह आपके पीछे अपने जीवन के ऐसे पल खर्च कर रहा है, जो उसे कभी वापस नहीं मिलेंगे।
- हमें कितने लोग पहचानते हैं, उसका महत्त्व नहीं, लेकिन क्यों पहचानते हैं, इसका महत्त्व है।
- हमारे अंदर अँधेरा व रोशनी दोनों हैं। यह हमें चुनना है कि हम इनमें से किसको महत्त्व देते हैं?
- जीवन में यह देखना महत्त्वपूर्ण नहीं कि कौन हमसे आगे है या कौन हमसे पीछे? उसके बजाय यह देखना चाहिए कि कौन हमारे साथ है और हम किसके साथ?

## माँ/माता/मात/बाप/पिता

- एक पिता हमेशा नीम के पेड़ जैसा होता है, जिसके पत्ते भले ही कड़वे हों, पर वह छाया हमेशा ठंडी देता है।
- दादी के दर्द, पिता के कर्ज, माँ के मर्ज और खुद के फर्ज को कम ही लोग पहचान पाते हैं।
- माँ-बाप की दवाई की पर्ची अकसर गुम हो जाती है, पर लोग वसीयत के कागज बहुत अच्छी तरह सँभाल कर रखते हैं।
- दोनों ममताओं की खूबी—माँ सोचती है, संतान आज भूखी न रहे और पिता सोचता है कि वो कल भूखी न रहे। बस यही वजह है कि ये दो संबंध ऐसे हैं संसार में, जिनका दर्जा भगवान् से भी ऊँचा है।
- याद रखना, माँ-बाप उम्र से नहीं, फिक्र से बूढ़े होते हैं। कड़वा सच है, जब बच्चा रोता है तो आसपास को पता चलता है, मगर जब माँ-बाप रोते हैं तो

बाजूवाले को भी पता नहीं चलता। यह जिंदगी की सच्चाई है।

- घर में चाहे कितने ही लोग क्यों न हों, अगर माँ न दिखे तो घर खाली-खाली ही लगता है।
- इनसान की बरबादी का वक्त तब शुरू होता है, जब उस शख्स के माँ-बाप उसके गुस्से के डर से अपनी जरूरत बताना और नसीहत देना बंद कर दें।
- बच्चों के साथ समझदार बनकर माँ-बाप उन पर जितना असर डाल सकते हैं, जितनी शिक्षा दे सकते हैं, उतनी बूढ़े बनकर नहीं।
- कभी माँ-बाप डाँट दें तो बुरा मत मानना, बल्कि सोचना कि गलती होने पर माँ-बाप नहीं डाँटेंगे तो कौन डाँटेंगे और कभी छोटों से गलती हो जाए तो यह सोचकर माफ कर देना कि गलतियाँ छोटे नहीं करेंगे तो कौन करेगा?
- माँ का ममत्व अमृत से भी मीठा होता है।
- माँ के संस्कार से ही बच्चे का भाग्य है।
- माँ के समान पूजनीय विभूति संसार में दूसरी नहीं होती।
- माँ भले ही पढ़ी-लिखी हो या नहीं, पर संसार का दुर्लभ व महत्त्वपूर्ण ज्ञान माँ से ही मिलता है।
- माँ वह रोशनी है, जो घर पर साथ रहकर रास्ता दिखाती है। पिता वह प्रकाश है, जो दूर रहकर भी अनुशासन सिखाता है।
- माँ वह हस्ती है, जो आपको नौ महीने अपने पेट में रखती है, तीन साल अपनी बाँहों में और सदा अपने दिल में रखती है।
- माँ निरादर-अपमान, जली-कटी, घुड़की-झिड़की सबकुछ बच्चों के लिए सह लेती है।
- माँ और पिता की भूमिका में बस इतना सा फर्क है कि माँ जीते-जी समझ में आती है और बाप मरने के बाद।
- माँ-बाप की नसीहत सबको बुरी लगती है, पर माँ-बाप की वसीयत सबको अच्छी लगती है।
- माँ-बाप के साथ आपका सलूक, ये वो कहानी है, जिसे आप लिखते हैं और आपकी संतान उसको पढ़कर सुनाती है।

- माँ–बाप हमें शहजादों की तरह पालते हैं, लिहाजा हमारा फर्ज है कि बुढ़ापे में हम उन्हें बादशाहों की तरह रखें।
- माँ–बाप जन्म के साथी होते हैं, किसी के कर्म के नहीं।
- माता–पिता पर उतना तो विश्वास रखो, जितना बीमार होने पर दवाइयों पर रखते हो। बेशक थोड़े कड़वे होंगे, पर आपके फायदे के लिए होंगे।
- माता–पिता वो हस्ती हैं, जिसके पसीने की एक बूँद का कर्ज भी औलाद नहीं चुका सकती।
- मान लिया पुरुष निर्दयी है, लेकिन है तो किसी माँ का बेटा। क्यों माता ने ऐसे पुत्र को ऐसी शिक्षा नहीं दी, जो स्त्री जाति की कद्र नहीं करते?
- मुफ्त में सिर्फ माँ–बाप का प्यार मिलता है, इसके बाद दुनिया में हर रिश्ते के लिए कुछ–न–कुछ चुकाना पड़ता है।
- मेरी तकदीर में एक भी गम नहीं होता, अगर तकदीर लिखने का हक माँ को होता।
- बिना पिता के घर क्या है? इसका अनुभव करना हो तो सिर्फ एक दिन अँगूठे के बिना सिर्फ उँगलियों से अपने सारे काम करके देखें, पिता की कीमत का पता चल जाएगा।
- पिता एक ऐसा इनसान है, जिसके साए में बच्चे राज करते हैं।
- पिता की दौलत पर क्या घमंड करना और घमंड भी करना हो तो मजा तब है, जब बाप अपनी औलाद की दौलत पर घमंड की बजाय गर्व करे।
- जिंदगी में माँ–बाप की सेवा का मूल्य वो होता है, जो हर सुख–दुःख को पहचानने की शक्ति रखता है।
- जिस घर में माँ–बाप हँसते हैं, वहाँ भगवान् बसते हैं।
- जिस घर में पिता नहीं होते, उस घर में रिश्तेदार तो दूर, पड़ोसियों की निगाहें भी कुत्तों जैसी हो जाती हैं।
- जिस माँ की परवाह उसका बेटा करता हो, उस माँ से ज्यादा अमीर तो एक राजमाता भी नहीं होगी।
- हम उन्हें रुलाते हैं, जो हमारी परवाह करते हैं अर्थात् माता–पिता। हम उनके

लिए रोते हैं, जो हमारी परवाह नहीं करते अर्थात् औलाद। और हम उनकी परवाह करते हैं, जो हमारे लिए कभी न रोएँगे अर्थात् समाज।

- हमेशा याद रखें—माँ सबकी जगह ले सकती है, लेकिन एक माँ की जगह कोई नहीं ले सकता।
- भगवान् तो बड़े हैं ही, पर माता-पिता भी सदा बड़े ही रहते हैं, क्योंकि दोनों सुख-दुःख में साथ ही मिलते हैं।
- पानी अपना पूरा जीवन देकर पेड़ को बड़ा करता है, इसलिए शायद पानी लकड़ी को कभी डूबने नहीं देता। माँ-बाप का भी कुछ ऐसा ही सिद्धांत है।
- संसार में सबसे खूबसूरत चीज आपके माता-पिता की मुसकराहट है और उसकी सबसे बड़ी वजह आप हो सकते हैं।
- दवा अगर काम न आए तो नजर भी उतारती है, वो माँ है साहिब, वो कहाँ हार मानती है!
- दुनिया में केवल पिता ही एक ऐसा इनसान है, जो चाहता है कि मेरे बच्चे मुझसे भी ज्यादा कामयाब हों।
- अपने बोलने की ताकत अपने माता-पिता पर मत आजमाना, क्योंकि उन्होंने ही हमें बोलना सिखाया है।
- अगर हाथों की लकीरें अधूरी हों तो किस्मत अच्छी नहीं होती, लेकिन हम कहते हैं कि अगर सिर पर हाथ हो माँ-बाप का तो लकीरों की जरूरत ही नहीं होती।
- रुलाकर माता-पिता को तुम भी खुश नहीं रह पाओगे, करोगे जैसा उनसे तुम, अपनी औलाद से वैसा ही पाओगे।
- माँ-बाप की जितनी जरूरत हमें बचपन में होती है, उतनी ही जरूरत उन्हें बुढ़ापे में हमारी होती हैं।
- किसी के चले जाने से कोई गम नहीं होता, दुनिया साथ दे या न दे, माँ-बाप का प्यार कभी कम नहीं होता।
- न-जाने कितने दुःख कमाता है एक पिता औलाद की खुशी खरीदने के लिए, फिर भी उसी औलाद के महल में एक कोना नहीं मिलता माँ-बाप को ठहरने के लिए।

- माता–पिता की विरासत का खयाल रखना संस्कार नहीं कहा जाता है, लेकिन विरासत के साथ–साथ उनकी देखभाल को संस्कार कहा जाता है।

## मार्ग/रास्ता/सफर/मार्गदर्शन/नेतृत्व

- यदि आप वास्तव में कुछ करना चाहते हैं तो रास्ता मिल जाएगा। यदि नहीं चाहते तो बहाना मिल जाएगा।
- थकान आराम माँगती है और जिंदगी रोज नया सफर माँगती है। रास्ता बनाते चलो, क्योंकि हमेशा आपके लिए कोई रास्ता तैयार नहीं रहेगा।
- खुशियों का कोई रास्ता नहीं, खुश रहना ही रास्ता है।
- शुभचिंतक गली की रोशनी उन बत्तियों की तरह है, जो हमारा रास्ता छोटा तो नहीं करतीं, पर उनके उजाला होने से हमारा रास्ता आसान हो जाता है।
- माना कि आप किसी का भाग्य नहीं बदल सकते, लेकिन अच्छी प्रेरणा देकर किसी का मार्गदर्शन तो कर सकते हैं।
- मार्गदर्शन अगर सही हो तो छोटे से दीपक का प्रकाश भी सूरज का काम कर जाता है।
- वह जिंदगी अच्छी होती है, जिसके पीछे प्रेम की प्रेरणा होती है और ज्ञान का मार्गदर्शन।
- अकेले ही तय करने होते हैं कुछ सफर, क्योंकि जिंदगी के हर सफर में हमसफर नहीं होते।
- बड़ा नौकर बनने से अच्छा है, छोटे मालिक बन जाओ। दूसरों के पीछे चलने से अच्छा है, अपना रास्ता खुद बनाओ।
- अगर रास्ता खूबसूरत है तो पता करो, किस मंजिल की तरफ जाता है, लेकिन मंजिल खूबसूरत हो तो रास्ते की परवाह मत करो।
- अपने अंदर योग्यता का होना अच्छी बात है, लेकिन दूसरों में योग्यता खोज पाना असली परीक्षा है।
- अगर अंधा, अंधे का नेतृत्व करे तो दोनों खाई में गिरेंगे।
- तर्क और निर्णय नेता के गुण हैं।

## मुकाबला/प्रतिस्पर्धा/प्रतियोगिता

- उस व्यक्ति की शक्ति का कोई मुकाबला नहीं, जिसके पास शक्ति के साथ सहनशक्ति भी हो।
- जब प्रतिस्पर्धा की बजाय योगदान की तरफ आप बढ़ते हैं तो जीवन त्योहार बन जाता है। इसलिए लोगों से जीतने के लिए न हारें।
- अकसर जब चीजें आसान होती हैं, तब हम नहीं फलते। हम उसी समय फलते हैं, जब हम चुनौतियों का मुकाबला करते हैं।
- प्रतियोगिता में विजय पानी है तो अपने दिल को सँभालकर रखो, क्योंकि दिल पर किया गया वार इनसान को अपंग बना देता है।
- जिस इनसान के पास सब्र की ताकत है, उस इनसान का मुकाबला कोई नहीं कर सकता।

## मुसीबत/समस्या/संकट/दिक्कत/उलझन/विपत्ति/आपत्ति

- विपत्तियाँ कभी अकेले नहीं आतीं।
- समस्या देखकर जीवन में कभी हार मत मानो। क्या पता इसी समस्या के अंदर तुम्हारी एक बड़ी शुरुआत छुपी हो! अगर कष्ट बड़ा है तो कामयाबी भी बड़ी ही मिलेगी।
- यूँ तो सभी उलझे हैं अपनी उलझनों में, पर सुलझने को कोशिश तब भी होनी चाहिए।
- शब्द कितनी भी समझदारी से इस्तेमाल कीजिए, फिर भी सुननेवाला अपनी योग्यता और मन के विचारों के अनुसार ही उसका मतलब समझता है। इसलिए मुसकराइए, क्योंकि दुनिया की सारी समस्याएँ आपकी नहीं हैं।
- वास्तव में, संसार में वही व्यक्ति श्रेष्ठ तथा बुद्धिमान है, जो न मिलनेवाली वस्तु की इच्छा नहीं करते, नष्ट हुई वस्तु का शोक नहीं करते तथा विपत्तियों से कभी नहीं घबराते।
- मुसीबतें रुई से भरे थैले की तरह होती हैं। देखते रहेंगे तो बहुत भारी दिखेंगी और उठा लेंगे तो एकदम हलकी हो जाएँगी।
- किसी विपत्ति के समय आपको ये सात गुण बचाएँगे—आपका ज्ञान, आपकी

विनम्रता, आपकी बुद्धि, आपके भीतर का साहस, आपके अच्छे कर्म, सच बोलने की आदत और ईश्वर में विश्वास।

- किसी भी मुसीबत से बाहर निकलने का रास्ता मुसकराहट है, भले ही वह बनावटी हो।
- विपत्ति से बढ़कर तजुरबा सिखानेवाला दूसरा कोई विद्यालय नहीं।
- विपत्ति में पड़े हुए का साथ बिरला ही कोई देता है।
- जिंदगी की मुसीबत कम करना चाहते हो तो अत्यधिक व्यस्त रहो।
- निरंतर सफलता हमें संसार का केवल एक पक्ष दिखाती है, जबकि विपत्ति हमें दूसरा पक्ष भी दिखाती है।
- हमारी समस्या के समाधान का तरीका हमारी योग्यता को दरशाता है और दूसरों के पास तो सुझाव होते हैं।
- हमारी समस्याओं का आकार उतना बड़ा नहीं होता, जितना उनको हल करने की हमारी क्षमता। असली बात यह है कि हम समस्याओं को अपनी योग्यता के मुकाबले ज्यादा आँकते हैं।
- हर समस्या के तीन समाधान होते हैं—स्वीकार करें, बदल दें या छोड़ दें। यदि स्वीकार नहीं कर सकते हैं तो बदल दें, यदि बदल नहीं सकते हैं तो उसको ईश्वर पर छोड़ दें।
- संकट के समय धैर्य धारण करना ही मानो आधी लड़ाई जीत लेना है।
- संदेह मुसीबत के पहाड़ों का निर्माण करता है और विश्वास पहाड़ों में से भी रास्ते का निर्माण करता है।
- समस्या का समाधान करें या समस्या को छोड़ दें, लेकिन समस्या के साथ न जिएँ।
- समस्या से भागना समस्या का प्रारंभ है। समस्या का सामना करना समस्या के अंत का प्रारंभ है।
- समस्याएँ इतनी ताकतवर नहीं हो सकतीं, जितना हम उन्हें मान लेते हैं, कभी सुना है कि अँधेरों ने सुबह ही न होने दी हो?
- समस्याओं का अपना कोई आकार नहीं होता। वो तो सिर्फ हमारी हल करने की

क्षमता के आधार पर छोटी और बड़ी हो जाती हैं।

- सीता के रखवाले राम थे, जब हरण हुआ, तब कोई नहीं। द्रौपदी के पाँच पांडव थे, जब चीर हरण हुआ, तब कोई नहीं। दशरथ के चार दुलारे थे, जब प्राण त्यागे, तब कोई नहीं। रावण भी शक्तिशाली थे, जब लंका जली, तब कोई नहीं। अभिमन्यु राजदुलारे थे, पर चक्रव्यूह में कोई नहीं। सच यही है, मुसीबत का सामना खुद करना पड़ता है और साथ मिले तो मिले, नहीं तो अकेले ही सही।
- जब दिमाग कमजोर होता है, परिस्थितियाँ समस्या बन जाती हैं। जब दिमाग स्थिर होता है, तब परिस्थितियाँ चुनौती बन जाती हैं। लेकिन जब दिमाग मजबूत होता है, तब परिस्थितियाँ अवसर बन जाती हैं।
- जब जल गंदा हो तो उसे हिलाते नहीं, बल्कि शांत छोड़ देते हैं, जिससे गंदगी अपने आप नीचे बैठ जाती है। इसी प्रकार जीवन में परेशानी आने पर बेचैन होने के बजाय शांत रहकर विचार करें, हल जरूर निकलेगा।
- जहाँ उलझो, वहीं सुलझो।
- जीवन में तीन लोगों को कभी नहीं भूलना चाहिए। मुसीबत में साथ देनेवाले को, मुसीबत में साथ छोड़नेवाले को और मुसीबत में डालनेवाले को।
- अपने जीवन में सफल होने के लिए उन समस्याओं को भूल जाइए, जिनका आपने सामना किया, लेकिन उन समस्याओं से मिलनेवाली सीख को मत भूलिए।
- अगर आप बहुत सारी मुसीबतों से गुजर रहे हों तो एक बात हमेशा याद रखें कि सितारे कभी अँधेरे में नहीं चमकते।
- जो लोग आपके पद, प्रतिष्ठा और पैसे से जुड़े हैं, वो लोग केवल सुख में आपके साथ खड़े रहेंगे और जो लोग आपकी वाणी, विचार और व्यवहार से जुड़े हैं, वो लोग संकट में भी आपके लिए खड़े रहेंगे।
- आपत्ति हमें आत्मज्ञान कराती है। यह हमें दिखा देती है कि हम किस मिट्टी के बने हैं ?
- हम अपनी समस्याओं को उस सोच के साथ नहीं सुलझा सकते, जिस सोच के साथ हमने उनका निर्माण किया है।
- अगर हमें मजबूत रहना है तो आपातस्थिति में हमें डाँवाँडोल नहीं होना चाहिए।

- आपत्ति आने पर अपनी रक्षा के लिए पड़ोसी शत्रु से भी मेल कर लेना चाहिए।
- जो व्यक्ति विपत्ति आने से पूर्व ही प्रतिकार का उपाय कर लेता है और जो प्रत्युत्पन्नमति से युक्त है, वे दोनों ही सुखपूर्वक जीते हैं।
- आपत्ति-विपत्ति आने पर जो नहीं घबराते, वे व्यक्ति ही पंडित बुद्धिवाले होते हैं।
- आज की हकीकत यही है कि आपने सुन लिया तो सुलझ गए और सुना दिया तो उलझ गए।

## मुसकराहट/मुसकराना/मुसकान

- एक शुकराना, दूसरा मुसकराना और तीसरा किसी का दिल न दुखाना—ये ही तीन रास्ते हैं सुखी होने के।
- एक हारा हुआ इनसान हारने के बाद भी मुसकराए तो जीतनेवाला अपनी जीत की खुशी खो देता है। इसलिए परिस्थितियाँ चाहे जैसी भी हों, हमेशा मुसकराते रहिए।
- रोने से तो आँसू भी पराए हो जाते हैं, लेकिन मुसकराने से पराए भी अपने हो जाते हैं। मुझे वो रिश्ते पसंद हैं, जिनमें 'मैं' नहीं 'हम' हो।
- बड़ी-बड़ी बातें कहनेवाले बातों में ही रह जाते हैं और हलका सा मुसकरानेवाले बहुत-कुछ कह जाते हैं।
- कठिन दिनों में मुसकराना हर मनुष्य के बस की बात नहीं और सबके साथ रहकर मुसकराना हर मनुष्य के बस की बात नहीं।
- महिलाओं का सबसे बड़ा हथियार उनकी मुसकराहट होती है, जिसके सामने पुरुष हमेशा बेबस नजर आता है।
- माना कि जिंदगी की राहें आसान नहीं, मगर मुसकरा के चलने में कोई नुकसान नहीं।
- मुझे खुद को भूलकर औरों को हँसाने की आदत है, मेरे गम को समझे तो कोई कैसे समझे, मुझे हर वक्त मुसकराने की जो आदत है।
- मुसकराहट वो हीरा है, जिसे आप बिना खरीदे पहन सकते हो और जब तक यह हीरा आपके पास है, आपको सुंदर दिखने के लिए किसी और चीज की जरूरत नहीं है।

- मुसकान महिलाओं के चेहरे का शृंगार है।
- मुसकान मानव हृदय की मधुरता को दरशाता है और शांति बुद्धि की परिपक्वता को और दोनों का ही होना मनुष्य की संपूर्णता को बताता है, इसलिए मुसकराते हुए शांति के साथ परिपूर्ण जीवन जीने का आनंद लें।
- मुसकराहट एक ऐसी चाबी है, जो हर दिल का ताला खोल सकती है।
- मुसकराहट जिंदादिली की निशानी है। गम में भी मुसकरानेवाला इनसान कभी असहाय नहीं होता, क्योंकि हर दुःख के रास्ते में मुसकराहट उसके साथ होती है।
- मुसकराहट, अपनापन और स्वभाव—ये सब अपने हैं, इनसे ही हम सब फलते-फूलते हैं।
- मुसकराना एक ऐसा उपहार है, जो बिना मोल के भी अनमोल है, इसमें देनेवाले का कुछ कम नहीं होता और पानेवाला निहाल हो जाता है।
- मुसकराना एक कला है। जिसने इस कला को सीख लिया, वह जीवन में दुःखी नहीं हो सकता।
- मुसकराने की कला आधे बोझ को हलका कर देती है।
- किसी को भी खुश करने का मौका मिले तो छोड़ना मत। वो फरिश्ते ही होते हैं, जो किसी के चेहरे पर मुसकराहट दे पाते हैं।
- हमेशा मुसकान के साथ मिलना चाहिए, क्योंकि इसमें ही प्रेम की शुरुआत है।
- जिंदगी को हमेशा मुसकराकर गुजारो, क्योंकि यह कोई नहीं जानता कि यह कितनी बाकी है ?
- हमेशा मुसकराते रहिए, कभी अपने लिए, कभी अपनों के लिए।
- भीतर से मुसकराना ही ध्यान का सही अर्थ है तथा औरों तक मुसकराहट को पहुँचाना ही सही सेवा है।
- सदा मुसकराकर काम कीजिए, क्योंकि आपकी मुसकराहट से दूसरों की मुसकराहट भी जुड़ी है।
- स्वास्थ्य सबसे बड़ा उपहार है, संतुष्टि सबसे बड़ी संपत्ति, मुसकराहट सबसे बड़ी ताकत और वफादारी सबसे अच्छा रिश्ता।

- जब पाँच सेकेंड की मुसकान से फोटो अच्छी आ सकती है तो हमेशा मुसकराने से जिंदगी अच्छी क्यों नहीं हो सकती ?
- जीवन एक बार मिला है, इसलिए वो करें, जिसमें असली खुशी हो और वही करो, जिससे मुसकराहट आए।
- जो इनसान औरों के चेहरे की मुसकान देखकर खुश होता है। ईश्वर उसके चेहरे की मुसकान कभी फीकी पड़ने नहीं देता।
- आपके चेहरे की मुसकान दूसरे को आपके करीब लाती है।
- अकेले आप मुसकरा तो सकते हैं, परंतु हर्षोल्लास नहीं मना सकते। हम सब एक-दूसरे के बिना कुछ नहीं हैं, यही रिश्तों की खूबसूरती है।

## मूर्ख/बुद्धू/बेवकूफ

- मूर्ख आदमी अपने बड़े-से-बड़े दोषों की अनदेखी करता है, किंतु दूसरे के छोटे-से-छोटे दोष को हौवा बना देता है।
- एक ठोकर से दोबारा ठोकर खाना मूर्खता है।
- हम कुछ व्यक्तियों को सदा के लिए मूर्ख बना सकते हैं और ज्यादा व्यक्तियों को कुछ समय के लिए मूर्ख बना सकते हैं, लेकिन हम सभी को सदा के लिए मूर्ख नहीं बना सकते।
- यदि मूर्ख आदमी अपने को मूर्ख समझे तो उतने अंश में तो वह बुद्धिमान ही है। असली मूर्ख वह है, जो मूर्ख होते हुए भी अपने को बुद्धिमान समझता है।
- मूर्खों को उसकी मूर्खता के अनुसार उत्तर न दो, नहीं तो तुम भी उसी के अनुरूप हो जाओगे।
- मूर्ख को स्वयं से भी अधिक मूर्ख व्यक्ति प्रशंसा के लिए मिल जाता है।
- मूर्ख को उपदेश देना उसके क्रोध को बढ़ाना है, शांत करना नहीं। साँप को दूध पिलाना केवल उसके विष को बढ़ाना है।
- मूर्ख मनुष्य जो कुछ पढ़ते हैं, उससे अपना अहित करते हैं और जो कुछ वे लिखते हैं, उससे वे दूसरों का अहित करते हैं।
- मूर्ख आदमी हमेशा उस पर श्रद्धा रखता है, जिसे वह समझ नहीं सकता।

- मूर्ख लोग जीवन की रक्षा के लिए धन का और धन की रक्षा के लिए जीवन का दाँव लगाते हैं।
- मूर्खता बहुत से कष्टों का कारण बनती है।
- मूर्खता सब कर लेगी, मगर बुद्धि का आदर कभी नहीं करेगी।
- केवल मूर्ख और मृतक, ये दोनों ही अपने विचारों को नहीं बदलते।
- लाभदायक वस्तु को फेंक देना और हानिकारक वस्तु को पकड़कर रखना, बस यही मूर्खता है।
- बुराई का बीज बोकर नेकी का फल काटना चाहते हो तो इससे ज्यादा मूर्खता और क्या हो सकती है?
- मूर्ख इनसान ज्ञानियों से भी सीख नहीं पाते हैं और ज्ञानी मूर्ख से भी सीख सकते हैं।
- मूर्ख लोगों से ज्यादा बहस मत कीजिए, उनसे क्षमा माँग लीजिए। आपका कीमती समय भी बचेगा, शांति मिलेगी और खुशी भी बढ़ेगी।
- सीधे-सादे लोग बेवकूफ नहीं होते, बल्कि वे सोचते हैं कि हरेक के पास दिल है।
- मूर्ख को जवाब मत दो, ज्ञानी को ठुकराओ मत, अच्छे को जाने मत दो, बुरे को अपनाओ मत।
- कोई आदमी यह न समझे कि किस मौके पर कौन सा काम या बात करनी चाहिए, वह मूर्ख नहीं तो और क्या है?
- बुद्धिमान दूसरों की त्रुटियों से शिक्षा लेते हैं और मूर्ख अपनी त्रुटियों से भी नहीं सीखते।
- ब्रह्मांड की सीमा भले ही जान ली जाए, पर मूर्खता की कोई सीमा नहीं।

## मौका/मौकापरस्त/अवसर/अवसरवाद

- अवसर के रहने की जगह मुश्किलों के बीच में है।
- किसी मनुष्य के प्यास से मर जाने के बाद उसे अमृत के सरोवर का कोई लाभ नहीं। इसलिए कोई अवसर चूक जाए तो पछताना निरर्थक है।

- अवसर उनकी मदद कभी नहीं करता, जो अपनी मदद स्वयं नहीं करते।
- कई लोग असाधारण अवसरों की बाट जोहा करते हैं, किंतु वास्तव में कोई भी अवसर छोटा या बड़ा नहीं है। छोटे-से-छोटे अवसर का उपयोग करने से, अपनी बुद्धि को भिड़ा देने से वही छोटा अवसर बड़ा हो जाता है।
- गिरगिट खतरा देखकर रंग बदलता है और इनसान मौका देखकर।
- महान् व्यक्ति अवसर की कमी की शिकायत कभी नहीं करता। या तो रास्ता निकालेगा, नहीं तो खुद बना लेगा।
- हर दिन आपको कुछ नया करने का अवसर देता है।
- पहले अवसर को मत गँवाएँ, अन्यथा दूसरा अवसर मिलने में कठिनाई आ सकती है।
- दुनिया में दो तरह के लोग होते हैं—एक वो, जो मौका आने पर साथ छोड़ देते हैं और दूसरे वो, जो साथ देने के लिए मौका ढूँढ़ लेते हैं। अच्छे लोगों से रिश्ता रखिए, जीवन बेहतर होगा।
- अवसर कभी खत्म नहीं होते और जो लोग सदा लगे रहते हैं, उन्हें अवसर मिलते ही रहते हैं।
- जब तालाब भरता है, तब मछलियाँ चींटियों को खाती हैं और जब तालाब खाली होता है, तब चींटियाँ मछलियों को खाती हैं। मौका सबको मिलता है, बस अपनी बारी का इंतजार कीजिए।
- अक्लमंद आदमी को जितने अवसर मिलते हैं, उनसे अधिक तो वह पैदा कर लेता है।
- अवसर को खो दिया तो समझो सफलता को खो दिया।
- अवसर उनकी सहायता कभी नहीं करता, जो अपनी सहायता नहीं करते।
- अवसर और सूर्योदय में एक ही समानता है, देर करनेवाले इन्हें हमेशा खो देते हैं।

## मौत/मृत्यु

- कभी किसी को जीते जी कंधा दे दीजिए, जरूरी नहीं कि हर रस्म मौत के बाद ही निभाई जाए।

- यदि मृत्यु का समय न हो तो सैकड़ों बाणों से बिंध कर भी व्यक्ति मरता नहीं और मृत्यु का समय आने पर कुशा की नोक छूने मात्र से ही वह मृत्यु को प्राप्त हो जाता है।
- मृत्यु के कुछ समय पहले स्मृति बहुत साफ हो जाती है। जन्मभर की घटनाएँ एक-एक कर सामने आती हैं। समय की धुंध उन पर से बिल्कुल उठ जाती है।
- कीमत पानी की नहीं, प्यास की होती है, कीमत मौत की नहीं, साँस की होती है, प्यार तो बहुत करते हैं दुनिया में, कीमत प्यार की नहीं, विश्वास की होती है।
- मृत्यु को धोखा देने में आनंद आता है, वह उस समय कभी नहीं आती, जब लोग उसकी राह देखते होते हैं।
- दो जहान के बीच छोटा सा ही फर्क है, साँस चल रही है तो यहाँ, रुक गई तो वहाँ।
- मृत्यु के बाद यही है जीवन का सच—पत्नी मकान तक, समाज श्मशान तक, पुत्र अग्निदान तक और केवल आपके कर्म भगवान् तक पहुँचाते हैं।
- मृत्यु तो प्रभु का आमंत्रण है। जब वह आए तो द्वार खोलकर उसका स्वागत करो और हृदयरूपी धन उसके चरणों में अर्पित करके अभिवादन करो।
- मृत्यु जीवन का अनिवार्य सत्य है। जिसका जन्म हुआ है, उसकी मृत्यु निश्चित है। अपने हर क्षण को सुधारो, जिससे कि मृत्यु मंगल हो।
- मौत तो बदनाम है, अन्यथा तकलीफ तो जिंदगी भी देती है।
- किसी की मृत्यु का अधिकार तुम्हें तब हो सकता है, जब किसी मृत व्यक्ति को जीवित करने की क्षमता भी तुम्हारे पास है।

## यकीन/भरोसा/विश्वास

- पेड़ की शाखा पर बैठा पक्षी कभी भी इसलिए नहीं डरता कि डाल हिल रही है, क्योंकि पक्षी डाल पर नहीं, अपने पंखों पर भरोसा करता है।
- खुशी एक ऐसी चीज है, जिसकी हर किसी को तलाश है, गम एक अनुभव है, जो हर किसी के पास है, पर जिंदगी वही जीता है, जिसे खुद पर विश्वास है।
- खुद के ऊपर विश्वास रखो, फिर देखना कि एक दिन ऐसा आएगा कि घड़ी दूसरे की होगी और समय आपका।

- अपने अंदर ईश्वर की उपस्थिति का ज्ञान ही विश्वास है।
- हम विश्वास के आधार पर चलते हैं, दृष्टि के अनुसार नहीं।
- भरोसा जीता जाता है, माँगा नहीं जाता है। ये वो दौलत है, जोकि पाया जाता है, कमाया नहीं जाता।
- मदद करना सीखिए, फायदे के बगैर, मिलना-जुलना सीखिए, मतलब के बगैर, जिंदगी जीना सीखिए, दिखावे के बगैर, प्रभु पर विश्वास रखिए, किसी शंका के बगैर।
- दु:ख पीछे की ओर देखता है, चिंता इधर-उधर देखती है, केवल विश्वास ही है, जो हमेशा आगे की ओर देखता है, इसलिए विश्वास की ज्योति कभी न बुझने दें।
- टूटा हुआ विश्वास और छूटा हुआ बचपन, जिंदगी में कभी दोबारा वापस नहीं मिलता।
- किसी पर शक करके बरबाद करने से अच्छा है, किसी पर यकीन करके बरबाद हो जाओ।
- मार्ग उन्हीं का अवरुद्ध रहता है, जो खुद पर भरोसा नहीं करते।
- रिश्ता बहुत गहरा हो या न हो, परंतु भरोसा बहुत गहरा होना चाहिए।
- रिश्ता और भरोसा दोनों ही दोस्त हैं। रिश्ता रखो या न रखो, लेकिन भरोसा जरूर रखना, क्योंकि जहाँ भरोसा होता है, वहाँ रिश्ते अपने आप ही बन जाते हैं।
- विश्वास कोई नाजुक फूल नहीं है, जो जरा से तूफानी मौसम में कुम्हला जाए। विश्वास तो अटल हिमालय के समान है, बड़े-से-बड़े तूफान भी उसे नहीं हिला सकता है।
- विश्वास में आए हुए व्यक्तियों को ठगना कौन सी बुद्धिमत्ता है और गोद में सोए हुए को मारना कौन सी बहादुरी है?
- विश्वास ही ऐसी चीज है, जो हमें अपनी मंजिल तक पहुँचा देता है।
- विश्वास प्रेम की प्रथम सीढ़ी है।
- विश्वास से विश्वास उत्पन्न होता है और अविश्वास से अविश्वास—यही प्रकृति का नियम है।

- विश्वास वह पक्षी है, जो प्रभात के पूर्व अंधकार में ही प्रकाश का अनुभव करता है और गाने लगता है।
- विश्वास वो शक्ति है, जिससे उजड़ी हुई दुनिया में भी प्रकाश लाया जा सकता है।
- विश्वासघाती यद्यपि प्रारंभ में बहुत सावधान होता है, किंतु अंत में स्वयं को धोखा देता है।
- विश्वास जीवन का सबसे बड़ा खजाना है, क्योंकि उसके बगैर न तो प्रेम संभव है और न ही प्रार्थना।
- जिसे स्वयं पर विश्वास नहीं, उसे ईश्वर में विश्वास नहीं हो सकता।
- हम वास्तव में सही हैं, खुद पर विश्वास होना चाहिए, लोगों के हाँ-ना पर नहीं, क्योंकि सामनेवाला हमारे हर शब्द का अर्थ अपनी सोच के हिसाब से निकालता है।
- हर खोई चीज ढूँढ़ने पर मिल सकती है, लेकिन जहाँ विश्वास एक बार खो जाए, वो दोबारा नहीं मिलता।
- हर इनसान को ये याद रखना चाहिए कि जब तक हम खुद पर विश्वास नहीं करेंगे, तब तक हम अपना सम्मान नहीं कर सकते।
- भरोसा बहुत बड़ी पूँजी है, यह यूँ ही नहीं बाँटी जाती, भरोसा खुद पर रखो तो ताकत मिलती है और दूसरों पर रखो तो कमजोरी बन जाती है।
- भरोसा करते वक्त होशियार रहिए, क्योंकि फिटकरी और मिश्री एक जैसे नजर आते हैं।
- भरोसा किसी भी रिश्ते की महँगी शर्त है।
- भरोसा तो अपनी साँसों का भी नहीं है और हम इनसानों पर करते हैं!
- भरोसा और प्यार दो ऐसे पंछी हैं, अगर इनमें से एक उड़ जाए तो दूसरा अपने आप उड़ जाता है।
- भरोसा सब पर कीजिए, लेकिन सावधानी के साथ, क्योंकि कभी-कभी खुद के दाँत भी जीभ को काट लेते हैं।
- प्रेम सबसे करो, विश्वास कुछ पर करो, लेकिन बुरा किसी का मत करो।

- सबसे सुरक्षित बीमा है परमात्मा का भरोसा, बस याद रखें, अच्छे कर्मों की किस्त समय से भरते रहें।
- अगर तुम्हें अपने आप पर भरोसा है तो लाख बार हारकर भी नहीं हार सकते।
- अगर कोई आपकी उम्मीद से जीता है तो आप भी उसके यकीन पर खरा उतरिए, क्योंकि उम्मीद इनसान उसी से रखता है, जिसको वो अपने सबसे करीब मानता है।
- उनकी परवाह मत करो, जिनका विश्वास वक्त के साथ बदल जाए, परवाह सदा उनकी करो, जिनका विश्वास आप पर तब भी रहे, जब आपका वक्त बदल जाए।
- जीवन में सभी लोग किसी-न-किसी के भरोसे पर जीते हैं। हमेशा यही कोशिश करिए कि जो लोग आप पर भरोसा करते हैं, उनका भरोसा कभी टूटे ना।
- जीवन में श्वास और विश्वास की एक समान जरूरत होती है, श्वास खत्म तो जिंदगी का अंत, विश्वास खत्म तो संबंध का अंत।
- अगले पल क्या होनेवाला है, यह हमें नहीं पता, फिर भी हम इसलिए बढ़ते जाते हैं, क्योंकि हमें विश्वास है।
- सभी से प्रेम करो, कुछ पर भरोसा करो, किसी के साथ गलत मत करो।
- हर किसी को इतनी जल्दी अपना मत समझो। लोग दिल और भरोसा बहुत जल्दी तोड़ देते हैं।
- अजीब सिलसिला है जिंदगी का, कोई भरोसे के लिए रोया, कोई भरोसा करके रोया।

## याद/यादगार/स्मृति/स्मरण

- सागर में गहराई होती है, यादों में तन्हाई होती है, इस व्यस्त जिंदगी में कौन-किसको याद करता है, अगर कोई याद करता है तो उसकी यादों में सच्चाई होती है।
- यादों में बहुत ताकत होती है, वे कल को आज में जिंदा रखती हैं।
- एक दिन हम सब दूसरों को यही सोच-सोचकर खो देंगे कि वो मुझे याद नहीं करते तो हम क्यों उन्हें याद करें?

- यादें हमारे जीवन को हरा-भरा रखने के लिए हमारे साथ प्रभु का पक्षपात हैं। यादें पंख हैं, जो उड़ने को पुरुषार्थ देती हैं।
- यादगार हमेशा विशेष होती है, कभी हम अपने कराहट भरे दिनों को याद करते हैं और कभी हँसकर बिताए दिनों को याद कर कराहते हैं।
- जिंदगी की एक बात हमेशा याद रखो, जहाँ संघर्ष नहीं होता, वहाँ सही मायनों में सफलता भी नहीं होती।
- जिंदगी के हाथ नहीं होते, लेकिन कभी-कभी वो ऐसा थप्पड़ मारती है, जो पूरी उम्र याद रहता है।
- भूलना भी चाहोगे तो कैसे भुलाओगे, हमारी कोई तो बात रही होगी, जो आपको हमेशा याद आएगी।
- जन्म निश्चित है, मरण निश्चित है, अगर कर्म अच्छे हैं तो स्मरण निश्चित है।
- न दूर रहने से रिश्ते टूट जाते हैं और न पास रहने से जुड़ जाते हैं, यह तो अहसास के पक्के धागे हैं, जो याद करने से और मजबूत हो जाते हैं।
- अपने हालातों और मुसीबतों पर, इतना ध्यान मत दो कि सपनों को ही भूल जाओ, बल्कि अपने सपनों पर इस कद्र ध्यान दो, कि हालात याद ही न रहें।
- अपनी बातों को ध्यानपूर्वक कहें, क्योंकि हम तो कहकर भूल जाते हैं, लेकिन लोग उसे याद रखते हैं।
- अच्छी याददाश्त होना मस्तिष्क का अच्छा गुण है, लेकिन अनावश्यक चीज को भूलना अच्छे दिल की निशानी है।
- अच्छे लोगों को याद किया जाए तो वक्त अच्छा गुजरता है।
- अगर कोई आपको याद नहीं करता तो आप कर लीजिए, रिश्ते निभाने के लिए मुकाबला नहीं किया जाता।
- स्वयं को ऐसे बनाओ कि जहाँ तुम हो, वहाँ तुम्हें सब प्यार करें, जहाँ से तुम चले जाओ, वहाँ तुम्हें सब याद करें, और जहाँ तुम पहुँचनेवाले हो, वहाँ सब तुम्हारा इंतजार करें।

## युवा/युवावस्था/यौवन/जवानी

- चालीस यौवन का बुढ़ापा है, पचास बुढ़ापे का यौवन है।
- युवाकाल की आशा पुआल की आग है, जिसके जलने और बुझने में देर नहीं लगती।
- जो कोई भी अपनी जवानी में सीखने पर ध्यान नहीं देता, अपना अतीत खो देता है और भविष्य के लिए मर चुका है।
- जवानी में हम मुसीबतों के पीछे भागते हैं और बुढ़ापे में मुसीबतें हमारे पीछे भागती हैं।
- जवान को अपनी ताकत का नशा होता है।
- जवानी में की गई गलतियों का फल हम बुढ़ापे में भोगते हैं।
- हम जवानी में सीखते हैं और बुढ़ापे में समझते हैं।
- जिंदगी की रफ्तार में क्या-क्या नहीं छूटा, कहीं बचपन नहीं रहा, कहीं जवानी नहीं रही।
- जो व्यक्ति युवावस्था में शांत है, वही वास्तव में शांत है। शरीर कमजोर होने पर कौन शांत नहीं हो जाता?

## योग/योगी/व्यायाम/ध्यान/एकाग्रता

- ध्यान/योग मन से मुक्ति के लिए है। इच्छाओं का परम मौन धारण कर लेना मन से मुक्त होने का सफल अभियान है।
- ध्यान का मतलब अपने बिखरे हुए मन को समेटना है।
- योग से बड़ी-बड़ी सिद्धियाँ प्राप्त हो जाती हैं।
- ध्यान में व्यक्ति किसी एक वस्तु के स्वरूप का चिंतन करने में एकाग्र होता है।
- ध्यान विचारशक्ति के विकास के लिए है। जिसका प्राणों पर संयम है, उसका ध्यान उतना ही बेहतर है। ध्यान बेहतर होने का अर्थ है—वैचारिक शक्ति का एकीकरण, मन का समीकरण।
- ध्यान ही वह साधन है, जो मनुष्य को मानसिक अंधेपन से मुक्त करता है।
- ध्यान से बढ़कर कोई जीवन नहीं है। वह हमें रुकना या रोकना नहीं सिखाता, वरन् लौटना सिखाता है।

- ध्यान न केवल मन के रोगों की रोकथाम की प्रक्रिया है, वरन् शांति और स्वास्थ्य की आधारशिला भी है।
- ध्यान और समाधि का कोई चमत्कार नहीं है। यह चित्त के साथ एकाग्रता तथा वास्तविकता की दोस्ती है। चमत्कार हर आदमी नहीं कर सकता, पर समाधि हर आदमी पा सकता है।
- योगी होने की बजाय उपयोगी होना ज्यादा अच्छा है।
- निरंतर सावधान और जाग्रत् रहने का नाम है ध्यान।
- पर से स्वयं की ओर होनेवाला ध्यान ही सफल है। ध्यान शांति का प्रवेश-द्वार है और शांति समाधि का अंतर-द्वार।
- सभी चिंताओं का परित्याग कर निश्चिंत हो जाना ही योग है।
- सामाजिक जीवन में सबसे अच्छा व्यायाम यही है कि हम झुककर किसी की मदद करें।
- तल्लीनता के साथ शून्य ध्यान में मग्न हो जाना, यही असली ध्यान है।
- जो मनुष्य आहार-विहार में, दूसरे कर्मों में और सोने-जागने में परिमित रहता है, उसका योग दु:खनाशक है।
- जो सुख-दु:ख को सर्वत्र समता से देखता है, वह परम योगी है।
- आध्यात्मिक जीवन का सबसे बड़ा सहायक ध्यान है। ध्यान के द्वारा हम अपनी भौतिक भावनाओं से अपने आपको स्वतंत्र कर लेते हैं और अपने ईश्वरीय स्वरूप का अनुभव करने लगते हैं।
- चित्तवृत्तियों को वश में रखना ही योग है।
- योग न तो बहुत खानेवाले का, न बिल्कुल न खानेवाले का, न बहुत शयन करने के स्वभाववाले का और न सदा जागनेवाले का ही सिद्ध होता है।
- जीवन में बुद्धिमानी की कोई बात है तो वह है एकाग्रता और यदि कोई खराब बात है तो वह है अपनी शक्ति को बिखेर देना।
- शासन को इस बात का ध्यान रखना चाहिए कि दंड से अपराध न बढ़ जाएँ।
- इनसान जब माला फेरता है तो ध्यान इधर-उधर चला जाता है, लेकिन जब रुपए गिनता है तो पूरा ध्यान रुपयों पर ही लग जाता है।

- दुःख पर ध्यान दोगे तो हमेशा दुःखी रहोगे। सुख पर ध्यान देना शुरू करो। दरअसल, तुम जिस पर ध्यान देते हो, वह चीज सक्रिय हो जाती है। ध्यान सबसे बड़ी कुंजी है।
- अपनी बातों को ध्यानपूर्वक कहें, क्योंकि हम तो कहकर भूल जाते हैं, लेकिन लोग उसे याद रखते हैं।
- अपने शत्रुओं की बातों पर हमेशा ध्यान दीजिए, क्योंकि तुम्हारी कमजोरियों को उनसे अधिक कोई नहीं जानता।

## योगदान/भूमिका

- हर कहीं अच्छी-बुरी भूमिका में अपने योगदान को ढूँढ़ें।
- खुशहाल जिंदगी जीने के लिए बहुत कम आवश्यकताएँ हैं और उनमें आपकी सोच की भूमिका सबसे ज्यादा है।
- योगदान किसी भी परिणाम के लिए हमारी जिम्मेदारी तय करता है।
- हमारी उपलब्धियों में भी दूसरों का योगदान होता है, क्योंकि समंदर में भले ही पानी अपार है, पर सच तो यही है कि वो नदियों का उधार होता है।
- किसी भी व्यवस्था को कोसते वक्त अपना योगदान भी तलाशें तो एक नई जिम्मेदारी का अहसास होगा।

## योग्यता/काबिलीयत

- अगर अपनी काबिलीयत पर शक के बजाय यकीन किया जाए तो उँगलियाँ उठानेवाले भी तालियाँ बजाना शुरू कर देंगे।
- योग्य नहीं बनोगे तो तुम्हें कौन योग्य समझेगा?
- झील में गिरी बूँद की अपनी कोई पहचान नहीं होती, पर अगर बूँद पत्ते पर गिरती है तो चमकती है। इसलिए ऐसी जगह चुनिए, जहाँ आपकी योग्यता चमके।
- बिना उचित अवसर के योग्यता किसी काम की नहीं। आपमें लाख गुण रहें, किंतु यदि आपको अपनी योग्यता दरशाने का अवसर नहीं मिलता तो आपकी योग्यता बेकार है।
- जिसमें अच्छी सेवा की योग्यता है, वह मनुष्य कभी बुरा नहीं होता।

- हम ज्यों-ज्यों जीवन में प्रगति करते जाते हैं, त्यों-त्यों हमें अपनी योग्यताओं की सीमा का ज्ञान होता जाता है।
- दूसरे व्यक्ति हमारी योग्यता की परख, जो कुछ हम कर चुके हैं, उसके आधार पर करते हैं, जबकि हम अपनी परख उससे करते हैं, जो कुछ करने का हममें सामर्थ्य है।
- अन्य व्यक्तियों की योग्यता की सराहना करके हम उनकी योग्यता को अपनी संपत्ति बना लेते हैं।
- जीत हासिल करनी हो तो काबिलीयत बढ़ाओ, किस्मत की रोटी तो कुत्ते को भी मिल जाती है।
- उचित अवसर के अभाव में योग्यता का मूल्य कम रह जाता है।

## राष्ट्र/राष्ट्रीयता/राष्ट्रवाद

- राष्ट्र का पुनर्निर्माण उसके आदर्शों के पुनर्निर्माण के बिना नहीं हो सकता है।
- राष्ट्र सभ्यता की अभिव्यक्ति है।
- अधिक जनसंख्या होने से या दूसरे देशों को हड़पकर कोई राष्ट्र शक्तिशाली नहीं हो सकता।
- राष्ट्र की सृष्टि देश के समग्र लोगों के सम्मिलित प्रयास से होती है, इस सृष्टि में सारे देश की मन, बुद्धि और इच्छाशक्ति व्यक्त होती है।
- प्रेम और भ्रातृत्व को अपनाकर विशाल कुटुंब की तरह अपनी वृद्धि करने में ही राष्ट्र की सच्ची शक्ति विद्यमान है।
- व्यक्तियों की तरह राष्ट्र का भी निर्माण और विनाश होता है।
- राष्ट्रीयता की सबसे खरी परीक्षा तो आखिर यही है कि हम उस समूह का हित, जिसे हम राष्ट्र कहते हैं, बिल्कुल इस तरह देखें, मानो वह हमारा अपना ही व्यक्तिगत हित है।
- राष्ट्रीयता के मायने हैं कि देश भर में एकता हो, देश भर में सब लोग अपने को एक परिवार का समझें, चाहे धर्म कोई हो, सब लोग अपने को एक परिवार का समझें।
- न जियो धर्म के नाम पर, न मरो धर्म के नाम पर इनसानियत ही है धर्म वतन का, जियो तो वतन के नाम पर।

## रिश्ता/रिश्ते

- मिलावट का जमाना है। हाँ में हाँ मिला दिया करो, रिश्ते लंबे चल जाएँगे।
- गलत सोच और गलत अंदाजा इनसान को हर रिश्ते से गुमराह कर देता है।
- माफी माँगने का मतलब यह नहीं कि आप गलत हो या सामनेवाला सही है। इसका मतलब है कि आप रिश्तों को अपने अहंकार से ज्यादा महत्त्व देते हैं।
- जीवन में जख्म बड़े नहीं होते हैं, उनको भरनेवाले बड़े होते हैं। रिश्ते बड़े नहीं होते हैं, लेकिन रिश्तों को निभानेवाले बड़े होते हैं।
- रिश्ते अहंकार, अज्ञान और रवैये से या तो जल्दी टूटते हैं या फिर कमजोर पड़ जाते हैं।
- वो रिश्ते अच्छे होते हैं, जिनमें 'मैं' नहीं 'हम' हो।
- मन-मुटाव और नदी का उद्गम बहुत छोटा होता है, किंतु जैसे-जैसे ये आगे बढ़ते हैं, विशाल रूप धारण कर लेते हैं। इसलिए रिश्ते बरकरार रखने की सिर्फ एक ही शर्त है कि किसी की कमियाँ नहीं, अच्छाइयाँ देखें।
- किसी भी रिश्ते को कितनी भी खूबसूरती से क्यों न बाँध जाए, अगर नजरों में इज्जत और बोलने में लिहाज न हो तो वह टूट जाता है।
- उतने रिश्ते लड़ाई करते वक्त ज्यादा बोलने से नहीं टूटते, जितने लड़ाई के बाद चुप रह जाने से टूटते हैं।
- संसार में कोई भी सर्वगुण संपन्न नहीं होता है, इसलिए कुछ कमियों को नजरअंदाज करके रिश्ते बनाए रखिए।
- एक अच्छा रिश्ता इस मस्त हवा की तरह होना चाहिए खामोश, मगर हमेशा आसपास।
- कच्चे धागे की गाँठ लगाकर ही पक्के रिश्तों की मन्नतें माँगी जाती हैं।
- कुछ अजीब है ये दुनिया, यहाँ झूठ नहीं, सच बोलने से रिश्ते टूट जाते हैं।
- एक अच्छा रिश्ता तब बनता है, जब कोई आपके अतीत को स्वीकार करे, आपके वर्तमान का समर्थन करे और आपके भविष्य को प्रोत्साहित करे।
- पसंदीदा रिश्तों को हमेशा सँभालकर रखना। अगर ये कहीं खो गए तो गूगल भी ढूँढ़ नहीं पाएगा।

- यदि रिश्ते थोड़े समय तक रखने हैं तो मीठे बनिए और यदि लंबे समय तक रखने हैं तो स्पष्ट बनिए।
- रिश्तों की कद्र करनी है तो वक्त रहते कर लीजिए, वरना बाद में सूखे पेड़ को पानी देकर हरियाली की आशा रखना व्यर्थ है।
- यूँ तो कोई सबूत नहीं कि कौन-किसका क्या है, ये दिल के रिश्ते तो बस यकीन से ही चलते हैं।
- शानदार रिश्ते चाहिए तो गहराई से निभाइए, लाजवाब मोती किनारों पे नहीं मिलते।
- झूठ बोलकर रिश्ते उलझाने से अच्छा है, सच बोलकर सुलझा लिये जाएँ, क्योंकि सच्चाई देर-सवेर सामने आ ही जाएगी।
- सफल रिश्तों के ये ही उसूल हैं, वे सभी बातें भूल जाएँ, जो फिजूल हैं।
- ऊपरवाला जिन्हें खून के रिश्ते में बाँधना भूल जाता है, उन्हें सच्चे मित्र बनाकर अपनी भूल सुधार लेता है।
- बहुत से रिश्ते इसलिए खत्म हो जाते हैं, क्योंकि एक सही बोल नहीं पाता, दूसरा सही समझ नहीं पाता।
- बहुत सौदे होते हैं संसार में, मगर सुख बेचनेवाले और दुःख खरीदनेवाले नहीं मिलते, पता नहीं क्यों लोग रिश्ते छोड़ देते हैं, लेकिन जिद नहीं।
- बिना रिश्ते के जो अजनबी अपने हो जाते हैं, कभी-कभी खून के रिश्तों से बड़े हो जाते हैं।
- कभी-कभी मजबूत हाथों से पकड़ी हुई उँगलियाँ भी छूट जाती हैं, क्योंकि रिश्ते ताकत से नहीं, दिल से निभाए जाते हैं।
- कच्चे मकान देखकर किसी से रिश्ता न तोड़ना, क्योंकि मिट्टी की पकड़ बहुत मजबूत होती है और संगमरमर पर तो अकसर पैर फिसलते हैं।
- रिश्तों में झुकना कोई अजीब बात नहीं, सूरज भी तो ढल जाता है, चाँद के लिए।
- रिश्ते अकसर इसलिए भी टूटते हैं, क्योंकि लोग समझने से ज्यादा उस पर अधिकार जताते हैं।
- रिश्ता वही कायम रहता है, जो दिल से शुरू हो, जरूरत से नहीं।

- कुछ लोग पिघलकर मोम की तरह रिश्ते निभाते हैं और कुछ आग बनकर उन्हें जलाते ही जाते हैं।
- जो सबकुछ कह जाते हैं, बिना कसूर के जो सबकुछ सह जाते हैं, दूर रहकर भी अपना फर्ज निभाते हैं, वही रिश्ते सच में अपने कहलाते हैं।
- अपनों के लिए चिंता हृदय में होती है, शब्दों में नहीं, और अपनों के लिए गुस्सा शब्दों में होता है, हृदय में नहीं, बस यही अटूट प्रेम परिभाषा है।
- किसी के साथ ऐसी बहस मत करो कि बहस तो जीत जाओ, मगर रिश्ता हार जाओ।
- किसी रिश्ते में निखार सिर्फ हाथ मिलाने से नहीं आता, बल्कि विपरीत हालातों में हाथ थामे रहने से आता है।
- कितने अनमोल होते हैं ये अपनों के रिश्ते, कोई याद न भी करे तो भी इंतजार रहता है।
- किन रिश्तों (साँसों) का मैं यहाँ आज अभिमान करूँ, जो रिश्ते (साँस) श्मशान में पहुँचकर सारे टूट जाएँगे। किस धन का मैं अहंकार करूँ, जो अंत में मेरे प्राणों को बचा ही नहीं पाएगा। किस तन पर अहंकार करूँ, जो अंत में मेरी आत्मा का बोझ भी नहीं उठा पाएगा।
- रिश्ता बारिश जैसा नहीं होना चाहिए, जो बरसकर खत्म हो जाए, बल्कि हवा की तरह होना चाहिए, जो खामोश हो, मगर सदैव आसपास हो।
- रिश्ता कभी खत्म नहीं होता बातों से, छूटा तो आँखों में रह जाता है, आँखों से छूटा तो यादों में रह जाता है।
- रिश्ता दिल से होना चाहिए, नहीं तो खून के रिश्ते वृद्धाश्रम में भी पड़े देखे हैं।
- रिश्ता होने से रिश्ता नहीं बनता, रिश्ता निभाने से रिश्ता बनता है।
- दिमाग से बनाए हुए रिश्ते बाजार तक चलते हैं और दिल से बनाए रिश्ते आखिरी साँस तक।
- रिश्ता हमेशा वहीं पनपता है, जहाँ संदेह के स्थान पर भरोसा हो, अहंकार के स्थान पर सौहार्द हो और अपेक्षाओं के स्थान पर पारस्परिक सम्मान को वरीयता दी जाती हो।

- रिश्ता चाहे कोई भी हो, हीरे की तरह होना चाहिए, जो दिखने में छोटा, परंतु कीमती और अनमोल।
- रिश्तों की खूबसूरती एक-दूसरे की बात समझने में है, खुद जैसा इनसान तलाश करोगे तो अकेले रह जाओगे।
- रिश्तों की बगिया में, एक रिश्ता नीम के पेड़ जैसा भी रखना, जो सीख भले ही कड़वी देता हो, पर तकलीफ में मरहम भी बनता है।
- रिश्तों की कद्र भी पैसों की तरह करनी चाहिए, क्योंकि दोनों को कमाना मुश्किल है, पर गँवाना आसान है।
- रिश्तों की कभी प्राकृतिक मौत नहीं होती, बल्कि घमंड, रुख (रवैया) और बेपरवाही से उनकी हत्या होती है।
- रिश्तों की सिलाई भावना से हुई है तो टूटना मुश्किल है और यदि स्वार्थ से हुई है तो टिकना मुश्किल है।
- रिश्तों को बाँधनेवाली डोर विश्वास की होती है, अगर टूट जाए तो फिर से जुड़ने में सालों लग जाते हैं।
- रिश्तों को बचाइए, क्योंकि आज इतना अकेला हो गया है इनसान कि कोई फोटो लेनेवाला नहीं है और उसे सेल्फी लेनी पड़ती है, जिसे लोग फैशन मानते हैं।
- रिश्तों में मिठास रखने के लिए सिर्फ एक शर्त है, उनको निभाते वक्त दिल इस्तेमाल करें, दिमाग नहीं।
- रिश्तों में न रखा करो हिसाब नफे और नुकसान का, जिंदगी की पाठशाला में गणित का कमजोर होना अच्छा है।
- रिश्तों में निखार सिर्फ अच्छे समय में हाथ मिलाने से नहीं आता, बल्कि नाजुक समय में हाथ थामने से आता है।
- रिश्ते धीरे-धीरे ही खत्म होते हैं, बस पता अचानक से चलता है।
- रिश्ते इसलिए नहीं सुलझ पाते, क्योंकि कई बार लोग गैरों की बातों में आकर अपनों से उलझ जाते हैं।
- रिश्ते कभी जिंदगी के साथ नहीं चलते, एक बार बनते हैं, फिर जिंदगी रिश्तों के साथ-साथ चलती है।

- रिश्ते मौके के नहीं, भरोसे के मोहताज होते हैं।
- रिश्ते निभाने के लिए बुद्धि नहीं, दिल की शुद्धि होनी चाहिए, इसलिए सत्य कहो, स्पष्ट कहो, कहो न सुंदर झूठ, चाहे कोई खुश रहे, चाहे जाए कोई रूठ।
- रिश्ते होते हैं मोतियों की तरह, कोई अगर गिर भी जाए तो उन्हें झुककर उठा लेना चाहिए।
- रिश्ते भी इमारत की तरह ही होते हैं, हलकी-फुलकी दरारें नजर आएँ तो भी ढहाइए नहीं, मरम्मत कीजिए।
- रिश्ते वही कामयाब होते हैं, जो दोनों तरफ से निभाए जाते हैं, एक तरफ सेंककर तो रोटी भी नहीं बनाई जा सकती।
- रिश्ते चंदन की तरह रखने चाहिए, चाहे टुकड़े हजार भी हो जाएँ, पर सुगंध न जाए।
- रिश्ते तो सूरजमुखी के फूलों की तरह होते हैं, जिधर प्यार मिले, उधर ही घूम जाते हैं।
- रिश्ते तोड़ने नहीं चाहिए, लेकिन जहाँ कद्र न हो, वहाँ ज्यादा निभाने भी नहीं चाहिए।
- रिश्ते और पतंग जितनी ऊँचाई पर होते हैं, काटनेवालों की संख्या उतनी अधिक होती है।
- रिश्ते और रास्ते तब खत्म होते हैं, जब पाँव नहीं, दिल थक जाते हैं।
- रिश्ते अगर दिल में हों तो तोड़ने से भी नहीं टूटते और अगर दिमाग में हों तो जोड़ने से भी नहीं जुड़ते।
- रिश्ते अगर निभाने हों तो पचास ग्राम की जीभ को शरीर के वजन पर हावी न होने दें।
- रिश्ते-नाते पास या फेल होने की परीक्षा नहीं है और न ही जीतने या हारने की प्रतियोगिता है, बल्कि यह एक ऐसी भावना है, जिसमें आप अपने लिए किसी और की परवाह करते हैं।
- रिश्तों को जोड़े रखने के लिए कभी अंधा, कभी गूँगा और कभी बहरा भी होना पड़ता है।

- जिंदगी में रिश्ते निभाना उतना ही मुश्किल होता है, जितना हाथ में लिये हुए पानी को गिरने से बचाना।
- जिनके पास कुछ भी नहीं है, उन पर दुनिया हँसती है, जिनके पास सबकुछ है, उनसे दुनिया जलती है, जिनके पास अनमोल रिश्ते हैं, उनके लिए दुनिया तरसती है।
- हम बहुत सारे रिश्तों को बचा सकते हैं, यदि यह असलियत समझ लें कि लोग मुश्किल नहीं, बल्कि अलग हैं।
- हमें रिश्ता निभाना है, कोई मुकाबला नहीं करना, हम सबके दिलों में रहने की कोशिश करें, दिमाग में नहीं।
- हमेशा समझौता करना सीखें, क्योंकि थोड़ा सा झुक जाना रिश्ते को हमेशा के लिए तोड़े जाने से बेहतर है।
- हवा में सुनी हुई बातों पर कभी यकीन मत करना, क्योंकि कान के कच्चे लोग अकसर सच्चे रिश्ते खो देते हैं।
- पवन के हिसाब से जो दिशा बदलते हैं, परिस्थिति के अनुरूप जो सिद्धांत बदलते हैं और वक्त के हिसाब से जो रिश्ते बदलते हैं, ऐसे इनसान से दूर रहना चाहिए।
- पतझड़ भी हिस्सा है जिंदगी के मौसम का, फर्क सिर्फ इतना है कि कुदरत में पत्ते सूखते हैं और हकीकत में रिश्ते।
- पेट में गया जहर आदमी को मारता है, लेकिन कान में गया जहर कई रिश्तों को मारता है।
- सच्चे रिश्तों की खूबसूरती एक-दूसरे की गलतियाँ बरदाश्त करने में है, क्योंकि बिना कमी का इनसान तलाश करेंगे तो अकेले ही रह जाएँगे।
- सबसे सुंदर रिश्ता दो आँखों का होता है, जो एक साथ खुलती हैं, एक साथ बंद होती हैं, एक साथ रोती हैं और एक साथ ही सोती हैं, वो भी जीवन भर एक-दूसरे को देखे बगैर।
- सच्चा रिश्ता एक अच्छी पुस्तक की तरह होता है, जो कितनी भी पुरानी हो जाए, पर शब्द नहीं बदलते।
- दुनिया में हजारों रिश्ते बनाओ, लेकिन हजारों रिश्तों में से एक रिश्ता ऐसा

बनाओ कि जब हजारों आपके खिलाफ हों, तब भी वह आपके साथ हो।

- वक्त उन्हें दो, जो तुम्हें कहते हों दिल से। रिश्ते पैसों के मोहताज नहीं होते, क्योंकि कुछ रिश्ते मुनाफा नहीं देते, पर जीवन अमीर जरूर बना देते हैं।
- वक्त, दोस्त और रिश्ते, ये वो चीजें हैं, जो हमें मुफ्त में मिलती हैं, पर इनकी कीमत का पता तब चलता है, जब वो कहीं खो जाती हैं।
- वो रिश्ते बड़े प्यारे होते हैं, जिनमें न हक हो, न शक हो, न अपना हो, न पराया हो, न दूर हो, न पास हो, न जात हो और न जज्बात हो, सिर्फ अपनेपन का अहसास ही अहसास हो।
- जब किसी को किसी से रिश्ता खत्म करना होता है, तब सबसे पहले वो अपनी जुबान की मिठास खत्म कर देता है।
- जब रिश्ते में दरार आती है तो सामनेवाले की हर बात में बुराई नजर आती है।
- जहाँ पर हर बार अपनी बातों की सफाई देनी पड़ जाए, वो रिश्ते कभी सच्चे और गहरे नहीं होते।
- जहाँ तक रिश्तों का सवाल है, लोगों का आधा वक्त अनजान लोगों को प्रभावित करने और अपनों को नजरअंदाज करने में चला जाता है।
- जीवन में रिश्ते मन से बनते हैं, बातों से नहीं। कुछ लोग बहुत सी बातों के बाद भी अपने नहीं होते और कुछ शांत रहकर भी अपने बन जाते हैं।
- जो इनसान अच्छे–बुरे वक्त में आपका साथ न छोड़े, सही मायने में वही आपकी कद्र करता है, बाकी तो बस नाम के रिश्ते हैं।
- जो सुख में साथ दे, वो रिश्ते होते हैं, और जो दुःख में साथ दे, वे फरिश्ते होते हैं।
- जरा सा वो बदल जाते, जरा सा हम बदल जाते तो मुमकिन था ये रिश्ते किसी साँचे में ढल जाते।
- न किस्सों में है और न किस्तों में है, जिंदगी खूबसूरती सच्चे रिश्तों में है।
- अकड़ सबमें होती है, लेकिन झुकता वही है, जिसे रिश्ते की फिक्र होती है।
- अहंकार दिखाकर किसी रिश्ते को तोड़ने से अच्छा है कि माफी माँगकर रिश्ता निभाया जाए।
- अपने दिल में जो है, उसे कहने का साहस और दूसरों के दिल में जो है, उसे

समझने की कला अगर है तो रिश्ते कभी टूटेंगे नहीं।

- अच्छे रिश्तों की छह चाबियाँ हैं—मित्रता, आजादी, ईमानदारी, विश्वास, सूझ-बूझ और विचार-विमर्श।
- अच्छे और सही रिश्ते न तो खरीदे जा सकते हैं और न ही उधार मिल सकते हैं। इसलिए उन रिश्तों को जरूर महत्त्व दें, जो आपको महत्त्व देते हैं।
- लाख बुराइयाँ पाल लें, लेकिन एक खूबी जरूर रखें कि किसी से सिर्फ मतलब के लिए रिश्ता न रखें।
- जहाँ रिश्ता मजबूत होगा, वो बिना कहे महसूस होगा।
- समझदार व्यक्ति कई बार जवाब होते हुए भी पलटकर नहीं बोलते, क्योंकि कई बार रिश्तों को जिताने के लिए खामोश रहकर हारना जरूरी होता है। इसलिए किसी ने सच ही कहा है कि 'लड़ना चाहता हूँ अपनों से, लेकिन डरता हूँ कि जीत गया तो सबकुछ हार जाऊँगा!'

## रिश्तेदार/संबंधी

- मित्र और रिश्तेदार सुख में हों तो बिना निमंत्रण के न जाएँ और किसी परेशानी या दुःख में हों तो बिना बुलावे भी जाएँ।
- जिंदगी में सब लोग रिश्तेदार या दोस्त बनकर ही नहीं आते, बल्कि कुछ लोग सबक बनकर भी आते हैं।
- पानी के बिना नदी बेकार है, अतिथि के बिना आँगन बेकार है, प्रेम न हो तो सगे-संबंधी बेकार हैं, और जीवन में दोस्त न हों तो जीवन बेकार है।
- पैसोंवाले की चमचागीरी करती है ये दुनिया, वरना रिश्तेदार तो भिखारियों के भी होते हैं।
- चार रिश्तेदार एक दिशा में तब ही चलते हैं, जब पाँचवाँ कंधे पर हो। पूरी जिंदगी हम इसी बात में गुजार देते हैं कि चार लोग क्या कहेंगे और अंत में चार लोग यही कहते हैं कि 'राम नाम सत्य है'।

## रिश्वत/उत्कोच

- रिश्वत कभी अकेली नहीं आती है, वह देनेवाले की बद्दुआ, मजबूरी, गालियाँ, दुःख, वेदना, क्रोध, चिंता, तनाव आदि भी उसमें लपेटकर लाती है।

- रिश्वत का पैसा देह फुला देता है, बिना हराम की कौड़ी खाए देह फूल नहीं सकती।
- रिश्वत मजबूर को ही मजबूर नहीं करती, बल्कि उसके लेनेवाले को भी मजबूर कर देती है कुछ-का-कुछ करने के लिए।
- रिश्वत अब भी नब्बे फीसदी अभियोगों पर परदा डालती है। फिर भी पाप का भय प्रत्येक हृदय में है।
- यद्यपि रिश्वत बहुत से मामलों पर परदा डालती है, लेकिन उससे जुड़े लोगों को उसके पाप का भय चाहे-अनचाहे हृदय में जरूर विराजता है।
- सुलह कर लो अपनी किस्मत से, एक वही है, जो बिकती नहीं रिश्वत से।
- उस आदमी की आत्मा पता नहीं क्यों मर जाती है, जो मजबूर और फटेहाल से भी रिश्वत माँग लेता है?
- रिश्वत और कर्तव्य दोनों साथ-साथ नहीं चल सकते। कहीं-न-कहीं सौदेबाजी दोनों में होगी जरूर।
- चोर को चोरी पकड़े जाने पर और स्त्री या पुरुष को कलंक लगने पर उतनी लज्जा नहीं आती, जितनी किसी की रिशतवखोरी का परदा हटने पर लज्जा आती है।
- जो किसी से रिश्वत लेता नहीं, वह किसी को देगा कहाँ से?

## लगन

- मानव जीवन में लगन बड़े महत्त्व की वस्तु है। जिसमें लगन है, वह बूढ़ा भी जवान है और जिसमें लगन नहीं, वह जवान भी मृतक है।
- बुद्धि द्वारा सधा हुआ उत्साह ही लगन है।
- जिसको लगन है, वह साधन भी जुटा लेता है। यदि नहीं जुटा पाता तो वह उन्हें स्वयं बना लेता है।
- लगन एक छोटा सा शब्द है, लेकिन जिसे लग जाती है, उसका जीवन बदल देती है।
- लगन से ज्ञान मिलता है, लगन के अभाव में ज्ञान खो जाता है।
- लगन व्यक्ति से वो करवा लेती है, जो वह कर नहीं सकता था। साहस व्यक्ति से

वो करवाता है, जो वह कर सकता है, किंतु अनुभव व्यक्ति से वही करवाता है, जो वास्तव में उसे करना चाहिए।

- लगन न ओझल होने पाए, कदम मिलाकर चल, सफलता तेरे चरण चूमेगी, आज नहीं तो कल।
- लगन और निष्ठा से व्यक्ति सदा शीर्ष सफलता प्राप्त करता है।
- लगन के बिना किसी में भी महान् प्रतिभा उत्पन्न नहीं हो सकती।

## लाज/लज्जा/शर्म/लिहाज

- यदि कोई सुंदरी लज्जा त्याग देती है तो वह अपने सौंदर्य का सबसे बड़ा आकर्षण गँवा देती है।
- यह बात याद रखनी चाहिए कि व्यर्थ की लज्जा आवश्यक लज्जा को मार डालती है।
- केवल मनुष्य ही वह प्राणी है, जो लज्जित होता है या जिसे वैसा होने की जरूरत है।
- जिन लोगों में लज्जा का गुण न हो, जो किसी भी गलत कार्य को करने में संकोच न करे और लज्जाहीन हो, उससे कभी मित्रता नहीं करनी चाहिए।
- स्वयं की त्रुटि स्वीकार करने में कोई लज्जा नहीं होनी चाहिए।
- चार से शर्म मत करो—पुराने कपड़ों से, गरीब साथियों से, बूढ़े माता-पिता से और सादे रहन-सहन से।
- आहार-व्यवहार में लज्जा नहीं होनी चाहिए।
- आप चाहें तो अनेक का उद्धार कर सकते हैं, पर कम-से-कम अपना भी उद्धार नहीं कर सकते तो यह कितने शर्म की बात है? अपना कल्याण करो या पतन, इसके लिए ये ही दिन हैं, नए दिन अलग से नहीं आएँगे।
- अगर गंदे और मैले कपड़े से हमें शर्म आती है तो गंदे और मैले विचारों से भी हमें शर्म जरूर आनी चाहिए।

## लापरवाह/लापरवाही/परवाह/बेपरवाह

- मनुष्य की दशा उस घड़ी के समान है, जो ठीक तरह से रखी जाए तो सौ वर्ष तक काम दे सकती है और लापरवाही बरती जाए तो जल्दी बिगड़ जाती है।

- लापरवाही का अंत हमेशा पछतावा होता है।
- काम पूरा होने तक लापरवाही से बचें, वरना अंतिम समय पर बरबाद हो सकती है पूरी मेहनत।
- सिर्फ वो लोग जो आपकी परवाह करते हैं, वे आपको तब भी सुन सकते हैं जब आप चुप होते हैं।
- जो तुम्हारी परवाह करते हैं, उनको कभी नजरअंदाज मत करो और उन लोगों की कभी परवाह मत करों, जो तुम्हें नजरअंदाज करते हैं।
- एक परवाह ही बताती है कि ख्याल कितना है, वरना कोई तराजू नहीं होता रिश्तों में।
- परवाह है इसलिए हक जताते हैं, वरना अपनों की गलतियों गैरों को थोड़ी बताते हैं।
- किसी को जान से ज्यादा चाहने की गलती मत करना, क्या पता तुम्हारी इतनी परवाह उसे लापरवाह बना दे।

## लोभ/लालच/लालसा

- एक लालची आदमी को वस्तु भेंट कर संतुष्ट करें, एक कठोर आदमी को हाथ जोड़कर संतुष्ट करें, एक मूर्ख को सम्मान देकर संतुष्ट करें और एक विद्वान् आदमी को सच बोलकर संतुष्ट करें।
- ऐसी बुद्धि और विलक्षणता किस काम की, जबकि मनुष्य लालच के लोभ से, नहीं करने योग्य कार्य भी कर डालता है।
- इनसान अगर लोभ को ठुकरा दे तो बादशाह से भी ऊँचा दर्जा पा सकता है, क्योंकि संतोष ही इनसान का मस्तक ऊँचा कर सकता है।
- प्रार्थना के वक्त काबू में रखें अपने दिल को, खाना खाते वक्त पेट को, किसी के घर जाएँ तो आँखों को, महफिल में जाएँ तो जुबान को और पराया धन देखें तो लालच को।
- कभी-कभी लोभी लोभवश न परमार्थ को समझता है और न कर्म को।
- मान त्याग देने पर मनुष्य सबका प्रिय हो जाता है, क्रोध छोड़ देने पर शोकरहित हो जाता है, काम का त्याग कर देने पर धनवान होता है और लोभ छोड़ देने पर सुखी हो जाता है।

- मनुष्य अपने मान व अहंकार का त्याग करने से सब लोगों का प्रिय होता है। मनुष्य को क्रोध का त्याग करने से शोक नहीं करना पड़ता है। मनुष्य अपनी अभिलाषाओं व लालच का त्याग कर अर्थवान हो जाता है और लालच का त्याग कर मनुष्य सुखी हो जाता है।
- मुखड़े पर झुर्रियाँ छा गईं। सिर के केश सफेद हो गए। अंग शिथिल पड़ गए, फिर भी लोभ जोर पकड़ता जाता है।
- विश्व में अत्याचार, अनीति, अधर्म और असमाधान—इन सबका कारण यह है कि व्यक्ति अधिक लोभी हो गया है।
- जिस इनसान में लोभ है, उसे दूसरे के अवगुणों को लेने की आवश्यकता नहीं।
- निर्धन कुछ, भोगी बहुत सी और लोभी सब वस्तुएँ चाहता है।
- संसार में इनसान जब तक लोभ से युक्त रहा है, तब तक वह समृद्ध होने पर भी दरिद्र बना रहता है।
- सुख के लालच में ही दु:ख का जन्म होता है।
- अत्यंत लोभी का धन तथा अधिक आसक्ति रखनेवाले का काम—ये दोनों ही धर्म को हानि पहुँचाते हैं।
- लोभ की पूर्ति कभी नहीं होती, इसलिए लोभ के साथ क्षोभ सदा लगा रहता है।
- लोभ से बुद्धि नष्ट होती है, बुद्धि नष्ट होने से लज्जा, लज्जा नष्ट होने से धर्म तथा धर्म नष्ट होने से धन और सुख नष्ट हो जाता है।
- लोभ से मानव नीच हो जाता है। लोभ ही पाप की जड़ है। लोभ के कारण मानव तरह-तरह के अनर्थ कर डालता है। उच्च वंश का जनमा भी लोभी नीच कार्य में फँस जाता है, अपनी पवित्र भावनाओं को त्याग देता है।
- लोभी पूर्ण संसार पाने पर भी भूखा रहता है, किंतु संतोषी एक रोटी से ही पेट भर लेता है।
- लालसा का कोई अंत नहीं, लेकिन जीवन में लालसा, लोभ, लालच आदि से दूर रहने में ही भलाई है।
- मनुष्य बूढ़ा हो जाता है, लेकिन लोभ कभी बूढ़ा नहीं होता।

- ज्यों-ज्यों लाभ होता है, त्यों-त्यों लोभ होता है। इस प्रकार लाभ से लोभ भी बढ़ सकता है।
- लोभ रहित मनुष्य का सिर सदैव ऊँचा रहता है।

## व्यक्ति/व्यक्तित्व/लोग/मनुष्य/आदमी/शख्स/शख्सियत

- दो तथ्य हमारे व्यक्तित्व को परिभाषित करते हैं—एक, हमारा धीरज, जब हमारे पास कुछ न हो और दूसरा, हमारा व्यवहार, जब हमारे पास सबकुछ हो।
- योग्यता एक-चौथाई व्यक्तित्व का निर्माण करती है, शेष पूर्ति प्रतिष्ठा द्वारा होती है।
- ये व्यक्तित्व की गरिमा है कि फूल कुछ नहीं कहते, वरना कभी काँटों को मसलकर दिखाएँ।
- शख्स बनकर नहीं, बल्कि शख्सियत बनकर जियो, क्योंकि शख्स तो एक दिन विदा हो जाएगा, लेकिन शख्सियत हमेशा जिंदा रहती है।
- महान् आदमी वे होते हैं, जो पहले कभी न सोचे गए और न किए गए काम को अंजाम देते हैं।
- मनुष्य महानदी की भाँति है, जो अपने बहाव द्वारा नई दिशाओं में राह बना लेता है।
- विचार और व्यवहार हमारे बगीचे के वो फूल हैं, जो हमारे पूरे व्यक्तित्व को महका देते हैं।
- सबसे पहले जो दूसरे के संपर्क में आएगा, वह तो होगा व्यक्तित्व। भीतरी गुण तो बाद की वस्तु है।
- व्यक्तित्व की भी अपनी वाणी होती है, जो कलम या जीभ के इस्तेमाल के बिना भी लोगों के अंतर्मन को छू जाती है।
- जैसा तुम दिखना चाहते हो, वैसे ही बन जाओ।
- भाषा एक ऐसा वस्त्र है, जिसको यदि शालीनता से नहीं पहना तो हमारा संपूर्ण व्यक्तित्व निर्वस्त्र हो जाता है।
- महान् व्यक्ति न किसी का अपमान करता है और न उसको सहता है।
- अपने व्यक्तित्व को छुई-मुई के पौधे की तरह न बनाएँ कि जो छोटी सी बात से मुरझा जाए।

## व्यवहार/आचरण

- व्यवहार अच्छा तो मन ही मंदिर; आहार अच्छा तो तन ही मंदिर; विचार अच्छे तो मस्तिष्क ही मंदिर और यदि तीनों अच्छे तो पूरा जीवन ही मंदिर।
- बोलने की कला और व्यवहार-कुशलता के बगैर प्रतिभा हमेशा हमारे काम नहीं आ सकती।
- मनुष्य का सच्चा धन उसका व्यवहार है। इस धन से बढ़कर संसार में कोई और धन नहीं। पैसा आता है, चला जाता है। पैसा आपके हाथ में नहीं हैं, पर व्यवहार आपके हाथों में है, अतः व्यवहार-कुशल बने रहिए।
- जन्म से न तो कोई दोस्त पैदा होता है और न ही दुश्मन, वे तो हमारे घमंड, ताकत या व्यवहार से बनते हैं।
- जो विचार, व्यवहार और आचरण स्वयं को अच्छा न लगे, उसे अन्य के प्रति न करें।
- व्यवहार मधुर है तो आप सूखी रोटी खाकर और फटी चटाई पर सोकर भी सुखी रह सकते हैं।
- स्वार्थ और अहंकार जब तक नहीं छोड़ोगे, तब तक व्यवहार नहीं सुधर सकता।
- इनसान के परिचय की शुरुआत भले ही चेहरे से होती होगी, लेकिन उसके संपूर्ण व्यक्तित्व की पहचान तो वाणी, विचार एवं कार्यों से ही होती है।
- कोई भी व्यक्ति हमारा मित्र या शत्रु बनकर संसार में नहीं आता। हमारा व्यवहार और शब्द ही लोगों को मित्र और शत्रु बनाते हैं।
- कुशल व्यवहार आपके जीवन का आईना है। इसका आप जितना अधिक इस्तेमाल करेंगे, आपकी चमक उतनी ही बढ़ जाएगी।
- मनुष्य का अमूल्य धन उसका व्यवहार है। इस धन से बढ़कर संसार में कोई और धन नहीं। पैसा आता है, चला जाता है। पैसा आपके हाथ में नहीं है, पर व्यवहार आपके हाथों में है, अतः व्यवहार-कुशल बनिए।
- मनुष्य जब पशुतुल्य आचरण करता है, उसी समय वह पशुओं से भी नीचे गिर जाता है।
- जिसने ज्ञान को आचरण में उतार लिया, उसने ईश्वर को मूर्तिमान कर लिया।

- हमारा व्यवहार गणित के शून्य की तरह होना चाहिए, जो स्वयं कोई कीमत नहीं रखता, लेकिन दूसरों के साथ जुड़ने पर उसकी कीमत बढ़ा देता है।
- समय बताता है कि आपको जीवन में किसके संग चलना है, हृदय बताता है कि आप किसे चाहते हैं, और आपका व्यवहार बताता है कि आप किसको साथ रखेंगे।
- सही व्यवहार हमें गलत दिशा में नहीं ले जाएगा।
- उचित अथवा अनुचित जो काम हो, उसे खूब सोच-विचार कर करना चाहिए। सब लोग ऐसे व्यवहार को अच्छा कहते हैं।
- व्यवहार-कुशलता सदैव व्यक्ति का श्रेष्ठ प्रतिरूप बनाती है। व्यक्ति व्यवहार में जितना श्रेष्ठ होता है, उसका प्रतिरूप भी उतना ही स्पष्ट और श्रेष्ठ होता है। अतः व्यवहार-कुशल बनें, श्रेष्ठता अपने आप आ जाएगी।
- जब आप ऊँचाइयों की सीढ़ियाँ चढ़ रहे हों तो पीछे छूटे लोगों से बहुत अच्छा व्यवहार करें, क्योंकि उतरते समय वे सभी रास्ते में फिर मिलेंगे।
- व्यवहार-कुशलता के बगैर आप कुछ नहीं सीख पाते।
- जीवन में आपसे कौन मिलेगा, यह समय तय करेगा, जीवन में आप किससे मिलेंगे, यह आपका दिल तय करेगा, परंतु जीवन में आप किस-किस के दिल में बने रहेंगे, यह आपका व्यवहार तय करेगा।
- जैसे चमक के बिना मोती किसी काम का नहीं होता, उसी प्रकार आचरण के बिना मनुष्य किसी काम का नहीं होता।
- न तो कोई किसी का मित्र है और न ही शत्रु। व्यवहार से ही मनुष्य अपने मित्र और शत्रु बनाता है।
- अपने प्रति दूसरों के जिस व्यवहार को तुम पसंद नहीं करते, वैसा व्यवहार स्वयं भी दूसरों के प्रति मत करो।
- अच्छे व्यवहार की कोई धन वाली कीमत नहीं, पर इससे अनेक हृदय खरीदे जा सकते हैं।
- अच्छे व्यवहार का कोई आर्थिक मूल्य भले ही न हो, पर करोड़ों दिलों को खरीदने की शक्ति जरूर रखता है।

- लोगों की बातें कभी दिल पर नहीं लेनी चाहिए। लोग अमरूद खरीदते समय पूछते हैं, 'मीठे हैं न', पर बाद में नमक लगाकर खाते हैं।
- लोग कह रहे हैं त्योहार अब फीके हो गए, तब एक बुजुर्ग बोले, बेटा त्योहार नहीं, व्यवहार फीके हो गए हैं।
- आचरण अच्छा हो तो मन में अच्छे विचार ही आते हैं।
- आचरण रहित विचार कितने भी अच्छे हों, उन्हें खोटे मोती की तरह समझना चाहिए।
- आदमी या औरत की संस्कृति का पता इस बात से लगता है कि व्यक्ति झगड़े के समय कैसा आचरण करता है?
- लाखों की गाड़ी एक चाबी और ब्रेक पर निर्भर है, घर का नियंत्रण चाबी और ताले पर निर्भर करता है, इसी तरह हमारा व्यक्तित्व भी हमारी सोच व स्वभाव पर निर्भर है।

## वर्तमान

- जीवन की सबसे महँगी चीज है आपका वर्तमान। जो एक बार चला जाए तो फिर पूरी दुनिया की संपत्ति से भी हम उसे खरीद नहीं सकते। अतः नकारात्मक विचारों को अविलंब तिलांजलि दीजिए और सकारात्मता को अपने अंतःकरण में बढ़ावा दीजिए।
- गुजरा हुआ वक्त वर्तमान की बराबरी नहीं कर सकता।
- कायर है वह, जो अतीत की छलना में विस्मृत रहता है, वर्तमान का भय (भयप्रद) अग्नि में तपकर पीछे को मुड़ता है।
- सिर्फ वर्तमान में अतीत को ठीक करने और भविष्य को सँवारने की ताकत है।
- जो वर्तमान की उपेक्षा करता है, वह अपना सबकुछ खो देता है।

## वाणी/बोली/बोल/जुबान/जीभ/भाषा

- शब्द का भी अपना एक स्वाद है, बोलने से पहले स्वयं चख लीजिए, अगर खुद को अच्छा नहीं लगे, तो दूसरों को कैसे अच्छा लगेगा?
- कोयल अपनी भाषा बोलती है, इसलिए आजाद रहती है, किंतु तोता दूसरे की भाषा बोलता है, इसलिए पिंजरे में गुलाम रहता है, इसलिए अपनी भाषा, अपने

विचार और अपने–आप पर विश्वास करें।

- शब्दों का वजन तो बोलनेवाले के भाव पर आधारित है। एक शब्द मन को दुःखी कर जाता है और दूसरा मन को खुश कर जाता है, क्योंकि हमारी वाणी ही हमारे व्यक्तित्व और आचरण का परिचय कराती है।
- जितना दिखाते हो, उससे अधिक तुम्हारे पास होना चाहिए। जितना जानते हो, उससे कम तुम्हें बोलना चाहिए।
- इनसान एक दुकान है और जुबान उसका ताला। ताला खुलता है, तभी मालूम होता है कि दुकान सोने की है या कोयले की।
- ऐसा बोलिए, जिसको सुनने पर दूसरे प्यार करें। सुनें ऐसा, जिससे दूसरे लोग आपको प्यार से सुनाएँ।
- रूखी, कठोर और कटुतापूर्ण वाणी सुननेवाले के मर्मस्थलों, हड्डियों एवं हृदय को जला डालती है।
- कड़वी और खरी बात हँसकर कही जाए तो मीठी हो जाती है।
- कहे बोल और बीता पल कभी लौटकर नहीं आता।
- कुछ बोलने और तोड़ने में केवल एक पल लगता है, जबकि बनाने और मनाने में पूरा जीवन लग जाता है।
- मधुर वाणी बोलना एक महँगा शौक है, जो हर किसी के बस की बात नहीं।
- मनुष्य यदि जिह्वा पर लगाम लगाकर देखे तो सारा क्लेश मिट जाएगा।
- मनुष्य के गुण व अवगुण उसकी वाणी से होकर गुजरते हैं।
- जिंदगी में सिर्फ 'शहद' ही ऐसा है, जिसको हजार साल के बाद भी खाया जा सकता है और 'शहद' जैसी बोली से सालोसाल तक लोगों के दिल में राज किया जा सकता है।
- हम अपने विचार, वाणी और व्यवहार को इस तरह घुमाएँ कि रिश्तों के बंद पड़े ताले फिर से खुल जाएँ।
- वाणी को वीणा बनाएँ, वाणी को बाण न बनाएँ, क्योंकि वीणा बनेगी तो जीवन में संगीत होगा और बाण बनेगी तो जीवन में महाभारत होगा।

- वाणी ही महानता का परिचय देती है। जो व्यक्ति जितना महान् होता है, उसकी वाणी भी उतनी शिष्ट, शालीन और सत्य तथा मधुरता से भरपूर होती है।
- जिनकी भाषा में सभ्यता होती है, उनके जीवन में सदैव भव्यता होती है।
- तन की खूबसूरती एक भ्रम है, सबसे खूबसूरत आपकी 'वाणी' है, चाहे तो दिल 'जीत' ले, चाहे तो दिल 'चीर' दे।
- जमीन अच्छी हो और खाद अच्छी हो, पर पानी अगर खारा हो तो फूल ठीक से खिलते नहीं। भाव अच्छा हो, विचार भी अच्छे हों, मगर वाणी खराब हो तो संबंध भी टिकते नहीं।
- जहर उगलना नहीं, जहर पीना सीखें।
- जीभ एक तेज धार चाकू की तरह है, जो बिना खून निकाले ही मार देती है।
- जीभ पर चोट लगने से ज्यादा इस बात पर गौर कीजिए कि जीभ से किसी को चोट न लगे, क्योंकि जीभ पर लगी चोट तो सात दिन में ठीक हो जाएगी, पर जीभ से लगी चोट को ठीक करने में कभी-कभी जीवन भी कम पड़ सकता है।
- जीभ सुधर जाए तो जीवन सुधरने में वक्त नहीं लगता।
- जीवन में बहुत सी समस्याएँ हमारे बोलने के तरीके से पैदा होती हैं। इस बात से ज्यादा अंतर नहीं पड़ता कि हम क्या बोलते हैं, बल्कि कैसे बोलते हैं, यह मायने रखता है।
- जो वाणी सत्य को सँभालती है, उसी वाणी को सत्य सँभालता है।
- अपने खराब मूड के समय बुरे शब्द न बोलें, क्योंकि खराब मूड को बदलने के बहुत मौके मिलेंगे, पर शब्दों के बदलने के मौके नहीं होंगे।
- अगर जिंदगी को कामयाब बनाना हो तो याद रखें, पाँव भले ही फिसल जाए, पर जुबान को कभी मत फिसलने देना।
- लंबा धागा और लंबी जुबान हमेशा उलझ जाती है, इसलिए धागे को लपेटकर रखें और जुबान को समेटकर रखें।
- बोलने में समझदारी से काम लेना, वाक्पटुता से अच्छा है।
- थोड़ा पढ़ना और अधिक सोचना, कम बोलना और अधिक सुनना, यही बुद्धिमान बनने का उपाय है।

- बाणों से बिंधा हुआ तथा फरसे से काटा हुआ जंगल भी खुशहाल हो सकता है, किंतु कड़वे शब्दों में कही बात घोर अनर्थ का कारण बन सकती है।
- भाषा विचारों का लिबास है।
- भाषा मनुष्य की बुद्धि के सहारे चलती है, इसलिए जब किसी विषय तक बुद्धि नहीं पहुँचती तो भाषा में अधूरापन होता है।

## वादा/वायदा

- ईश्वर का वादा है, जो तेरे नसीब में है, वो तुझे जरूर मिलेगा, चाहे वो दो पहाड़ों के बीच क्यों न हो और जो तेरे नसीब में नहीं, वो हरगिज नहीं मिलेगा, चाहे तो तेरे दोनों हाथों के दरम्यान क्यों न हो।
- जिन्हें वादा निभाना होता है, वे मजबूरियाँ नहीं गिनाते।
- तूफानों में किए गए वादे, तूफान शांत होते ही भुला दिए जाते हैं।
- निभाने का इरादा करो, तभी कोई वादा करो।
- सज्जनों का साधारण शब्दों में दिया हुआ वायदा पत्थर पर लिखे अक्षर जैसा होता है और तुच्छ व्यक्तियों का कसम खाकर दिया हुआ वचन भी पानी पर खींची लकीर सा होता है।
- उतना ही वायदा करो, जितना तुम पूरा कर सको। जुबान से गिरे मनुष्य की कोई कीमत नहीं।
- वायदा करना आसान है, वायदा करके उसे भूलना बहुत सरल है और वायदा करके उसे पूरा करना बहुत कठिन काम है।
- जब आप किसी से वायदा कर लेते हैं तो अपने ऊपर कर्ज चढ़ा लेते हैं।

## विचार/विचारधारा

- मनुष्य के कर्म उसके विचारों की सबसे बड़ी व्याख्या हैं।
- किसी एक विचार को अपने जीवन का लक्ष्य बनाओ। कुविचारों का त्याग कर केवल उसी विचार के बारे में सोचो। तुम पाओगे कि सफलता तुम्हारे कदम चूम रही है।
- एक गुब्बारे पर क्या खूब लिखा था—जो आपके बाहर है, वह नहीं, जो आपके भीतर है, वही आपकी ऊँचाइयों तक ले जाता है।

- यदि पर्वत भी वृक्ष के समान आँधी से हिल उठे तो उन दोनों में अंतर ही क्या रह गया?
- पत्थर या लोहे पर कुल्हाड़ी नहीं चलती। लोग उसे लकड़ी पर ही चलाते हैं।
- मजदूर को मजदूरी उसका पसीना सूखने से पहले दे देनी चाहिए।
- एक चोरी करता है, दूसरा उसमें मदद करता है, तीसरा उसका इरादा करता है—ये तीनों चोर हैं।
- जूतों में कंकड़, कान में कीड़े की झनकार, आँख में रेत, पैरों में काँटे की चुभन और घर में लड़ाई-झगड़े, इनको सहन करना बहुत मुश्किल है।
- व्यस्त रहना काफी नहीं है, व्यस्त तो चीटियाँ भी रहती हैं। सवाल यह है कि हम किसलिए व्यस्त हैं?
- फिजूलखर्ची एक व्यक्तिगत चीज है। इस गलती का जिम्मेदार व्यक्ति है, समाज नहीं।
- कोई आयु में छोटा हो, तो भी उसकी महत्त्वपूर्ण बात सुनी जानी चाहिए।
- छोटे-छोटे काम करना और उन्हें निपटाते जाना, बड़े-बड़े कामों की योजना बनाते रहने से ज्यादा अच्छा है।
- किसी कारण अगर बाल्टी कुएँ में गिर जाए तो रस्सी वहाँ नहीं फेंकनी चाहिए।
- आदमी अकेला भी बहुत-कुछ कर सकता है। अकेले आदमियों ने ही आदिकाल से विचारों में क्रांति पैदा की है। अकेले आदमियों के कृत्यों से सारा इतिहास भरा पड़ा है।
- प्रत्येक व्यक्ति के लिए उसके विचार ही सब तालों की चाबी हैं।
- सिर्फ अपनी आजादी चाहनेवाला दूसरे की आजादी नहीं चाहता।
- बरतन खाली हो तो यह मत समझो कि माँगने चला है। हो सकता है, सबकुछ बाँटकर आया हो।
- कौन हिसाब रखे, किसको कितना दिया और कौन कितना बचाएगा? इसलिए ईश्वर ने आसान गणित लगाया और इसी वजह से सबको खाली हाथ भेज दिया व खाली हाथ ही बुलाएगा।

- कफन भी क्या चीज है? जिसने बनाया, उसने बेच दिया; जिसने खरीदा, उसने उसको इस्तेमाल नहीं किया और जिसके लिए इस्तेमाल किया, उसे मालूम ही नहीं।
- मनुष्य की वास्तविक पूँजी धन नहीं, बल्कि उसके विचार हैं, क्योंकि धन तो खरीदारी में दूसरों के पास चला जाता है, पर विचार अपने पास ही रहते हैं।
- मनुष्य के पास सबसे बड़ी पूँजी अच्छे विचार हैं, क्योंकि धन और बल किसी को भी गलत राह पर ले जा सकते हैं, पर अच्छे विचार सदैव अच्छे कार्यों के लिए ही प्रेरित करेंगे।
- विचार ऐसे रखो कि तुम्हारे विचारों पर भी किसी को विचार करना पड़े। समुद्र बनकर क्या फायदा? बनना है तो छोटा तालाब बनो, जहाँ पर शेर भी पानी पीए तो गरदन झुकाकर।
- विचार सुनना पुष्पों को चुनने जैसा है और उन पर चिंतन करना, उन्हें माला में गूँथने के समान है।
- अच्छा हो यदि आदमी अपनी जेब में कागज-कलम रखे और समय पर आए विचार को तुरंत लिख डाले, क्योंकि जो विचार अनायास आते हैं, वे प्राय: सबसे ज्यादा कीमती होते हैं और उन्हें सँभालकर रखना चाहिए, क्योंकि वे बार-बार नहीं आते।
- विचार में रहना मानवता में रहना है। विचार से नीचे गिर जाना पशुता है और विचार से ऊपर उठ जाना दिव्यता है।
- विचार अगर अच्छे हों तो अपना मन ही मंदिर है। आचरण अगर अच्छा हो तो अपना तन ही मंदिर, व्यवहार अगर अच्छा है तो अपना धन ही मंदिर है और तीनों अगर अच्छे हों तो अपना जीवन ही मंदिर है।
- विचारों की सृष्टि पृथ्वी पर होती है और वे परिश्रम की मिट्टी से उगते हैं तथा निरीक्षण, तुलनात्मक अध्ययन व अंत में तथ्यों की खाद पर पलते हैं।
- विचारों को बदलने से भी नया दिन निकलता है, सिर्फ सूरज के निकलने से ही सवेरा नहीं होता।
- विचारों की खूबसूरती कहीं से भी मिले, चुरा लो, क्योंकि चेहरे की खूबसूरती

तो उम्र के साथ बदल जाती है, मगर विचारों की खूबसूरती हमेशा दिलों में अमर रहती है।

- विचार का दीपक बुझ जाने पर आचार अंधा हो जाता है।
- विचारहीन लोग धर्मग्रंथों को उसी प्रकार बाँचते रहते हैं, जिस प्रकार पिंजरे में तोता राम-राम की रट लगाता है।
- पूरे समुद्र का पानी तब तक एक जहाज को नहीं डुबा सकता, जब तक जहाज पानी को अंदर न आने दे। इसी तरह दुनिया का कोई भी नकारात्मक विचार आपको नीचे नहीं गिरा सकता, जब तक आप उसे अपने अंदर आने की अनुमति न दें।
- भीख भीख की तरह दी जाती है, लुटाई नहीं जाती।
- समर्थन और विरोध केवल विचारों का होना चाहिए, किसी व्यक्ति का नहीं, क्योंकि अच्छा व्यक्ति भी गलत विचार रख सकता है और किसी बुरे व्यक्ति का भी कोई विचार सही हो सकता है।
- सुंदर विचार जिनके साथ हैं, वे कभी अकेले नहीं हैं।
- सही सफलता हमेशा अच्छे विचारों से आती है और अच्छे विचार खुद से और अच्छे लोगों के संपर्क से आते हैं।
- जब हम अकेले हों, तब अपने विचारों को सँभालें और जब हम सबके बीच हों, तब अपने शब्दों को सँभालें।
- अपने विचारों पर ध्यान दीजिए, वे शब्द बन जाएँगे। अपने शब्दों पर ध्यान दीजिए, वे कार्य बन जाएँगे। अपने कार्यों पर ध्यान दीजिए, वे आदत बन जाएँगे। अपनी आदतों पर ध्यान दीजिए, वे चरित्र बन जाएँगे। अपने चरित्र पर ध्यान दीजिए, उससे भाग्य बन जाएगा।
- अच्छे विचारों से महान् कार्य होते हैं और महान् कार्यों से सही सफलता मिलती है।
- शुभ कर्म और अशुभ कर्म दोनों कर्मों के पीछे जो कारण है, वह विचार ही है। हमारे विचारों का स्तर जितना श्रेष्ठ और पवित्र होगा, हमारे कर्म भी उतने ही श्रेष्ठ और पवित्र होंगे। हमारा कोई भी कर्म कार्य करने से पहले विचारों में घटित हो जाता है। विचारों का स्तर हमारी संगति पर निर्भर करता है। हमारी संगति

जितनी अच्छी होगी, हम उतने ही अच्छे विचारों के धनी होंगे अर्थात् अच्छी संगत, अच्छी सोच। जब तक हमारे विचार शुद्ध नहीं होंगे, तब तक हमारे कर्म भी शुद्ध नहीं हो सकते। हमें समझना होगा कि विचारों को शुद्ध किए बिना कर्म की शुद्धि का प्रयास करना व्यर्थ है। हमें सदैव ध्यान रखना चाहिए कि हमारे विचार पवित्र हों, ऐसा करने से हम बुरे कर्मों से दूर रहेंगे।

- किसी भी देश की शक्ति छोटे विचारों के बड़े आदमियों से नहीं, अपितु बड़े विचारों के छोटे आदमियों से बढ़ती है।
- जो मनुष्य अपना पक्ष छोड़कर दूसरे पक्ष में मिल जाता है, वह अपने पक्ष के नष्ट हो जाने पर दूसरे पक्ष द्वारा ही नष्ट कर दिया जाता है।
- न तो इतने कड़वे बनो कि कोई थूक दे और न ही इतने मीठे बनो कि कोई निगल जाए।
- उतनी ही आग जलानी चाहिए, बुझाने के लिए जितना पानी मौजूद हो।
- होनी को पलायन से नहीं टाला जा सकता।

## विद्वान्/ज्ञानी

- कोई भी व्यक्ति बहुत ज्यादा बोलने से विद्वान् नहीं कहलाता है। जो धीरज रखनेवाला, क्रोध से रहित और निडर होता है, वही विद्वान् व्यक्ति कहलाता है।
- मूर्ख जितना विद्वान् से सीखते हैं, उससे कहीं अधिक विद्वान् मूर्ख से सीखते हैं।
- राजा और पंडित दोनों कभी बराबर नहीं हो सकते, क्योंकि राजा केवल अपने देश में ही आदर पाता है जबकि विद्वान् सारे जगत् में।
- किसी ने पूछा, 'समाज को आगे बढ़ाने के लिए क्या करना चाहिए?' किसी विद्वान् ने जवाब दिया, 'धक्का देने के बदले हाथ खींचें।'
- विद्वान् या ज्ञानी कभी अपने ज्ञान पर घमंड या अभिमान नहीं करते, परंतु मूर्ख थोड़ा सा पा लेने पर ही घमंडी बन जाते हैं।
- जिस देश में विद्वान् सताए जाते हैं, वह विपत्तिग्रस्त होकर वैसे ही नष्ट हो जाता है, जैसे टूटी नौका जल में डूबकर नष्ट हो जाती है।
- विद्वान् बहुत जल्दी ही दूसरों का आशय समझ लेते हैं।
- विद्वान् की पूजा होनी चाहिए, उपेक्षा नहीं।

- विद्वान् के परिश्रम को विद्वान् ही जानता है।
- विद्वान् होकर शांत रहना अर्थात् वाद-विवाद न करना श्रेष्ठ पुरुषों के लक्षण हैं।
- विद्वान् ज्ञान के जलाशय हैं, स्रोत नहीं।
- विद्वान् झगड़े में न पड़ें। व्यर्थ के वैर से अलग रहें। थोड़ी हानि सह लें। इसमें कोई बुराई नहीं है।
- विद्वान् को जाहिल नहीं जानता, क्योंकि वह विद्वान् नहीं रहा, पर जाहिल को विद्वान् जानता है, क्योंकि वह बहुत संभव है, वह उस दौर से गुजरा हो।
- जल से भरा घड़ा आवाज नहीं करता, पर आधे भरे घड़े से आवाज आती है। कुलीन विद्वान् की बजाय गुणहीन मनुष्य अधिक घमंड करते हैं।
- जो दूसरों को जानता है, वह विद्वान् है और जो स्वयं को जानता है, वह ज्ञानी है।
- असली विद्वान् वे हैं, जो अपने ज्ञान के अनुसार आचरण करते हैं।
- विद्वान् पुरुष सर्वत्र आनंद से रहता है। सर्वत्र उसकी शोभा होती है। वह किसी के डराने से नहीं डरता है।
- जैसे मणिवाला साँप जहरीला होता है, वैसे ही दुष्ट व्यक्ति यदि विद्वान् हो तो भी उसके संग से बचना चाहिए।

## विनम्रता/नम्रता/विनम्र/नरम

- यदि सफलता एक सुंदर पुष्प है तो विनम्रता उसकी सुगंध।
- बहुत नम्रता चाहिए रिश्तों को निभाने के लिए, छल-कपट से तो सिर्फ महाभारत रची जाती है।
- कद बढ़ा नहीं करते एड़ियाँ उठाने से, ऊँचाइयाँ तो मिलती हैं सर झुकाने से।
- कुएँ में उतरनेवाली बाल्टी यदि झुकती है तो भरकर बाहर आती है। जीवन का भी यही गणित है, जो झुकता है, वही प्राप्त करता है। दादागीरी तो हम मरने के बाद भी करेंगे। लोग पैदल चलेंगे और हम कंधों पर!
- विद्या से विनम्रता आती है।
- जो झुकना जानता है, दुनिया उसे उठाती है, जो केवल अकड़ना जानता है, दुनिया उसे उखाड़ फेंकती है।
- कलम तभी साफ-साफ और अच्छा लिख पाती है, जब वो थोड़ा झुककर

चलती है। यही हाल जिंदगी में इनसान का है। बस यह बात लोगों को देर से समझ आती है।

- जिंदगी को अगर खुलकर जीना है तो थोड़ा सा झुककर जियो, तब देखो फिर ईश्वर आपको कितना ऊँचा उठा देंगे!
- जिस तरह लोहा नरम होकर औजार बन जाता है, सोना नरम होकर जेवर बन जाता है और आटा नरम होकर रोटी बन जाती है, ठीक उसी तरह अगर इनसान भी नरम हो जाए तो लोगों के दिलों में अपनी जगह बना लेता है।
- हम विनम्र होकर ही योग्य व बड़ों से कुछ पा सकते हैं।
- जहाँ नम्रता से काम निकल आए, वहाँ उग्रता नहीं दिखानी चाहिए।
- श्रद्धा ज्ञान देती है, नम्रता मान देती है व योग्यता स्थान देती है और जब ये तीनों मिल जाएँ तो व्यक्ति को हर जगह सम्मान देती हैं।
- ज्ञान के बाद यदि अहंकार का जन्म होता है तो वह ज्ञान जहर है। किंतु ज्ञान के बाद यदि नम्रता का जन्म होता है तो वही ज्ञान अमृत होता है।
- सादगी से बढ़कर कोई शृंगार नहीं होता और विनम्रता से बढ़कर कोई व्यवहार नहीं होता।
- सूरज भी तो ढल जाता है चाँद के लिए। आइए, थोड़ा झुकना सीखें, क्योंकि तेज हवाओं में अकड़े पेड़ ही उखड़ते हैं।
- जीवन में ऊँचा उठने के लिए पंखों की जरूरत केवल पक्षियों को ही पड़ती है। मनुष्य तो जितना विनम्रता से झुकता है, उतना ही ऊपर उठता है।
- जितने बड़े बनो, उतने ही नम्र बनो।
- अगर आप किसी को एक बार माफ करते हो तो आप समझदार हो। अगर आप उसी व्यक्ति को दूसरी बार भी माफ करते हो तो बहुत ही नरम दिल हो। लेकिन आप उसी व्यक्ति को तीसरी बार फिर से माफ करते हो तो आप दुनिया के सबसे बड़े बेवकूफ हो।

## विरासत/धरोहर

- अपनी सभ्यता, संस्कृति, प्रगति की जानकारी जीवंत रूप से भावी पीढ़ियों तक पहुँचाने के लिए विरासत का संरक्षण आवश्यक है।

- दौलत तो विरासत में भी मिल सकती है, लेकिन पहचान अपने दम पर ही मिलती है।
- जिंदगी वो नहीं, जो विरासत में मिली हो, बल्कि असली वो है, जो अपनी मेहनत से बनी हो।
- वसीयत सँभालना आसान है और विरासत को ठीक से सँभालना बहुत मुश्किल काम है।
- विरासत में सदा धन, दौलत और जमीन-जायदाद नहीं मिलती, कभी-कभी जिम्मेदारियाँ भी मिल जाती हैं।

## शक/शंका/संदेह/संशय

- आस का पौधा सदैव हृदय के पास उगता है और शंका की बेल हमेशा फूटती है मस्तिष्क की जमीन पर।
- शक करने से शक ही बढ़ता है, विश्वास करने से विश्वास बढ़ता है। यह आपकी इच्छा है कि आप किस तरफ बढ़ना चाहते हैं ?
- शक से भी अकसर खराब होते हैं रिश्ते, हर बार कसूर गलतियों का नहीं होता।
- शंका का कोई इलाज नहीं, चरित्र का कोई प्रमाण नहीं, मौन से अच्छा कोई साधन नहीं और शब्द से तीखा कोई बाण नहीं।
- मन के जिस दरवाजे से शक अंदर प्रवेश करता है, प्यार और विश्वास उसे दरवाजे से बाहर निकल जाते हैं।
- मनुष्य के जीवन में आधे दु:ख गलत लोगों से उम्मीद रखने से होते हैं और बाकी आधे सच्चे लोगों पर शक करने से।
- किसी पर शक करके बरबाद करने से अच्छा है, किसी पर यकीन करके बरबाद हो जाऊँ।
- जिस मनुष्य में संदेह बढ़ता जाता है, उसकी बुद्धि उतनी ही पथभ्रष्ट होती जाती है।
- छोटी सोच शंका को जन्म देती है और बड़ी सोच समाधान को।
- अगर दुनिया तुम्हारी क्षमता पर संदेह करे तो दु:खी मत होना, क्योंकि संदेह सोने की शुद्धता पर ही किया जाता है, लोहे पर नहीं।

- लोगों के पास बहुत-कुछ है, मगर मुश्किल यही है कि भरोसे पर शक है और शक पर भरोसा।

## शब्द/लफ्ज/अल्फाज

- रूबरू मिलने का मौका हमेशा नहीं मिलता, इसलिए सदा शब्दों से सबको छूने की कोशिश करते रहना चाहिए।
- शब्द मुफ्त में मिलते हैं। उनके चयन पर निर्भर करता है कि उनकी कीमत मिलेगी या चुकानी पड़ेगी?
- शब्द भी एक तरह का भोजन है। किस समय कौन सा शब्द परोसना है, वो आ जाए तो दुनिया में उससे बढ़िया रसोईया कोई नहीं है। शब्द का भी अपना एक स्वाद है। बोलने से पहले स्वयं चख लीजिए, अगर खुद को अच्छा नहीं लगे तो दूसरों को कैसे अच्छा लगेगा?
- शब्द भी क्या चीज है, महके तो लगाव और बहके तो घाव!
- शब्द से खुशी, शब्द से गम, शब्द से पीड़ा और शब्द से ही मरहम बनती है।
- शब्द दूरियाँ बढ़ा देते हैं, क्योंकि कभी हम समझ नहीं पाते और कभी समझा नहीं पाते।
- शब्दों को कोई स्पर्श नहीं कर सकता, पर शब्द सभी को स्पर्श कर जाते हैं।
- शब्दों का भी तापमान होता है, शब्द सुकून भी देते हैं और सुख भी देते हैं।
- शब्दों के दाँत नहीं होते, लेकिन जब काटते हैं तो दर्द बहुत होता है और कभी-कभी घाव इतने गहरे होते हैं कि जीवन समाप्त हो जाता है, पर घाव कभी नहीं भरते। इसलिए जीवन में जब भी बोलो, मधुर और मीठा बोलो।
- शब्दों में धार नहीं, आधार होना चाहिए, क्योंकि जिन शब्दों में धार होती है, वे मन को काटते हैं और जिन शब्दों में आधार होता है, वे मन को जीत लेते हैं।
- शब्दों से हमारा नजरिया झलकता है। शब्द दिलों को जोड़ सकते हैं तो किसी की भावनाओं को चोट भी पहुँचा सकते हैं और रिश्तों में दरार भी पैदा कर सकते हैं। सोचकर बोलें, न कि बोलने के बाद सोचें। समझदारी और नासमझी में यही बड़ा फर्क है।
- कमान से निकला हुआ बाण और मुँह से निकला शब्द कभी वापस नहीं आता।

- मधुर शब्द शहद के समान हैं। आत्मा के लिए मधुर और देह के लिए स्वास्थ्यवर्धक।
- किसी के लिए शब्द अनमोल तो किसी के लिए शख्स अनमोल।
- रिश्तों की उम्र लफ्ज ही तय करते हैं और खामोश होकर भी रिश्ते बचाए जाते हैं।
- सिर्फ शब्दों से नहीं करनी चाहिए किसी के वजूद की पहचान, हर कोई उतना कह नहीं पाता, जितना समझता और महसूस करता है।
- जिंदगी में ऊँचा उठने के लिए किसी डिग्री की जरूरत नहीं। अच्छे शब्द ही इनसान को बादशाह बना देते हैं।
- सीमित शब्द हों और असीमित अर्थ हों, लेकिन इतना ही हो कि शब्द से कष्ट न हो।
- सभी शब्दों का अर्थ समझा जा सकता है, परंतु जीवन का अर्थ जीवन जीकर और संबंध का अर्थ संबंध निभाकर ही मिल सकता है।
- दोनों परिस्थितियों में शांत रहें। एक तो जब कोई शब्दों में आपकी भावना को समझ न सके और दूसरा, कोई बिना शब्दों के कुछ न समझे।
- हमारे शब्दों के पंख होते हैं, लेकिन जहाँ हम चाहते हैं, वहाँ उड़कर नहीं जा सकते।
- न-जाने कौन सी दौलत है कुछ लोगों के शब्दों में, बात करते हैं तो मन ही खरीद लेते हैं!
- अच्छे लोग हमेशा साथ रहते हैं, दिल में भी, लफ्जों में भी और दुआओं में भी।
- लफ्ज ही होते हैं इनसान का आईना, शक्ल का क्या, वो तो उम्र और हालात के साथ बदल जाती है।
- अपशब्द एक ऐसी चिनगारी है, जो कानों में नहीं, सीधा मन में आग लगाती है।

## श्रेष्ठ/श्रेष्ठता/उत्तम/सर्वोत्तम/बेहतर

- दरिया बनकर किसी को डुबोने से बेहतर है कि जरिया बनकर किसी को बचाया जाए।
- पद और पैसा यह तय नहीं करते हैं कि आप श्रेष्ठ हैं, बल्कि आपके विचार और

व्यवहार तय करते हैं कि आप कितने श्रेष्ठ हैं ?

- मैं श्रेष्ठ हूँ, यह आत्मविश्वास है, लेकिन सिर्फ मैं ही श्रेष्ठ हूँ, यह अहंकार है।
- एक अच्छा आदमी आपकी यादों में बसता है, एक श्रेष्ठ व्यक्ति आपके सपनों में आता है, लेकिन एक समर्पित व्यक्ति सदा आपके दिल में रहता है।
- झूठे दिलासे से स्पष्ट इनकार बेहतर है। दिल की बात साफ-साफ कह देनी चाहिए, क्योंकि बता देने से सही फैसले होते हैं और न बताने से फासले।
- इनसान वही श्रेष्ठ है, जो बुरी स्थिति में फिसले नहीं और अच्छी स्थिति आने पर उछले नहीं।
- किसी के पैरों में गिरकर कामयाबी पाने से बेहतर है, अपने पैरों पर चलकर कुछ बनने की ठान लो।
- रिश्ते बेशक कम बनाइए, लेकिन उन्हें दिल से निभाइए, अकसर लोग, बेहतर की तलाश में बेहतरीन को खो देते हैं।
- सिर्फ कुछ अच्छा समाप्त हो गया है, उसका मतलब यह नहीं कि कुछ बेहतर नहीं होगा।
- श्रेष्ठ वही है, जिसमें जिद नहीं, दृढ़ता हो; कमजोरी नहीं, बहादुरी हो; जल्दबाजी नहीं, सब्र हो; निर्दयता नहीं, दया हो; घमंड नहीं, विनम्रता हो; अहंकार नहीं, ज्ञान हो, प्रतिशोध नहीं, करुणा हो; असमंजस नहीं, निर्णयता हो।
- श्रेष्ठता जन्म से नहीं आती, बल्कि गुणों के कारण इसका निर्माण होता है। दूध, दही, छाछ, घी आदि सब एक ही कुल के होते हैं फिर भी सबके मूल्य अलग-अलग होते हैं।
- संबंधों की बेहतरी के लिए दो चीज करनी चाहिए—समरूपता और मतभिन्नता का आदर।
- संतुष्ट जीवन, सफल जीवन से सदैव श्रेष्ठ होता है, क्योंकि सफलता सदैव दूसरों द्वारा आंकलित होती है, जबकि संतुष्टि स्वयं के मस्तिष्क द्वारा।
- व्यवहार कुशलता सदैव व्यक्ति का श्रेष्ठ प्रतिरूप बनाती है। व्यक्ति व्यवहार में जितना श्रेष्ठ होता है, उसका प्रतिरूप भी उतना ही स्पष्ट और श्रेष्ठ होता है। अत: व्यवहार कुशल बनें, श्रेष्ठता अपने आप आ जाएगी।

- अपने साथ-साथ दूसरों का भला चाहनेवाले लोग ही श्रेष्ठ होते हैं।
- आप बहुत सी चीजों में उत्तम नहीं हो सकते, लेकिन कुछ चीजें आपके बगैर उत्तम नहीं हो सकतीं।
- आदमी साधनों से नहीं, साधना से श्रेष्ठ बनता है; आदमी भवनों से नहीं, भावना से श्रेष्ठ बनता है; आदमी उच्चारण से नहीं, उच्च-आचरण से श्रेष्ठ बनता है।
- उत्तम लोग बार-बार विघ्न आने पर भी अपना कार्य बीच में नहीं छोड़ते।

## शांत/शांति/चैन/सुकून

- यदि तुम शांति चाहते हो तो पहले अपनी चाहतों को शांत करो।
- आपकी आवाज जब किसी को चुभने लगे तो तोहफे में उसे खामोशी दे दो।
- शांत जीवन के तीन महामंत्र—स्वीकार करें, बरदाश्त करें और बचें।
- शांति से बढ़कर कोई तप नहीं, संतोष से बढ़कर कोई सुख नहीं, तृष्णा से बढ़कर कोई व्याधि नहीं और दया के समान कोई धर्म नहीं।
- छोटी नदियाँ शोर करती हैं और बड़ी नदियाँ शांत, चुपचाप बहती हैं।
- मनुष्य को शांति तभी मिल सकती है, जब मनुष्य अपनी आदतों पर नियंत्रण रखे। इस भुलावे में न रहे कि ऊँची कीमत से शांति खरीदी जा सकती है।
- किसी ने पूछा, 'जब कण-कण में भगवान् है तो लोग सत्संग में क्यों जाते हैं?' उत्तर देनेवाले ने बहुत सुंदर बोला, 'हवा तो धूप में भी चलती है, पर आनंद और चैन छाँव में बैठकर ही मिलता है।'
- दिमागी शांति दुनिया की सबसे बड़ी दौलत है।
- जिंदगी में तोता नहीं, बाज बनिए, क्योंकि तोता बोलता बहुत है, लेकिन उड़ता बहुत कम है, जबकि बाज शांत रहता है, लेकिन आसमान छूने की ताकत रखता है।
- हम दिन की शुरुआत करते हैं, तब लगता है कि पैसा ही जीवन है, लेकिन जब शाम को लौटकर घर आते हैं, तब लगता है कि शांति ही जीवन है।
- हर परिस्थिति में स्वयं को शांत बनाए रखना जीवन का सबसे बड़ा पाठ है।
- सुख हो, लेकिन शांति न हो तो समझना कि आप सुविधा को गलती से सुख समझ रहे हैं।

- जीवन से एक महत्त्वपूर्ण सबक लिया जा सकता है कि कैसे शांत रहा जाए!
- जो कुछ मिले, उसी में संतोष तथा दूसरों से ईर्ष्या न करना ही शांति की कुंजी है।
- जो लोग तुम्हारी बुराई करते हैं, वो करेंगे, चाहे तुम अच्छा काम करो या बुरा। इसलिए शांत रहकर अपना कर्म करते रहो। निंदा से मत घबराओ। निंदा उसी की होती है, जो जिंदा है। मरने के बाद तो सिर्फ तारीफ होती है?
- जो व्यक्ति युवावस्था में शांत है, वही वास्तव में शांत है। शरीर कमजोर होने पर कौन शांत नहीं हो जाता।
- जिस समय हमारा मन अपने और दूसरों के लिए शुभ सोचना प्रारंभ कर देता है, शांति उसी समय से हमारे जीवन में प्रविष्ट हो जाती है।
- अमीर के जीवन में जो महत्त्व सोने की चैन का होता है, गरीब के जीवन में वही महत्त्व चैन से सोने का होता है।
- परिपक्वता इसमें नहीं है कि आप कितना जानते हैं या कितने शिक्षित हैं, बल्कि इसमें है कि आप किसी जटिल स्थिति से शांति से निपटने में कितने सक्षम हैं?
- अपने अंदर शांति मिल गई तो सारा संसार शांतिमय प्रतीत होता है।
- मनुष्य में शांति की परख समाज में ही हो सकती है, हिमालय की चोटी पर नहीं।
- शांति से क्रोध को जीतें। मृदुता से अभिमान को जीतें। सरलता से माया को जीतें। संतोष से लोभ को जीतें।
- मीठे शब्द सुकून दिला देते हैं और नफरत के शब्द नींद उड़ा देते हैं।
- सिर्फ सुकून ढूँढ़िए, जरूरतें तो कभी खत्म नहीं होंगी।
- दिखावा करने से बेहतर है आप अच्छे और सच्चे बनें, इससे बहुत सुकून मिलेगा।
- जिनके साथ रिश्ते अच्छे होते हैं, उनकी याद से भी सुकून मिल जाता है।
- हर समय खुश रहना चाहिए, क्योंकि परेशान होने से कल की मुश्किलें खत्म नहीं होंगी, बल्कि आज का सुकून भी चला जाएगा।
- अच्छे कर्मों की हरियाली भी बड़ा सुकून देती है, कभी एक पौधा अच्छे कर्म का लगाकर देखो!
- अगर जिंदगी में सुकून चाहते हो तो लोगों की बातें दिल से लगाना छोड़ दो।

## शिक्षा/विद्या/विद्यार्थी

- अगर विद्यार्थी जीवन में अच्छी आदतें बन जाती हैं तो जीवन भर उनका लाभ मिलता है।
- यदि कोई व्यक्ति या शिक्षा हमें सिखाने की कोशिश करे कि हम अकेले चलना सीखें तो ठीक है, अन्यथा किसी के सहारे चलना अपने व्यक्तित्व का नाश करना है।
- कभी-कभी उन लोगों से शिक्षा मिलती है, जिन्हें हम अभिमानवश अज्ञानी समझते हैं।
- कष्ट और विपत्ति मनुष्य को शिक्षा देनेवाले श्रेष्ठ गुण हैं। जो व्यक्ति साहस के साथ उनका सामना करते हैं, वे सदैव सफल होते हैं।
- मानव का सच्चा जीवनसाथी विद्या ही है, जिसके कारण वह विद्वान् कहलाता है।
- मनुष्य एक अनगढ़ पत्थर है, जिसे शिक्षा की छैनी एवं हथौड़ी से सुंदर आकृति प्रदान की जाती है।
- मनुष्य यदि सीखना चाहे तो उसकी हरेक भूल उसे कुछ-न-कुछ शिक्षा अवश्य दे सकती है।
- मनुष्य की चार शिक्षाएँ होती हैं—प्रथम, वह जो घर में प्राप्त करता है; दूसरी, वह जो अपने गुरुजनों से प्राप्त करता है; तीसरी, जो संसार से प्राप्त करता है; और चौथी, वह जो स्वयं अकेला चलकर अपने अनुभवों से अर्जित करता है।
- मनुष्य को पूर्ण जीवन के लिए तैयार करना ही शिक्षा का उद्देश्य है।
- मनुष्य के भीतर जो अदृश्य रहस्य छिपे पड़े हैं, उन्हें प्रत्यक्ष करनेवाली शिक्षा ही सच्ची शिक्षा है।
- सच्ची शिक्षा तो वह है, जिसके द्वारा हम अपने को, आत्मा और ईश्वर को तथा सत्य को पहचान सकें।
- शिक्षा का ध्येय चरित्र-निर्माण हो, कोरी शिक्षा से कोई लाभ नहीं।
- शिक्षा का मतलब है—व्यक्ति का समाजोपयोगी विकास। वास्तविक शिक्षा वह है, जो अपने को सुधारना तथा दूसरों को सँभालना सिखाए।
- शिक्षा चतुर नहीं बनाती और कई बार पद भी नहीं देती। वह तुम्हारे कंधे पर

एक और सितारा लगा देती है और समझाती है कि तुम अधिक चतुर हो गए हो, लेकिन तुम होते नहीं हो।

- शिक्षा जीवन की परिस्थितियों का सामना करने की योग्यता का नाम है।
- शिक्षा का उद्देश्य है—विद्यार्थी को मनुष्य बनाना।
- विद्या को सीख और अभ्यास से ही बढ़ाया जा सकता है।
- शिक्षा जीवन के लिए है, मात्र जीविका के लिए नहीं।
- विद्या विनय प्रदान करती है, विनय से योग्यता मिलती है, योग्यता से धन मिलता है, धन से धर्म मिलता है और धर्म से सुख की प्राप्ति होती है।
- विद्या से श्रेष्ठ कोई धन नहीं, क्योंकि न तो यह चोरों द्वारा चुराया जा सकता है और न ही कभी क्षय होता है।
- परिस्थिति की पाठशाला ही इनसान को वास्तविक शिक्षा देती है।
- पौधे सिंचाई से विकसित होते हैं और मनुष्य शिक्षा के द्वारा।
- सच्ची शिक्षा का पूर्ण लक्ष्य यह है कि न केवल वह सच्चाई को बताए, अपितु उस पर आचरण भी कराए।
- सच्ची शिक्षा स्कूल छोड़ने के बाद शुरू होती है। जिसने उसका महत्त्व समझा, जीवन में उतारा, उसकी छाप निरंतर छोड़ी और सदैव विद्यार्थी बना रहा।
- सच्ची विद्या का पूर्ण उद्देश्य लोगों से ठीक काम कराना ही नहीं, वरन् ठीक कामों में आनंद लेना सिखाना है।
- सच्ची विद्या उस समय आरंभ होती है, जब मनुष्य सब बाहरी सहारों को छोड़कर अपनी भीतरी अनंतता की ओर ध्यान देता है।
- उत्तम विद्या को साधारण व्यक्ति से भी ग्रहण कर लेना चाहिए। अपवित्र स्थल में भी पड़े हुए सोने को संसार में कोई नहीं छोड़ता।
- वह विद्या, विद्या नहीं, जो मनुष्य को संकीर्णता से ऊपर नहीं उठाती और स्वार्थ से अलग नहीं करती।
- वास्तविक शिक्षा का आदर्श यह है कि हम भीतर से कितनी विद्या निकाल सकते हैं, यह नहीं कि बाहर से कितनी अंदर डाल चुके हैं।

- जो शिक्षा हमें विद्यालयों/महाविद्यालयों में पढ़ाई जाती है, वह वास्तविक शिक्षा नहीं, बल्कि शिक्षा का माध्यम है।
- नवयुवकों का तमाम शिक्षण फिजूल है, यदि उन्होंने सद्व्यवहार और सद्चरित्र नहीं सीखा।
- अक्षर ज्ञान शिक्षा का न तो आरंभ है और न ही लक्ष्य।
- आजकल की शिक्षा का उद्देश्य जीविका पैदा करना रह गया है। उसमें जीवन को समझने, उन्नत बनाने और परिष्कृत करने की क्षमता नहीं है।
- गरीब-से-गरीब भी शिक्षा के महत्त्व का कायल है। उसके मन में इच्छा होती है कि उसका बच्चा भी कुछ पढ़-लिख जाए।
- गांधीजी ने कहा है, 'शिक्षा निःशुल्क होनी चाहिए, ताकि सबको मिल सके।'
- लक्ष्मी की चोरी हो सकती है, सरस्वती की नहीं। इसलिए किसी को ज्यादा ध्यान शिक्षित बनाने पर दें, धनवान बनाने पर नहीं।
- मौज-शौक से पैसे बहाते हुए विद्यार्थी न केवल अपना, बल्कि अपने माँ-बाप का भी नुकसान करते हैं।
- जो विद्यार्थी भोग-विलास में पड़े तो उसका विद्यार्थी जीवन समाप्त हुआ समझो।
- जिस विद्या या शिक्षा से आर्थिक, सामाजिक और आध्यात्मिक मुक्ति मिलती है, वही असली शिक्षा है।
- श्रेष्ठ शिक्षा वह नहीं, जो केवल जानकारी दे, बल्कि वह है, जो हमारे जीवन और वातावरण में सामंजस्य बनाए।

## शौक/रुचि

- स्थिति रुचि को प्रभावित करती है और रुचि स्थिति के अनुसार बदल भी जाती है।
- जो मेहनत करने का शौक पालते हैं, वो काम को कल पर नहीं टालते।
- ज्ञान के लिए पढ़ने का शौक जो अपने हृदय में पालता है, वही मुसीबत और कठिनाई से लड़ने का हुनर जानता है।
- एक शौक बेमिसाल रखो। हालात जैसे भी हों, पर होंठों पर हमेशा मुसकान रखो।

- बहुत शौक था मुझे सबको खुश रखने का। होश तब आया, जब खुद को जरूरत के वक्त अकेला पाया।
- कोई भी चीज अपने कमाए हुए पैसों से खरीदो तो शौक अपने आप कम हो जाएँगे।
- अगर जीवन में आपके उद्‌देश्य मजबूत हैं तो आपको ज्यादा जोर देने की जरूरत कम पड़ती है। आपका यह शौक वहाँ तक पहुँचा देगा।
- वक्त की सीढ़ियों पर उम्र तेज चलती है, जवाँ रहोगे कोई शौक पालकर रखो।

## षड्‌यंत्र/साजिश/चक्रव्यूह

- षड्‌यंत्र रचनेवाले को भी षड्‌यंत्र ही खत्म करता है।
- एक समय था, जब लोग 'मंत्र' का सहारा लेते थे, उसके बाद एक समय आया, जिसमें 'तंत्र' काम करने लगे। फिर समय आया, जिसमें 'यंत्र' काम करते थे और आज के समय में कितने दुःख की बात है कि सिर्फ 'षड्‌यंत्र' होने लगे।
- साजिशें वे रचते हैं, जिन्हें दुनिया में कोई जंग जीतनी हो, कोशिश दिल जीतने की होनी चाहिए, ताकि रिश्ते कायम रहें, जब तक जिंदगी हो।
- जब आपको लोग हराने के लिए प्रयत्न के स्थान पर षड्‌यंत्र करने लग जाएँ तो समझ लीजिएगा, आपकी योग्यता सबसे उत्तम है।
- लोगों की बातों पर ध्यान न दें, क्योंकि लोग इतिहास तो रच नहीं सकते, इसलिए साजिशें रचते हैं।
- समझने ही नहीं देती सियासत हमको सच्चाई, कभी चेहरा नहीं मिलता, कभी दर्पण नहीं मिलाता।
- जब आपको हराने के लिए लोग कोशिश करने की बजाय साजिश करने लगे, तो समझ लेना कि आपकी काबिलीयत अव्वल दरजे की है।

## सक्रिय/सक्रियता

- सदैव सक्रिय रहें, क्योंकि बिना उपयोग के लोहा जंग खा जाता है, स्थिरता से पानी अपनी शुद्धता खो देता है। इसी तरह निष्क्रियता मस्तिष्क की ताकत को सोख लेती है।
- किसी दिन थोड़ा ज्यादा सक्रिय होने का प्रयास कीजिए। इससे आसपास के

लोगों को समझ आ जाएगा कि आप अतिरिक्त मेहनत करना चाहते हैं।

- जिसके बारे में हम जितना अधिक ज्यादा सोचते हैं, वो व्यक्ति, वस्तु, हालात, सुख या दुःख सक्रिय होकर हमारे पास आ जाते हैं, इसलिए अच्छा सोचें।
- हम अतीत में कितने महान् थे, इससे कोई ज्यादा फर्क नहीं पड़ता। हम आज कितना सक्रिय हैं, उस महानता को वापस पाने के लिए यह महत्त्व रखता है।
- आपकी सक्रियता ही आपको जीवित बनाती है।
- सक्रियता और सकारात्मकता से सब समस्याओं का समाधान संभव है।
- जब तक हम केवल अपने लिए जीते हैं, तब तक जिंदगी बहुत ही उबाऊ, लंबी व बोझिल लगती है, वहीं जैसे ही दूसरों के लिए जीना शुरू करते हैं तो सरोकार व सक्रियता इतनी बढ़ जाती है कि वह बहुत छोटी लगने लग जाती है।
- पवित्र आत्मा के कार्य से इनसान सक्रिय रूप से प्रगति करता है।

## सकारात्मक/नकारात्मक

- बीता हुआ कल यदि आज पर नकारात्मक प्रभाव डाले, तो उसे जहर समझकर त्याग देना चाहिए।
- जिंदगी के हर पल को बिंदास जीना ही वास्तविक जिंदगी है, जो केवल सकारात्मक सोच से ही संभव है।
- एक पेड़ से लाखों माचिस की तीलियाँ बनती हैं, लेकिन एक तीली लाखों पेड़ों को जला सकती है। इसी प्रकार नकारात्मक विचार या शक आपके हजारों सपनों का जला सकता है। इसलिए सदा सकारात्मक सोचें।
- प्रकृति का नियम है, यदि खेत में बीज न डालें तो कुदरत उसे घास-फूस से भर देती है। ठीक उसी तरह से दिमाग में सकारात्मक विचार न भरे जाएँ तो नकारात्मक विचार अपनी जगह बना ही लेते हैं।
- जिंदगी में सकारात्मक विचार आपकी सफलता की गति को मजबूत भी करते हैं और उसकी गति भी बढ़ाते हैं।
- हम नकारात्मक बातों से जितने दूर रहेंगे, हम सुख के उतने ही करीब रहेंगे।
- हर दिन एक समान नहीं होता। सकारात्मक सोच उतार-चढ़ाव में आगे बढ़ने में मदद करती है।

- सकारात्मक सोचवाले को कोई जहर मार नहीं सकता और नकारात्मक सोचवाले की कोई औषधि बचा नहीं सकती।
- सुबह एक सकारात्मक अभियान के साथ उठें, क्योंकि आपको एक बेहतरीन जिंदगी जीनी है।
- जब आपके इर्द-गिर्द सकारात्मक सोच के लोग होंगे तो आपको अनुभव होगा कि आमतौर पर सबकुछ संभव है।
- नकारात्मक परिस्थिति में सकारात्मक रुख बुद्धिमानी और चरित्र की मजबूती का प्रतीक है।
- आप सकारात्मक रहें, ताकि आपके इर्द-गिर्द नकारात्मक लोग डेरा न डाल सकें।
- अत्यधिक सोच हमारी नाखुशी का सबसे बड़ा कारण है, इसलिए खुद पर नियंत्रण बनाए रखें। अपने दिमाग को उन चीजों से दूर रखें, जो आपकी मदद नहीं करती हैं, इसलिए सकारात्मक सोचें।
- अगर हम नकारात्मकता को जवाब दे दें तो जीवन ज्यादा सुखी रहेगा। उसको जितना अधिक पालेंगे, उतना अधिक दु:खी रहेंगे।
- अगर आप हर चीज में सकारात्मक हैं तो दूसरों के मुकाबले ज्यादा समृद्ध जिंदगी जिएँगे।
- अगर आप नकारात्मक परिस्थिति में भी सकारात्मक रहते हैं तो निश्चित जीतेंगे।
- अगर आपकी आँखें सकारात्मक हैं तो आप संसार से प्रेम करेंगे, और यदि आपकी जुबान सकारात्मक है तो संसार आपसे प्रेम करेगा।
- जीवन की सबसे महँगी चीज है आपका वर्तमान। जो एक बार चला जाए तो फिर पूरी दुनिया की संपत्ति से भी हम उसे खरीद नहीं सकते। अत: नकारात्मक विचारों का अविलंब तिलांजलि दीजिए और सकारात्मता को अपने अंत:करण में बढ़ावा दीजिए।
- एक छोटी सी कील गाड़ी की गति बदल सकती है, तो याद रखिए कि एक छोटा सा नकारात्मक विचार भी मनुष्य की गति रोक सकता है।

## सच/सच्चा/सच्चाई/सत्य

- सच्चाई के रास्ते पर चलने में फायदा है, क्योंकि इस रास्ते पर भीड़ कम मिलती है।
- सच्चे व्यक्ति का व्यक्तित्व नमक की तरह अनोखा होता है, जिसकी उपस्थिति याद नहीं रहती, मगर उसकी अनुपस्थिति प्रत्येक चीज को बेस्वाद बना देती है।
- सच्चे को परेशान तो किया जा सकता है, लेकिन कभी हराया नहीं जा सकता।
- सत्य को पाना कठिन है, पाकर सुरक्षित रखना और भी कठिन है।
- ध्यान मत दो कि कौन क्या कहता है, बस वो करो, जो 'अच्छा' और 'सच्चा' है।
- धर्मात्मा को सत्य की नाव पार लगाती है।
- सत्य की बात सभी करते हैं, लेकिन उसका पालन थोड़े लोग कर पाते हैं।
- 'सब्र' और 'सच्चाई' एक ऐसी सवारी है, जो अपने सवार को कभी गिरने नहीं देती, ना किसी के कदमों में और ना किसी की नजरों में।
- झूठ इसलिए बिक जाता है, क्योंकि सच खरीदने की किसी की औकात नहीं होती।
- झूठ बोलना पहली बार आसान हो सकता है, पर बाद में सिर्फ परेशानी देता है और सच पहली बार बोलना कठिन है, पर बाद में सिर्फ आराम देता है।
- झूठ के साथ जितनी ज्यादा उम्मीद करोगे, वो उतना ही ज्यादा निराश करेगा, लेकिन कर्म और सच पर जितना जोर दोगे, वो उम्मीद से सदैव ही ज्यादा देगा।
- बाहरी चमक-दमक से सत्य का मुख ढका हुआ है। यदि तू सच्चाई जानना चाहता है तो इस आवरण को हटा और फिर परदे के पीछे देख।
- दिल के सच्चे लोग भले ही अकेले रह जाएँ, लेकिन उनका साथ हमेशा भगवान् देता है।
- जिंदगी को देखने का सबका अपना-अपना नजरिया होता है। कुछ लोग भावना में ही दिल की बात कह देते हैं और कुछ लोग गीता पर हाथ रखकर भी सच नहीं बोलते।
- जिस इनसान के सच्चे होने की गवाही आपका दिल दे, वो इनसान कभी भी आपके लिए गलत नहीं हो सकता।

- जिस प्रकार सूर्य की किरणें किसी चीज से अशुद्ध नहीं की जा सकतीं, उसी प्रकार सत्य को अशुद्ध करना असंभव है।
- जैसे सोना बनाया नहीं जा सकता, वैसे ही सच बातें भी बनाई नहीं जा सकतीं।
- हरेक खुशी चाहता है और कोई दुःख नहीं चाहता है, पर यह भी सच है कि बारिश के बिना इंद्रधनुष नहीं होता।
- हो सके तो जीवन में दो काम मत करना, झूठे आदमी से प्रेम और सच्चे आदमी के साथ छल।
- सारे पुण्यों और सद्गुणों की जड़ सत्य है।
- सच बोलना तो दूर रहा, आजकल लोग सच सुनना भी पसंद नहीं करते।
- सच का सबसे बड़ा अभिनंदन है कि हम उस पर चलें।
- सच का साथ देनेवाले अकसर अकेले ही पाए जाते हैं।
- सच्चे और शुभचिंतक लोग हमारे जीवन में सितारों की तरह होते हैं। वो चमकते तो सदैव ही रहते हैं, परंतु दिखाई तभी देते हैं, जब अंधकार छा जाता है।
- सच्चाई के रास्ते पर चलने में फायदा है, क्योंकि इस राह पर भीड़ कम होती है।
- सच्चे लोग कभी प्रशंसा के मोहताज नहीं होते, क्योंकि असली फूलों को कभी इत्र लगाने की जरूरत नहीं होती।
- सत्य एक है, उसकी उपासना करनेवाले उसे अलग-अलग नामों से पुकारते हैं।
- सत्य बोलकर मित्र बनाना अच्छा है, परंतु झूठ बोलकर मित्र बनाने से सत्य बोलकर शत्रु बनाना अधिक अच्छा है, क्योंकि आप संसार में सबको एक साथ प्रसन्न नहीं कर सकते।
- सत्य बोलने के लिए कोई तैयारी नहीं करनी पड़ती, क्योंकि सच हमेशा दिल से निकलता है।
- सत्य की एक चिनगारी असत्य के पहाड़ को भस्म कर सकती है।
- सत्य की भूख सबको है, लेकिन जब सत्य परोसा जाता है तो बहुत कम लोगों को ही इसका स्वाद अच्छा लगता है।
- सत्य की नाव हिलेगी-डुलेगी, पर डूबने नहीं देगी।

- सत्य का स्रोत भले लोगों से होकर गुजरता है।
- सत्य के लिए हर वस्तु की बलि दी जा सकती है, किंतु सत्य की बलि किसी भी वस्तु के लिए नहीं दी जा सकती।
- जब तक सच से प्रेम नहीं होगा, तब तक उसे ग्रहण नहीं किया जा सकता।
- सत्य हमेशा पानी में तेल की एक बूँद के समान होता है। आप कितना भी पानी डालें, वह हमेशा ऊपर ही तैरता है। इसलिए सच्चाई और सच्चे संबंध हमेशा कायम रहते हैं।
- सत्य पर चलनेवाले परेशान हो सकते हैं, पराजित नहीं।
- सत्य अपने विरुद्ध एक आँधी पैदा कर देता है और यह आँधी उसके बीजों को दूर-दूर तक ले जाती है, न-जाने कहाँ वृक्ष बनकर लाभकारी बन जाए!
- सत्य के मित्र कम होते हैं।
- सत्य से आत्मा बलवान होती है।
- उड़ने में कोई बुराई नहीं। आप भी उड़ें, लेकिन उतना ही, जहाँ से जमीन साफ दिखाई देती हो।
- जब तक जिंदगी पटरी पर चलती है, तब तक सोचते हैं कि हम कुशल चालक हैं, लेकिन सच सामने आता है कि जिंदगी कोई और ही चला रहा है।
- जीवन में सिर्फ जीना ही मायने नहीं रखता, बल्कि सच्चाई के साथ जीने का मजा ही कुछ और है।
- जो व्यक्ति सच्चाई के रास्ते पर चलता है, उसके जीवन में परेशानी जरूर आती है, लेकिन उसकी नाव भगवान् कभी डूबने नहीं देता।
- आज आपके साथ सभी हैं, लेकिन कल कोई नहीं होगा। यह जीवन की विडंबना है, लेकिन सत्य भी यही है।
- अगर आप सच बोलते हैं तो आपको ज्यादा कुछ याद रखने की जरूरत नहीं पड़ेगी।
- जब तक सच से प्रेम नहीं किया जाएगा, तब तक उसे ग्रहण नहीं किया जा सकता।
- जो सत्य नहीं, वह धर्म नहीं और जो छल से युक्त है, वह सत्य नहीं।

## स्पष्ट/साफ

- झूठे दिलासे से स्पष्ट इनकार बेहतर है। दिल की बात साफ-साफ कह देनी चाहिए, क्योंकि बता देने से सही फैसले होते हैं और न बताने से फासले।
- इनसान चेहरा तो साफ रखता है, जिस पर दुनिया की नजर होती है, पर दिल साफ नहीं रखता, जिस पर खुदा की नजर होती है।
- स्पष्टवादी होना अच्छा है, मिष्टभाषी के मुकाबले।
- सत्य कहो, स्पष्ट कहो, सामने कहो।
- स्पष्ट बोलने वाला एक इंजेक्शन की तरह होता है। इसमें दर्द थोड़ी देर के लिए होता है, लेकिन फायदा जिंदगी भर रहता है।
- क्रूर वो नहीं जिसने नहीं देखा, क्रूर वो है जिसने स्पष्ट देखा, लेकिन आँखें मलते हुए आगे बढ़ गया।

## सपना/स्वप्न/ख्वाब/अरमान/ख्वाहिश/तमन्ना

- एक सपने के टूटकर चकनाचूर हो जाने के बाद दूसरा सपना देखने के हौसले को जिंदगी कहते हैं।
- सपनों के आने के लिए सोना जरूरी है, लेकिन सपनों को पूरा करने के लिए समय पर जागना भी जरूरी है।
- जिन्हें सपने देखना अच्छा लगता है, उन्हें रात छोटी लगती है और जिन्हें सपने पूरे करना अच्छा लगता है, उन्हें दिन छोटा लगता है।
- हमारे सभी सपने सच्चे हो सकते हैं, यदि हमें उन्हें आगे बढ़ाने का साहस है।
- सपनों की कभी तारीख नहीं निकलती। गहरी साँस अर्थात् दृढ़ संकल्प के साथ पुनः प्रयास करें। प्रत्येक क्षण एक नई शुरुआत है।
- सपने वो नहीं होते, जो आप सोने के बाद देखते हैं, सपने वो होते हैं, जो आपको सोने नहीं देते।
- वक्त, ख्वाहिशें और सपने, हाथ में बँधी घड़ी की तरह होते हैं, जिसे हम उतारकर रख भी दें तो भी उनका चलना रुकता नहीं।
- जीवन में सपनों के लिए कभी अपनों से दूर मत होना, क्योंकि अपनों के बिना सपनों का कोई मोल नहीं।

- जो जिंदगी आप अभी जी रहे हैं, कई लोगों के लिए वह अभी भी महज एक सपना है। इसलिए संतुष्ट रहिए।
- अपने सपनों को पूरा करने के लिए अपना रास्ता बदलें, लेकिन सिद्धांत नहीं, जैसाकि वृक्ष अपने पत्ते छोड़ता है, पर जड़ नहीं।
- परमात्मा हर व्यक्ति को सुबह दो रास्ते देते हैं। उठिए और अपने सपने पूरे करने के लिए प्रयास कीजिए। सोते रहिए और अपने मनचाहे सपने देखते रहिए। जिंदगी आपकी, फैसला आपका!
- अरमान सिर्फ उतने ही अच्छे हैं, जिनमें स्वाभिमान गिरवी रखने की जरूरत न पड़े।
- तीन चीजें कभी निश्चित नहीं होतीं—सपने, सफलता और भाग्य।
- पराधीन को सपने में भी सुख नहीं मिलता।

## सफल/सफलता/कामयाब/कामयाबी/काबिल

- कामयाबी का जुनून होना चाहिए, फिर मुश्किलों की क्या औकात है?
- कामयाबी के सफर में धूप बड़ी काम आई, छाँव मिली होती तो कब के सो गए होते।
- समुद्र का जल स्थिर होता है, लेकिन उसका जल खारा होता है। बहती हुई नदी का जल निर्मल होता है। यदि जीवन में सफलता प्राप्त करना चाहते हो तो नदी की भाँति निरंतर आगे बढ़ते रहो।
- सफल होने के लिए व्यवहार में बच्चा, काम में जवान और अनुभव में वृद्ध होना जरूरी है।
- काबिल लोग न तो किसी से दबते हैं और न ही किसी को दबाते हैं जवाब देना तो उन्हें भी खूब आता है, पर कीचड़ में पत्थर कौन मारे, यही सोचकर चुप रह जाते हैं।
- घर के दरवाजे पर घोड़े की नाल लगाने से सफलता नहीं मिलती। सफलता के लिए खुद के दोनों पैरों में घोड़े की नाल लगानी पड़ती है।
- मुश्किलों का सामना आप तभी कर सकते हैं, जब आपके अंदर कामयाबी का जुनून हो।

- जो अवसर को समय पर पकड़ ले, वही सफल होता है।
- सफल इनसान वही है, जिसे टूटे को बनाना और रूठे को मनाना आता है।
- सफल जीवन के चार सूत्र—मेहनत करे तो धन बने, सब्र करे तो काम, मीठा बोले तो पहचान बने और इज्जत करे तो नाम।
- सफलता एक झटके में नहीं मिलती, बल्कि कभी-कभी तो झटके खा-खा कर मिलती है।
- सफलता कभी भी पक्की नहीं होती और असफलता भी कभी अंतिम नहीं होती, इसलिए लगातार प्रयास करते रहिए।
- सफलता का चिराग परिश्रम से जलता है।
- बुरा वक्त एक ऐसी तिजोरी है, जहाँ सफलता के हथियार मिलते हैं।
- सफलता का सबसे बड़ा दुश्मन विफलता का डर है। इसलिए जब डर आपके दरवाजे पर दस्तक देता है तो दरवाजा खोलने के लिए साहस को भेजें और तब आप पाएँगे कि सफलता आपका इंतजार कर रही है।
- सफलता के मोती रास्ते के कंकड़-पत्थर की भाँति नहीं होते, उनके लिए संघर्ष करना पड़ता है।
- आदमी उसी काम में जल्दी सफल होता है, जिसमें उसका जी लगता हो।
- सफलता के रास्ते को एक आलस नाम का राक्षस कभी-कभी निगल लेता है और मुर्दा बनाकर छोड़ देता है।
- सफलता किसी लौ के भभकने से नहीं मिलती, उसके लिए स्वयं को तपाना पड़ता है।
- सफलता हमेशा अच्छे विचारों से आती है और अच्छे विचार खुद से और अच्छे लोगों के संपर्क से आते हैं।
- सफलता वो पैमाना है, जिसे दूसरे तय करते हैं, संतुष्टि वो पैमाना है, जिसे हम तय करते हैं।
- सफलता चलकर नहीं आती, हमें उस तक पहुँचना पड़ता है। ठीक उसी तरह जिस तरह भगवान् ने हर पक्षी के लिए भोजन तो दिया है, पर उसके घोंसले में नहीं।

- दुनिया की हर चीज ठोकर लगने से टूट जाती है, पर एक कामयाबी ही है, जो ठोकर खाकर मिलती है।
- चलते रहने में ही सफलता है, रुका हुआ तो पानी भी बेकार हो जाता है। अच्छी सोच, अच्छी भावना व अच्छा विचार मन को हलका करता है।
- जब अपना दिन शुरू करते हैं, तब अपनी जेब में तीन शब्द रखें—कोशिश, सच और विश्वास। कोशिश : बेहतर भविष्य के लिए, सच : अपने काम के साथ और विश्वास : भगवान् में रखें तो सफलता आपके पैरों पर होगी।
- जीवन में सफल होना है तो पाँच चीजों को कचरे के डिब्बे में डाल दो—लोग क्या कहेंगे; मुझसे नहीं होगा; मेरा मूड नहीं है; मेरी किस्मत खराब है और मेरे पास समय नहीं है।
- जीवन में सफलता दो बातों पर आधारित है—अदृश्य अवसरों को देखकर चुनना और असंभव को संभव करने की प्रतिबद्धता।
- अपने कदमों की काबिलीयत पर विश्वास रख मंजिल पर पहुँचें, टूटे विश्वास को जोड़ लें, निरंतर मकसद पाने के लिए जुटे रहें तो फिर देखेंगे कि सफलता राह पर खड़ी मिलेगी।
- आमतौर पर सफल व्यक्तियों के पीछे दो राज होते हैं—एक तो उनके होंठों पर चुप्पी और दूसरी मुसकराहट। मुसकराहट समस्या को सुलझाने के लिए और चुप्पी समस्या से बचाव के लिए।
- बहुत से लोग तुम्हारी राह में पत्थर ही फेंकेंगे, अब ये तुम्हारे ऊपर निर्भर करता है कि तुम उन पत्थरों से क्या बनाते हो, मुश्किलों की दीवार या कामयाबी का पुल!
- खुद को सफल देखना चाहते हैं तो आज से खुद को सफल मानना शुरू कर दें, क्योंकि सफलता की छाप पहले हमारे दिमाग में बनती है, बाद में सच्चाई बनकर सामने आती है।
- चक्की के दो पाटों में एक स्थिर और दूसरा गतिमान हो, तभी अनाज पिस सकता है। इसी प्रकार मनुष्य में भी दो पाट यानी मन स्थिर और शरीर गतिमान रहे, तभी सफलता संभव है।

- सफल होने के लिए सफल होने की इच्छा, असफलता के भय से अधिक तेज होनी चाहिए।
- अगर आपको सफल होना है तो जरूरी होने पर दूसरों की प्रशंसा करनी चाहिए।
- प्रतिदिन की छोटी-छोटी उपलब्धियों से ही मिलकर सफलता बनती है।
- सफलता के रास्ते में कठिनाइयों का आना स्वाभाविक है।

## सब्र/संतोष/संतुष्ट/संतुष्टि/तृप्ति

- 'सब्र' और 'सच्चाई' एक ऐसी सवारी है, जो अपने सवार को कभी गिरने नहीं देती, न किसी के कदमों में और न किसी की नजरों में।
- धैर्य संतोष की कुंजी है।
- वही धनवान है, जिसको संतोष है।
- खुशी थोड़े समय के लिए खुशी देती है, लेकिन सब्र हमेशा के लिए खुशी देता है।
- कम-से-कम चीजों में संतोष करनेवाला व्यक्ति ही अंततः सबसे बड़ा धनवान है।
- कोई जाने या न जाने, भगवान् जानता है कि आपने किस चीज के लिए सब्र किया है; और यकीन मानिए कि आपके हर सब्र की कीमत अदा होगी, पर उस पर विश्वास रखिए।
- मन की संतुष्टि के लिए अच्छे काम करते रहना चाहिए, लोग चाहें तारीफ करें या न करें, कमियाँ तो लोग भगवान् में भी तलाशते रहते हैं।
- संतोष को कभी नहीं छोड़ना चाहिए। इस मंत्र से कठिन-से-कठिन समय में भी मन विचलित नहीं होता।
- भिक्षा पात्र को किसी भी वस्तु से भरा जा सकता है, परंतु इच्छा पात्र को केवल संतुष्टि से ही भरा जा सकता है।
- सिर्फ संतोष ढूँढ़िए, आवश्यकताएँ तो कभी समाप्त नहीं होंगी।
- संतोष ही सबसे बड़ा धन है। जिसके पास संतोष है, वह स्वस्थ है, सुखी है और वही सबसे बड़ा धनवान है।

- संतुष्ट जीवन, सफल जीवन से सदैव श्रेष्ठ होता है, क्योंकि सफलता सदैव दूसरों द्वारा आकलित होती है, जबकि संतुष्टि स्वयं के मस्तिष्क द्वारा।
- सब्र कर बंदे, मुसीबत के दिन भी गुजर जाएँगे, हँसी उड़ानेवालों के चेहरे भी उतर जाएँगे।
- सब्र और सहनशीलता कोई कमजोरियाँ नहीं होतीं, ये तो अंदरूनी ताकत हैं, जो सबमें नहीं होती।
- सुख पाने के लिए हम इच्छाओं की कतार लगाएँ या आशाओं के अंबार, परंतु सुख का ताला केवल और केवल संतुष्टि की चाबी से ही खुलता है।
- वक्त का काम तो गुजर जाना ही है, बुरा हो तो सब्र करो और अच्छा है तो शुरू करो।
- संतोष यद्यपि कड़वा वृक्ष है, तथापि इसका फल बड़ा ही मधुर और हितकर है।
- जैसे हरा चश्मा लगाने से सभी वस्तुएँ हरी-हरी दिखती हैं, उसी प्रकार संतोष धारण करने पर संसार आनंद रूप में दिखाई पड़ता है।
- गुस्सा अकेला आता है, मगर हमसे सारी अच्छाई ले जाता है, सब्र भी अकेला आता है, मगर हमें सारी अच्छाई दे जाता है।
- सब्र जिंदगी के मकसद का दरवाजा खोलता है, क्योंकि सिवाय सब्र के उस दरवाजे की कोई और चाबी नहीं है।

## समझ/समझदारी

- इनसान तब समझदार नहीं होता, जब वह बड़ी-बड़ी बातें करता है, बल्कि वह तब समझदार होता है, जब वह छोटी-छोटी बातें समझने लगता है।
- जिंदगी में जितनी समझ बढ़ती है, उतना ही अज्ञान नष्ट होता है।
- जिंदगी बदलने के लिए लड़ना पड़ता है और आसान बनाने के लिए समझना पड़ता है।
- समय और समझ दोनों एक साथ खुशकिस्मत लोगों को ही मिलते हैं, क्योंकि अकसर समय पर समझ नहीं आती, और जब समझ आती है तो समय हाथ से निकल जाता है।
- समझ है तो समाज है, अन्यथा कुछ नहीं।

- समझदार एक मैं हूँ, बाकी सब नादान, बस इसी भ्रम में घूम रहा आजकल हर इनसान।
- समझदार इनसान से की गई कुछ मिनट की बातें हजारों किताबें पढ़ने से बेहतर होती हैं।
- समझदार व्यक्ति खुद गलतियाँ नहीं करता, बल्कि दूसरों की गलतियों से जीवन की सच्चाई परख लिया करता है।
- समझदारी एक कला है, जिसे हरेक नहीं समझ सकता और न ही हरेक कलाकार हो सकता है।
- समझदारी ज्ञान से ज्यादा गहरी है। बहुत से लोग इस बात को जानते हैं, लेकिन बहुत कम हैं, जो इस बात को समझते हैं।
- जब दूसरों को समझाना मुश्किल हो जाए और वो आपकी बात समझते हुए भी नासमझ बन जाएँ तो वहाँ खुद को समझा लेना ही बेहतर होता है।
- जो समझाए भी और समझे भी, वो ही दिल के करीब होता है।
- बहुत फर्क होता है किसी को जानने और समझने में। जानता वो है, जो साथ होता है और समझता वो है, जो पास होता है।
- वक्त और समझ एक साथ खुशकिस्मत लोगों को मिलती है, क्योंकि अकसर वक्त पर समझ नहीं होती और समझ आने तक वक्त नहीं रहता।
- जो खाने–पहनने को देता है, वह यदि दो–एक कड़वी बात भी कह दे तो उसे भी खाने–पहनने में शामिल समझ लेना चाहिए।
- समझनी है जिंदगी तो पीछे देखो, जीनी है जिंदगी तो आगे देखो।
- चूहा पिंजरे में इसलिए फँसता है कि वो समझ नहीं पाता कि पिंजरे में रखा रोटी का टुकड़ा उसे बेवजह क्यों दिया जा रहा है?
- किसी को समझ पाओ तो एक पल ही काफी है और ना समझो तो पूरी जिंदगी भी कम पड़ जाती है।
- जो नासमझ है, उसको समझा सकते हैं, जो समझना चाहता है, उसे समझाने की कोशिश की जा सकती है और जो समझना नहीं चाहता, उसे समझाना बहुत मुश्किल है।

- सही वक्त पर सही बात समझाने वाला और गलत वक्त पर सही बात समझाने वाला बहुत मुश्किल से मिलता है।
- कुछ बातें तब तक समझ में नहीं आतीं, जब तक खुद पर न गुजरें।

## समझौता/सुलह

- याद रखिए, सबसे बड़ा अपराध, अन्याय सहना और गलत के साथ समझौता करना है।
- समझौता इस दुनिया की सबसे बड़ी सच्चाई है।
- शादी के बाद हर कोई खुश हो, यह जरूरी नहीं, कुछ बंधन समझौते जैसे होते हैं।
- एक छोटा सा समझौता एक मुकदमे से कहीं बेहतर है।
- लड़ाई-झगड़ा कर लेना, लेकिन बोलचाल बंद मत करना, क्योंकि बोलचाल के बंद होते ही सुलह के सारे रास्ते बंद हो जाते हैं।
- समझौता करते हैं समझदार, नासमझ हारकर बैठ जाते हैं।
- दोबारा गरम हुई चाय और समझौता किया हुआ रिश्ता दोनों में पहले जैसा स्वाद नहीं होता।
- जीवन में कभी समझौता करना पड़े तो कोई बात नहीं, क्योंकि वही झुकता है, जिसमें जान होती है, अकड़ तो मुर्दे की पहचान होती है।
- ज्यादा कुछ नहीं बदलता उम्र के साथ, बस बचपन की जिद समझौतों में बदल जाती है।
- कितना अजीब है मन? जब हम गलत होते हैं तो समझौता चाहते हैं, परंतु जब दूसरा गलत होता है, तब हम न्याय चाहते हैं।

## सम्मान/मान/इज्जत/आदर

- आदर में वह संतोष है, जो धन और भोग-विलास में नहीं।
- यह संपूर्ण जगत् एक ही संयोग का विस्तार है। इस सृष्टि का प्रत्येक प्राणी समान रूप से आदरणीय व श्रेष्ठ है।
- महान् पुरुष को अपना सम्मान जीवन से भी कहीं अधिक मूल्यवान् होता है।

- किसी को प्रेम देना सबसे बड़ा उपहार है और किसी का प्रेम पाना सबसे बड़ा सम्मान है।
- हम चाहे किसी से सहमत न हों, लेकिन यह महत्त्वपूर्ण है कि हम एक-दूसरे का सम्मान जरूर करें।
- सम्मान एक ऐसा निवेश है, जिसे हम जितना ही दूसरों को देते हैं, वह उतना ही हमें ब्याज सहित वापस मिलता है।
- सम्मान हमेशा समय का होता है, लेकिन आदमी उसे अपना समझ लेता है।
- सम्मान भी उधार की तरह हो गया है, साहेब! लोग ले तो लेते हैं, मगर देना भूल जाते हैं।
- वक्त, विश्वास और इज्जत ऐसे परिंदे हैं, जो उड़ जाएँ तो वापस नहीं आते।
- नम्रता से बात करना, हरेक का आदर करना, शुक्रिया अदा करना और यदि आवश्यक हो तो माफी भी माँग लेना—ये गुण जिसके पास हैं, वो सदा सबके करीब और सबके लिए खास है।
- आमतौर पर कुछ इकट्ठा भी उन्हीं के पास होता है, जो बाँटना जानते हैं, फिर चाहे भोजन हो या सम्मान।
- आदर ऐसी कोई वस्तु नहीं है, जो क्रय की जा सके अथवा चुराई जा सके।
- लोगों का आदर केवल उनकी संपत्ति के कारण नहीं करना चाहिए, बल्कि उनकी उदारता के कारण करना चाहिए।
- जिसकी अपने घर मे इज्जत नहीं, उसकी बाहर भी इज्जत नहीं होती।

## समय/काल/वक्त

- वक्त सभी को मिलता है जिंदगी बदलने के लिए, पर जिंदगी दोबारा नहीं मिलती वक्त बदलने के लिए।
- मिले हुए समय को ही अच्छा बनाओ, अगर अच्छे समय की राह देखोगे तो पूरा जीवन कम पड़ जाएगा।
- ऐ मेरे अच्छे वक्त, तू भी जरा धीरे-धीरे चल, हमने बुरे वक्त को बहुत धीरे से गुजरते देखा है।

- ये वक्त है साहब, बदलता जरूर है, इनसान की अच्छाइयों पर सब खामोश रहते हैं, चर्चा अगर उसकी बुराई पर हो तो गूँगे भी बोल पड़ते हैं।
- बादशाह तो समय होता है, इनसान तो बस यूँ ही घमंड करता है।
- बुरा समय जीवन के उन सत्यों से सामना करवाता है, जिनकी आपने अच्छे समय में कभी कल्पना भी नहीं की होती।
- बुरा वक्त रुलाता बहुत है, लेकिन बहुत-कुछ सिखाकर भी जाता है।
- बुरा वक्त सबसे बड़ा जादूगर है, क्योंकि यह एक ही पल में सारे चाहनेवालों के चेहरे से नकाब हटा देता है।
- बुरे समय में दिलासा देनेवाला कोई अजनबी भी हो, वो दिल में उतर जाता है और बुरे समय में किनारा कर लेनेवाला कोई अपना ही क्यों न हो, दिल से उतर जाता है।
- मेरे अच्छे वक्त ने दुनिया को बताया कि मैं कैसा हूँ, और मेरे बुरे वक्त ने मुझे बताया है कि दुनिया कैसी है।
- जो व्यक्ति अपने समय का दुरुपयोग करता है, वह अकसर बाद में पछताता है।
- विपत्तियाँ कभी समय लेकर नहीं आतीं।
- जिंदगी को आसान नहीं, बस खुद को मजबूत बनाना पड़ता है, सही समय कभी नहीं आता, बस समय को सही बनाना पड़ता है।
- प्रकृति से सीखें—वक्त से चलना, समयानुसार बदलना और मौसम में ढलना।
- समय-प्रबंधन की कुशलता—परेशानी के समय ईमानदार, धनी होने पर सादगी, अधिकारी होने पर नम्रता और गुस्से आने पर शांत।
- समय बदलने पर लोगों की आँखें बदल जाती हैं।
- समय पर वही सवारी कर सकता है, जो समय की लगाम पकड़े रहे।
- समय का उचित उपयोग समय को बचाना है।
- समय को कितना भी समेट लो, हाथों से फिसलता जरूर है।
- समय सिर्फ आपको उस व्यक्ति से मिलाने का काम करता है, जो नियति द्वारा निश्चित है, संबंधों में नजदीकियाँ और दूरियाँ बढ़ाने का काम व्यक्ति स्वयं करता है।

- समय जिसका साथ देता है, वो बड़ों-बड़ों को मात देता है, अमीर के घर में बैठा कौआ भी सबको मोर लगता है और गरीब का भूखा बच्चा भी सबको चोर लगता है।
- समय सब घावों का मरहम है।
- समय सत्य का पथ-प्रदर्शक है।
- समय जब निर्णय करता है, तब गवाहों की जरूरत नहीं होती।
- समय और जिंदगी दुनिया के सर्वश्रेष्ठ शिक्षक हैं, जिंदगी समय का सदुपयोग सिखाती है और समय हमें जिंदगी की कीमत सिखाता है।
- दुनिया का सबसे अच्छा तोहफा वक्त है, क्योंकि जब आप किसी को अपना वक्त देते हैं तो आप उसे अपनी जिंदगी का वह पल देते हैं, जो कभी लौटकर नहीं आता।
- वक्त बदलता है, रक्त नहीं।
- वक्त का पासा कभी भी पलट सकता है, इसलिए वही सितम कीजिए, जो आप सह सकते हैं।
- वक्त के भी अजीब किस्से हैं, किसी का कटता नहीं और किसी के पास होता नहीं।
- तजुरबा कहता है—बुरा हो वक्त तो सब आजमाने लगते हैं, बड़ों को भी छोटे आँखें दिखाने लगते हैं, कभी जाकर देखना नए अमीरों के घर पर, हर एक छोटी सी चीज की कीमत बताने लगते हैं।
- वक्त के साथ बदलने का हुनर तो हर कोई रखता है, मजा तो तब है, जब वक्त बदल जाए, पर इनसान न बदले।
- वक्त सबसे बड़ा उत्तर है, माफी सबसे बड़ी दर्दनिवारक दवाई है और भगवान् सबसे बड़ी आरोग्यशाला है।
- वक्त से ज्यादा जिंदगी में अपना या पराया नहीं होता वक्त अपना होता है तो सब अपने होते हैं और वक्त पराया हो तो अपने भी पराए हो जाते हैं।
- वक्त दिखाई नहीं देता है, पर बहुत-कुछ दिखा देता है।
- वक्त हर वक्त को बदल देता है, सिर्फ वक्त को थोड़ा वक्त दो।

- वक्त वो तराजू है, जो बुरे वक्त में अपनों का वजन बता देता है।
- वक्त और हालात सदा बदलते रहते हैं, लेकिन अच्छे रिश्ते और सच्चे दोस्त कभी नहीं बदलते।
- वक्त को नष्ट मत करो, क्योंकि जीवन इसी से बना है।
- जरा सा वक्त क्या खराब हुआ, अपनों ने पहचानना छोड़ दिया।
- जैसा भी हो, वक्त बदलता जरूर है, इसलिए अच्छे वक्त में कोई ऐसी गलती न करें, जिससे बुरे वक्त में अच्छे लोग आपका साथ छोड़ दें।
- जज्बा रखिए मन में हरदम जीतने का, क्योंकि किस्मत बदले न बदले, पर जिंदगी में सबका वक्त जरूर बदलता है।
- अच्छा वक्त उसी का होता है, जो किसी का बुरा नहीं सोचता है।
- अगर हम समय को नष्ट करेंगे तो एक दिन समय हमें नष्ट करेगा।
- लोग बहुत अच्छे होते हैं, अगर हमारा वक्त अच्छा हो तो।
- समय पर किया हुआ थोड़ा सा कार्य भी उपकारी होता है।
- वक्त को बरबाद न करो, क्योंकि जिंदगी इसी से बनी है।
- बीता हुआ समय और कहे हुए शब्द कभी वापस नहीं आते।
- पुरानी चाबियाँ नए दरवाजों के ताले नहीं खोल पाती, इसलिए स्वयं को समय के अनुकूल बनाएँ।
- चाहकर भी वक्त बरबाद न करो, वक्त भी अपनी बारी आने पर आपको बरबाद करने की ताकत रखता है।

## समाज

- महिलाएँ समाज के निर्माण का आधार हैं।
- मनुष्य को अपनी शक्ति का प्रयोग समाज के हित में करना चाहिए। यदि वह इसके विपरीत करता है तो वह समाज का ही नहीं, मानव जाति का भी शत्रु है।
- किसी ने पूछा, 'समाज को आगे बढ़ाने के लिए क्या करना चाहिए?' किसी विद्वान् ने जवाब दिया, 'धक्का देने के बदले हाथ खींचो।'
- विद्वान् होने का तात्पर्य केवल यह नहीं कि खुद को समझो, बल्कि यथासंभव

समाज को समझो और समझाओ भी।

- संस्कारों के द्वारा मनुष्य अपनी सहज प्रवृत्तियों का विकास करके अपना और समाज का कल्याण करता है।
- सबसे अधिक सुखी समाज वह है, जिसमें प्रत्येक व्यक्ति परस्पर हार्दिक सम्मान की भावना रखता है।
- समाज तो भय के बल पर चलता है और उससे डरते रहना चाहिए।
- समाजवाद के सिद्धांत के अनुसार राजा और किसान, धनी और गरीबी, मालिक और नौकर, सब समान स्तर के हैं।
- जिस समाज में गरीबों के लिए स्थान न हो, वह उस घर की तरह है, जिसकी नींव न हो।
- अगर हममें शक्कर का गुण है तो हम समाज में ऐसे विलीन हो जाएँगे, जैसे समुद्र में नदी या सिंधु में बिंदु। सिंधु में विलीन होने पर बिंदु स्वयं ही सिंधु हो जाता है, बिंदु नहीं रहता।

## सरल/आसान

- यकीन और उम्मीद लक्ष्य को आसान नहीं, बल्कि संभव बनाते हैं।
- संबंधों की चार सीढ़ियाँ हैं—देखना, अच्छा लगना, चाहना व पाना बहुत सरल है, लेकिन पाँचवीं सीढ़ी यानी निभाना बहुत कठिन है।
- सरल व्यक्ति के साथ किया गया छल आपकी बरबादी के सभी द्वार खोल देता है, चाहे आप कितने भी बड़े शतरंज के खिलाड़ी क्यों न हों!
- जब उत्साहित होते हैं तो सबकुछ आसान है और जब सुस्त पड़ जाते हैं तो कुछ आसान नहीं होता।
- उदाहरण देना आसान है, लेकिन खुद उदाहरण बनना मुश्किल।
- आसान है जीवन में सरल रहना, पर आदमी कठिन होने को ही सरल मानता है।
- सरल हृदय मनुष्य मोम की भाँति जितना जल्दी कठोर हो जाता है, उतना ही जल्दी पसीज भी जाता है।
- जिस चीच की हमें जरूरत होती है, वह कठिन होती है, लेकिन जब पूरा प्रयास करके हासिल करते हैं तो वह आसान हो जाती है।

## सलाह/परामर्श/राय

- इस दुनिया में सफल होने का सबसे अच्छा तरीका है कि उस सलाह पर काम करना, जो आप दूसरों को देना चाहते हो।
- कोई भी माता-पिता, भाई-बंधु, गुरुजन और मित्र केवल अच्छी या नेक सलाह और परामर्श दे सकते हैं, लेकिन हमारा चरित्र कैसा होगा, यह हमारी खुद की सोच से बनता है।
- मैं तुम्हें इसलिए सलाह नहीं दे रहा, क्योंकि मैं तुमसे ज्यादा समझदार हूँ, बल्कि इसलिए दे रहा हूँ कि मैंने तुमसे ज्यादा गलतियाँ की हैं।
- हम अपने जीवन में जरूर सफल होंगे, यदि वो सलाह खुद मानें, जो दूसरों को देते हैं।
- परेशानी में कोई सलाह माँगे तो सलाह के साथ अपना साथ भी देना, क्योंकि सलाह गलत हो सकती है, पर साथ नहीं।
- दुनिया में सबसे सस्ती चीज है सलाह, एक माँगोगे, हजारों मिलेंगी, और सबसे महँगा है सहयोग, हजारों से माँगोगे, तब कहीं जाकर किसी से मिलेगा।
- दूसरों की तो सलाह ही होती है, लेकिन फैसले खुद ही लेने पड़ते हैं।
- इनसान जितनी सहजता से सलाह देता है, उतनी सहजता से कुछ और नहीं देता।
- वक्त आपका है, चाहे तो सोना बना लो और चाहे तो सोने में गुजार दो, दुनिया आपके उदाहरण से बदलेगी, आपकी राय से नहीं, घड़ी सुधारनेवाले मिल जाते हैं, लेकिन समय खुद सुधारना पड़ता है।
- अकेले ही लड़नी पड़ती है जिंदगी की जंग, सलाह देनेवाले बहुत हैं, साथ देनेवाला कोई नहीं।

## स्वार्थ/स्वार्थी/खुदगर्जी/मतलब/मतलबी

- स्वार्थवश मनुष्य अपने दोषों को नहीं देखता।
- सच्चा काम अहंकार और स्वार्थ को छोड़े बिना नहीं होता।
- सभी को साथ रखो, लेकिन साथ में कभी स्वार्थ मत रखो।
- स्वार्थ में मनुष्य बावला हो जाता है।
- गरज के बावले मनुष्य देखकर भी अनदेखी कर जाते हैं।

- अगर जीवन में कभी मौका मिले तो सारथी बनने का प्रयास करना, स्वार्थी नहीं।
- ढूँढ़ना हो तो परवाह करनेवाले ढूँढ़िए। इस्तेमाल करनेवाले तो खुद आपको ढूँढ़ लेंगे।
- इनसान बहुत स्वार्थी है, पसंद करे तो बुराई नहीं देखता, नफरत करे तो अच्छाई नहीं देखता।
- कई बार तारीफ के पुल के नीचे मतलब की नदी बहती है।
- कुछ लोग सच्चे सारथी होते हैं और कुछ लोग छुपे स्वार्थी होते हैं।
- अहसान-फरामोश और मतलबी लोगों की दिल में कोई जगह नहीं होनी चाहिए।
- मतलब की बात सब समझते हैं, पर बात का मतलब कोई नहीं समझता।
- मतलबी लोगों के साथ रहने में थोड़ी तकलीफ जरूर होती है, पर दुनिया के दर्शन उनके अंदर से ही होते हैं।
- साँप से भी खतरनाक हो गया है आजकल का इनसान, साँप अपनी सुरक्षा के लिए डँसता है और इनसान अपने मतलब के लिए।
- अपने मतलब के अलावा कौन किसको पूछता है, पेड़ जब सुख जाए तो परिंदे भी बसेरा नहीं करते।
- जिस पर भरोसा होता है, जब वही धोखा देने लगता है तो पूरी दुनिया मतलबी लगने लगती है।
- अच्छा इनसान मतलबी नहीं होता और देर-सवेर उन लोगों से दूर हो जाता है, जो उसकी कद्र नहीं करते।
- जहाँ मतलब होता है, वहाँ दोस्ती कहाँ होती है।
- मतलब की बातें सब करते हैं, इसलिए बेमतलब की बातें भी करते रहना चाहिए।
- स्वार्थ में अच्छाइयाँ ऐसे खो जाती हैं, जैसे समुद्र में नदियाँ।
- कभी-कभी समय के फेर से मित्र दुश्मन बन जाता है और दुश्मन भी मित्र हो सकता है, क्योंकि स्वार्थ बड़ा बलवान होता है।
- साथ के लिए स्वार्थ छोड़ दीजिए, पर स्वार्थ के लिए साथ कभी मत छोड़िए।
- हालाँकि हम ज्यादातर मतलबी होते हैं, फिर भी बेमतलब की बातें बहुत बार कर जाते हैं।

## स्वाभिमान/स्वाभिमानी/आत्मसम्मान/गर्व/गौरव

- आत्मसम्मान समस्त गुणों की आधारशिला है।
- स्वाभिमान कभी मरता नहीं और अभिमान अधिक समय तक जीवित रहता नहीं।
- स्वाभिमान से बड़ा कोई गहना नहीं होता है और यह गहना हर किसी से नहीं पहना जाता है।
- मान, देश और मित्र—इनकी प्रतिष्ठा आपकी अपनी इज्जत है। यदि आपमें स्वाभिमान है तो आपको इन तीनों की रक्षा अपनी संपूर्ण शक्ति से करनी चाहिए।
- हम इतने अमीर तो नहीं कि सबकुछ खरीद लें, पर इतने गरीब भी नहीं हुए कि खुद का स्वाभिमान ही बेच दें।
- स्वाभिमानी की मृत्यु के लिए तिरस्कार ही काफी है।
- स्वाभिमानी व्यक्ति सबके सामने हँस तो सकता है, पर रो नहीं सकता।
- स्वाभिमानी और पवित्र हृदय वाला व्यक्ति निर्धन होने पर भी श्रेष्ठ गिना जाता है।
- सुख-भोग की लालसा आत्मसम्मान का सर्वनाश कर देती है।
- अभिमान किसी को ऊपर उठने नहीं देता और स्वाभिमान किसी को नीचे झुकने नहीं देता।
- अरमान उतने ही अच्छे जहाँ स्वाभिमान बेचने की जरूरत न पड़े।
- आत्मसम्मान आत्मनिर्भरता से आता है।
- आत्मसम्मान कोई समान नहीं है जो दुकानों पर मिल जाए, इसे कमाना पड़ता है।

## स्वस्थ/स्वास्थ्य/सेहत

- स्वास्थ्य सबसे बड़ी दौलत है, संतोष सबसे बड़ा खजाना है, आत्मविश्वास सबसे बड़ा मित्र और विश्वास सबसे अच्छा संबंध है।
- आपका बेहतरीन साथी आपकी सेहत है। यदि उसका साथ छूट गया तो वह हर रिश्ते के लिए बोझ बन जाता है।
- शीघ्र सोनेवाला और प्रातः जल्दी उठनेवाला व्यक्ति आरोग्यवान, भाग्यवान, बुद्धिमान और ज्ञानवान होता है।

- जो स्वस्थ है, उसके पास आशा है और जिसके पास आशा है, उसके पास सबकुछ है।
- स्वास्थ्य सबसे बड़ी दौलत है, जिसका अहसास हमें तब होता है, जब हम उसे खो देते हैं।
- हर मनुष्य अपने स्वास्थ्य का खुद ही लेखक होता है।
- समय, मित्र, स्वास्थ्य और संबंध को पैसे से न तोलें, क्योंकि उनके खोने पर ही कीमत का पता चलेगा।
- स्वास्थ्य रूपी घर को स्थिर रखने के लिए उसके तीन पाए—आहार, निद्रा और ब्रह्मचर्य को ठीक रखना चाहिए।
- स्वास्थ्य सबसे बड़ा उपहार है, संतुष्टि सबसे बड़ी संपत्ति, मुसकराहट सबसे बड़ी ताकत और वफादारी सबसे अच्छा रिश्ता है।
- सुख का मुख्य सिद्धांत स्वास्थ्य है और स्वास्थ्य का मुख्य सिद्धांत व्यायाम है।
- उनका हाल पूछो, जिनकी तबीयत खराब है और उनसे दूर रहिए, जिनकी नीयत खराब है।
- हम बीमारी में जिस लकड़ी के सहारे डोलते हैं, नीरोग हो जाने पर उसे छूते तक नहीं।

## स्वीकार/अंगीकार/मानना

- जिस परिस्थिति में मन स्वीकार ले, सिर्फ वही असली सुख है।
- एक बेहतरीन जिंदगी जीने के लिए यह स्वीकार करना जरूरी है कि 'सबकुछ' किसी को नहीं मिल सकता।
- सुख और दुःख में कोई ज्यादा भेद नहीं, जिसे मन स्वीकारे, वह सुख और जिसे अस्वीकारे, वह दुःख। सारा खेल हमारी स्वीकृति और अस्वीकृति का ही तो है।
- संघर्ष प्रकृति का आमंत्रण है। जो स्वीकार करता है, वही आगे बढ़ता है।
- गलतियाँ जीवन का हिस्सा हैं, पर इन्हें स्वीकार करने का साहस बहुत कम लोगों में होता है।
- गलती आपकी हो या मेरी, रिश्ता तो हमारा है, स्वीकार करें और बरदाश्त करें।

- असफलता एक चुनौती है, इसे स्वीकार करो। क्या कमी रह गई, उसे देखो और सुधार करो।

## सहन/सहनशील/सहनशीलता/सहनशक्ति

- ऐसा नहीं है कि दुःख बढ़ गए हैं, बल्कि सच्चाई यह है कि सहनशीलता कम हो गई है, जिसको सहना आ गया, उसको रहना आ गया।
- कठिनाइयों और हानि को सहने के पश्चात् मनुष्य विनम्र और बुद्धिमान हो जाता है।
- वो इनसान कभी नहीं हार सकता, जो बरदाश्त करना जानता हो।
- कुछ सहन करना सीखना चाहिए, क्योंकि हमारी भी ऐसी बहुत सी कमियाँ हैं, जिन्हें जाने-अनजाने में दूसरे भी सहन करते हैं।
- किसी भी व्यक्ति की सहनशीलता एक खींची हुई रबड़ की तरह होती है, एक सीमा से अधिक खींच जाने पर उसका टूटना तय है।
- किसी अच्छे इनसान से कोई गलती हो तो सहन कर लो, क्योंकि मोती अगर कचरे में भी गिर जाए तो भी कीमती रहता है।
- जिसमें नुकसान सहने की ताकत हो, वही मुनाफा कमा सकता है, फिर वह चाहे कारोबार हो या रिश्ता।
- यदि तुममें सहनशक्ति है तो तुममें किसी भी बात की कमी नहीं।
- जरूरी नहीं कि हमेशा बुरे कर्मों की वजह से ही दर्द सहने को मिलें, कई बार अच्छे होने की भी कीमत चुकानी पड़ती है।
- जब दर्द और कड़वी बोली दोनों सहन होने लगें, तो समझ लेना जीना आ गया।
- अपने खिलाफ बातें खामोशी से सुन लीजिए। यकीन मानिए, वक्त बेहतरीन जवाब देगा। सब्र और सहनशीलता कोई कमजोरियाँ नहीं होतीं, ये तो अंदरूनी ताकत है, जो सबमें नहीं होती।

## सहयोग/असहयोग

- सहयोग बहुत महँगी चीज है, हर किसी से इसकी उम्मीद न रखें, क्योंकि बहुत कम लोग ही दिल के अमीर होते हैं।
- सबसे बड़ा योग—एक-दूसरे के सुख-दुःख में सहयोग।

- दूसरों को सहयोग देकर हम उन्हें अपना सहयोगी बना लेते हैं।
- अकेला इनसान सिर्फ कुछ कर सकता है, लेकिन बहुत से इनसान सबकुछ कर सकते हैं।
- समाज एक ऐसा बाजार है, जहाँ सलाह थोक में और सहयोग ब्याज पर उपलब्ध है।
- जो लोग आपके बुरे दिनों में आपका साथ देते हैं और सहयोग करते हैं, उन्हीं लोगों को हक है कि अच्छे दिनों में आपकी खुशियों में भागीदार और साथी बन सकें।
- योग करें या न करें, पर जरूरत पड़ने पर एक-दूसरे के साथ सहयोग जरूर करें।
- प्रतिभाएँ विलक्षण हो सकती हैं, यदि संसार उनके विस्तार में तनिक भी सहयोग कर पाए, अन्यथा विलक्षणता प्राप्त करते-करते, उनका अधिकांश अमूल्य समय कहीं खो जाता है।
- असहयोग में तो इतनी ताकत है कि वह छोटी-से-छोटी इकाई परिवार को भंग कर देती है, फिर बड़ी इकाइयाँ, जिनमें असंख्य छोटी-छोटी इकाइयाँ मौजूद होती हैं, वे कैसे टिक सकती हैं?
- आप अपने आपको सौभाग्यशाली मानें, जब आपको किसी का सहयोग करने का मौका मिले। उस समय कभी यह न देखें कि आपकी कौन मदद कर रहा है? हमेशा इस बात का ध्यान करें कि आप किसकी मदद कर रहे हैं?

## सहायता/मदद/इमदाद

- वो हाथ ज्यादा मजबूत और पवित्र होते हैं, जो प्रार्थना की बजाय मदद के लिए ज्यादा उठते हैं।
- धर्म यह है कि प्राणी को प्राणी के साथ सहानुभूति हो, एक-दूसरे को अच्छी अवस्था में देखकर प्रसन्न हों और गिरी हुई अवस्था में सहायता दें।
- ईश्वर उनकी सहायता करते हैं, जो अपनी सहायता स्वयं करते हैं।
- महान् सेवा यह है कि हम किसी जरूरतमंद की इस तरह मदद करें कि बाद में वह अपनी मदद कर सके।
- मदद करने के लिए केवल धन की जरूरत नहीं होती, बल्कि उसके लिए एक

अच्छे मन की भी जरूरत होती है।

- मदद जीवन की एक ऐसी घटना होती है, यदि आप करते हैं तो लोग बड़ी जल्दी भूल जाते हैं और यदि नहीं करते हैं तो वे बहुत लंबे समय तक ये बात याद रखते हैं।
- मुसकान और मदद—ये दो ऐसे इत्र हैं, जितना अधिक आप दूसरों पर छिड़केंगे, उतने ही सुगंधित आप स्वयं होंगे।
- किसी की मदद करते वक्त उसकी नजरों को मत देखना, क्योंकि उसकी झुकी नजरें आपके मन में अहंकार पैदा कर सकती हैं।
- किसी की गलती पर उँगली बहुत जल्दी उठती है, लेकिन मदद के लिए हाथ उतनी जल्दी नहीं उठते।
- हमारे जीवन का बुनियादी मकसद दूसरों की मदद करना है। अगर हम उनकी मदद न कर सकें तो कम-से-कम उनको दु:ख न पहुँचाएँ।
- हमें बुरा इस बात का नहीं लगता, जब कई हमारी मदद नहीं करता। बुरा तब लगता है, जब हमें उस व्यक्ति की सबसे ज्यादा जरूरत होती है और तब वह हमारा साथ छोड़ जाता है।
- भगवान् कहते हैं कि जिसे मेरी सेवा करनी है, वह पीड़ितों की मदद करे।
- सहायता बहुत कीमती उपहार है। हरेक से उसकी उम्मीद न करें, क्योंकि बहुत कम लोग ह्रदय से अमीर होते हैं और बचे हुए केवल बातों के धनी।
- सामजिक जीवन में सबसे अच्छा व्यायाम यही है कि हम झुककर किसी की मदद करें।
- दूसरों की मदद करते हुए यदि दिल में खुशी हो तो यही सेवा है, बाकी सब दिखावा है।
- दूसरों की मदद करना अपने आपकी मददगारी है।
- जीवन में हम असली सफलता तभी हासिल कर सकते हैं, जब हम दूसरों की सफलता में मदद करते हैं।
- जीवन में आवश्यकता के अनुसार मन-कर्म-वचन से दूसरों की सहायता करनी चाहिए।

- जो हमसे कुश्ती लड़ता है, हमारे अंगों को मजबूत करता है, हमारे गुणों को तेज करता है; यहाँ हमारा विरोधी हमारी मदद करता है।
- जो लोग दूसरों की मदद के लिए तैयार रहते हैं, ईश्वर उनकी मदद करते हैं और वे लोग कभी निराश नहीं होते।

## सिद्धांत/उसूल

- ऐसे सिद्धांत न अपनाएँ, जो झूठी शान के चोले से लिपटे हों और खुद को कदम-कदम पर घायल और कमजोर करते हों।
- शतरंज का एक उसूल सबक लायक है, जिसमें चाल कोई भी चले, पर अपने अपनों को नहीं मारते।
- किनारा न मिले तो कोई बात नहीं, दूसरों को डुबोकर मुझे तैरना नहीं है।
- सिद्धांत हमारे कद, पद और जद के मुताबिक हों तो सफलता हमारे काफी करीब होती है।
- जिंदगी को खुलकर जीने के लिए एक छोटा सा उसूल बनाओ और रोज कुछ अच्छा याद रखो और पुराना भूल जाओ।
- सिद्धांत मनुष्य के लिए हैं, मनुष्य सिद्धांतों के लिए नहीं है।
- वह सिद्धांत कभी अच्छा नहीं होता, जो आपके अस्तित्व पर सवाल खड़ा करे।
- वीरता सिद्धांत 'करो या मरो' कहता है, व्यावहारिक सिद्धांत कहता है 'मरने से पहले करो' और विजेता सिद्धांत कहता है 'करने से पहले मत मरो'।
- लोगों के काम आते रहिए, क्योंकि कुदरत का एक उसूल है, जिस कुएँ से लोग पानी पीते रहते हैं, वो कभी सूखता नहीं।

## सीख/सीखना/सिखा/नसीहत/उपदेश/सबक

- हरेक की सुनो, हरेक से सीखो, क्योंकि हरेक सबकुछ नहीं जानता, लेकिन हरेक कुछ-न-कुछ जानता है।
- भूखा पेट, खाली जेब और झूठा प्रेम इनसान को जीवन में बहुत-कुछ सिखा जाता है।
- जिंदगी में जोखिम लेने से कभी मत डरो। उससे या तो जीत मिलेगी और हार गए तो सीख मिलेगी।

- सीमेंट से भी एक सीख मिलती है, जोड़ने के लिए नरम होना जरूरी है और जोड़े रखने के लिए सख्त होना जरूरी है।
- दुनिया वो किताब है, जो कभी नहीं पढ़ी जा सकती, लेकिन जमाना वो अध्यापक है, जो सबकुछ सिखा देता है।
- अच्छी नसीहत मानना अपनी ही योग्यता बढ़ाता है।
- बीते हुए कल से सीखें, आज के लिए जिएँ और आनेवाले कल के लिए उम्मीद रखें।
- आप जीवन से सबक ले सकते हैं कि शांत रहने के लिए कैसे माहिर हो सकते हैं!
- जो सीखना छोड़ देता है, वह बूढ़ा है, चाहे बीस का हो या अस्सी साल का। जो सीखता रहता है, वह जवान रहता है। जिंदगी की सबसे बड़ी चीज है—अपने दिमाग को जवान रखना।
- जो उपदेश लेना पसंद नहीं करते, वे कुछ भी सीखने का रास्ता बंद कर देते हैं, जिससे उस व्यक्ति का देर-सवेर नुकसान होना बहुत संभव है।
- अकसर गिरे हुए लोग हमारी जिंदगी में आकर महँगा सबक दे जाते हैं।
- उपदेश से किसी के स्वभाव में परिवर्तन नहीं किया जा सकता, क्योंकि अत्यधिक गरम किया हुआ पानी भी अंतत: ठंडा हो जाता है।
- वही उन्नति कर सकता है, जो स्वयं अपने को उपदेश देता है।
- अंधे को दर्पण देने से क्या लाभ? हम सब जानते हैं कि अंधे के लिए दर्पण व्यर्थ है। यह जानकर भी हम लोगों में से बहुत से ऐसे हैं, जो दिन-रात मूर्खों को उपदेश दिया करते हैं।
- सबक भी एक तरह हमारा शिक्षक है, जो हमें सबसे अधिक अपने जीवन से ही मिलता है।
- सीख तो उस बालक से लेनी चाहिए, जो अपनों की मार खाकर अपनों से ही लिपट जाता है।
- नसीहत नरम लहजे में ही अच्छी लगती है, क्योंकि दस्तक का मकसद दरवाजा खुलवाना होता है, तोड़ना नहीं।

- उपदेश देना सरल है, उपाय बताना कठिन है।
- हम उपदेश सुनते हैं मन-भर, देते हैं टन-भर, पर ग्रहण करते हैं कण-भर।
- किसी दुःखी व्यक्ति के लिए थोड़ी सहायता ढेरों उपदेशों से कहीं ज्यादा अच्छी है।
- नसीहत बर्फ की तरह है, जो जमने के बाद धीरे-धीरे पिघलती है।
- गलतियाँ दर्दनाक होती हैं, लेकिन जैसे-जैसे समय बीतता है, वे अनुभवों का एक संग्रह बन जाती है जिसे सबक कहा जाता है।

## सुख/सुखी

- सुखद जीवन के लिए मस्तिष्क में सत्यता, होंठों पर प्रसन्नता और हृदय में पवित्रता जरूरी हैं।
- एक शुकराना, दूसरा मुसकराना और तीसरा किसी का दिल ना दुखाना—ये ही तीन रास्ते हैं सुखी होने के।
- इस संसार के तुच्छ सुख पाने की लालसा में कहीं परम-सुख न खो जाए।
- सच्चा सुख बाहर से नहीं, अंदर से मिलता है।
- जूते में कंकड़, आँख में बाल तथा शब्दों में कटुता किसी को सुख नहीं पहुँचाते।
- सच्चा सुख स्वार्थनाश में है और उसे अपने आपके अतिरिक्त अन्य कोई सच्चा सुख नहीं बना सकता।
- सुख और दुःख में कोई ज्यादा भेद नहीं, जिसे मन स्वीकारे, वह सुख और जिसे अस्वीकारे, वह दुःख, सारा खेल हमारी स्वीकृति और अस्वीकृति का ही तो है।
- सुख का अर्थ—जो मिल रहा है, उसका आनंद लेना और दुःख का अर्थ—मुझे और चाहिए!
- सुख-प्राप्ति का यह मतलब नहीं कि आपको जो अच्छा लगे, आप वह कर सकें, बल्कि यह है कि जो आप करें, वह अच्छा हो।
- सुख सुबह जैसा होता है, जो माँगने से नहीं, जागने से मिलता है।
- सुखी होने के बहुत रास्ते हैं, पर औरों से ज्यादा सुखी होने का कोई रास्ता नहीं है।
- सुखी होना चाहते हो तो सब बातों को मन में रखो। दूसरे को दोषी बनाने का जो

सुख समझते हैं, उसको मन में रखने का दुःख कहीं ज्यादा बड़ा है।

- वह व्यक्ति सबसे ज्यादा सुखी है, जिसे घर में शांति मिलती है।
- सुखी होने के चक्कर में जो पूरी जिंदगी दुःखी रहता है, उसी का नाम इनसान है।
- सुखद जीवन के लिए दिमाग में सत्यता, चेहरे पर प्रसन्नता और हृदय में पवित्रता बहुत जरूरी है।
- जीवन का सुख दूसरों को सुखी करने में हैं, उनको लूटने में नहीं।
- जो प्राप्त है, वो ही पर्याप्त है—इन शब्दों में सुख बेहिसाब है।
- जो दूसरों के साथ मिल-जुलकर चलता है, वास्तव में केवल वही जीने की कला जानता है। अगर आप सुखी जीवन जीना चाहते हैं तो जल्द-से-जल्द इस कला को अपने जीवन में धारण करें।
- अपने सुख के लिए दूसरों को कष्ट देना महान् पाप है।
- अच्छा स्वास्थ्य ही सबसे बड़ा सुख है।
- सुख की न तो कोई परिभाषा है और न ही कोई सीमा।

## सेवा/शुश्रूषा

- सेवा सभी की करिए, मगर आशा किसी से भी न रखिए, क्योंकि सेवा का सही मूल्य भगवान् ही दे सकते हैं, इनसान नहीं।
- जिस प्रकार प्रकृति मानवता की सेवा बिना स्वार्थ के सबकुछ समर्पित कर देती है, उसी प्रकार 'सर्वजन सुखाय, सर्वजन हिताय' के लिए हम किसी की पीड़ा हरने के लिए सेवाभाव से काम करें।
- महान् सेवा यह है कि हम किसी जरूरतमंद की इस तरह मदद करें कि वह अपनी खुद मदद कर सके।
- सेवा की भावना एक विचार है और उसको अमल में लाना असलियत है।
- सेवा करने की शिक्षा हमें सूर्य से लेनी चाहिए, जो हमेशा बिना किसी छुट्टी के और बिना किसी भेदभाव के इस संसार को रोशन करता रहता है।
- सेवा बिन, मेवा नहीं।
- सेवा और भलाई सभी की करना, मगर आशा किसी से भी न रखना, क्योंकि

इनका वास्तविक मूल्य भगवान् ही दे सकते हैं, इनसान नहीं।

- दूसरों की मदद करते हुए खुशी हो, वही सेवा है, बाकी सब दिखावा है।

## सोच/सोचना

- कोई भी कार्य सही या गलत नहीं होता, हमारी सोच उसे सही या गलत बनाती है।
- इनसान चाहता है कि उड़ने को पर मिलें और परिंदे सोचते हैं कि रहने को घर मिले।
- प्रभु कहते हैं, अगर मैं तुम्हारी प्रार्थना का तुरंत जवाब दे देता हूँ तो तुम्हारे विश्वास को और पक्का करता हूँ। अगर मैं तुम्हारी प्रार्थना का बिल्कुल भी जवाब नहीं देता हूँ तो मैंने तुम्हारे लिए कुछ और ही अच्छा सोच रखा है।
- बातें बड़ी नहीं होतीं, हम सोच-सोच के उन्हें बड़ा बना देते हैं।
- आप दूसरों को तभी ऊपर उठा सकते हैं, जब आप स्वयं ऊपर उठ चुके हो।
- केवल पैसों से कोई आदमी धनवान नहीं होता। असली धनवान वो है, जिसके पास अच्छी सोच, अच्छे दोस्त और अच्छे विचार हैं।
- कल के लिए सबसे अच्छी तैयारी यही है कि आज अच्छा करो।
- कल मेरा था, आज तुम्हारा है, कल किसी और का होगा, जरा सोचकर बताना, वक्त कब, किसका हुआ है ?
- मैं सबकुछ और तुम कुछ भी नहीं, बस यही सोच हमें इनसान नहीं बनने देती।
- सिर्फ कपड़े ही नहीं, सोच भी ब्रांडेड होनी चाहिए।
- जिस दिन आपने अपनी सोच बड़ी कर ली, बड़े-बड़े लोग आपके बारे में सोचने लगेंगे।
- हम सब लोग वो कर सकते हैं, जो हम सोचते हैं। हम वो सब सोच सकते हैं, जो हमने आज तक नहीं सोचा।
- हर चीज उठाई जा सकती है, सिवाय गिरी हुई सोच के।
- जीवन के हर कदम पर हमारी सोच, हमारा व्यवहार एवं हमारे कर्म ही हमारा भाग्य लिखते हैं।

- पैरों की मोच और छोटी सोच हमें आगे नहीं बढ़ने देती।
- सबकी अपनी-अपनी सोच है। कुछ लोग रावण में भी गुण देख लेते हैं और कुछ राम के चरित्र में भी दोष निकाल देते हैं।
- सोच खूबसूरत हो तो सबकुछ अच्छा नजर आता है।
- मन का प्रभाव तन पर होता है। तन और मन दोनों का प्रभाव सारे जीवन पर होता है। इसलिए सदा अच्छा सोचें और खुश रहें, हँसते-मुसकराते रहिए।
- सोच अच्छी होनी चाहिए, क्योंकि नजर का इलाज तो मुमकिन है, पर नजरिए का नहीं।
- सोचोगे अच्छा तो अच्छा करोगे। अच्छा तो होगा अच्छा। बस यही तो करने आए हैं।
- उड़ने दो मिट्टी को आखिर कहाँ तक उड़ेगी, हवाओं ने जब भी साथ छोड़ा तो जमीन पर ही गिरेगी।
- तालाब एक ही है, उसी तालाब में हंस मोती चुनता है और बगुला मछली। सोच-सोच का फर्क होता है। आपकी सोच ही आपको बड़ा बनाती है।
- जब परमात्मा अपनी रजा से कुछ देता है तो हमारी सोच से परे होता है। हमें हमेशा उसकी रजा में रहना चाहिए। क्या पता वो हमें पूरा समुद्र देना चाहता हो और हम हाथ में चम्मच लेकर खड़े हों!
- जीवन में समस्याएँ तो हर दिन नई खड़ी हैं, जीत जाते हैं वो, जिनकी सोच बड़ी है।
- अपने हिसाब से जियो, लोगों की सोच का क्या? वो तो परिस्थिति के हिसाब से बदलते हैं। अगर चाय में मक्खी गिरे तो चाय फेंक देते हैं और अगर देसी घी में गिरे तो मक्खी को फेंक देते हैं।
- लोहे को कोई नष्ट नहीं कर सकता, बस उसका जंग उसे नष्ट करता है। इसी तरह आदमी को भी और कोई नहीं, बल्कि उसकी सोच ही उसे नष्ट कर सकती है। सोच अच्छी रखो, निश्चित ही देर-सवेर जरूर अच्छा होगा, पर सब्र रखिए।
- सोच का अँधेरा रात के अँधेरे से ज्यादा खतरनाक होता है।

## संकल्प/प्रतिज्ञा/इरादा/निश्चय

- लोगों में बल की नहीं, संकल्पशक्ति की कमी होती है।
- उस पछतावे के साथ मत जागिए, जिसे आप कल पूरा नहीं कर सके, उस संकल्प के साथ जागिए, जिसे आपको आज पूरा करना है।
- खुशी उनको नहीं मिलती, जो अपने इरादे से जिंदगी जिया करते हैं। खुशी उनको मिलती है, जो दूसरों की खुशी के लिए अपने इरादे बदल दिया करते हैं।
- विकल्प बहुत मिलेंगे मार्ग भटकाने के लिए, लेकिन संकल्प एक ही काफी है मंजिल तक जाने के लिए।
- हादसे की बजाय उसके दुष्प्रभाव को कम करने का संकल्प ज्यादा ताकतवर होता है।
- संकल्पों के साथ उठें और संतुष्टि के साथ सोएँ।
- जब हमारे काम व संकल्प अच्छे इरादे पर आधारित होते हैं तो हमारी आत्मा को कोई कष्ट नहीं होता।
- जानना काफी नहीं है, ज्ञान से हमें लाभ उठाना चाहिए, इरादा करना काफी नहीं है, हमें कुछ कर दिखाना चाहिए।
- जैसा आपका संकल्प होगा, वैसी सिद्धि भी होगी।

## संकीर्ण/संकीर्णता/तंगदिल/तंगदिली

- संकीर्ण सोच या तंगदिली या दुनियादारी के खेल में अत्यधिक रमने से हम इस बात पर विशेष या उतना ध्यान नहीं दे पाते, जितना जिंदगी को सुनहरा बनाने के लिए जरूरी होता है।
- संकीर्ण मानसिकता से रिश्ते निभाए नहीं जाते। रिश्ते निभाने के लिए दिल बड़ा रखना होता है।
- समस्या संकीर्ण सोच का संकेत है और समाधान दूरगामी सोच का परिणाम है।
- संकीर्ण सोच सब बुराइयों की जड़ है।

## संगत/संगति/साथ

- बुरी संगत उस कोयले के समान है, जो गरम हो तो हाथ को जला देता है और ठंडा हो तो काला कर देता है।

- बुरी संगत से उसका न होना ही अच्छा है, क्योंकि हम दूसरों के गुणों की अपेक्षा दोषों को जल्द ग्रहण कर लेते हैं।
- बुरे साथी हमें नरक में ले जाने के लिए निमंत्रित और प्रलोभित करते हैं।
- जीवन में संगत का असर पूरे जीवन को बदल देता है। अब इसे ही देखिए कि सुई की फितरत सिर्फ चुभने की थी, पर मिला जो साथ धागे का, तो फितरत बदल गई।
- हमारा चरित्र कितना ही दृढ़ हो, पर उस पर संगति का असर अवश्य होता है।
- हमारे लफ्जों का इस्तेमाल ही हमारी परवरिश का बेहतरीन सबूत है। इसलिए अच्छे लोगों की संगत में रहिए।
- हमेशा अच्छे लोगों के संग रहो—क्योंकि सुनार का कचरा भी बनिए के बादाम से महँगा होता है।
- हमें उन लोगों की संगति करनी चाहिए, जो हमसे अधिक विद्वान् हों।
- हाथ में लाठी लेते ही कभी भी किसी के मन में मारने का भाव पैदा हो जाता है, यह है संगति का असर! हाथ में माला लें तो उसको जपने का ही मन होगा।
- संगत का जरा ध्यान जरूर रखना, क्योंकि संगत जिसकी खराब होगी, बदनाम उसके माँ-बाप और संस्कार भी होंगे।
- चंदन के पास वाले वृक्ष चंदन हो जाते हैं, परंतु बाँस का पेड़ चंदन नहीं होता, इसी तरह अभिमानी और जिद्दी सत्संग से भी नहीं सुधरते।
- साथ वही है, जो दूर रहकर भी साथ महसूस होता है।
- तुच्छ विचारवालों की संगति से मनुष्य ही बुद्धि तुच्छ हो जाती है। समान श्रेणी के मनुष्य की संगति में वह ज्यों-की-त्यों बनी रहती है और उच्च विचारवालों की संगति से वह उत्कर्ष को प्राप्त होती है।
- जबरदस्ती किसी का साथ मत माँगो, क्योंकि जो खुद चलकर आता है, उसकी खुशी ही अलग होती है।
- जीवन में यह सोचना आवश्यक नहीं है कि हमारे आगे कौन है और पीछे कौन है, बल्कि सही बात यह है कि हमारे साथ कौन है?
- जो जैसी संगति करता है, वह वैसा ही फल पाता है।

- जैसी संगत, वैसी रंगत।
- चाणक्य ने कहा है—मनुष्य पहचाना जाता है उस संगति से, जिसमें वह विचरता है और उन पुस्तकों से, जो वह पढ़ता है।
- झुकनेवाले के सामने झुकें, संगति करनेवाले के साथ संगति करें, जो अपने काम आता है, उसका काम जरूर करें, जो संगति न करना चाहता हो, उसकी संगति न करें।

## संघर्ष

- जितना कठिन संघर्ष होगा, जीत उतनी ही शानदार होगी।
- जिन्होंने आपका संघर्ष देखा, वही आपके संघर्ष की कीमत जानते हैं, औरों के लिए आप किस्मतवाले हैं।
- जीत की होड़ में सब लगे हैं, मगर संघर्ष भरी दौड़ में कोई हिस्सा नहीं लेना चाहता।
- जिस तरह पतझड़ के बिना पेड़ पर नए पत्ते नहीं आते, ठीक उसी तरह कठिनाई और संघर्ष के बिना अच्छे दिन भी नहीं आते।
- संघर्ष करते हुए मत घबराना, क्योंकि संघर्ष के दौरान ही इनसान अकेला होता है। सफलता के बाद तो सारी दुनिया साथ होती है।
- संघर्ष पिता से सीखिए और संस्कार माँ से सीखिए, बाकी सबकुछ दुनिया सिखा देगी।
- सोने की लंका व पुष्पक विमान तो रावण के पास थे, राम ने तो वनवास ही देखा ना! राज-पाट तो कंस के पास था, जेल में जन्म तो कृष्ण ने ही लिया था। राजमहल में तो कौरव रहते थे, वनवास तो पांडवों को भोगना पड़ा। हमेशा सत्य के लिए भगवान् को भी संघर्ष करना पड़ा, हम तो फिर भी इनसान हैं।
- चुनौती आपको जिम्मेदार बनाती है। सदा इस बात को याद रखें कि बिना संघर्ष के जीवन सफलताहीन जीवन के समान है। इसलिए न तो हौसला छोड़ें और न ही रास्ता त्यागें।
- चेहरे पर सदैव मुसकान का यह मतलब नहीं कि जीवन में संघर्ष नहीं हैं, बस ईश्वर पर भरोसा ज्यादा है।

- अगर संघर्ष ही जिंदगी का सार है तो बिना लड़े मैं मरूँ क्यूँ? दौड़कर ही मंजिल है पहुँचना तो फिर दौड़ने से डरूँ क्यूँ?
- अंतर्मन में संघर्ष और फिर भी मुसकराता हुआ चेहरा, यही जीवन का श्रेष्ठ अभिनय है। अगर आप थक गए हैं तो आराम करें, लेकिन रास्ता छोड़े नहीं।
- अगर आपके पास किसी को खुश करने का मौका है तो जरूर ऐसा करें। कुछ लोग चुपचाप संघर्ष कर रहे होते हैं। हो सकता है, आपकी मदद से उनके दिन फिर जाएँ।

## संत/सज्जन

- पानी और संत दोनों ही तरल और सरल होते हैं। पानी तन का मैल धोता है और संत मन का।
- हर मजहब में जितने संत हुए हैं। उन सबका हृदय एक-सा है, उनमें आपस में जो भेद दिखाई देते हैं, वे अन्य लोगों ने पैदा किए हैं, संतों ने नहीं।
- संतों एवं सज्जनों की संगति कभी व्यर्थ नहीं जाती।
- संत मलिन चित्तवाले मनुष्यों का भी निर्मल चित्त कर देते हैं।
- सही संत समाज में आनंद और मंगल का दाता है।
- सज्जन पुरुष की वास्तविक परिभाषा यही है कि वह कभी किसी को पीड़ा नहीं पहुँचाता।
- सज्जनों की एकमात्र पहचान यह है कि इनके विचार, वचन और कर्म एक समान होते हैं।
- दुर्जनों द्वारा ली हुई शपथ भी पानी के ऊपर लिखे हुए अक्षरों जैसी क्षणभंगुर ही होती है, परंतु संत द्वारा सहज रूप से बोला हुआ वाक्य भी पत्थर पर खींची हुई लकीर की भाँति होता है।
- वह सभा सभा नहीं, जिसमें संत न हों। वे संत संत नहीं, जो धर्म की बात नहीं करते। राग, द्वेष और मोह को छोड़कर धर्म की बात करनेवाले ही संत होते हैं।
- सभी यह पूछते हैं कि क्या वह धनी है? यह कोई नहीं पूछता कि वह सज्जन है कि नहीं?

## संबंध

- संबंध और पानी एक समान होते हैं। न कोई रंग, न कोई रूप, लेकिन फिर भी जीवन के अस्तित्व के लिए सबसे महत्त्वपूर्ण।
- संबंध बड़ी-बड़ी बातें करने से नहीं, छोटे-छोटे भाव को समझने से गहरे होते हैं।
- ईश्वर इनसान को सिर्फ मिलाने का काम करते हैं। संबंधों में नजदीकियाँ या दूरियाँ बढ़ाने का काम इनसान स्वयं ही करता है।
- कोई भी नहीं जानता कि हम इस जीवन के सफर में एक-दूसरे से क्यों मिलते हैं? सही है, सबके साथ रक्त संबंध नहीं हो सकते, परंतु ईश्वर हमें कुछ लोगों के साथ मिलाकर अद्‌भुत रिश्ते में बाँध देता है। हमें उन रिश्तों को हमेशा सँजोकर रखना चाहिए।
- संबंध बड़े नहीं होते, उन्हें सँभालनेवाले बड़े होते हैं।
- स्वाद और संवाद दोनों ही ठीक होने चाहिए, स्वाद खराब हो तो शरीर को नुकसान और संवाद खराब हो तो संबंधों को नुकसान।
- संबंध की कीमत यह नहीं है कि किसी से आप कितना खुश होते हैं, बल्कि कोई यह महसूस करे कि आपके बिना वह कितना अकेला है।
- संबंध को चतुर वाणी और आकर्षक चेहरे की जरूरत नहीं होती। इसलिए संबंध की गहराई को सुंदर मन और अटूट विश्वास की जरूरत होती है।
- संबंध को जोड़ना एक कला है, लेकिन संबंध को निभाना एक साधना है।
- संबंधों की गहराई का हुनर पेड़ों से सीखिए, जड़ों में चोट लगते ही शाखाएँ सूख जाती हैं।
- संबंधों में ईमानदारी पानी की तरह है, जिसका न कोई रंग, न कोई रूप, न कोई सुगंध, न कोई स्वाद, लेकिन फिर भी जीवन के अस्तित्व के लिए सबसे महत्त्वपूर्ण।
- संबंधों को लंबी बातों से ही सँजोकर रखें, यह जरूरी नहीं। एक संदेश ही पर्याप्त है, क्योंकि बातें तो मुँह से होती हैं, जबकि संदेश दिल का अहसास है।
- समय, सत्ता, संपत्ति और शरीर चाहे साथ न दें, लेकिन स्वभाव, समझदारी, सत्संग और सच्चे व अच्छे संबंध हमेशा साथ देते हैं।

- चाबी से खुला ताला बार-बार काम में आता है और हथौड़े से तोड़कर खोलने पर दुबारा काम नहीं आता। इसी तरह संबंधों के तालों को क्रोध के हथौड़े से नहीं, बल्कि प्रेम की चाबी से खोलें।
- जो बाँधने से बँधे और तोड़ने से टूट जाए, उसका नाम है बंधन और जो अपने आप बन जाए और जीवन भर न टूटे, उसका नाम है संबंध।
- जो संबंध ह्रदय से बनाए जाते हैं, वो दूर रहने पर भी ह्रदय के सबसे पास होते हैं।
- अहंकार की आरी, लालच की तलवार और कपट की कुल्हाड़ी अच्छे-से-अच्छे संबंधों को काट डालती है।
- मधुर संबंध ही सबसे बड़ा धन है।
- थोड़ा-बहुत शतरंज का आना भी जरूरी है। कई बार सामनेवाला मोहरे चल रहा होता है और हम संबंध निभा रहे होते हैं!

## सँभल/सँभलना/सँभालना

- मिली है जिंदगी तुम्हें इसी मकसद से, सँभालो खुद को भी और औरों को भी सँभाल के चलो।
- सँभाल के रखना अपनी पीठ को, शाबाशी और खंजर दोनों यहीं पर मिलते हैं।
- खुद को खुद ही सँभाल कर चलें, जगह-जगह पर गिरी मिलेगी लोगों की सोच।
- सँभलकर रहिए, दुनिया में जोड़ने वाले की बजाय तोड़ने वाले ज्यादा मिलते हैं।
- अकसर वो रिश्ते टूट जाते हैं जिन्हें सँभालने वाले सिर्फ एक-एक पक्ष होता है।
- सँभलकर सीख लीजिए जनाब, गिराने वाले एक रोज नहीं, हर रोज मिल सकते हैं।
- घर हो या कारोबार, लोग ही हैं जिनको सँभालना है, पैसे तो रोज आते जाते रहेंगे, बस हमारे जज्बातों को गिरने से बचाना है।
- जरा सँभल के रहा करो गैरों से। हमारी बुराई तुम जिससे करते हो, वो हमको भी आकर बताते हैं।

## संस्कार

- धन को एकत्र करना सहज है, लेकिन संस्कारों को एकत्र करना कठिन है। धन को तो लूटा जा सकता है, लेकिन संस्कारों को लूटा नहीं जा सकता।
- जिनमें बचपन से धार्मिक संस्कार डाले जाते हैं, उनमें श्रद्धा, विश्वास आदि सद्‌गुणों का विकास होता है।
- शरीर में कोई सुंदरता नहीं है। सुंदर होते हैं व्यक्ति के कर्म, उसके विचार, उसकी वाणी, उसका व्यवहार, उसके संस्कार और उसका चरित्र। जिसके जीवन में यह सब है, वही इनसान दुनिया का सबसे सुंदर शख्स है।
- बच्चे को कार नहीं, संस्कार दीजिए, उसको उपहार न दिया जाए तो वह कुछ समय रोएगा, मगर संस्कार न दिए जाएँ तो वह जीवन भर रोएगा।
- बात संस्कार और आदर की होती है, वरना जो सुन सकता है, वो सुना भी सकता है।
- बुढ़ापे में रोटी आपकी औलाद नहीं, आपके दिए संस्कार खिलाएँगे।
- कुएँ का पानी सब फसलों को एक समान मिलता है, लेकिन फिर भी करेला कड़वा, गन्ना मीठा और इमली खट्टी होती है। यह दोष पानी का नहीं है, बीज का है। वैसे ही मनुष्य सभी एक समान हैं, परंतु उन पर संस्कारों का असर पड़ता है।
- केवल प्राण निकलने से ही मृत्यु नहीं होती, मरा हुआ तो वह भी है, जो अपने धर्म और संस्कार पर आघात होते हुए भी मौन है।
- पूरी दुनिया जीत सकते हैं संस्कार से और जीता हुआ भी हार सकते हैं अहंकार से।
- रात में निकलोगे, तभी अंधकार का पता चलता है, इनसान की बातों से उसके संस्कार का पता चलता है।
- संस्कार इस जीवन को ही नहीं, अपितु परलौकिक जीवन को भी पवित्र बनाते हैं।
- संस्कार से ही इनसान की सही पहचान होती है।
- संस्कार से ही इनसान वास्तव में सही इनसान बनता है।
- संस्कारों के बगैर जीवन अधूरा है।

- जो इनसान शुरू में ही अच्छे विचारों और संस्कारों का पकड़ लेते हैं, उन्हें गलत राह या गलत लत कभी नहीं पड़ती।
- अपनी बेटी को सही कपड़े पहनने की सलाह देते समय अपने बेटों को भी पराई बेटी को गलत निगाह से न देखने के संस्कार जरूर दें।
- अपने बच्चों को अमीर होने की शिक्षा न दें, बल्कि संतोष से रहने के संस्कार दें। इससे वो जब बड़े होंगे तो हमेशा सबकी कद्र करेंगे।
- आजाद रहिए अपने विचारों से, लेकिन बँधे रहिए अपने संस्कारों से।
- अगर इनसान शिक्षा से पहले संस्कार, व्यापार से पहले व्यवहार, भगवान् पहचानने से पहले माता-पिता को पहचान ले तो जिंदगी में कभी कोई कठिनाई नहीं आएगी।
- गाड़ी में अगर ब्रेक न हो तो दुर्घटना निश्चित है और जीवन में अगर संस्कार व मर्यादा न हों तो पतन निश्चित है।
- 'संस्कारात् द्विज उच्यते', अर्थात् संस्कार के कारण ही द्विज उच्च होते हैं।
- हर माता-पिता यह सोचते हैं कि मैं अपने बच्चों को वह दूँ, जो मुझे नहीं मिला। यह सोच बहुत अच्छी है, लेकिन उससे पहले अपने बच्चों को वह दें, जो आपको मिला था, जैसे—आंतरिक शक्ति, स्थिरता, धैर्य, जीवन की मर्यादाएँ और संस्कार।
- शिक्षा और संस्कार जिंदगी जीने के मूल मंत्र हैं,
- शिक्षा कभी झुकने नहीं देगी और संस्कार कभी गिरने नहीं देंगे।
- दूसरों के अंतिम संस्कार में अवश्य शरीर हों, अन्यथा लोग आपके जनाजे में शामिल नहीं होंगे।

## संस्कृति/सभ्य/सभ्यता

- हमारी संस्कृति की जड़ें अमरता के स्रोतों में अत्यंत दृढ़ता से एवं गहराई तक जमी हुई हैं, जो सरलता से सूख नहीं सकतीं।
- पुस्तकें वो साधन हैं, जिनके माध्यम से हम विभिन्न संस्कृतियों के बीच पुल का निर्माण कर सकते हैं।
- संस्कार भी एक तरह से संस्कृति के ही अंग हैं।

- संत और बसंत में एक ही समानता है, जब बसंत आता है तो प्रकृति समृद्ध हो जाती है और जब संत आते हैं तो संस्कृति सुधर जाती है।
- सभ्यता तो आचार-व्यवहार का वह तरीका है, जो मनुष्य को उसका कर्तव्य मार्ग बताती है।
- सभ्यताओं के विषय में वही जान सकते हैं, जो स्वयं सभ्य हों।
- सर्वोच्च संस्कृति यह है कि बुरा न बोलें।
- अपनी सभ्यता, संस्कृति और प्रगति की जानकारी जीवंत रूप से भावी पीढ़ियों तक पहुँचाने के लिए विरासत का संरक्षण आवश्यक है।
- भारत की एकता का मुख्य आधार है उसकी संस्कृति, जिसका उत्साह कभी भंग नहीं हुआ। यह उसकी विशेषता है। भारतीय संस्कृति अक्षुण्ण है, क्योंकि भारतीय संस्कृति की धारा गंगा की तरह निरंतर बहती रहती है और बहेगी।

## संभव/असंभव/मुमकिन/नामुमकिन/संभावना

- प्रार्थना और विश्वास दोनों अदृश्य हैं, परंतु दोनों में इतनी ताकत है कि असंभव को संभव बना देते हैं।
- जितना आप परेशानियों को गले लगाते हैं, उतनी परेशानियाँ बढ़ती हैं। जब संभावनाओं पर विचार करते हैं तो उतनी ही संभावनाएँ बढ़ जाती हैं।
- संभव की सीमा जानने का एक ही तरीका है, असंभव से भी आगे निकल जाना।
- नामुमकिन है उस शख्स को गिराना, जिसे चलना ही ठोकरों ने सिखाया हो।
- अगर हर काम यह याद रखकर किया जाए कि ईश्वर मेरे साथ है तो असंभव काम भी संभव हो जाता है।

## संसार/जग/जगत्/दुनिया/जमाना/जहान

- शंकराचार्य ने कहा—न यहाँ कुछ, न वहाँ कुछ है। जहाँ-जहाँ जाना होता है, न वहाँ कुछ है। विचार करके देखिए कि न जगत् ही कुछ है। अपनी आत्मा के ज्ञान से परे कुछ भी नहीं है।
- इस संसार को बाजार समझो। यहाँ सभी व्यापारी हैं। जो जैसा व्यापार करता है, वैसा फल पाता है।

- कोई दुनिया को नहीं बदल सकता, सिर्फ इतना हो सकता है कि इनसान अपने आपको बदले तो दुनिया अपने आप बदल जाएगी।
- संसार के पुस्तकालय से चार शब्द छाँट लो। दो को याद रखना और दो को भूल जाना। ईश्वर व मौत को याद रखो और की गई नेकी व झेली गई बदी को भूल जाओ।
- संसार में शरीफ बनने से काम नहीं चलता, जितना बढ़ो, लोग उतना ही बढ़ाते हैं।
- संसार में रहो, किंतु संसार के माया-मोह से निर्लिप्त रहो। जिस प्रकार कमल कीचड़ में पैदा होता है, पर कीचड़ को दूर रखता है।
- संसार में सुई बनकर रहें, कैंची बनकर नहीं, क्योंकि सुई दो को एक कर देती है और कैंची एक को दो कर देती है।
- दो जहान के बीच फर्क है, सिर्फ एक साँस का है, चल रही है तो यहाँ, रुक गई तो वहाँ।
- दुःख में स्वयं की एक उँगली ही आँसू पोंछती है और सुख में दसों उँगलियाँ ताली बजती हैं। जब अपना शरीर ही ऐसा करता है तो दुनिया का गिला-शिकवा क्या करना।
- दुनिया उन दुनियादारों की है, जो अवसर और बल देखकर काम करते हैं।
- दुनिया अपना फायदा देखती है। अपना कल्याण हो, दूसरे जिएँ या मरें!
- जब तक 'सत्य' घर से बाहर निकलता है, तब तक 'झूठ' आधी दुनिया घूम लेता है।

## हल/समाधान/सुलझ/सुलझाना

- खुशहाल जीवन जीने के लिए जरूरी है कि तनाव और चिंता से दूर रहें और समस्या में खोए रहने की बजाय सकारात्मक सोचें एवं समाधान पर ध्यान दें।
- जिस इनसान के पास समाधान करने की शक्ति जितनी ज्यादा होती है, उसके रिश्तों का दायरा उतना ही विशाल होता है।
- पृथ्वी पर कोई भी व्यक्ति ऐसा नहीं है, जिसको कोई समस्या न हो और पृथ्वी पर कोई समस्या ऐसी नहीं, जिसका समाधान न हो। समस्या के बारे में सोचने से

बहाने मिलते हैं और समाधान के बारे में सोचने पर रास्ते मिलते हैं।

- समस्या आने पर केवल न्याय नहीं, बल्कि समाधान होना चाहिए, क्योंकि न्याय में एक के घर दीप जलते हैं और दूसरे के घर अँधेरा होता है। मगर समाधान में दोनों के घर दीप जलते हैं।
- सफल लोगों के होंठों पर चुप्पी और मुसकराहट मिलेगी। मुसकराहट समस्या को सुलझाने के लिए और चुप्पी समस्या से बचाव के लिए।
- दुनिया की सबसे अच्छी किताब हम स्वयं हैं, खुद को समझ लीजिए, सब समस्याओं का समाधान हो जाएगा।
- समस्या का अंतिम हल माफी ही है, माफी दे दो या माफी माँग लो।

## हार/पराजय/हरा (ना)

- यह आवश्यक नहीं कि हर लड़ाई जीती ही जाए। आवश्यक तो यह है कि हर हार से कुछ सीखा जाए।
- कुछ को हराना चाहते हो तो तलवार लेकर चलो और यदि सबको जीतना चाहते हो तो किरदार लेकर चलो।
- कर्म करने से हार या जीत कुछ भी मिल सकती है, लेकिन कर्म न करने से तो हार जरूर मिलेगी।
- जिद चाहिए लक्ष्य को पाने के लिए, हारने के लिए तो एक डर ही काफी है।
- हार हारती जरूर है, लेकिन जीतने का मंत्र भी दे जाती है।
- जब थक जाओ तो थोड़ा आराम कर लो, लेकिन कभी हार मत मानो।
- जब तक इनसान अपने आप से न हार जाए, तब तक उसे कोई नहीं हरा सकता।
- जब आप एक कठिन दौर से गुजरते हैं, तब सभी आपका विरोध करने लगते हैं। जब आपको लगता है कि आप एक मिनट भी सहन नहीं कर सकते हैं, तब हार न मानें, क्योंकि यही वह समय और स्थान है, जब आपका अच्छा समय शुरू होगा।
- जब सारी दुनिया कहे कि हार मान लो और आपके अंदर से आवाज आए कि एक बार और प्रयास करते हैं तो समझ लेना कि इस बार आपकी जीत पक्की है।
- जीवन में कभी हार मत मानो।

- जो महान् उद्देश्य के लिए मरते हैं, उनकी हार कभी नहीं होती।
- जो दूसरों की खुशी के लिए अपनी हार मान लेता हो, उससे कोई कभी भी नहीं जीत सकता।
- लोहे को कोई बरबाद नहीं कर सकता, लेकिन खुद का जंग उसको बरबाद कर देता है। ठीक उसी तरह मनुष्य को कोई नहीं हरा सकता है, पर उसकी खुद की सोच ही उसको हरा देती है।

## हिंदी

- ध्वनिशास्त्र की दृष्टि से हिंदी (देवनागरी) अत्यंत वैज्ञानिक लिपि है।
- किसी भी प्रांतीय भाषा से हिंदी का संघर्ष नहीं है।
- हिंदी को राष्ट्रभाषा बनाने में प्रांतीय भाषाओं की हानि नहीं, वरन् लाभ है।
- हिंदी के द्वारा सारे भारत को एक सूत्र में पिरोया जा सकता है।
- हिंदी में ही वो शक्ति है, जो भारत की राष्ट्रभाषा की सच्ची हकदार है।
- हिंदी विश्व की महान् भाषा है।
- हिंदी हमारे देश की अभिव्यक्ति का सरलतम स्रोत है।
- हिंदी हमारे देश और भाषा की प्रभावशाली विरासत है।
- हिंदी भाषा और उसके साहित्य ने जन्म से ही अपने पैरों पर खड़ा होना सीखा है।
- हिंदी भाषा का प्रश्न स्वराज्य का प्रश्न है।
- हिंदी भाषा उस समुद्र जलराशि के समान है, जिसमें अनेक नदियाँ समाहित हैं।
- हिंदी भारतीय संस्कृति की आत्मा है।
- हिंदी पुरातन काल से ऐसी भाषा रही है, जिसने मात्र विदेशी होने के कारण किसी शब्द का बहिष्कार नहीं किया।
- हिंदी सरल भाषा है। इसे अनायास सीखकर लोग अपना काम निकाल लेते हैं।
- हिंदी उन सभी गुणों से विभूषित है, जिसकी ताकत पर वह विश्व की साहित्यिक भाषाओं की अगली श्रेणी में अपना स्थान बना सकती है।
- हिंदी उन सभी गुणों से अलंकृत है, जिनके बल पर वह विश्व की साहित्यिक भाषाओं की अगली श्रेणी में समासीन हो सकती है।

- हिंदी जैसी सरल भाषा दूसरी नहीं है।
- हिंदी ने राष्ट्रभाषा के पद पर सिंहासनारूढ़ होने पर अपने ऊपर एक गौरवमय एवं गुरुतर उत्तरदायित्व लिया है।
- विदेशी भाषा में शिक्षा होने के कारण हमारी बुद्धि भी विदेशी हो गई है, जिससे हिंदी और हमारी भारतीय भाषाओं का नुकसान हो रहा है।
- भारत के एक कोने से दूसरे कोन तक हिंदी भाषा कुछ–न–कुछ सर्वत्र समझी जाती है।
- राष्ट्रीय व्यवहार में हिंदी को काम में लाना देश के विकास के लिए जरूरी है।
- राष्ट्रभाषा के बिना स्वतंत्रता बेकार है।
- संस्कृत की विरासत हिंदी को तो जन्म से ही मिली है।
- सरलता और शीघ्र सीखी जानेवाली भाषाओं में हिंदी सर्वोपरि है।
- सरलता, बोधगम्यता और शैली की दृष्टि से विश्व की भाषाओं में हिंदी महानतम स्थान रखती है।
- देश को एक सूत्र में बाँधने के लिए एक भाषा की जरूरत है, जो हिंदी से ही पूरी हो सकती है।
- हमारे साथ कितना बड़ा अन्याय है, हम कैसे भी चरित्रवान हों, कितने ही बुद्धिमान हों, कितने ही विचारशील हों, पर अंग्रेजी भाषा का ज्ञान न होने से उनका कुछ मूल्य नहीं! हमसे अधम और कौन होगा कि इस अन्याय को चुपचाप सहते ही नहीं, बल्कि उस पर गर्व करते हैं?
- बिन निज भाषा जातीयता शोभा नहीं पाती, जिसके कारण देश की मर्यादा भी कम होती है।
- महात्मा गांधी ने कहा था कि जो भाषाएँ हमारी माताएँ बोलती हैं, उनके लिए हमें जरा भी मान न हो तो किसी तरह की स्वराज्य की योजना, भले ही वह कितनी भी परोपकारी वृत्ति या उदारता से हमें दी जाए, हमारे लिए कभी स्वराज्य भोगनेवाली प्रजा नहीं बना सकेगी।
- कोई भी देश सच्चे अर्थों में तब तक स्वतंत्र नहीं है, जब तक वह अपनी भाषा में नहीं बोलता।

- विदेशी भाषा के माध्यम से शिक्षा की हिमायत करनेवाले जनता के दुश्मन हैं।
- जिस देश को अपनी भाषा और अपने साहित्य के गौरव का अनुभव नहीं है, वह उन्नत नहीं हो सकता।
- भारतीय साहित्य और संस्कृति को हिंदी की देन बड़ी महत्त्वपूर्ण है।
- तलवार के बल से न कोई भाषा चलाई जा सकती है, न मिटाई जा सकती है।
- भाषा देश की एकता के लिए बहुत बड़ा साधन है।
- विदेशी भाषा अंग्रेजी का पद चिरस्थायी करना देश के लिए लज्जा की बात है।
- जिस राष्ट्र की मिट्टी से उत्पन्न भाषा के अलावा किसी और भाषा को देश में चलाया जाता है तो वह गर्व का नहीं, बल्कि सबसे बड़ी लज्जा का विषय है।
- भाषा का निर्माण सचिवालय में नहीं होता। भाषा गढ़ी जाती है जनता की जुबान से।
- जब हम अपनी भाषा का जिक्र करते हैं तो वह हमारी संस्कृति, परंपरा और संस्कार की भाषा होती है।
- बिना अपनी भाषा की तरक्की के, देश की उन्नति का गौरव सच्चा नहीं होता।
- हम सब भाषाओं की इज्जत करें, लेकिन मेरे देश की भाषा की इज्जत न हो, यह बरदाश्त करने लायक कैसे हो सकता है ?
- अपने देश की माटी की भाषा होने के नाते हिंदी भाषा और हिंदी साहित्य को सर्वांग सुंदर बनाना हमारा नैतिक कर्तव्य है। अगर हम उसमें चूक करते हैं तो हमारी नैतिकता कहीं-न-कहीं दिग्भ्रमित है।
- हिंदुस्तान को छोड़कर और देशों में ऐसा देश शायद ही कोई हो, जहाँ उनकी माटी की भाषा की बजाय विदेशी भाषा सिरमौर बनी हो।
- वास्तव में अपनी वेशभूषा, संस्कृति, परंपरा, भाषा आदि छोड़ने का परिणाम यह होता है कि आत्म-गौरव नष्ट होने लगता है।
- दूसरों की बोली की नकल करना भाषा बदलने का एक मुख्य कारण है।
- विदेशी भाषा ने हमारे देश के आचार-व्यवहार पर कैसा प्रभाव डाला है कि बहुत सी जगह मौलिकता नष्ट हो रही है!

- राष्ट्रीयता का भाषा और साहित्य के साथ बहुत ही घनिष्ठ और गहरा संबंध है।
- कोई भी भाषा अपने साथ भाषा ही नहीं, बल्कि अपने संस्कार, संस्कृति और परंपरा को भी अपने साथ लेकर आती है।
- अनपढ़ लोगों की वजह से ही हमारी मातृभाषाएँ बची हुई हैं, वरना पढ़े हुए कुछ लोग तो राम-राम बोलने में भी शरमाते हैं।
- अंग्रेजी को विषय के तौर पर पढ़ें तो कोई बुराई नहीं, लेकिन उसको भारतीय भाषा बनाने का अभिप्राय है कि उसके अस्तित्व को और अधिक मजबूत बनना, जो शर्म की बात है।
- अंग्रेजी का मुखापेक्षी होना हमारी सच्ची भारतीयता के लिए किसी प्रकार से शोभा नहीं देता।

## हिंदू/हिंदुत्व

- हिंदू केवल एक धर्म नहीं, बल्कि जीवन-पद्धति है।
- रवींद्रनाथ टैगोर ने कहा था कि हिंदू धर्म के शास्त्रों में गहरे राज हैं। ऋषि-मुनि लोग जो धर्म स्थापित कर गए हैं, उनकी गहराइयों को समझना आसान काम नहीं है। इसलिए बिना सोचे-समझे उन्हें लेकर उलझना ठीक नहीं है।
- हिंदू तो एक जाति है। यह जाति इतनी विशाल है कि इसका जातित्व किसमें है, वह किसी परिभाषा में बाँधा नहीं जा सकता।
- हिंदू एकाएक नहीं हुआ जा सकता, उसके लिए जन्म-जन्मांतर का पुण्य चाहिए।
- जिस धर्म ने रामकृष्ण, चैतन्य, विवेकानंद जैसे महान् लोगों को पैदा किया, वह धर्म केवल अंधविश्वासों का ढेर नहीं हो सकता।
- सत्य से धर्म बढ़ता है, यह हिंदू धर्म ने सिखाया है। 'सत्यान्नास्ति परो धर्मः' और 'अहिंसा परमो धर्मः' जैसी महत्त्वपूर्ण पद्धति का आलोक भी हिंदू धर्म ने फैलाया है। अहिंसा, सत्य, अपरिग्रह, अस्तेय (चोरी न करना), ब्रह्मचर्य जैसे पंच-व्रतों को हिंदू धर्म के 'पतंजलि योग' में विज्ञान का स्थान दिया गया है। इस तरह का अनूठा विज्ञान हिंदू धर्म ने ही गढ़ा है।
- हिंदू धर्म माँ की तरह अनेक मत-मतांतरों के लोगों को अपनी गोद में लेने का प्रयत्न करता रहा है।

- दुनिया में केवल हिंदू धर्म ने मनुष्य को मनुष्य कहकर जाना है।
- हिंदू धर्म की एक बड़ी बात यह है कि उसकी सच्ची आस्था है कि समस्त जीव एक ही हैं अर्थात् सारे जीवों की उत्पत्ति एक ही स्रोत से हुई है।
- हिंदू धर्म मूढ़ को भी मानता है, ज्ञानी को भी समझता है और अकेली किसी मूर्ति को नहीं मानता, उसके अनेक प्रकार के विकास को मानता है।
- हिंदुत्व एक विशाल वृक्ष के समान है, जिसने अपनी अगणित शाखाएँ फैला रखी हैं।
- हिंदू धर्म की सच्ची आस्था यह है कि समस्त जीवन एक ही हैं अर्थात् सारे जीवों की उत्पत्ति (मनुष्य ही नहीं, समस्त जीव) एक स्रोत से हुई है।
- स्वामी विवेकानंद ने कहा था कि हिंदू संस्कृति आध्यात्मिकता की अमर आधारशिला पर आधारित है।

## हीरा

- कुदरत ने सभी को हीरा बनाया है, बस शर्त है, जो घिसेगा, वही चमकेगा।
- सोने में जड़कर हीरा बन जाता है, वह आभूषण फिर सोने का नहीं, हीरे का कहलाता है। काया इनसान की सोना है और कर्म हीरा कहलाता है। कर्मों के निखार से ही मूल्य सोने का बढ़ जाता है।
- हीरे को परखना हो तो अँधेरे का इंतजार करो, धूप में तो काँच भी चमक जाता है।
- जब कौड़ियों की आस में किसी को हीरे मिल जाएँ तो घमंड आना लाजिमी है।
- हीरा परखने की आशा जौहरी से ही की जा सकती है।

## होशियार/प्रतिभा

- काश, बनानेवाले ने थोड़ी सी होशियारी और दिखाई होती, इनसान थोड़े कम और इनसानियत ज्यादा बनाई होती!
- प्रतिभा अपना मार्ग स्वयं निर्धारित कर लेती है और अपना दीपक स्वयं लिये चलती है।
- प्रतिभा जाति पर निर्भर नहीं है। जो परिश्रमी है, वही उसे प्राप्त करता है।

- हर इनसान में कोई-न-कोई प्रतिभा है, लेकिन लोग दूसरों जैसा बनने की कोशिश में इसे नष्ट कर देते हैं।
- आप होशियार हैं, यह अच्छी बात है, लेकिन दूसरों को बेवकूफ न समझें, यह उससे और अधिक अच्छी बात है।
- हर व्यक्ति में प्रतिभा होती है। वास्तव में उस प्रतिभा को निखारने के लिए गहरे अँधेरे रास्ते में जाने का साहस कम लोगों में ही होता है।

## हौसला/बुलंदी/उत्साह/साहस/जज्बा/मनोबल/हिम्मत/जोश

- एक सपने के टूटकर चकनाचूर हो जाने के बाद दूसरा सपना देखने के हौसले को ही जिंदगी कहते हैं।
- कायर डगमगा जाते हैं, किंतु साहसी बहुधा आपदाओं पर विजय प्राप्त कर लेते हैं।
- जोश खोकर होश आया तो किस काम का और होश खोकर जोश आया तो किस काम का?
- बिना गलती के भी तुम्हारा दिल मुझे कुछ गलत कह जाता है, यह मेरा हौसला ही है, जो हर सजा को सह जाता है।
- मन सभी के पास होता है, मगर मनोबल कुछ लोगों के पास ही होता है।
- थोड़े से साहस के अभाव में काफी प्रतिभाएँ संसार से गायब हो जाती हैं।
- निष्क्रियता से उम्र घटती है। इसलिए अपना उत्साह और प्रसन्नता कभी कम नहीं करनी चाहिए।
- दिल में जज्बा हो जीने का तो खुशियों की कोई उम्र नहीं होती।
- जिस प्रकार सही मौके पर खड़े होकर बोलना 'एक साहस' है, उसी प्रकार खामोशी से बैठकर दूसरों को सुनना भी 'एक साहस' है।
- हमारा हर सपना पूरा हो सकता है, अगर हमारे अंदर आगे बढ़ने की हिम्मत है।
- साँसों का रुक जाना ही मृत्यु नहीं है, वह व्यक्ति भी मरा हुआ ही है, जिसने गलत को गलत कहने की हिम्मत खो दी है।
- यदि सबकुछ खोकर भी आपमें कुछ करने की हिम्मत बाकी है तो समझ लीजिए, आपने कुछ नहीं खोया।

- उत्साह से बढ़कर कोई दूसरा बल नहीं।
- जब कदम थक जाते हैं तो हौसला साथ देता है और जब सब मुँह फेर लेते हैं तो भगवान् साथ देता है।
- सपने सोकर लेनेवाले, अकसर उठने पर भूल जाते हैं, जिनको मंजिल की तलाश है, वो कभी चैन से नहीं सो पाते हैं।
- बिना उत्साह के कभी किसी उच्च लक्ष्य की प्राप्ति नहीं होती।
- जीवन में आगे बढ़ना हो तो मौके के अनुसार बहरे हो जाओ, क्योंकि अधिकतर लोगों की बातें मनोबल गिरानेवाली होती हैं।
- तुम्हारे मार्ग में चाहे गुलाब के फूल आएँ, चाहे काँटें, किंतु निरंतर चलते रहो।
- यह सही है कि पानी में तैरनेवाले ही डूबते हैं, किनारे पर खड़े रहनेवाले नहीं, मगर ये लोग कभी तैरना नहीं सीख पाते।
- खड़े होकर बोलने के लिए हौसला चाहिए, लेकिन बैठकर सुनने के लिए भी साहस चाहिए।

## हँस/हँसना/हँसी

- बस सिर्फ हँसते रहिए, दुनियावाले सोचते ही रहेंगे कि इसको ऐसा कौन सा सुख मिल गया है?
- प्रकृति ने हमारे भीतरी अंगों को व्यायाम और आनंद प्रदान करने के लिए हँसी बनाई है।
- हँसकर भी जीना है, रोकर भी जीना है, जब जीना ही है तो क्यों न हँसते-हँसते जिया जाए!
- हँसी के बिना बिताया हुआ दिन बरबाद करने के समान है।
- हँसी मन की गाँठें बड़ी आसानी से खोल देती है—मेरे मन की ही नहीं, तुम्हारे मन की भी।
- हँसी वह तेल है, जिसके बिना जीवन रूपी यंत्र बिगड़ जाते हैं।
- हँसता हुआ मन और हँसता हुआ चेहरा, यही सच्ची संपत्ति है। इस पर आयकर विभाग का छापा कभी नहीं पड़ता।

- हँसता हुआ चेहरा आपकी शान बढ़ाता है, मगर हँसकर किया हुआ काम आपकी पहचान बढ़ाता है।
- हँसने से मन का बोझ हलका होता है, यह बात याद रखना, क्योंकि किसी को रुलाकर कोई हँस नहीं पाया।
- उसी को साथ रखना, जो तुम्हारी हँसी के पीछे का दर्द, गुस्से के पीछे का प्यार और मौन के पीछे की वजह समझ सके।
- वह हँसी प्रिय है, जो होंठों और हृदय को खोल देती है तथा उसी समय आत्मा और दाँतों के दर्शन कराती है।
- जीवन में किसी को रुलाकर हवन भी करवाओगे तो कोई फायदा नहीं और अगर रोज किसी एक आदमी को भी हँसा दिया तो आपको अगरबत्ती भी जलाने की जरूरत नहीं।
- संसार में केवल मनुष्य ही ऐसा एकमात्र प्राणी है, जिसे ईश्वर ने हँसने का गुण दिया है, इसे खोइए मत।
- मैं परिंदा हूँ किसी और जहान का, मुझे वहीं के उसूल की आदत है, मेरा किसी से लड़ने का इरादा नहीं, मुझे दोस्त बनाने की आदत है, जो मेरे साथ रहे, बस खिलखिलाकर हँसे, मुझे खुद को भूलकर औरों को हँसाने की आदत है, मेरे गम को समझे तो कोई कैसे समझे, मुझे हर वक्त मुसकराने की जो आदत है!

## क्षमा/माफ/माफी

- घृणा करना शैतान का कार्य है, क्षमा करना मनुष्य का धर्म है, प्रेम करना देवताओं का गुण है।
- दाँत चाहे कितनी भी बार जीभ को काटें, फिर भी वे दोनों साथ रहते हैं और साथ काम करते हैं। यही क्षमता व संबंध की भावना है।
- क्षमा करने की क्षमता केवल वीरों में होती है। इसलिए क्षमा करो और भूल जाओ।
- क्षमा से बढ़कर और किसी बात में पाप को पुण्य बनाने की शक्ति नहीं।
- लोगों को माफ करके भूल जाना ही आगे बढ़ने का सबसे अच्छा तरीका है।
- माफी माँगने का मतलब यह नहीं कि आप गलत हो या सामनेवाला सही है।

इसका मतलब है कि आप रिश्तों को अपने अहंकार से ज्यादा महत्त्व देते हैं।

- मन दुःखी है तो अपने मन से पूछना कि कितना और कब तक दुःखी होना है ? मन कहेगा, उन्होंने गलत किया, उन्हें माफी माँगनी होगी, उन्हें बदलना होगा। ऐसा शायद कभी न हो, क्योंकि उन्हें नहीं लगता कि उन्होंने कुछ गलत किया है।
- किसी के दिल को चोट पहुँचाकर माफी माँगना बहुत आसान है, लेकिन खुद चोट खाकर किसी को माफ करना बहुत मुश्किल है।
- सबसे उत्तम बदला क्षमा कर देना है।
- स्वयं को पहचानने से अधिक कोई ज्ञान नहीं और क्षमा करने से बड़ा कोई दान नहीं।
- चुप रहना, इससे बड़ा कोई जवाब नहीं और माफ करना, इससे बड़ा कोई इंतकाम नहीं।
- जो इनसान अपनी गलती न होने पर भी आपसे माफी माँग ले तो समझ लीजिए कि उस इनसान को या तो आपसे कोई उम्मीद है या वो इनसान आपको खोना नहीं चाहता।
- गलतियों पर दूसरों का ध्यान जाता है और माफी पर ध्यान हृदय का जाता है।
- गलती होने पर उसे सही ठहराने की कोशिश न करें, बल्कि उसे स्वीकार करने और क्षमा माँगने की हिम्मत दिखाएँ। सदा याद रखें—माफ करना और माफी माँगना स्वयं हमको भी और दूसरों को भी बहुत सारी उलझनों और परेशानियों से बचाता है।
- जिनको कभी हमने दुःख दिया हो तो उनसे क्षमा-याचना कर लें, ताकि वो हमारे प्रति बुरे संकल्प न रखें और जिन्होंने हमें दुःख दिया हो, उन्हें क्षमा कर दें, ताकि हम उनके प्रति बुरा संकल्प व बद्दुआ न रखें।
- दूसरों को इतनी जल्दी क्षमा कर दिया कीजिए, जितनी जल्दी आप ईश्वर से अपने लिए क्षमा की आशा रखते हैं।

## ज्ञान/ज्ञानी/अज्ञान/अज्ञानी

- हृदय में प्रवेश न कर केवल मस्तिष्क में समाया ज्ञान जीवन में व्यर्थ होता है।
- इस संसार में हर किसी को अपने ज्ञान का घमंड है, परंतु किसी को भी अपने घमंड का ज्ञान नहीं है।

- बढ़ई जैसे लकड़ी को सीधा करता है, वैसे ही ज्ञानी अपने दोषों पर विजय पाते हैं।
- मन रूपी उन्मत्त हाथी को वश में करने के लिए ज्ञान अंकुश के समान है।
- किसी व्यक्ति की संपत्ति केवल मस्तिष्क में भरा ज्ञान नहीं है, बल्कि प्यार से भरा दिल, सुनने के लिए खुले कान और सहायता के लिए बढ़े हाथ भी हैं।
- क्रिया के बिना ज्ञान बोझ है।
- सच्चे ज्ञान के प्रकाश से सारे संदेह मिट जाते हैं।
- जिस प्रकार गंदे आईने में चेहरे का प्रतिबिंब साफ दिखाई नहीं पड़ता, उसी प्रकार आशाओं के वशीभूत संतोष रहित जीवन में ज्ञान का प्रकाश नहीं होता।
- जिन्हें ज्ञान है, उन्हें घमंड कैसा और जिन्हें घमंड है, उन्हें ज्ञान कैसा ?
- ज्ञान धन से उत्तम है, क्योंकि धन की हमें रक्षा करनी पड़ती है और ज्ञान हमारी रक्षा करता है।
- ज्ञान युवाओं को संयमी बनाता है, बूढ़ों को सुविधा प्रदान करता है। वह निर्धनों के लिए संपत्ति और धनियों के लिए आभूषण के समान है।
- ज्ञान भी एक शक्ति है।
- ज्ञान तीन प्रकार से मिल सकता है—(1) मनन से, जो सबसे श्रेष्ठ है; (2) अनुसरण से, जो सबसे सरल होता है और (3) अनुभव से, जो सबसे कड़वा होता है।
- ज्ञानी ही सत्य को देख सकता है, अज्ञानी नहीं।
- ज्ञानी जन विवेक से सीखते हैं, साधारण मनुष्य अनुभव से, अज्ञानी पुरुष आवश्यकता से और पशु स्वभाव से।
- ज्ञानी और अज्ञानी दोनों को ही समझाया जा सकता है; परंतु अभिमानी को कोई नहीं समझा सकता। उसे तो केवल वक्त ही समझा सकता है।
- ज्ञान के समान कोई दौलत नहीं है और अज्ञान के समान कोई गरीबी नहीं।
- ज्ञान तब तक केवल जानकारी है, जब तक उसे सही आचरण में न ढाला जाए।
- ज्ञानी अभिमानी होता है कि उसने बहुत-कुछ सीख लिया, बुद्धि विनीत होती है,

वह अधिक कुछ जानती ही नहीं।

- ज्ञानवान मनुष्य को नित्य ही धर्म का आचरण करना चाहिए।
- किसी व्यक्ति का ज्ञान उसके अनुभव से ज्यादा नहीं हो सकता।
- ज्ञानी वह होता है, जो वर्तमान को ठीक से समझता है और परिस्थिति के अनुसार आचरण करता है।
- सेवा हृदय और आत्मा को पवित्र करती है। सेवा से ज्ञान प्राप्त होता है और यही जीवन का लक्ष्य है।
- अधूरे ज्ञान के कारण ही जल्दबाजी में फैसले किए जाते हैं। अनुभव और नम्रता से सूझ-बूझ पैदा होती है।
- अपनी अज्ञानता के बारे में ज्ञान होना ही सच्चा ज्ञान है।
- ज्ञान भी अच्छा और विज्ञान भी। यदि उनका उपयोग बुद्धि और विवेक के साथ भलाई के लिए किया जाए।

□□□